満天の花＊目次

主な登場人物

- **梶花**——オランダ商館員を父に、丸山遊郭の遊女を母に持つ青い目の少女。誕生後に母を亡くし、梶屋に引き取られる。
- **勝麟太郎（海舟）**——無役の旗本勝小吉の長男。蘭学を修め、私塾を開き、ペルリの来航を機に出世の糸口をつかむ。
- **梶玖磨（お玖磨）**——花の母親がわり。夫の死後、養家である梶屋に戻り、勝と恋仲になる。
- **梶屋の旦那**——長崎一の米問屋の主。玖磨と花の養父。

- **ペルス・ライケン大尉**——長崎海軍伝習第一次教師団長。オランダ国王から幕府に寄贈されたスンビン号（観光丸）艦長として来日。
- **ヤン・ドンケル＝クルチウス**——出島最後のカピタン（商館長）。ペルリの来航予告を幕府に伝える。
- **カッテンディーケ大尉**——長崎海軍伝習第二次教師団長。幕府の注文で建造されたヤッパン号（咸臨丸）艦長として来日。
- **ハルデス**——ヤッパン号で来日した機関士官。長崎鎔鉄所の建設、ロシアの軍艦アスコルド号の修理などを指揮。
- **ポンペ**——ヤッパン号で来日した軍医士官。長崎医学伝習を行い、日本初の西洋式病院を建設。

- **プチャーチン提督**——ペルリより一ヵ月遅れて長崎に来航したロシア軍中将。
- **ポシェート大佐**——プチャーチン提督と共に来日。オランダ語に通じ、日本との交渉で通訳を務める。
- **ゴシケーヴィチ領事**——ロシアの外交官。初代駐日領事として箱館に着任する。
- **ムラヴィヨフ総督**——東シベリア総督。サハリン（樺太）の全島所有を主張して幕府を威嚇する。

- **エルギン卿**——イギリスの外交官。英仏連合軍を指

揮して清国を蹂躙。

・**ローレンス・オリファント**――イギリスの貴族、旅行家、文筆家。エルギン卿の側近として来日。

・**オールコック公使**――イギリスの初代駐日公使。対馬の租借を迫るなど、幕府を度々揺さぶる。

・**永井玄蕃頭**――海防掛を務め、長崎海軍伝習初代総監となる。

・**阿部伊勢守**――ペルリ来航時の老中首座。幕府の対外方針を鎖国から開国開港に転じる。

・**大久保忠寛（一翁）**――家祖が家康公に仕えた徳川の忠臣。阿部伊勢守に取り立てられて海防掛となる。

・**島津斉彬**――薩摩藩主。阿部伊勢守の盟友。

・**遠藤但馬守**――近江三上藩主。ペルリ来航時、海防担当の若年寄。

・**中島三郎助**――浦賀奉行与力。長崎海軍伝習生。

・**榎本釜次郎（武揚）**――長崎海軍伝習生。オランダに留学し、開陽丸に乗って帰国。

・**徳川家茂（慶福）**――第十四代将軍。皇女和宮の夫。

・**天璋院様篤姫**――島津斉彬の養女。第十三代将軍家定の御台所。嫁である和宮と協力して大奥を治める。

・**一橋慶喜**――水戸藩主徳川斉昭の七男。幼少より英明の聞こえも高く、家茂の死後、第十五代将軍となる。

・**和宮（静寛院宮）**――孝明天皇の妹。明治天皇の叔母。降嫁して家茂に嫁ぐ。

・**西郷吉之助（隆盛）**――島津斉彬公の御庭番として頭角を現す。大久保一蔵（利通）と共に武力討幕を決意。

・**杉亨二**――勝の蘭学の弟子。塾頭。

・**お民**――勝の妻。夫が長崎に出立したあとの一家を支える。

・**作治郎**――長崎の大工の棟梁。

・**末七**――江戸の大工。勝の弟子。

・**糸**――末七の妹。腕の立つお針子。

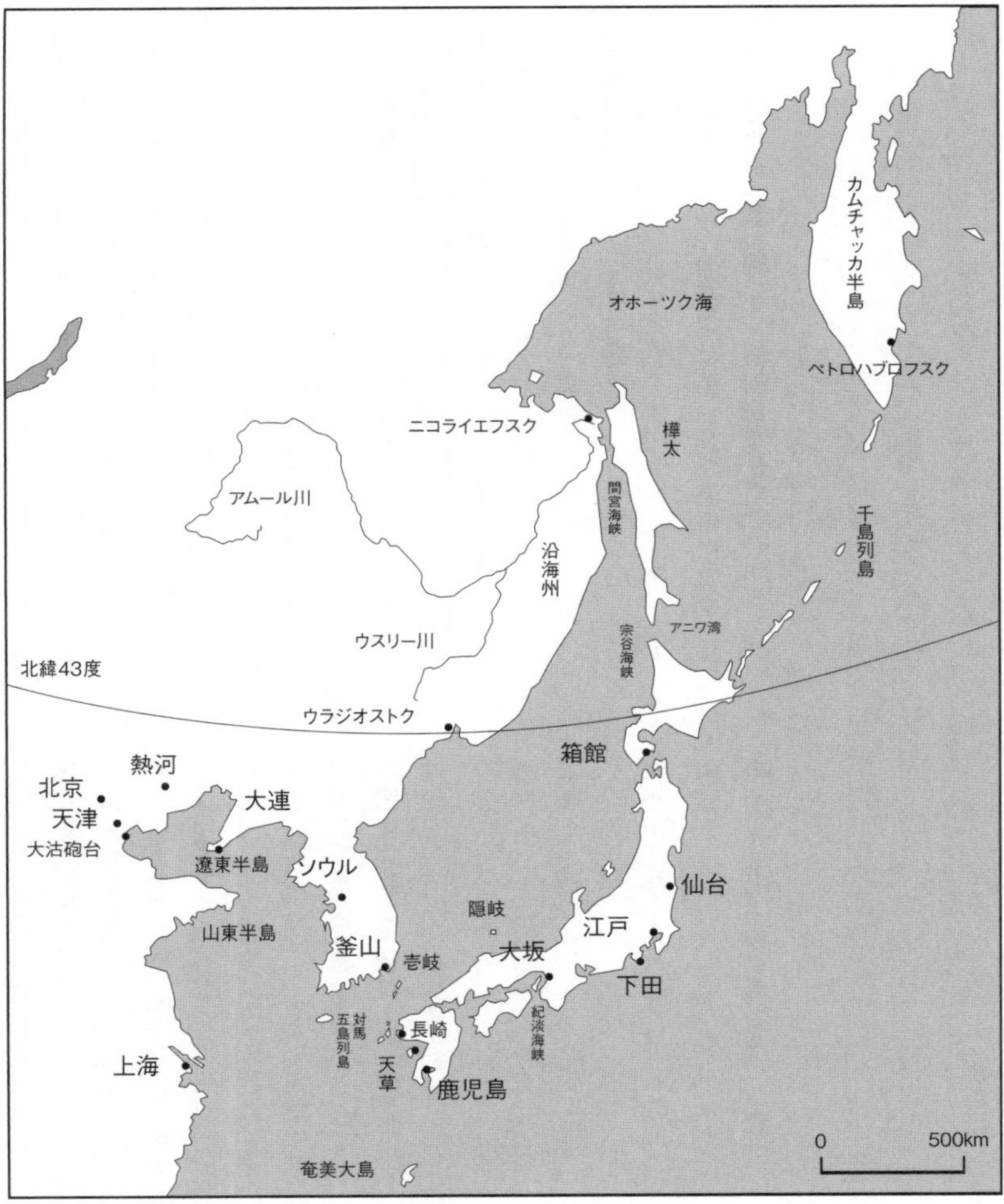
カムチャッカ半島
オホーツク海
ペトロハブロフスク
ニコライエフスク
樺太
アムール川
間宮海峡
沿海州
千島列島
アニワ湾
宗谷海峡
ウスリー川
北緯43度
ウラジオストク
箱館
熱河
北京
大連
天津
大沽砲台
遼東半島
ソウル
仙台
隠岐
江戸
山東半島
釜山
壱岐
大坂
下田
対馬
五島列島
長崎
紀淡海峡
天草
上海
鹿児島
0
500km
奄美大島

「満天の花」の舞台

満天の花

第一章　出島のオランダ商館

鶏の鳴き声で目をさますと、花は手早く布団をたたみ、寝巻を脱いで、小袖にきがえた。雨はやんだようだが、家のなかにいてもあたたかな湿気がかんじられる。

「ネーヴェル、霧ね」

オランダ語のほうが先に口をついたのは、きのう、出島のペルス・ライケン大尉が商館員たちと天気について話していたからだ。このようすでは雨があがるとともに気温が上昇して、長崎にはめずらしく霧が立ちこめるかもしれない。

「悪いことがおきないといいが」

ひときわ大柄で、立派な口ひげを生やしたライケン大尉は心配そうにつぶやいた。

文化五年というと、いまから五十年ほど前になるが、赤白青のオランダ国旗を揚げてオランダ船に偽装したイギリスの軍艦フェートン号が長崎港を襲った。かろうじてことなきをえたものの、長崎の町は大騒ぎになったという。権現山《ごんげんやま》の頂にある遠見番所《とおみばんどころ》では、遠見番たちが二六時中、遠眼鏡で海上を見張っていた。それでも霧が出ては、十分な監視ができない。

（霧に乗じて異国船が入ってきて、その船に乗ることができたら）

そんな途方もないまねはできるはずがないとわかっていても、花は期待に胸をふくらませて、母の形見である鏡のふたを取った。鏡にうつった少女の目は青かった。ただし、髪は漆のように黒い。

花は出島のオランダ商館員と丸山遊郭の遊女とのあいだに生まれた。母は父親が誰かを秘したまま出産の三日後に病で亡くなり、その時期、出島に滞在していたオランダ商館員はすでに全員が日本を離れていた。しかし彼女の青い目はなによりの証拠であり、花は四年前の秋から出島のオランダ商館で小間使いをしていた。

（わたしは日本人なのかしら？　それともオランダ人なのかしら？）

母が遺した鏡に顔をうつすたびに、そう問わずにいられない。花はまだ自分と同じ青い目に黒い髪というひとに会ったことがなかった。

したくをすませて勝手口にむかうと、お玖磨《くま》さんが菅笠《すげがさ》を手にして待っていた。評判の美人で、花にとっては母親がわりだ。お玖磨さんは花の頭に笠をのせて、あごのところでひもを結わいた。三年前の六月にペルリの黒船艦隊が江戸湾にあらわれてから、攘夷《じょうい》の風がさかんになっているので、青い目は隠しておくにこしたことはない。

「ありがとう」と花が礼を言うと、「フラーヒ　ヘダーン（どういたしまして）」とお玖磨さんがこたえて、花は目を丸くした。

「おかしい？　わたしがオランダ語を話したら」

お玖磨さんがいたずらっぽく笑い、花は小さくうなずいた。去年の十月に江戸からきた勝麟太郎《かつりんたろう》さんの姿が頭に浮かんでいたが、お玖磨さんをこまらせてはいけないと思い、オランダ語が巧みな海軍伝習の名前は口にださなかった。

江戸生まれの旗本である勝さんは伝習生のなかでは年かさで、生徒監にして艦長候補だという。

背丈は五尺ほどと小柄だが、さっそうとした二枚目で、オランダ人たちを相手にしても怯むところがないと、長崎の町衆のあいだで人気があった。

「発音はどう？　おかしいと思ったら、遠慮なく言ってちょうだい」

「いいえ、とてもじょうず」

花とお玖磨さんが話していると廊下を歩く足音がして、梶屋《かじや》の旦那様がやってきた。お玖磨さんの養父で、白い髷《まげ》が頭にのっている。

「ああ、そのままでいい」

笠をとってあいさつしようとした花をとめて、旦那様がみずから勝手口の心張《しんば》り棒《ぼう》をはずしたとたん、まっ白な霧が流れこんだ。

「おお、まるで雲のなかにいるようじゃ」

これほど濃い霧は四、五年に一度あるかないかだ。足元がすべるから気をつけるようにとの旦那様の注意をうけて、花はお玖磨さんとつれだって歩きだした。

梶屋の本業は米問屋だが、店先では下駄や傘を売っている。物心がついたとき、花は梶屋にいて、お玖磨さんを母か姉のように思っていた。ところが花が五つのとき、お玖磨さんは諫早《いさはや》の商家に嫁ぐことになった。輿入《こしい》れの前夜、花は出生の秘密を知らされたが、数奇な運命へのおどろきより、お玖磨さんと別れるかなしさのほうがはるかにまさった。花は夜ごとに泣きじゃくり、お玖磨さんに会いたいと祈っていると、ひと月もたたずにお玖磨さんが梶屋に帰ってきた。祝言からわずか二十日で、夫に死なれたという。縁づいたひとを亡くしたさみしさをまぎらわすように、お玖磨さんは花の相手をしてくれた。かまどで一緒にご飯を炊いたり、裁縫を教えてくれたり、平仮名と漢字の手習いをしたり、お江戸で流行っているという滝沢馬琴の『南総里見八犬伝』を読んでくれたり。よその女の子たちは七つか八つで子守りに出て、十三、四で嫁にゆくというが、青い目を理由にめったに外に出ない花は、ずっと梶屋にいればいいのだと思っていた。

「あすから出島に行くように」と梶屋の旦那様に言われたのは、花が八つの秋だった。

「お奉行《ぶぎょう》様も、カピタン（商館長）も、ご承知じゃ。オランダ語は、すぐにおぼえるじゃろう」

とつぜんのことにおどろいたが、出島にいるのは夕方まで、お玖磨さんが往きも帰りもつきそってくれると聞いて、花はホッとした。

「よいか。出島で働くについては、守らねばならぬ約束ごとがある」

旦那様がいかめしい顔で言って、花は姿勢を正した。

「知ってのとおり、出島には門鑑《もんかん》を持った者でなければ入れない。カピタンをはじめとするオランダ商館員たちも、勝手に長崎の町に入ることはゆるされていない。南蛮夷狄《なんばんいてき》の風はできるかぎり遠ざけるのが、御公儀《ごこうぎ》のお考えだからじゃ。よって、出島で見聞きしたことは、わしや玖磨にも、いっさい話してはならん。また、オランダ語を自在に使えるようになっても、オランダ商館員たちによけいなことをたずねてはならん」

「はい。わかりました」

花は畳に手をついてお辞儀をした。

初めて出島を間近に見たのは、六つのときだった。お玖磨さんがつれていってくれて、そのときも花は菅笠をかぶった。筑後町《ちくごまち》の梶屋を出て坂道をくだり、港に出ると、西奉行所のむかいに扇の形をした平たい島が見えた。土台の石垣が波にぬれている。海を右手に見ながら湾に沿って歩き、江戸町を抜ける。石造りの橋の先には、橋の幅いっぱいに番所の門があり、月代《さかやき》をきれいに剃った門番が長い棒を持って立っていた。羽織袴《はおりはかま》に刀を差したお侍がふたり、橋を渡っていくところで、「オランダ通詞《つうじ》（通訳）の方々よ」と、お玖磨さんがささやいた。オランダ通詞たちが、懐からだした門鑑を見せると、番所の門番はよくたしかめてから木戸を開けた。通詞たちは腰をかがめて出島に入っていった。花は思わず菅笠をあげていた。お玖磨さんも気を張っていたようで、木戸が閉じられると、そっと息をついた。

　花はあらためて波間に浮かぶ人造の平たい島を眺めた。出島は忍び返しがついた高さ九尺の板塀でかこまれていて、塀のなかには見慣れない家々が建ち並び、赤白青のオランダ国旗がたなびいている。

（あの島で、父と母は出会ったのだ）

　花は胸がいっぱいになった。花が生まれたとき出島にいたオランダ商館員はすでに全員が日本から去ったと聞かされていたが、花は父の面影を追わずにはいられなかった。せめて、父と同じオランダ人たちの姿を見てみたい。いつまでも立ち去れずにいる花の手をお玖磨さんが引いたとき、出島のなかで正午を報《しら》せる鐘が鳴ったのだった。

　梶屋を出た花が坂道をくだるにつれて、霧はさらに濃くなっていった。自分の手足や、となりを歩くお玖磨さんの姿はかろうじて見えるものの、三間先は霧のなかだ。通いなれた道でも、まるで知らない場所に行きつくのではないかと不安をおぼえながら、花は下駄をはいた足を一歩一歩進めた。

　やがて道が平らになった。潮騒は聞こえるのに、海は霧で見えない。出島橋のたもとでお玖磨さんと別れて、ひとりで橋を渡る。門番の姿さえおぼろで、花は夢ともうつつともつかないまま出島に入った。牛や羊や七面鳥の鳴き声、それに馬の嘶《いなな》きがして、動物たちのにおいが強くかんじられる。きのうまでしなかった花の香りもただよっている。いつもは右奥の台所部屋にまっすぐ行くのだが、花は左に曲がった。花畑では、大好きなトゥレプ（チューリップ）が緋・黄・橙色のつぼみをふくらませていた。すっと伸びた茎と、つやのある葉も美しい。

（オランダにいるみたい）

霧に包まれているせいで、十坪に満たない小さな花畑が広い野原のように思えて、花はうっとりした。

初めて出島に入った日、八歳の花は背の高いオランダ人たちにむかえられて異国にきた気がした。石の橋を渡って門を入っただけなのに、そこは別世界だった。建物はいずれも二階建てで、一階は倉庫になっている。砂糖の甘いにおい、それに一度もかいだことのないさまざまなにおいもして、胸がわくわくしたのをおぼえている。オランダ人たちのことも、まるでこわくなかった。かれらの笑顔で歓迎されていることがわかったからでもあるが、なにより自分と同じ青い目のひとがほとんどだったからだ。

花は緋色のトゥレプを指先でさわり、花畑を離れた。霧はいくらか薄らぎ、朝日がさしこんでいる。花はカピタン部屋の裏にある台所部屋に歩いていった。

八歳の秋から出島に通って四年になるが、いまでも表門をくぐると、花は自分の背丈が少し低くなった気がした。カピタンのヤン・ドンケル＝クルチウスをはじめ、オランダ商館員は全員が大人の男性で、背丈が六尺はある。そのため建物の戸口は大きく、天井も高い。部屋も幅広に作られているため、自分のからだが縮んだようにかんじてしまうのだ。周囲を高い板塀でかこまれているため、出島から見える景色は空だけだ。カピタン部屋の物見台にあがれば、長崎の町を見わたせるが、そこにはめったに登らせてもらえなかった。

夕方になれば梶屋に帰る花とちがい、オランダ商館員たちは長崎の町をぶらつくことも、小舟で湾内を遊覧することもゆるされていない。妻子をともなうことも禁止されているのだから、歴代商館員の大半が一、二年しか出島に滞在していないのもうなずけた。なかには出島は牢獄だと肚《はら》を立てた者もいたという。もっとも、だからこそ花は歓迎されて、四年がすぎたいまも、商館員たちから大切にされていた。漆黒の髪を髷に結っていても、青い目をした花は、オランダの少女のように見えるらしい。花も、出島にいるオランダ商館員たちのことが好きだった。カピタンのクルチウスは威厳があって近づきがたいが、ライケン大尉やドクテルはほがらかで、日々学問をおこたらず、自分を高めようとしている。長崎の町ではお目にかかれない異国の品々にかこまれてすごすのも楽しかった。

かなうなら、お玖磨さんを出島につれてきたい。天井からさがる豪華な燭台《しよくだい》に照らされた大広間で砂糖をたっぷり入れたコーヒーを飲み、長崎の町で売っているカステラよりずっとおいしい本場のお菓子を食べて、梶屋に帰ったあと、出島のことを夜通し話したい。しかし出島に入れる女性は遊女にかぎられていた。そこに考えがおよぶと、花はいつもかなしくなった。出島のなかで遊女を見かけても、花はけっして話しかけなかった。

（おかあさん。おかあさんも着飾って、鼈甲《べつこう》の簪《かんざし》をさして出島にきていたのね）

花は胸のうちでつぶやき、かなしみをふりはらうように台所部屋にいそいだ。

「フウデモルヘン（おはよう）、ハンナ」

台所部屋についた花は、カールとヘンデリキにむかえられた。バタビア生まれの男の子たちで、肌は褐色。頭に更紗《さらさ》を巻いている。ふたりとも花と同じ十二歳の小間使いだ。笑顔をむけて、花はついたてのうしろにまわり、小袖からシャツとズボンにきがえた。靴を履き、頭に白い更紗を巻く。

カールとヘンデリキはいつでも裸足だ。

「ハンナ、オーヴェンはもう温まっているよ」

出島のなかで、花はハンナと呼ばれていた。

「わかったわ。始めましょう」

ひと晩寝かせたパン種を、カールとヘンデリキがちぎっては丸める。花はそれを一尺五寸ほどの柄がついたへらでレンガ造りのオーヴェンに入れていく。一度に焼けるのは二十個ほどだ。パンは十分もあれば焼きあがるが、難しいのはオーヴェンからとりだすタイミングだ。早すぎれば生焼けの部分が残るし、おそすぎればこげてしまう。しかも、天気しだいで、パンが焼きあがるまでにかかる時間は微妙にかわる。今日のような霧の濃い日にパンを焼くのは初めてだ。花は目をつむり、オーヴェンからただよう香りに集中した。

「ハンナ、もうそろそろいいんじゃないか?」

カールが心配そうに聞いても、花はじっと目をつむっている。

「もうすぐだけど、あと少しだけ待って、みっつ数えたら、小麦粉の香りがふわっと立つから。エーン、トゥウエー、ドゥリー」

花が数えたとき、こうばしい香りが台所部屋いっぱいに広がった。

「ヌウ(いまよ)!」

花はすばやくへらを動かし、パンをかきだした。そのうちのひとつを手にとり、みっつに分ける。

カールとヘンデリキが手を伸ばして、三人は同時にパンを口に入れた。焼きたてのパンほどおいしいものはない。三人は笑顔でうなずき合った。

カールはパンを籠に盛ってカピタン部屋の二階にむかい、ヘンデリキはまたパン種を丸めて、花はそれをオーヴェンのなかに並べていく。薪がはぜて、火の粉が飛んでも、花は怯まない。二十三人の商館員たちが一人四つか五つはパンを食べるから、自分たちのぶんもあわせれば百二十個ほどを焼くわけで、ぐずぐずしてはいられないからだ。

「カピタンも大尉もドクテルも、今日のパンもとてもおいしいって喜んでるよ」

台所部屋にもどってきたカールがウインクをして見せた。

花にパンの焼き方を教えてくれたのは、去年の秋まで出島にいたフリッツだ。しわくちゃのおじいさんで六十歳をすぎているということだったが、料理の腕前は抜群だった。

フリッツは、カピタンのヤン・ドンケル＝クルチウスに従って出島にやってきたという。クルチウス家は代々法律家を輩出してきた名門で、食事についても一家言がある。出島の料理はあまりおいしくない、とくにパンがいけないと聞いたクルチウスは、バタビアのオランダ東インド総督府で料理人をしていたフリッツをつれていくことを、自分が出島に赴任する条件にした。

伴天連《ばてれん》が追放される前の長崎には、ポルトガル人たちのためにパンを売る店が何軒もあったという。いまでも樺島《かばしま》町にある店がたまにパンを焼いているが、フリッツに言わせれば、あれは小麦粉の塊であって、とてもパンとは呼べないしろものだ。しかし、それもやむをえないので、なにしろ日本人は二百年以上も本物のパンを食べたことがないからだ。

フリッツの教えはきびしかったが、花は一度も弱音を吐かなかった。一人前のパン職人は、世界中どこでも生きていけるというフリッツのことばをはげみに、花はくる日もくる日も細い腕で小麦粉をこねて、パンを焼いた。そして、ついには、花が焼いたパンと、フリッツが焼いたパンの区別がつかないまでになったのである。

フリッツは、花に、パオン・デ・ローの作り方も教えてくれた。元はポルトガルのお菓子で、小麦粉に卵と砂糖をたっぷりまぜて、ふんわり焼きあげる。毎年冬にもよおされる宴会「オランダ冬至」には欠かせない一品だ。フリッツには独自の配合と焼き方があり、これまで誰にも教えたことがないという。

「ありがとう、ハンナ。あなたのおかげで、わたしは安心して生まれ故郷のバタビアに帰れます」

去年の九月、フリッツはそう言って出島を去った。記念にくれたトンボ玉の首飾りは、母の形見の鏡とともに花の宝物になった。

以来、花は早朝と午後にパンを焼いた。月に一度か二度は、カピタンのクルチウスに頼まれて、来客用にパオン・デ・ローも焼いた。

「これほどおいしいスヌウプ（お菓子）は、アムステルダムでもなかなか食べられない」

髪をきれいになでつけたクルチウスは相好をくずして花を讃えた。

三年にわたる修業により、十一歳にしてパン焼きを会得したが、花はそのために出島に呼ばれたわけではなかった。

「花サン、ハンナサン、アナタハ、マズ、オランダ語ヲ、オボエテ、クダサイ」

初めて出島に入った四年前の秋、カピタンのクルチウスは、謹厳な顔立ちに似合わない、たどたどしい日本語で言った。てっきりオランダ通詞が仲立ちをすると思っていたので、八歳の花はとてもおどろいた。クルチウスは右手に持った紙を見ながら、さらにつづけた。

「ドウシテ、アナタニ、オランダ語ヲ、オシエルノカ。ソノワケハ、アナタガ、オランダ語ヲ、カイスル、ヨウニ、ナッタラ、オシエマス」

六月の末からずっと出島のそばに停泊していたオランダ船がバタビアにむけて発った翌日で、出島のなかは静かだった。

「カレガ、アナタノ、リーラール。センセイ、デス」

カピタンに日本語で紹介されて、いかにもやさしそうな若いオランダ人男性がお辞儀をした。

「カレハ、ドクテル、医師デス。イマ、出島ニ、ビョーニンハ、イナイノデ、ヒマナノデス」

クルチウスが紙を見ながら日本語で言うと、ドクテルが苦笑いをした。その後は水門のそばにある建物の二階に場所をうつし、花は机をはさんでドクテルとむかい合った。

「ワタシ、日本語ハ、ホンノスコシ、ダケデス」

ドクテルは恥ずかしそうに言った。

「コノ、カルタ、オランダノキンドウ、ミナ、ツカイマス。キンドウハ、ワラワ」

ドクテルが机においた二寸四方の札には、男の子の顔が描かれていた。金髪で、目の色は花と同じ青だ。

「ヨンヘン。オトコノ、ワラワ」ドクテルが言った。

「ヨンヘン」花はくりかえした。

つぎの絵札には、女の子が描かれていた。

「メイシャ。オンナノ、ワラワ」

ドクテルに続けて「メイシャ」と花は言い、自分を指さした。

「フウドゥ。ヨイ」

オランダ語と日本語でドクテルがほめてくれて、花はうれしかった。絵札の下側には、オランダ語の文字が書かれていて、それをペンで紙に写していく。

「ヴァーデル、チチ。ムーデル、ハハ」

ドクテルに続いて発音し、Vader, Moederとペンで書くと、花は胸がつまった。

「ドウカ、シタカ?」

ドクテルが心配そうに聞いてきて、花は首を振った。

(いつか、おとうさんに会って、「ヴァーデル」と呼んでみたいと思ったのです。でも、おかあさんは死んでしまったので、「ムーデル」と呼びかけることはできないと思ったら、かなしくなって)

花は早く自分の気持ちをオランダ語で言えるようになりたかった。

一日に十~二十語ずつ、花はオランダ語をおぼえていった。数、色、天気、海や山や空や風といったもの、家のなかにあるたくさんの品々。そして航海や船に関する用語。スヒップは大洋をゆく大きな船で、ボートは湾内や河川をゆく小舟を指すことなどなど。ドクテル以外の商館員たちもかわるがわるやってきて、うれしそうに自己紹介をしてから、花にオランダ語を教えてくれた。

ひと月もすると、花は二百枚ほどある絵札のことばをすべておぼえた。オランダ商館員たちがかわす会話も少しはわかるようになり、オランダ語で話しかける。みんな大喜びで、花のそばにきては、オランダやバタビアに残してきた家族のことや、日本までの長く危険に満ちた航海のようすを話してくれた。

冬が終わって春がすぎ、日ざしが強くなってきた五月なかばの日曜日の午後、花はカピタン部屋の大広間でオランダ語の本を朗読した。オランダの近くにあるデンマークの作家アナスン（アンデルセン）の「トーメリーサ（おやゆび姫）」という物語だ。トゥレプの花から生まれた小さな少女がいくつもの苦難をへて、自分と同じ、小さな王子と結ばれる。

ドクテルと練習をかさねてきたので、花は商館員全員を前にしてもおじけることなく、一語一語のオランダ語をはっきり声にだして読んでいった。

おやゆび姫は、ヒキガエルの親子から逃れたのもつかの間、今度はコガネムシにさらわれてしまい、あやういところをツバメに助けられる。ひやひやする展開の末に王子様と結ばれたときには、ホッとしたのと、うれしいのとで、花は読みながら涙をこぼした。読み終えて本を閉じると拍手がわきおこり、盛装したカピタンたちが起立している。

「ダンク　ウェル（ありがとう）、ハンナ。あなたのおかげで、わたしたちはみな、遠く離れた故国のわが家で、幼いわが子に本を読んでもらっているような温かい気持ちになりました。わずか六ヵ月で、こんなに見事にオランダ語の本が読めるようになるとは、本当にすばらしい」

その後、花はカピタンのとなりの席でコーヒーとパオン・デ・ローをいただいた。砂糖とメルク（牛乳）をたっぷり入れても、初めて飲むコーヒーはとても苦かった。

「日本には、どんな物語がありますか？」

カピタンのクルチウスに聞かれて、花は以前お玖磨さんに読んでもらった南総里見八犬伝のあらすじを話した。犬の子をはらんだお姫様から生まれた八人の剣士たちが活躍するのだと言うと、クルチウスがこまった顔になった。花にはその理由がわからなかったが、この場で聞くのもはばかられた。

「ハンナ。これからも、時々、今日のように、わたしたちに、アナスンの物語を読んで聞かせてください」

「ヤー、トゥーレック、クラーフ（はい、喜んで）」

花が答えると、クルチウスがうやうやしく頭をさげた。梶屋に帰った花は、今日一日の出来事をお玖磨さんに話したくてならなかった。けれども、旦那様と交わした約束を守ってがまんした。

「トーメリーサ」をオランダ語で朗読した翌日、花はカピタンの執務室に招かれた。大広間のような豪華な燭台こそさがっていないが、壁と天井にはきれいな唐紙が貼られていて、椅子とテーブルもとても立派だ。

「ハンナ。きのうはありがとう。あなたがきてくれてから、出島はとてもなごやかになりました。きのう、あなたが帰ったあと、みなで夕食をとりながらワインを飲んでいると、ハンナは神様がつかわしてくれた子ではないかと言いだす者がいて、本当にそうだと応じる者が何人もいました」

クルチウスはオランダ語で言って、やさしい笑顔を花にむけた。

「ハンナが最初に出島にきた日、どうしてオランダ語を教えるのか、その理由はいつか話すと約束しました。いまが、そのときです」

クルチウスは道富丈吉《みちとみじょうきち》を知っているかと聞いて、花は首を横にふった。道富丈吉は、第百五十六代カピタンのヘンドリック・ドゥーフと丸山遊郭の遊女瓜生野《うりゅうの》のあいだに生まれた男児だ。商館員時代と合わせて十九年間も出島に滞在したドゥーフは、一八一七年に離日するさい、当時九歳だった丈吉をオランダにつれて帰りたいと長崎奉行に願い出た。しかし日本人の海外渡航は国禁だとしてことわられたため、息子のゆく末を案じたドゥーフは、長崎の地役人に三百籠もの白砂糖をとどけて、丈吉の世話を頼んだ。丈吉は長崎の地役人になったが、わずか十七歳で早逝したという。

「一八二三年に来日した商館医フォン・シーボルトは長崎奉行から特別に許可をえて、鳴滝《なるたき》に塾をひらき、医学の指導と診療にあたりました。そのシーボルトも帰国にさいし、娘のイネをともなうことはゆるされませんでした。イネは現在、日本でドクテルになっているそうです。医学を学べば、ハンナもドクテルになれるかもしれませんが、残念なことに時間がありません。そこで、せめてオランダ語だけでもおぼえてもらいたいと思い、出島に呼んだのです」

長崎にはオランダ通詞がいる。かれらはオランダ語を読むことはできるし、話したり、書いたりもできるが、それは交易や政事に関することがらにかぎられている。今後は、もっと多くのことがらについて知識を広げていかなければ、通詞の役目がつとまらないだろう。

「勉強を続ければ、ハンナは立派なオランダ通詞になれます。日本では、通詞のサラーリス(給料)は、とても高い」

クルチウスは、花のオランダ語はオランダ通詞たちよりずっと流暢だとほめた。オランダ語を教えたのは、通詞として身を立てられるようにするためだとうちあけられて、花は深く感謝した。ところが、クルチウスの表情は晴れなかった。

「これから、日本は、とても大きな困難に直面するでしょう。もしかすると日本の国内や周辺で大きなオールロッヒ(戦争)がおきるかもしれません」

「オールロッヒ?」

花は、一度も聞いたことのないオランダ語をオウムがえしにした。

「ランドゥ(国)同士のストレイツ(争い)のことです。日本でも、サムライ同士が戦ってきたでしょう。たとえば、徳川将軍と豊臣秀吉が」

クルチウスの説明を聞いた花は、「イクサ」とつぶやいた。

「イクサ。オールロッヒは、イクサ」

クルチウスは手元の紙に羽のついたペンで横文字を書きつけた。

「ハンナ。オランダ語では、オールロッヒの反対語はヴレーデです。日本語では、なんと言いますか？」

「イクサの反対のことば？」

花はすぐには適当なことばが思いつかなかった。しかし考えているうちにひとつの漢字が頭に浮び、ペンを借りて、「和」と書いた。

「ワと読みます。ルスティッフ（穏やか）で、フーデ・フリンツ（仲の良い）な関係が保たれている状態」

「なるほど。それはピッタリです。あとで、ドゥーフが通詞たちとともに作った辞典『ドゥーフハルマ』を引いてみましょう」

クルチウスは背もたれとひじ掛けのついた椅子にすわりなおした。

「ハンナ。これからあなたに話すことは、けっして出島の外で言ってはいけません」

「はい。けっして誰にも言いません」

花はカピタンの目を見て誓った。

ヤン・ドンケル＝クルチウスは昨年、つまり西暦一八五二年、和暦では嘉永《かえい》五年の七月に、オランダ船で出島に着任した。そのさいオランダ国王ウイルレム三世から徳川将軍に宛てた親書を託されており、そこにはアメリカ合衆国の東インド艦隊が日本に遠征して開国開港を迫ろうとしている、火急の危機を穏便にきりぬけるすべは新任のカピタンに詳しく伝えてある旨が記されていた。ところが、クルチウスがオランダ国王の親書を長崎奉行に手渡してから十ヵ月がすぎようとしているのに、江戸の幕閣からはなんの返事もない。アメリカ艦隊は当初の予定どおり今年の六月か七月には江戸湾にむかうはずだ。つまり一、二ヵ月後には江戸の町は蜂の巣をつついたような大騒ぎになる。

「アメリカ艦隊は強力なカノン（大砲）を備えています。徳川将軍がいくら退去するように言っても、立ち去らせることはできません」

クルチウスは椅子から立ち、奥の飾り棚においてある地球儀を持ってきた。

「ハンナ、これがなにかわかりますか？」

「アーデ（地球）。この世界」

花が答えると、クルチウスが満足げにうなずいた。そしてオランダを探してみなさいと言った。ドクテルの部屋で万国地図を見せてもらっていたので、花は「ネーデルランドウ」と記された一角を指さした。

「そのとおり。わたしたちの国は正式にはネーデルランドウと言います。ネーデルは低いという意味で、日本のように丘や山はありません。ここ長崎がある九州くらいの、とても小さな、平らな国です。しかし、昔から船を造る技術がとても高く、それに冒険心と知性をあわせ持つ国民だったので、見知らぬ遠い土地を目指して航海をしては、ヨーロッパでは採れない食物や香辛料、めずらしい品々を持ち帰ることをくりかえしてきたのです。やがてジャワのバタビアに至り、ついにはここ長崎にやってきました」

クルチウスは人差し指で地図をたどった。ネーデルランドウからアフリカ大陸にそって南端のケープタウンにむかい、そこからインドのボンベイ、さらにジャワのバタビアから長崎へ。

「ネーデルランドウから長崎まで、ゼイルスヒップ（帆船）で何日くらいかかるかわかりますか？」

それは出島のオランダ商館員のほとんどが、一度は花にむけてきた質問だった。

「おおよそ八ヵ月」と花は答えた。

「そうです。でも、いまは、来ようと思えば、四ヵ月ほどで長崎まで来ることも可能です」

クルチウスは、これまでの帆船にかわって蒸気船が登場したことで日本をめぐる情勢は一変したのだと言い、約五十年前に長崎でおきたフェートン号事件について話した。

「ゼイルスヒップは風がなければ進めません。それに船をあまり重くできないため、装備できる大砲の数もかぎられていました。でも、スキームスヒップ（蒸気船）なら、大砲を二十門も三十門も備えつけて、遠い場所まで一気に押し寄せることができるのです。もしもフェートン号が大型のスキームスヒップだったら、出島をふくむ長崎港はイギリス人たちに占領されて、オランダ商館員は全員が日本から退去することになっていたでしょう」

（そうなっていたら、わたしは生まれていなかった）

頭をよぎった思いに動揺して、花は目を伏せた。

「ハンナ、こうした話は退屈ですか？」

クルチウスはいきどおりとさみしさがいりまじった目で花を見た。

「いいえ」と答えた花に、クルチウスはかさねて言った。

「ハンナが九歳だということを、わたしはよくわかっています。しかし、わたしが九歳だったとき、父や叔父は、わたしがいる席でも祖国が進むべき道について真剣に議論していました。わたしはすべてを理解できないながらも、熱心に聞きいりました。母や叔母もその場にいて、自分の考えをきちんと述べていました」

「カピタン、ちがうのです」

もしも五十年前に出島がイギリス人に占領されていたら、自分は生まれていなかったのだと思い、たよりない気持ちになったのだと、花はうちあけた。クルチウスはくちびるを噛み、指先で眼尻をぬぐった。花は初めて見るカピタンの涙におどろいた。しばしの沈黙のあと、クルチウスがふたたび話しだした。

「ハンナ。日本に開国開港を迫ろうとしているのはアメリカだけではありません。ロシアも、イギリスも、フランスもです」

クルチウスは地球儀をまわして、それぞれの国を指さした。

「どの国もオランダより面積が大きく、人口は多く、そして強い軍隊を持っています」

かつてオランダはイギリスと覇権を争っていたが、うち続く戦争に疲れ果てて、もはや列強と渡り合うための艦隊を持てなくなってしまったという。

「だからといって、おめおめと引きさがるわけにはいきません。オランダは日本と二百年にわたり友好関係を築いてきたのです。世界の情勢を記した風説書を毎年送り、日本が必要とする生糸や砂糖を運んできたのです。ドゥーフは通詞たちと協力して日蘭辞典『ドゥーフハルマ』を編み、シーボルトは日本の医師たちに西洋の医術を伝授しました。これからもオランダは日本にとって最も親しい友人であろうと思っています。ただし」

クルチウスはずっと花にむけていた視線をそらせた。

「これから先、アメリカ、ロシア、イギリス、フランスの艦隊がつぎつぎと日本を訪れるでしょう。ひとつ間違ったら日本を舞台に戦争がおきるかもしれない。そのとき最強のイギリス艦隊が本気で長崎港を占領しようとしてきたら、わたしたちになすすべはありません。つまり、ある日とつぜん、出島からオランダ人がひとりもいなくなる可能性があるのです。そうなった場合でも、ハンナが生きていけるようにと考えて、わたしは長崎奉行に頼み、あなたを出島によこしてもらったのです」

そこでクルチウスは口をつぐみ、カップのコーヒーをすすった。

「ハンナ、あなたはオランダ語をおぼえました。それは、わたしたちオランダ人にとって、とてもうれしいことです。ただ残念なことに、世界でオランダ語を話すひとの数はとても少ない。くやしいけれど英語を話すひとのほうがずっと多いのです。ですから、出島にいる商館員たちは全員英語ができます。わたしは英語のほかにフランス語とドイツ語とロシア語もできます。ハンナもオランダ語にくわえて英語をおぼえてください。それはきっと、日本とオランダ、そしてあなた自身を助ける力になるはずです」

花はとまどいながら小さくうなずいた。

「ハンナ。あなたはうそのつけない、正直なひとですね。言いたいことがあるなら、遠慮なく言ってごらんなさい」

花は英語もしっかり勉強すると約束した。だからパンの焼き方をおぼえたいと頼んだ。

「それは、本気で言っているのですか？」

クルチウスが目を丸くしたので、花は機嫌をそこねるようなことを言ってしまったのかと不安になった。

「オランダでは、身分の高い女性はパンを焼いたりしません。出島でも、料理や掃除をするのは、バタビアからつれてきた男たちだけでしょう」

花は、クルチウスが自分の父親が誰かを知っているのではないかと思った。しかし梶屋の旦那様から、出島ではよけいなことをたずねてはならないと言われていたのを思いだした。

「カピタンは先ほど、オランダ語や英語ができれば、通詞として働けるとおっしゃいました。わたしはそのための努力は惜しみません。ただ、生きる手立てはいくつもあったほうがいいと思います。

どうかわたしにパンの焼き方を教えてください。わたしは梶屋でお玖磨さんと一緒にお米を炊いてきたのですから、パンを焼くことをいやがりはしないのです」

花はことばを選びながら一生懸命に話した。

「ハンナ、日本の女性がみな、あなたのようにかしこく、好奇心にあふれ、辛抱強いなら、日本はオランダにもイギリスにもフランスにも引けをとらない立派な国になるでしょう」

クルチウスはさっそく料理長のフリッツを呼び、花にパンの焼き方を教えるように言った。ところが、頭に茶色の更紗を巻いたバタビア生まれの年老いた料理長は笑ってとり合わなかった。

「いくらカピタンのご命令でも、それはおことわりします」

褐色の肌をしたフリッツの顔には深いしわがきざまれていた。

「どうしてだ、理由を言いなさい」

クルチウスに叱責されても、フリッツは怯まなかった。

「それなら、反対におたずねしましょう。どうしてカピタンは、いやがるわたしを無理やり船に乗せて、遠い長崎までつれてきたのですか？」

答えにつまったクルチウスに、フリッツは教えさとすように言った。

「本物のパンは、誰にでも焼けるものではありません。数ある料理のなかで、最も難しいもののひとつが、パンを焼くことだから、わたしはあなたに請われて、泣く泣くバタビアを離れたのです。わたしはあなたの召使ですが、理不尽な言いつけには従えません」

「お願いです。わたしにパンの焼き方を教えてください」

花はフリッツの正面に立った。

「おまえのことは聞いている。こうして間近に相対するのは初めてだ。九つにしては背が高いな」

フリッツは一歩下がり、花の全身を眺めてから青い目をのぞきこんだ。花は、フリッツの鳶色の目をじっと見かえした。

「いいでしょう、カピタン。ただし、この娘が一度でも弱音を吐いたり、わたしが見こみはないと判断したら、修業はうちきります」

「それでかまいません」

花は、クルチウスが返事をするより先に答えた。

「あすから、日が昇るころに出島にくるように。場所は、ここの裏にある台所小屋だ。カピタン、番所の門番にそう伝えてください。ハンナ、朝ごはんは食べてこなくていい」

その日、梶屋に帰った花は旦那様とお玖磨さんに、これまでのオランダ語にくわえて英語とパン焼きを教わることになったと話した。ふたりは神妙に聞いているだけで、なにも聞いてこなかった。


翌朝、花は暗いうちにおきて、したくをした。これまでは朝餉《あさげ》をすませてから出島にむかっていたが、花は夜明けの道をお玖磨さんと歩き、朝靄《あさもや》にかすむ出島に入っていった。

台所部屋では、頭に茶色の更紗を巻いたフリッツが待っていた。花は言われるままに、ついたてのうしろで小袖からシャツとズボンにきがえた。足には靴を履き、頭には白い更紗を巻いた。

フリッツは火箸で火鉢に埋めていた種火をとり、オーヴェンのなかのワラ束に火をうつした。その火が薪に燃えうつり、台所部屋が暖かくなっていく。

つかの間、花が気をゆるめていると、フリッツは畳一枚ほどの広さのテーブルでパン種をこねだした。大きなダルマほどの小麦粉の塊からひとつ分をつかみとり、手早くこねて丸くする。ひとつ、またひとつと並べられていくパン種は寸分たがわぬ大きさだ。二十個を丸めたところで、フリッツは柄のついたへらをとった。そのへらで、パン種をオーヴェンに入れていく。花が脇からのぞくと、オーヴェンのなかでは薪がまっ赤に燃えていた。炎をうけて、パン種がみるみるふくらんでいく。花は胸がわくわくした。

「おまえはパンを何度食べたことがある?」

ふいに聞かれて、花はあわてて答えた。

「ドクテルの部屋で三回食べました。オランダ語の勉強のあいまに」

「ふん。わしが焼いたパンは冷めてもうまいが、焼きたてはもっとうまい」

そのとき、オーヴェンからこうばしい香りがただよった。フリッツがへらで手早くパンをとりだし、そのうちのひとつを花に手わたした。

「ちぎって、口に入れてごらん」

フリッツに言われたとおりにすると、花の顔がほころんだ。ほんのひとかけ食べただけなのに、からだが温かくなっていく。もうひとかけ口に入れたパンは、噛む前にとけながらのどを通っていった。

「オーヴェンに入れた二十個のパンを、二十個ともこの焼きあがりにするのがどれほど難しいことか、おまえにはまだわからないだろう。それに、日本は毎日のように天気がかわる。海をゆく船のなかでパンを焼くのにも苦労したが、日本でパンを焼くのもじつにたいへんだ」

フリッツは話しながらも手をとめずにパン種を丸めていく。

「ふだんは三人でパンを焼いているが、今日はひとりでしてみせた。わしが百個焼いたあとに、おまえはみっつ、パンを焼いてみなさい。失敗していい。最初からうまく焼ける者などいないのだから」

五回目のパン焼きを終えると、フリッツはやれやれというように椅子にすわった。途中から手伝いにやってきた若い召使がパンを籠に盛ってカピタン部屋に持っていく。

「さあ、おまえの番だ」

「はい」

花が元気にこたえたのに、フリッツは気のない顔でコップについだ水を飲んでいる。花は小麦粉をまぶした両手でパン種を丸めようとした。ところが、ネバネバしているのでうまく丸まってくれない。

「そんなやり方では、パンが硬くなる」

失敗してもいいと言っていたのにと、うらみごとが頭をよぎったが、パンの焼き方を教えてほしいと頼んだのは花だった。

「わしがしていたとおりにすればいい」

それはそうだが、フリッツはよほどの達人らしく、パン種を手のひらで二、三度なぜるともう丸くなっていて、まねようがなかった。花はどうにか丸めたパン種をへらにのせてオーヴェンに入れたが、焼きあがりも最悪で、表面は黒くこげているのに、なかはネバネバした小麦粉のままだった。

「わしの命があるうちに、おまえがまともなパンを焼くことはないかもしれないな」

フリッツが本気とも冗談ともつかない調子でつぶやき、花はくやしくてくちびるを噛んだ。そのとき、午前九時を告げる鐘が鳴った。

「さあ、ドクテルの部屋に行きなさい。英語を教わる時間だ。パン焼きは、またあした」

フリッツに言われて、花はしぶしぶ前掛けをとった。

「カピタンと約束したのだろう、オランダ語だけでなく、英語もしっかり勉強すると。あの方は名門出の俊才で、当代随一の切れ者との呼び声も高い。実力を認めた者には寛大だが、期待にこたえられない者は容赦なく見捨てるという、とてもこわい方だ」

そこでフリッツは声をひそめた。

「わしはきのう、おまえのことでカピタンに逆らったが、ほかのオランダ商館員なら、わしを鞭打ちにしていただろう」

「鞭打ち？」

それがなにを意味しているのか、正確にはわからなかったが、フリッツは詳しく説明してくれなかった。

「オランダ人たちは、わしらの命など、牛や羊の命とかわらないと思っているからな」

フリッツの目が暗い怒りに燃えて、花は身動きがとれなかった。


花のパン焼きはなかなか上達しなかった。それでもパン種の丸め方はうまくなっていたし、パンが黒こげになることもなくなった。ただし、いつになったらふっくらしたおいしいパンを焼けるようになるのかは見当もつかなかった。

「ひと月もたたないのに、がっかりするなんて生意気だ。三年で、多少満足のいくパンが焼けるようになったら、上出来なんだ」

フリッツに叱《しか》られて、くじけそうになりながらも、花は夜明けとともに出島の表門をくぐり、台所部屋でパンを焼いた。

一方、英語の勉強は順調だった。オランダ語と英語は似た単語が多いし、ことばの並べ方にも共通点がある。ドクテルをはじめとするオランダ商館員たちは、花に英語で話しかけてくれた。

そんなある日の午後、花は花畑でトゥレプの茎を切っていた。花を咲かせたままにしていると、球根がやせてしまう。五月の末頃に茎を根元から切り、葉だけにしてやる。すると球根に栄養がたまり、来年もきれいな花を咲かせるというわけだ。長い茎がついたトゥレプの花を籠に並べながら、花はカピタン部屋の大広間で朗読したトーメリーサの物語を思いだしていた。出島には、オランダ語版と英語版のアナスンの童話集があって、花は勉強のために両方を読んでいた。クルチウスは、花にアナスンのほかの物語も朗読してほしいと言ったが、その後に大広間でもよおしが開かれることはなかった。

花が三十本ほどのトゥレプを切り終えたとき、カピタン部屋のほうでざわめきがおきた。

（オランダ船がついたのかしら？　それにしては港や町が静かだわ）

権現山の遠見番はオランダ船を見つけると、すぐさま合図を送り、空砲が撃たれる。オランダ船は湾外の高鉾島《たかぼこじま》のそばで錨をおろし、奉行所の役人による厳重な検使をうけるため、港に船が入ってくるのは数日先だが、砂糖や更紗を満載にしたオランダ船の到着に長崎の町は大にぎわいになる。

ところが町は静かなままだった。

「なんと、江戸の浦賀にアメリカの黒船が四隻もあらわれたと。それは天下の一大事」

出島に詰めている地役人が声をあげて、花はドクテルの部屋にいそいだ。

ドクテルによると、和暦六月三日の夕刻、外輪式の大型蒸気船二隻を含む四隻の軍艦で編成されたアメリカ艦隊が江戸湾の浦賀に来航したという。今日は六月十七日だから、もう十四日がすぎているわけだ。クルチウスのもとを訪れたのは長崎奉行の使いで、江戸からつぎの知らせがつきしだい参りますと言って帰っていったという。黒船来航の報はすでに長崎の町中にも広まっていて、花をむかえにきたお玖磨さんも、かなり詳しく知っていた。

「長崎にくるオランダ船は帆をおろして、何十艘という曳船に引かれてゆっくり港に入ってくるのに、アメリカの黒船はものすごい速さでやってきて、しかも何十門もの大砲をつきだして、いまにも撃とうというかまえだったそうだから、お江戸のひとたちはどんなにおどろいたでしょうね」

お玖磨さんの話を聞きながら梶屋に帰りつくと、花は座敷に呼ばれた。

「おまえをやるに当たり、出島のなかで見聞きしたことはけっして話してはならんと、わしは言った。しかし、ことがことじゃ。これから、わしが聞いているところを話すから、おまえのほうが詳しく聞いていることがあるなら教えなさい」

旦那様に請われて、花はかしこまった。今回来航したアメリカの黒船は、これまで浦賀や房総沖にあらわれた異国船とは外観がまるでちがっていた。船体は黒い鉄板でおおわれて、船の両側面では鉄製の大きな車輪が回転し、大砲の数も多い。煙突から黒い煙をもうもうと噴きあげて、飛ぶような速さで進んできたため、浦賀奉行所や諸藩の警衛船は黒船を制止することができなかった。

「それはオランダ語でストームスヒップ、英語ではスチームシップと呼ばれている最新式の船です。石炭《いしすみ》を燃やすことでえられる強い力によって、大きな車輪を回転させて、波をかいて進むのです。風がなくても、逆風をうけても進めますし、帆船よりもはるかに動きが速く、大砲や砲弾もたくさん積めるため、今回のような無法なおどしもできるのです」

花は、フェートン号事件にからめてクルチウスに教えられたことを話した。

「わしも蒸気船というものが発明されたとのうわさは聞いていた。十年ほど前、アヘンの交易が発端となって清国がイギリスに打ち負かされた騒乱でも、イギリスの蒸気船が揚子江をさかのぼり、大いに暴れたそうじゃ」

花はその戦のことを知らなかった。

「お江戸は、アメリカの黒船で大騒ぎになっているそうじゃが、イギリスのフェートン号が暴れたときの長崎も、それは大変じゃった」

梶屋の旦那様は寛政三年生まれで、文化五年当時は十八歳。その年はバタビアからのオランダ船がなかなか来航せず、八月十五日になってようやく遠見番が異国船の来航を知らせた。のちに判明したところでは、当時出島のカピタンだったヘンドリック・ドゥーフはその時点で異変をかんじていたという。毎年六月か七月に長崎にくるオランダ船が八月なかばに到着したことは一度もなかったからだ。ドゥーフは、長崎奉行松平《まつだいら》図書頭《ずしょのかみ》様に、オランダ国旗を揚げていても、じつは他国の船かもしれないので警戒するようにと伝えた。図書頭様はその旨を検使役に告げたが、小舟で異国船にむかった役人たちに同行したオランダ商館員二名が国籍不明の異国人たちに捕らえられた。奉行所にもどってきた検使役からの知らせに、長崎の町は大混乱におちいった。図書頭様は、無法な異国船を打ち払おうと考えたものの、幕領である長崎には、警固にあたる鍋島藩兵百数十名がいるだけだったため、地役人や町衆にも帯刀をゆるし、火消したちとともに波止場に集めた。

「わしも、母や妹たちを山の寺に逃がしてから立山の奉行所にむかい、生まれて初めて太刀を佩《は》いた。うれしいやら、おそろしいやら。膝がふるえて、くだりの道で何度も転び、すり傷だらけになった。その夜は提灯や篝火《かがりび》がいっせいに焚かれて、大波止《おおはと》から見あげると、湾をかこむ山々がかがやき、それは美しかった」

翌日、異国船はイギリスの軍艦フェートン号であることが判明する。薪や水、それに食糧がとどけられれば二名のオランダ人を解放するとの通告があり、図書頭様は公儀の定めに則って打ち払いを実行するか、オランダ商館員の命を救うかで大いに悩んだ。梶屋の旦那様たちも、イギリス兵が上陸してきたら抜刀して斬りかかる覚悟でいたため、交代で休みをとりながらも、つねに気を張っていた。結局、兵力がととのわず、図書頭様は無法なイギリス船の求めに応じた。二名のオランダ商館員は解放されて、来航から三日目の八月十七日に、フェートン号は長崎から去った。

「船影が沖に消えたとの報が遠見番からもたらされたときは、これで戦にならずにすんだと安堵して、大波止につめていた数百の者たちがいっせいにすわりこんだ。山の寺に隠れていた女衆やこどもたちもおりてきて、無事を喜び合ったが、翌朝、図書頭様が切腹なされたと聞いて、わしらはことばもなかった」

フェートン号の一件があってから、長崎ではふたたび同じようなことがおきた場合に備えて山の寺に食料を貯め、湾の入り口に砲台を築くといった防御策がほどこされた。しかし、むやみに追い払っては戦にならないともかぎらない。御公儀はすでに異国船打ち払い令を撤回して、薪・水・食料の提供に応じるようにとの御触れをだしているが、アメリカの黒船にどのように応接していくつもりかは皆目わからない。

「いったい日本はどうなっていくことやら」

旦那様は肩を落とし、花はお玖磨さんにうながされて自分の部屋にさがった。


夏の日はすでに落ちて、花は行燈に火を灯した。ふたをとった鏡に顔を寄せると、行燈の明かりをうけた目はいつにも増して青く、髪はどこまでも黒かった。

若き日の旦那様がフェートン号に立ちむかった話を聞きながら、花はいま同じようなことがおきたら、自分はどうするのだろうと考えた。青い目を隠すために菅笠をかぶらなければ外を歩けない自分は、山の寺にかくまってもらえるのだろうか。異人の仲間だと思われて捕えられるくらいなら、いっそ自分から異国船に乗りこみ、遠い国に行ってしまいたい。花は、道富丈吉が十七歳で早逝した理由がわかる気がした。死因は不明だそうだが、丈吉は父親が故国に帰ったあとの長崎でどのように暮らしていけばいいのかわからなかったのだろう。

オランダは二百年以上も出島に商館をおいているし、これからも日本にとって最も親しい友人でありつづけたいとクルチウスは言った。しかし大半のオランダ商館員はほんの一、二年を出島ですごしただけで、バタビアやオランダ本国に帰っていく。図書頭様が一命と引きかえるようにして助けた二名の商館員も長崎の地に骨を埋めることはなかったにちがいない。

父がいずれ長崎を離れるとわかっていたのに、母はどうして子を孕《はら》んだのか。花がものおもいに沈んでいると、夕餉のしたくができたと呼ぶお玖磨さんの声が聞こえた。


江戸からのつぎの知らせは、なかなかとどかなかった。大いそぎの飛脚でも、江戸と長崎のあいだは五日かかる。御公方様《ごくぼう》(徳川将軍)の御在所である江戸城の喉元にアメリカの黒船が押し寄せたのだから、いったいいかなる仕業になるのかと、人々はその話題で持ちきりだった。

そんな折も折、遠見番から洋式装備の帆船が視界に入ったとの連絡があった。オランダ船かどうかの確認はできていないという。

「花。その船がオランダ船ではなく、イギリスやアメリカの軍艦だったらどうすると、カピタンは言っている」

黒船の来航以来、梶屋の旦那様はおちつきを失って、毎日花の帰りを待ちかねて出島のようすを聞いてきた。

「カピタンはなにも言っていません。出島には軍艦も大砲も洋式銃もないのですから、オランダ商館員たちは相手と話し合う以外、なにもできないのです」

三日後、その船はオランダ船だとわかった。長崎の町をおおっていた張りつめた空気がきれいにぬぐい去られて、旦那様も安堵していた。翌六月二十七日の朝、オランダ国旗をはためかせた帆船ヘンドリカ号は数十艘の曳舟《ひきふね》に引かれて出島の前まで進み、錨《いかり》をおろした。大波止に集まった人々は、一年ぶりのオランダ船の到着に歓声をあげた。

七月初めには、江戸から知らせがとどいた。ペルリ提督率いるアメリカの黒船艦隊は六月十二日に江戸湾から退去した。ただし来春には、ふたたび江戸に来航して、開国開港を求めた親書への回答をかならずうけとると言い残していったとのことだった。

長崎には平穏が訪れたが、それはつかの間だった。七月十八日にロシア国旗を掲げた四隻もの艦隊があらわれて、かつてない緊張に包まれたからだ。

そうした騒然とした日々を送りながらも、花は毎日パンを焼き続けた。フリッツも陽気なバタビアの歌を歌いながらパンを焼き、料理を作った。カピタンのクルチウスのもとにはロシア艦隊を率いるプチャーチン提督の使いや奉行所の役人が毎日のように訪れた。

アメリカと同じく日本の開国開港を求めるロシア艦隊は、断続的に六ヵ月間も高鉾島のそばに停泊し続けたため、梶屋の旦那様は憂鬱な日々を送ることになった。

第二章　長崎海軍伝習

ペルリ艦隊の最初の来航から二年あまりがすぎた安政二年九月三日、勝麟太郎たち幕府の海軍伝習生を乗せた洋式帆船・昇平丸《しょうへいまる》が、長崎にむけて江戸湾を出帆した。

前年の七月には、オランダ海軍のファビウス中佐が率いる外輪式の蒸気船スンビン号が長崎港に入り、長崎の地役人や佐賀藩、福岡藩、薩摩藩の藩士に帆のあげおろしや操舵《そうだ》といった予備伝習をほどこした。スンビン号は三ヵ月ほどでバタビアに去ったが、幕府はすでにオランダ政府に最新のスクリュー式蒸気船を二隻注文しており、西洋式海軍を創設して日本の海岸防備に当たる計画を決定していた。そのための海軍伝習が長崎でおこなわれることとなり、幕臣から選ばれた俊英が薩摩藩製造の洋式帆船に乗ってやってくると聞いた梶屋の旦那様は今度こそ元気をとりもどした。

海軍伝習が決まったことは、オランダ商館員たちにとっても大きな喜びだった。出島のなかに閉じこめられていては伝習生たちへの教育や実習ができないため、日蘭和親条約が結ばれた暁には、奉行所への届出なしで長崎の界隈を歩けることになっていたからだ。もっとも、カピタンであるクルチウスは慎重で、オランダ人と長崎の町衆たちとのあいだでもめごとがおきることを心配していた。

「わたしは、みながその日を待ちわびている気持ちがよくわかります。わたしだって、長崎の町を気ままに歩いてみたい。しかしフヴェーフ(けんか)は絶対に避けなければなりません。だから、しばらく、外出は伝習のためだけにかぎるつもりです」

そう話すカピタンは見るからに疲れていた。以前は、週に一度は、コーヒーを飲みながら花とのおしゃべりを楽しんでいたが、ペルリの黒船艦隊が浦賀に来航してからというもの、執務室にずっと詰めている。

ドクテルによると、バタビアのオランダ東インド総督府に送る文書を毎日のように作成し、長崎奉行のために英語やロシア語で記された書面をオランダ語に翻訳しているのだという。

「わたしも手伝っていますが、カピタンがチェックをしてところどころ直すので、かえって手間をかけてしまうのです」

ドクテルがうなだれて、花はどうなぐさめたらいいのかわからなかった。

当初の予定では、海軍伝習生たちを乗せた昇平丸は、九月中には長崎につくはずだった。ところが途中で時化《しけ》や暴風に遭い、おくれにおくれて、ようやく長崎港に到着したのは、江戸を発ってから五十五日後の十月二十日だった。

海軍伝習生たちが長崎に到着してから五日目に、出島のオランダ商館において入門式がおこなわれることになった。カピタン以下、全員が正装で迎えるため、数日前から商館員たちは金モールが付いた礼服にブラシをかけたり、靴を磨いたりと、準備に余念がなかった。

「どうだいハンナ、王子様みたいだろう」

したくをすませたドクテルが台所部屋まで見せにきてくれたが、花もカールもヘンデリキもへとへとで返事ができなかった。六月にファビウス中佐が率いるスンビン号がふたたび長崎港にきてからというもの、出島には二十三人ものオランダ人が暮らすようになっていたからだ。それまでの十五人から八人増えたぶん、パンを焼く数も増えて、ひと仕事を終えたあとは立っていられなかった。

ただし、いいこともあって、花は海軍伝習の首席教官として来日したペルス・ライケン大尉と親しくなった。ファビウス中佐から花のことを聞いたライケン大尉は、オランダのスクォール（学校）で使っている教科書を土産に持ってきてくれたのだ。おかげで花は、西洋式の算術やオランダの歴史、それに天文学や医学の基礎を学ぶことができた。立派な口ひげを生やした恰幅のいいライケン大尉は聡明なうえにほがらかで、時間を見つけては花の相手をしてくれた。

今日の入門式をこっそり見物できるようにとりはからってくれたのも、ライケン大尉だ。花は頭に巻いた更紗で顔を隠し、カールやヘンデリキたちとともに、カピタン部屋の壁ぎわに立っていた。伝習《でんしゅう》総監《そうかん》永井《ながい》玄蕃頭《げんばのかみ》様に率いられた五十名ほどの海軍伝習生は、全員が裃《かみしも》であらわれた。金モール付きの礼服をきたオランダ人たちとの対照はあざやかで、むかい合って立つ両国の男たちの凛々しい姿を目の当たりにして、花はからだがふるえた。

入門式がすむと、伝習総監がひとりの侍をライケン大尉に紹介した。

「生徒監で、艦長候補の勝麟太郎。当代きっての蘭学者です」

そのとたん、勝さんが大声を発した。

「おいらのことはどうでもいいや。それより伝習はいつから始めるんで」

通詞があわててオランダ語に訳して伝えると、ライケン大尉は大きくうなずき、勝さんの肩をたたいた。大尉のほうが一尺は背が高いのに、臆せず相手を見かえす勝さんの姿は花の目に焼きついた。

「ハンナ、勝さんはさっき、日本語でなんと言ったのですか？」

永井玄蕃頭様を先頭に、御奉行様や海軍伝習生たちが帰っていくと、ライケン大尉が花にたずねた。カピタンのクルチウスとファビウス中佐もそばにきて、花の答えを待っている。

通詞は、伝習をいつから始めるのかという質問だけをオランダ語に訳したので、花は伝習総監による勝さんの紹介と、それをさえぎって発せられた勝さんのことばをオランダ語にして伝えた。

「なるほど。ふんいきで、おおよそわかっていたけれど、かれは照れたんだね。つまり、オランダ語が相当できるということだ。それにモエヅ（度胸）もある」

ライケン大尉は勝さんに興味を持ったようだった。

「逆に言うと、ほかの伝習生たちはあまりオランダ語ができないようだね。わたしのあいさつを、通詞が訳す前に理解していたのは勝さんくらいだったよ」

クルチウスのことばに大尉とファビウス中佐がうなずいている。

「しかし、ハンナを忍びこませたのは、いい考えでしたね。大尉にそんな意図はなかったでしょうが」

ファビウス中佐がニヤリと笑ったのを見て、花はかなしくなった。自分は江戸からきた伝習生たちをこの目で見たかっただけで、オランダ商館側の隠密《おんみつ》になるつもりなど、これっぽっちもなかったからだ。

台所部屋にさがった花があしたの朝食用のパン種を一心にこねていると、ライケン大尉がやってきた。礼服は脱ぎ、シャツに上着をはおっている。大尉にうながされて、花は前掛けをしたまま水門にむかって歩いた。

「さっきは間諜《かんちょう》のようなまねをさせてしまって、悪かったね。あのあとカピタンと中佐と話して、ハンナに今日のようなことを二度とさせてはならないと約束したんだ。ハンナはオランダ人の血を引いているけれど、日本人たちのなかで育った。だから、まずは日本人の味方をするのが当然だ。わたしたちも、日本のために尽くそうと思って長崎にきている。そのことは信じてほしい」

ライケン大尉が胸に手を当てて頭をさげた。花は、率直で公明正大なオランダ士官への信頼をさらに深くした。

夕方、梶屋に帰ると、旦那様が入門式のようすを聞いてきた。しかし花はパンを焼いていたので見ていないとうそを言った。


その夜、寝巻にきがえた花は、鏡をのせた台の前にすわった。ひと呼吸おき、ふたをとる。花は自分の顔を見つめた。このごろ、目の青い色がさらに濃くなった気がする。鼻は高く、目と口は大きくなり、髪こそ黒いが、あきらかに異人の相だ。

(ライケン大尉は、わたしのことを、日本人のなかで育ったのだから、日本人の味方をするのが当然だと言ったけれど)

四年前の秋に出島に通うようになってから、花はオランダ人たちのなかですごす時間のほうが長くなっていた。

夕方、出島橋を渡って長崎の町に入ると、花は自分が大きくなった気がした。髷を結い、着物に下駄のひとたちをみすぼらしくかんじることもある。梶屋で丸一日をすごすのは、七日に一度、西洋暦の日曜日だけだった。

「わたしがしたくをするから、花ちゃんは休んでらっしゃい」

お玖磨さんは気づかってくれるが、いくら疲れていても、花は早起きをして、かまどでお米を炊いた。薪をくべ、釜からわきあがる御飯のにおいを胸いっぱいに吸いこむ。

(出島で寝起きするようになったら、わたしは日本人ではなく、オランダ人になってしまうのかしら?)

まちがいなくそうなると、花は思った。いまでも日本語で話す相手はお玖磨さんくらいなのだ。オランダ商館員はみな知識が豊富で、話していて楽しかった。

(母も、父との語らいが楽しかったのかもしれない)

そう思いついた花は、父と母をかつてなく身近にかんじた。

(わたしは日本人の母と、オランダ人の父のあいだに生まれた娘なのだ。カピタンや大尉を信じて、日本とオランダ双方のために尽くそう)

入門式の一件で騒いでいた気持ちがようやく静まり、花は笑顔になった。鏡にうつった顔をよく見れば、肌のきめ細やかさや、おちついた表情は日本人のものだ。すると、おさえられていた願望がむくむくとふくらんできた。

(伝習生たちと一緒に学問がしたい。蒸気船で海を渡り、オランダに行って父に会いたい)

胸の高ぶりとは裏腹に、立て続けにあくびが出た。花は鏡をしまい、行燈の火を消して床に入った。


入門式の翌日から、海軍伝習が始まった。出島のむかいにある長崎奉行所の西役所で午前と午後に座学をおこない、三日に一度くらい、スンビン号改め観光丸と命名された外輪式の蒸気船で、操艦や帆のあげおろしなどをおこなう。艦上演習のときは、大波止に集まったひとたちのざわめきや歓声が出島のなかにまで聞こえてきた。ライケン大尉によると、若い娘が多いらしい。花も見物に行きたかったが、クルチウスに、ひと目のある場所に出るのはもう少し待つように言われていた。

「二年以内に、わたしたちは長崎の町なかに商館や屋敷を建てることができるでしょう。そうなれば家族を呼びよせて、オランダ人の女性やこどもたちが長崎の町を自由に歩くようになります、そのときまでの辛抱です」

花は黙ってうなずいた。ライケン大尉もドクテルも、ほかの商館員たちも、伝習の教官をつとめているため、昼間の出島はがらんとしていた。花はひとりで英語や算術の勉強にはげんでいたが、伝習をうけたい気持ちは日に日につのった。

大尉たちは、自分がうけもつ科目を終えると出島に帰ってきて、伝習生たちの能力や理解度について遠慮なく語った。一番の問題は伝習生たちの年齢が高いことだという。オランダでは、おそくとも十二歳までには船員になる覚悟を決めて、帆のあげおろしや船内での行動をたたきこまれる。ところが伝習生たちは若くても二十四、五歳で、これでは航海に必要な技術を本当に身につけることはできない。

もうひとつの問題は通詞で、人数が足りないうえに、航海術や算術の専門用語にうといため、伝習がはかどらないとのことだった。

「しかたないさ。かれらは二百年間も交易に関することがらだけしか話してこなかったのだから」

「どうだろう。ハンナに手伝ってもらったら。あの娘のほうが何倍も役に立つと思うよ」

「それは無理だ。通詞たちは縄張りを荒らされたようにかんじるだろうし、伝習生たちも少女を通して教わることをいやがるにちがいない」

「座学は無理でも、ハンナが艦上演習の通詞をしてくれると助かるんだがなあ」

ドクテルの部屋で勉強しているとそんな会話が聞こえてきて、花はそのたびに早くその機会がきてほしいと待ち遠しく思った。

冬がすぎて、年が明け、三月も下旬になった土曜日の夕方、菅笠をかぶった花が出島の表門を出ると、お玖磨さんと並んでお侍が立っていた。日が暮れかけていて、ふたりはそれぞれ提灯をさげていた。

「花ちゃん。こちら勝麟太郎さん。江戸からこられた、海軍伝習の」

お玖磨さんに紹介されるより先に、花は勝さんに気づいていた。

「ライケン大尉に、あなたのことを聞きましてね。一度話したいと思っていたのです」

梶屋の旦那様にも了解をえているとのことで、勝さんはそれきり黙って、先を歩いていく。花はお玖磨さんと並んで、勝さんのうしろをついていった。

毎日往復している道でも、お侍と一緒だと安心感がある。

「お帰りなさいまし。奥にお膳をととのえてございます」

旦那様がまるで小僧のように出迎えて、花はびっくりした。

「よしてくれやい。おいら、貧乏旗本の倅《せがれ》だから、行儀よくはできねえよ」

威勢のいい江戸ことばで応じた勝さんは座敷にあがると、いきな仕草で腰の大小を刀掛けにおき、床の間を背にして腰をおろした。

「おまえさん、そこにおすわりよ」

勝さんが自分のすぐそばのお膳を指さして、花はお玖磨さんに助けを求めた。いつもは、旦那様たちがすませたあとに、お玖磨さんとふたりで夕餉をいただいているからだ。

「花、勝様の言うとおりにしなさい」

旦那様にうながされて、花は小袖の裾を押さえてすわった。

「おいら、オランダ語を学び始めたのは二十歳のときだから、十三、四年になるのか。おかげで読み書きは多少できるが、じかにオランダ人と話したのは長崎にきてからだから、連中がなにを言ってるんだか、ちっともわからねえんだ。そうしたら、ペルス・ライケンの野郎がね、あなたのオランダ語はなかなか流暢です。でも、もっとじょうずになりたければ、梶屋の花に習いなさいって言いやがってさ」

ライケン大尉がそんな失礼な言い方をするはずがなかったが、勝さんは花の青い目にはふれずに威勢よく話し続けて、花は何度も声を立てて笑った。


勝さんと梶屋で話してから丸一週間がすぎた土曜日の午後一時、花はライケン大尉とともに出島表門の内側に立っていた。白いズボンに青い上着をきて、底が平らな革靴をはき、前にだけつばのついた帽子をかぶっている。昼間に、菅笠で青い目を隠すことなく外を歩くのは生まれて初めてだ。

「ハンナ、とてもよく似合います。訓練がゆきとどいた若い水兵のようだ」

クルチウスが誇らし気に言って、ドクテルたちもうなずいている。カールとヘンデリキは、少し心配そうにしている。これから花は、観光丸の艦上演習で通詞をつとめるのだ。

「ダッハ（いってきます）」

花は帽子のつばに手をやった。

「ダッハ（いってらっしゃい）」

クルチウスをはじめ、その場にいる全員が手をふっている。

「みんな、大げさすぎるぞ。今生の別れのようじゃないか。ハンナは三、四時間もしたら出島に帰ってくるんだ」

ライケン大尉のことばに一同が笑うなか、花は番所の役人に門鑑を見せて表門をくぐった。勝さんが待っていて、こちらは毅然とした顔をしている。

「お花さん。女だてらに鹿島立ち！」

勝さんが声を張り、柏手を打った。きびすをかえし、芝居がかった大きな身ぶりで石造りの橋を渡っていく。ライケン大尉も勝さんの気迫にのまれたようで、なにを言ったのか聞いてこなかった。

「このビゾンデル（特別）な侍は、いつか日本の運命を左右するにちがいない」

つぶやかれたオランダ語を耳に入れながら、花はこの一週間に自分の身におきたいくつものできごとを思いかえした。

勝さんが梶屋にきた翌々日の月曜日、花が出島に行っているあいだに旦那様は立山の奉行所に呼びだされた。何事かと、いそぎ出むくと、その方がかねてより願い出ていた花なる娘を梶屋の養女とする件をゆるすという。

まるでおぼえがなく、旦那様は困惑したが、これは勝様のくわだてにちがいないと合点がいった。そこでお礼を申しあげて、さがろうとすると、身寄りのない赤子を引きとり、親身に育ててきたことへの褒美として金三両をくだされた。

「ただし、七日のあいだは公言を控えるように。花なる娘に対してもである」

きつく申し渡された旦那様は、理由もたずねられず、恐懼《きょうく》して小判を拝領したという。

明くる火曜日、長崎がめずらしく霧におおわれた朝は、花にとって忘れられない一日の始まりだった。雨の日は湿気が多くてパンを焼くのが難しいが、こんなに濃い霧は初めてで、花は苦労してパンを焼きあげた。

「ハンナ、カピタンが呼んでるよ」

カールに言われて、花は前掛けをはずし、手と顔をよく洗った。クルチウスはだらしないのが大きらいだからだ。

「ハンナ、今朝のパンもとてもおいしかった。おかげで、みんな元気に伝習に出かけていったよ。そこにすわりなさい」

クルチウスが手をむけた繻子《しゅす》張りの椅子に、花は腰かけた。出島にくるようになったばかりのころ、アナスンの童話を朗読したときにもすわったが、まだ幼くて、上等な布地の感触などよくわからなかった。

「ハンナが焼くパンとお菓子は、アムステルダムの親方にだって引けをとらない。でも、パンを焼くのはもうおしまいにしなさい。あとはカールとヘンデリキにまかせましょう。ふたりも、パンを焼きたがっているのです」

クルチウスの眼光は鋭くも温かかった。

「先週の水曜日に、江戸の老中から長崎奉行宛てに書状がとどいたそうです」

ペルリが来航するまで、西洋に開かれていた港は長崎だけだった。そのため、オランダ通詞たちは長崎にいればよかったが、アメリカとの交渉は横浜や下田でおこなわれている。すでに十名ほどのオランダ通詞が長崎を離れていて、さらに二名を江戸によこしてほしいと言ってきたという。

「伝習を手助けするオランダ通詞がただでさえ足りないのに、これではたまらないと、永井さんと勝さんと相談した結果、ハンナに手伝ってもらおうということになりました」

花は小躍りしたいほどうれしかったが、同時にパンを焼けなくなるさみしさをかんじていた。

「今日はこれから、わたしが帆船と蒸気船の構造を教えましょう。ライケン大尉も午後は出島に帰ってくるはずだから、かれからもいろいろ教わるといい」

そこからカピタンは英語で話しだし、船に関する用語はオランダ語と英語の両方を一度におぼえてしまえばいいと言った。

「ハンナには、大して難しくないはずです」

そうまで言われては引きさがれず、火曜日の午前から金曜日の午後まで、花は船の構造を勉強した。ライケン大尉をはじめ商館員たちも協力を惜しまなかったので、ひと通りのことは理解して、ついに今日、土曜日の午後から、艦上演習の通詞をつとめることになったのである。

「お花さん、花さん。いや、思いきって花と呼ばせてもらうよ」

出島橋を渡りきったところで立ちどまった勝さんは、青い上着に白いズボンの花を見すえて言った。

「おいら、伝習生たちにも、通詞たちにも、口が酸っぱくなるほど言ってるんだが、この海軍伝習ってえやつに、幕府は命運を懸けている。つまりは日本の命運が懸かっている。それだけの高い金をオランダ政府に払っている」

四方を海にかこまれた日本の国を西洋列強から守るには、日本人がみずから操る艦隊を編成する以外にない。そして、いずれは日本人の手で蒸気船も造れるようにしていくべきだ。伝習生たちの使命は、長崎の地でオランダ人教官から学んだ技術を多くの者たちに伝え広めていくことであり、生半可な覚悟ではつとまらない。

「正直、伝習生のなかにはたるんだ者たちもいる。たった五ヵ月しかたっていないのに、お江戸が恋しくって、学問に身が入らなくなっているやつらも、情けないことだが、何人もいるんだ。おまえさんに通詞をしてもらうのは、手が足りないせいでもあるが、そんな性根の据わらない連中の横っ面をひっぱたいてやりたいからなのさ」

語気鋭く言いはなつと、勝さんの目がやさしくなった。

「おまえさん、たいしたもんだ。青い目をした日本人なんてめったにいやしねえから、たったひとりでこらえていることが、そのまま修行だったんだろうよ」

花には、勝さんが自分のどこを買っているのか、いまひとつわからなかった。ただし、日本を守るために海軍が必要だということはよくわかった。そして尋常な努力ではそれが成しとげられないこともわかっていた。

クルチウスやライケン大尉によると、操艦はもちろん、帆のあげおろしでさえ、熟達するには五、六年では短いという。蒸気船でも、蒸気機関によって船を動かすのは出航と入港のときぐらいで、あとは帆に風をうけて進む。燃料となる石炭をそんなに多くは積めないし、石炭は値が張るからだ。

天気が好くて順風なら、船は勝手に進んでくれる。しかし、そんな都合のいい日は多くない。風むきや風速は猫の目のように変わり、それに応じて帆のむきをかえていかなければならない。嵐に遭遇して強い風雨にみまわれたり、晴れても風がなくて三日も四日も同じ場所から動けなかったり。航海ほど経験がものを言うことはない。

それは造船についても同様だ。勝さんたちが江戸から乗ってきた昇平丸は薩摩藩が造り、幕府に献上した洋式帆船だそうだが、オランダ船やロシア船とはくらべものにならないほど貧弱だった。

「勝サン」

ライケン大尉に呼ばれて、勝さんは頭をかいた。

「いけねえ、いけねえ。おいら、悪いくせで、話しだすと、とまらなくなっちまうんだ」

舌までだした勝さんの仕草に笑いをさそわれたが、花は自分に託された期待の大きさに武者ぶるいがした。

花は勝さんのあとをついて西役所の前を通り、船着き場についた。スループと呼ばれる帆のないボートに、漕ぎ手が八人と操舵手がひとり、あわせて九人が乗っている。若手の伝習生たちらしく、きちんと結った髷に春の日が照っている。

「一同注目！」

勝さんが声を張って、九人が顔をこちらにむけた。

「さっきも言った梶花さんだ。ご覧のとおりの青い目だが、長崎生まれ、長崎育ちの十二歳。おいらよりオランダ語は達者だし、英語の読み書きもできる。出島のカピタン、ヤン・ドンケル＝クルチウスの秘蔵っ子だ。年端のいかないおなごだからって、軽んじるようなまねをしたら、ただじゃおかねえからな」

ほれぼれする啖呵《たんか》を切ると、小柄な勝さんはひょいとスループに飛び乗った。さしだされた手をつかみ、花は生まれて初めて舟に乗った。最後に大柄なライケン大尉が悠々と乗りこんだ。

「さあ、やってくれ」

「そーれっ！」

左右四人ずつの若者たちが息を合わせ櫂を漕ぐ。すばらしい速さで、スループは進みだした。

「どうだい、花さん。いい気分じゃねえか」

勝さんに言われて、舟板にすわった花はうなずいた。心地よい風がほほに当たり、飽ノ浦《あくうら》に碇泊《ていはく》している観光丸がみるみる近づいてくる。

三本の帆柱と、蒸気で動く外輪を備えたオランダ船で、スンビン号という名前だったが、オランダ国王から徳川将軍に献上されて、海軍伝習総監永井玄蕃頭様により、観光丸と命名された。

「あの船は、舵《かじ》がついたままなのですね」

花が言うと、勝さんが「ほう」と応じた。

「おまえさん、目のつけどころがちがうねえ。いいかい、おまえら、櫂を漕ぎながらよく聞きな。

これまで長崎に来航したオランダ船は湾の外で火薬や大砲をおろして、長崎奉行にあずけていた。それだけじゃなく、舵まではずしていたんだ。つまり見かけは帆船だが、ただの大きな箱だった。それに対して、観光丸はいつでも出帆できる本物の船というわけだ」

（あの船は、あのままバタビアにもオランダにも行ける）

花は、名も知らぬ父への会いたさがつのった。しかし、自分が果たす役目を思い、胸いっぱいに潮風を吸って気を引きしめた。


海面から見あげる観光丸は、奉行所や諏訪神社の社よりも大きかった。三本の帆柱は天にとどくようだ。たたまれている白い帆をすべて張ったら、どんなに壮観だろう。外輪も、いかにも頑丈に造られている。胸をときめかせながら、花はこれほど大きく丈夫な船でなければ航海できない海の広さを想像した。オランダ商館員たちから、嵐のおそろしさを聞いてはいたが、そのおそろしさが肌身に迫ってかんじられる。

「ライケン大尉。フロートストゥルム（大嵐）のとき、ホルフ（波）は帆柱の先端よりも高くなると聞きましたが、本当なのですか？」

花がオランダ語で問うと、大尉がきびしい顔でうなずいた。

「本当です。わたしは二十歳のとき、スコットランド沖で大嵐に遭遇しました。雪まじりの強風にあおられて、転覆を避けるために帆柱を斧で切り倒し、帆もろとも海に捨てました。船室に逃げこもうとしてふりかえると、巨大な灰色の波が垂直にもりあがっているのです。船室のドアを閉ざし、大いそぎでからだを柱に縛りつけました。そのとたん、船が真横に吹き飛ばされて、続いて真上に飛びあがり、今度は真下にたたきつけられる。もうダメだと諦めかけていると、船長が大声で言いました。この船は絶対に沈まない。なぜなら、我々の先祖が長い年月のなかで改良に改良をかさねてきたからだ。オランダの造船技術は世界随一だ。希望を失うな。わたしはそのとおりだと思いました。嵐にあって沈んだ船も少なくありませんが、そのたびに国民の英知を集めて工夫をこらしてきたからこそ、オランダは小国でありながら、七つの海を股にかけた交易で栄えたのです。嵐は丸一日以上続きましたが、救助にきた船に助けられて、船長以下全員が帰還を果たすことができました」

ライケン大尉が話しているうちに、スループは観光丸のすぐそばでとまった。

「お花さん、いまの話、あとでおいらに聞かせてくんな。恥ずかしながら、ところどころオランダ語がわからなかった」

勝さんが言って、正直なひとなのだと花は思った。通詞のなかには、わからないことばをはぶいたり、まちがった日本語にしているひとが少なくなかった。あとで勉強することもないらしく、同じまちがいを何度もする。それにくらべてオランダ商館員たちは勤勉で、自分が海軍伝習で教える科目について、日々研鑽をおこたらない。このちがいはどこからくるのだろうと、花は何度となく考えてきたのだった。

花は、勝さんのうしろからはしごをのぼり、観光丸の甲板に立った。すでに艦上演習が始まっていて、一等水夫ブラーウ教官の指示で、帆桁《ほげた》に乗った日本人の水夫《かこ》たちが帆のむきをかえている。

「ちがう、ちがう。そっちじゃない」

二十歳くらいの見習い通詞が、ブラーウ教官のオランダ語を日本語に通訳しているが、「そっち」とか「こっち」といったあやふやな言い方が多いため、水夫たちがとまどっている。

「お花。助けてやりな」

勝さんに耳うちされて、花は声を張った。

「左舷《さげん》の帆が船首のほうにくるように。さあ、息を合わせて。そーれっ！」

とつぜん響いた少女の高い声に、帆桁に乗った水夫たちがおどろいている。

「言われたとおりにせんか」

勝さんが一喝して、帆が角度をかえた。

「ダンク　ウー。ハンナ」

ブラーウ教官に感謝されたが、花は表情をゆるめなかった。ひとたび船に乗ったら、無駄口はたたかず、むやみに笑わないようにとライケン大尉に注意されていたからだ。

「日本の船は陸地にそった航海ばかりしていたせいか、日本人はこまったことがおきたら、すぐに港に入ればいいと思っているようです。しかし、外国に行くための航海では、十日や二十日、陸地が見えないことはざらです。船員たるもの、つねに緊張感を保ち、規律正しく行動しなければなりません」

ライケン大尉によると、日本人は船のうえでも自分の家にいるように気ままにふるまうので、頭を悩ませているとのことだった。じっさい水夫が煙管から吹いた灰が甲板に焼けこげをつくり、勝さんにこっぴどく叱られたという。

その後も花はきびきびと通詞こなし、艦上演習は午後三時に終わった。

「このぶんじゃあ、月曜日からは、おいらも、ライケン大尉もついてこなくていいようだ」

帰りのスループのなかで勝さんが言って、花は小さくうなずいた。

「なんだい、そりゃあ。あれだけ見事につとめたんだ。もっと胸を張りなよ」

花は、見習い通詞のうらみがましい目が気になっていた。オランダ人と話した経験が少ないらしく、ブラーウ教官との関係もうまくいっていないようだった。

日曜日をはさんだ月曜日の午後、花はブラーウ教官とともにスループに乗りこんだ。勝さんとライケン大尉は座学があるため、花たちを見送ると足早に西役所にむかった。今日の漕ぎ手は伝習生ではなく、日本人の水夫たちだ。

「ハンナ。わたしのオランダ語を正確に水夫たちに伝えてください。あの見習い通詞は手かげんをしているようで、わたしがいくら怒っても、水夫たちはちっとも反省しないのです」

「わかりました。きちんと伝えます」

ブラーウ教官とオランダ語でやりとりをしていると、舵をとる年配の水夫が忌々し気な目を花にむけて、海にツバを吐いた。

「こちとら、好き好んで異人の言うことを聞いているわけじゃないんでね。こんな七面倒な仕事はとっととききりあげて、故郷に帰って漁をしているほうがマシなんだ。カピタンの秘蔵っ子だかなんだか知らないが、そのへんをかんちがいしないでおくれよ」

まさかオランダ語がわかるのかと花がおどろいていると、相手が続けた。

「異人だろうと、日本人だろうと、こんなときに言うことは大方決まってらあね」

敵意に満ちたつぶやきで、「かれは、なにを?」とブラーウ教官が聞いてきた。

「たいしたことではありません」と、とり繕いながら、花は気がめいった。

案の定、日本人の水夫たちは、「お腹が痛い」「頭が痛い」と言って、帆柱に登ろうとしなかった。

「いいかげんにしろ。伝習総監に伝えるぞ」

ブラーウ教官の叱責をそのまま日本語にすると水夫たちが花をにらんだ。そして、さもしかたがなさそうに帆柱に登った。休憩中にも、勝さんへの悪口をさんざん聞かされて、花はまいってしまった。

いわく、達者なのはオランダ語だけで、算術や点竄《てんざん》（代数）は、まるでダメ。あげくに座学にはめったに出なくなり、出島でカピタンと怪しげな相談ばかりしている。おまけに寡婦を妾にして、夜な夜な酒色におぼれている。

お玖磨さんが勝さんと恋仲になっているのは本当だった。江戸に妻子がいると言われたが、勝さんのことが恋しくてならないのだと、花はお玖磨さんにうちあけられていた。へとへとにくたびれて梶屋に帰りつくと、旦那様から梶屋の養女になったと告げられて、なにがどうなっているのかわからず、花は途方にくれたのだった。


四月になって最初の日曜日の昼すぎ、小袖をきた花が梶屋の縁側でぼんやりしていると勝さんの使いがきて、本蓮寺《ほんれんじ》においでくださいと言った。

大半の伝習生は長崎奉行所のなかで暮らしているが、伝習総監永井玄蕃頭様や、勝さんたち年配の数名は町中の寺社や、商家の離れにうつっていた。梶屋と本蓮寺は同じ筑後町内にあり、二丁と離れていない。

花がとまどったのは、勝さんへの不満で頭がいっぱいだったからだ。鋭敏な勝さんのことだから、会えば、すぐに見抜かれてしまう。

ライケン大尉と勝さんが観光丸までついてきてくれたのは最初の日だけで、月曜日から土曜日まで、花はたいへんな思いをした。せっかくオランダ製の蒸気船に乗っているというのに、うんざりさせられることばかりだった。勝さんもライケン大尉もいそがしいようだし、カピタンのクルチウスに告げ口をするのはみっともない。なにより、勝さんに対する悪口には、お玖磨さんもからんでいたから、梶屋に帰ったあとも、花は気が休まらなかった。

水夫たちが言ったとおり、勝さんとお玖磨さんは本蓮寺で一緒に暮らしていた。美男美女のふたりはお似合いで、勝さんは、お玖磨さんの養父である梶屋の旦那様もいる前で一生面倒をみると誓ったという。それなら、はたの者があれこれ言うのは野暮だ。みんな、評判の美人を射止めて、かいがいしく世話を焼いてもらう勝さんをやっかんでいるだけなのだ。

頭で納得しながらも、花はお玖磨さんと勝さんの縁を心から祝福できずにいた。丸山遊郭の遊女とオランダ商館員のあいだに生まれた花にとって、晴れて夫婦《めおと》になることへのあこがれは強かった。しかも、唐突に梶家の養女になった理由も教えてもらえないままで、花は勝さんに対する不満がたまりにたまっていたのである。勝さんは、矢田堀鴻《やたぼりこう》様、永持亨次郎《ながもちこうじろう》様とともに海軍伝習生たちを束ねる生徒監であり、艦長候補なのだから、もっと言動に気をつけて、伝習生たちから軽侮されないようにつとめるべきではないだろうか。

「わかりました。したくをしますので、しばしお待ちください」

花は、勝さんの使いに答えて、旦那様に外出をことわった。

「そうかい。勝様に、たまには梶屋にもおでましくださいと言っておくれ」

すぐの場所でも菅笠をかぶり、花が本蓮寺について勝さんに伝えると、「おいら、下にもおかないってやつが苦手でね」と顔をしかめられた。

「そんなことを言って、軽く見られるのが、なによりおきらいなくせに」

お玖磨さんの合いの手に、着流しの勝さんが高笑いをした。お玖磨さんも手で口を隠して笑っているが、花は笑えなかった。

「どうだい、お花さん。観光丸で一週間、艦上演習の通詞をして、さぞかしくたびれたろう」

花は小さくうなずいた。

「日本のやつらは面倒だよなあ。オランダの連中のほうがかしこいし、気性もさっぱりしていて、よほどつきあいやすいや」

勝さんの言うとおりだが、花はすなおに賛同できなかった。どうしてだろうと考えていると、フリッツの顔が頭に浮かんだ。パン焼きを教えてくれたバタビア生まれの老人は、オランダ人はジャワの人々を牛や羊とかわらないと思っていると怒っていたのだった。

「おいらの悪口も、さんざん聞かされたろう」

そう言われて、勝さんの顔をまともに見てしまい、花はあわててうつむいた。

「うそのつけない性分は、こっちの姉さんとそっくりだ」

勝さんがうまそうにお茶を飲みほして、お玖磨さんが錫の急須でそそぐようすを見ているうちに、花は肚が立ってきた。たいへんだとわかっていたなら、もう少し手助けをしてくれてもよかったではないか。

「どういった用むきで、わたしは呼ばれたのでしょう」

つっけんどんに聞くと、着流しであぐらをかいていた勝さんが片膝を立てた。

「お花さん、おいら、三十四歳になる。無役の旗本の倅で、ろくな暮らしをしてこなかった。それでも剣術は免許皆伝、オランダ語も少しはできて、西洋の事情に詳しくなったおかげで老中首座《ろうじゆうしゆざ》阿部《あべ》伊勢守《いせのかみ》様にとりたてられた。長崎海軍伝習を命じられ、伝習生たちと一緒に座学や艦上演習をしているが、じつは阿部様から内密の御用をおおせつかっている」

勝さんがうちあけて、花は息をのんだ。

「わたし、はずしましょうか」と、お玖磨さんが立ちかけた。

「いいや、かまわねえ」

本蓮寺の奥にある一室で、ふすまが開け放たれて、八畳間と六畳間がひと続きになっている。廊下には勝さんの従者がふたり控えている。

「おまえさんに見かぎられるようじゃあ、おいら生きていたって、たいしたことはできやしねえ」

けろりと言ってのける勝さんにはつねならぬ気迫がかんじられて、花は丹田に気をこめた。幼いころに、お玖磨さんから教わった禅の呼吸法だ。へそ下三寸のあたりに意識を集中すると気持ちが乱れない。

「毎年長崎にやってくるオランダ船の積み荷のなかでもっとも大切なのは風説書だ。世界のあちこちでおきた戦役や騒乱の顛末、国王の即位や死去、大火や大地震といったあまたの出来事が詳しく記されている。それを通詞が日本語に翻訳して、いそぎの飛脚で江戸に送るのだ。おととしの六月にペルリ率いるアメリカ艦隊が浦賀に来航した一件についても、前年の嘉永五年六月にとどいた『別段風説書』に艦隊の編成や、武威を用いてでも開国開港を迫らんとするアメリカ政府の方針が委細に記されていた」

花はかつてクルチウスから聞いた話を思いだした。しかし丹田に気をこめていたおかげか、勝さんに心中を読まれなかった。

「阿部伊勢守様は戦を避けることを第一に考えて、あえて浦賀に兵を配さなかった。オランダに仲介を求めなかったのも、アメリカにくみして、これを機に日本が開国開港し、西洋諸国との通商に踏みきることをすすめてきたからだ。黒船来航の予告を伏せたために、お江戸は大騒ぎになったが、戦は避けられた。ペルリも和親条約を結んだだけで帰っていった」

勝さんは息をつき、お茶をすすった。

「お花さん、おいらが言ったことを、オランダ語で言ってみてくれないか。風説書のところから」

「ヤー（はい）」と答えて、花はよどみなくオランダ語で言った。

「英語でも言えるかい」

「オフコース（もちろん）」

花が英語で言い終えても、勝さんは憮然とした顔で黙っていた。

「なにか失礼でも」と、お玖磨さんが心配そうにたずねた。

「お花さん、おいら、あやまらなけりゃあならないことがふたつある。ひとつ、観光丸にほったらかしにした。ふたつ、おまえさんを勝手に梶屋の養女にした。ただ、ほかにやりようを思いつかなかった。悪いが、いまのおいらには悠長にかまえている余裕がないんだ」

勝さんは、花が泣きごとを言ってきたら、そこで見きりをつけるつもりだったとうちあけた。ところが花は、この一週間、ひとりでこらえてお玖磨さんにさえ弱音を吐かなかった。

「おいら、おまえさんをためしたんだ。自分が同じようにされたら、頭にきて、観光丸で勝手にバタビアを目ざすくらいのことはしていたよ」

勝さんならやりかねないと、花は思わず口元がゆるんだ。お玖磨さんが安堵したようすで襟元を直している。

「養女の件も、悪かった。海軍伝習の通詞を手伝ってもらうためには、たしかな家の者であることが必要だったんだ」

片膝を立てたまま、勝さんが頭をさげた。

「言うまでもねえが、梶屋の養女になったからといって、おまえさんの産みの父親がオランダ商館員であることにかわりはねえ。おまえさんは、日本人であり、オランダ人でもあるんだ。そこのところは、けっして忘れないようにするんだね」

　思いがけないことばに、花は背筋が伸びた。

「さてと、ペルリの件に話をもどすぜ。アメリカとのあいだを仲介したいというオランダ国王の申し出は袖にしたものの、幕閣はその後の衆議で、オランダの力を借りて海軍の基礎をつくることに決した。オランダ政府もその願いを聞きいれた。そりゃあ、そうだ。オランダと日本のつきあいは昨日今日に始まったものじゃねえし、西洋諸国のなかで唯一日本と交際があるということは、こっちが思っている以上に、オランダにとって利益があるんだ。げんに長崎に来航した異国船の提督や司令官は例外なく出島を訪ねる。日本のことは、まずオランダに聞けってわけだ。長崎奉行もカピタンの助けがなけりゃ異国船への応接ができないから、相見互いでやってきた。そして、ここ長崎にオランダの士官を招いて海軍伝習をおこなうだけでなく、来年にはオランダ人技師が着任して、蒸気船の修繕をするための鎔鉄所を建設することになっている。さらには造船所も建てる。五年十年かかるだろうが、日本人の手で造られた軍艦がいつの日か帆をあげるのだ」

　勝さんは自信満々に語った。

「幕閣が第一に考えているのは、いかにして時間を稼ぐのかだ。ペルリの威圧に屈して和親条約は結ばざるをえなかったが、通商条約についてはあれこれ理屈をつけて、おいそれとは締結にいたらないようにする。江戸のことばで『ぶらかし』というやりくちさ」

「ぶらかし？」

　花が聞くと、勝さんがひと癖ありそうな笑いを浮かべた。

「たぶらかし、はぐらかす。カッとなって、刀を抜いて斬りかかるなんてぇのは田舎侍のやることさ。相手がどんなに居丈高な態度でこようと、肚を据えてぶらかし、最低三年、可能なら五年、時を稼ぎ、海岸を防備するとともに人材を養成して、いずれ始まる異国との交易に備えるのだ」

花は、勝さんの言っていることが完全にはわからなかったが、それしかないと思った。

「オランダ人は食えねえやつらだよ。アメリカ艦隊が江戸にむかうと知ったら、ペルリ提督とのあいだをとりもちますから、まずはオランダと通商条約を結びましょうと言いだす。ペルリが和親条約を結んだだけで去れば、幕府が海軍を創設するのに手を貸すことを平気な顔で承知する。転んでもタダではおきないとは、連中のことだ。じっさい海軍伝習の教官たちはおどろくほど高い給金をとっている。軍艦の建造や鎔鉄所の建設でも、オランダは莫大な利益を手にするんだ。日本人も、連中の太々しさを見習わなくちゃいけない」

勝さんはなかば感心、なかば呆れたといったようすで語った。

「さてと、これでようやく、おいらが阿部様からおおせつかった内密の御用について話す段取りがととのった」

長い話が一周して、花は居住まいを正した。

「いままで話してきたとおり、オランダはそのときどきの都合で、どの国とでも手を結ぶ。それはイギリスもフランスもかわらない。じっさいイギリスは仇敵のフランスと手を組んで、ロシアと大戦《おおいくさ》をしている。嘉永六年にロシアがオスマン帝国を攻めて、クリミアと呼ばれる一帯で戦いが始まった」

勝さんが立ちあがり、部屋の隅に立てかけてあった大きな巻紙を持ってきた。

「こいつは、おいらの蘭学の弟子で、杉亭二《すぎこうじ》という男がこしらえた万国地図だ。なかなか良くできているよ。ふたりとも、そのうち杉と会うだろう」

広げられたのは、貼り合わせた紙に墨で描かれた詳細な万国地図だ。畳一枚ほどの大きさがあり、漢字とカタカナで国名や地名が記されている。

「ロシアは、見てのとおりでかい国だが、北と東の海は冬のあいだは凍てついちまう。そこで黒海の北側にあるセバストポリを占領して軍港を築いた」

勝さんが帯にさしていた扇子を抜き、ロシアの国境をぐるりとたどってから、地中海とつながった黒海を指した。

「フランスとイギリスが、オスマン帝国について参戦したのが嘉永七年の二月。つまり二年ばかり前で、江戸にはペルリの艦隊が再来航していた。それはともかく、フランスは伝統的に陸軍が強い。日本と同じ島国のイギリスは海軍だ。そこで、ロシア艦隊とイギリス艦隊は日本の近海でも戦うことになった。ここにカムチャツカ半島があって、ペトロハバロフスクと書いてあるだろう」

勝さんの扇子が、蝦夷地の北東に伸びた房型の陸地にむけられた。

「ここがロシア海軍の太平洋における本陣だ。そこにイギリス艦隊が総攻撃をしかけたのが嘉永七年七月、その月の下旬にイギリスの艦隊が長崎にきたはずだ」

勝さんのことばに、花はうなずいた。プチャーチン提督のロシア艦隊がようやく長崎を去ったと思ったら、今度はイギリスかと、梶屋の旦那様が頭を抱えたのでよくおぼえていた。出島には、イギリス艦隊スターリング提督の使者が頻繁に訪れて、クルチウスが応接に追われていた。

嘉永七年の師走には元号が安政と改まり、安政元年はひと月だけで、年が明けて安政二年となった三月、今度はフランスの軍艦が長崎に来航した。イギリス艦隊と同じく、食料と薪と水の補給のために立ち寄ったとのことで、蝦夷地の北でロシア艦隊と戦っていたとは、花は知らなかった。

江戸の幕閣には、クルチウスと長崎奉行の双方からいそぎの書状が度々とどき、北の海での戦闘のようすを伝えた。宿次《しゆくつぎ》飛脚は、長崎と江戸を片道五日で結ぶ。勝さんはそれらの書状を江戸城本丸御殿で読んだという。

「まさに裏庭を荒らされるというやつだ。征夷大将軍を称しながら、徳川公儀は日本近海でのロシア対イギリス・フランスの戦いを黙って見ているしかなかった。ただし中立を保ち、いずれの国からもうらみを買わないようにつとめた。腰抜けに見えるかもしれないが、どうして立派な策さ。愚か者ほど強がり、しなくてもいい大けがをする。ことを穏便にすませるのは、次善のなかでは最上の策。海防掛《かいぼうがかり》には、大久保《おおくぼ》忠寛《ただひろ》殿や岩瀬《いわせ》忠震《ただなり》殿といった知恵者がそろっているからな」

勝さんは右手の扇子を帯にさした。

「ペルリの来航をうけて、われらは乱世に生きることになったのだ。足利将軍の御代が乱れてのち、幾多の武家が覇を競い、ついに神君家康公が天下を治めて、戦のない世をつくりあげた。伴天連を追放し、異国と交易する地を長崎にかぎり、二百年間、泰平を守ってきた。ところが、そのあいだも西洋では戦がやむことはなかった。銃砲は強力になり、蒸気船が発明されて、戦場は東洋にまで広がった。迷惑千万だが、清国、印度、日本のそれぞれに油断があったと言うしかない。その点では、まさに自業自得」

くやしがりながらも勝さんはうれしくてならないようで、花は不審に思った。

「どうした、なにか腑に落ちぬことでもあるのか」

いつの間にか丹田にこめていた気がゆるみ、気持ちが顔に出ていたらしい。

「言いたいことは、遠慮せずに言えばいい。オランダ商館の連中は、役の上下にかかわらず、じつによく話す。あれこそが、小国でありながらオランダが生き馬の目を抜く西洋で勝ち残ってきた秘訣であろう。それにくらべて、日本は世襲の身分にがんじがらめに縛られて、上の者がゆるさなければ、ものが言えん。そのうえ、ともすれば、器量も定見もない者が血筋によって家名を継ぎ、要職につく。それでもどうにか国を保ってこられたが、このままでは日本も清国や印度のごとく国土を蹂躙されて、西洋人たちの属国にされないともかぎらない」

勝さんの発する気がさらに強くなり、花はたじろいだ。

しかし自分もこのままではいけないと思ったから、パン焼きの技を身につけて、オランダ語にくわえ、英語も学んだのだ。いま学びたいのは、航海術と帆のあげおろしだ。一度でいいから、観光丸に乗って大洋に出てみたい。花は気が満ちてくるのがわかった。

「いかがした」

勝さんが花に聞いた。

「あとで話します。それより、御老中の阿部伊勢守様に託されたお役目のことをお教えください」

「ふいに笑ったと思ったら、まじめな顔をして、先を早く話せと催促をする」

勝さんが、お玖磨さんと顔を見合わせた。

「お願いします」と花は頭をさげた。

「お花さん、おいらが頼んで、せっかくの日曜日にわざわざ出向いてもらったんだ。頭をさげるのは、こっちのほうさ」

勝さんが着流しの着物の裾を払ってすわりなおした。

「おいらに専属の通詞になってくれないか」

「えっ？」

おどろく花を尻目に、勝さんは話を続けた。

「おいらが阿部様から内密におおせつかったのは、出島でのぶらかしと風説集めさ。さっきも言ったとおり、長崎にやってくる異国船の司令官や提督はかならず出島を訪ねて、カピタンから日本の形勢を聞く。じつは、その席においらも呼ばれて、テーブルをかこみながら、あれこれ話をしているのさ。異国の連中は奉行所にもあいさつに行くが、オランダ通詞を介してのやりとりで、どうしても堅苦しくなる。おいらとなら、じかにオランダ語で話せるから、自国の目論見は伏せても、よその国のことはペラペラ話す。幕閣への要求もあるが、そいつはぶらかして、とにかく話を聞きだすんだ。それを書状にまとめて、いそぎの飛脚で江戸に送る。そんなことをしていれば、どうしたって座学がおざなりになる。公言するわけにいかねえから、風当たりは強くなる一方だ。悪口を言いたいやつには言わせておくさ」

勝さんへの疑念が晴れて、花はホッと息をついた。お玖磨さんも同じ気持ちだったらしく、ほほを染めて勝さんを見つめている。勝さんは唐人屋敷にも出入りしている。こちらでは筆談で清国の政情や西洋諸国のふるまいをつぶさに聞き、やはり書状にして、いそぎ江戸に送る。

「清国は日本以上にたいへんさ。アヘンの交易をめぐってイギリスと戦になり、大負けに負けたうえに国中で一揆が多発して、どうにもこうにもならなくなっているらしい。しかし清国はロシアと同じく国土がべら棒に広いし、ひとも多い。いくら西洋最強のイギリスといえども、ひとつふたつ戦に勝ったからといって、牛耳れるもんじゃねえ」

花は万国地図の「清」と記された国土に目をむけた。なるほど、日本の十数倍ほどの広さがある。その清国をこてんぱんに倒したイギリスは日本と同じくらいの島国だ。

「いいかい、お花さん。西洋の連中は、東洋を舞台に、ど派手な陣取り合戦をしているんだ。きのうの敵は今日の友。そして今日の友が、あすは敵になる。ペルリのアメリカが、なぜ日本に一番乗りを果たしたのか。それはロシアとイギリス・フランスが大戦に入ろうとしていることを知って、すきをついたんだ。ロシアはあわててプチャーチンを長崎によこしたが、イギリスとフランスは清国との戦が長引いていたこともあって、すぐには動けなかった。しかし日本との交易をアメリカに仕切らせまいとして、巻きかえしにかかってくるにちげえねえ。これからはアメリカ、ロシア、イギリス、フランスにオランダもくわわり、それぞれのしかたで幕閣をおどし、なだめ、すりよって、日本との交易で一番大きな利益を占めようと競い合うことになる」

勝さんは、ここまでの話がわかるかというように花の目を見てきた。花はしっかりうなずいた。

「阿部様も常々申しているが、なにより避けなければならないのは、一国に拠《よ》りすぎることだ。どの国にも拠りすぎず、日本のことは日本人によってとり決める。ところが武威で勝る西洋の国々が相手となると、どうしても怯えが生じて、いずれかの国にべったり頼ろうと言いだす者がいるからこまったものだ」

誰かの顔を思い浮かべたらしく、勝さんが鼻で笑った。

「ペルリは強大な艦隊をつらねて、問答無用で浦賀に押しかけた。大統領の親書をうけとらなければ江戸城にむけて大砲をぶっぱなすとおどし、開国開港を迫った。一方、ロシアのプチャーチンは日本の祖法に従い、長崎にまわって、穏便な態度で友好を求めてきた。そのため幕閣のなかにはアメリカよりロシアに好感を持つ者たちがいる。さらにロシアと通じて、ロシア艦隊の武威によって日本をほかの西洋諸国から守ってもらえばいいと言いだす者まで出るしまつだ。言うまでもなく、ロシアが穏便な態度をとっているのは方便で、こととしだいによってはペルリに勝る居丈高な態度で迫ってこないともかぎらない。だから異国の風説を集めて、それぞれの国がいかなるおもわくを抱いているのかを探ることが、ますます重要になってくるのさ」

ひと息に話して、勝さんはお茶をすすった。

「要は、おまえさんに、おいらの右腕になってもらいてえ。もちろん給金も払う。オランダ語と英語が両方できるんだ。気前よく月々三両と言いたいが、幕府の懐は素寒貧でね。泣いてもらって、二両でどうだい」

あまりの高額に、花は返事ができなかった。日本では、通詞の給金はとても高いとクルチウスが言っていたのは本当だったのだ。

「月に二両じゃ、安いかい？　それじゃあ、色をつけよう。異国船に乗りこんでの談判には、給金とは別に一日につき六匁《もんめ》だす。異国まで行くさいにも同じ六匁にしてもらえるとありがてえが、どうだい、このあたりで手を打ってくれねえか？」

勝さんは、魚河岸の仲買人のような伝法な調子で言った。もとより花は給金の高に異存はなかった。それどころか、異国船に乗ったり、異国にも行けるかもしれないと知り、うれしさで膝においた手が汗ばんだ。

「未熟者ではございますが、一生懸命につとめますので、よろしくお願いいたします。勉強する手立てがあるのなら、ロシアのことばも話せるようにつとめます」

花が答えると、勝さんが膝をたたいた。

「そいつはありがてえ。ロシア語まで話せるようになったら、月に五両でも安いくらいだ。よし、これからひとつ、花月にくりだしてパーッとやろう」

勢いよく立ちあがった勝さんを、お玖磨さんがなだめた。花はまだ十三歳だし、丸山遊郭とは浅からぬ因縁もある。

「そうだった。おいら、うれしくて、ど忘れしちまった。お花さん、どうかゆるしてくんな」

それなら花見に行こうということになり、花は勝さんとお玖磨さんと稲佐山《いなさやま》にむかった。菅笠をかぶっていないのは、勝さんがそれでいいと言ったからだ。

「花見酒で酔っ払ったやつがからんできたら、こいつで追い払ってやるから安心しな」

勝さんが腰の刀に手をかけた。

「さっきは、穏便にすませるのが最上の策だとおっしゃっていましたよ」

お玖磨さんの指摘に勝さんが笑って答えた。

「次善のなかでは最上と言ったはずだ。腰の物があるからこそ、お花をつれて、悠々と花見ができるのだ。それにしても、どいつもこいつも無遠慮にじろじろと見てきやがる」

勝さんはそう言うが、花は三人ともがひと目を引いているのだと思っていた。海軍伝習の頭目に評判の美人、それに青い目をした自分がくわわれば、誰だってふりかえろうというものだ。

「まったく、お江戸の連中も長崎の連中も野次馬だ。つつしみなど、かけらも持ちあわせちゃいない。ほら、いいかげんにどいとくれ、せっかくの好い景色が見えねえじゃねえか」

勝さんが腕をふっても、群がったひとたちは去らなかった。稲佐山の中腹にある掛け茶屋で、ひと休みしようと縁台に腰をおろすと、またたく間にひとが群がったのだ。

「青い目じゃ。目の玉が、晴れた空のように青い」

「異人の娘が小袖をきて、下駄をはき、髷まで結っている」

聞えよがしに言われて、花はいたたまれなかった。やはり注目を集めていたのは自分だったのだ。

「なあ、お玖磨。ペルリの黒船が浦賀にあらわれたとき、お江戸の町人たちはどうしたと思う」

勝さんがひと目もはばからない大きな声で聞いた。

「初めて見る蒸気船が空砲を立て続けに放ったので、将軍様の城下が焼き払われると、逃げまどったと聞いておりますが」

お玖磨さんが答えた。

「たしかに嘉永六年に初めてペルリが来航したときはそうだった。ところが、翌年の一月にふたたびペルリがきたときは、黒船を間近で見ようとする物好きな客たちを乗せた舟がつぎつぎに漕ぎだして、幕府が禁令をだすほどになった。ペルリのほうでは七隻の軍艦の全砲門を開き、いつでも江戸の町を焼き払うかまえでおどしにかかっているのに、町人たちは前年の例から戦になることはないと勝手に踏んで、物見遊山の種にしたのだ」

勝さんが、いかにも呆れたというように言った。お玖磨さんが「ぷっ」とふきだし、花もつられて笑いかけた。寸前でとまったのは、九歳のときに、クルチウスから、いずれ日本の国内や周囲で大きな戦がおきるかもしれないと言われたことを思いだしたからだ。

その後に花はオランダの歴史を学んだ。スペイン王国の支配下にあったネーデルランドウの人々は、自分たちの国を造るために八十年ものあいだ、スペインと戦い続けた。そして一六〇九年、ついに独立を成しとげた。ところが一八一〇年には稀代の英雄ナポレオンが率いるフランス軍に国土を占領されてしまう。クルチウスもライケン大尉も、五年後にネーデルランドウ王国が復活するまで、オランダの人々がどれほどの辛酸をなめたかを聞いて育ったという。

「もしもペルリが江戸城を砲撃し、その後に長崎も黒船で襲撃しようとしてきたら、おぬしらはどうしていたと思う」

幾重にも居並んだ野次馬たちに、勝さんが問いかけた。みな、こまったようにうつむいたり、そっぽをむいたりして、まともに答えようとしない。

「なんだ、つまらん。ひとりくらい骨のある者はおらんのか。おぬしらのなかにフェートン号のときに大波止に集まった者はおらんのか。もっとも、黒船の大砲はフェートン号の大砲よりはるかに強力だから、おっとり刀でかけつけても、なんの足しにもならんがな。だから、黙っているおまえさんたちを責めようとは思わん。そもそもペルリの来航をゆるした責任は公儀にある」

縁台にすわって話す勝さんの気迫にのまれて、人々は身じろぎもしなかった。

「それに海の彼方から珍奇なものがあらわれれば、見物したくなるのも世のつねだ。つまり公儀が異国との交際をかたくなに禁じてきたから、お江戸の人々にとって、異国船や異人がめずらしいものになっていた。そうである以上、黒船の侵入によって漁ができなくなった漁師や、猪牙船《ちょきぶね》や屋根船をだせなくなった船主や船頭が黒船見物で小金を稼ごうとするのも当然というものだ」

「お侍さん、あんた、話せるね」

野次馬のなかから声があがり、勝さんがうれしそうに顔をむけた。

「ここにいる娘は、拙者勝麟太郎に専属のオランダ通詞である。れっきとした、長崎生まれの長崎育ち。米問屋梶屋の養女で、名を花という。家から出ないようにしてきたし、外を歩くときは菅笠をかぶった。たしかに青い目はめずらしい。おぬしたちが近寄って、まじまじと見たくなる気持ちもよくわかる。しかしペルリの黒船とちがい、この娘はみずから千里の波濤を越えてやってきたわけではない。ゆえあって、このような目に生まれただけだ。そのゆえがいかなるものかは、いちいち説明せずともわかるであろう」

掛け茶屋をかこんだひとたちが首振り人形のようにうなずいた。

「以後、この娘がひとりで町を歩いているところを見かけても、冷やかしたり、からんだりしないでやってくれ」

勝さんが立ちあがると、「よっ、色男！」「千両役者！」「ペルリに負けるなよ！」といった声がつぎつぎにかかった。

「勝さま、御公儀をあのように悪しざまに申されては、奉行所に讒訴《ざんそ》する者がいるやもしれません」

掛け茶屋を出ると、お玖磨さんが小声で言った。花も、自分をかばうことばをありがたいと思いながらも、勝さんのことが心配だった。

「気にするにはおよばねえ。おいら、江戸城の幕閣の面前でも、長崎奉行所のなかでも、あのくらいのことは始終言っているんだ。本当にまずけりゃ、海軍伝習に選ばれちゃいねえさ。口は災いのもとというが、誰もかれもが肝心なことを言いびかえていたから、幕府の台所は火の車になり、おかげで海防がととのわず、ペルリごときの来航で右往左往する羽目になっちまったんじゃないのかい」

勝さんが聞こえよがしの大声で話して、うしろからついてくる野次馬たちがやんやとはやしたてた。

花は気に病むのをやめにした。勝さんは何人にも憚らずに放言し、おのれの思うままに活動するのが性分なのだ。

(どうしたら、こんなひとが育つのだろう?)

頭のなかで考えながら、花は山桜が咲きほこる稲佐山を歩いた。対岸には出島が見えて、赤白青のオランダ国旗がはためいている。すぐ奥の西役所の中庭には、高さが十メートルはある丸木が立てられていた。日本人の水夫たちが観光丸の帆柱に登るのをいやがるので、ライケン大尉が練習用に立てたのだ。

勝さんによると、和船では帆のあげおろしをするのに帆柱に登ることはない。だから漁民を水夫にしようとしたのがそもそものまちがいで、近々鳶職をつれてきて、帆のあげおろしを仕込もうと思っているとのことだった。

「おい、ぼうず」

勝さんは見かけたこどもに声をかけて駄賃を渡した。

「筑後町の梶屋に行って、旦那に、半刻ほどしたら勝が立ち寄ると言ってくれ」

「はい」と応えるなり、草鞋をはいたこどもがかけだした。

「ありがとうございます」とお玖磨さんがお礼を言った。

「なあに、寺の食いものに飽きただけさ」

勝さんは足をとめて、伸びをしてからふりかえった。

「おまえさん、おいらの通詞になるのはあすからだ。さんはつけずに、お花とか、花と呼ぶよ」

これまでどおり観光丸で艦上演習の通詞をして、内密の用ができたら従者にことづてさせる。小袖ではなく、青い上着と白いズボンをきるようにと言われて、花は神妙にうなづいた。


「ハンナ。今年も、オランダ冬至と正月のしたくを手伝ってくれませんか」

塵ひとつないカピタン部屋の執務室で、花はクルチウスから頼まれた。オランダ冬至とは、キリストの生誕をひそかに祝う祭りだ。

「ヤー・トゥーレック、クラーフ（はい、喜んで）」と応じながら、花は日本の暦と西洋のカレンダーの両方を頭に思い浮かべた。

「今日は一八五六年十二月七日、日曜日です。日本の暦では、安政三年十一月十日の友引」

クルチウスが先まわりして言った。ただし、「ともびき」は言いづらかったようで、「ともび〜きっ」と音が伸びたうえにはねた。花がくすりと笑うと、クルチウスが不満げな表情になった。午後三時すぎで、日曜日の出島は静かだった。

「ヨーロッパのひとたちは、こうしたふいの沈黙を、『天使が通った』と言うそうですね」

花が助け舟を出すと、クルチウスが聞いてきた。

「日本語にも、同じような意味の言い方があるのかい」

「白茶けた、もしくはたんに白けたと言います。布や紙の色があせて、白っぽくなった状態から転じて、せっかく盛り上がっていた席が白茶けたというようにつかいます」

「ふうん。わたしは『天使が通る』のほうが好きだ。もとはフランス語だよ。Un ange passe. 英語なら、Angel passes.」

クルチウスが蘊蓄《うんちく》をひけらかしたので、ふたたび沈黙が訪れた。

「いかん、いかん。また天使が通ってしまった。日本ではキリスト教が禁じられているのに、おかしいな」

クルチウスがおどけて、相好を崩した。謹厳を旨とするカピタンがこんなにくだけた態度を見せるのは初めてで、花もうれしかった。

「話をもどそう。去年は海軍伝習が始まったばかりで、おちつかなかったけれど、今年はきちんと『オランダ冬至』を祝いたいと思っているのです。そして、正月は、伝習総監の永井さんや勝さんたちも招き、盛大にもよおすつもりです。みんな、ハンナが焼くパオン・デ・ローのおいしさに目を丸くするでしょう。海軍伝習の手伝いや、勝さんの通詞でいそがしいでしょうが、よろしく頼みます」

じっさい花はいそがしくて、おとといも勝さんの通詞をつとめていた。四月の初めに専属の通詞となってから、ちょうど十五回目だった。長崎に入港する異国船は、軍艦でも商船でも、艦長や船長が出島を訪れて、カピタンのクルチウスと歓談するのがつねだ。勝さんと花もできるかぎり同席し、日本の国情や人々の暮らしぶりについて話す一方、西洋諸国のおもわくを巧みに聞きだしていく。

オランダ語が達者な勝さんだが、わからないことばがあると、となりにすわる花にたずねる。また、オランダ語で話すのが面倒になってくると日本語で話しだして、花がオランダ語や英語に通訳した。

やがて勝さんは頭から日本語で話すようになった。お江戸のことばで伝法に語るので、通詞がまごまごしていては台無しだ。花は毎回知恵のかぎりを尽くし、機転を利かせて、通詞をつとめた。

やりがいはあり、とても楽しいが、双方がうち興じて、歓談が一時間、二時間と続くこともある。そんな日、花は梶屋に帰りつくなり倒れるように眠った。気がつけば十一月もなかばで、これほど早く一年がすぎるのは初めてだった。

「ところで、おとといの勝さんの話も見事でしたね。ハンナの英語も素晴らしかった。イギリスの艦長も、シェイクスピアの芝居の一場を観たようだと感嘆していましたよ」

クルチウスの賛辞を笑顔でうけて、花はうやうやしくお辞儀をした。イギリスの艦長は、開口一番、踏み絵について問いただしてきた。交易をするためには西洋人の居留を認めなければならず、徳川公儀が国禁としてきた耶蘇教《やそきょう》の問題がからんでくるからだ。勝さんは博識で、カソリックとプロテスタントの宗旨のちがいや、両派のいさかいが欧州全域で数十年におよぶ戦争を引きおこしたことも知っていた。だからといって勝さんは、耶蘇教を信仰する西洋人たちが戦ばかりしていると難詰めすることはなかった。それどころか、戦役がおきたきっかけや顛末を詳しく知りたがったので、フランスの艦長は皇帝ナポレオンがヨーロッパを席捲したときのことを語り、ロシアの艦長はピョートル大帝によるスウェーデンやトルコとの戦いについて熱をこめて語った。

おとといのイギリスの艦長は、ネルソン提督がフランスとスペインの連合艦隊を撃破したトラファルガーの海戦について滔々と語った。ナポレオンによるイギリス本島襲撃の企図を打ち砕いた激戦で、オランダはイギリスについて参戦し、ナポレオンによる支配から脱したことは、花も知っていた。

「なるほど、よくわかり申した。それでは拙者は徳川公儀の初代将軍であられる神君家康公が甲斐の武将・武田信玄にコテンパンに負かされて、命からがら逃げのびた三方ヶ原《みかたがはら》の戦について話しましょう」

勝さんの日本語を花が英語に訳すと、艦長とお付きの士官が呆気にとられた。もちろん三方ヶ原の敗戦だけでなく、それから二年半後の天正三年五月、家康公が織田信長と連合した長篠《ながしの》の合戦で三千丁もの火縄銃を用意して、勇猛果敢な武田の騎馬軍団を撃ち倒したことへと話はおよび、武田家が滅んだあと、武田の家臣団を家康公がほぼ丸ごと引きとったことまで話して勝さんの一席は終わった。イギリスの艦長は、その話しぶりによほど感心したのか、その後に勝さんが質問した、ジブラルタル海峡両岸の領有をめぐる各国の攻防について、詳しく話してくれた。

「おいらと花で西洋に渡り、軍談をしながら諸国めぐりをするのも面白いかもしれんなあ」

おとといの歓談は勝さんにとっても会心だったらしく、出島からの帰り道に、冗談とも本気ともつかない口調で言った。お玖磨さんはつれていかないのかと気になったが、花は勝さんと西洋に行けたらどんなに楽しいだろうと思わずにいられなかった。

クルチウスによると、勝さんの軍談は西洋諸国へのけん制なのだという。蒸気船や大砲の製造ではおくれをとっているが、古来、日本の武士は戦上手なので、本気でとりくめば、遠からず西洋諸国に引けをとらない軍備がととのい、戦意も高揚する。だから印度や清国でしたような無法な攻撃はしかけないほうがいいと暗に伝えているわけだ。

「ハンナ。これはまだ正式な決定ではありませんが、幕閣は観光丸を江戸にうつそうとしているようです」

クルチウスのオランダ語は耳に入っていたが、花はその意味するところがすぐにはわからなかった。

「それは、どういうことでしょう？」

花が聞きかえすと、クルチウスが答えた。

「伝習生たちだけで、観光丸を江戸まで航海させるつもりのようです。どの課目もまだなかばだし、日本人だけで蒸気船を操作するのは無理だと永井さんに答えたのですが、江戸の老中たちの考えはかわらないようです」

ただし、オランダ人教官による海軍伝習は続けられて、来年早々に第二期生たちが長崎にやってくるという。

（勝さんが江戸に帰ってしまう）

花は胸が騒ぎ、そのあとクルチウスとどんな話をしたかおぼえていなかった。ぼんやりしたまま出島橋を渡りきると、若い伝習生たちと出くわした。

「おお、お花どの。随分世話になったが、拙者たちは、来春には伝習を終えて、帰府することになり申した」

日曜日とあって、昼間から酒を飲んできたらしい。三人ともが浮かれていて、西役所の前を素通りし、銅座町のほうに歩いていった。やはり勝さんも江戸に帰ってしまうのだと花が気落ちしていると、下駄の音を立ててひとりだけもどってきた。

「勝殿は帰府されないとのうわさが立っておりますが、まことでしょうか」

「えっ？　わたしは、なにも聞いておりません」

喜びをおさえて、花は答えた。

「算術が学業不良につき、落第を宣告されたのが理由とのうわさが立っておりますが、とても信じられないもので。歯に衣着せぬもの言いをされる御方ですから、伝習生のなかにも勝殿に敵意を抱く者が多くて」

そんなうわさより早く真相が知りたいと、花はいそぎ足で本蓮寺にむかった。

勝さんは奥の間で按摩に灸を据えてもらっていると話すお玖磨さんが平気でいるので、花はひとまず安堵した。

「おお、熱かった」

両耳をもみながらあらわれた勝さんも、いつもとかわらぬようすだった。

「船のゆれに強くなるには、耳のツボに灸を据えるといいとお玖磨が言うから、按摩を呼んだのだ。それで、クルチウスはなんの用だった」

花は、オランダ冬至と正月のしたくを手伝うように頼まれたと話した。それに続けて、春には伝習生たちが観光丸で江戸に帰るのに、勝さんだけは算術で落第したから長崎に居残りだと聞いたと言うと、勝さんが声を立てて笑った。

「おいら、二年ないし三年は長崎にいるように阿部様から言いつけられている。伝習総監の永井さんが帰府するのだから、艦長候補のうちひとりは長崎に残らねば、オランダの教官たちがこまるだろう」

そのあと勝さんは、永持亨次郎様が辞意をかためていることと、九月に艦長候補として海軍伝習にくわわった伊沢謹吾《いざわきんご》様はその補充なのだと話した。

「しかし、おいらが算術に落第したから居残らされるというのは笑止千万。それなら伝習生の半分は江戸に帰れないことになる。自分たちの不出来は棚にあげて、よくも言ったものだ」

なにより来年の六月には、かねてオランダ政府に注文していた最新のスクリュー式軍艦ヤッパン号が長崎につく。洋式帆船や外輪船より操作がしやすく、荒波にも強いとのことなので、福岡や対馬、それに鹿児島にも行ってみようと思っていると話す勝さんはうれしそうだった。ただし観光丸での航海では船酔いに苦しめられたため、なんとしても克服したいのだと、こちらは神妙な面持ちで語った。

「阿部伊勢守様は、あなた様に、よほど信をおいておられるのですね」

お玖磨さんのことばに、「うむ」と勝さんが応じた。

「このようなことをおたずねしてよいかどうかわかりませんが、阿部様とはどのようにしてお知り合いになられたのですか」

花もそれを知りたかった。勝さんの父親は無役の御家人で、無頼の徒と親しく交わったり、刀剣の売り買いで糊口《ここう》をしのいでいたと聞いていたからだ。

「では、よい機会だから、おいらの生い立ちを話してやろう。お玖磨、その前に茶をいれてくれんか」

お玖磨さんはよほど上等なお茶をいれたようで、かぐわしい香りが立った。勝さんもひと口飲んだあと、余韻を楽しむようにしばし目をつむった。

「おいらの父は小吉《こきち》という。このひとがいなければ、今日《こんにち》のおいらはない。それどころか、すべての縁は、いまは亡き親父殿がつないでくれているとさえ思っている。型破りな親父殿には逸話が山のようにあって、二晩や三晩はかかってしまうから、今宵は阿部様に関することだけにしておこう。阿部様とのご縁は、薩摩守であられる島津斉彬《しまづなりあきら》公とのご縁に始まる。きっかけはオランダ語だ」

勝さんは二十歳だった天保十三年にオランダ語を学び始めた。二十五歳のときには出島のカピタン、ヘンドリック・ドゥーフがオランダ通詞たちと協力して編纂した日蘭辞書『ドゥーフハルマ』全五十八巻を一年十両で借り、一年がかりで写本を二部作成した。一部を六十両で売り、一部は手元において、オランダ語の勉強を続けた。

「蘭学者として、いくらか名が知られると、本屋が新しい蘭書が入ったと知らせてくるようになった。それを読み、摘要を書いてやると金をよこす。大店の主で蘭学に関心がある者たちとも懇意になり、頼まれて蘭書を翻訳しては筆耕料をもらうようになって、どうにか暮らしが立ちゆくようになった。それまでは赤貧洗うがごとし。蚊帳がないため、夏は蚊に食われ放題。布団もないので、冬のあいだは机に伏して眠った」

往時を思いかえした勝さんがめずらしくことばに詰まり、花まで目頭が熱くなった。

「そのうちに、名を明かさぬ御仁が軍船や大砲、それに交易に関する蘭書の翻訳を頻繁に頼んでくるようになった。しかも一冊につき五両、十両と破格の筆耕料をよこすのでふしぎに思っていると、半年ほどして、その御仁が是非お目にかかりたいと言ってきた。使いの者に案内されたのは芝の薩摩屋敷。しかも、世子《せし》斉彬公の面前に通されたのだから、さすがに身がすくんだ」

そう話す勝さんの顔は晴れやかで、花の気持ちも明るくなった。十四歳上の島津斉彬公との面談は二度、三度と続いた。勝さんは、知るかぎりの西洋事情を話し、それを柔軟に理解する斉彬公の英邁と器量の大きさに感服したという。

嘉永四年、斉彬公は次期藩主として薩摩にむかう。最後に会ったとき、「汝《なんじ》のことは伊勢に頼みおけり」と言われたが、勝さんは「伊勢」というのが誰のことかわからなかった。しかし、たずねるわけにもいかない。

「無役の小普請《こぶしん》には、老中首座など雲のうえだから、『伊勢』が『阿部伊勢守』のことだとは夢にも思わなかったよ」

勝さんが呵々《かか》と笑い、お玖磨さんも笑顔を見せた。

そこで花は、勝さんが妻子について話していないことに気づいた。お玖磨さんも、阿部様との間柄をたずねはしたものの、江戸に残してきた家族に話がおよぶのではないかと気が気でないにちがいない。

「おいらに好機が訪れたのはペルリのおかげさ。黒船来航で江戸中が大騒ぎになり、幕閣の求めに応じて提出した上書がとりあげられたのだ。早速、海防担当の若年寄遠藤但馬守《えんどうたじまのかみ》様に呼ばれて、意見を求められた。諸藩からは、洋式鉄砲や大砲の製造、それに洋式調練の指導を頼まれた。門人になりたがる者たちが赤坂の家に押しよせて、塾頭の杉は得意がっていたが、お民は目を白黒させていたよ」

「お民?」

花は思わずオウムがえしに聞いた。

「おいらの女房さ。二つ年上で元は芸者だよ。いきで鳴る、辰巳《たつみ》の羽織芸者さ」

けろりと言って、勝さんは茶をすすり、話を続けた。お玖磨さんが気の毒で、花は目をむけられなかった。

勝さんはまず唐津藩から頼まれた洋式鉄砲の製造にとりかかった。自ら図面を引き、深川の腕の立つ鍛冶屋が金鎚をふるった。苦心の末に最初の一挺ができあがると、それを手本に川口の鋳物師が五百挺の洋式鉄砲をつくった。袖の下をとらず、そのぶんを材料費にまわしたため、勝さん製造の洋式鉄砲はほかの蘭学者に頼んだものよりも丈夫で性能がよく、値も安いと評判になった。つぎつぎに注文が舞いこみ、休む間もなかったと話す勝さんはしてやったりという顔だった。

やがて海防掛の大久保忠寛様と懇意になり、江戸城本丸御殿で阿部伊勢守様にお目通りした。

「阿部様に、おぬしが勝麟太郎か。薩摩守からよく聞いていると言われたときは、それはうれしかったよ」

斉彬公は、藩主となって薩摩にくだったあとも阿部伊勢守様とは昵懇《じっこん》で、頻繁にやりとりをしているという。阿部様が申すには、日本国を治めるだけなら、これまでどおり譜代が中心となり、外様を徳川家に従わせておけばいい。しかしペルリの来航によって、日本をとり巻く形勢は大きくかわった。これからは薩摩、土佐、越前といった雄藩も幕政にくわわり、西洋の学問をとりいれて、大いに国を興していかなければならない。さもないと印度や清国のように西洋諸国の属国になってしまう。

「国を開きながら防備をととのえてゆく。すなわち開国武備が、阿部様と斉彬公のお考えさ。その時間を稼ぐために、おいらが長崎に送りこまれたのだ。だから当分は江戸に帰らねえ。それにオランダの連中から学びたいことが山ほどある。ほかにも数人、そう考えているやつらがいて、みずから志願して長崎に居残るようだよ。堅物の中島三郎助《なかじまさぶろうすけ》に」

勝さんが四人の名を挙げて、花はやはりと思った。とくに最初に名の挙がった中島様は、元は浦賀の与力で、嘉永六年六月に初来航したペルリの黒船に乗りこみ、応接に当たったという。鶴のようにやせていて、眼光は鋭く、並々ならぬ気迫をみなぎらせているので、花はすぐに顔と名をおぼえたのだった。


安政四年三月四日、大波止は観光丸の出帆を見送るひとたちであふれていた。艦長の矢田堀鴻様をはじめ、海軍伝習生たちだけで外輪式の蒸気船を操作して江戸にむかうとあって、遠眼鏡を持ったライケン大尉は気が気でないようすだった。

「かわいい子には旅をさせよ、ってことわざが日本にはありましてね」

となりに立つ勝さんが日本語で言って、花はオランダ語に訳した。

「それなら、オランダ語にも、ほぼ同じ意味のスプレークウォード（ことわざ）がありますよ。ねえ、ハンナ」

ライケン大尉に話をふられて、花は少し考えてからオランダ語と日本語でそのことわざを言った。

「罰を与えぬと子はダメになるか。そんな無粋な文句は、ことわざとは言わん」

花が訳さなくても、勝さんの言ったことはおおよそ伝わったらしく、ライケン大尉が残念そうに首をかしげた。そのとき、帆をたたんだ観光丸の船尾にのぼりが立った。白地に日の丸を染めた船印は遠目にもあざやかで、誰もが無言で魅入っている。やがて外輪を回転させて、観光丸が進みだした。人々はシンと静まったまま、遠ざかりゆく船を見送っている。神崎鼻《こうざきばな》まで進んだところでいっせいに帆が張られて、帆影は野母崎《のもざき》の先で見えなくなった。

「ハンナ。わたしは伝習生たちだけでの江戸行きに反対した手前、操艦にミスがないかと、遠眼鏡で注視していました。しかし矢田堀さんの操艦はパーフェクツ（完璧）でした」

一緒に出島にもどったあと、ライケン大尉は感心して言った。

「それよりもおどろいたのは、見送りに集まった人々の静寂です。オランダ船が長崎に到着したときも、バタビアに去るときも、港は大にぎわいです。唐船のときは爆竹がうるさいほど鳴らされるのに、先ほど観光丸を見送ったひとたちは、じっと押し黙っていました。長崎にきて二年近くになりますが、わたしは今日ほど自分が日本にいると実感したことはありません。ああした敬虔なまでの静粛さは、西洋では教会のなかにだけあるものです」

「それは、人々が観光丸は二度と長崎に帰ってこないと思っていたからではないでしょうか。蒸気船が江戸と長崎を頻繁に往復するようになれば、ふつうに見送り、歓迎すると思います」

花は自分の答えを正しいと思った。しかし、それであの沈黙のすべてが説明されたわけではないと思ってもいた。

観光丸が江戸に行ってしまったために、海軍伝習では艦上演習ができなくなった。六月には、スクリュー式軍艦ヤッパン号が新任のオランダ人教官たちを乗せて長崎に来航する予定だが、それまでは座学しかできない。しかも伝習生の人数が半分に減ったため、花は通詞を手伝わなくてよくなった。

「お花、この機会にロシア語を学ぶといい」

勝さんに言われるまでもなく、花はそのつもりでいた。クルチウスから蘭露辞典を借りて、出島の一室でロシア語の本や文書を読んでいく。オランダ語と英語は同じアルファベットだが、ロシア語は文字のかたちからしてちがうため、勉強ははかどらなかった。

「気晴らしに乗馬を教えてあげましょう」

ライケン大尉に言われて、花はあわてて首を横にふった。

「おや、喜ぶと思ったのに。パールドゥ（馬）に乗るほど楽しいことはありませんよ」

いくらすすめられても花が応じないでいると、ドクテルがやってきて、日本には女性が馬に乗る習慣がないのだと説明してくれた。

「侍たちも、いまではほとんど馬に乗りません。織田信長や豊臣秀吉が活躍した時代はさかんに馬に乗っていたようですが、徳川の天下になって、戦がなくなったためです」

ドクテルの話を聞き終わると、ライケン大尉が花に言った。

「ハンナ。それなら、なおさら馬に乗れるようになりなさい。あなたは世の中を渡っていく手立てがほしいのでしょう」

そう言われてはことわれず、花は花畑の近くにある家禽小屋に行った。一頭だけいる馬の手綱を大尉が引き、道につれだした。

「ハンナ。馬はすべての動物のなかで最もかしこい」

「犬よりもですか?」

花が聞くと、「そうです」と大尉が答えた。

「犬はどんなにかしこくても人間の家来です。しかし馬はちがう。馬は友人です。おたがいを認め合うことで馬は背にひとを乗せてくれるのです。気心が通じると、馬は自由自在に走ってくれます」

そう言われても、これまで花が見てきたのは、田畑で鋤《すき》を引く馬の姿だけだった。草双子《くさぞうし》の挿絵には、鎧兜《よろいかぶと》をつけた武者が馬に乗りながら弓を射ている場面もあったが、とても現実におこなえることには思えなかった。

「では、手本を見せましょう」

大柄なライケン大尉は鞍《くら》をつけた馬にひらりと跨《また》がった。


「ペルス・ライケンの野郎と馬に乗ったそうじゃないか。で、どうだった?」

夕方、梶屋に帰った花が縁側でぼんやりしていると、勝さんがやってきて言った。早耳で、出島で馬に乗ったことを、どこからか聞きつけたらしい。

「とても楽しかったです。馬はかしこくて、速くて。大尉が手綱を握った馬に乗せてもらい、一緒に出島のなかを走っただけですが、自分が天狗になったようで」

花は、からだに残る快い振動をかんじながら答えた。

「おう。おいらも初めて馬を乗りこなしたときは、自分が天狗になった気がしたものだ」

勝さんが笑顔で応じた。

「ドクテルは、近頃の侍はあまり馬に乗らないと言っていましたが」

花が聞くと、勝さんが鼻で笑った。

「出島からろくに出たことがないくせに、オランダの連中はなんでも知っていやがる」

いまいまし気に言ったあとに話されたのは、父親の小吉さんが馬に乗る達人だったことだ。小吉さんが乗馬をおぼえたのは十歳ごろだそうで、勉強にやられた湯島の聖堂から抜けだして、となりにある馬場で馬に乗ってばかりいたという。大人になってからも、よく馬に乗っていた。

「親父殿が、馬の背やたてがみを撫ぜているときの姿がなんとも好くてなあ。剣も強いひとだったから、刀や木刀を手にした姿も決まっておったが、馬といるときの涼しい目と力みのない姿は忘れられん。馬のほうでも、親父殿が鞍に跨り、手綱を握ると、それこそ天馬のようにかけだす。おいらも馬が下手ではないが、親父殿にはとてもおよばん」

勝さんが父親のことを話すのは二度目だった。いまの勝さんこそ、涼しい目に力みのない姿だと思ったが、花はやはり馬よりも船に乗って外海に出てみたかった。しかし観光丸は江戸に行ってしまったし、ヤッパン号が長崎にくるのは六月だというから、ふた月も先だ。

その後、勝さんは江戸からやってきた勘定奉行の水野忠徳《みずのただのり》様と目付の岩瀬忠震様の相手がいそがしく、花はひとりでロシア語の学習と乗馬に精をだした。


六月も下旬になったものの、バタビアからの船は待てど暮らせどあらわれなかった。そんなある日、江戸からの宿次飛脚がおどろくべき知らせをもたらした。老中阿部伊勢守様が病にかかり、六月十七日に亡くなられた。享年三十九。西役所から出島にもどってきたライケン大尉の報告に、クルチウスもことばを失っていた。

「腹部の病とのことですが、黒船来航後の心労がたたったのでしょう。昨年七月にアメリカのタウンゼント・ハリスが総領事として下田に乗りこんできてからは、江戸に行かせろ、将軍に謁見《えっけん》させろ、通商条約を早く結べとせっつかれて。それにしても三十九歳の若さで亡くなるとはお気の毒だし、開明的な指導者を亡くした日本の行く末が心配です」

ライケン大尉が幅の広い肩をすぼめて阿部様の急死を嘆いた。クルチウスも眉間にしわを寄せて考えこんでいる。

花はロシア語の勉強に使っていた辞書と本をカピタンの執務室にかえしにきたところで、そこにライケン大尉がかけこんできたのだ。あわてて退出しようとしたが、クルチウスに目配せした大尉に引きとめられた。

ライケン大尉によると、午後二時からの算術の座学が始まってすぐ、奉行所の役人が勝さんを呼びにきた。勝さんはそれきりもどらず、伝習生たちはまたしてもサボりかと嘲っていたが、午後四時に算術に続くオランダ語の座学が終わったところで阿部様の逝去が伝えられて、一同は騒然となったという。

「一昨年の十月、阿部様から老中首座の席を譲られた堀田備中守《ほったびっちゅうのかみ》は、長崎で海軍伝習を続けると明言しているそうですが、心配なのは、ハリスへの対応です。勝さんに、できるだけ早く幕閣の内情を聞かせてもらいたいと伝えてください」

クルチウスに頼まれた花は小袖にきがえて本蓮寺にむかった。

今年になってから、花は菅笠をかぶらず、ひとりで町を歩いていた。オランダ人たちも長崎の町を三々五々歩いていたし、なにより花の背丈は五尺三寸を超えて、菅笠をかぶろうと、かぶるまいと、目立つことにかわりはないからだ。稲佐山での勝さんの一喝が効いたのか、青い目をじろじろ見てくるひともほとんどいない。

勝さんはまだ本蓮寺に帰ってきていなかった。お玖磨さんも阿部様が亡くなったことを知っていて、勝さんを心配していた。

その晩、花は本蓮寺に泊まった。お玖磨さんと布団を並べて眠るのは久しぶりでうれしかったが、勝さんのことが気になって寝つけなかった。それでもいつしか眠ってしまい、ふと目をさますと、外でかすかに音がする。花は静かにおきあがり、寝巻の前を合わせて、手探りで障子を開けた。月明りを頼りに、足音を立てないように廊下を歩いていく。息を殺して、柱のかげから中庭をのぞき見ると、勝さんが木刀を正眼にかまえている。花のほうに左半身を見せて、真剣で立ち合っているかのような気迫で間合いをはかり、バッと木刀をふった。

「ぬん」

押し殺した気合と、木刀が空気を斬る音が闇をふるわせた。ふたたび正眼にかまえた勝さんの顔は汗で光り、髷も乱れている。

「誰だ！」

小さいが鋭い声が響き、木刀の切っ先が花にむけられた。十間は離れているのに、花は柱にしがみついた。

「お花か。おどかしてすまなかった」

声音はやさしいが、勝さんの目はつりあがり、つねならぬ気を発している。

「いつ、お帰りでしたか？」

ふるえる声で、花はたずねた。

「わからん。しかし立山の奉行所を出たときには日がかわっていたはず。水野殿と岩瀬殿に泊まっていけと言われたが、とても眠れないとことわり、ここで木刀をふっていた」

そう話す勝さんのからだからは湯気が立ちのぼっている。五回や十回、木刀をふったくらいでは、ここまでからだがほてらないだろう。

「カピタンと大尉が、できるだけ早く話がしたいと申しておりました」

「それなら夜明けともに寺を発ち、出島で朝飯を食わせてもらおうか。花は通詞を頼む」

得意の冗談かと思ったが、勝さんは本気だった。

「このあと井戸端で水をかぶり、座禅を組む。島田の道場では、昼夜ぶっとおしで修業をさせられたから、このくらいはなんでもない。お花は部屋にもどって休め」

島田という名前はこれまで一度も聞いたことがなかった。しかし、この場で聞けるはずもなく、花は勝さんに言われたとおりにした。部屋にもどり、布団に入ると、寝ていると思ったお玖磨さんが小声で話しかけてきた。

「勝様、お庭で刀をふっていたでしょう」

「はい」と答えて、花はたずねた。

「これまでも、ああしたことをなされていたのですか」

「気性の激しい方だから、たぎる気持ちをおさえるのには、ああするしかないのでしょう。せんは観光丸が江戸にむかった日の晩。内密のお役目をおおせつかっているはいえ、やはり江戸で働きたいでしょうから。それが、今度は頼みの綱の阿部様に亡くなられて」

お玖磨さんの声は、いとしいひとへのせつない思いでかすれていた。

夜が明けて、花は勝さんとともに出島にむかった。先に使いをやっておいたので、クルチウスとライケン大尉はカピタンの執務室で待っていた。

「そこのテーブルで朝食をとりながら話しましょう。午前十時には勘定奉行の水野さんと目付の岩瀬さんが出島にくることになっています。ハリスはあの手この手で幕閣をおどしているようですが、三年前にやってきたばかりのアメリカに、日本と諸外国の通商を仕切らせるわけにはいきません。わたしは一日も早く江戸に行きたい」

勝さんはよほどお腹が空いているらしく、パンやハムをむしゃむしゃ食べながらカピタンの話を聞いている。

「阿部様が亡くなったことで一番かわるのは、なんでしょう?」

ライケン大尉が聞いて、コーヒーを飲み終えた勝さんが日本語で話しだした。

「阿部伊勢守様は天保十四年に二十五歳で老中の座に就き、若さと美男ぶりで大奥から江戸の町人にまで人気がありました。在職は十年をこえて、攘夷攘夷と声高に叫ぶ御三家水戸の斉昭《なりあき》公も阿部様の申されることであれば渋々ではあっても従ってこられました。失礼ながら、堀田備中守ではそうはいきますまい」

勝さんが間をおき、花はそこまでをオランダ語に訳した。

「ペルリ率いる黒船艦隊の来航をうけ、阿部様は熟慮のうえで、徳川家の安泰を第一として為されてきた政事を、諸大名から民百姓までが一致一体となって西洋諸国に当たるものへとかえていこうとされておられました」

花は「一致一体」をどう訳すべきか迷ったが、「ヴェレーニヒデ　スターテン（合衆国）」を思いだしてオランダ語に訳した。

「おふたりもその名を知る薩摩藩の島津斉彬公は当代一の名君であり、阿部様の同志です。島津家は代々禁裏《きんり》とのつながりが深い。斉彬公がおられるからこそ、阿部様は開明的な諸策をこうじることができたのです。斉彬公も旧知の阿部様がおられるからこそ、外様でありながら、陰に陽に幕政に影響をおよぼす活動をすることができました。御二方とも西洋の諸事情に通じておられて、身分や家門に縛られた日本の将来を憂いておられました。それは堀田備中守も同じですが、阿部様のように諸方面に顔が利くわけではありません。なにより阿部様は西洋のどの国をも頼りすぎることなく、日本国の独立を成しとげることこそ肝要と考えておられました」

花は阿部様の端正な御姿が目に浮かぶような気がした。

「勝さん、わたしが心配しているのも、まさにその点なのです。勘定奉行の水野さんはともかく、目付の岩瀬さんは功をあせっているよう見えます。ハリスはみずから日本総領事を志願した手練れの策士です。かれもまた、手柄を立てようと躍起になっています。今回、幕府の要職にある水野さんと岩瀬さんが、貿易について学ぶために遠く長崎までわれわれを頼ってこられたのはたいへんありがたい。しかし通商条約を結ぶためにはさらなる勉強が必要です。さもないと、ハリスに手玉にとられてしまいます」

花には、クルチウスもまたあせっているように見えた。じっさい日本をめぐる形勢はのっぴきならないものになりつつあった。今年の二月には、イギリス軍が清国の広東を焼き討ちにして占領したとの知らせが出島にとどき、クルチウスはすぐさま長崎奉行所を通じて江戸の幕閣に書状を送っていた。

「カピタン、わたしも岩瀬殿には危惧の念を抱いています。あの方は才人ですが、才を頼みすぎる。才とは求められて発揮するもの。ひけらかすものではありません」

花はオランダ語に訳しながら、勝さんのことばを頭のなかでくりかえした。

「わたしも目付という要職についていたら、岩瀬殿以上に得意になっていないともかぎりません。いずれにしましても、海軍伝習の艦長候補であるわたしの使命は西洋列強に引けをとらない海軍の創設です。ヤッパン号は、十二門もの大砲を備えた最新の軍艦だそうですから、その船をわれわれが自在に操艦するところを目の当たりにすれば、幕閣の面々もハリスのおどしに屈してはならないと意を強くすることでしょう」

勝さんが弁舌さわやかに話し、花が通訳すると、「まったくそのとおりです」と、ライケン大尉が応じた。

「じつは、わたしは昨夜一睡もしていません。座学が始まる八時までの小一時間、どこかで休ませてもらえませんか」

勝さんがオランダ語で言い、クルチウスとライケン大尉がおどろいて顔を見合わせた。そしてベルを鳴らして召使を呼び、ベッドのしたくを命じた。花は両人から目で問われて、「本当です」と言う意味をこめてうなずいた。

「勝さんは旗本ですから、どんなに出世をしても、老中や若年寄にはなれないのですね？」

召使に案内された勝さんがカピタンの執務室をあとにすると、ライケン大尉がクルチウスにたずねた。

「そのとおりです。幕閣の中枢をになう老中と若年寄は、譜代からしか選ばれません。譜代というのは、一六〇〇年の関ヶ原の戦の前から徳川家康につかえていた三河武士の後継者たちのなかで大名にとり立てられた者たち。外様は、関ヶ原の戦のあとに服従した者たち。親藩は徳川氏の一門で、紀州、尾張、水戸の御三家と、越前、会津の両松平家などの大名。外様はもちろん、親藩も幕閣にくわわれないようになっているのが巧みな点で、いくら実力と声望があっても将軍をしのぐ権力者にはなれないように制度が設計されているのです。老中は十万石前後、若年寄は一、二万石の石高の譜代藩主から選ばれて、阿部伊勢守は十万石の備後福山藩の藩主だったはずです」

クルチウスがオランダ語ですらすら説明して、「せっかくだから」とさらに続けた。

「旗本は将軍直属の家臣で、禄高《ろくだか》が一万石以下の者たち。旗本のなかで下位の者たちを御家人といいます。いま長崎にきている勘定奉行の水野さんは家禄が五百石、目付の岩瀬さんは八百石の旗本です。どちらも裕福な家の出だと言っていい。とくに岩瀬さんは、実母が幕府の学問所である昌平黌の校長林大学頭の娘だそうだから、名門のうちに入るでしょう。それにくらべて勝さんは」

クルチウスが気の毒そうにため息をつき、花のほうを見て言った。

「勝さんは海軍伝習を命じられたとき、禄高百俵の小十人組に格上げされたそうです。それまでは父親と同じく無役の小普請で四十俵だったというから、よくあれだけの学問を身につけたものだと感心します。蘭学で名を成してからは、各地の豪商たちがかなり支援しているそうですが」

梶屋の本業は米問屋なので、花は米の勘定を知っていた。一俵は四斗で、十斗が一石だから、四十俵は十六石でしかない。百俵でも四十石だから、水野様や岩瀬様とはくらべものにならない。

「長崎の地役人たちは、そんなこまかいことまで、よく調べるものですね」

ライケン大尉があきれて、花は話の出所がわかった。

「頼んでもいないのに、江戸から新しい役人がくるたびに、通詞をともなってあらわれて、今度の奉行はどこそこの家の縁戚だとか言うんだ」

「カピタンは、一度聞いたことは全部頭に入ってしまいますからね」

ライケン大尉が言って、クルチウスが苦笑いをした。

七月十五日の夕方、長崎の大波止にはおびただしい人々が集まっていた。これから盆祭りの送り火がおこなわれるのだ。毎年、この日だけは、花も菅笠をかぶらずにひとなかにまじってきた。人々はうち興じているし、無数にかがやく提灯の明かりで青い目も目立たない。なにより、出産から三日後に亡くなった母を弔うために、花は自分で編んだわらの船を海に流してきた。

大波止から見あげると、湾をかこんだ四方の山々から灯火が数珠つなぎになって降りてくる。おととい の十三日に迎え火をして、そのまま墓にかけられていた提灯をさげたひとたちが大波止にむかって歩いているのだ。

「初めて見た去年もおどろいたが、まことに長崎の町がそのまま浄土になったようだ」

勝さんが言って、よりそうお玖磨さんが目を伏せた。花は、「浄土」を「仏教のヘイムル(天国)」と訳して、クルチウスとライケン大尉とドクテルに伝えた。

「毎年、カピタン部屋の物見台から送り火を見てきましたが、こうして大波止に立つと、迫ってくるものがまるでちがいます」

クルチウスがオランダ語で言った。しかし喧噪にかき消されて、周囲のひとたちはこちらに目をむけはしなかった。

「阿部様は、長崎には一度も来られなかったのですか?」

ライケン大尉の質問に勝さんが黙ってうなずき、かわたらの精霊舟を見つめた。近々入港するはずのヤッパン号を模した船で、長さは一間半と木製の精霊舟としては中くらいだが、三本の帆柱が立ち、煙突とスクリューまでついている。阿部様の御霊を送るために、勝さんが長崎の船大工に作らせたもので、カピタンと大尉とドクテルとともに出島から大波止まで運んできたのだ。

「阿部様は観光丸に搭乗し、江戸湾を一周されています。われわれが長崎まで乗ってきた昇平丸にも乗っていますが、やはりオランダの蒸気船はたいしたものだと、私宛の書状に書いてこられました」

勝さんの話を、花はオランダ語に訳した。

「そうですか。阿部様はわが国王が献上したスンビン号改め観光丸に乗船されたのですか」

クルチウスが言って、両手を組んだ。ライケン大尉とドクテルも両手を組み、花は目をつむって阿部様の冥福を祈った。

やがて日が暮れてきた。提灯のかがやきが増して、あちこちで爆竹が鳴り、三味線の音や酔漢のわめき声も聞こえる。花はお玖磨さんと水際《みぎわ》により、わらで編んだ舟を浮かべた。同じような無数のわら舟とともに、ゆっくり沖に流れてゆく。

「長崎湾は西にむいていて、仏教の浄土は西にあることになっているから、送り火にぴったりの土地だね。それに引き潮だから、うまい具合に沖に流れてゆくんだ」

説明口調で話していたクルチウスが口をつぐみ、「モーイ（美しい）」と感嘆した。

「では、手をかしていただけますか」

勝さんがオランダ語で言い、四人の男たちが息を合わせて精霊舟を持ちあげた。ただし、勢いがつきすぎて、舟にかけつらねた提灯が大きくゆれた。

ヤッパン号を模した精霊舟を海に浮かべると、カピタンたちは水際を離れた。ところが勝さんはそのまま舟とともに海に入ってゆく。袴だけでなく、腰から胸まで水につかり、花は息をのんだ。

「勝様、麟太郎様」

お玖磨さんが消え入るような声で呼んだ。

「阿部様、世話になり申した。御勤め、大儀でした。あとはおまかせくだされ」

張りのある声が響き、勝さんが精霊舟をぐいと押した。そのままあとずさり、着物と袴をびしょ濡れにして水際にもどってきた。

「どうして、そうした無茶ばかり」

かけよったお玖磨さんが勝さんにすがりついた。花の肩に大きな手がおかれて、ふりあおぐとライケン大尉のやさしい目と目が合った。


その晩、花は夢を見た。途中までは送り火のとおりで、勝さんが精霊舟とともに海に入ってゆく。ところが勝さんはそのまま海に沈んでしまう。おどろいた花が泣きじゃくっているのに、お玖磨さんもライケン大尉も平気にしている。無数のわら舟も、提灯をかけつらねた精霊舟もすっかり沖に流れてしまい、波だけがゆれている。

「勝さんも、逝ってしまったのだ」

花が身も世もなく嘆いていると、沖から異国船がやってきた。

「あれは本物のヤッパン号。舳先《へさき》に立っているのは勝さんだ。お～い、お～い」

手をふって大喜びしたところで目がさめて、花は荒い息をついた。結局、七月の晦日《みそか》になってもヤッパン号は長崎にあらわれなかった。

第三章　咸臨丸

「いくらなんでも、おそすぎますね。まあ、でも、それだけ長く、わたしは長崎にいられるわけですが」

八月になってもヤッパン号は来航しなかった。新しい教師団と交代してオランダ本国に帰る予定のペルス・ライケン大尉は、日曜日のたびに花と勝さんをさそって長崎の町を歩いた。

六尺をこえるオランダ人と、五尺の日本人が、西洋諸国のおもわくや日本の将来について忌憚のない意見をかわすのを、花はまぢかで聞いていた。

梶屋の旦那様は、花を通じてライケン大尉を食事に招こうとした。ところが、何度頼んでも大尉は肩をすくめるばかりだった。理由がわからず、花は勝さんにたずねた。

「梶屋の奥では、奉行所の連中や地役人たちが通詞をつれて待っているにちがいないからさ。袖の下をわたされて、オランダのものを、あれがほしい、これがほしいと頼まれたら、おまえさんの手前、ことわるにことわれない」

キッとした目で勝さんににらまれて、花は身がすくんだ。そして勝さんが洋式鉄砲を造ったときに商人から袖の下をもらわなかったことを思いだした。

「古今東西、ただで金をよこすやつはひとりもいねえよ。だからこそ、金をもらったり、借りたりするのは、よほど信をおける相手からにかぎる。かんたんな話だが、筋を通せるやつはめったにいねえからこまったものさ」

ことのしだいがようやくわかり、花は胸のうちでライケン大尉にあやまった。そして胸のつかえがとれたおかげで、その晩はぐっすり眠った。

号砲の音でとびおきたとき、外はまっくらだった。わけもわからず、花は寝巻のまま下駄を履き、梶屋の若い衆につれられて坂道をのぼった。旦那様から聞いた五十年前のフェートン号事件が頭をよぎる。

見晴らしのいい場所まできてふりかえると、四方の山々が灯火であかあかと光っている。湾の入り口にあたる伊王島のそばに異国船らしきものが見えて、あの船が空砲を放ったらしい。やがて提灯をかけつらねた奉行所の舟が幾艘もこぎだされて、異国船に近づいてゆく。

「どうやら待ちに待ったオランダ船が到着したようじゃ。それにしても、ひと騒がせな」

あとからのぼってきた若い衆の報告をうけた旦那様が言って、聞き耳を立てていた町衆が安堵の声をもらした。

ヤッパン号改め咸臨丸《かんりんまる》が長崎港について、勝さんはがぜん張りきりだした。ペルス・ライケン大尉にかわって教師団長をつとめるファン・カッテンディーケ大尉とも気が合うようで、花も同席させて、出島のカピタン部屋で時間を忘れて語りあう。

穏やかで慎重なライケン大尉とは対照的に、カッテンディーケ大尉は俊敏で、話の内容も華やかで面白い。長崎に来航した八月四日の深夜に空砲を放ったのは、日本人の警戒心を喚起するためだったと悪びれずに言ってのけた。しかも出島と、数日前から湾内に碇泊中のロシア艦隊には直前にボートをむかわせていたと聞いた勝さんは笑いながらも射ぬくような目で大尉を見たので、花はヒヤリとした。咸臨丸は、観光丸よりひとまわり小さいが、スクリュー式なので喫水《きっすい》が深い。そのため、ゆれに強くてあつかいやすいと、さっそく湾内を一周させた勝さんは喜んでいた。

やがて九月になり、バタビアから帆船アンナ・ディグナ号がついて、ライケン大尉やドクテルと別れる日が近づいた。カールとヘンデリキも故郷に帰るというので、花はふたりと一緒にパオン・デ・ローを焼いた。卵を白身と黄身に分けて、小麦粉・砂糖・牛乳・卵黄をよくまぜたところに、泡立てた白身をくわえる。フリッツから教わった秘伝の技で、格段にふっくらした焼きあがりになる。

「ありがとう、ハンナ。きみのことは忘れないよ」

「いつか、バタビアにおいでよ。家族に紹介するから」

カールとヘンデリキに感謝された花は、自分も一緒にバタビアに行きたいと思った。しかし黙って船にもぐりこむわけにはいかないし、クルチウスや勝さんに頼んでみたところで二、三年待つようにさとされるのがオチだ。

そんな花の気持ちをさっしたのか、勝さんがロシア艦の乗組員と話す機会をつくってくれた。プチャーチン提督が、江戸からきている勘定奉行の水野様と目付の岩瀬様と立山の奉行所で交渉をしているあいだに、花は別室で提督付きの若い士官とロシア語で話をした。栗色の髪に、同じ色の目で、茶色の制服がよく似合っている。

「ぼくの名前はニコライ。二十一歳です」

「わたしは梶花。十四歳です」

花がたどたどしいロシア語で自己紹介をすると、ニコライの顔がまっ赤になった。

「オントスパネン！　リラックス！」

同席していた勝さんに、オランダ語と英語ではげまされて、ニコライの顔がさらに赤くなった。

「どうだ。少しは勉強になったか」

ニコライが部屋をあとにすると、勝さんが聞いてきた。

「はい。お気づかいいただき、ありがとうございました」

花は勝さんに感謝していたが、できればじっと黙って、ニコライの声を耳にとめておきたかった。

「それで、あやつとはロシア語でなにを話した？」

「かれは家族のことや、長崎にくるまでの船旅について話してくれました。プチャーチン提督とは遠縁になるそうです。わたしは、どうしてロシア語を学んでいるのかを話しました」

ほんの十五分ほどだったし、おたがいとてもゆっくり話したから、かわしたことばは多くなかった。

「花を見て、照れていたな。船のなかはむさくるしい男ばかりだから無理もない。さあ、今日はもう梶屋に帰るといい」

「はい。失礼いたします」

礼を言って、花は奉行所を出た。土曜日の午後で、秋らしい乾いた風が吹いている。

「ティプリカースナ（あなたは美しい）」

別れぎわにニコライがささやいたロシア語が耳によみがえり、花は胸がときめいた。

「プラーヴダ？（本当ですか？）」

そう聞きたかったが、勝さんに悟られそうで、花は自分をほめてくれたニコライにほほえむことさえしなかった。

「わたしは美しいのかしら？」

西洋人の女性をひとりも見たことがなかったので、花には判断のしようがなかった。

梶屋に帰り、鏡にうつした顔を眺める。お玖磨さんのような瓜実顔に切れ長の目ではなく、ほほがでっぱり、目も鼻も口もやたらと大きい。つやのある黒髪は美しいが、この顔が美しいかどうかは、自分では決めようがなかった。それでも、うれしいのはたしかで、バタビアに行きたい気持ちはすっかりおさまった。

九月十五日に出島で送迎会が開かれて、花はライケン大尉たちと別れのことばをかわした。翌十六日に、アンナ・ディグナ号は白い帆にいっぱいの風をうけてバタビアに去った。ライケン大尉たちが使っていた部屋には新しい教官たちが入り、召使の顔ぶれもかわった。カピタンのクルチウスは相変わらず近寄りがたいふんいきをただよわせているが、花と顔を合わせると、かたい表情をほんの少しやわらげてくれるのがうれしかった。

勝さんは咸臨丸で天草まで行く計画を立てた。カッテンディーケ大尉は長旅の疲れで伏せっていたので、クルチウスとほかのオランダ人教官たちを説得したのだ。

「十月には新しい伝習生たちが長崎にやってくるから、勝さんは居ても立ってもいられないのでしょう。観光丸が江戸に行ってから半年以上、艦上演習も航海もできずにいたぶんをとりかえそうと必死なんですよ」

クルチウスが言って、花もそのとおりだと思った。自分たちに一日の長があるところを見せるためにも、咸臨丸の操作に習熟しておかなくてはならない。中島三郎助様たちも同じ気持ちだったようで、天草行きに賛成したという。

花は停泊中の咸臨丸に一度乗せてもらっただけだった。できるなら、天草までの航海についていきたいが、自分から頼んでこばまれるのはいやだ。お玖磨さんを通じて勝さんにお願いするのも気が進まず、花は結局、咸臨丸の出航を大波止から見送ることになった。

三月四日に観光丸が江戸にむかったときと同じく、白地に日の丸を染めたのぼりを船尾に立てて、咸臨丸は静かに進みだした。スクリュー式なので、船が立てる白波は一筋だ。

「よっ、日本一の司令官!」

「虎の子の軍艦を壊すなよ」

「潮に流されて、アメリカくんだりまで行くんじゃねえぞ」

勝さんの人気は相変わらずで、朝早くにもかかわらず、大波止に集まったひとたちは大はしゃぎだった。計画では天草の近くに船を停泊させてスループで上陸し、海岸の測量をおこなう。今夜は天草の寺に宿泊して、あすの午後、長崎港にもどってくる。

その夜、梶屋の部屋で花は心配で寝つけなかった。

「大丈夫よ。あすも天気は好いそうだし、オランダの方々も乗っているのだから」

お玖磨さんがなだめてくれたが、花の心配は天気や操艦についてではなかった。

「天草まで無事に行けたら、勝さんのことですから、もっと遠くに行ってみようとするのではないでしょうか。琉球やルソン島のほうまで行って、嵐にあったり、鯨に体当たりされたりしたら」

「いくら勝様でも、いきなりそんな無茶は」

そう応じたお玖磨さんにも花の不安がうつってしまい、ふたりは夜どおし勝さんのことを心配し続けた。

翌日の夕方、咸臨丸は無事に長崎港にもどってきた。航海は順調だったし、船酔いもしなかったと言って、勝さんは本蓮寺の座敷で上機嫌に話し続けた。新任のオランダ人教官たちともうちとけて、今後が楽しみだという。

「しかし喜んでばかりもいられねえ。西洋の技術はまさに日進月歩だ。帆船から蒸気船へ、外輪式からスクリュー式へと、これでいいと満足することなく、つぎつぎに新しい工夫をあみだしやがる。ひと昔前は、夷狄は強欲で戦を好み、仁も礼もわきまえない禽獣同然の連中だと嘲っていたものだが、とんでもねえ間違いだ。西洋のやつらは勤勉だよ。請け負った仕事はきっちりやってみせる。ヤッパン号改め咸臨丸は竣工がおくれたために試験運転をせずにオランダの港を発ったそうだ。そのぶん、船の性能が万全であることをさまざまにたしかめながら日本まで航海してきたという。しかも、その委細を話したのが釜焚きの若い男なんだから、おいらは兜を脱いだよ」

勝さんの話は西洋と東洋の比較におよんだ。

「神君家康公が戦乱の世を治めたのは立派のひとことさ。しかし泰平を重んじるあまり、切磋琢磨の気風までおさえこんでしまったのはまずかった。清国も朝鮮も、日本と似たり寄ったりの太平楽で、二百年もの歳月をのんべんだらりとすごしてきたツケを、いまこうして、われらが払わされているのだ」

勝さんが「ははは」と乾いた声で笑った。

「今度やってくる伝習生の大半は二十歳前後だそうだ。オランダ語が達者な者が何人もいるというし、江戸から遠く離れた地で学問にはげむ覚悟もあるという。見くびるつもりも、おどかすつもりもねえ。どうか性根の据わった知恵者たちであってほしいと、せつに願っている。そうでなければ、西洋に追いつく前に、幕府の懐がすっからかんになっちまう」

咸臨丸には十二門の大砲が備えつけられていて、いずれ射撃訓練をおこなうが、弾を撃てば出費がかさむ。そんなことが気になるようでは、とても西洋諸国に太刀打ちできない。

果たして、勝さんの期待は裏切られなかった。十月になって、ひとりまたひとりと長崎にやってきた旗本の子弟たちは、うわさにたがわぬ俊英ぞろいだった。かれらは西役所で旅装をとくと、丸山遊郭に行くよりも咸臨丸に乗りたがり、勝さんを喜ばせた。

十一月になり、カッテンディーケ大尉による伝習が開始された。花は座学や艦上演習の通詞をつとめるかたわら、十歳前後のオランダ通詞の子弟にオランダ語を教えた。

これまでなら父兄から直々に習っていたところだが、オランダ通詞たちは江戸や伊豆の下田、それに蝦夷地の箱館にかりだされている。このままでは若い通詞が育たないと、勝さんに頼まれたのだ。勉強熱心な伝習生たちからもオランダ語や英語を教えてほしいと請われて、花は朝から晩まで大いそがしだった。

ようやく日曜日になり、昼すぎに梶屋の縁側でお玖磨さんとおしゃべりをしていると、勝さんの使いがあらわれた。申しわけないが、すぐに出島にきてほしいと言われ、花はため息をのみこんでしたくをした。

通されたカピタンの執務室では、勝さんとクルチウスがむき合ってすわり、テーブルには書状らしい巻紙が広げられていた。

「まあ、すわれ」

勝さんはぞんざいで、いつものような余裕がなかった。

「カピタン。申しわけありませんが、あなたから話してください」

勝さんにオランダ語でうながされて、クルチウスがうなずいた。

「つい二時間ほど前、岩瀬さんから勝さん宛てに書状がとどきました。日付は十一月六日、つまり四日前に遠江《とおとうみ》の日坂《にっさか》という宿でしたためられたものです。長崎を発ったのは九月二十三日ですから、各地を見物しながら、ゆっくり江戸にむかっていたのでしょう」

目付の岩瀬忠震様は五月末から四ヵ月ものあいだ長崎に滞在して、勘定奉行の水野忠徳様とともにクルチウスから外国との貿易について学んだ。そのうえで、ここ長崎の地で幕府の代表としてオランダとロシアと交渉をおこない、貿易量を拡大することと、耶蘇教の禁止を解くことを柱とする追加条約を結んだ。これにより、西洋諸国で悪名高い踏み絵は廃止された。また長崎の商人たちは出島に自由に出入りして商いができることになった。

出島や西役所で、花は岩瀬様を度々見かけた。勝さんより五歳上の岩瀬様はいつも月代をきれいに剃っていて、高い声で張りきって話す。座がにぎやかになるので、姿は見えなくても、岩瀬様がきているのがわかった。

「岩瀬様はなにを知らせてきたのですか？　まさか、幕閣によるぶらかし策に怒ったアメリカ艦隊が江戸を砲撃したのでは」

不安におそわれた花がオランダ語で聞くと、クルチウスが首を横にふった。

「昨年七月から伊豆の下田に駐在していたアメリカ総領事のハリスが十月二十一日に江戸城に登り、徳川将軍に謁見して大統領の親書を渡したのです。遠江でそのことを知り、すぐに書状を送ってくれた岩瀬さんには感謝していますが、このぶんでは来年中には日本とアメリカのあいだで本格的な通商条約が結ばれるでしょう。神奈川か横浜が開港されて、アメリカの主導により、日本は西洋諸国との貿易をおこなっていくのです」

阿部伊勢守様が考えたぶらかし策は敗れたのだと思い、花はくちびるを噛んだ。

「われわれオランダも、プチャーチン提督を全権とするロシアも、幕府の祖法に従い、ここ長崎の地で交渉をおこなってきました。ところがアメリカはペルリの艦隊を江戸湾にむかわせたのに続き、ハリスを下田に上陸させて、江戸での交渉をしつこく要求し、ついに幕閣を押しきったのです。岩瀬さんは、わたしの参府《さんぷ》もかならず認めさせると書いていますが、ハリスとの交渉が第一で、オランダやロシアは二番手以降に甘んじるしかありません」

くやしさで、クルチウスの顔は蒼白だった。

「ことは、そうかんたんにはこびますまい」

勝さんが日本語で言い、花はオランダ語に通訳した。

「ハリスの江戸入りについて、幕閣からの知らせは、まだ長崎奉行にとどいておりません。阿部様が存命であれば、薩摩や禁裏へも周到に根まわししたうえで、ことを決していたはずです。長崎奉行やわたしにも、事前に知らせがあったでしょう」

勝さんは早口で、「キンリ」というのは京都にいる今上天皇、すなわちミカドと公家たちのことだと花が説明しているあいだに、その先を話しだした。

「おそらく、老中首座堀田備中守は反対派を説得することなく、ハリスの出府を決めたのです。岩瀬殿を中心とする幕閣とハリスのあいだでどのような通商条約が結ばれるとしても、諸藩や禁裏がすんなり納得するとは思えません。とくに、水戸の斉昭公は幕閣の弱腰を痛烈に非難するにちがいありません。アメリカと結ぶ通商条約が実行にうつされるまでには、かなりの紆余曲折が予想されます」

「アメリカの強引な手法に屈したために、徳川将軍の権威が弱まるということでしょうか。しかしミカドや公家は直属の兵を持たず、武器を備える資金もない、無力な存在だと聞いています」

クルチウスが言い、勝さんがうなずいた。

「そのとおりです。家康公は江戸に幕府を開くや禁中並公家諸法度を定め、天皇と公家をおさえにかかりました。以来二百年にわたり、天皇は政事から遠ざけられてきたのです。しかしながら人々は天皇の存在を忘れませんでした。それどころか国学がおこり、日本の礎は古より続く皇統にあるとする学問がさかんになってきているのです。わたしは各地の商人と交際がありますが、かれらのなかには国学に関心がある者がじつに多い。つまり天皇を敬う人々は広く存在し、その筆頭は御三家水戸の斉昭公です。阿部様や薩摩の島津斉彬公は、禁裏の意向は無視できないし、無視すべきではないと考えておられました。ところが岩瀬殿は禁裏を歯牙にもかけていません」

ようやくひと息ついた勝さんをなだめるように、花は一語一語を正確に通訳していった。

「カピタン、六月に阿部伊勢守様が亡くなられたとの知らせがとどいたとき、岩瀬殿は才人だとわたしは言いました。才を頼みすぎるとも言いました。才人は高をくくりがちです。禁裏には武力も財力もありませんが、官位を与える権能を保持しており、代々守り伝えてきた儀式や技芸もあります。禁裏と同じように武力も財力もない大奥は、将軍や幕閣に対して大きな影響力を持っています。大奥のことは、御存じでしょうか」

花が通訳していくと、「ヲホオク？　ヤー、ニョーボーたちが統べる将軍の生活空間」とクルチウスがオランダ語で簡潔に答えた。

「そうです。わたしは七歳から十二歳まで、江戸城西丸御殿の大奥で、第十一代将軍家斉《いえなり》公の世子家慶《いえよし》様の五男であられる初之丞《はつのじょう》様の遊び相手をおおせつかっておりました」

その話を聞くのは初めてで、花は勝さんの顔をまじまじと見た。月代は剃らずに髷を結い、何事にも動じない不敵な面がまえの勝麟太郎様にも、こどもだったときがあったのだ。

親類に大奥につかえる女性がいた縁で、勝さんは御殿にあがることになった。やがて初之丞様は慶昌《よしまさ》を名乗り、一橋家を継いだ。勝さんも近習として召しだされる話が進んでいたが、慶昌様が病でとつぜん亡くなり、仕官の道はとだえてしまったとのことだった。

「そんなしだいで、わたしは大奥をよく知っています。禁裏のことは存じませんが、武力も財力もないからといって無力だとはかぎりません。岩瀬殿も、禁裏を侮っていると、痛い目にあうかもしれません」

花がそこまでをオランダ語に訳すと、「さて、カピタン。ここからが本題です」と勝さんが声を張った。

「ハリスが江戸城に登り、将軍に謁見したということは、幕閣がアメリカを頼って西洋諸国との関係を切り抜けようと肚を決めたということです。カピタンの前ですが、イギリスとフランスが清国を蹂躙している現在、幕閣がアメリカと結んで日本を守ろうと考えるのはあながち間違いではありますまい。かりにロシアと結んだら、世界中でロシアと敵対しているイギリスが問答無用で日本に攻めこんでくるでしょう。残念ながら、いまのオランダには、イギリスに対抗するだけの武威はありません」

花は、クルチウスが怒りだすのではないかと心配しながら、勝さんの歯に衣着せぬ弁舌をオランダ語に訳した。しかしクルチウスは微動だにしなかった。

「カピタン、わたしは長崎にきて一年と十ヵ月になります。こうして出島であなた方と度々話す一方、唐人屋敷にも出入りしていますが、ここ長崎の地で日本がオランダと二百年間交際し続けてきたことを、つくづくありがたいと思っています。出島を通して、細々とではあっても西洋の知識が伝わったおかげで、いまこうして海軍伝習が滞りなくおこなわれているのです。貿易の舞台はいずれ神奈川か横浜にうつるでしょうが、一年でも二年でも長く、長崎で伝習を続けて、多くの者たちを教育してください。今回来日した機関士官のハルデス殿と医師のポンペ殿は、いずれもかなりの人物と見受けました」

新任教官たちに対する評価がうれしかったようで、クルチウスの表情が今日初めてやわらいだ。

「カピタン。わたしはいまこそ阿部様のことばを肝に銘じています。西洋諸国との交際に当たっては、一国だけを頼りすぎてはならない。そのためには、いくつのも力を駆使しなければなりません。武力、財力、そして禁裏や大奥が持っているような有形無形の影響力です」

　オランダ語に通訳しながら、花は勝さんの弁舌の巧みさに改めて感心した。

「西洋医術が長崎の地に根づけば、西洋諸国は日本人を少しは侮らなくなるでしょう。蒸気船を修理する鎔鉄所があり、腕の立つ技士がいるとわかれば、西洋諸国の船は頻繁に長崎を訪れるはずです。今後は、長崎の町全体を異国への窓口として大いに開いてゆけばいいと、わたしは考えています」

　勝さんの論法に、クルチウスがさも感心した顔でうなずいた。

「幕閣はアメリカに拠ることを決したようですが、わたしは阿部伊勢守様の遺志を継ぎ、ここ長崎では西洋諸国と公平に交際していくつもりです。オランダとは友誼《ゆうぎ》を保ち、海軍伝習から最大の成果を引きだしたい。初代伝習総監で、現在は築地の軍艦操練所におられる永井玄蕃頭様にも、その旨しかと伝えるつもりでおります。ですから、カピタンにはこれまで以上の御尽力をお願いしたく、花に通詞を頼み、お話し申しあげたしだいです」

「よくわかりました。今後も力を合わせて、海軍伝習を成功させましょう」

　クルチウスが立ち、勝さんも応じて、ふたりはかたい握手をかわした。


　年が明けた安政五年の二月十六日、勝さんは伝習生たちとともに咸臨丸で航海に出た。五島列島から対馬へまわり、長崎に帰る五泊六日の旅程で、今回はカッテンディーケ大尉も同乗した。

　花はまたしても、大波止から咸臨丸を見送った。前回とちがうのは、となりにハルデスが立っていることだ。伝習生たちが航海に出かけているあいだ、花は鎔鉄所の建設現場での通詞を頼まれたのである。まだ土台を造っている段階なので、建設予定地の飽ノ浦町には、はるばるオランダから運んできた工作機械や建設用具を保管している小屋が数軒建っているだけだ。

「船が遠ざかってゆく姿には、いつもかなしみをさそわれます」

ほほとあごにひげを生やしたハルデスが、詩を朗読するように言った。ふたりきりで話すのは初めてで、花はその低い声に耳をうばわれた。

「長崎は、素晴らしい土地です。冬でも山は緑におおわれて、小鳥たちがかわいらしい声で鳴き、きれいな川が流れていて」

並んで歩きながら、ハルデスは長崎の自然をほめたたえた。やがて飽ノ浦町が近づくと、かなり広い範囲の地面が鏡のように平らにかためられていて、花は目を見張った。

「学問においても、建設においても、最も大切なのは基礎、すなわち土台です。土台がしっかりしていれば、そのうえにどれほど大きな建物でも造れます。しかし土台が弱く、ゆがんでいたら、気づいた時点で造りかけていた建物をとり壊し、土台を打ち直さなければなりません。それは時間と労力のとてつもない無駄です。わたしはこのことを、職工たちに毎朝話しています」

「毎朝、ですか？」

花が聞きかえすと、ハルデスがこまったような笑みを浮かべた。しかし態度は毅然としていた。

「日本の暦で十月十日に杭打ちを始めてから四ヵ月、わたしは毎朝、通詞を介して土台の大切さを話しています。なぜなら、そうしなければならないほど、長崎の職工たちがいいかげんだから。でも、かれらを責めるつもりはありません。日本の家屋は木材と紙と瓦でできていて、とても軽い。それに何千キログラムもあるマシーナ（機械）もないから、頑丈で平らな土台を造成する習慣がないのです。わたしがオランダから運んできた工作機械は、どれもとても重い。なにより水平に置かなければなりません。鎔鉄所を建てるためには、どれほど手間をかけても、完璧な土台を造る必要があるのです」

花はハルデスの力になりたいと思った。

「ハンナ。あれは、なにをしようとしているのですか？」

飽ノ浦町では、いままさに餅つきが始まろうとしていた。ぺったん、ぺったんという音が耳にとどき、花は胸がはずんだ。

「あれは餅つきです」

蒸籠《せいろ》でむした米を、臼と杵でついて作るやわらかな食べものについて、花はハルデスに説明した。

「モチツキをしているのは、わたしと働いている職工たちです。頭領のサクジローもいる。それに、わたしの部下たちも」

花は、梶屋の旦那様を見つけた。杵で餅をつく若い衆をさかんにはげましている。白い髷の旦那様は、花とハルデスに気づくと両腕を大きくふり、ふたりの到着を歓迎した。

「みなの衆、これが梶屋の娘、花でござる。オランダ語と英語に秀でて、海軍伝習の通詞をつとめております。どうかひとつ、花をご贔屓《ひいき》に願います。こちらが機関士官のハルデス様か。花、ぜひとも、わしを紹介しておくれ」

梶屋の旦那様はこれまで見たこともないほど上機嫌だった。まずは、ここで餅つきをしている理由を聞きたかったが、花はハルデスに旦那様を紹介した。身寄りのない自分を育てて、養女にまでしてくれたのだと話すと、感激したハルデスが旦那様の手をとった。

「あなたは素晴らしい方です。神の御加護があるでしょう」

花はハルデスのことばを通訳した。旦那様は満面の笑みで何度もうなずいた。

「ありがとうございます、ありがとうございます。この餅つきは、花がお世話になるに当たり、ハルデス様と職工の方々に力をつけていただこうと、梶屋がしたくしたものでございます。たんと召しあがってくださいませ」

そうだったのかと感謝しながら、花はオランダ語に通訳した。そのあいだにも、餅をつく音を聞きつけたひとたちが集まってくる。

「もち米はたっぷり用意してありますから、どうかあわてずにお待ちください。まずはハルデス様と職工の方々、そのあと、みなさまにお分けいたします」

「よっ、梶屋！　長崎一の米問屋！」

「情けは人の為ならず。商売繁盛万々歳！」

威勢のいい掛け声に続いて拍手がおこり、旦那様は四方にお辞儀をした。

「花ちゃん」

お玖磨さんに袖を引かれて、花はひとの輪の外に出た。

「ごめんなさいね、びっくりしたでしょう」

そうあやまられて、花はおとといの晩、お玖磨さんに、ハルデスのもとで通詞をつとめることになったと話したのを思いだした。

「旦那様はね、オランダの方々にいつか御礼をしたいと思っていたのだけれど、カピタン様も、勝様も、そうしたことはおきらいだというので、どうしたものかと頭を悩ませていたの。派手なことになってしまったけれど、気を悪くしないでね」

花は旦那様の心づかいがありがたかった。

「お玖磨。お〜い、お玖磨」

旦那様に呼ばれて、「花ちゃんも、たくさん食べてね」と言って、お玖磨さんは輪のなかにもどっていった。花が首を伸ばすと、ハルデスがおいしそうに餅をほおばっている。

「さあさ、お花さん。あっしらに、なんなりと仕事を命じておくんなさい」

頭領の作治郎が進み出た。刺し子の半纏《はんてん》をまとい、脚絆《きゃはん》に足袋《たび》、さらにワラジを履いている。うしろに控える者たちは、ゆうに百人をこえている。

「おどろきました。これまでは、いくら頼んでも五十人がやっとだったのに。これだけのひとが毎日きてくれれば、おおいにはかどります」

立派なひげを生やしたハルデスがこどものように喜び、花もうれしくなった。十名のオランダ人技師たちも安堵している。

「では、今日中に土台を仕上げましょう。あすは、蒸気機関や工作機械を据えつける場所を浅く掘って、砕いた石を敷きつめ、漆喰でかためます。屋根も造り始めましょう。さあ、いそがしくなってきた。ハンナ、もっと早く、あなたに手伝ってもらえばよかった」

「いいえ、わたしではなく、梶屋の旦那様のおかげです」

花のことばにはこたえず、ハルデスは道具小屋に入ると筒状に丸めた図面を持ってきた。

「サクジローに、リーダーとなる十名の者たちとともに、わたしのところにくるように言ってください。その十名が、それぞれ十名ずつを率いて働くのです」

「わかりました」

花は、かたわらで耳をそばだてていた作治郎にハルデスの指示を伝えた。

「よしきた。合点だ」

「みなの衆、どうか気張って働いてくだされ。昼には、握り飯をたんと持ってまいります」

梶屋の旦那様が言って、職工たちが歓声をあげた。

「お花さん。腕利きを十人集めましたんで、今日の段取りを教えてください」

作治郎のすばやい対応におどろきながら、花はハルデスの指示を日本語に通訳していった。

「わかりやした。さっそくかかりやす。おい、お前ら、梶屋の旦那のお声がかりだ。手を抜くんじゃねえぞ」

勝さんと似た気風《きっぷ》の良さに、花は胸がすく思いがした。きびきびと指示をだすハルデスとともに動きまわったので、二月だというのに、花は汗をかいた。

お昼に、ハルデスや作治郎たちと握り飯をほおばりながら、こんなに楽しいのは生まれて初めてだと、花は思った。


「ハンナ。あした咸臨丸が帰ってきたら、わたしは勝さんに、あなたをもっと長くかしてほしいと頼もうと思っています。あなたは、どうですか？」

鎔鉄所の建設にたずさわって五日目の夕方、花はハルデスに聞かれた。すでにクルチウスには話を通してあるという。勝さんも咸臨丸がきてからは航海に夢中で、このひと月は異国船の船長と出島で懇談することもなかった。それはおそらく阿部様が亡くなったこととも関係しているのだろう。

「勝さんに承知していただけるなら」

花が答えると、ハルデスが顔をくしゃくしゃにして喜んだ。

「ハンナがいなくなったら、サクジローたちはなまけ者にもどってしまうかもしれません。鎔鉄所の建物ができあがるまでは、ぜひとも力をかしてください」

ふたりは飽ノ浦から出島への帰り道を並んで歩いていた。

一八二一年生まれで、当年三十七歳のハルデスはオランダ海軍に籍をおいていたこともあるが、機関工として長く働いていたという。ライケン大尉やカッテンディーケ大尉のような生粋《きっすい》の軍人でないせいか、ハルデスは梶屋の旦那様や作治郎といった侍ではないひとたちとも親しくしていた。

鎔鉄所の建物は、すでに屋根の製作が始まっていた。建物の内部に柱が林立していては作業にさしつかえるため、「トラス小屋組み」という三角形を組み合わせる建築法で造った丈夫な屋根によって、建物を上から引き締める。

作治郎は大工なので、花を介してハルデスにさかんに質問をしていた。あれほど熱心なのだから、作治郎たちがなまけることはないと、花は反論したかった。もっとも、ハルデスのほうでも、ここまでくるのに、よほどの苦労をしたにちがいない。

翌日の夕方、咸臨丸は無事に長崎港に帰ってきた。難しい航海だったが、艦長の勝さんをはじめとする伝習生たちの操艦が巧みで感心したと、大波止に降り立ったカッテンディーケ大尉が話した。

花が日本語に訳すと、作治郎をはじめとする職工たちや、集まっていた老若男女がやんやと喝采した。勝さんは今回も船酔いをしなかったそうで、花がハルデスを手伝うことをふたつ返事で承知してくれた。

「そいつはよかった。ハルデスも助かったろうが、お花、ようやく長崎の町衆の仲間に入れて、さぞかしうれしかったろう」

勝さんのそのことばが、花にはなによりうれしかった。

土台の各所に塗りこめた漆喰がしっかりかたまったのをたしかめて、蒸気機関と工作機械が据えつけられた。大きな歯車がついた鉄製の工作機械はひとの背丈ほどもある。

「こいつはたまげた。おれの仲間にからくり人形師がいて、自分でも作るから、仕掛けはおおよそわかるが、こんなに分厚い黒鉄《くろがね》でからくりを造るとは、西洋の技術はじつにたいしたもんだ」

腕組みをした作治郎がうなり、職工たちもうなずいている。

「おっと、感心している場合じゃねえ。とっとと柱を立てて、梁《はり》を張り、屋根を乗せちまうぞ」

作治郎の指揮により、あらかじめホゾがうがたれた太い柱と梁が組まれていく。鉄製の機械を雨風にさらすわけにいかないため、屋根を乗せるまでを一日ですます段取りで、二百人もの職工が集められていた。長崎だけでは足りず、島原や諫早《いさはや》からも呼んでいる。

いつにも増してにぎやかで、梶屋の旦那様は大はりきりだった。大鍋につくった甘酒を職工たちに配るうしろでは、女衆が大釜で炊いたご飯をおむすびにしている。

二百人が休みなく働いて、午後三時前に、あとは屋根を乗せるだけになった。鎔鉄所の建物は、高さが四丈もある。作治郎はこの日のために特別にあつらえた櫓《やぐら》やはしごを用意していた。

「いよいよ今日のしあげだ。息を合わせて、さあ、いくぞ！」

一番高い櫓のてっぺんに立った作治郎が声を張ると、四方から職工たちが応えた。

「そ〜れ、そ〜れ」

四つの部分に分けて造られた三角屋根が、滑車と縄でひとつずつ持ちあげられていく。花はお玖磨さんと手を握り合い、少しずつ屋根があがっていくさまを見守った。

「あとひとつだから、もう大丈夫ね」

お玖磨さんがつぶやいたとき、「最後まで気をゆるめるんじゃねえ」と作治郎が大声で叱咤した。

「そうね。そうよね」

お玖磨さんが申しわけなさそうに言って、花の手を両手で握った。

鎔鉄所に屋根が乗ると、いっせいに拍手がおきた。櫓のうえで指揮をとっていた作治郎がおりてきて、ハルデスと握手をかわし、肩をたたきあっている。その後、雨風よけに厚手の布が張りめぐらされて、一日の作業が終わった。

あすからは屋根を葺《ふ》き、レンガを積んで壁を造っていく。そのレンガを焼くのにも多くの苦労があったということを、花はハルデスから聞いていた。

「ハンナのおかげで、無事に鎔鉄所の建物ができました。そこで、勝さんとわたしで、すてきなフスヘンク（贈りもの）を用意しました。うけとってくれますか？」

いつものように出島への帰り道を並んで歩いているとハルデスが言った。

「ええ、喜んで」花は笑顔で答えた。

「なんだと思いますか？」

「スフーネン（靴）でしょうか？」

立ちどまった花が脚をあげて靴を見せた。フリッツからパン焼きを教わるときにもらった革靴から数えて四足目になる。きつくはないが、かなり傷んでいた。

「正解です。でも、もうひとつ、ハンナがもっと喜ぶフスヘンクです。それは、ある場所へのレイス（旅）です」

「レイス？　ひょっとして、咸臨丸に乗せてもらえるのですか？」

花は思わず大きな声をだした。オランダ語なので、道行くひとたちがおどろいている。

「ごめんなさい。はしたない声をだして」

誰にともなく日本語でわびると、よく見かけるおばさんが笑顔でうなずいた。

「ハンナ、これは秘密の話です。五日後の三月八日に、勝さんはまた航海に出るつもりです。平戸と下関に行く計画なのですが、カッテンディーケと内々に相談をして、鹿児島にも行こうとしているのです」

（鹿児島、薩摩、島津斉彬公）

花は頭のなかでつぶやき、胸が高鳴った。

「勝さんは、カッテンディーケや医師のポンペ、それにわたしを、島津斉彬公に引き合わせたいそうです。ただし幕閣や長崎奉行には知られたくないので、あくまでも平戸と下関行きの航海として出発し、そこから九州一周へと計画を変更して、その途中で鹿児島に立ち寄るかたちにする。島津公に使者を送るのも、鹿児島につく前日だそうです」

ハルデスが言って、いかにも愉快そうに、花と目を合わせた。

そこまで秘密にことを進めるのは、やはり阿部伊勢守様が亡くなったことと関係しているだろうが、詳しい理由は花にもわからなかった。

「カッテンディーケが勝さんに聞いたところによると、通詞のなかには、諸藩と内通している者たちがいて、通詞をするさいに知った情報をこっそり流しているそうですね」

それについては、勝さん専属の通詞になるときに、くれぐれも気をつけるようにと言われていた。

もっとも勝さんがこわいらしく、花に話しかけてくる通詞はひとりもいなかった。

「今回の鹿児島行きは、幕閣にも諸藩にも知られたくないので、ハンナを通詞としてつれていくとのことです。わたしもそのほうが助かります。ハンナほどオランダ語が巧みで、蒸気機関に詳しい通詞はいませんからね。どうです、最高のフスヘンクでしょう？」

「はい。ありがとうございます」

花はわざと日本語で御礼を言った。ハルデスは日本語をおぼえたがっていて、ひまを見つけては花に教えをこうていた。

「イイエ、ドウ、イタシ、マシテ」

ハルデスがたどたどしく言って、お辞儀までしてみせた。

翌日からは瓦葺きとレンガ積みだけになったので、職工の数は五十人ほどに減った。まだ蒸気機関と工作機械をつなぐ作業が残っているが、それは九州一周の旅からもどったあとにするという。

「ハンナ、午後はわたしと一緒に咸臨丸です。蒸気機関の点検をするのです」

お昼にハルデスに言われて、久しぶりに勝さんに会えると花は喜んだ。ところが予想は外れて、咸臨丸に勝さんはいなかった。

「イック　ベン　カマジロウ・エノモト」

オランダ語で自己紹介した若い伝習生を、花は何度か見かけたことがあった。最初はボイラーを焚く火夫だったはずで、観光丸での艦上演習のときに顔をおぼえた。見るからにかしこく、凛々しいが、いかにも不服な顔になるときがある。それは榎本釜次郎《えのもとかまじろう》様が正規の伝習生として座学に参加するようになってからもかわらなかった。

「勉強のために、ハルデス殿とオランダ語で話してもよろしいでしょうか？」

榎本様は、花をにらむようにして日本語で言った。

「カマイマ、センヨ。デモ、ソレナラ、ワタシ、ニモ、ニホンゴノ、ベンキョウヲ、サセテ、クダサイ」

ハルデスが片言の日本語で答えた。虚をつかれた榎本様は鼻から大きく息を吸い、それを細めた口から吐いた。

「わざわざ通詞をつれてみえたのに、無礼を申しました。おゆるしください」

いさぎよく自分の非を認めた榎本様に、花は感心した。ハルデスも同じだったようで、花が通訳したオランダ語を神妙な顔で聞いている。

「では、エノモトさんの希望どおり、オランダ語で話しましょう。わからないことは、遠慮なく質問してください。ハンナ、それでかまいませんか?」

ハルデスにオランダ語で聞かれて、花はうなずいた。

「かたじけない」

丁重に頭をさげた榎本様を先頭に三人は階段をおりて機関室にむかった。船倉のうしろ半分を占める蒸気機関は巨大かつ精密で、何度見ても圧倒される。榎本様がボイラーの状態をオランダ語で伝えた。勝さんほど流暢ではないが、話ぶりは実直で、手に持った帳面にハルデスの説明をオランダ語で書きこんでいる。咸臨丸が天草に行ったときも、対馬に行ったときも、火夫として釜焚きをしていたと榎本様が言って、ハルデスが満面の笑顔になった。

「お花殿、ここからは日本語で話すので通詞をしてくださらんか。座学で、みなでオランダ語を習うのと、一対一で話すのとでは、頭の疲れ方がまるでちがう」

勝さんと同じだと面白がりながら、花は榎本様のことばを通訳した。

「デハ、コーサン、スルノ、デスネ?」

ハルデスが日本語でからかった。

「今日のところは、です。それよりもハルデス殿から、蒸気機関について詳しく学びたいのです」

花は榎本様の熱意に打たれた。第二期の伝習生たちは、第一期の伝習生たちにくらべれば勉強熱心だが、勝さんにはまだもの足りないようだった。榎本様のことは買っているにちがいない。

その晩、花は久しぶりに本蓮寺に呼ばれた。

「こいつは、ハルデスとおいらからだ」

勝さんがさしだした木箱のふたをとると、真新しい革靴があらわれた。出島にいる靴職人はひとりだけで、頼んでもすぐに作ってもらえるわけではない。

「たっぷり袖の下をやったのさ」

勝さんが言って、笑っている。

「また、そんなうそを。花がこまっています」

とりなしながら、お玖磨さんが勝さんのとなりにすわった。

「釜次郎と話したそうだな？」

勝さんの射るような目を見かえして、花は答えた。

「はい。オランダ語をよほど勉強されているようでした。それに蒸気機関についても詳しくて」

「うむ。釜次郎は聡い。ただし、強情なところは中島三郎助と双璧。そこが気がかりでないこともない」

「榎本釜次郎様は、おいくつなのですか？」

お玖磨さんが聞いた。

「天保七年生まれといったから、おいらより十三下か」

「二十三歳では無理もありません」

「たしかにそうだ。しかし、ひとかどの者になるのが見えているだけに、よけいに気がかりなのさ」

勝さんは鹿児島行きについて話しだした。初代伝習総監で、いまは築地の軍艦教授所で総督となっている永井玄蕃頭様とは連絡をとり合っていて、全くの独断で島津斉彬公にハルデスやポンペを引き合わせるのではないと聞いて、花は安堵した。

「この数ヵ月、幕閣は禁裏とのあいだがこじれて、おおわらわなのだ。今上天皇は、夷狄と通商条約を結ぶなどもってのほかと頑強に言いはり、とりつく島もないという。永井様も岩瀬殿も禁裏工作にかかりきりで、海防どころではないようす。それならば薩摩にオランダ人たちをつれていき、国力を引きあげる契機になればと思ったのだ。クルチウスは江戸にむかっていて不在だから、カッテンディーケに話すとふたつ返事で賛成してくれた。ハルデスもポンペも、長崎以外の土地を見てみたいそうだ。お花も、咸臨丸に乗ってみたかろう」

花は大きくうなずき、勝さんがいかにも満足そうな笑顔になった。

「勝さんが艦長をつとめる咸臨丸で九州を一周するのだ」

本蓮寺からの帰り道、花は頭のなかでくりかえした。梶屋で寝床に入ってからも興奮はやまず、自分でもおかしいほどだった。

「いつか父と同じように船で大洋を渡り、オランダに行ってみたい。どれほど離れた土地で生まれ育った男女が出会ってわたしが生まれたのかを、わが身でかんじたい。今度の航海は、そのための第一歩なのだ」

花は首からさげたトンボ玉を握りしめた。パン焼きを教えてくれたフリッツがバタビアに帰るときにくれた直径二センチほどのガラス玉で、花の目と同じ青い色をしている。ずっと箪笥の奥にしまっていたが、穴にひもを通し、お守りとして身につけることにしたのだ。

「フリッツ、わたしを守って」

日本語とオランダ語で交互にとなえながら、花は眠りに落ちていった。

三月七日の宵、シャツとズボン、それに青い上着をきた花は帽子を目深にかぶり、ハルデスとともに大波止から小舟に乗った。勝さんや、榎本様をはじめとする海軍伝習生たちは、きのうのうちに咸臨丸に乗りこんでいた。航海に出るには万全の準備が必要だからだ。花が宵闇にまぎれて乗りこむのは、女は船に乗せないという風習が根強くあるからだ。艦上演習ならまだしも、航海にまで花がついていくと知ったら、町衆が騒ぎださないともかぎらない。

「不満でしょうが、しかたありませんね」

提灯に照らされたハルデスが花をなぐさめた。

「一八五四年三月三十一日、日本の暦では嘉永七年三月三日に日米和親条約が結ばれると、その日を待っていたアメリカの商船が、日本製の漆器や陶器や刀剣を求めて、清国の上海や香港から下田港に続々とやってきたそうです。船長の婦人や娘が乗っている船もあり、下田の人々は上陸してきた異人女性をひと目見ようと群がったと言います。異人女性が船に乗るのだから、日本の女性も船に乗っていいはずだとならないのが、もどかしいところですね」

ハルデスの話を聞いているうちに思いついたことを、花はたずねた。

「オランダには、女性の通詞や女性の医師がいるのですか？」

伏し目になったハルデスが首をふった。

「オランダでも、ほとんどの女性は家にいて、外で働くのは男たちです。もしもハンナがオランダに行き、通詞として活躍したら、多くのオランダ人女性が自分たちもあんなふうに働きたいと思うことでしょう」

ハルデスの笑顔はぎこちなかった。

「ハンナのことをクルチウスから聞いたとき、わたしはとてもおどろきました。クルチウス家は名門で、しきたりにはひと一倍うるさいからです。かれも、オランダではこんなことはできないと言いました。たとえ才長けた少女が通詞になりたいと言いだしても、外国語を教えるひとも、雇うひともいないからです。しかしクルチウスは、なんとしてもハンナに生きる手立てを与えなければならないと考えに考えて出島に呼び、オランダ語と英語を教えた。その決断を、わたしはとても評価しています。わたしには娘がふたりいて、どちらもとてもかしこいけれど、女性ではウニベルシテイツ（大学）には進めません。それはとても残念で、くやしいことです」

小舟は咸臨丸に近づいた。勝さんに言いふくめられているのか、櫓《ろ》をこぐ船頭は無駄口をいっさい言わなかった。

「おう、お花。ようやくきたな」

はしごをのぼって甲板に立つと、勝さんが迎えてくれた。案内されたのはハルデスやポンペと同じ一人用の船室で、花は恐縮した。伝習生たちがハングマッツ（ハンモック）で寝るのを知っていたからだ。船室には小窓があり、波よけのおおいがついている。

「遠慮にはおよばねえ。おまえさんには、それだけ期待しているってことさ。ただし、いくら上等な部屋で休んだって、船酔いになるかもしれねえぜ」

花は帽子と真新しい革靴と青い上着を脱ぎ、シャツとズボンのまま寝台に横になった。船では、いつなにがおきるかわからないため、すぐに動きだせるように、寝巻にはきがえない。

ほどなくハルデスが呼びにきて、ふたりでポンペの部屋を訪れた。立派な口ひげをたくわえた、がっしりした体格の医師は外見に似合わず気さくで、初対面の花を歓迎した。ポンペとハルデスは、ワインを飲みながら長崎にきてからの見聞を語りあい、自分たちの考えに対する花の感想を聞きたがった。

咸臨丸の船室でぐっすり眠った花は、蒸気機関が動きだす音で目をさました。小窓のおおいをとると、朝の光がさしこみ、波の音に続いて潮のにおいがした。蒸気機関の振動で、咸臨丸が生きもののようにふるえている。

花は甲板に出てみたくてうずうずした。ただし、それが無理なことはわかっている。出航は蒸気機関の力でするが、船が進みだしたら帆を張るため、甲板は鉄火場と化すからだ。うろうろしていたら、つきとばされかねない。

出航を告げる空砲が鳴り、咸臨丸が進みだした。船尾の最深部にとりつけられたスクリューの回転で進むため、外輪式の観光丸よりもドゥレイクラヒト（推進力）がはるかに強い。小窓の外の景色がみるみる後退していく。甲板では、白地に日の丸を染めたのぼりがはためいているはずだ。がまんしきれず、花はそっと部屋を出て階段をのぼった。

「野母崎にかかったら機関を停止し、帆を張れ！」

艦長である勝さんの指示に、「ヤー」と水夫や伝習生たちがこたえる。艦上演習でもそうだったが、かんたんな返事はオランダ語ですることになっていた。

花は階段の一番上の段にすわり、頭をそらせた。春の空に薄雲がかかり、つばめが飛びかっている。

やがて野母崎が近づいた。

「機関停止」

「機関停止」

「機関停止」

勝さんの指示がつぎつぎに伝令されて、船倉の蒸気機関がとまった。

「帆を張れ！」

「帆を張れ！」

「帆を張れ！」

ガラガラバタバタと激しい音がして、白い帆が上から順に広がっていく。それぞれの帆が風をうけて大きくふくらみ、船の速度がぐんぐんあがっていく。

咸臨丸には三本の帆柱が立ち、横帆八枚と縦帆八枚、計十六枚の帆が張られている。均整がとれた帆の並びと、張り渡された無数の縄が描く曲線のくみあわせは、見事としか言いようがなかった。こんな素晴らしい仕組みを考えたオランダ人たちの知恵に、花は深い敬意をおぼえた。


咸臨丸は進路を北にとり、南風に乗って北上を続けた。天気は好く、航海は順調で、花はハルデスとポンペとともに後甲板に招かれた。

「このぶんなら、午後二時すぎには平戸につけそうだ」

船尾に立った勝さんが懐中時計に目をやった。甲板の中央では、カッテンディーケ大尉をはじめとするオランダ人教官が、伝習生たちに六分儀や晴雨儀の使い方を指導している。

「こうして海から眺めても、日本の国土はじつに美しい。よく耕された田畑に、木々が生い茂る山々。ヨーロッパの国々では打ち続く戦争で多くの木々が伐り倒されてしまった。森がなくなれば、川も海もやせて魚が減る。日本の近海にワルヴィス（クジラ）が多く集まるのは、えさとなる魚が食べきれないほどいるからなのだ」

ハルデスが低い声で、歌うように言った。

「もしも日本がインド洋にあったら、二百年前に、スペインかイギリスの植民地になっていただろう。もしも日本がハワイの近くにあったら、アメリカによって、五、六十年前に占領されていただろう。そして、船や樽を造るために木々は無残に伐り倒されて、田畑でもヨーロッパやアメリカで高く売れる茶や香辛料ばかりをつくらされていたはずだ。天にましますわれらが父よ、東方に位置する島国がいつまでも美しくありますように。わたしが手がけている鎔鉄所が、日本の豊かな国土を守る手助けになりますように」

ハルデスが両手を組んで天を見あげた。

「きみがそこまで日本贔屓だとは知らなかったよ」

ポンペの口ぶりには多少の皮肉があった。

「ぼくだって医学伝習生たちの熱心さには感心している。長崎や江戸が、イギリスやフランス、それにロシアによって攻撃されないことを願っている。その一方で、西洋列強による植民地化を首尾よくまぬかれた場合、日本が他国を攻めるようになることを心配している。日本人はいま、西洋の学問と技術を懸命にとりいれている。かしこく熱心なかれらは、ぼくが教える医学も、きみが教える造船も、じきに習得してしまうにちがいない。しかし、それは同時に、東アジアにおいて日本が突出した存在になることを意味している。優位に立った国は、かならず隣国を攻める」

「そう思っているなら、きみはどうして日本人に医学を教えるのだ?」

ハルデスの問いに、ポンペはしばし沈黙してから口を開いた。

「クリミア戦争で戦ったイギリス・フランス連合軍とロシア軍は、どちらも万単位の死傷者をだした。最新式の大砲や小銃の威力はすさまじく、あまりの悲惨さに、各国の人々から、戦争はもうこりごりだという声があがっている。ぼくは、医師こそが、そうした声を先頭に立ってあげるべきだと思う。医師の仕事はひとの命を救うことだ。ひとたび医師となった以上、このからだは自分のものではなく、病み、傷ついたひとたちのものであると、ぼくは師に教わった。その教えを、医学を志す日本の若者たちに伝えたいと思っている」

ポンペの信条を聞いて、花は感激した。そして、かつて出島の商館医だったシーボルトと遊女其扇《そのぎ》のあいだに生まれた娘イネが医学を学んでいることを思いだした。それはシーボルトが日本を去るに当たって自分の門弟にイネの教育を頼んだから可能になったことだ。

「ドルフェイン（イルカ）！」

ハルデスがふいに叫び、海面を指さした。花が目をむけると、一頭が水しぶきをあげて跳びあがった。イルカは無数にいて、大きな群れが咸臨丸と一緒に泳いでいる。なかには全身を空中にあらわし、激しい水しぶきを立てるものもいる。花は、オランダの図鑑でイルカの絵を見ていたが、泳いでいる姿を見るのは初めてだった。

「こいつは壮観だ。まるで咸臨丸にじゃれついているようじゃないか」

勝さんは大喜びで、オランダ人教官や伝習生たちも夢中になっている。

「西洋では、ドルフェインは幸運の使者と言われています。未来を予知する能力があり、困難な状況から救いだしてくれるとも言われています」

ハルデスが感激した面持ちで言った。

「それはベイフローフ（迷信）だとしても、これほどの群れと遭遇したのは初めてだよ。日本の海は本当に豊かなんだね」

ポンペもうれしそうに言って、イルカに手をふっている。花は、日本の行く末を案じて、シャツのうえから青いトンボ玉を握りしめた。

花たちが乗った咸臨丸が長崎に帰ってきたのは三月二十日の早朝だった。平戸にむけて発ったのが八日だから、じつに十二日間にわたる航海で、陸《おか》にあがったあとも、花はからだがゆれている気がした。

勝さんから三日は休めと言われたので、花は梶屋に帰ると旦那様に事情を話し、寝巻にきがえて布団に入った。よほど疲れていたようで、目をさましたとき、外は暗かった。お玖磨さんは本蓮寺に行ったきりだというから、勝さんの世話を焼いているのだろう。

目をつむれば、海を行く咸臨丸の甲板にいる気がする。強い日差しと潮のにおい、風をいっぱいにうけた帆が立てる音。海鳥が鳴きかわす声。波が高い日も船酔いになることはなく、これならいつかオランダに行けると、花は意を強くしたのだった。

平戸も下関も印象が深かったが、一番は鹿児島だ。開聞岳《かいもんだけ》の威容はイタリアのヴェスヴィオ山に匹敵すると、ハルデスもポンペも感嘆していた。

三月十六日の午前、山川港《やまがわこう》に碇泊する咸臨丸に乗船してきた薩摩藩主島津斉彬公に拝謁したとき、花はもっとおどろいた。身なりといい、容貌といい、度量といい、これほど立派な人物に会ったのは初めてだった。

「三百諸侯中、並ぶ者なき賢公」とあがめられていると、十九日に咸臨丸が鹿児島を離れたあと、勝さんは艦長室で斉彬公について語った。花がオランダ語に訳すと、ハルデスもポンペもカッテンディーケ大尉も、いかにもというようにうなずいた。

「オランダにも国王がいますが、島津公のように財力と権力を一身に帯びてはいません。国王といえども、国民による議会の決議にしばられているからです。つまり、自分だけの判断で、集成館《しゅうせいかん》のように大規模な工場群を建設することはできないのです。そうである以上、島津公のごとき自信と寛容は身にまとえるはずがありません」

　ポンペのことばを耳に入れながら、花はかつてオランダの教科書で読んだネーデルランドウ共和国のポリティーク・システーム（政治制度）を思いだした。

「いずれにしても、あれほど英明な人物が日本の要所である鹿児島で藩主の座についているというのは、この国にとって、じつに心強いことだね」

　カッテンディーケ大尉が感心して言った。紋付き袴の勝さんは艦長用の机にひじをついて聞いている。

「藩主たちの世継ぎはみな、江戸で育つそうだが、一国の首都で教育をうけた者たちがそれぞれの領国にくだって民を治めるというのは、よく考えられたシステームだよ。ぼくも、薩摩藩ほど裕福でなくていいから、どこかの藩の世継ぎに生まれたかった」

　大尉に笑顔をむけられた勝さんが、「江戸育ちの藩主が、国許《くにもと》にいる家臣たちの信をえるのは容易なことではござらん」と日本語で言った。そして、間違いなく通訳しろというように花をにらんだ。

　艦長室にいるのは勝さんと花、それに三人のオランダ人だけだった。鹿児島では連日祝宴がもよおされたため、見学したたくさんの施設や事物について語り合う時間がなかった。

　南風を帆にうけて、咸臨丸は一路北にむかっていた。このぶんなら、明朝には長崎港につくはずで、勝さんもカッテンディーケ大尉も船室で話しこんでも大丈夫だと思っているようだった。

「薩摩藩が裕福になったのは、この十数年にすぎません。文政十二年、つまり一八二九年には藩債の総額が五百万両をこえて、畳屋に払う金にさえこまったとのこと」

　薩摩藩の年間収入はおよそ十四万両、負債はその三十五倍におよんだ。それほどまでに借金がふくらんだのは、三代前の藩主で「蘭癖《らんぺき》大名」と呼ばれた重豪《しげひで》公が、「蘭学による開化なしに日本の発展なし」の考えにもとづき、金に糸目をつけずに書物や薬草や観測器具を海外からとりよせて、藩校・医学館・天文館をつぎつぎに創設したからだ。江戸の高輪には、豪壮な西洋風の別邸蓬山館《ほうざんかん》を建てた。そのうえ、三女茂姫《しげひめ》を嫁がせた一橋家の豊千代君《とよちよぎみ》が徳川家斉として第十一代将軍になったことによる出費も膨大な額にのぼった。

「ドゥーフやシーボルトとも親しく交際したそうですから、重豪公の名前くらいはお聞きおよびでしょう」

カッテンディーケ大尉が首をかしげても、勝さんはかまわずに話し続けた。重豪公は五十五歳のときに生まれた曾孫の斉彬公をことのほかかわいがった。斉彬公の西洋への傾倒は曽祖父ゆずりだが、国許では、そのことはかならずしも歓迎されてこなかった。

かいつまんで言えば、隠居した重豪公の跡を継いだ息子の斉宣公《なりのぶ》は破産にひんした藩政の改革をもくろんだ。しかし開化路線を否定されたことに怒った重豪公によって配下の藩士十三名が切腹に追いこまれ、百名以上が処罰をうけたうえに、斉宣公は隠居をよぎなくされた。

かわって藩主となったのは、重豪公の孫である若干十九歳の斉興公《なりおき》だ。祖父の後ろ盾で財政の立て直しを図ったものの、容易に成果はあがらなかった。斉興公が藩主の座についた三ヵ月後に、江戸の薩摩藩邸で斉彬公が生まれている。

苦境を打開したのは調所広郷《ずしよひろさと》で、琉球貿易で利益をあげた手腕を見こまれて抜擢されると、特産品である黒糖や薬用植物の品質向上に努めた。また商人たちに藩債の利子帳消しを強要してと、ありとあらゆる手段をこうじた結果、膨大な借金を十五年ほどで完済しただけでなく、五十万両もの蓄えをなした。

「斉興公にしてみれば、蘭癖の斉彬公が藩主になれば、薩摩藩の財政がふたたび悪化するのは必至。

そこで寵愛する側室由羅《ゆら》が産み、鹿児島で生まれ育った次男の久光《ひさみつ》公を次期藩主につかせたいと考えた。家老となって藩政を牛耳る調所も、そのもくろみをあと押し。しかしながら由羅や調所に反感をいだく藩士も多く、薩摩藩内は斉彬派と久光派にまっぷたつに割れたのです」

勝さんが弁舌をふるい、花もテンポよくオランダで語ったので、ハルデスたちが身を乗りだした。

「そうしたさなか、嘉永元年師走の十八日、出府中の調所が江戸桜田の薩摩藩邸内で死にました。行年七十三。病死ということになっておりますが、じつは毒を飲み、自害して果てたとのこと」

花は息をのんだ。それでも気を張ってオランダ語に訳すと、「オー」と三人のオランダ人がそろって嘆いた。

「権勢をきわめていた調所がなぜみずから命を絶ったのか。わたしに心当たりがないわけではありませんが、それはさすがに申しあげられません」

勝さんはにべもなく話を進めた。

頼みの調所を失ったにもかかわらず、斉興公は久光公を名代《みようだい》にした。しかも鹿児島に暮らす斉彬公の子息があいついで夭逝《ようせい》したため、斉彬公を支持する藩士たちは怒りとあせりから、由羅や久光派家老の暗殺を口にするようになった。

それが斉興公の知るところとなり、斉彬派の家老をはじめ十四名が切腹、十四名が遠島に処せられ、さらに三十名ほどが御役御免などの処分をうけたという。

「西南の雄藩薩摩の血で血を洗う争いをこれ以上座視するわけにいかず、老中首座阿部伊勢守様が乗りだし、十二代将軍家慶公が斉興公に隠居をうながしたのが嘉永三年の師走。そして年が明けた嘉永四年二月、斉彬公は四十三歳にして、ついに藩主の座についたのです。五月にお国入りするや、鉄製大砲の製造と反射炉の建設にとりかかり、溶鉱炉と製錬所の建設にも着手しました。さらに蒸気機関の製作まで命じたため、家臣たちは死に物狂いで研鑽をかさねて、その成果は、此度《こたび》われわれが目にしたとおり。しかし」と言ったところで勝さんは口をつぐみ、花がオランダ語に訳すのを待った。

「斉彬公が真に英邁なのは、久光派の藩士たちを一切処罰しなかったことです。斉彬公と久光公はご兄弟としてたがいを認め合う仲。対立していたのは藩士たちであり、斉興公と調所の、斉彬公に対する不信の念が大本。ふたりは、斉彬公の背後に重豪公の影を見て怯えたのでしょう。それもやむをえぬこと」

斉彬公のいかにも大大名《だいだいみょう》らしい鷹揚な笑顔を思いだしながら、花はオランダ語に訳していった。

「昨晩、斉彬公はわたしにむかい、いまの薩摩に潤沢な資金があるのは調所のおかげと申されました。阿部様は惜しくも亡くなられましたが、斉彬公をはじめとする雄藩の賢公が幕閣と力を合わせて、民草までが一致一体となって難局に当たれば、かならずや西洋列強の攻勢を跳ねかえせると確信したしだいです」

勝さんの雄弁を花が通訳し終えると、ポンペが思わせぶりな咳払いをした。

「ドクテル。なにか気がかりがおありか？」

勝さんがオランダ語で聞いた。

「島津公は、おからだが悪いのではありませんか？　たしかに非常に快活でしたが、顔色はすぐれず、五十歳という年齢より老けて見えたもので」

ポンペの見立てに、カッテンディーケ大尉とハルデスがうなずいた。さすがの勝さんも不安になったらしく、斉彬公は指宿《いぶすき》にある温泉で静養中だったとうちあけた。勝さんからの書状をうけとるや、みずから馬を駈って山川港にあらわれたのだから、重い病をわずらっているわけではない。

咸臨丸の艦長室でおぼえた胸騒ぎがよみがえり、花は梶屋の部屋でフリッツからもらったトンボ玉を握りしめた。そして一心に快癒を祈っていると、斉彬公の御姿が鮮明に脳裏に浮かんだ。

三月十六日の午前九時、山川港に停泊する咸臨丸に乗船してきた斉彬公は、勝さんの案内で艦内をくまなく見てまわった。花はハルデスとともに先に船倉にくだり、ランプを灯して待っていると、やがて階段をおりる足音が聞こえてきた。

「いよいよ西洋人が造った本物の蒸気機関を見られるのだな」

覇気のある声が、昼でも暗い船倉に響いた。

「そこに控えておりますのは機関士官のハルデス殿と、通詞の梶でございます」

勝さんの紹介に、「おおそうか。苦しゅうない」と応じた斉彬公は大小の刀を差し、羽織袴という出立で、銀色に光るボイラーに見入っている。

「まさに巨大にして精緻。これにくらべれば、わが藩がこしらえた蒸気機関など児戯にひとしい。しかし、いつの日か西洋に追いつき、追いこしてみせようぞ。のう、勝」とふりかえった斉彬公が花を見て目を丸くした。

「そなた、おなごか。おなごが通詞、いや目が青い。勝、おまえはまた、ひとの度肝を抜くことばかりしくみおって」

斉彬公が仰天し、勝さんが笑いをこらえている。

「まずは、ハルデス殿に蒸気機関の説明をしていただきましょう。原理と構造は理解しておられるのですから、運転に当たって気をつける点を中心に。梶花が、通詞をつとめます」

勝さんの日本語を花がオランダ語に訳していくと、「なんと流暢な。それにまた、おなごが話す蘭語はよいものじゃ」と斉彬公が笑顔になった。

その後は艦長室に場所をうつし、花は斉彬公に請われて帽子を脱いだ。カッテンディーケ大尉、ハルデス、ポンペの三人もテーブルにつき、頭に更紗を巻いた出島の召使がコーヒーとお菓子を並べていく。

「梶花と申したな。度々ですまぬが通詞を頼む」と言った斉彬公が椅子から立った。

「諸兄の来訪はまことに唐突で、大いにあわてさせられているが、藩士ともども、西洋の知識と技術を学ばせてもらいたいと思っている。その意味で、咸臨丸艦長勝麟太郎殿には感謝のことばもない」

うれしそうにたがいを見かわす斉彬公と勝さんの姿が目に浮かび、花は梶屋の部屋で青いトンボ玉をいま一度握りしめた。

三日休んだあと、花はまた飽ノ浦の鎔鉄所でハルデスの通詞をつとめた。九州を一周しているあいだにレンガの壁はすっかりできあがり、屋根も葺かれていた。窓にはガラスがはまっている。残すは、各所にすえつけた工作機械と蒸気機関を連結させていく作業だ。ハルデスの指揮のもと、十名のオランダ人技師が作業に当たり、榎本釜次郎様をはじめとする伝習生たちが熱心に見入っている。佐賀藩、福岡藩、薩摩藩からも数名ずつが見学にきている。

ハルデスは親切で、作業を度々とめては、注意を要することがらについて詳しく語った。同じような質問をくりかえされても、うるさがらずに答えていく。

「このように、蒸気機関も工作機械も、ネジとボルトによって組み立てられています。木造の家屋や箪笥とちがい、ネジには定期的に油をささなければなりません。さもないと振動によって生じる摩擦により、鉄がすり減ってしまいます。しかし油をさせばネジはゆるみやすくなる。よって機械を動かす前には、かならずネジの締まり具合を確認し、油が切れていたらさし足す。汚れた油は布でふきとる。目で見るだけではダメで、かならずネジをさわり、ゆるみがないかどうかをたしかめなくてはなりません。かんたんな作業ですが、おこたらずに毎日やり続けるのは容易なことではありません」

榎本様は花が日本語に訳す前にうなずき、帳面に書きとめている。

「これほど大きく頑丈な機械でも、ネジ一本のゆるみが原因で壊れることがあります。機械はとても便利ですが、それだけ大切にあつかわなくてはなりません」

主な工作機械は旋盤と蒸気ハンマーだ。このふたつで、蒸気船のほぼ全ての部品を造れる。ためしにハルデスが厚さ二センチの鉄板を旋盤で円形に切ってみせると、伝習生たちがどよめいた。

鎔鉄所のとなりでは、埠頭《ふとう》を造る準備が始まっていた。修理を要する船を係留し、石炭の積みこみもおこなう。埠頭の長さは、七十メートルは必要だという。

ハルデスは晴天の日にみずから潜水箱に入って水中にもぐり、重い石をひとつずつ海底に並べていた。それを基礎として埠頭を造っていくのだそうで、ハルデスの精力的な働きぶりには誰もが感心していた。

五月になったら、咸臨丸でまた鹿児島に行くつもりだと勝さんに言われたのは四月なかばだった。斉彬公から書簡がとどき、次回は事前に予定を報せたうえで、薩摩にきてもらいたい。万端整えて歓迎するので、ぜひオランダ人技官と通詞の梶花をともなっておいで願いたいと書かれていたという。

「どうだ？」

返事はわかっているという顔の勝さんが憎らしかったが、「もちろん行きます」と花は答えた。

「咸臨丸の台所でパンとお菓子を焼いて、斉彬公にごちそういたします」

素晴らしい思いつきに花はうきうきした。

「そいつはいい考えだが、その前に、おいらとお玖磨にも、お花が焼いたパンを食べさせてくれんか。ついでに梶屋にもふたつみっつやれば、大喜びするだろうよ」

大恩ある旦那様に、一度もパンをさしあげてなかったことにようやく気づき、花は小さくなった。

カピタンのクルチウスは二月なかばに江戸にむけて長崎を発ったきりだった。瀬戸内海を船で行っても片道四十日はかかるし、来日六年目にしてようやくかなった参府を満喫しているにちがいない。

丸二年ぶりに、花は出島の台所部屋でパンを焼いた。フリッツに鍛えられた腕前は健在で、自分でも満足がいくパンが焼きあがった。最後の二十個を籠に盛ると、花は前掛けをはずし、頭に巻いていた更紗もとって、カピタン部屋の二階にいそいだ。

「ようやくきたか。ご苦労。みなの衆、本日の主役、梶花を拍手でおむかえくだされ」

広間の入り口で待っていた勝さんが日本語で言い、続いてオランダ語でも同じことを言った。花はすぐにお玖磨さんと梶屋の旦那様を見つけた。作治郎と配下の者たちも、かしこまって椅子にすわっている。ハルデスとポンペもうれしそうだ。

勝さんの主催による、花に縁があるひとたちを招いての午餐で、ソーセージやハムは出島のコックが作ってくれた。パオン・デ・ローは、きのうのうちに焼いておいた。大好きなひとたちにかこまれて、花は無邪気に笑い、ごちそうでお腹をふくれさせた。みな、花が焼いたパンやお菓子をおいしいとほめてくれた。

その夜、すっかり安心して寝入っていた花は、初めての経水におどろいて目をさました。

月のものを理由に、花は鹿児島行きの留守番をよぎなくされた。初花から三日目の夕刻、勝さんはその旨を告げると、つれだってきたお玖磨さんを梶屋に残し、ひとりで本蓮寺に帰っていった。

「しかたがないわ。女のからだはそうなのだから」

お玖磨さんになだめられても、くやしさと、斉彬公に会いたさで、花は身をよじった。

「わたし、ややが、ややができたの」

「えっ、ややが？」

おどろいてお玖磨さんを見れば、美しい瓜実顔は幾分はれぼったくて、見なれない幅広の帯を巻き、めずらしく足をくずしている。

「十月初めに産まれるの。でもね、勝様は、おそくても来年の春には、お江戸に帰ってしまわれるの」

お玖磨さんがさめざめと泣いた。あまり泣いてはおなかの子にさわると思ったが、どうなぐさめればいいか、花にはわからなかった。鹿児島に行けないくやしさは胸の奥に引いた。

お玖磨さんも気をとり直して、幕閣は長崎での海軍伝習をうちきりにするつもりでいるらしいと教えてくれた。ただし、オランダ側にはけっしてもらしてはならない。

（勝さんがいなくなっても、わたしは通詞としてやっていけるのだろうか？）

丹田に気をこめても不安は去らず、花は女であることがうらめしかった。

その翌日、花が鹿児島に行かないと聞いたハルデスとポンペが梶屋に見舞いにきた。今回の通詞は、医学伝習生の松本良順《まつもとりょうじゅん》様がつとめるという。何度かお見かけしているが、剃髪で、いかにも思慮深そうな御方だ。幕府の奥詰医師松本良甫《まつもとりょうほ》様の子で、オランダ語もよくできるという。

「メンストラーチ（月経）を理由に女性を船に乗せないというのは、西洋各国にも残っている風習です。残念なことに、バカバカしい風習ほど克服するのは難しい」

ポンペがいかにも医師らしい見解を述べて、ハルデスも同情してくれた。

（勝さんが帰府したら、薩摩に行き、斉彬公の通詞にさせてもらおう）

ふたりが帰ったあとに思いつき、花は縁側でとび跳ねた。

三月の鹿児島行きは、奉行所にも伏せての、いわば隠密の航海だった。それに対して今回、咸臨丸が公然と鹿児島にむかうのは、鵬翔丸《ほうしょうまる》に随行するという名目があるからだ。

鵬翔丸は、幕府が長崎でイギリスから購入した帆船で、築地操練所での伝習にもちいるため、江戸まで航海させよとの通達があった。しかし洋式帆船の操艦はかんたんではない。しかも艦長をつとめる伊沢謹吾様は病身だ。そこでカッテンディーケ大尉が一計を案じた。蒸気船の咸臨丸が鵬翔丸を曳航して鹿児島の佐《さ》多《た》岬《みさき》にむかい、そこから西風に乗って一直線に江戸を目ざせばいいというのである。

その案が採用されて、勝さんが艦長をつとめる咸臨丸にはカッテンディーケ大尉とハルデスとポンペが乗り、鵬翔丸には中島三郎助様や榎本釜次郎様といった古参の伝習生たちが乗って江戸にもどることになったのだ。

五月十一日に鵬翔丸を曳いて長崎港を発った咸臨丸は、十九日に帰ってきた。大嵐で、まさかこんな日に帰ってくるとはと、誰もがおどろいた。

「あやうく沈没するところでしたが、勝さんたちにとっては最良の訓練になったはずです」

カッテンディーケ大尉が言って、カピタン部屋の椅子にもたれた。ハルデスとポンペは船酔いのため、各々の部屋で休んでいた。

「ところで、飽ノ浦に碇泊しているのはミシシッピ号ですね。五年前、浦賀に来航したペルリ提督率いるアメリカ合衆国東インド艦隊の一隻」

「はい。三日前に、香港からつきました。わたしはお奉行様に頼まれて通詞をつとめ、そのさい、ミシシッピ号の艦長からオランダの方々宛ての郵便を託されました。大尉宛ての手紙は、お部屋の机においてあります」

花が告げると、大尉が顔をほころばせた。

「それはうれしい。では、失礼するよ」

ふだんは見せないカッテンディーケ大尉のやさしい表情に、花も気持ちがやわらいだ。

嵐はその後も続いた。体調をくずしたハルデスが寝こんでしまったので、花はミシシッピ号の士官から英語を習おうと思いついた。

勝さんに話すと、すぐに口をきいてくれて、西役所の一室でnewspaperをテキストに座学がおこなわれた。オランダ通詞たちもくわわったが、花ほど英語に通じた者はいなかった。

嵐はなかなか去らず、英語の座学は五日間にわたった。

ようやく風波がおさまり、ミシシッピ号が香港に帰っていくと、入れかわるように唐船が入港した。どちらの船も漆器、陶磁器、刀剣などを買いつけて、香港や上海で売りさばくのだ。そのため、長崎には荷をかついだ各地の行商人が群れになって訪れていた。

「商いがさかんになるのも善し悪しじゃ。異人たちが、青菜や米穀を欲しがり、品薄になって値があがりだしたら、いったいどうなることやら」

梶屋の旦那様がそう心配していたのを、花はおぼえていた。

「幕閣とて、そのくらいは心得ておる。そのために水野殿と岩瀬殿が長崎まできて、クルチウスから貿易を学んだのだ」

ある晩、勝さんに相談すると、自信満々の答えが返ってきた。それでも花は胸騒ぎがおさまらなかった。観光丸や咸臨丸に乗れるのは百人ほどだが、ミシシッピ号には三百人ものアメリカ人が乗っていた。ああした船が頻繁に来航したら、日本中の青菜や米穀を買い占められてしまうのではないだろうか。

その夜、花はおそくまで寝つけなかった。


不安な一夜をすごしたせいで、花はめずらしく朝寝坊をした。

「お花、お花。勝様がおいでじゃ」

旦那様におこされて、花はあわてて身支度をした。休みの日に出島に呼ばれたことはあっても、勝さんが唐突に梶屋にあらわれたのは初めてだ。

「お花。すまんが、これを読んでくれ」

袂《たもと》からとりだされたのは『THE NORTH-CHINA HERALD』だ。上海で発行されているnewspaperで、三日前までうけていた座学のテキストだった。こちらのほうが新しく、「27, may, 1858」の日付に「EXTRA」とあるところをみると、特別に発行されたものらしい。西暦の五月二十七日は和暦の四月十五日、今日は二十四日だから九日前のnewspaperだと、花はすばやく計算した。

勝さんは唐人屋敷の役人に心づけをしていて、清国内で大事件が勃発したときは、すぐに報せてもらうようにしていた。昨夜半、本蓮寺にとどけられて、イギリスとフランスの連合軍が天津付近で清国軍を撃破したことは勝さんにも読みとれた。

「いそぎ委細を知りたい」と請われた花は部屋にもどり、クルチウスから借りている『Dutch and English Dictionary』を持ってきた。

「五月二十日、これは西暦の日付です。イギリスのエルギン卿が率いる英仏連合艦隊が天津のパイフーという河の河口にあるタークー砲台を攻撃し、占領した。北京につながる要所に築かれたこの要塞は清国最強で、四十門もの大砲を備えている。守備兵は、精鋭一万人。無敵と言われる韃靼《だったん》騎兵隊八百人まで配属されていたにもかかわらず、八隻の戦艦による二時間足らずの攻撃によって陥落した。英仏連合軍は千五百人ほどで、戦死者は十名。清国側の死傷者は不明だが、かなりの数にのぼると思われる。韃靼騎兵隊の一部は壊滅の憂き目を見たようである」

newspaperの記事を日本語に訳しながら、花はおそろしくなった。イギリス海軍こそが世界最強であり、清国を撃ち破った暁には日本にも攻めこんできかねないとクルチウスが度々言っていたからだ。

ところが勝さんは思いのほか冷静だった。

「前にも言ったが、清国は広く、膨大な人々が暮らしている。英仏が勝ちほこるのはまだ早い。この一事をもって、イギリス艦隊がすぐに日本に攻めかかるなどと怯えぬことだ。日英和親条約が結ばれている以上、英国にしても友誼が基本。みだりに騒がず、幕閣と諸藩が一致一体となってことに当たることこそ肝要。ただし、おいらは悠長にはしていられぬ。お花、すまぬが筆と紙を用意してくれ。江戸の永井様宛てに書状をしたためる」

したくが整うと、勝さんは背筋を伸ばし、左手に持った巻紙に筆を走らせた。

「ここまでを一字一句たがわずローマ字で写してくれ。それは斉彬公に送る」

薩摩藩内には幕府の密偵がいるため、万が一にも解読されないための用心だという。つまり斉彬公はローマ字の読み書きができるのだ。勝さんは寸刻を惜しんでいて、花も一心に筆を走らせた。

「咸臨丸で鹿児島に行く前に、禁裏が西洋諸国との通商に反対していると言ったろう」

話しかけられても花は筆をとめなかった。横目で見ると、勝さんも書状の続きをしたためている。

「今上天皇は幕閣への不信をつのらせ、勅許は断じてくださぬかまえ。一方ハリスは通商条約の締結をせっつく。板ばさみになっている幕閣がこの英仏軍大勝の報に接したら、どのようにいたすと思う」

そう問われて、花はさすがに手をとめた。

「英仏軍の脅威を言い立てて禁裏を説得し、アメリカと通商条約を結ぼうとします。ただ」

「うむ。言いよどんだ先を申してみよ」

花は筆を置き、顔をあげて言った。

「征夷大将軍としての面目が立ちません。いくら西洋諸国が武威に勝っていても、一度も鉾をまじえることなく膝を屈しては」

最強のイギリス海軍どころか、ロシアにもアメリカにも戦で勝てないのは明白だが、花はそう言わずにいられなかった。

「くやしいが、まさしくそのとおり。関ヶ原の合戦に勝利してから二百五十年の長きにわたり徳川将軍が諸大名に君臨してきたのは、一重に武威に勝るからである。侍が百姓町人にいばっているのも腰に大小を差しているからだ。征夷大将軍であるからには、異国に屈することはゆるされぬ。そうかといって、勝てぬのを承知で戦火をまじえるのは愚の骨頂」

「では、どうするのですか？」

花は思わず問い詰める口調になった。

「まさにそこを書状にしたためている」と言った勝さんが咳払いをした。

「ひとつ、勅許を得ぬままアメリカとの修好通商条約に調印の場合は、かならず老中が上洛して、今上天皇に上奏すること。ふたつ、条約発効後の物価対策に万全を期すこと。みっつ、今後も幕閣が一致一体となってことに当たるべきことを、ひたすらへりくだって申しあげている。性に合わないことはなはだしい」

勝さんが破顔し、花もつられて笑い声を立てた。

「幕閣は通商条約締結の可否で禁裏ともめているが、幕閣内ではさらに深刻な対立がおきているのだ」

勝さんが一転して声をひそめた。

「上様には世継ぎがない。病身にして暗愚とのうわさもある」

花は息がとまりそうになった。未曾有の艱難に直面して、勝さんたちが奮闘しているのに、御公方であられる家定《いえさだ》公がそのような御方だったとは。

勝さんによると、永井様や岩瀬様といった海防掛の面々や島津斉彬公は、水戸徳川家九代当主斉昭公の七男で英明の聞こえも高い一橋慶喜《ひとつばしよしのぶ》公を家定公の名代として難局に当たるべきと考えている。一方、老中や若年寄は、名代は必要ではなく、次期将軍には家定公の従弟である紀州の慶福《よしとみ》公を推している。

「では、勝様も慶喜公を」

「いいや、おいらは慶福公さ。それ以前に、上様は暗愚ではないよ。一度御目見えしただけだが、おそらく今上と同じく異人を極度におそれておられるのだ。異国との交易を禁じた祖法を破るのも気が進まないのであろう。ならば上様を盛り立てて、継嗣についても常道をゆき、幼い慶福公をみなでささえるのが筋であろう。斉彬公ほどの御方がどうしてそれをわからぬか。まして上様の正室であられる天璋院篤姫《てんしょういんあつひめ》様は斉彬公の養女。ならば斉彬公が率先して上様を支えねばならぬのに、越前公の言を真にうけて」

勝さんがふたたび筆をとり、花も斉彬公にとどけられるローマ字の手紙を書いていった。お玖磨さんのおなかにいる子をどうするのか聞きたかったが、勝さんは書状をしたためると、いそぎ足で帰ってしまった。

その後も長崎には異国船がつぎつぎに訪れた。下田にむかう前に立ち寄る軍艦も、漆器や陶磁器や刀剣を買い求める商船も、薪水と食料を必要としていて、それらを運ぶ小舟が蟻の列のように港内を行き来している。長崎の町は大にぎわいで、丸山遊郭では一晩中灯りが消えないという。

異国船が運んでくるのは、ひととお金だけではない。六月になるとコロリが流行り、猛烈な下痢と嘔吐で連日十人近いひとたちが亡くなった。ポンペの活躍によってようやくコロリがおさまった六月末、プチャーチン提督率いるロシアの軍艦アスコルド号が入港した。病にかかった兵隊や船員たちを、名高いポンペ医師に治療してもらいたいとのことで、稲佐村の悟真寺《ごしんじ》が療養所に当てられた。


「コンニチハ、コンニチハ」

梶屋の表でハルデスの声がした。土曜日の午後で、あわててむかえに出ようとする旦那様を花が引きとめた。さっきも言ったばかりなのに、大切な客となると、じっとしていられないのだろう。日本人の客と同じように応接してほしいというのがハルデスの希望で、「いらっしゃいませ」と若い女中が応じている。

「ワタシハ、ハルデス、デス。コチラハ、ポンペ。ダンナサマト、ハナサンニ、アイニ、キマシタ」

「左様でございますか。では、ご案内いたします。こちらにどうぞ」

「アリガトウ、ゴザイマス。サア、ポンペモ、ハイッタ、ハイッタ」

片言の日本語がおかしくて、花は口を押さえた。旦那様も笑いをこらえている。

「コレハ、ジツニ、リッパナ、オヤシキダ」

「ハルデス様とポンペ様がお見えです」

「お出迎えをせず、失礼いたしました。どうぞ、おあがりください」

旦那様が襖を開けてあいさつをした。

「オコトバニアマエテ、マイリマシタ」

ハルデスとポンペはどちらも軽装で、靴を脱いで畳にあがると、長い脚を曲げてすわった。コロリの蔓延をふせいだのに続き、ロシアの軍艦アスコルド号が残していった病人を診ているポンペを労うための席だが、言いだした勝さんは急用で不参加になった。

「御馳走を用意いたしましたので、たんと召しあがってくださいませ」

料理をのせたお膳がはこばれてくると、旦那様が徳利を手にしてポンペとハルデスの猪口に酒をついだ。

「まずはつきだしで、蒲鉾と茹でた筍、それに唐墨でございます。箸は難しいでしょうから、ヴォルク（フォーク）とメス（ナイフ）でお召しあがりください」

旦那様の説明を花がオランダ語に訳すのを待たず、ふたりは箸で料理をとり、口にはこんだ。

「ぼくたちは技師と医師だから、器用なのさ」

ハルデスがオランダ語で得意げに言って、蒲鉾をつまんだ。

「いばるなよ。今日のために、どれだけ練習したことか」

ポンペは大きな手に持った箸をすばやく交差させて見せた。

「ところで、アスコルド号の船員たちは、やはりスクルビー（壊血病《かいけつびょう》）なのかい？」

女中に呼ばれた旦那様が席をはずすと、ハルデスがたずねた。花はその病を知っていた。主に船員がかかり、肌が荒れ、歯茎が腫れる。悪化すると歯が抜け落ちて、骨がもろくなり、死にいたることもある。不摂生と青菜や果物の不足が原因らしい。

「間違いなくスクルビーだ。だから勝さんをとおして、梶屋さんに青菜を集めてもらったのだ。いまは夏で、柚子や蜜柑は手に入らないからね。しかし重症者は回復しそうにない」

ポンペの通詞は引き続き松本良順様がつとめていて、花が病気の経過を聞くのは初めてだった。

「じつは昨晩から今朝にかけて三人亡くなった。ほかの者たちもかなり弱っていて、二十五人のうち、助かるのは三、四人だと思う」

おどろいた花が胸をふるわせていると、つぎの料理がはこばれてきた。牛肉の切り身を生姜湯で煮て、葛をかけたものだという。

「これは素晴らしい。西洋にも、これほどの肉料理はない」

ポンペとハルデスが舌鼓を打って喜んでいる。かなしいのにおいしくて、花はこまった。

「そういえば、クルチウスが、あと一週間ほどで帰ってくるそうだよ。午前中、出島で商館員たちの健康診断をしていたときに、下関からの早馬がついたんだ。五ヵ月ぶりのご帰還か」

ポンペが言って、「アスコルド号の運命やいかに」と続けた。

六月末に来航したアスコルド号は、花がこれまで見たなかでもっとも大きな船だった。全長七十メートル、三百六十馬力の蒸気機関を搭載した、ロシアが誇る最新の軍艦だという。乗員は五百人以上。アスコルド号と並ぶと、咸臨丸は小舟にしか見えなかった。

しかしアスコルド号は乗組員がスクルビーにかかっただけでなく、船体のいたるところが破損していた。インド洋で大嵐に遭い、あやうく沈没しかけて、蒸気機関も大がかりな修理が必要だという。

プチャーチン提督がみずから話したのだから、間違いない。正確には、西役所の広間で、プチャーチン提督のロシア語を副官のポシェート大佐がオランダ語に通訳し、それを花が日本語に通訳して、長崎奉行と勝さんに伝えたのだ。その場にはニコライもいた。

「長崎での軍艦の修理が難しい事情はよくわかっていますが、ぜひ力を貸していただきたい。病人たちのことも、よろしく頼みます」

五日前、そう言い残して、プチャーチン提督はアスコルド号を下田にむかわせた。日露修好通商条約についての交渉をおこなうためで、条約調印後に上海に帰港する。そのときまでに、長崎港での修理が可能かどうかを知らせてもらいたいとのことだった。

「とんだ難題を持ちかけられたものだ」

御奉行は頭を抱えたが、勝さんはむしろ嬉々としていた。

「アスコルド号の件は、わたしにおまかせなさい。見事にやってみせましょう」

そう言うと、勝さんは花をうながして西役所を出た。

「まだいくらか陽がある。少し歩くか」

花のほうが二、三寸高いが、勝さんは気にするそぶりもなく、肝が据わった声でロシアとイギリスの対立について語った。欧州のクリミアをめぐる戦争は膨大な犠牲者をだし、二年前に講和条約が結ばれた。英仏軍が清国の大沽《タークー》砲台を撃破した戦では、ロシア軍は後詰を引きうけたが、英露の対立が解消したわけではない。事実、アスコルド号はその前に入港していたイギリスの軍艦フュリアス号ほか三隻が下田にむかったのを見てから、長崎港にやってきたのだという。

「ロシアの軍艦を長崎で修理したことが露見したら、イギリスににらまれるのは必定。奉行が尻込みするのも無理はない」

勝さんは笑ったが、花は笑えなかった。他国からうらみを買わないようにするのが大事だと言っていたのは勝さんではないか。

「なにごとも、ときと場合によりけりさ。アスコルド号を修理すれば、ロシアに恩を売れるだけでなく、最新の蒸気機関を積んだ軍艦の構造が隅から隅までわかるのだぞ。こんな機会をみすみす見逃す手があるものか」

四年前の嘉永七年十一月、プチャーチン提督率いるロシアの帆船ディアナ号が下田沖に碇泊中、大地震による大津波に遭って大破、沈没した。同船の乗組員五百余人をロシアに帰すため、幕府の援助により、伊豆の戸田《へだ》で西洋式帆船ヘダ号が造られた。そのさい、戸田の船大工たちがロシア人技師から学んだ造船技術が各藩に伝えられて、競うように大型帆船が造られたという。

「クルチウスやハルデスとも相談しなくてはならんが、江戸の永井様も反対はせぬはず。作治郎たちはもとより、日本中から腕の立つ船大工を呼び集めるのだ。お花もロシア語に磨きをかけるといい」

「はい」と答えた花は、機を見るに敏な勝さんに感心し、信頼を新たにしたのだった。

そうしたやりとりがあったので、月がかわって七月になった今日あたり、アスコルド号を修理する件について話があると思っていたのに、梶屋での食事の席に肝心の勝さんが不参加とあって、花は多少の当てはずれをかんじていたのである。

「お相手をせず、申しわけありませんでした」

座敷にもどってきた旦那様に、ハルデスが改まった口調で話しかけた。

「以前から、お聞きしたいと思っていたことがあります。あなたはどうして、身寄りのないハンナを引きとって育てたのですか。お玖磨さんも、養女だそうですね」

思いがけない問いかけに、日本語に通訳する花の声はふるえた。旦那様も思案顔でうつむいている。

「なるほど、今日がその日かもしれません」

旦那様のつぶやきを、花はオランダ語にしなかった。

「わたしには仲の良い妻がおりましたが、なぜか子ができません。妻と温泉に出かけたり、鰻や鯉や朝鮮人参をさかんに食べたりもしましたが、どうしても子をさずかりません。こまり果てていたある日、旅の行者が訪れて、宿を貸せと申します。お世辞にも徳が高いようには見えない、みすぼらしい行者でした」

行者は酒を飲ませろ、上等な布団に寝かせろとわがままを言った。旦那様は、たたきだしてしまおうと思ったが、なぜか奥様がしきりにとめる。

行者はひと月も梶屋に居すわり、あすには出ていってもらおうと決めた日の晩、旦那様の夢枕にその行者が立った。立派な装束をきて、無精ひげも剃っている。

「聞け、梶屋。わしは昼夜を分かたず、この家にとりついている数多の悪霊を払ってきた。しかし、わしの力にもかぎりがある。お主ら夫婦はどうやっても子をさずからん。そのかわり、身寄りのない幼いおなごを引きとり、大切に育てるがよい。その子らがいるうちは、梶屋は繁盛するであろう。ただし……」

行者のことばをそこまで語ったところで、旦那様は目頭を押さえた。花は丹田に気をこめて通訳し、ハルデスとポンペも押し黙って聞いている。

「じつは今朝がた、玖磨の腹にいた赤子が流れました。勝様が来られないのは、玖磨の傍《かたわら》についておられるからでございます」

旦那様のほほを涙がつたった。花は胸をふるわせながらオランダ語に通訳した。

「まさか、そんな不幸があったとは思いもよらず、申しわけありませんでした」

ハルデスがあやまり、「お玖磨さんのお加減はいかがなのですか?」とポンペが聞いた。

「さいわい、おちついているようでございます」

花はいますぐお玖磨さんを見舞いに行きたかった。その一方、旦那様が言いよどんだ先を聞きたいと思ったが、ハルデスもポンペも、沈鬱な面持ちで口を開こうとしなかった。

七月七日の昼、参府していたクルチウス一行が出島に帰ってきた。

花はハルデスの通詞として飽ノ浦で埠頭を造っていた。アスコルド号を係留するためには七十メートル以上の長さが必要になるため、ハルデスは潜水箱を六個に増やし、作治郎たちとともに海底に石を敷きつめていた。そこに使いがあらわれて、花は出島に呼ばれた。

「ウェルコムトゥルフ（おかえりなさい）」

ドアを開けて、花は明るい声であいさつした。しかしクルチウスからの返事はなかった。執務室には勝さんもいたが、こちらも花のほうを見ようともしない。

「ウェルコムトゥルフ、カピタン」

花は勇気をだして、もう一度言った。

「イック　ベン　タイス（ただいま）」

クルチウスは見るからに怒っていた。

「カピタン、あなたの言いたいことはよくわかります。しかし岩瀬殿からハリスの登城を報せる書状がとどいたときに誓い合ったではありませんか。幕閣はアメリカに拠っても、ここ長崎では力を合わせましょうと。それなのに、あなたはわざわざ江戸まで出かけて、いまさら無理だとわかっているのに、オランダをアメリカと同等に遇させようとした。それがかなわなかったからといって臍を曲げられても、わたしにはどうしようもありません。それに、いそぎ話し合わねばならないことがいくつもあるのです」

勝さんの諫言をオランダ語に訳しながら、花はここにいたるまでの激しいやりとりがおおよそ想像できた。そして勝さんに理があると思ったが、クルチウスが引くに引けずに江戸まで行った気持ちもよくわかった。二百年にわたり、先人たちが積みあげてきた日本での実績を自分の代で無に帰するわけにいかないとの思いが、当代一の切れ者を意固地にさせたのだ。

「どうか、みなまで言わせないでいただきたい」

勝さんに懇願されても、クルチウスはかたい表情をかえなかった。

「ならば申しましょう。あなたは和暦の四月なかばに清国軍を撃ち破った英仏軍が、四十隻から五十隻、いや七十隻もの大艦隊で江戸湾に襲いかかるにちがいないとくりかえし言いました。しかし、じっさいにやってきたイギリスの軍艦はフュリアス号を旗艦とするたったの四隻。それも一隻はヴィクトリア女王の御座船で、全権のエルギン卿はその船を将軍家定公に献呈された。要するに、あなたとハリスはありもしない英仏軍の脅威を言い立てて、幕閣をおどしたのだ」

花はオランダ語に通訳しながら、四月二十四日の早朝に勝さんが持ってきたnewspaperのことを思いかえした。

「もっとも幕閣とて、えらそうなことは言えません。わたしが何十隻ものイギリス艦隊が襲来するなどありえないと永井様に書状を送ったのに、岩瀬殿はそれを握り潰した。そして、まずはアメリカと修好通商条約を結び、イギリスとフランスはそれにならうようにしむければいいとの理屈で、違勅条約による開国開港に踏みきったのです。これによって禁裏との関係は修復不能となり、水戸の斉昭公や雄藩の賢公たちも幕閣への非難を強めるばかり。幕閣と諸藩が一致一体となるどころか、攘夷派と開国派の対立を抜きさしならないものにした岩瀬殿をはじめとする海防掛の罪は重い。わたしが江戸にいたら、永井様や岩瀬殿と大喧嘩をやらかして、無役の小普請にもどっていたことでしょう」

花は勝さんの憤りが乗りうつらないように気をつけながら、オランダ語に通訳していった。

「カピタン、散々に申しあげましたが、わたしはすんだことをとやかく言うつもりはありません。また、今回の一事をもって、あなたとの関係を断ち切るつもりもありません」

そこから勝さんはアスコルド号の修理について話していき、まっ赤だったクルチウスの顔が平静にもどった。

「プチャーチン提督の見立てでは、蒸気機関と船体の修理には最低でも半年、長ければ丸一年かかるとのこと。わたしは春までには帰府してしまいますし、失礼ながらカピタンが長崎を離れる日も遠くないかと存じます」

引きうけるからには、われわれふたりが長崎を去っても、アスコルド号の修理が滞りなくおこなわれるように奉行や地役人たちに言い含めておかなければならないと勝さんは力説した。しばしの熟考の後、クルチウスが口を開いた。

「わたしはプチャーチン提督に借りがあります。長崎に上陸するときの踏み絵をなくし、出島でキリスト教の祭祀を公におこなえるようにする条項を日蘭日露の両和親条約に追加したさいは、提督に随分助けられました。これで借りをかえせます」

クルチウスがおちつきをとりもどして、花は安堵した。

「カピタンと話すのは早くてあすだと思っていたから、いきなり呼ばれて、あわてたよ」

一緒に表門を出て、出島橋を渡ったところで、勝さんがこぼした。

「ペルリの艦隊を送りこむアメリカに先んじて、日本と通商条約を結ぶのがオランダ政府からクルチウスに課された使命だったはず。落胆するのも無理はないが、公儀の混迷はそれどころではない。まさに五里霧中にして、一寸先は闇」

「五里霧中にして、一寸先は闇」

勝さんが言ったままをつぶやき、花はおそろしくなった。ところが、勝さんはケロリとして、扇子で懐をあおいでいる。

「お花、お玖磨が会いたがっているぞ」

御公儀の混迷ぶりを聞く前にさそわれて、花は勝さんと並んで本蓮寺にむかった。

お玖磨さんとは十日近く会っていない。おなかの子が流れたことをどうなぐさめていいかわからないからで、勝さんとふたりきりで話すのも久しぶりだった。

歩くうちに日が暮れて商家の軒先に提灯がともり、花は夢心地で足を進めた。勝さんが江戸に帰るのも、幕閣が禁裏ともめているのもうそで、大きなおなかを抱えたお玖磨さんがむかえてくれたらどんなにうれしいだろう。しかし、お玖磨さんのおなかは平らで、襷をかけて、きびきびと夕餉のしたくをしている。

「あら、花ちゃん。いらっしゃい」

明るくふるまう姿がいじらしい。

「飽ノ浦では、作治郎さんたちまで潜水箱に入って、海にもぐっているのですってね。わたしも一度もぐってみたいわ」

お玖磨さんはほがらかで、しんみりしてはかえって失礼と、花も元気に話すことにした。

「ところで、お玖磨。夕餉のあとで、例のあれをしてみてくれんか」

こんなに下手に頼みごとをする勝さんは初めてだ。

「いやです。あれはこわくて。ご自分は一度もなさらないくせに、わたしにばかりさせて。ひどいじゃありませんか」

お玖磨さんが甘えた声で怒るのも初めてだが、そもそも勝さんがなにをしてくれと頼んでいるのかがわからず、花はキョトンとした。

「それなら、今日はせんでもいいが、いつかは、お花に教えてやってくれなければこまる」

勝さんが引いて、お玖磨さんは台所にむかった。花も手伝いにいくと、お玖磨さんが笑いをかみ殺している。

「いいから、こっちにきて。勝様に気づかれないように」

花はお玖磨さんに続いて勝手口から外に出た。そして静かに奥の間に入った。

「いい。わたしがいいと言うまで目をつむっていてね」

花がかたく目を閉じると、抽斗を引く音がした。なにをするのか知りたかったが、花はがまんして、じっと目をつむった。

「もう、何度もやっているのに、ちっともうまくいかない。第一、こう暗くちゃ」

お玖磨さんがめずらしく文句を言っている。なにをしているのか見当がつかないが、勝さんの言い方だと、いずれは花も同じことをさせられるらしい。

「ああ、今度はうまくできた。もう、今日は片方だけ。さあ、いいわよ」

「はい」と答えて、花はおそるおそる目を開けた。

「あっ!」と叫び、あわてて両手で口をふさぎながらも、花はお玖磨さんの右目に釘づけになった。

「どうして? 片方だけ、目が青い」

そうつぶやいたとき、「入るぞ」と勝さんの声がして襖が開いた。

「まったく、おいらが頼むといやと言い、そのくせ隠れて」

「いいじゃありませんか。あたしは、あたしのしたいようにするんです」

お玖磨さんがそっぽをむき、青い目も見えなくなった。

「あれは、こいつを目の玉にかぶせたのだ」

勝さんが畳におかれていた桐の小箱をとった。ふたがはずれていて、綿のうえに青く丸いガラス板がのっている。ごく薄くて、吹けば飛んでしまいそうだ。

「イタリーのヴェニスという町の職人がこしらえたもので、清国の商人から買ったのだ。見てのとおり、目の色をかえられる。むこうの貴族の連中が、宴の折りなどにあそびでつけているとのこと。青だけでなく、黒もある」

「えっ？　それでは」と花は胸が高鳴った。

「そのとおり。お花が黒いほうを目につければ、異人には見られない。ただし、つけっぱなしは目に悪いそうだ。二、三時間つけたらはずし、清水で洗い、目の細かな布で水気をぬぐってやる。熱は大敵。間違っても、つけたまま風呂に入ってはならん」

そのあと勝さんは、いずれ江戸に呼ぶときがきたら、この「色目ガラス」を使って人々の目をかわし、参府するようにと言った。

「とても高価なものだし、壊れやすいから、大切にしてね」

お玖磨さんは鏡にむかうと、左手の指で右目のまぶたを開き、右手中指の先に色目ガラスをつけた。

「はずすのはかんたんだけど、目につけるのはこわいのよ。初めは、とても自分ではできなくて、勝様につけてもらったの」

そのときのふたりのようすを想像して、花は顔が熱くなった。それと同時に、いつかは江戸に出られるとの期待で胸が高鳴った。

第四章　露国軍艦アスコルド号

「勝様が、信がおける御方は、幕閣におられるのですか」

花がたずねたのは、中秋の名月、八月十五日の晩だった。本蓮寺の境内で月見をした帰りで、勝さんが梶屋まで送ってくれることになったのだ。

満月が真上から照らしていて、提灯がなくても道の凸凹まではっきり見える。出島では、毎年八月十三、十四、十五日の三日間は連日カピタン部屋の物見台で月見の宴がもよおされる。ただし着飾った遊女たちと一緒になるため、花は一度も参加したことがなかった。

「阿部様と斉彬公、それに家定公も今宵の月を眺めてくれているなら、どれほど心強いことか」

足をとめた勝さんが中天を見あげた。島津斉彬公が七月十六日に急死したことを報せる久光公の使者が長崎についたのが七月十九日の夕刻。翌日には第十三代将軍家定公が七月六日に薨去されたことが内々に伝えられて、花はことばを失った。

どちらの死にも毒を盛られたとのうわさがあるそうだが、「おそらく毒ではあるまい」というのが勝さんの見立てで、「天下を統《す》べる将軍はもとより、老中首座も、雄藩の藩主も、はたの者にはうかがい知れぬ心労がつのるのであろう」と沈鬱な面持ちで語った。

「とくに斉彬公は藩主の座につくまでのご苦労が並大抵ではなかった」

そう惜しみつつも、勝さんは去年の六月に阿部伊勢守様を亡くしたときほどは嘆いていないようだった。しかし内心は大きくゆらいでいるにちがいない。今夜も、月を見る勝さんの目がうるんでいるのに、花は気づいていた。

「心底より信のおける御方は、いまの幕閣にはひとりもおらん」

勝さんの返答に気落ちしながらも、「では、幕閣以外なら、どなたかおられるのですね」と花はたずねた。

「うむ。禁裏付きになって京におられる大久保忠寛殿は唯一無二の人物」

これまでにも花はその名を聞いていた。

「浮薄で多弁なおいらとは正反対の、剛直にして寡黙な資質。ただし敵が多いところは、おいらと似ていなくもない」

月明かりをうけた勝さんの顔がほころび、花はホッと息をついた。

「あとひとつ、おたずねしたいことがあります」

花が言うと、「おう、なんでい」と伝法に応じた着流しの勝さんが下駄を鳴らして歩きだした。

「アスコルド号は、本当に長崎で修理をするのでしょうか?」

作治郎に聞かれたのだと話すと、「ふむ」とうけた勝さんが「ちょいと、より道をしようか」と梶屋の手前を左に曲がった。

坂道をしばらくのぼっていくとお堂があり、勝さんが石段に腰かけた。

「おまえさんも、おすわりよ」

幅のせまい石段で、花がかけるとたがいの袖がふれ合った。眼下には、月明かりをうけてかがやく長崎湾が見える。

五年前の六月、ペルリの黒船艦隊が浦賀にあらわれたのを境に、長崎湾は大きくさまがわりをした。それまでは年に一度、バタビアからのオランダ船が来航するだけだったのに、いまでは三日続けて異国の船がやってくることもある。

これから先も、長崎湾を目がけて数えきれない異国船がやってくるのだと思うと、花はうれしいよりもおそろしい気がした。以前は異国に行きたい気持ちが強かったが、勝さんの通詞をしながら詳しく知った西洋諸国の姿はすばらしいばかりではなかった。

「こっちがいいと言えば、アスコルド号はまず間違いなく長崎にもどってくるぜ」

あすあたり、プチャーチン提督宛てに書簡をしたためようと思っていたと勝さんは話し、上海にむかう唐船に託して、ロシアの領事館にとどけてもらうのだと続けた。

「ロシアは巻きかえしをはかろうという魂胆さ。アスコルド号をハルデスの鎔鉄所で修理するあいだじゅう、五百ものロシア人が逗留するのだ。長崎一円の百姓も大工も商人も大いにもうかるし、日々接していれば、情もうつろうというもの。異国のなかではロシアが一番つきあいやすいと言いだす輩が増えることまで勘案しての修理依頼と、おいらは見ている」

勝さんの読みの深さに感心したのと、作治郎たちが喜ぶと安心したのとで、花はつい勝さんの肩に頭をもたせた。

「ほう、こんなに重たい頭《こうべ》は初めてだ。ふたつもみっつも異国のことばを解するだけのことはある」

お道化た勝さんが肩をゆすり、花はあわてて首を立てた。

「お花。武士は食わねど高楊枝ということわざを知っているか」

思いがけないことを聞かれたが、花はすぐに「はい」と答えた。高楊枝はいかにも悠々と楊枝を使うこと。庶民のうえに立つ武士は貧しくとも気位を高く持たなくてはならないの意。

「うむ。そのとおりだが、そうした態度をどう思う。月を見ながらする話でもないが」

意図の読めない問いかけにとまどいながら、花は答えた。

「お侍の方々は、主家からの俸禄で暮らしておられます。商人は、目端が利けばもうけが増え、百姓も豊作であれば、その年は豊かに暮らせます。それにくらべて、お侍には実入りを増やす機会が少ないため、やせがまんをせざるをえないのではないでしょうか」

「あやまってはおらん」と応じた勝さんは花の答えが幾分不満なようだった。

「先ほどは、信のおける御方として、大久保忠寛殿の名のみを挙げたが、伊勢の商人竹川竹斎《たけがわちくさい》殿と、弟の竹口信義《たけぐちのぶよし》殿には大そう世話になったし、信頼もしているよ」

さらに灘の嘉納治郎作《かのうじろさく》様、紀州の濱口梧陵《はまぐちごりょう》様といった豪商の名を、勝さんはうれしそうに挙げた。去年の秋、勝さんがクルチウスにむかい、蘭学を通じて各地の商人とつながりができたと話していたのを花は思いだした。

「泰平の世であれば、武士の高楊枝も徳であろうが、もはやそのような時代ではない。にもかかわらず、ほとんどの旗本御家人は十年一日のごときつとめを果たしてよしとしている、いま名を挙げた方々は、商人でありながら日本の先行きを憂い、西洋の攻勢にいかに対処すべきかを真剣に考えている。海洋に面した西国の雄藩も藩士に海軍伝習をうけさせるなどして異国対策に余念がない。それにくらべて、お江戸の旗本たちは、あいもかわらず高楊枝を使うのが関の山のようす。旗本八万騎が聞いて笑わせる」

吐き捨てるように言うと、勝さんが石段から立った。

「ロシアの企図がいかなるものであれ、皇国の民が異人と接する機会が増えるのは望ましい。家定公は夷狄をおそれたまま逝ってしまわれたが、次期将軍であらせられる慶福公にはぜひとも蒸気船に乗り、西洋人とテーブルをかこんでいただきたい。それは今上天皇についても同じ」

勝さんは右腕を大きくまわした。

「武士の高楊枝を目の敵《かたき》にするようだが、やせがまんがすぎれば金銭をうとんじ、奢侈《しやし》を憎み、金を稼ぐことにたけた者たちを揶揄《やゆ》する。そうなっては立派な世間知らず。お江戸の庶民から大奥まで、禁裏から外様大名まで、四方八方に目配りのきいた阿部伊勢守様は世知に通じた、じつに奇特な御方であられた」

名調子に聞きいりながらも、花は勝さんの話がどこにゆきつこうとしているのかわからなかった。

「おいらのひい爺さんの生国は越後、盲目でありながら単身江戸に出て、鍼術を学び、奥義を会得して検校《けんぎよう》となった。さらに金貸しで財を成し、旗本男谷《おたに》家の株を三万両で買ったそうだ。その米山検校の末子の末子がおいらの親父殿さ」

検校は、盲人たちが営む座の最高位。御公儀から特別に高利での金貸しを認められていることは花も知っていた。

「おいら、親父殿も好きだが、のちに検校を名乗るひい爺さんのことを考えると涙が出る。なんの因果か盲目に生まれ、それでも立身を求めて、杖一本を頼りに越後の山奥から江戸を目ざしたのが十三のときだそうだ」

曽祖父も勝さんも高楊枝を気取るどころではなく、またそのつもりもなく、かたや鍼術の修業にはげみ、かたや剣術と蘭学にあけくれたのだ。

「おまえさん、大したもんだ。青い目をした日本人なんてめったにいやしねえから、ひとりでこらえていることが、そのまま修行だったんだろうよ」

初めて艦上演習の通詞をつとめた日、出島橋を渡ったところで勝さんにかけられたことばが耳によみがえる。あのときは勝さんが自分のどこを買っているのか、いまひとつわからなかったが、いまならよくわかる。花は勝さんをかつてなく身近にかんじ、ふたりきりで話す機会をつくってくれたことに感謝した。

「もしかして、長崎を発つ日が決まったのですか?」

思いつくのと同時に花はたずねていた。そして、それはいやだと首をふった。

「まだ決まっちゃいねえ。ただ、いつ江戸に呼びもどされることになるかわからねえから、梶屋に送るついでに、より道をしてみたってわけさ」

「わたしを江戸に呼ぶのは、いつごろになるのでしょう」

気が早いと知りつつ、花は聞かずにはいられなかった。

「当分先としか言えねえが、そのときはぜひとも玖磨をつれてきておくれよ」

伝法に話していた勝さんの声が急に小さくなった。

(もしや、お玖磨さんは江戸に行きたくないのでは? それはそうだ。本妻のお民さんにうとまれるに決まっているのだから)

黙っている花に、勝さんがかさねて言った。

「お花が一緒ならば、玖磨もさみしくはないはず。このまま長崎にいても、どうなるものでもないのはわかっているだろうに」

いかにもやりきれないように言うと、勝さんが手で蚊を払った。花も帯に差していた団扇で蚊を追った。

「参りましょう」

花は先になって坂道をおりた。

「歩きながらでいいから聞いてくれ。おいらの見立てでは、三、四年すれば江戸と大坂は蒸気船で結ばれて、大坂と下関のあいだも客を乗せた蒸気船が行き来するはず。そうすりゃあ、女の脚で五十日かかる長崎から江戸までの道のりも、十日足らずですむって寸法だ。絶対に悪いようにはしねえ。だから、お花、おまえさんを江戸に呼ぶときには、どうにかして玖磨をつれてきてくんな」

うしろからささやかれる勝さんの哀願がおかしくて、花は笑いをこらえるのに苦労した。旗本八万騎をまとめてこきおろした勝さんも、お玖磨さんにかかるとこのていたらくなのだ。

「もうよい、この話はやめにしよう。お花、九月には、咸臨丸と同型のオランダ製蒸気船エド丸が長崎につく。今後はエド丸で海軍伝習をおこない、咸臨丸は江戸にむかう。おいらはエド丸で帰府することになる。まだいつとは決まっておらんが、来年の三月よりあとということはない。そしておそらく、そのときをもって、長崎での海軍伝習は終わりを告げる。クルチウスとハルデスによくよく頼んでいくつもりだが、アスコルド号の修理いかんはおまえさんにかかっている。そのことを言っておきたくて梶屋への送り役を買って出たのだが、思いがけずいろいろ話すことになった」

うってかわって真面目に語ると、勝さんは背後から花の肩をたたいた。

九月三日、エド丸が長崎に入港し、朝陽丸《ちょうようまる》と命名されて、船尾に日の丸の旗を挙げた。

「ついに日本海軍の創建じゃ」

梶屋の旦那様は大喜びだった。長崎の町衆は男も女も大波止に集まり、並んで湾内を一周する咸臨丸と朝陽丸に喝采を送った。

初代の練習艦観光丸と、佐賀藩がオランダから購入した蒸気船も追ってやってくるとのことで、そうなれば長崎に四隻の軍艦が集結する。ただし、それはわずかのあいだで、観光丸は蒸気機関を修理するために飽ノ浦の埠頭に係留されて、咸臨丸は観光丸の乗組員によって江戸に回航される。朝陽丸もやがて江戸にむかい、長崎海軍伝習の幕が下ろされるのだ。

勝さんに口止めされているため、花は旦那様の顔をまともに見られなかった。

「わずか四年で、よくぞここまでになったものじゃ。日本の行く末は明るい」

「そのとおりでございます」と応じたお玖磨さんが旦那様の手を握っている。

花もつられてうなずいたが、西洋諸国に追いつくのはまだずっと先だと思っていた。それに四月に大老に就任した彦根藩主井伊《いい》掃部頭《かもんのかみ》様は大の西洋嫌いで、長崎海軍伝習所を閉じるのも、大老の強い意向によるのだという。

「まったく気が重いや。唐津藩の世子、小笠原長行《おがさわらながみち》殿が内々に手紙を寄こして、『江戸の大変』についてご教示くださいと言ってきたが、長崎に四年もいるおいらに、お江戸のなにがわかるっていうんでえ」

文句を言いながら、勝さんは本蓮寺の座敷で巻紙に筆を走らせた。九月なかばの日曜日の午後で、書いては読み、読んでは書くため、同じ座敷で繕いものをしている花にもおおよその事情がわかった。井伊大老は、次期将軍に一橋慶喜公を推していた水戸、尾張、越前の藩主や世子を厳罰に処し、海防掛の面々も左遷を免れないという。

「掃部頭と斉昭公、ともに愚かなり。将軍継嗣について、紀州の慶福様と決した以上、双方が鉾をおさめ、皇国の一致一体を図ることこそ王道。岩瀬殿や永井様を閑職に追いやって、誰が異国との貿易をとりしきるのだ」

禁裏との関係も悪化の一途で、このままでは修好通商条約にもとづく開港などできはしない。

「公儀の混迷、ここに極まれり」

勝さんが断じたとき、空砲が立て続けに鳴り響き、障子がビリビリとふるえた。

「お花。いよいよアスコルド号のお出ましだ」

勝さんにひたと目を合わされて、花は丹田に気をこめた。


翌日、月曜日の午前、長崎奉行所の西役所でアスコルド号のオウムコフスキー艦長一行を迎える席に花もつらなった。

勝さんは御奉行様たちと同じく麻の裃をきて、カッテンディーケ大尉、ハルデス、ポンペは金モールのついた正装だ。花はこれまでどおり、青い上着に白いズボンだが、いずれも、この日のために勝さんが用意してくれた新品だ。

プチャーチン提督は清国での仕事があるため上海にとどまり、長崎にはこられないという。

「此度《こたび》の御奉行様をはじめとする日本政府の方々のご尽力にはいくら感謝してもしたりないと提督が申しておりました。また、病人の治療をしてくださったポンペ医師、それに鎔鉄所でのアスコルド号の修理を指揮してくださる機関士官のハルデス殿にも感謝申しあげます」

オウムコフスキー艦長のロシア語を副官のポシェート大佐がオランダ語に通訳し、それを花が日本語に訳すと、御奉行様が満足げにうなずいた。

「ロシアの方々は、公儀の祖法を尊重してくださるのでじつにありがたい。これを機に、さらに友好を深めたいと思っております」

御奉行様のあいさつを花が通訳すると、オウムコフスキー艦長が応じた。

「われわれは日本の法令と慣習を尊重するものです。ただ、今回のアスコルド号の修理は、日本の暦で安政元年十二月二十一日に下田で調印された日露和親条約にもとづく当方の正当な権利として要求するものです。もしも日本の船がロシア近海で座礁し、助けを求められたら、われわれは今回あなた方がしてくださるように、全力で船を直し、必要な物資や食料をとどけるでしょう」

艦長のロシア語をポシェート大佐がオランダ語に通訳する前に、花はおおよそ意味がわかった。クルチウスから二国間の交渉においてよく用いられる単語を教えられていたからで、日本語の「条約」はオランダ語では「ヴェルドラグ」、ロシア語では「デザーヴォア」、英語では「トリーティー」となる。

花は自分がおちついているのがわかった。ポシェート大佐も花の力を認めているようで、かみくだかずに話してくるのがうれしかった。

「もうひとつ、安政四年九月七日に結ばれた日露追加条約にもとづき、日本政府に要求する大切なことがらがあります」

オウムコフスキー艦長がいかめしい顔つきで話し、御奉行様がおちつきをなくしている。

「先ほどポンペ医師にうかがったところ、七月に長崎に残していったわが乗組員二十五名のうち二十一名が治療の甲斐なく亡くなったとのこと。すでに稲佐村にある悟真寺の一角に埋葬されたそうですが、ロシア正教に則った葬儀をとりおこない、あわせて墓石を立てたいと思っております。ついては、そのための便宜を図っていただきたく」

花がみなまで訳さないうちに、御奉行様が首を横にふった。

「いやいや、それはこまる。たしかに悟真寺には唐人や蘭人の墓もあるが、耶蘇教の葬式を堂々とやられた日には、拙者の首が飛ぶ」

「ご安心なされよ」

勝さんが一声を発し、御奉行様が黙った。

「七月初めに長崎を発ったアスコルド号は一路下田にむかいましたが、途中数名の乗組員が病で亡くなり、下田の寺に葬られたと聞いております。すでに長崎、箱館、下田は米蘭露英仏の五ヵ国に開港されており、その地での耶蘇教の礼拝も認められております。亡くなった自国の民を弔うのは和親条約にもとづく権利。御奉行の一存にて葬儀を妨害したりすれば、それが契機となって戦にならないともかぎりませんぞ」

「わかった、わかった。勝、異人たちもいる前で、そうおどかすな」

勝さんと御奉行様のやりとりを、花は小声でハルデスに伝えた。それがポシェート大佐からオウムコフスキー艦長へと伝わり、険悪になりかけていた場がなごんだ。

「カッテンディーケ大尉が言っていたとおり、面倒なことは、あなたに頼むのがいいようですね」

西役所を出るときに、ポシェート大佐がオランダ語で勝さんに話しかけた。

「このあと、ハンナさんと一緒にわが船にきていただけませんか。そのほうが、手っとりばやそうだ。ボートをだしますので」

ポシェート大佐はロシア語でも同じことを言い、オウムコフスキー艦長がうなずいた。

「ポンペとぼくもアスコルド号に行っていいかな。そのほうが手っとりばやそうだ」

ハルデスがオランダ語でポシェート大佐の口真似をして、その場が笑いに包まれた。

ロシアの水夫たちが漕ぐボートがアスコルド号に横づけにされて、花は勝さんのあとから階段をのぼった。総トン数二千八百の巨大軍艦は、甲板の位置が観光丸や咸臨丸より七、八メートルは高い。甲板の幅も広くて、十五メートルはあるから、咸臨丸の倍だ。

（なんて大きいのだろう。船は際限なく大きくなってゆくのかしら？）

圧倒されながら甲板に立った花は、ロシア側の歓迎ぶりにもおどろかされた。

「ようこそ、おいでくださいました。ロシアと日本は文字どおりの隣国。友誼をさらに深め、貿易をさかんにし、たがいの国をますます豊かにしましょう」

オウムコフスキー艦長が歓迎の辞を述べると、うしろに控えていた二十人ほどの楽隊が演奏を始めた。さまざまな種類の喇叭《らっぱ》に洋式太鼓、セロにバイオリンにピアノまである。

出島でも、オランダ冬至や正月にもよおされる宴でバタビア生まれの男たちがいろいろな曲を演奏していた。ただし、どの楽器もひとつかふたつだけだ。こちらは喇叭も太鼓も五つ六つとあるため、波や風の音に負けない大きな音で勇壮な曲を奏でている。

「こいつは見事だ。長唄や陣太鼓とはわけがちがう。お玖磨もつれてきてやればよかった」

勝さんが腕組みをして聞き惚れている。

「いいね。本格的なマールス（マーチ）だ。つぎはシンフォニーを演奏してくれないかな。そして最後はピアノソナタ」

となりに立つハルデスがつぶやいたが、シンフォニーやソナタがいかなる曲なのか、花には見当もつかなかった。

「見栄を張るなよ。きみにはリーフリッツ（子守歌）がお似合いさ」

ハルデスを茶化したポンペが、一転してまじめな顔で感想を述べた。

「長い航海のあとで乗組員たちは疲れきっているだろうに、これほど見事な演奏を披露するとは、さすがはロシア帝国の栄えある海軍だ」

花も本当にそのとおりだと思い、感心して楽隊の演奏に聞きいった。そして、その印象は裏切られなかった。御奉行は、上陸したロシア人たちが乱暴狼藉を働くのではないかとひどく心配していたが、まったくの杞憂だった。

悟真寺と、その奥にある松崎と森ノ木が宿営地と定められると、アスコルド号の五百名の乗組員たちによって、道を造る作業が始まった。

花は今日も午前七時に本蓮寺につき、勝さんとつれだって稲佐村の高台にある悟真寺にむかった。月が替わって十月になり、よく晴れた高い空にトンビが舞っている。

オウムコフスキー艦長や、副官のポシェート大佐をはじめとする将校と士官、あわせて五十名ほどは悟真寺で暮らしていた。残りの四百五十名は、アスコルド号の艦内で寝泊まりをしていて、一日も早く陸《おか》で休みたがっていた。

悟真寺にはロシア人たちだけがいて、住職は小僧たちとともによそにうつり、本尊も持っていった。空になった本堂や庫裏には、アスコルド号の重要な物品がところせましと運びこまれていた。

オランダ商館がある出島が、日蘭和親条約が結ばれたあとも高さ九尺の頑丈な塀と忍び返しでかこまれているのに対し、悟真寺はなかを覗ける。門番も出島のようにいかめしくはないため、今朝もこどもたちが門のあたりで遊んでいた。

もうすぐ朝食を終えたアスコルド号の乗組員たちがボートをつらねてやってきて、道や宿営地を造る作業にとりかかる。出島のオランダ人は総勢三十名ほどしかいないが、アスコルド号の乗組員は五百名もいるのだから、その存在感は圧倒的だ。

悟真寺の境内には、ロシア正教の教会が建てられていた。祭壇で祈祷《きとう》があげられて、門の外まで独特な薫りがただよっている。

「時代が、うつりかわろうとしているのですね」

花が言うと、勝さんが笑った。

「おいらからすりゃあ、ロシアの連中が五百もうろうろしているのと同じくらい、おまえさんが笠をかぶらずに平気で外を歩いていることがふしぎだがね」

勝さんの指摘に、花は両手で顔をおおった。

「いずれにしても、異人とのつきあいが長い長崎だからできることさ。皇国の民のほとんどは、異人を警戒している。ひとりふたりならまだしも、五百もの西洋人が江戸や大坂に逗留することになったら、どれほどの騒ぎになるかわかったもんじゃねえ」

自分も長崎の流儀に慣れてしまっているため、帰府にさいしてはよほど気を引き締めなければならないと思っていると勝さんは話した。

「和親条約に続き、修好通商条約を結んだ以上、攘夷はありえないということをわかっている日本人は数えるほどだと思うと、気が重いぜ」

ため息をひとつ吐いて、勝さんは先に悟真寺の門をくぐった。

「船乗りにとって、陸にあがって眠るのは、なによりもうれしいことなのです。ハンナも、そのうち身にしみてわかるでしょう」

ハルデスが言って、鎔鉄所の入り口に錠をかけた。旋盤や蒸気ハンマーといった高価な工作機械にいたずらをされてはこまるので、開錠と施錠はハルデスがみずからおこなっていた。

アスコルド号が修理のために長崎に来航してひと月がすぎた十月第二週の土曜日で、午後三時から、オウムコフスキー艦長主催の宴が、悟真寺の境内で開かれることになっていた。

五百名の乗組員たちの働きにより、長崎湾にのぞんだ鎔鉄所から、高台にある悟真寺の前を通って松崎、さらにその先の森ノ木まで、幅二間の踏みかためられた道が伸びていた。

土地の貸し借りにさいしては、勝さん立ち会いのもと、地主とロシア側が覚書をかわした。乗組員たちが暮らす小屋を建てるための木材も、勝さんが諸方に手配して集めた。オウムコフスキー艦長も副官のポシェート大佐も、勝さんの伝手の多さに感心していた。

花は勝さんかハルデスとともにいて、ロシア人たちとはロシア語で話した。みな親切で、とくにポシェート大佐は花が言い間違えると丁寧に教えてくれる。それをあとで帳面に記しておぼえるので、花のロシア語はみるみる上達した。

悟真寺の裏手を切り開いた土地には病舎が建てられた。四十ほどの鉄製のベッドは、アスコルド号で士官たちが使用していたものだ。

「ぼくが使っているベッドより立派だよ」と肩をすくめて、ポンペは松本良順様たち医学伝習生とともにスクルビーにかかった病人の治療に当たっていた。

今後は埠頭が完成ししだい、アスコルド号を係留する。大砲を含むすべての装備品をおろしたうえで船体と蒸気機関の修理にとりかかる。

数日後には、観光丸が長崎に到着する予定だった。咸臨丸を江戸に回航するための乗組員以外にも蒸気機械方と火焚《ほたき》取締方、それに各地の船大工たちが乗っていて、ロシア人たちと協力してアスコルド号を修理することになっていた。

頭領の上田寅吉《うえだとらきち》様は、もとは伊豆戸田村の船大工で、ヘダ号の建造に当たり、さらに長崎海軍伝習生となってオランダ人教官から造船学を学んだ。

蒸気機械方や火焚取締方も海軍伝習生だった者が大半だという。みな、長崎での学習のおかげでオランダ語ができるが、此度の相手はロシア人とあって、ロシア語も解する花が通詞として手助けすることになっていた。

「今日は特別の御馳走が用意されているそうですよ。なんだかわかりますか？」

悟真寺にむかう道を歩きながら、ハルデスが意味深な顔で聞いてきたが、花はさっぱり見当がつかなかった。

「牛です。牛を屠《ほふ》って、みなで食べるのです。ああ、お腹が鳴る！」

花はギョッとなって、胃が縮んだ。

「ポンペも言っていますが、スクルビーに一番効くのは牛肉なのです。しかし日本では牛肉を食べる習慣があまりない、というのは建前で、少なくとも長崎ではかなり以前から牛肉を食べていたはずです。そうでなければ、先日梶屋でいただいたような素晴らしい牛肉料理を作れるはずがありません」

よほど牛肉が食べたいようで、ハルデスはいつもよりさらに饒舌だった。

出島では牛や豚や鶏を飼育しているし、それだけでは足りないため、近隣のお百姓たちに給金を払って飼育を頼んでいた。西洋諸国では、大洋を行く船のなかでも牛や豚や鶏を飼い、それらの肉を食べながら航海を続けることも、花は知っていた。

ソーセージやハムは大好物だし、豚の頭の丸焼きはオランダ冬至には欠かせない一品だ。ただし花は家畜が屠られるところは、一度も見たことがなかった。

「顔色がさえませんね。ははあ、ひょっとして、こわいのですか？」

ハルデスに図星を指されて花はむくれた。

「気を悪くしないでください。ぼくだって、もちろんこわい。何度見ても、うれしい光景ではありません。しかし牛肉のおいしさにはかえられません。さっきも言いましたが、肉を食べると、てきめんに元気になるのですからね」

そんな会話をオランダ語でしながら坂道をのぼるうちに、ふたりは悟真寺についた。ところが境内にいるのは勝さんだけだった。聞けば、仏教は殺生を禁じているため、屠牛は松崎の草原でおこなうようにさせたという。

「たしかに、それは一理ありますね。ちょっと遠いけれど見に行きましょう」

ハルデスのさそいをことわりたくて、花は勝さんに助けを求めようとしたが勝さんはそっぽをむいて、花はピンときた。

「勝様も、殺生はおきらいですか」

「無論」と答えた勝さんに、花はかさねてたずねた。

「免許皆伝の腕前で大小を差しておられるからには、いざというときにはひとを斬る覚悟がおありのはず。それが牛を屠るのがいやとはいかに」

花は、われながら意地が悪いと思った。その一方で、勝さんの考えを聞いてみたかった。

「この刀、大小いずれも鍔《つば》と鞘《さや》を紐で結び、すぐには抜けないようになっている。おいら、斬られるのは御免だが、ひとを斬るのはもっといやさ。三十六計、逃げるが勝ち」

勝さんはカラカラと笑い、刀の柄に手をかけた。すると、たしかに鞘から刀が抜けない。

「これは、おいらが一存でしていること。合戦になったら、抜かずばおれまい。腹が減れば、牛でも豚でも食うしかないさ」

そう言って歩きだした勝さんを先頭に、ハルデスと花は松崎にむかった。

「おっ」

勝さんが足をとめて、その理由は花にもわかった。

「血脂のにおいとは、じつに強いものだな。もう牛を屠っているのか」

「ダンッ」「グワッ」「ドッサ」と大きな音が続けてしたあと、血脂のにおいがさらに強くなった。

あの林の先で牛を屠っているのだと思うと、花は足がすくんだ。

「ほう、見事な腕前にして、見事な包丁の切れ味」

先頭を歩いていた勝さんが足をとめて感心している。花はその背に顔をよせて、視界をとざした。

「おう、喉から出た血は桶でうけて、さも大事そうに運んでいく。お花、あの血はなにに使うのか、ハルデスに聞いてくれ」

細かく切った肉に血をまぜて腸に詰め、ソーセージにするというのがハルデスの答えだった。

「スッポンの生き血を飲むと精がつくが、その伝か。精がつけば、いきり立つ。畢竟《ひっきょう》、西洋人の戦好きは、牛や豚を食べて精がつきすぎたがためか」

ふいに勝さんがどいて、草原の光景が、花の目に飛びこんできた。喉を割かれて血を抜かれた牛が、丸太を組んだ枠に縄で逆さに吊るされている。大きな包丁で腹が割かれ、臓物がとりだされて、糞尿のにおいが鼻を突いた。

「モオー、モオー」と啼《な》き声がして、見れば鼻に縄を通された茶色い牛が引かれてきた。杭《くい》に縄をかけて、牛が頭をさげた刹那、眉間目がけて鉄槌がふりおろされた。

「ダンッ」「グワッ」「ドッサ」

さっきと同じ音がして、包丁を持ったロシア人の男が屈み、牛の喉を割いた。すでに別の男が桶をかまえていて、滝のように流れ出る血をうけている。花は血の気が引きそうになったが、丹田に気をこめて踏ん張った。

「あれが最後の一頭のようだな」

勝さんに言われて見ると、すでに四頭の牛が四肢をとられ、皮を剥かれていた。

(全部で五頭、つまり百名で一頭を食べる)

花は冷静に勘定をしている自分に気づき、おちつきをとりもどした。あらためて草原を見わたすと、牛一頭に三、四人がかりで首や脚をとっている。さらに包丁で皮を剥き、赤裸になった牛の胴体を鉈や斧で切り分けていく。その手ぎわは、たくましくもあざやかだ。

「牛と言えば、馬とともに鋤を引き、田畑を耕すもの。重い荷も運んでくれる。ひとにかわり、黙々と苦役をこなす牛馬を屠り食らうなどもってのほかというのが仏教の教え。おいらの五体にも、その教えはしみこんでいるが、世界は広い。われらとは大きく異なる流儀で暮らしている者たちが、あまたいる」

勝さんは、己《おの》が言を噛みしめるようにうなずいた。

「公儀の祖法に則り、国をとざしていられたあいだは、同じ日本の民とだけまじわっていればよかった。しかし、いくら攘夷を叫んでも、ふたたび国をとざすことはかなわぬ。これまでは、こちらでとりいれるものをよっていたが、今後は異国の風習や流儀がつぎからつぎと流れこんでくる。肉をえるために、生きた牛が屠られてゆくこの光景は、さしずめその一番手か」

花は、勝さんが言わんとすることがよくわかった。出島に通いだしたばかりのころ、出島に寝泊まりするようになったら、自分はオランダ人になってしまうのではないかと考えた。そのときは、そのとおりと思ったが、いまはちがう。

オランダ語だけでなく、英語もロシア語もおぼえて、異国の事情に詳しくなるにつれて、花は自分が長崎で育ったことを大切に思うようになった。お玖磨さんや梶屋の旦那様への感謝の気持ちが深くなった。作治郎と仲間の大工たちのことも大好きだ。なにより長崎は母と父が出会った土地だ。

(それでも一度は異国に行ってみたい)

花は胸のうちで強く願った。

「日本で異人たちと接し、異国の風習を目の当たりにするのも面白いが、やはり一度は海のむこうへ行ってみたいのう」

勝さんが言って、花はおどろいた。勝さんの話をオランダ語や英語に通訳するうちに、ものの考え方が似てきたのには気づいていた。しかし、こんなにピタリと一致したのは初めてだ。

(オランダ人でなく、勝さんになろうとしているのかもしれない)

花はうきうきした。それと同時に、知恵も胆力も到底およばないこともよくわかっていた。

木がこげるにおいがして、見ればすでに調理が始まっている。鉄の棒を通した肉塊を焚火の火であぶったり、レンガ造りのかまどで鍋に入れた肉をゆでたりと、さまざまな方法で牛肉が料理されていく。

こうばしいにおいが広がり、それにつられたように、ロシア人たちが草原に集まってきた。ロシア人は、オランダ人よりもやや背が低い。そのぶん、がっしりした体格で、髪は黒や栗色が多い。ひとなつこくて、よく笑う。ふたりにひとりは手をふってくるため、今日も応じるのがたいへんだった。去年の秋、西役所で会ったニコライは、プチャーチン提督について清国にいるという。

いま屠牛がおこなわれている松崎の草原は家禽の飼育場となる予定で、その奥には二十戸の丸太小屋が出来上がっていた。

一戸に十人が暮らせて、レンガ造りのスホールステイン(煙突)がついている。つまり室内にハールツ(暖炉)があるのだ。

煙突が突き出た丸太小屋よりさらに目立つのが五十をこえる物干しだ。今日も数えきれないシャツやズボン、それに帆布や手ぬぐいが干されていた。

嘉永六年七月、プチャーチン提督率いる四隻のロシア艦隊が長崎湾にあらわれたとき、御奉行に対してまっさきに求めてきたのが、薪水の提供と湾外の無人島に上陸しての洗濯だった。航海中は衣服を海水で洗うしかないが、それでは塩が残り、すっきり乾かない。そこで雨の日に雨水を桶にためて服をすすぐということを、花はそのときに初めて知った。

クルチウスがロシアと奉行のあいだに入って骨を折ったが、上陸は許されなかった。

それから五年がたち、湾外の無人島どころか、長崎の町中に五百名ものロシア人が一年近く逗留するのだ。気がつくと、町衆が十数人、遠巻きに見ている。呼べば、ロシア人たちと一緒に牛肉を食べるにちがいない。

(五年後、長崎はどんなふうになっているだろう。そして二十歳になったわたしはどこにいるだろう。誰かと結ばれているのかしら?)

ニコライの顔が頭に浮かび、花は胸がときめいた。

「どうした?　牛が食いたくて、待ちきれんのか?」

「ちがいます」と答えた花は、勝さんを思いきりにらんだ。

十月十五日、観光丸が蒸気機関の修理をうけるため、長崎に帰ってきた。一年七ヵ月ぶりに見る外輪式蒸気船は懐かしくも古めかしくて、花は艦上演習の通詞を初めてつとめた日がはるか昔に思えた。

大波止でむかえた老若男女も似た思いを抱いたようで、江戸に去る観光丸を無言で見送ったときの静粛は欠けらもなかった。

二日後の十七日、咸臨丸と朝陽丸が福岡にむけて長崎港を発った。筑前公のたっての願いにより、以前から計画されていた航海で、勝さんは咸臨丸の艦長をつとめた。朝陽丸にはカッテンディーケ大尉が乗りこんだ。

五日後、長崎港に帰ってきた勝さんは自信にあふれていた。一日おくれて帰ってきたカッテンディーケ大尉によると、勝さんの操艦が非常に見事だったとの報告を、咸臨丸に同乗していた一等士官からうけたという。

勝さんをさらに喜ばせたのは、観光丸によってとどけられた永井玄蕃頭様からの書簡だった。日米修好通商条約批准のための正使は、アメリカの軍艦によって首都ワシントンに送られる。しかし、それでは日本国の面目が立たない。そこで独自に軍艦をしたてて太平洋を横断し、アメリカに渡らせたい。その別船の艦長に勝麟太郎を推そうと考えている。

「御出世おめでとうございます」

お玖磨さんが本蓮寺奥座敷の畳に両手をついた。その肩がふるえて、あげた顔は喜びの涙で濡れていた。

「名実ともに日本一の艦長ですね」

安政二年十一月に開始された海軍伝習の第一期生には艦長候補が勝さんを含めて三名いた。矢田堀鴻様は観光丸を操艦して江戸にむかい、今回も外輪式の蒸気船を手足のごとく操って長崎に帰港した。もうひとりの永持亨次郎様は海軍伝習を一年でよして、長崎奉行所にうつった。永持様の後任として着任し、鵬翔丸で江戸に帰った伊澤謹吾様は病身だ。太平洋横断はスクリュー式の咸臨丸か朝陽丸によるはずで、勝さん以外に適任者はいない。

「おめでとうございます」

花も畳に両手をついた。祝福は本心からだが、おなごである自分は、その船に乗せてもらえないと思うと無念で肩がふるえた。

「うむ。そのとおりになればよいが、先ほど矢田堀から聞いたところでは、八月上旬に禁裏から水戸藩にむけて、幕政を問いただす内密の勅書、密勅が発せられて、江戸も京も蜂の巣をつついた騒ぎになっているとのこと」

「委細をお聞かせ願えますか」

お玖磨さんが頼むと、勝さんが手招きをして、花も顔をよせた。

「どこに間者がいるやもしれぬ。猜疑心の強い掃部頭に疑われたら最後」

勝さんが声をひそめて、花はお玖磨さんの手を握った。

「今上天皇は、幕閣が勅許をえずに西洋諸国と修好通商条約を結んだことに、はなはだ御立腹なのだ。しかも、あろうことか、奉書を宿次飛脚に持たせて禁裏にとどけたため、諸大名や有司役人のなかにも幕閣への不信を公然と口にする者たちが出てきた。そうした形勢を見て、今上が幕閣の頭越しに水戸に密勅を下したのだ」

勅書の内容は、幕閣による違勅調印と水戸公らへの処分を詰問し、これまでのように大老と老中だけで政事をおこなうのではなく、御三家御三卿に雄藩もくわえて、公武合体のために力を合わせよというものだ。家康公が定めた禁中並公家諸法度を公然と破り、禁裏が直接水戸藩に働きかけたのだから、まさに前代未聞。これを見すごしては公儀の威信が地に落ちる。

大老井伊掃部頭の対応は迅速かつ強硬で、まずは密勅降下を画策した首謀者として、鎖国攘夷を唱える勤王志士梅田雲浜《うめだうんぴん》とその一派を一網打尽にした。堂三家と呼ばれる上流の公家に対しても容赦はなく、鷹司《たかつかさ》家や三条《さんじょう》家の家臣たちを奉行所に連行し、きつく尋問した。さらに一橋慶喜公を次期将軍に据えるべく奔走していた越前藩主松平慶永《よしなが》公の懐刀橋本左内《はしもとさない》を捕縛。そのほかにも名前の浮かんだ者は誰かれかまわずしょっ引いているという。

「禁裏と幕閣がもめるそもそものきっかけをつくったのは水戸の斉昭公なのだ。徳川の祖法を破って上陸しようとする異人はすべて斬り捨てよという後先見ずの攘夷論者で、それでも阿部伊勢守様の存命中は大人しくしていた。しかし後任の堀田備中守とのあいだがうまくゆかなくなると、斉昭公は実姉の夫で前関白の鷹司政通《たかつかさまさみち》に対し、開国開港にかたむく幕府の内情をことごとく漏らした。また異人についての悪評を流したため、夷狄嫌いの今上天皇におもねる公家たちが鎖国攘夷を叫ぶようになり、今回の密勅降下に至ったのだ。いくら幕閣が禁裏をないがしろにしているといっても、密勅までくだされては、掃部頭もあとには引けん。対する尊王攘夷派は、ますます幕府を憎む。このままでは国を二分しての争いになるやもしれぬ」

声をひそめて語っていた勝さんが歯ぎしりをした。

「徳川将軍をいただく御公儀と、今上天皇をいただく朝廷が鉾をまじえるということでございましょうか」

お玖磨さんがふるえる声でたずねた。

「そこまでゆくとは申しておらぬ。禁裏には、直属の兵も武備もないのだから、公儀が強く出れば引きさがるしかない。問題はそのあと、攘夷の声が高まるなかで、どのように開国開港を成しとげてゆくのかだ。通商条約は、締結後が大切。アヘン戦争は、清国内でイギリス製の毛織物や綿布が売れず、茶の代として銀の流出をおそれたイギリスがアヘンを密輸したためにおきた。今上天皇には、いたずらに夷狄をおそれず、通商条約にもとづいて穏便に国を開いてゆく以外に道はないことを諄々《じゅんじゅん》と説かねばならぬのに、堂上家までおどしているようでは、とても公武が一体となっての開国開港は望めぬ」

勝さんにも妙案はなく、花はクルチウスへの報告を頼まれて梶屋に帰った。

翌日、花は出島のカピタン部屋を訪ねた。クルチウスと話すのは七月七日以来だから、ほぼ三ヵ月ぶりだ。

「そうですか、それはこまりましたね」

公武の諍いに対するクルチウスの返答はおざなりで、表情にも覇気がなく、花は別人を見る思いがした。

「カピタンは辞意をかためたようなのです」と教えてくれたのはカッテンディーケ大尉だ。クルチウスと同席して密勅降下について聞いたあと、花を自分の執務室に招いた。

花がカッテンディーケ大尉とふたりで話すのは二度目だった。前任のペルス・ライケン大尉とは大の仲良しだったし、ハルデスやポンペとも気が合うが、カッテンディーケ大尉だけはすこし苦手だ。通詞をつとめても労ってくれたことはなく、ひときわ大柄なうえに尊大なので尻ごみしてしまう。

「日蘭修好通商条約が締結されたことで出島は役目を終えました。今後は閉ざされた人工島を出て、新しく建てる領事館や商館で執務をおこなうことになります。クルチウスは初代駐日領事に就任しますが、その地位には長くとどまらず、後任に職務を引き継ぎしだい、日本を去るつもりのようです」

アメリカのハリスに敗れて熱意を失ったのだろうと思ったが、花は黙っていた。

「ハンナ、わたしは勝さんを買っています。もしも勝さんがオランダ人で、わたしの片腕だったらどんなに心強いでしょう」

唐突に言うと、カッテンディーケ大尉は燃えるような目で話しだした。

「勝さんは、ベスリッシン（決断）ができる。それは艦長にとってだけでなく、軍人や政治家にとっても必須の資質です。好機も危機も訪れは不意です。上官に相談してなどいられない。そのさいに必要なのは、状況を冷静に分析する力と、信頼できるのは誰なのかを見抜く力です。ハルデスとポンペとわたしは今年の三月と五月に鹿児島を訪問し、島津斉彬公に謁見しました。勝さんはクルチウスが参府のために長崎を離れるやいなや、御奉行にも内密にして、わたしたちを鹿児島につれていったのです。勝さんの決断のおかげで、わたしたちは七月には亡くなってしまう英邁な君主に会い、日本人がどれほど優れた技術力を持っているのかを目の当たりにしました。実物を一度も見たことがないのに、図面だけを頼りに蒸気機関を造るなんて、ハルデスにだってできません。鹿児島に行ったことで、わたしたちの日本人に対する認識は大きくかわりました。つまり勝さんは、異国人であるわたしたちを全面的に信頼したのです。これほどの感激は生涯に何度も訪れるものではありません」

感極まったカッテンディーケ大尉が椅子から立った。そして天井を見あげて、大きな胸一杯に息を吸いこんだ。

「ハンナ。いま、日本にとって、もっとも危険な国はどこだと思いますか？」

急に話題をかえられたにもかかわらず、花はすばやく頭を働かせた。

「イギリスです。アメリカはみずからが主導して修好通商条約を結び、ロシアもここ長崎で友好を図っています。両国にくらべると、イギリスと日本の交際はごくわずかです。七月に四隻の軍艦を率いて長崎と江戸を訪れたエルギン卿はさいわい友好的でしたが、アヘン戦争をおこした好戦的な国ですし、今後も友好的な態度でのぞむかどうかはわかりません。フランスもそうですが、イギリスは最強の大艦隊を擁しているので、より危険です」

「ヒュロート（素晴らしい）。勝さんが見こんでいるだけのことはある」

ほめながらも大尉の目は鋭いままで、花も丹田にこめた気をゆるめなかった。

「ハンナ、わたしと上海に行きましょう。そしてエルギン卿に会い、イギリスの方針を聞きだすのです」

「そんなことが可能でしょうか？」

全身に鳥肌を立てながら、花は聞いた。

「ハンナがそれを可能にするのです。勝さんのため、日本のために。ただし上海行きは勝さんには内緒です。置き手紙を残して出発し、大いにあわてさせましょう。大丈夫、わたしが責任を持ちます」

カッテンディーケ大尉が大きなからだをゆすって笑った。花はこのひとがヤッパン号で来航したとき、真夜中に空砲を放ち、長崎の町衆を逃げまどわせたことを思いだした。

「オランダは今後も日本への協力を惜しみません。しかし、わたしも来年の九月には長崎を発って故国にむかう予定です。上海でエルギン卿から聞きだすイギリスの方針が、勝さんへの、わたしからのフスヘンク（贈りもの）です」

花は五月の二度目の鹿児島訪問に同行できなかったことが残念でならなかった。斉彬公は勝さんへの書簡に記していたとおり、万端のしたくで一行を歓待したにちがいない。そしてカッテンディーケ大尉は三月には一部しか見られなかった集成館の諸施設をじっくり見学して、斉彬公や勝さんと腹蔵なく語り合ったのだ。

（いつか、そうした場にくわわりたい。通詞ではなく、おのれの意見を述べる者として）

オランダでもイギリスでも、おなごは大人になっても家にいるのがふつうで、外で働くことはないという。それでもかなうなら、勝さんのように人前で堂々と話し、好機を逃さず目的を成しとげる者になりたいと花は思った。

「上海にむけて出発するのは、来年の一月初め。和暦だと十二月の初め。ハンナの船賃は、わたしが立て替えましょう。いつの日か、どこかの国で再会し、そのときにハンナが裕福になっていたら、利子をつけてかえしてください」

愉快そうに話すカッテンディーケ大尉は、お金のことなど気にしていないようだった。初めから花に払えるはずがないと思っているのだろう。

ところが、花は勝さんから月々二両の俸給をもらっていた。安政三年四月からだから、二年と六ヵ月で六十両になる。両替商の帳面に金額がつけられていて、必要な場合は銀手形をふりだしてもらう。銀手形があれば、大坂でも、江戸でも、小判や銀貨に替えられる。

「いつか再会する日のために、長崎と上海を往復する船賃を教えてください」

「スペイン銀貨で三百ドルです」と大尉が答えた。

その値が小判でおおよそ何両なのか、花には見当もつかなかった。しつこく聞くのもためらわれて花は礼を言い、カッテンディーケ大尉の執務室をあとにした。

十一月の上旬、飽ノ浦に全長七十メートルをこえる埠頭が完成した。さっそくアスコルド号が係留されて、五十数門もの大砲と台座、それに数えきれない砲弾が慎重に搬出された。

ロシア兵がいくら大柄でも、鉄製の大砲や台座を高台まで運ぶのは難儀だろうと思っていると、松崎までの踏みかためられた道に木製のレールが敷かれた。そのレールのうえを、西洋風の大八車に乗せて、大砲と台座、それに砲弾をおさめた木箱がつぎつぎに運ばれてゆく。

「まったく、西洋の連中の知恵は大したもんだ」と刺し子の半纏をきた作治郎が感心している。

お江戸で刷られた錦絵で、ペルリ提督が徳川将軍に献上した蒸気機関車のことは知っていたし、「レール」と呼ばれる軌条も、いかにも便利なものだと思いはした。それでも、こうした応用が利くとは考えもしなかったと話す作治郎は悔しがるどころか、むしろうれしそうだった。

「安政二年に、伊豆の戸田でロシアと一緒にこしらえたヘダ号を進水させるときも、連中はあのレールというやつを、じつにうまく使いましたよ」

そう言ったのは海軍伝習にも参加した船大工の頭領上田寅吉様だ。日本では、完成した船を、横に並べた丸太のうえを動かして波打ちぎわまで運ぶ。そこで砂を掘り、船を海に浮かべて、別の船で舳先を引く。

一方、西洋式では、波打ちぎわに石組をして、海面と水平にレールをおき、そこに船を乗せる。そうしたうえで石組をくずせば、海にむけてレールがかたむき、船はその傾斜をすべって難なく進水するというわけだ。

「じっさいに目にすりゃあ、たわいもないしかけですがね。おれを含めた戸田の船大工たちは、何百何千と船を造っておきながら、進水の方法を工夫しようとは思わなかったんだから、いさぎよく兜を脱ぎましたよ」

勝さんとポシェート大佐が鎔鉄所の裏にあらわれて、花は上田様の話をオランダ語に訳した。

「謙遜するにはおよびません。戸田の船大工の技術は立派で、とくにノコギリの技には感嘆しました」

花が思わず勝さんの顔を見たのは、ポシェート大佐がそんなに以前から日本にきていたとは知らなかったからだ。

「ポシェート殿は、ペルリの初来航から約一ヵ月後の嘉永六年七月に長崎に来航したプチャーチン提督率いるロシア艦隊の一員だった。ただし、旗艦パルラダ号は老朽化がいちじるしく、プチャーチン提督は同艦でいったんロシアの沿海州にもどり、最新鋭のディアナ号に乗り換えて、ポシェート大佐とともに下田を訪れた。ところが下田沖に碇泊中の嘉永七年十一月四日に大地震がおき、津波によってディアナ号は大破したのだ」

勝さんがオランダ語で話し、ポシェート大佐が目を伏せた。難破したディアナ号の乗組員五百余名は、下田の村民たちに救助された。プチャーチン提督は下田での船の修理を求めたが、日露和親条約の調印前で、異人の上陸さえ公には認められない。にもかかわらず、老中首座阿部伊勢守様は西洋式帆船の構造を学ぶ好機ととらえて、戸田村でのディアナ号の修理を許可した。しかしディアナ号は下田から戸田への曳航中にあえなく沈没。そこで戸田村で新艇が建造されることになった。

勝さんは、大久保忠寛様とともに伊勢・大坂の海防検分をおこなうために東海道をゆく途中、戸田村に立ち寄った。ヘダ号建造の現場を見学し、ポシェート大佐と面談して、上田寅吉様には助言を与えたという。アスコルド号の修理について勝さんから聞いたさいにもヘダ号の建造に話がおよんだが、花はより詳しい経緯を知った。

ポシェート大佐によると、ロシアでは木材を斧で加工する。そのため、かさねた板と板のあいだに隙間が生じてしまい、干した海藻を詰めて海水の侵入をふせぐ。それに対して、日本ではノコギりで板を加工するため、板と板のあいだに隙間が生じず、よけいな手間がはぶける。木くずの量も少なくて、ひどく感心したのだという。

大佐のオランダ語での発言を神妙に聞いていた上田様が口を開いた。

「あっしらの腕をほめていただき、まことにありがとうございます。ただ勝先生にも再三再四言われておりますが、あっしら船大工の仕事は十年一日どころか、百年一日で、親方にしこまれた技をそのままくりかえしているだけなんでございます。三年前、ポシェート殿と一緒にヘダ号を一からこしらえて、西洋式帆船の構造を実地に学び、その後に長崎海軍伝習で外輪式蒸気船の構造を学んで、多少は造船に詳しくなったつもりでおりました。ところが、このたびアスコルド号を目の当たりにして、ただただおどろいております。どうしたら、こうもつぎからつぎと新しい工夫を思いつくのか。是非とも、その骨法を会得したく、精一杯勉強させてもらいます」

「職人だからと、むやみにへりくだらず、世界の情勢に目を配ることさ。かなうなら異国に渡り、むこうの船大工たちと切磋琢磨するがいい」

上田様の抱負と勝さんの助言をオランダ語に訳しながら、花は早く上海に行ってみたくてならなかった。

西暦一八五九年一月一日に、出島のカピタン部屋でオランダ正月がもよおされた。クルチウスとカッテンディーケ大尉、それに勝さんにごちそうできる最後の機会とあって、花は精魂こめてパオン・デ・ローを焼いた。

「ハンナ、あなたのお菓子のおかげで、わたしはようやく目がさめました。長崎での残りの日々を有意義にすごしましょう」

威厳をとりもどしたクルチウスに感謝されて、花もうれしかった。

「上海に出発する日が決まりました。一月十日の朝です」

カッテンディーケ大尉に耳打ちされたのは、その日の帰りぎわだ。

「日本の暦では安政五年十二月八日。安心してください、勝さんたちはわたしの帰還を待って、朝陽丸で江戸にむかうことになっています。わたしたちが乗るのはイギリスの商船ヴァインデクス号です」

花はうなずいたが、本当は首をふりたかった。長崎と上海のあいだは片道五日から七日もかかるという。上海に十日ほど滞在するので、最低でも二十日、長崎を留守にするのだ。

(上海に行くよりも、勝さんと一緒にいたい)

一週間前にカッテンディーケ大尉から詳しい旅程を教えられたとき、花は上海行きを承知したことを後悔した。おまけに、このところ勝さんとは週に一、二度しか会えず、今日も勝さんはいそぎの用があると言って早々に帰ってしまった。

本蓮寺に行きたくても、お玖磨さんだって勝さんとふたりきりですごしたいだろうと思うと気が引けた。

(日本のため、勝さんのために上海に行き、エルギン卿に面会するのだ)

そう唱えて、花はかなしい気持ちをおさえた。

和暦十二月七日の夕方、花は梶屋の旦那様に、今夜は本蓮寺に泊まるとうそを言った。首にはフリッツからもらったトンボ玉をさげ、寝巻や替えのシャツを入れた風呂敷包みを胸に抱えて、暮れかけた冬の道をひとりで歩く。

カッテンディーケ大尉と稲佐村でおちあい、たどりついた埠頭の先にはイギリス国旗をはためかせた帆船が碇泊していた。スパンカーと呼ばれる、三本のマストに縦帆のみを張った船で、船体もすっきりしている。

一般に横帆は順風に適していて、速度が出る。縦帆は速度ではおとるものの、逆風であっても目ざす方向に進めるという利点がある。軍艦でも、蒸気船でもない帆船に乗るのは初めてで、せっかくなのだからイギリスの水夫たちの仕事ぶりをよく見ておこうと、花は気持ちを切り替えた。

「冬はタイフーン(台風)が来ないので安全ですが、風が弱いため、上海まで、七日はかかると思ってください」

出港前に赤毛のモーリス船長が英語で言ったとおり、ヴァインデクス号は軽快な見かけに似合わないゆっくりした速度で進んだ。ただし帆をあやつる水夫たちは機敏で手ぎわもよく、花は蒸気船が発明されるずっと前からおこなわれてきた風頼みの航海を楽しんだ。

二日目の午後になると、陸地が見えなくなった。咸臨丸の九州一周航海ではいつでも陸が見えていたし、夜は港に入っていたが、ヴァインデクス号は大海原に錨をおろして碇泊した。海にうつる月が波にゆれるさまを船室の小窓から眺めながら、花は自分が異国にむかおうとしていることを実感した。

船長室に招かれたのは三日目の午後三時だった。もちろんカッテンディーケ大尉も一緒だ。

「ティータイムを楽しみましょう」

荒くれ者のような容貌にもかかわらず、モーリス船長は優雅な手つきでポットのお茶をカップについだ。

「どうです? コーヒーよりおいしいでしょうなんて月並みな嫌味をオランダ人相手に言うほど、

わたしは女王陛下の大英帝国を愛してはいないけれど、このお茶はいけますよ」

ひねった言いまわしはともかく、初めて飲む紅いお茶は本当においしかった。

「クロムウェル卿に弑逆《しいぎゃく》されたチャールズ一世に感謝しましょう。かれが、あれほどまでに乱脈かつ強欲でなければ、飲酒をきらうピューリタンが実権を握ることはなく、喫茶の習慣が広まることもなかったのだから」

カッテンディーケ大尉が、こちらもひねりの効いた英語で応じて、モーリス船長がニヤリと笑った。

「しかし、お茶ほど厄介な商品はありません。アメリカがイギリスから独立するきっかけとなったBoston Tea Party（ボストン茶会事件）しかり。Opium War（アヘン戦争）もまた、イギリスが清国から輸入するお茶の量が膨大で、その額に見合う輸出品がなかったために、アヘンを密輸させたことが原因なのですから。かく言うわたしも上等なお茶を安く飲みたいがためにアジア航路の船長になったわけで、まさにお茶こそがひとを、世界を動かすのです。おお、お茶よ。この芳しい香り」

モーリス船長は恍惚として語り、カップに残っていた紅茶を舐めるようにすすった。

「エルギン卿に会ったことはありませんが、執事のオリファント君なら大の仲良しですよ。若くして欧州社交界の花形となった旅行家にして文筆家のローレンス・オリファント君。えらぶったところのない、ナイスガイだ」

モーリス船長がうれしそうに言ったのは、長崎を発って五日目の午後だった。四日目のきのうは、船長に求められて、カッテンディーケ大尉が日本の印象を語った。ティータイムは午後三時から三十分間と決まっていて、モーリス船長はどんなに話が弾んでいても、「さあ、わたしは仕事にもどります」と言って船室から出てゆく。そこで今日、紅茶がつがれるのを待って、カッテンディーケ大尉はエルギン卿の印象をたずねたのだ。

花が大尉から聞かされていたところでは、エルギン卿は現在のイギリスで最も有能な外交官であり、対立関係にあったカナダとアメリカのあいだを仲介して、通商条約を結ばせたのが一八五四年。一八五七年七月に、イギリスと交戦状態にあった清国に特派使節として派遣されると、仇敵のフランス軍と連合して広東城を陥落させた。

一八五八年五月には、英仏連合艦隊を率いて白河《パーフー》の大沽砲台を攻め落とした。その戦いを伝えるnewspaperを勝さんに翻訳した日のことはよくおぼえている。

大勝したエルギン卿は、天津において、清国政府に屈辱的な講和条約を受諾させた。多額の賠償金の支払いにくわえ、外国人による清国内の旅行の自由、貿易の自由と開港場での土地購入の自由、揚子江を船舶で通行する自由等を認めさせて、清国は西洋列強によってさらに蚕食されることになった。

(そんなおそろしいひとにかかったら、日本はひとたまりもない。カッテンディーケ大尉はエルギン卿に書簡を送ったというけれど、わたしの話など聞いてもらえないのではないだろうか)

上海が近づくにつれて、花は不安をつのらせていたが、モーリス船長の答えは意外なものだった。

「エルギン卿もオリファント君も、日本をとても気に入ったそうですよ。わずか二週間の滞在でしたが、とくにオリファント君は、『日本人はこれまで会ったなかで最も好感が持てる国民だ。物乞いのいない唯一の国だし、街は清潔で、支配階級である侍だけでなく、平民も礼儀正しく、教養がある。なにより風光明媚で、もしも総領事に任命されたら、イギリスと日本の友好のために尽力したい』と、ベタ褒めでしてね。つまり、ふたりとも、大尉がきのうおっしゃっていたのとほぼ同じ好印象を、日本に対して抱いているようなんです」

「それが本当なら、どんなにありがたいか」

カッテンディーケ大尉が安堵の表情を浮かべて、花の肩に手をおいた。

「運も日本に味方をしたんでしょう。去年の夏、上海は猛烈に暑くて、人々がバタバタ倒れていたんです。しかも太平天国の乱がおさまる気配はない。そこに、講和条約を批准するための清国役人の天津への到着がおくれるという連絡があり、エルギン卿とオリファント君は修好通商条約の締結も兼ねて、混迷を深める猛暑の清国からしばし逃れようと日本にむかったところ、思いがけず素晴らしい人々と美しい国土にめぐりあったというんです」

モーリス船長が笑みを見せて、花も笑顔でうなずいたが、内心では憂鬱をかんじないわけにいかなかった。この数年、勝さんをはじめとする日本の有志は、清国を蹂躙する英仏軍の動向を、息をこらして見つめてきたのだ。花自身、アヘン戦争を引きおこしたイギリスは一番危険な国とおそれてきた。

「わたしから見ても、ケープタウンより東にある国々では、日本人が最も勤勉で優秀ですね。好奇心が旺盛で、進取の気風がある。国民全体が努力家なんですな。それにくらべて清国の連中は惰弱でどうにもならない。とくに官吏がいけない。賄賂ばかり欲しがって、国の将来など、まるで考えていない」

あきれ果てたというように言ったところで、モーリス艦長が飾り棚の置時計に目をやった。

「もう三時半だ。まったく楽しい時間ほど早くすぎる。せっかくですが、今日はここまでにしましょう。どうぞ、そのままお茶を飲んでいってください。では、またあした」

壁にかけていた帽子を頭にのせて、あわただしく部屋を出てゆくモーリス船長を見送ると、カッテンディーケ大尉が椅子にすわり直した。

「おことばに甘えて、ゆっくりさせてもらおう」

オランダ語で言ってティーカップに口をつける大尉には、うってかわった余裕があった。

「われわれオランダ人が、徳川将軍の定めた規則にことごとく従い、閉ざされた人工島でのかぎられた交易を許容していることは、ヨーロッパでは評判が悪くてね。オランダが下手に出ているせいで日本が鎖国を続けるんだと、たびたび苦情を言われてきたんだ。それに対して、日本人は高度に組織化された封建社会を築いていて、支配階級である武士たちは高潔であり、武力では決して屈服しないだろう。だから時間がかかっても、みずから開国するようにしむけるべきだと主張してきたことの正しさがエルギン卿に認めてもらえるなら、どんなにうれしいか」

日本のことを本気で心配してくれるカッテンディーケ大尉に、花は深く感謝した。そのあと花は、モーリス船長が言った「社交界」がいかなるものかについて、大尉から教えてもらった。


一八五九年一月一六日の早朝、ヴァインデクス号は上海沖についた。そのまま揚子江を遡上し、支流である黄浦河《こうほこう》の入り口にある町、呉淞《ごしょう》を通過した。

「低地に田畑が広がる光景は、ロッテルダムにむかう途中のマース河の両岸とよく似ています。それにしても、揚子江はとてつもなく広く長い」

カッテンディーケ大尉も上海にくるのは初めてとあって、甲板の最後尾に立ち、ものめずらしげに首を左右にふっている。

「気温は長崎と同じくらいですね。少し肌寒いけれど、冬にしては温かいほうでしょう」

花は大尉がやせがまんをしていると思ったが、風景をよく見たい気持ちは同じだった。

一時間後、ヴァインデクス号は上海市の前で投錨した。西洋式の大型帆船や蒸気船が五十から六十隻は碇泊していて、マストが竹林のようにかさなり合っている。青菜やひとを運ぶジャンク船はとても数えきれない。

「これは壮観。アムステルダムやロンドンにも引けをとらない繁栄ぶりだ」

カッテンディーケ大尉は感嘆しているが、大型帆船や蒸気船に掲げられているのはイギリス、フランス、アメリカの国旗ばかりであることに気づき、花は愕然とした。

港の両岸に建ち並ぶ館もすべて西洋式のレンガ造りで、アナスンの童話に描かれていた街並みとそっくりだ。

（清国ではなく、西洋のどこかの国にきたみたい）

それなら思いがけず念願がかなったと喜ぶところだが、花はふるえがとまらなかった。

（五年後、十年後には、長崎も上海のようになってしまうのかもしれない）

「どうしたのです、ハンナ？　寒いなら、船室にもどりましょう」

カッテンディーケ大尉にうながされて、花は甲板の中央にある階段をおりた。船室のベッドに横たわるとふるえはおさまったが、できることならこのまま船内にとどまっていたかった。

しかし、やがて上陸となり、花はモーリス船長とカッテンディーケ大尉とともにヴァインデクス号を所有するデント商会を訪ねた。イギリス国旗を高々と揚げた三階建ての商館は、宮殿のように壮麗で、花はふたたび始まったふるえをおさえるのに苦労した。

カッテンディーケ大尉と花は、デント商会の三階に一室ずつを与えられた。商館には、たくさんの執務室と商会員たちが暮らす部屋、それに客室がある。そのほかに、図書室、サロン、ビリヤード場があって、案内なしでは迷子になりそうなほど広かった。

「今日とあすは、ゆっくり休みましょう。乗組員でなくても航海はとても疲れるものだから。部屋の内鍵をしっかりかけて、ノックをされても、すぐにはドアを開けないように。心配なことがあったら、些細なことでもいいから、となりの部屋にいるわたしを呼びなさい」

大尉の親切に、「わかりました。ありがとうございます」と花は答えた。ただし、寝巻にきがえてベッドに横たわっても目がさえて寝つけない。太い道一本をへだてた港から人々の声や船積みにともなう音がひっきりなしに聞こえてくる。三階という初めて経験する高さもおちつかない。

(ハルデスは、船乗りにとって陸で眠るのはなによりうれしいと言っていたけど、そんなの、ときと場合によりけりよ)

しかし、気持ちが休まらない本当の理由は別にあった。

(勝さんが言っていた、異国との貿易によってあげた利益で海防を整えるなんて、本当に可能なのかしら?)

花はベッドからおきて窓ぎわに立った。辮髪《べんぱつ》をたらした清国人たちが、埠頭に横づけされた船に荷を積みこんでいる。鞭やステッキを持った西洋人たちがいかにも横柄な態度で指図をしている。出島でも、オランダ船からの荷運びは日本人の日雇いがしていた。ただし、かれらは奉行所に雇われていて、オランダ人の指図はうけなかった。それゆえのもめごともおきてはいたが、日本側が折れることはめったになかった。

(イギリスとの戦争に負けたから、清国はこんなにみじめになっているんだわ)

二年前の夏、ペルス・ライケン大尉が長崎の町を歩きながら話してくれたことが克明によみがえる。アヘン戦争後に結ばれた講和条約により、清国は莫大な賠償金を支払わされた。また輸入品にかける関税率の決定権を剥奪されて、わずか五パーセントという低率で固定されてしまう。それでは、いくら貿易をしても、清国は富まない。さらに清国は香港を失い、上海や広州の開港をよぎなくされた。西洋人たちが居住するための土地が割譲されて、戦勝国であるイギリスは港に面した最も広い場所をとり、美しい公園と広い道を造って、立派な領事館や商館を建てているとのことだったが、自分はまさにそこにいるのだと思い、花は気がとがめた。

(勝さんが言っていたとおり、阿部伊勢守様がペルリ艦隊との戦を避けて和親条約を結んだのは賢明な対処だったのだ。阿部様の遺志を継ぎ、勝さんとともに西洋諸国の攻勢から日本の民を守ってみせる)

たずさえてきた鏡にうつった自分の青い目にむけて花は誓った。

上海について三日目の午後、花はデント商会を訪れたローレンス・オリファント氏からティータイムに招かれた。カッテンディーケ大尉も一緒で、召使いに案内された館内の一室には、お茶のしたくがととのっていた。

「ようこそ。船旅の疲れはとれましたか?」

英語で気さくに話しかけてきたオリファント氏は溌剌とした人物だった。旅行家にして文筆家、社交界の花形だったというのもうなずけた。

「モーリス君からハンナさんのことを聞いて、ぜひお会いしたいと思ったのです。日本名は梶花。花はフラワー。名は体をあらわすと言いますが、まさにそのとおりですね。『ハナサン』と呼ばせてください」

男性からこんなに快活に話しかけられたのは初めてで、花は胸がときめいた。立山の奉行所で会ったニコライはむこうが五つ年上でも、同年配のかんじだった。オリファント氏は三十歳くらいで、顔つきも話ぶりも自信にあふれている。

「長崎で、通詞をされているそうですね。昨年の夏、ぼくはエルギン卿のお供で長崎に入港しましたが、いそいでいたので出島にも寄らずに薪水と食料を積んだだけで下田にむかい、続いて江戸湾に入ったのです」

褐色の瞳をかがやかせてオリファント氏は語り、花に生い立ちをたずねた。聞かれるままに英語で話すと、オリファント氏が感激した面持ちで首をふった。

「ワンダフル！　ファンタスティック！　いくら父親がオランダ人でも、日本で生まれ育ったわずか十五歳の女性がこんなにも見事な英語を話すとはおどろきです。つぎにエルギン卿が日本に行くときは、ぜひとも花さんが通詞をしてください。やはり日本人は素晴らしい！」

オリファント氏によると、清国には日本のように代々通詞をつとめる集団は存在せず、通詞の地位や収入も保障されていない。ただし個人で英語を話す者たちはかなりいて、商人たちはかれらを雇って用を足しているという。

「清国ではなにもかもがいいかげんです。せっかく講和条約を結んでも、すぐに反故にされてしまうから、何度でも戦争がおきる。日本は清国とはちがいます。われわれは締結された和親条約と修好通商条約にもとづいて友好を深め、公正な貿易をおこないたいのです。花さんの力を貸してください」

オリファント氏は花ばかりを見て話した。

「いけない。花さんの英語があまりに見事だから、いきなり本題に入ってしまった。お茶を飲みましょう。モーリス君おすすめの極上のチャイニーズティーを。このティーセットも、じつに見事でしょう」

オリファント氏は愛でるような手つきでお茶をついだ。白地に青で牡丹の絵が描かれたティーセットで、カップには持ち手がなく、それが清国製の証しなのだという。ひと口含んだ紅茶はかぐわしく、花は恍惚となった。

「海のうえだと、どうしても塩気がまじりますからね。このクラスのお茶をロンドンで飲もうと思ったら、いくらかかるかわかりません。しかし、ぼくはモーリス君ほどお茶に入れこんでいるわけではない。ぼくの一番の願いは日本で生活することです。木材と紙からできたシンプルな家に住み、うそつきでも強欲でもないひとたちとともに暮らしたら、どんなに幸せでしょう」

花はオリファント氏の生い立ちや旅してきた国々のことを聞きたいと思った。

「モーリス船長のティータイムは毎回三十分と決まっていましたが」

ずっと黙っていたカッテンディーケ大尉が英語で遠慮がちに聞くと、オリファント氏が破顔した。

「かれは、ああ見えて律儀でね。しかし、それは船長には必要な資質です。ここは陸地ですし、あと三、四十分は話せます。そもそも、お招きしたのは、ぼくなのですから」

「ありがとうございます。では、おことばに甘えまして」

大尉のほうが十歳は年上だろうに、相手を不快にさせないように細心の注意を払っているのが、となりにすわる花にも伝わってきた。

「清国が混迷している最大の原因は、シナの文明を築いてきた、最も人口の多い漢族が、少数の満州族に支配されていることにあります。その象徴が辮髪の強制であり、不満を抱えた漢族の人々は、清国政府が窮地に追いこまれても挙国一致して困難に立ちむかおうとはしません。そのおかげもあってイギリスは連戦連勝ですが、それは同時に、いつまでもたっても清国が安定しないことでもあります。おそらくイギリスもフランスもアメリカも、そしてロシアも、日本を清国のような混迷におとしいれようとは思っていないはずです」

額に汗を浮かべて語っていたカッテンディーケ大尉はそこでことばを切り、オリファント氏がうなずくのを待って先を続けた。

「じつは、日本国内にも対立が生まれようとしています。江戸にいる徳川将軍が率いる幕府は、ペルリ艦隊の来航をうけて開国開港にかたむき、西洋五ヵ国と和親条約に続けて修好通商条約を締結しました。ところが、京都のミカドは攘夷の姿勢をくずしていません。ミカドもしくは天皇と呼ばれる存在はご存知ですか」

カッテンディーケ大尉が聞くと、「太古よりの血統を根拠とする神秘的な存在で、日本人の精神的な支柱でもある」とオリファント氏が簡潔明瞭に答えた。

「ミカドには直属の兵隊も武器もありませんが、多くの日本人から尊敬を集めています。そのミカドが昨年の九月、攘夷の急先鋒である水戸藩に、内密の書状を送りました」

密勅降下と、それに反発した大老井伊掃部頭の尊王攘夷派に対する苛烈な弾圧は初耳だったようで、オリファント氏は時折質問をしながら注意深く大尉の話を聞いていた。

「有益な情報に感謝します。そうなると問題は、どうすればミカドが開国開港をうけいれるのかですね。日本と条約を結んだ五ヵ国の側では、足並みをそろえて波風を立てないようにすることが大切になってくる。アメリカは最新鋭の戦艦による威嚇で開国を迫ったけれど、あれは一度きりの非常手段だったということを、事実をもって証明してゆき、日本の開国勢力にとって有利な対外環境をつくっていく。しかし、いつまで待てばいいのでしょう。それに、こちらが待つ気でいても、不測の事態が発生するかもしれない。ほとんどの戦争は、突発的な事件や、無鉄砲な輩による挑発行為が引き金になっています」

諸方に目配りの効いた意見を言って、オリファント氏は紅茶を飲んだ。

「わたしも同じ懸念を抱いていますが、ここにひとりの侍がおります。徳川将軍直属の旗本で、現在は海軍伝習の艦長候補として長崎に滞在している勝麟太郎と申す男。梶花の秀でた能力を見抜き、専属の通詞として雇った一事からだけでも常人ではないことがわかるかと思います」

カッテンディーケ大尉が言うと、「ほう、それは面白い。かれについて詳しく教えてください」とオリファント氏が身を乗りだした。それからは花もくわわり、勝さんのことをたっぷり話したので、ティータイムは三、四十分どころか二時間におよんだ。

「最後にお聞かせ願いたいのですが、エルギン卿との面談はかなうでしょうか」

長いティータイムを終えて立ちかけたオリファント氏に、カッテンディーケ大尉がたずねた。

「そうでした。エルギン卿はおふたりと面会されます。日曜日の午後に一時間ほどですが」

安堵して部屋を出たところで「わたしの部屋で少し話そう」とカッテンディーケ大尉がオランダ語で言った。

「なにか聞きたいことはあるかい?」

三階の部屋で言われて、花は窓ぎわまで歩き、港に目をむけた。今日も辮髪を垂らした清国人たちがほこりまみれで荷運びをしている。イギリス人たちは荷箱の上に立ち、くわえ煙草で鞭を振っている。

「イギリス人たちは、居留地の外でも、あんな風にいばっているのですか?」

「あははは。最高の質問だ。勝さんと話しているのかと思ったよ。答えはネー（否）だ。居留地はイギリス軍によって守られていて、外に出るときは厳重な護衛をつけなければならないそうだ」

そのあと大尉は、一八五三年十二月に太平天国の一揆勢が上海を襲ったさい、清国の軍隊と警察がまったく無力だったため、イギリス軍が出動して一揆勢を撃退したあらましを語った。フランスの居留地はフランス軍が、アメリカの居留地はアメリカ軍が守った。

それを機に、富裕な清国人たちがイギリスの居留地に家を建てて移り住むようになった。清国人の貿易商たちも居留地に事務所をかまえて、料理店や商店もうつってきた。道路や水道の設備も整い、閑散としていた外国人居留地は見ちがえるようににぎやかになったという。

「居留地の外は、あばら家が建てこんでいて、たえがたいほど汚らしいそうだよ。清国人は西洋人を嫌っていて、平気でうそをつく」

それはイギリスがアヘンをめぐって無法な戦争をしかけたせいではないかと思ったが、花は黙っていた。

「日本は聖なる国なのだと、オリファント氏も言っていたじゃないか。日本人だって少しはうそをつくけれど、清国人にくらべたらはるかにましさ」

カッテンディーケ大尉は広州を知っているが、そこで接した清国のひとたちにひどく落胆したのだという。それだけに、長崎を初めて見たときは、清潔な街並みと、緑におおわれた山々の美しさに感激したとのことだった。


「花さんは、父親がオランダ人だという理由で、あぶない目にあったことがありますか」

上海について四日目のティータイムでオリファント氏に聞かれて、花は首をふった。

「そうですか。きのうは言わなかったのですが、昨年七月に江戸を訪れたとき、われわれはアメリカ合衆国総領事タウンゼント・ハリスの通詞ヘンリー・ヒュースケン君の世話になったのです。オランダ生まれのかれは、二十一歳のときにアメリカに渡り、オランダ語と英語が話せることからハリスに雇われて、一八五六年八月、伊豆の下田に上陸したそうです」

来日して丸三年になるヒュースケン氏は日本通で、エルギン卿の一行を飛鳥山に案内したさいは茶屋遊びを指南したりと、至れり尽くせりだった。ヒュースケン氏は、エルギン卿とオリファント氏に、日米修好通商条約の作成と締結にいたる経緯も教えてくれた。一八五七年の年末から九段下の蕃書調所で連日談判がおこなわれたのだが、日本側の代表が最も懸念していたのが、開国後に浪人たちが外国人に狼藉を働くことだったという。

「ローニンというのは主を持たない侍で、ローゼキ、すなわち自暴自棄な行動に出やすいということでした。しかし、われわれが目にした日本人はみな穏やかで、二週間の滞在中にローニンのような男たちにおどかされたことは一度もありませんでした」

オリファント氏の話をうけて、日本人は外国人がめずらしくてならないのだと花は答えた。そして勝さんとお玖磨さんと稲佐山で花見をしたときのことを話すと、オリファント氏とカッテンディーケ大尉が声をそろえて笑った。

「わたしは日本にnewspaperがないことを、とても残念に思います。鎖国政策によって海外渡航が禁じられてきたため、旅行家がいないことも残念でなりません。日本国内は女性でも安全に旅ができるようですが、外国の実態をまったく知らないというのは、よいことではありません。無知はおそれを生み、おそれはひとを過激にさせます。ローニンがローゼキを働きかねないと注意した岩瀬さんは、やはり先が読める優秀な役人なのですね」

懐かしい名前を聞いて、花はたずねた。

「岩瀬さんとは、岩瀬忠震様のことですか」

「そうです。わたしも会って話しましたが、まさにグレートマン（英傑）です。ヒュースケン君によると、ハリスが用意した草案がすっかり書き換えられた条項もあったそうです」

ヒュースケン氏によれば、岩瀬様は全権に等しい立場でアメリカとの交渉に当たった。輸入品に対する関税を二十パーセントの高率に設定することと、アヘンを輸出しないことはハリス氏の側から持ちだされて、日本側もすぐに了承したという。一方、開港場を増やす件は難航した。現行の下田と箱館にくわえて、江戸、京都、大坂など十一港を開港すべきだとするハリスに対して、岩瀬様は一歩も引かず、新たな開港場を神奈川・長崎・新潟・兵庫の四つにとどめた。また外国人が自由に行動できる範囲を開港場から十里以内とし、とくに六郷川をこえて江戸に入ることを禁じた点についても、アメリカ側は大幅な譲歩をよぎなくされたという。

「クルチウスがよけいな知恵をさずけたからだとハリスが怒っていたそうです」

オリファント氏に言われて、カッテンディーケ大尉が肩をすくめた。

「花さんは、岩瀬さんをご存知なのですね」

長崎に貿易の勉強にきていたときに奉行所でたびたび見かけたと花が話すと、オリファント氏がさも感心したようにうなずいた。

「オランダの入れ知恵があったにしても、強面のハリスと互角に渡り合うとは大したものです。しかし、それならどうして岩瀬さんは左遷させられたのでしょう。きのううかがった対立の図式によれば、幕府は開国を推進したいのだから、異国との貿易に一番詳しい岩瀬さんなしには条約の実行が立ちゆかないのに」

「岩瀬様が左遷」

花は絶句しながら、昨年九月にエド丸改め朝陽丸が長崎についたあと、勝さんが永井様や岩瀬様が閑職に追いやられそうだと言っていたことを思いだした。オリファント氏は、三週間ほど前に上海にとどいたヒュースケン氏からの手紙で岩瀬様の左遷を知ったという。

「わたしが知っている範囲で申しあげれば」と前置きしてカッテンディーケ大尉が幕閣の内情を語った。

昨年四月、最高権力者である大老に就任した井伊掃部頭はミカドの許可をえないまま日米修好通商条約を結ぶことに決した。しかし本音では西洋諸国との交際も交易も望んでいない。そこでミカドの許可を得ずに修好通商条約を締結した責任を岩瀬様たち海防掛に負わせて左遷する一方、幕閣を批判する尊王攘夷派を見境なく弾圧している。

「うわさどおり、ハリスはよほど強引にことを進めたのですね。そしておそらく岩瀬さんもミカドを中心とする反対派が力を増す前に条約を締結してしまおうと考えて、ハリスと歩調を合わせた。つまり条約が実行にうつされるまでには、かなりの紆余曲折が予想される」

この場に勝さんがいたら、どんなに話が早いだろうと、花は思った。

「おふたりからうかがったことは、エルギン卿にかならず伝えます」

眉間にしわを寄せて話すオリファント氏は、日本の前途を憂いているように見えた。

「この建物のなかにある図書室は、わたしも利用できるのでしょうか？」

花はとっさにたずねた。

「ええ。なにか読みたい本がありますか？」

褐色の目をしたイギリス人男性の表情が、ほんの少し明るくなった。

「ローレンス・オリファント氏の旅行記がありましたら」

「ありがとう。社交辞令だとしても、これほどうれしい申し出はありません」

満面の笑みでさしだされた右手に手をそえて、花は椅子から立った。

図書室は二十畳ほどの広さで、出島の図書室の十倍は本がある。オリファント氏は厚紙で装幀された『カトマンズへの旅』と『黒海のロシア沿岸』を本棚からとると、執筆にいたるいきさつと摘要を話してくれた。

前者は、一八五〇年にネパールを訪れたときの見聞をつづり、翌年に出版した処女作だ。わずか十日間で二千部が売れて気を良くした二十二歳の青年は友人とともに北極を目ざしたが、途中で計画を変更してロシアの内陸部を旅行することにする。ロシアが海軍基地を建設していたセバストポリを訪ねて、市街のようすを克明に描いたことで、後者の本もイギリス国内で大評判になった。

「全部は無理でしょうが、さわりだけでも読んでみてください。そうだ、ぼくはいま、長崎、下田、江戸を訪れたときの記録を書いているのです。イギリス政府に提出するためのものですが、出版することも考えています。これまでの二作と同じく、ぼくの個人的な旅行記という体裁にして、たくさんのひとたちに日本の素晴らしさを知ってもらおうと思っているのです。ご希望があれば、お見せしましょう」

「ありがとうございます。わたしは長崎の外に出たのは今回が初めてで、江戸のことは錦絵や読本でしか知らないものですから」

花は心から喜ぶのと同時に、この上海行きを旅行記として書いてみたらと思いついた。しかし、そんな本を出版したら、日本ではすぐに捕まってしまうと気づき、小さくため息をついた。

花が上海を発ったのは一八五九年一月二十六日だった。都合十日間滞在しているあいだにモーリス船長のヴァインデクス号は香港にむかってしまったため、デント商会が所有する帆船アン号で長崎に帰ることになった。

「船長に無理を言って、あすの夜、長崎につくようにしてもらったよ。あさっての朝だと、ひと目につい て面倒になりかねないからね。幕府の法では、日本人は外国に行ってはならないし、一度出国した者は帰国してならない。禁を破った者は死罪。時代錯誤もはなはだしい」

カッテンディーケ大尉が言ったのは、上海を発って六日目の昼だった。もっとも西洋五ヵ国と和親条約が結ばれて以降、異国の商船が頻繁に長崎港にやってくるようになって、渡航禁止令は有名無実のものになりつつあった。

丸山の遊女が何人もバタビアに渡ったというし、香港や上海を見物してきた商人もいるというが、いずれもうわさにとどまっていた。公言されたら、御奉行も動かざるをえないわけで、花もよくよく気をつけなければと肝に銘じていた。

「勝さんが、ハンナがいないことにどんな理由をつけているのか、楽しみでなりません」

エルギン卿から、日本を攻めるつもりはないとの言質をとったせいで、カッテンディーケ大尉は上機嫌だった。もちろん花もうれしかったが、大尉とおしゃべりをしているよりは旅行記を書き進めたかった。

「ぜひ書いてください。いまは無理でも、十年もたたないうちに日本でもnewspaperが発行されて、異国について書いた本も出版できるようになるはずです」

耳に残るオリファント氏のことばにはげまされて、花は「Narrative of Journey to the Shanghai(上海見聞録)」と題した旅行記を書きついでいた。英語にしたのは、日本語やオランダ語だと、なにかの間違いでひとに読まれて、異国への渡航が露見する危険があるからだ。

オリファント氏がくれたインクとペンで、ロンドンの老舗文房具店のノートに横文字をつづっていく。文章に詰まると、花はもう一冊のノートに筆写してきたオリファント氏の旅行記からの抜き

に、花は夢中だった。

　カッテンディーケ大尉のおしゃべりにつきあったあと、夜通しペンを走らせたこともある。自分が見聞したものごとだけでなく、自分が考えたことも臆せずに書き記すという初めて知った楽しみに、花は夢中だった。


　船首や帆柱に何十個ものランプを光らせたアン号が伊王島のそばに投錨したのは、午後八時すぎだった。カッテンディーケ大尉はボートに乗って湾内に碇泊中の朝陽丸にむかい、勝さんひとりを乗せてもどってきた。

「抜けがけとは不届き千万。くやしくて、毎晩目がさめたぞ」

　船室で待っていた花に、勝さんが大きな声で言った。久しぶりに聞く日本語と、髷を結った男性の頼もしい顔つきに、花は安堵の息をついた。

「ハンナ。勝さんに、エルギン卿が約束したことを話してください。わたしが言っただけでは信用できないそうです。まったく、クルチウスのごとき策士と一緒にしないでもらいたい。おっと、これは失言」

　カッテンディーケ大尉が口の前に一本指を立てて、花は勝さんと顔を見合わせた。

「どうぞ日本語で話してください。わたしはハンナを信じています。この地図も使って」

　大尉が上着のポケットからとりだしたのは、エルギン卿に渡された日本近海の地図だ。対馬と蝦夷地の北端の岬、それに樺太の南端が青いインクで丸くかこまれている。

　花はまず貿易について話した。ひとつ、イギリスは日本が修好通商条約を公正に実施することに協力を惜しまない。ふたつ、密貿易の防止に全力でとりくんでもらいたい。みっつ、アヘンは医療用として必要な分量しか日本に輸出しないと約束する。

花が話すと、勝さんは大きくうなずき、カッテンディーケ大尉と握手をかわした。

「念のために、その地図に関する話も、花から聞かせてもらおうか」

オランダ語で言った勝さんの肩を大尉が笑顔で小突き、花はひと呼吸おいて話しだした。

「エルギン卿は、日本がオランダの支援で海軍をつくろうとしていることに賛成だそうです。ロシアのアスコルド号を長崎で修理しようとしていることも知っていました。そして日本には、自前の海軍によって、ぜひとも対馬と蝦夷地を守ってもらいたい。もしも、それらの要所をロシアに奪われるようなことになったら、イギリスも対抗上、いずれかの要所を占拠しなければならなくなる。ロシアはクリミア戦争の痛手から立ち直りつつあり、清国から獲得した北緯四十三度線以北の広大な土地を背景に、樺太の全有をもくろんでいる。蝦夷地の北端までロシアに占領されたら、太平洋に出るラ・ペルーズ海峡（宗谷海峡）をふさがれてしまい、イギリスは窮地におちいるとのことでした」

勝さんによると、花の上海行きを知っているのは、クルチウスとハルデスとポンペ、それに梶屋の旦那様とお玖磨さんの五人だけだという。

「おまえさんはコロリに似た病にかかり、梶屋の離れでポンペの治療をうけていることになっている。ようやく快癒し、近々通詞に復帰すると言ったら、作治郎やポシェートが喜んだのなんの」

花は恐縮してお礼を言い、英語で旅行記を書いていることを勝さんに伝えた。

「そいつはいい。五年十年と書きつげば、平家物語や太平記に比肩する物語になるかもしれねえ。日本語でも書いてもらいてえが、当分は英語だけにしておくほうが無難か」

船室での話を終えて、花は勝さんとカッテンディーケ大尉とともに甲板に出た。アン号の側面には勝さんが手配した小舟が碇泊していた。櫓を漕ぐ男はひとことも口をきかず、舳先においた行燈の明かりをたよりに、暗い海を進んでいく。

「お花。今日は安政六年正月二日だよ」

大波止が近づいてきたとき、勝さんが日本語で言った。頭のなかのカレンダーが西暦だけになっていた花は「いけない、いけない」と口にはださずに反省した。

「おいらたちは五日に発って江戸にむかう」

「えっ？　いま、なんと」

カッテンディーケ大尉から、勝さんたちは大尉の帰還を待って江戸にむかうと言われていたのに、花は旅行記を書くのに夢中で、勝さんとすごす日がわずかしかないことを忘れていた。それでも今夜はお玖磨さんをまじえてゆっくり話せると思っていると、勝さんは陸《おか》にあがらず、朝陽丸にもどるという。

「江戸までの航海は、四年にわたる海軍伝習の総仕上げ。万が一にもしくじるわけにいかねえから、いつにも増して念入りにしたくをしているのさ。お玖磨とは、けさ別れをした。今夜を入れて三日は朝陽丸で寝泊まりして、五日の早朝に出航する。お花、世話になった。おまえさんとめぐり合わなければ、おいらは、長崎でこれほど働けなかった。おまえさんも話したいことは山ほどあるだろうが、それは何年かのち、お江戸で再会したときの楽しみとしよう。お花、けっして命を粗末にするなよ」

いくらぬぐっても流れる涙で勝さんの顔がゆがむ。花は歯を食いしばり、丹田に気をこめて、「勝さんもお達者で」と精一杯の声を張った。

一月五日の朝早く、花はお玖磨さんと作治郎と三人で出島の表門をくぐった。クルチウスとカッテンディーケ大尉がむかえてくれて、五人でカピタン部屋の物見台に登る。朝日をうけてかがやく長崎湾に、日の丸を揚げた朝陽丸が碇泊している。

花は持ってきた風呂敷包みをとき、「勝」と朱の墨で書かれた三尺四方のひし形の凧を両手で持った。もう一枚の凧には「麟」と、こちらも朱の墨で書かれている。作治郎にきてもらったのは、凧揚げの名人だからだ。

ハタ揚げとも呼ばれるが、ただ揚げるのでなく、糸に糊でガラスの粉をつけて、たがいの糸を切り合う。金を賭けたりもするため、勝敗をめぐって喧嘩がおきる。もちろん、この凧にそんな細工はしていない。

「おれの親父は、凧揚げをしている最中にポックリ逝ったってほど凧揚げが好きでしてね。糸のさばきがじつに巧みで、鼻たれ小僧のころはいざ知らず、十四からあとは負け知らずだって言ってやしたがね」

おしゃべりしながら作治郎は「勝」の凧をするすると揚げて、よった木綿の糸を花に持たせた。背後から吹く風をうけた凧が、湾の上空にむけてみるみる揚がっていく。続いて「麟」の凧も揚がり、お玖磨さんが細腕で一生懸命に糸を引いている。

大波止で見送ると町衆に冷やかされるし、凧を揚げれば、こちらの居所が勝さんにわかると考えたのは花だった。作治郎に相談すると、それなら出島で揚げるのがいいとなったのだ。

「ハンナ。そろそろ出航のようです」

遠眼鏡で見ていたカッテンディーケ大尉が言うのと、朝陽丸が空砲を放つのはほぼ同時だった。

おどろいたお玖磨さんがはなしかけた糸を作治郎がしっかりつかみ、凧はさらに高く揚がっていく。

帆をたたんだままの朝陽丸が進みだし、大波止に集まった町衆が歓声をあげている。

「勝さ～ん。勝さ～ん。ここで～す。お玖磨さんと花は、ここで見送っていま～す」

聞こえないとわかっていても、花は声を張らずにいられない。出島の表門を出たところで初めて会った日からの出来事がつぎつぎに思いだされて、花は涙をこらえかねた。

「あっ」と言ったときには、糸は手をはなれ、「勝」の凧が空高く飛んでいく。

「それなら、こいつも」と作治郎が糸をはなし、「勝」と「麟」の凧は天にむかって舞いあがった。

第五章　東シベリア総督ムラヴィヨフ

「異国の船が、十隻二十隻と来航しているのに、日の丸を揚げている軍艦はただの一隻。勝様も、お江戸に帰ってしまわれたし、これでは異人に無法をはたらかれても、どうすることもできん」

梶屋の物干し台に立った旦那様は嘆き、大きなため息をついた。

去年、安政五年の十月、長崎には日の丸を揚げた四隻の蒸気船が集結していた。ところが、花が上海に行っているあいだに咸臨丸が江戸にむかい、朝陽丸もまた勝さんの指揮によって江戸にむかった。観光丸は蒸気機関を修理するために飽ノ浦の埠頭に係留されている。佐賀藩がオランダから購入したナガサキ号改め電流丸が長崎湾に碇泊する唯一の日本船とあって、梶屋の旦那様は一日に何度もため息をついた。

「旦那様。異人だからといって無法をはたらくとはかぎりません。げんにロシア人たちは四ヵ月も逗留しているのに、ずっと行儀よくしているではありませんか」

花がなだめても、旦那様の不安はおさまらなかった。

「ロシア人たちが大人しくしているのは壊れた船を修理してもらいたいからじゃ。わしは御公儀の肚がわからん。長崎にこれほど多くの異人が集まってきているというのに、海軍伝習生と軍艦を江戸に引きあげてしまうとは、正気の沙汰ではない。異人はな、いつ何時暴れだすかわからんのじゃ」

フェートン号の例を持ちだされては、花も説得することばが続かなかった。

公儀の処置については、出島のオランダ人たちも首をかしげていた。朝陽丸の出航と入れちがうように江戸の幕閣から長崎奉行経由で書状がとどき、唐突に長崎海軍伝習所の閉鎖を予告してきたからだ。

クルチウスは昨年の五月から六月にかけて江戸に滞在していたとき、老中から直々に伝習継続を依頼されたという。鎔鉄所の建設と医学伝習のあつかいについては追って連絡するとのことだが、勝さんがいないので、幕閣の真意をたしかめようがない。その勝さんからは無事に帰府したとの書状がクルチウス宛てにとどいた。九日間の航海は順調だったとのことで、花は胸を撫でおろした。

お玖磨さんに伝えると喜んだが、勝さんの家がある赤坂の田町にむけて返事を書いても、とどくのにはひと月半もかかる。宿次飛脚は幕府の公文書を運ぶもので、庶民が同じ日数で書状を運んでもらおうとすると、長崎から江戸まで十両もかかる。

花はふさぎがちな気持ちをふるい立たせて毎日飽ノ浦に行き、ハルデスやポシェート大佐と協力してアスコルド号の修理にあたった。


「火事だ、火事だ。出島が燃えてるぞ」

ハッとして目をさますと、半鐘をたたく音が耳に飛びこんできた。

花はすばやく布団からおきあがり、寝巻の前を合わせて、行燈の火をつけた。綿入れを羽織って廊下に出ると、奥から旦那様とお玖磨さんがやってきた。

「えらいことじゃ、えらいことじゃ」

まさかそれほどの大火なのかと不安にかられながら、花は勝手口で小下駄をつっかけて物干し台にあがった。二月初めとあって、吐く息が白い。

「出島からこれほどの火の手があがるのは、わしが七つの寛政十年以来六十年ぶり。あのときはカピタン部屋まで焼け落ちて」

旦那様が言うとおり、高い板塀にかこまれた出島から激しい炎があがっている。燃えているのは倉庫のようで、一番大きなカピタン部屋はいまのところ無事らしい。

「火消しが間もなくむかうはず。火の手が広がらぬのを祈るのみじゃ」

花はクルチウスをはじめとするオランダ人たちの無事を祈った。カッテンディーケ大尉はどんなときでも強気だが、気持ちのやさしいハルデスはさぞかしおどろいているにちがいない。

東の空が白み、纏《まとい》や鳶口《とびくち》を持った勇ましい一団が出島橋を渡っていく。出島のむかいにある西役所からも、役人や伝習生たちが鳶口を手に表門をくぐっていく。

「あれは、ロシアの方々じゃないかしら」

お玖磨さんが指さすほうを見ると、飽ノ浦の埠頭から漕ぎだした十艘ほどのボートが、湾を横切って出島にむかっている。一艘に十数人が乗っていて、港づたいに小走りでむかう者たちもいる。

「あれだけのひとがいれば、すぐに消しとめられるわね」

お玖磨さんが言って、花はどうかそうあってほしいと祈った。祈りが通じたのか、夜が明けるころには炎は見えなくなり、細い煙があがるだけになった。

午後になってから、花が出島に行くと、あわせて四棟の倉庫が焼けていた。ロシア人たちの活躍がなければカピタン部屋に火が燃えうつっていたかもしれないとのことで、これには旦那様も感心することしきりだった。

「ハンナは、これから先も長崎にいるつもりですか？」

飽ノ浦からの帰り道にハルデスに聞かれたのは、出島の火事からふた月になろうとする四月の初めだった。

「えっ？」

道端の草を見ながらぼんやり歩いていた花は、ふいの問いかけに応じられなかった。

「ちかごろ、だらしないことをするひとが増えましたね。勝さんがいたら、さぞかし怒っていたでしょう」

ハルデスが何事もなかったように言って、花は小さくうなずいた。昨夜、酒に酔った三人の町衆が悟真寺に入りこみ、ロシア人たちにとり押さえられたという。先月にも二件、同じようなことがあって、梶屋の旦那様が心配していたのとは逆に、日本人がロシア人に狼藉をはたらくのだから、まさに面目丸潰れだ。

「日本人と外国人がもっと自然にふれ合えるようにすればいいのです。へだてがあるから、おそれが強まり、酔った勢いで、おかしな行動をしてしまうのです」

花はその意見にすっかり賛成というわけにいかなかった。ロシア人は日本人より体格がいいし、顔も見栄えがする。おまけに出島の火事では大活躍をした。

そのため、こっそり逢引《あいびき》をするおなごたちがいて、ロシア人の子を孕んだとか、孕まないとかいったうわさも聞こえてきた。町衆が狼藉をはたらくのは、おそれからだけでなく、妬《ねた》みや嫉《そね》みもあるにちがいない。

「わたしの見立てでは、アスコルド号の修理は六月中に終わります。ポシェート大佐によると、アスコルド号は箱館経由で江戸に行き、それから母港であるニコライエフスクにもどるそうです。観光丸の修理も、九月ころには終了するはずです」

現在、鎔鉄所の建物は一棟だけだが、今後の長崎の発展を考えればもう一棟建物が要る。近々オランダに最新式の工作機械を注文することになっていて、それがとどけば、さまざまな大きさのボルトとナットを作れる。ハルデスはそちらの工場を完成させて故国に帰るつもりでいる。

「ハンナが通詞を続けてくれるなら、とても助かります。でも、ハンナがいなくても、たぶん大丈夫です」

ハルデスがなにを言おうとしているのかがわからず、花は返事にこまった。

「では、はっきり言いましょう。ポシェート大佐に頼んであげますから、修理がすんだアスコルド号に乗って、江戸に行きなさい。これ以上長崎にいても、ハンナには学ぶことがないでしょう。勉強は若いうちにするにかぎります。日蘭英露の四ヵ国語を使いこなすハンナを雇いたがる外国人はたくさんいるはずです。ポンペとわたしが紹介状を書きます」

ハルデスがポシェート大佐から告げられたところによると、プチャーチン提督はもちろん、ロシア皇帝もポンペとハルデスの助力に非常に感謝していて、いずれ勲章が贈られる旨をしるした書簡がロシア帝国の首都サンクトペテルブルクから長崎にとどいたという。その自分たちの頼みを、ポシェート大佐はことわれないはずだ。

花はその場に足をとめた。勝さんから、いずれ江戸に呼ぶと言われていると話すと、ハルデスは色目ガラスのことも知っていた。

「勝麟太郎さんは頭の回転が速いし、度胸もある素晴らしい人物です。艦長としての能力も非常に高い。しかし、かれは将軍の家臣であり、同じ海防掛だった岩瀬さんや永井さんは左遷させられてしまった。最新の情報によると、日米修好通商条約の批准書を交換するためにアメリカにむかう使節の出発は来年に延期になったそうです。勝さんから呼ばれるのを待っていたら、あと一、二年は長崎にいることになります。歩いて江戸まで行くのはたいへんだし、お金もかかる。アスコルド号ならタダで、船室でくつろいでいるうちに江戸につくのですよ。箱館に寄港するでしょうから、蝦夷地も見物できる。わたしなら、ふたつ返事で承知します」

ハルデスの言うとおりだが、問題は養父である梶屋の旦那様がゆるしてくれるかだ。お玖磨さんと別れるのもつらい。勝さんはおどろきながらも、うけいれてくれるにちがいない。

あれこれ悩みつつ、花は「お江戸」に行きたくてならなかった。オリファント氏の友人ヒュースケン氏にも会ってみたい。なにより勝さんとたっぷり話がしたい。うれしい気持ちが顔に出たらしく、ハルデスが笑顔になった。

「ハンナ、それでいいのです。ひとは誰しも未知の場所に行き、未知のひとたちと出会い、自分を進歩させたいと思うものなのです。ポンペやわたしが万里の波濤をこえて日本にきたのも同じ理由からです。わたしは、オランダの図書館で、歴代のカピタンや商館員が日本について書いた文書をいくつも読みましたが、やはりじっさいにきてよかった。興味を持ったら、自分の目でたしかめるにかぎります。ヒャクブンハ、イッケンニ、シカズ」

何度も練習してきたらしく、ハルデスは得意だった。

「〈百聞は一見に如かず〉は言いえて妙です。同じような意味のことわざは、ありますか?」

ハルデスにオランダ語で聞かれて、花は答えた。

「〈馬には乗ってみよ。人にはそうてみよ〉はどうでしょう。微妙にちがう気もしますが」

「いいえ、見事にあっていますよ。そのあとに、〈江戸には行ってみよ〉とつけてごらんなさい。まさにピッタリだ」

ハルデスが大きなからだをゆすって笑い、花もホッとした。ただし、アスコルド号で江戸に行くなら三ヵ月足らずでハルデスともお別れなのだと気づき、花は目を伏せた。

「あすとはいいませんが、三日以内に返事をしてください。では、またあした」

ハルデスが大股で歩きだし、花はその場に立ったまま、日が暮れるにつれて色をかえてゆく故郷の山々を眺めた。


その晩、梶屋の座敷で、花はお玖磨さんにアスコルド号に乗っての江戸行きについて話した。道中は安全だし、路銀もかからないとさそってみたが、口をキッと結んで聞いていたお玖磨さんは首を横にふった。

「勝様にもくりかえし申しましたが、わたしは江戸には参りません。でも、何年か先に、勝様が長崎にお出でになることがあれば、お目にかかります」

お玖磨さんは床の間を見据えて言った。花はそこに勝さんがすわっているようにかんじた。

「旦那様には、わたしが話しましょう。きっと、お喜びになられるわ」

梶屋の旦那様は江戸で店を張る商人たちとも知り合いで、そうした方々も花を歓迎するはずだという。

「別れには早いけれど、花ちゃん、からだを大切にね」

お玖磨さんが声を詰まらせて、花も涙をおさえかねた。

自分の部屋にもどると、花は箪笥にしまっていた桐の小箱をとりだした。ふたをはずし、黒い色目ガラスを指先につける。勝さんにわたされてから半年になるが、じつはまだ一度も目につけたことがなかった。

「だって、こわいもの」

花が色目ガラスをいやがる本当の理由は、黒い目になりたくないからだ。勝さんから黒い色目ガラスをもらったときは、これで江戸に行けると喜んだが、いくら身を守るためとはいえ、父からもらった青い目を隠したくはない。

「今日はやめておきましょう」

そうつぶやいて、花は指先につけた黒く薄いガラスを小箱にもどした。


待たせては申しわけないと、花は翌朝ハルデスに返事をした。

「わたしを、江戸に、行かせてください」

花が日本語で言うと、「ヨシキタ、ガッテンダイ」とハルデスが威勢よく答えて、アスコルド号の甲板にいたロシア人たちが目を丸くしている。花とハルデスは笑顔でうなずき合った。

「この船で、長崎から箱館へ、そして江戸へとむかうのだ」

その日一日、花は何十回となく考えて、アスコルド号をくまなく見てまわった。ロシアが誇る最新鋭の軍艦は、埠頭をはさんで係留されている観光丸より二回りは大きくて、甲板も船体も厚く丈夫に造られている。ペルリ艦隊の旗艦だったサスケハンナ号よりも最高速度は上だし、いまははずされているが大砲の射程と命中精度もアスコルド号が勝っているという。

「ただし詳しい数値は国家機密です」

去年の九月に長崎に再来航したとき、ポシェート大佐が自信満々に語ったのを花はおぼえていた。

咸臨丸で九州を一周したさいの乗組員は約百名だった。上海に行ったヴァインデクス号の乗組員は六十名くらいだった。それに対して、アスコルド号の乗組員は五百名以上と、はるかに多い。

（船を操るだけでなく、いざ戦争となったら、四十数門の大砲をいっせいに撃つ。敵の攻撃で死傷者が出ることも勘案しての五百名なのだ）

そう考えて、花はおそろしくなった。咸臨丸も十二門の大砲を備えた軍艦だが、薩摩にむかう旅で戦がおきる可能性は皆無だった。しかし、ロシアとイギリスはいつまた戦争を始めるかわからない。もしもアスコルド号に乗っているあいだに両国が開戦したら、船から降ろしてもらえず、戦闘に巻きこまれてしまうかもしれない。

勝さんが万国地図を広げて説明してくれた、カムチャツカ半島での海戦が頭をよぎる。ハルデスもポンペも生粋の軍人ではないから、外国の軍艦に乗るのがどれほど危険なことかわかっていないのではないだろうか。心配になった花はカッテンディーケ大尉に相談しようと思ったが、こんなときにかぎって会う機会がなかった。

四月なかばに、修理がすんだ蒸気機関を観光丸に据えつける作業がおこなわれた。ハルデスが指揮をとり、オランダ人技師と伝習生が総出でとりくんだ。

上田寅吉様や作治郎たちもくわわり、家一軒ほどの大きさの蒸気機関をレールに乗せて、鎔鉄所から埠頭まで移動させる。太く丈夫な綱と、それに合わせた幅広の滑車で持ちあげて観光丸の船倉に据えつける作業は、どんな見世物よりも町衆の興奮をさそった。

「長年の経験といえば聞こえはいいが、おれたちは目方に関しては適当にやってきやしたからね。ところが西洋の連中はいちいち図面を引いて、どこにどれくらい荷重がかかるかも計算して、そのうえで作業をするんです」

ひと仕事を終えた作治郎の話を花が聞いていると、上田様もよってきた。

「鉄は木材よりはるかに重いから、どうしたって計算がいる。これだけ大きな船となると、ひとりの頭領じゃあ仕切れねえ。そこで、よけいに図面が大事になってくるんでさあ」

そんなやりとりをしているところにカッテンディーケ大尉がやってきた。

「わたしに話があるそうだね」

「はい」と答えた花は大尉のあとをついて埠頭の突端にむかった。アスコルド号で江戸に行くことへの不安を正直に話すと、恰幅のいい大尉が胸を反らせた。

「軍人にとって、名誉は命に勝ります。祖国を守るために、上官の命令を怯まず遂行すること。家族を愛し、友人との約束を守ること。ポシェート大佐は、プチャーチン提督とともに、ロシアを代表する軍人です。そのかれがハンナを江戸に送りとどけると約束したなら、万難を排してやりとげるはずです。もしもアスコルド号が沈没しそうになったら、ハンナを一番に逃がし、自分は船と運命をともにするでしょう。ポシェート大佐はそれほどの恩義をハルデスとポンペにかんじているのです。わたしだってハンナを上海につれていくに当たっては大きな責任をかんじていました。クルチウスをはじめ、われわれはみな、ハンナをわが子か、それ以上に大切に思っているのです」

(わたしの父は誰なのですか?)

出島に通いだした八歳のころ、頭を離れなかった疑問がふいによみがえった。オランダ語が話せるようになったらかならず聞こうと思っていたのに、どうして忘れてしまったのだろう。

(いまでも、わたしは自分の父親と会いたいのかしら?)

初めてよぎった疑問におどろきながら、花はカッテンディーケ大尉にあらためてお礼を言った。

修理がすんだ蒸気機関を観光丸に据え置く作業を終えたのを機に、二十名ほど残っていた海軍伝習生たちは三々五々江戸に帰っていった。

あとに残ったのは、佐賀、福岡、萩藩などから派遣された数名の伝習生たちで、出島でオランダ人から細々と講義をうけていた。西役所には長崎目付が入って執務をおこなうようになり、花が気軽に出入りできる場所ではなくなった。

ポンペの医学伝習も、西役所から大村の屋敷にうつった。もっとも、コロリの治療や、天然痘の流行にさいして牛痘を復活させたことが幕閣から高く評価されて、ポンペは長崎に養生所を建てることが認められた。すでに候補地もしぼられていて、医学伝習生になりたがる者たちもあとを絶たないという。

飽ノ浦の鎔鉄所ではハルデスを中心にアスコルド号の修理が続けられていた。先端が折れた帆柱にかわって新しい帆柱が立ち、船体にはペク（塗料）が塗られた。昨年九月に長崎に入港したときは傷だらけだったアスコルド号は、ロシアが誇る巨大軍艦としての威容をとりもどしつつあった。

花は、主に飽ノ浦で通詞をした。御奉行に頼まれて、ロシア語や英語の文書を日本語に翻訳することもある。俸給は勝さんが定めた月二両がそのまま支払われていた。

江戸のようすは、異国船の船長を通して聞くことが多かった。アメリカ総領事のハリスは神奈川にこだわったが、幕閣は開港場を横浜と決めて、予定どおり六月二日に開港すべく、人夫や資材を集めて突貫で港湾工事をおこなっている。外国人居留地も国ごとに区画を分けて、商館や倉庫が造られ始めている。日本の有力な商人たちも横浜に店をだし、異国との貿易に乗りおくれまいとしている。一方、ロシアは、昨年十月にゴシケーヴィチ氏が初代領事として箱館に着任し、実行寺《じつぎょうじ》に滞在しているとのことだった。

花も江戸行きのしたくに余念がなかった。色目ガラスは難なくはめられるようになり、黒い目をした自分の顔も見なれてきた。目の色が青か黒かで、ふしぎなほど印象はかわる。黒い目になった花は、日本のおなごそのものだった。ただし花は目が黒くなった顔をお玖磨さんにも見せていなかった。ましてやクルチウスをはじめとするオランダ人たちに見せるつもりはない。

(勝さんにだって見せない)

どうしてそう思うのかわからないまま、花は毎晩青い目に黒い色目ガラスをつけたり、はずしたりした。

六月上旬に、アスコルド号は修理を終えた。ハルデスの予想より若干早かったのは、ロシア側がいそいだからだ。

アスコルド号が江戸にむかうのは去年の七月に調印された日露修好通商条約の批准書を交換するためで、まず箱館港に入ってゴシケーヴィチ駐日領事を乗せる。

江戸では、ほかの懸案についても交渉するが、アスコルド号は和暦の九月には帰国の途につかなければならない。さもないと、母港であるニコライエフスクの海が凍ってしまう。樺太の最北端とほぼ同じ緯度にあるため、一年の半分は氷におおわれるのだという。

「オウムコフスキー艦長は一日でも早く長崎を発ちたいそうです。あすから砲台と大砲、それに荷物の積みこみを始めて、一週間後には出航するつもりだと言っていました」

そう告げたハルデスが執務室の机に突っ伏した。自分で江戸行きをすすめておきながら、花と別れるのがさみしいとハルデスは毎日嘆いていた。

花はとりあわずにいたが、一週間後に出航と聞いては、あせらずにいられなかった。

クルチウスに知らせなければと思っていると、午後になってポシェート大佐があらわれた。これから一緒に出島に行ってほしいと請われて、花はハルデスのゆるしをえた。

「江戸での通詞をお願いしたいのです。ハンナさんが承知してくださるなら、カピタンにその旨を伝えようと思いまして」

幕閣との交渉はオランダ語でするのが慣例だが、ロシア語と日本語ができる花がいればオランダ語を介する手間がはぶけるし、誤解も防げる。

「駐日領事のゴシケーヴィチ氏は神学を修めた穏やかな方ですから、ハンナさんをこまらせることはないと思います」

手当も払うと言われて、花は恐縮した。出島について、カピタン部屋でクルチウスに話すと、とても喜んでくれた。

「それにしても、一週間後に出航とは」

かなしそうにクルチウスがつぶやき、ポシェート大佐が退席した。

「ハンナ。こうしてふたりきりで話せるのも最後かもしれません」

立派な椅子にすわったクルチウスが姿勢を正し、花も背筋を伸ばした。

「大きくなりましたね。かしこく、堂々とした女性になった」

慈悲にあふれた声で言われて、花は七年前に初めて出島に入った日のことを鮮明に思いだした。

「あなたの父親について、わたしが知っていることを話しましょう」

クルチウスが花と目を合わせた。

「その話はしていただかなくてけっこうです」

即座に答えて、これでいいのだと納得しながらも、花は懸命にかなしみをこらえた。

「わたしは自分の父親が誰なのかを知らずに今日まで生きてきました。それでもカピタンからほめていただけるまでに成長できたのは、みなさんのおかげです。ペルス・ライケン大尉、先代のドクテル、カッテンディーケ大尉に、ハルデスとポンペ、そして親愛なるカピタン。出島でわたしに関わってくださったすべてのオランダの方々がわたしの父親です。そう思っては、ご迷惑でしょうか」

フリッツの名も言いたかったが、それは控えた。

「ありがとう、ハンナ。とてもうれしいし、あなたにそう言ってもらえたことを誇りに思います。オランダに帰ったら、みなに伝えましょう」

椅子から立ったクルチウスが両腕を広げて、花は身をあずけた。

「これからも日本とオランダのために尽くしなさい。ただし、自分の幸せをつかむのを忘れてはいけません」

クルチウスの手向《たむ》けのことばは、アスコルド号が出航してからも花の耳を離れなかった。

今回も個室を与えられて、船旅は快適だった。アスコルド号は咸臨丸の四倍の総トン数があり、そのぶん帆は大きく、枚数も多い。船が波を切る音は激しくて、もしもアスコルド号と咸臨丸が正面から衝突したら、咸臨丸は弾き飛ばされてしまうにちがいない。

ヴァインデクス号のときは、モーリス船長からお茶に呼ばれたが、一路箱館へといそぐアスコルド号にそんな余裕はないようだった。

ポシェート大佐も毎朝顔を見せるだけで、甲板にも招いてくれない。花は三度の食事もひとりで食べた。あとは小窓から海を眺めて、ノートに英文の日記をつけてすごす。

クルチウスからもらった革製のカバンには母の形見の鏡、色目ガラスの桐箱、筆記用具のほかに辞典が入っていた。英蘭、英露の二冊で、かなり高価なものらしいが、今後も通詞を続けていくためには必要だからとクルチウスが餞別にくれたのだ。

お玖磨さんは桃色の小袖と萌黄色の帯、それに愛用の髪結い道具一式をくれた。旦那様は、江戸の商人に宛てた紹介状を五通も持たせてくれたうえに、花が貯めていたお金に四両を足して、ちょうど八十両の銀手形をふりだしてくれたのだった。

生まれ育った土地を離れるのはさみしかったが、かならずまた長崎を訪れるときがあると、花は信じていた。いつかはヨーロッパにだって行けるはずで、ライケン大尉、クルチウス、カッテンディーケ大尉とも再会できるにちがいない。

そのとき、ひけ目をかんじずにすむように、一日一日をしっかりすごさなくてはならない。そうすることが、この世に自分を生まれさせてくれた両親にむくいる道でもあるのだ。

ハルデスとともに修理にかかわった、ロシアが誇る巨大軍艦で蝦夷地を目ざしながら、花は身のうちに力がみなぎっているのがわかった。


黒黄白のロシア国旗をはためかせたアスコルド号は、大きな帆いっぱいに風をうけて、一路北東を目ざした。無風や逆風のときには、惜しげもなく石炭や薪を焚いて蒸気機関を動かす。そのたびに帆をたたみ、順風が吹きだせばまた帆を張るため、甲板で飛びかうロシア語が船室にいても聞こえた。

風まかせで、凪《なぎ》のあいだは波間に悠々とただよっていたモーリス船長のヴァインデクス号とは大ちがいだ。

ポシェート大佐に甲板に招かれたのは、長崎を発って四日目の夕方だった。そろそろ錨をおろす時刻なので、手が空いたのだろう。甲板を行きかう乗組員たちも、花を見つけて手をふってきた。

「ハンナさん。われわれが航海している海の名を知っていますか」

ポシェート大佐の問いに、花は答えられなかった。太平洋はロシア語ではチヒエキャーン。大西洋はアトランティチスキエキャーンだということは知っている。

「ニホンカイです。日本に面した海だから日本海。英語で言えば、シー・オブ・ジャパン」

ポシェート大佐は知識を披露して得意気だったが、花はいまひとつピンとこなかった。聞けば、かつての宣教師が命名したという。

そういえば、勝さんは江戸湾を「江戸前の海」とも言っていた。「江戸城の前の海」の意だそうで、沖で漁をする舟から御城の天守が見える範囲というから、江戸に暮らす人々のあいだから自然に生まれた呼び名なのだろう。

「ハンナさん。箱館には明日の夕方につきます。ただし水と薪と食糧を積みしだい江戸にむかうので、船からは降りられません」

せっかく蝦夷地まで行くのに、箱館の街を見物できないのは、いかにも残念だった。

翌朝、夜明けとともに錨をあげてからは右舷に陸地が迫り、花は船室の小窓から顔をつきだして青々とした山々を眺めた。峰はとがり、木々の緑も濃い。海の色は暗くて、よほど底が深いのだろう。

やがて陸地が遠ざかり、日がかたむいたころになって、帆をたたむ音がした。蒸気機関が動きだしたところをみると、箱館が近いらしい。花は静かにドアを開けて甲板に出た。

「あっ」と息をのんだのは、蝦夷地があまりに広々としていたからだ。

長崎以外で花が知っているのは、平戸と下関と鹿児島、それに上海だ。いずれとくらべても、蝦夷地はあまりにも広く、花は自分のからだと気持ちまで大きくなっていく気がした。

アスコルド号は夕陽をうけながら箱館湾に入り、投錨した。

箱館山のふもとに広がる町には、松並木の通りや、松林にかこまれた屋敷が見える。船室の小窓からでは港の全景は見渡せないが、ロシア国旗をあげた軍艦や商船が多いのが目についた。

「ハンナさん。今夜、ゴシケーヴィチ駐日領事にお引き合わせするかもしれないので、そのつもりでお待ちください」

船室にやってきたポシェート大佐に言われて、花は夕食のあともしばらくおきていた。しかし、とうとうお呼びはかからなかった。


花はノックの音で目をさました。

「おはようございます。よろしいでしょうか」

ロシア語で聞かれた花が、ドアを少しだけ開けて相手を確認すると、立っていたのはニコライだった。

「お久しぶりです、ハンナさん。昨夜はすみませんでした。事情が大きくかわって、ポシェート大佐が席をはずせなかったものですから」

部屋に入ったあとも声をひそめて話すニコライのようすから、よからぬことがおきているらしいとさっして、花は丹田に気をこめた。

「今回の江戸行きは、東シベリア総督ニコライ・ムラヴィヨフ閣下が指揮をとることになりました。ゴシケーヴィチ領事とポシェート大佐も同行しますが、ムラヴィヨフ総督の指示がすべてに優先します。ハンナさんを江戸までおつれすることは、総督も承知しています」

ニコライはプチャーチン提督の従者としてウラジオストクにいたが、突如命令がくだり、四日前、僚友たちとともに軍艦で箱館についた。昨夜おそくポシェート大佐に呼ばれて、花へのことづてを頼まれたという。

二年前の秋、立山の奉行所で会ったときは同じくらいの背丈だったのに、いまではニコライのほうが頭ひとつ高い。うっすらと口ひげもたくわえている。

「じつは六月二十四日に清国で大規模な戦闘がおきました。天津に続く白河の大沽砲台付近で、行軍中のイギリス部隊が清国軍の砲撃をうけたのです。軍艦四隻が沈没し、数百名が死傷。総指揮官のエルギン卿も軽傷を負ったとの情報もあります」

オリファント氏は無事なのだろうかと、花は心配になった。しかし、そんなことは知らないニコライは話を進めてゆく。

「イギリス海軍の大敗を知るや、ムラヴィヨフ総督はみずから江戸に乗りこむことに決めて、アスコルド号を含む九隻の艦隊を編成したのです」

九隻と聞いて、花はゾッとした。嘉永六年に浦賀に来航したペルリのアメリカ艦隊は四隻、翌年に再来航したときは七隻と聞いている。

九隻というのは、そのことを踏まえたうえで、アメリカを上回る武威で幕閣をおどそうというのだ。

「和親条約に続いて修好通商条約も結び、日本とロシアのあいだで交易が始まるという矢先に、その総督はいったいなにを要求しようというのですか?」

ロシア語でニコライに聞きながら、花は上海でエルギン卿から渡された日本近海の地図を頭に思いうかべた。

「サハリン島（樺太）の全有だと思います」と小声で答えて、ニコライが目を伏せた。

ロシアが樺太全域を領有し、蝦夷地の北端も占領したら、イギリスを含む他国の船はラ・ペルーズ（宗谷）海峡を通航できなくなってしまう。

六月二十四日の戦闘でイギリス軍はかなりの被害をこうむったようだが、おそらく不意を突かれたのだろう。あのエルギン卿がこのまま引きさがるはずはない。戦力を整えて、本気で反撃に転じたら、清国軍に勝ち目はない。

そのあと、蝦夷地や樺太を舞台に、イギリスとロシアが戦争をすることになったらたいへんだ。それだけは、なんとしても食いとめなくてはならない。

「わたしは江戸での通詞を頼まれておりますが」

花がたずねると、ニコライが消えいるような声で答えた。

「今日の朝食にハンナさんをお招きし、総督自身がお会いになって決めると申しています。おいやであれば、おことわりされてかまいません。ただ、総督は気性の激しい方です」

駐日領事のゴシケーヴィチ氏やポシェート大佐、それにプチャーチン提督をもゆうに凌ぐのだから、ムラヴィヨフ総督の権勢はよほどのものなのだろう。亡き島津斉彬公の勇姿がまぶたに浮かび、花はムラヴィヨフ総督をこの目で見たいと思った。

「では、そう申し伝えます。箱館出航は四日後の八月六日、和暦ですと七月八日です。わたしは帆船の乗組員として江戸にむかいます」

ニコライが部屋を出ていくと、花は頭のなかを整理した。

イギリス軍が清国軍に敗北をきっした六月二十四日というのは西暦の日付だろうから、四十日ほど前になる。つまりムラヴィヨフ総督は、ポシェート大佐やオウムコフスキー艦長には真の目的を告げず、アスコルド号の修理をいそがせたのだ。

(大佐と艦長は、さぞかし困惑しているだろう。だからニコライを通じてわたしにロシアの内情を報せたのだ。ハルデスやポンペがこのことを知ったら、どんなに怒るだろう。勝さんだって、「恩を

仇でかえすとは、ロシアのやつらただではおかぬ」と憤るにちがいない）
アスコルド号の修理にかかったのは約十ヵ月。その間、どれほどのひとたちが骨を折ったのかをつぶさに知っているだけに、花も怒りをおさえかねた。

「ようこそ、ハンナ・カジ」

ニコライに案内された花が船尾の大広間に入ると、大きな長方形のテーブルの中央にいた痩身《そうしん》の壮年男性が立った。

「わたしがロシア帝国東シベリア総督ニコライ・ニコラエヴィチ・ムラヴィヨフです。長崎では、この船と乗組員たちが、たいへん世話になったと聞きました。あなたを江戸に送りとどけられることを光栄に思います」

丁寧なもの言いだが、口ひげをはねあげたムラヴィヨフ総督の態度は傲岸で、花など歯牙にもかけていないのがひと目でわかった。

「わたしはヨシフ・ゴシケーヴィチです。長崎の方々がいかに親切だったかは、昨晩ポシェート大佐が詳しく話してくれました。どうぞ、おかけください」

たっぷりとした黒髪で、ほほとあごもひげにおおわれた駐日領事はいかにもひとが好さそうだ。ひとりだけ平服で、首元には十字架が見える。並んで椅子にすわるポシェート大佐とオウムコフスキー艦長もゴシケーヴィチ氏を信頼していることが表情から伝わってきた。ほかに二十人ほどの士官らしいひとたちがテーブルについている。

青い上着に白いズボンの花は、手に持っていた帽子を給仕に渡し、ムラヴィヨフ総督の真向かいにすわった。

「ロシア語を達者に話すそうだが、うら若い女性でもあるし、日本との交渉を任せられるほどなのかどうか」

総督に皮肉な目をむけられても、花はおちついていた。

「カッとなって切りかかるなど田舎侍のやること」という勝さんのことばが耳によみがえり、口元が自然とゆるむ。

「わたしは八歳の秋から出島に通い、カピタンのヤン・ドンケル＝クルチウス氏をはじめとするオランダ商館員の方々からオランダ語を習いました。さらに英語とロシア語を習い、昨年の九月からはほぼ毎日、アスコルド号の乗組員の方々とこのようにロシア語で話してきました」

ひと呼吸おき、花はさらに続けた。

「今年の二月三日、西暦では三月七日の未明に出島で火事がおきました。オウムコフスキー艦長率いるロシアの方々はいち早く消火にかけつけて、おかげで火の手が広がる前に消しとめられました。ロシアの方々はそれまでも紳士的でしたが、長崎の人々はさらに信頼を深くし、六日前にアスコルド号が出航したさいは涙を流して見送るひとが何人もいたほどです」

ポシェート大佐とオウムコフスキー艦長が大きくうなずいてくれて、花はそっと息をついた。

「なるほど、ロシア語について問題はないようだ。それどころか、あまりに巧みでおどろいたと、正直に言っておこう」

謙虚なことばをみずからうち消すように、ムラヴィヨフ総督は胸を反らした。短い癖毛が怒りで渦巻いているように見える。

「では通詞を頼むことにするが、交渉がすむまでは、われわれと同じ場所に宿泊し、幕閣はもちろん、あらゆる日本人との接触を禁じる。交渉終了までの身の安全は、ロシア帝国が保障する」

それでよいかというようににらまれて、花も総督の目を見かえした。

エルギン卿も強い顔をしていたが、それはうちに秘めた力が自然にあらわれたというかんじだった。ムラヴィヨフ総督は、強い力をさらにかき立てているように見える。

（徳川将軍や京都のミカドは、どのようなお顔をされているのだろう。斉彬公は、対面していることちらの気持ちが休まるような、それでいて覇気がみなぎってくるような、素晴らしいお顔をされていた。でも、やっぱり、一番は勝さんだ。知恵があって、負けん気が強くて。そのくせ、お玖磨さんにはからきしで）

「お民さん」

この場にそぐわない名が口からもれて、花は顔を伏せた。幸いロシア人たちには聞きとれなかったようで、誰もたずねてこなかった。

江戸に行ったら、勝さんの女房であるお民さんに会うことになる。お玖磨さんに申しわけない気がしていたところに、ロシア人たちと同じ宿舎なら、お民さんに会うのはまだ先になると安堵して、思わずその名が口からもれたのだった。

「食事にしましょう。もうペコペコだ」

ゴシケーヴィチ氏が言い、給仕に合図を送った。スープとパンがはこばれて、初めて食べる桃色の身の魚はとてもおいしかった。

花がそう言うと、「ラーソーシ（鮭）です」とポシェート大佐が教えてくれた。

「オランダ語ではザルム、英語ではサーモン。ロシアでは一番人気のある魚です。それにしても、おいしい」

みな一心に食べていて、花はテーブルをかこむ二十人ほどのロシア人を見るともなく眺めた。ゴシケーヴィチ氏以外は全員が士官らしく、軍服が似合う立派な体格で、顔つきもひきしまっている。

（どうかロシアと戦になりませんように）

花は胸のうちで祈り、スープを口にはこんだ。


朝食をすませて、ムラヴィヨフ総督が退席した。張りつめていた広間の空気がゆるみ、ゴシケーヴィチ氏が箱館の歴史を語った。

ペルリ提監が率いるアメリカの東インド艦隊は、一八五四年三月三十一日に日米和親条約が結ばれると、即時開港された伊豆の下田港に入った。

その後、ペルリ艦隊は翌年に開港される予定の箱館にむかい、湾内外の測量をおこなった。松前藩の家老たちは、アメリカ側から条約文をしめされて、初めて箱館の開港を知るありさまだった。

幕府は箱館とその周辺を直接統治することとし、同年七月に箱館奉行を設置する。奉行は住民に外国人との接触を禁じたが、一八五五年四月に開港されるとアメリカ、ロシア、フランス、オランダ、イギリスの商船や捕鯨船が多数来航し、乗組員とその家族は箱館の町を自由に歩きまわった。買い物をし、川で泳ぎ、洗濯をする。住民たちも気さくに応じたため、箱館ではいまにいたるまで日本人と西洋人のあいだに友好な関係が築かれているという。

「プチャーチン提督によって始められた、ロシアと日本との良好な交際が長く続くことを願ってやみません」

昨秋、箱館に着任した駐日領事が話し終えると、二十名ほどいる士官のほぼ半数が拍手をした。ロシアも一致一体ではないらしいとわかり、花は喜ぶべきか、かなしむべきか迷った。

船室にもどると、花は自分がおかれている状況を冷静に考えた。九隻ものロシア軍艦が集結したら、箱館奉行は不審に思い、江戸の幕閣に宿次飛脚で報せるはずだ。

予定どおり、四日後に出航したとして、ロシア艦隊とその報せのどちらが早く江戸につくのか。碇泊している艦船のなかには帆船や外輪船もあるから、艦隊の速度はアスコルド号が単独で進むほど速くはないはずだ。うまくすれば宿次飛脚が先に江戸につく。

(お玖磨さんも、わたしがアスコルド号で江戸にむかったと勝さんに伝えると言っていたけれど、その手紙が江戸につくのは、ひと月は先だ。つまりアスコルド号を含むロシアの大艦隊が江戸にむかっていることが幕閣に伝わっても、勝さんはそこにわたしが乗っているとはわかりようがない。じたばたせず、ロシアの内情をしっかりつかむ。そして通詞の役目を終えてから、勝さんに委細を伝えればいい)

覚悟を決めると、アスコルド号での江戸行きをすすめたハルデスのことばが思いだされて、花は肚を立てた。

(なにがタダで江戸に行けるよ。タダより高いものはないのよ)

頭のなかで文句を言うと、ハルデスの弱った顔が浮かび、花は少し気が晴れた。


ロシア艦隊は予定どおり、和暦七月八日に箱館港を出航した。そのあとを守ろうとするかのように、きのうまでに四隻の軍艦が到着し、ロシアがいかに箱館港を重視しているかがわかった。

花やポシェート大佐、それにゴシケーヴィチ領事が乗ったアスコルド号が先頭を行き、すぐうしろにムラヴィヨフ総督が乗る外輪式蒸気船アメリカ号が続く。もとはアメリカ合衆国のミシシッピ川を運航していた船だそうだから、喫水も浅く、速度もあまり出ないのだろう。アスコルド号は船足をそろえるために帆を半分ほどしか張っていなかった。

アメリカ号の左右を、咸臨丸くらいの大きさのスクリュー式蒸気船がかためて、そのうしろから残る五隻が一団となってついてくる。帆に風をうけた各船が適度な間隔を保って進む姿からは、ロシア帝国海軍の並々ならぬ力量が伝わってきた。

帆船でも、蒸気船でも、外洋を航海するには六分儀という天測器具で太陽の位置を計測し、そこから船がいる経度と緯度を算出する技術、航海術が重要になる。ゆれる船上での正確な計測はもちろん、えられた数値にもとづく計算もとても難しい。しかしそれができなければ、陸の見えない外洋で、どの方角にむけて船を進めればいいのかがわからない。

長崎海軍伝習の第一期生には、小野友五郎《おのともごろう》様という算術と航海術に格別秀でた方がいて、勝さんでさえ一目置いていた。

「正直に言やあ、艦長なんてものはお飾りでね。航海士さえしっかりしてりゃあ、船は目的地に着けるのさ。だから小野に並ぶ技量の航海士をどれだけ養成できるかに、日本海軍の将来はかかってるってわけだ」

めずらしく兜を脱いだかと思っていると、そこは勝さんで、その先があった。

「そうかといって、航海士にこれ見よがしにいばられたんじゃあ、これまたこまる。小野の野郎は修養が足りないとみえて、伝習総監の永井様よりもえらいみてえな顔で甲板を歩いていやがるよ。わきまえがないってえのは、こわいねえ。いっぺん痛い目にあって、おのれの器量の足らなさを思い知るといいのさ」

勝さんが本蓮寺でそう言ったのは、海軍伝習が始まって丸一年が過ぎ、安政四年が明けたころのことだ。その年の三月、小野様は永井様たちとともに矢田堀様が操艦する観光丸で江戸にもどっていったのだった。

(おそらく小野様は、一隻での航海しか頭になかったのだ。九隻もの艦隊となれば、航海士の役目はおのずと限定されて、全体を束ねる司令官の役目がなにより重要になる)

これほどの大艦隊を日本が擁するのはいつのことだろうと思いながら、花はアスコルド号に続く船団を眺めた。


七月八日に箱館港を発った九隻のロシア艦隊は、一週間がすぎても江戸についていなかった。おそい船にあわせているというより、あえてゆっくり進んでいるとしか思えない。おあつらえむきの風が吹いていても、錨をあげるのは太陽がすっかり昇ってからだし、夕陽が西の空を染めだすころには碇泊してしまう。

(ペルリのように、不意をついて江戸湾にあらわれるのではなく、箱館奉行からの報せでロシア艦隊の来航を知った幕閣をたっぷりおそれさせてから江戸湾に入ろうというのだ)

そう考えて、花はくちびるを噛んだ。

イギリスのエルギン卿がロシア艦隊の動きを察知したとしても、清国での敗北のあとでは、江戸湾に艦隊を急行させられない。軍艦操練所がある品川沖には、咸臨丸と朝陽丸が碇泊しているはずだが、小野様の航海術がいかに巧みでも、アスコルド号一隻にだって太刀打ちできない。

(勝さんが言っていたとおりだ。ロシアが幕府の祖法を守って長崎で交渉をしていたのは、クリミア戦争で痛手をおったからにすぎない。そして樺太を奪う好機と見るや、アメリカの上を行く砲艦外交でおどしにかかる。唯一の救いは、ゴシケーヴィチ領事やポシェート大佐が、そうした強引なやり方に反対していると思われることだ。アスコルド号の乗組員たちだって、長崎で親しく交際した日本人と敵対したくはないはずだ。なんとかしてムラヴィヨフ総督を諫めてほしい)

そう願う一方で、悟真寺に入りこんだ酔漢のことが頭をよぎる。ペルリの黒船には近くで見物しようとする小舟が群がったというし、エルギン卿とオリファント氏も江戸に滞在したさい、ゆく先々で異人をひと目見ようとする人々にかこまれたという。

交際がその場かぎりならば、異人たちをめずらしがるだけですむ。しかし交際が長く続くとなると、妬みや嫉みといった悪心がどうしてもはたらく。ましてやムラヴィヨフ総督は圧倒的な武威によって日本人を屈服させて、樺太=サハリン島を奪い取ろうとしているのだ。ロシアに対する反感が生じないわけがない。

和暦六月二日に横浜が開港されて、すでにひと月がすぎている。まさか上海のように、日本人が西洋人にあごで使われることにはなっていないだろうが、岩瀬様をはじめ貿易に詳しい海防掛の面々は、井伊大老によって軒並み左遷させられてしまったのだから、人々が不満をつのらせる事態がおきていないともかぎらない。

(日本と西洋が平穏に交際できますように)

アスコルド号の船室で、花は首からさげたフリッツのトンボ玉を握りしめた。

「あすの午後には、江戸湾につくと思います」

船室に訪ねてきたポシェート大佐に告げられたのは、和暦七月十九日の昼だった。

ロシア艦隊の出現によって引きおこされる混乱が心配だが、花は時間を持てあましてもいた。長崎から箱館まで五日しかかからなかったため、箱館から江戸が十二日もかかるとは思っていなかった。おかげで日記をたっぷり書けたし、通詞をつとめるためのロシア語の勉強も進んだ。

「今夜は房総沖に碇泊《ていはく》し、夜明けとともにすべての大砲に砲弾を装填《そうてん》して出航します。江戸湾の台場は巧妙に配置されているし、大砲を小屋に隠していて、ふい打ちをしてくる可能性があるからです。あくまで用心のためですので、砲窓は開けません。ペルリ艦隊は砲窓を開けて、つまり砲身をむきだしにして江戸湾に侵入したそうですが、われわれはちがいます」

羽田沖に艦隊が碇泊したら、オランダ語で書かれた老中宛ての書状を役人に渡し、来航の目的を伝える。幕府のしたくが整いしだい上陸し、宿舎となる寺社に入る。その翌日、もしくは翌々日に、隊列を組んで江戸城におもむき、第十四代将軍家茂《いえもち》公とのあいだで日露修好通商条約の批准書を交換する。その後、日を改めて、サハリン島の領有について交渉をおこなうと、ポシェート大佐は江戸での日程を教えてくれた。

「この士官服をきて、髪はまとめて帽子のなかにおさめてください。江戸では、女性が公の場に参加できないようですので」

手渡された布袋には、制服一式が入っていた。

ポシェート大佐はちょうど一年前、修理をする前のアスコルド号で江戸湾にきている。プチャーチン提督を助けて、井伊大老が率いる幕閣とのあいだで日露修好通商条約を締結し、江戸城にも登った。そのさいの交渉で、プチャーチン提督も、サハリン島＝樺太は本来ロシアが全有すべきと主張した。ただし、ごり押しはせず、日露和親条約を結ぶさいに内々にとり決めたとおり、サハリン島＝樺太においては国境を画定せず、日本とロシアの両国民が雑居することを確認するにとどめたという。

「ムラヴィヨフ総督は昨年清国とのあいだで結んだ愛琿《あいぐん》条約により、アムール河の南側、北緯四十三度以北をロシア帝国の勢力範囲としました。その土地を守るためにも、サハリン島を全有したいのです。武力にうったえてでも」

ポシェート大佐は、いかにも残念という口ぶりで花に語った。

安政六年七月二十日の早朝、アスコルド号は浦賀沖にいたった。蒸気機関を一旦停止し、後続の船がつくのを待っていると、幕府の役人たちを乗せた三艘の和船が近づいてきた。

ポシェート大佐は小銃を持った兵士とともに左舷側の階段を途中まで降りて、オランダ語で来意を告げた。

「われわれが来るのはわかっていたはずなのだから、もう少しましな役人と通詞を配置しておけばいいものを。それとも、あえて下っ端に応対をさせて、われわれを油断させようという魂胆なのですかね」

勝さんや花のことは一人前にあつかってくれるポシェート大佐でも、日本の役人を露骨に見くだしているのがかなしかった。ただし、それを言ってもしかたがないのもわかっている。

(はやく上陸して、お江戸の町を歩いてみたい)

気になることはいくつもあったが、花はようやく江戸湾についた喜びをおさえかねた。アスコルド号は帆をたたんだまま、スクリューの力で江戸湾の奥に入っていく。花は船室の窓から顔をつきだして、平らな土地に建ち並ぶ瓦屋根の家々を眺めた。ところどころに高台があり、寺社や大名屋敷らしい立派な建物が見える。木々も多く、いかにも住みやすそうだ。

ところが、楽しみにしていた天守は見えなかった。まさか、つい最近焼け落ちたわけでもないだろう。ロシアのひとたちにたずねるわけにもいかず、せっかく江戸についたというのに、花はやきもきしながら一夜をすごした。

翌朝、日の出を待って、花はポシェート大佐らとともにボートに乗った。ムラヴィヨフ総督一行が逗留する寺社を決めるためで、浜御殿（浜離宮）の船着き場に上陸した花はついに江戸の土を踏んだ。

幕府の役人に引率されて愛宕《あたご》、虎ノ門、芝といった界隈を見てまわっていると、馬に乗った西洋人が供も護衛もつれずにあらわれたのでおどろいた。

「やあ、ポシェート大佐。探しましたよ。いやだなあ、そんな顔をしないでください。四、五日前から、ロシアが樺太を獲りに来るって江戸中が大騒ぎになっていましてね。本当かどうか聞こうと、あなたを待っていたんですよ」

馬上からオランダ語で話しかけてきた男性は恰幅のいい外見に似合わず剽軽《ひょうきん》で、日本によほどなれているらしい。

「おや、こちらはなんとも見目麗しい士官殿だ。ぜひ、お近づきにならせてください。ぼくはヘンリー・ヒュースケン」

「えっ」

花がその名前に反応すると、ヒュースケン氏が破顔した。

「うれしいなあ。初めて会うロシアの士官が、ぼくのことを知っているなんて。言うまでもなく、アメリカ合衆国の駐日総領事タウンゼント・ハリス氏の秘書官をしています」

すっかり上機嫌になったヒュースケン氏は、逗留《とうりゅう》する寺社は決まったのかと、オランダ語で聞いてきた。

「大事なのは、飲み水と風通しですよ。あんな大艦隊で押しかけてきたところをみると、二、三百人は上陸させるつもりなんでしょ」

「ぼくはかれが苦手でね。去年、プチャーチン提督と江戸にきたときもなれなれしくされて弱ったんだ」

こまり顔のポシェート大佐にロシア語で耳うちされて、花は笑いをこらえるのに苦労した。

「ねえ、きみ。きみは、きっと通詞でしょう。サーベルを佩いてないし、とても軍人の体格じゃないもの。去年は江戸にきてないよね。ひょっとして、日本語ができるのかな。ぼくも、ちょっとしたものだよ。ドイタドイタ。コチトラ、イソイデルンデイ。ハジキトバサレテ、エゾチマデトンデイッテモ、シラネエゾ」

花は思わずふきだした。

「へえ、きみ、すごいね。どこで誰から日本語を習ったのさ。そうだ、江戸城、別名千代田城に天守がないわけを知ってる?」

頼みもしないのに、ヒュースケン氏は「振袖火事《ふりそで》」とも呼ばれる明暦の大火についてひとしきり語った。十万人におよぶ死者をだし、焼けだされた数十万の民を救うため、幕閣の中心人物だった保科正之《ほしなまさゆき》様は一日千俵の米を供出して炊きだしをおこなった。また焼け落ちた天守を再建するかわりに、大川(隅田川)に両国橋や永代橋をかけて、さらに供養のために回向院《えこういん》を建立《こんりゅう》したのだという。

「日本にはえらい政治家がいたもんだよね。だから徳川将軍の治世が二百年以上も続いてるんだなあ」

ヒュースケン氏は、自分が江戸っ子であるかのように得意だった。そこで花は、あまりひとだかりができていないことに気づいた。よほど厳しい御触れがだされているのかとオランダ語で聞くと、ヒュースケン氏が「まさにそのとおり」と応じた。

「十日前まではたいへんだったんだから。外を出歩くたびに町人たちから小石や馬糞《まぐそ》を投げつけられてさ。しかも、侍が見ていたって注意しないんだからね。ぼくはともかく、一国の代表である領事や公使に対してまでそうだから、とうとうイギリスのオールコックさんが怒って、うちのハリスさんにことわったうえで老中に宛てて長い叱責《しっせき》の文書を送った。ぼくが英語からオランダ語に翻訳したんだけど、じつに立派な文章だった。それが効いたみたいで、小石も馬糞も飛んでこなくなった。ただ、老中が誰にむけてどんな御触れをだしたのかは、まるでわからないんだよね」

花がうなずくと、ヒュースケン氏がニヤリと笑った。

「きみ、英語もできるんだ。気づいてなかったでしょ。明暦の大火についてまではオランダ語。そのあと、ぼくが話していたのは英語だよ」

「ヒュースケン殿、今日はここまでにしてください。いずれあいさつにうかがいます」

厳しい声で言ったポシェート大佐が歩きだし、花もあとに続いた。

ムラヴィヨフ総督の宿舎を三田の大中寺に決めた一番の理由は眺望だ。高台の端にあるため、境内の座敷から羽田沖に碇泊している九隻のロシア艦隊が手にとるように見える。この寺に旗を揚げれば、海上からもはっきり見えるはずだ。

早速、大中寺を借りるための談判がおこなわれた。

境内《けいだい》の東屋《あずまや》で、ロシア海軍の制服に身を包んだ青い目の花がポシェート大佐のロシア語を日本語に通訳していくと、住職はもちろん、同席した外国事務方の侍と通詞もおどろいていた。

「この者は、アンリ・カジスキーと申します。隣国である日本との友好を深めるために、幼少のころより日本語の習得につとめてきました。秀でた才があり、母国語であるロシア語は当然のことながら、オランダ語と英語も話します。江戸城で徳川将軍に拝謁するさいも、お役に立てることでしょう」

ポシェート大佐による自分の紹介を日本語に通訳すると、花はお辞儀をした。事前に設定を聞かされていなければ、あわてていただろう。

「さすがはロシア帝国。ゆきとどいたご配慮に感謝いたします。日本語が通じるとは心強い。ご住職も安心であろう。なあに、せいぜい十日ほどのこと。東禅寺や善福寺のように、公使や領事がいすわるわけではござらん」

外国事務方の侍はすでに談判が成ったかのごとくに話し、住職も観念しているようだった。大中寺では本堂を含むすべての建物が貸し与えられて、隣接する三つの寺の境内に天幕（テント）を張ることもゆるされた。

ボートが係留されている浜御殿は、海水を引きいれた池もある美しい庭園だ。ゆっくり見物したかったが、ポシェート大佐と花は早々にアメリカ号にむかった。夜明けとともに動きだしたので、ムラヴィヨフ総督に報告をしているあいだに正午の鐘が鳴った。

「それは好都合な寺があったものだ。ご苦労」

軍服をきた総督は短いことばでふたりをねぎらい、続けて人員の配置を指示した。上陸して寺に逗留するのはアメリカ号から五十名とアスコルド号から百五十名のあわせて二百名。各自が小銃を携行し、弾薬も十分な量を陸揚げする。ほかの七隻の乗組員は船で待機するが、歩哨を立て、夜間も灯火を切らさず、警戒をおこたらないように。

サハリン全島をおどしとろうと目論むだけあって、ムラヴィヨフ総督は目をつりあげて話した。

「先日お話したハリスの秘書官ヒュースケンに会いました。じつにうっとうしいやつで」

ポシェート大佐が場をなごませるように愚痴を言っても、ムラヴィヨフ総督は表情をゆるめなかった。総督のもとにはイギリスの駐日総領事であるラザフォード・オールコック氏から書簡がとどき、あすにでもお目にかかりたいと記されていたという。

「アメリカとイギリスの商人たちは、日本と西洋諸国で金と銀の交換比率がちがうことに目をつけて、開港したばかりの横浜で荒稼ぎをしたらしい。書簡をとどけにきたイギリスの役人が、ロシアの方々ももう少し早く江戸にきていれば大儲けができたのにと、自慢していきおった。将軍の参謀たちもまぬけだが、強欲な商人たちと、その所業を黙認したハリスとオールコックのせいで、西洋人の評判はがた落ちだ。ふたりも、そのヒュースケンというやつも、少なからぬ小遣いを稼いだにちがいない」

ムラヴィヨフ総督は本気で憤慨していて、悪賢い英米の商人たちを罵った。総督がひとしきり話したところで花は先にアスコルド号にもどり、船室で昼食をとった。

〈日本では金一に対して銀五で交換されている。一方、西洋諸国では、金一に対して銀十五で交換されている。そこで英米の商人たちは、商品の売り買いにさいして、銀ではなく、小判での支払いを求めた。小判で払うなら大幅に値引きをしてやると言われた日本の商人たちは江戸で小判を買いあさった。英米の商人たちはそうして得た大量の小判を船に積み、上海や香港で銀に替えた。ただそれだけのことで、かれらは元値の三倍の利益を手にした。幕閣も異変に気づき、小判の国外持ちだしを禁じたが、あとの祭り。開港からわずか二ヵ月足らずのあいだに百万両以上の小判が流出したのではないかとみられる。〉

ムラヴィヨフ総督が語った、イギリスとアメリカの商人たちの手口を日記に英文で記しながら、花はあきれはてた。

去年の秋、勝さんが〈武士は食わねど高楊枝〉の格言にからめて、幕閣が商いを軽んじていることに苦言を呈していたが、その弊害が早くもあらわれたのだ。勝さんが老中だったら、〈餅は餅屋〉と考えて、横浜を開港する前に、日本の有力な商人たちに相談を持ちかけていただろう。そして、いかなることに留意すべきかを詳しく聞き、適切な対策をこうじていたはずだ。

岩瀬様がハリス氏との交渉で主張したのは、花がおぼえているかぎりでは、開港場の数や外国人が自由に行動できる範囲といった地理的な事柄だった。

(それから、アヘンの禁輸と浪人による外国人への狼藉)

そう思いついて、花はハッとした。ヒュースケン氏が町人たちから小石や馬糞を投げつけられるようになったのには、小判の国外流出が関係しているにちがいない。そうした狼藉を侍が注意しなかったのも、強欲で狡知な西洋人に対する反感が日本人のあいだに広まっている証拠だ。御触れによって狼藉を禁じたところで、西洋人に対する反感が消えるわけではない。むしろ、かえって不満がたまり、なにかのきっかけで爆発しないともかぎらない。

ムラヴィヨフ総督があれほど憤っていたのは、九隻の大艦隊による威嚇によって、ロシアがサハリン島=樺太を全有することを幕閣に認めさせる計画が狂ったからなのだ。威嚇は、相手が弱腰でないと効果がない。気が立っている相手をおどしたら、火に油をそそいで、戦になりかねない。日本と開戦した場合、ロシアは箱館港を使えなくなるのだから、まさに本末転倒だ。

(これでロシアに樺太を奪われずにすむ。なにがさいわいするかわからない)

花は声にはださずに喜んだ。大量の小判を国外に流出させた取引は、条約違反ではないとしても、日本側の隙をついた濡れ手に粟の所業であって、ほめられたふるまいではない。

アメリカのハリス氏も、イギリスのオールコック氏も、それはわかっているはずだ。さらにロシアの威嚇までくわわったら、日本の人々は、やはり西洋諸国は蛮夷にすぎず、開国開港などすべきではなかったと結論してしまう。

これまでのところ、和親を誓った条約にもとるおこないをしているのは西洋諸国のほうだ。ならば幕閣は異人たちに石を投げる町人たちを諫めて、ふたたび叱責されないように努めればいい。勝さんも言っていたが、こちらに道理があるなら、武威に勝るからといって、むやみに戦争をしかけられないはずだ。

そこまでの思案を英語で記して、花は日記を閉じた。初めて江戸の町を歩き、通詞をつとめた疲れから瞼もふさがり、花はそのまま眠りに落ちた。

ドアがノックされたとき、花は机にうつぶしていた。小窓の外は茜色に染まっている。ほんの数分のつもりが、二、三時間も寝てしまったらしい。おかげで頭はすっきりしていた。

「いま開けます」と元気に応じると、ポシェート大佐が入ってきた。

「ハンナさん。申しわけないが、江戸城にはおつれできなくなりました」

「どうしてですか。楽しみにしていたのに」

花はつい問い詰める口調になった。

「あなたの髪です。大中寺では境内での談判だったため、帽子を脱がずにすみました。しかし江戸城内では脱帽しなければなりません。いくら小さくまとめたとしても、その髪は男にしては長すぎます。随員に女性がいることが露見して、それを理由に批准書の交換ができなくなったらたいへんです」

「軍服をきていても、この髪では女性だと見抜かれてしまうというのですね」

「そうです。ですから、われわれとともに江戸の町を行進して、一番外側の濠《ほり》の手前まで行き、ロシアの護衛兵たちと一緒に待機していただくことになります」

花は江戸城内に入ってみたかった。天守はなくても、本丸御殿は立派で、豪華な装飾がほどこされているはずだ。将軍や老中の姿も間近に見てみたい。この機会を逃したら、一生後悔する。

「ムラヴィヨフ総督はあすの昼すぎに大中寺に入り、明後日の午前九時に出発して江戸城にむかう予定です」と告げて、ポシェート大佐は足早に船室から出ていった。

（よし決めた）

ドアに錠をかけると、花は革製のカバンから髪結いの道具一式が入った箱と、母の形見の鏡をとりだした。


すでに日は沈みかけて、花はランプを灯した。いつもは青い目を見ることが多いが、今日はほどいた黒髪を鏡にうつした。まっすぐな張りのある髪で、たいていのひとは髷に結った跡が残って髪が波打つが、花の髪は一度櫛を通せば白糸の滝のようにスーッと垂れた。

「うらやましいわねえ。わたしの髪ととりかえてもらいたいくらい」

もの心つく前から、花はお玖磨さんに髪を結ってもらっていた。

「わたしの髪は細くってだめ。結いやすいけれど、すぐに切れてしまって。花ちゃんくらい丈夫できれいな髪はそうはないわ」

櫛をおき、右手の指を通す。五本の指のあいだを髪がなめらかに流れてゆく感触は例えようもなく、花はくりかえし髪を撫でた。

「平気よ。すぐにまた伸びるから」

小声で言って、剃刀を手にとる。長崎を発つ前にお玖磨さんが念入りに研いでくれたのだから、用心しないと肌を切ってしまう。

「このへんかしら」

肩にさわるあたりで切ろうとして、花は手をとめた。自分ではたっぷり切ったつもりなのに、ポシェート大佐にそれでは男性に見えないと言われるのが一番みっともない。

「どうせやるなら、思いきり」

うしろは襟で切り、前と横は椿油で撫でつけて形が決まる長さにそろえる。初めのうちは刃がつっかかって痛かったが、そのうちにコツをつかみ、すいすい切れてゆく。

ふと気がつくと頭が軽い。頭をおおっていた霧が晴れるという言い方があるが、首と肩にかかっていた重みがなくなり、背丈が二、三寸伸びた気さえする。僧侶や尼僧がかしこいのは、生まれつきもあるだろうが、髪がないために頭の活動が活発になるからにちがいない。

「これぞまさに〈怪我の功名〉だわ。ハルデスがいたら、ほら実例よって、この短い髪を見せるのに」

うきうきしつつも、一抹のさみしさがよぎる。花は、長さ一尺はある切った髪を紙縒《こよ》りで束ねて懐紙で包み、ふたたび鏡を見た。

「すてきよ。とてもきれい」

鏡のなかで、短髪の自分がほほえんだ。


ロシア海軍の士官服をきて帽子をかぶると、花はランプをさげて船室を出た。廊下を歩き、ポシェート大佐の部屋のドアをノックする。

間があって、「誰だ」と声がした。

「アンリ・カジスキーです」

「なに？　ああ、ハンナさんか。入りなさい」

「いいえ。アンリ・カジスキーです」

「なんだ。なにを言っているんだ」

花は帽子を脱ぎ、直立不動の姿勢をとった。

「貴様は誰だ」

ドアを開けたポシェート大佐が一歩さがり、警戒心をあらわにした。

「わたしです。よかった、女性には見えないようですね」

花がほほえむと、大佐が口をあんぐり開けた。

「髪を、髪を切ったのか。そんなにも短く。なんということをしでかして」

そこでようやく、ポシェート大佐は花を部屋に招き入れた。

「これで江戸城につれていってもらえますね。通詞も堂々とつとめることができます」

花はその場でくるりと回転した。

「勝さんに会ったら絞られそうだ。おぬしがよけいなことを言うから、あとに引けなくなった花が髪を切ったのだと」

ポシェート大佐は本気でおちこんでいて、花は肩をすくめた。

「大佐。わたしもまるでかなしくないわけではありません。でも、この髪型をとても気に入っているのです。軽くて、動きやすくて。剃刀で切っているあいだは、また伸ばせばいいと思っていましたが、一度短い髪のよさを知ってしまうと、もう長い髪にはもどれないかもしれません。ということで、江戸城のこと、よろしくお願いします」

「わかった。ただし、船内を歩くときは帽子をかぶるように。わたしだって女性の短髪を見るのは初めてで、正直に言えば、おちつかなくてこまっているんだ。それから、よけいな忠告かもしれんが、今回のことがすんだら、また髪を伸ばすといいと、わたしは思う。たとえ長い髪が重たくても」

「ご意見、承りました」と答えて花は帽子をかぶった。

ひとつわかったのは、髪を切った当人より、まわりのほうが衝撃をうけていることだ。よくおぼえておこうと思いながら花はランプをさげて廊下を歩き、船室にもどった。

江戸の土を初めて踏んだ記念すべき日、安政六年七月二十一日は、あまりにたくさんの出来事があった。忘れないうちに日記に書いておきたいが、あすはムラヴィヨフ総督とともに上陸して大中寺に入るのだ。不測の事態がおきて、今日よりいそがしくなるかもしれないと思い、花は早めにベッドに入った。


七月二十四日の朝、花は一番鶏が鳴く声で目をさました。陸《おか》で眠るのは二十日ぶりで、大中寺のせまい納戸でも熟睡できた。

(ハルデスが言っていたとおり、船乗りにとって一番うれしいのは陸地で眠ることだわ。上海のデント商会でわからなかったことが、江戸でわかった)

ロシア兵たちもいっせいにおきだしたようで、戸を引く音や、廊下を歩く足音がし始めた。花は手ぎわよく士官服にきがえて帽子をかぶり、ポシェート大佐とオウムコフスキー艦長がいる庫裏《くり》にむかった。

「ちょっと待っていてくれたまえ」

サーベルを佩いた大佐が胸にさげた金モールを整えている。艦長は革靴に磨きをかけている。そのとき、馬の嘶きがした。花が障子戸を開けると、士卒が境内に馬を引き入れている。今日のためにロシアから船に乗せてきた三十頭の駿馬で、昨夜は浜御殿の馬場につないでおいたのを引いてきたのだ。ムラヴィヨフ総督、ゴシケーヴィチ領事、オウムコフスキー艦長、ポシェート大佐と上級の士官たちは騎乗して江戸の町を行進する。通詞をつとめる花も馬に乗ることになっていた。

マーシャという名前の栗毛の牝馬があてがわれて、きのうの午後、花はペルス・ライケン大尉の教えを思いかえしながら手綱をとった。二年ぶりでもうまく乗れて、ポシェート大佐に感心されたが、今日は楽隊とともに行進するのだから、マーシャが興奮するかもしれない。

「大丈夫。きちんとしつけられた優秀な馬です」

ポシェート大佐が言ったとおり、目前で楽隊がマールス（行進曲）の演奏を始めても、マーシャは動じなかった。それでも花は一生懸命に手綱を握ったので、江戸の町並みを眺めるどころではなかった。

裃をきた幕府の役人二十名ほどが徒歩《かち》で先導し、ロシア国旗を捧げ持った儀仗兵《ぎじょうへい》と軍楽隊、それに天蓋《てんがい》つきの輿《こし》をかついだ水兵たちが続く。白木の輿には、日露修好通商条約の批准書が納められていて、騎乗した四名の士官が周囲を護っている。

縁が反りかえった大きな帽子をかぶったムラヴィヨフ総督は愛馬ラスーチャ（栄光）に跨り、悠々と歩を進めている。そのあとに続くマーシャの足並みも、おちつきがあってすばらしい。

江戸の道は幅十メートルほどと広く、掃き清められて、ごみひとつ落ちていない。沿道には人垣ができていたが、小石や馬糞が投げられることはなかったし、野次が飛ばされることもなかった。

花は隊列の前方で馬に乗っていた。二百余名のロシア兵による行進で、自分のうしろには小銃をたずさえた護衛兵の列が続いているはずだ。

花の前を行くムラヴィヨフ総督は威風堂々と鞍に跨がっている。イギリス軍が清国で苦杯を舐めたと知るや、日本から樺太全島をおどしとろうと、大艦隊を率いて江戸に乗りこんできたのだから、まさに敵の総大将だ。そうとわかっていても、花は気迫に満ちた総督の姿に畏敬をおぼえずにいられなかった。

やがて立派な橋がかかった濠の手前に着いた。石垣で堅固に築かれた濠の幅は二十メートル以上もある。

槍刀《やりかたな》と鉄砲の時代なら、これで城を守れただろうが、アスコルド号の大砲が放つ砲弾は三キロメートル先までゆうにとどく。着弾と同時に炸裂《さくれつ》して、大きな被害をおよぼす。

「護衛兵と軍楽隊はここで待機します。われわれも馬をおり、徒歩で本丸御殿にむかいます。ハンナさんは、わたしを盾にして歩いてください」

見るからに緊張したポシェート大佐が城内に目をむけた。背丈より高い塀が、ついたてのように視野をさえぎっている。

もしも潜んだ幕兵が銃撃をしてきたら、サーベルしか持っていないロシア兵は反撃しようがない。総督が不意打ちされたことを知ったロシア艦隊が砲撃すれば、江戸は火の海になるのだから、そんな卑怯な攻撃をしてくるはずがないとはいえ、つねに最悪を想定してかかるのが軍人というものなのだろう。

つまり、ひとりだけ大きな帽子をかぶり、胸を張って歩くムラヴィヨフ総督は撃つなら撃ってみろと言っているわけだ。そして総督を狙った弾がそれて花に当たる可能性は多いにある。

（ポシェート大佐は、わたしを危険な目にあわせまいとして、髪が長いと江戸城に入れないと言ったのだ。浅はかなわたしは勝手に短髪にして、大佐はさぞ迷惑しているにちがいない）

花は激しくおちこんだが、いまさら引きかえすわけにはいかなかった。幕府の役人のあとから、ムラヴィヨフ総督が橋を渡ってゆく。花も覚悟を決めて歩を進めた。濠の内側に町人の姿はなく、大小を差した侍たちとその家族が、屋敷の前に居並んでいる。

やがて第二の濠があらわれた。第一の濠よりさらに深く、幅も広い。濠にかかった橋のむこうにある巨大な門がゆっくりと左右に開き、そこを通り抜けると、のぼりの傾斜になった先に本丸御殿と思われる一群の館が見えた。

「勝手をしてばかりで申しわけありませんでした。でも、この短い髪は、とても気持ちがいいんですよ」

花が並んで騎乗するポシェート大佐に帽子をとってみせたのは、江戸城本丸御殿での条約批准書の交換を終えて大中寺にむかっている途中だった。往きほどの緊張感はなく、花は客でにぎわう薬問屋や本屋の店先に目をむけた。

ムラヴィヨフ総督も、となりを行くオウムコフスキー艦長と雑談をしている。その会話に「ミトハンのローニン」とか「ナリアキのテシタ」といった日本語まじりのことばがあって、花は耳をそばだてた。

尊王攘夷をかたくなに主張する水戸の斉昭公は、大老井伊掃部頭によって謹慎に処せられた。主君の失脚をうらみに思う水戸藩の家臣たちが幕閣を窮地に追いこもうと、外国人の襲撃をくわだてている。イギリス総領事のオールコック氏がもたらした情報にもとづき、ムラヴィヨフ総督と士官たちは警戒をおこたらずにいたという。

「将軍の館に、刺客がまぎれこんでいなくてよかったですね」

オウムコフスキー艦長が言うと、ムラヴィヨフ総督が答えた。

「侍の刀はおそろしく切れる。しかもイアイといって、刀が鞘におさまった状態から瞬時に斬りかかる技があるそうだ。こちらが将軍の面前でかしこまっているときにイアイで襲われたら、かわしようがない。斬り殺されるのがこわくないといえばうそになるが、命を惜しんでいては国事にたずさわる資格がない」

ムラヴィヨフ総督をはじめロシアの士官たちは、幼い家茂公に対して最大級の敬意をあらわしていた。将軍や大老の顔を見たいと思っていた花も、いざとなると気持ちがすくんでしまい、一度伏せた顔をふたたびあげられなかった。

また、西洋諸国とのやりとりはオランダ語にかぎるとの慣例により、通詞はポシェート大佐がつとめた。双方が作成した条約批准書の文言の確認が主で、本丸御殿に滞在したのは一時間足らずだった。御殿の外に出ると、花は入道雲がわく空を見あげた。松の清々しい香りがただよい、日差しがまぶしかった。

「まだ油断してはなりません」

ポシェート大佐が耳元でささやき、図星を指された花は気持ちを引きしめた。

「最初に渡った橋のむこう側で護衛兵と合流するまでは、けっして気をゆるめないように」

「はい」と答えて、花はポシェート大佐の使命感の強さに頭がさがったのだった。


江戸城登城から一日置いた七月二十六日午前十時、虎ノ門の天徳寺で、サハリン島＝樺太の領有をめぐるムラヴィヨフ総督と幕閣の談判が始まった。天徳寺は、おとといの行進でも門前を通った大きな寺だ。

ムラヴィヨフ総督が逗留する三田の大中寺から天徳寺までの警固は、幕兵がうけもった。これ以上ロシア兵が目立つと、町人や浪人が騒ぎかねないとの理由からだが、ロシア側もみずからの兵で総督を守ると言ってゆずらなかった。

じっさい、きのうの午後に大中寺でおこなわれた事前の打ち合わせはもめにもめた。最後はロシア側が折れたのだが、花はポシェート大佐のロシア語を日本語に通訳し、外国事務掛遠藤但馬守《えんどうたじまのかみ》様と酒井右京亮《さかいうきようのすけ》様の日本語をロシア語に通訳した。はじめのうちは、幕府のオランダ通詞が通訳をしていたのだが、要領をえず、話がこみいってくると通訳が追いつかなくなった。そこで急遽、ロシア語と日本語に通じたアンリ・カジスキーの出番となったのである。そして今日の談判は、最初からアンリ・カジスキーこと梶花が双方の通詞をつとめることになっていた。

天徳寺の本堂には、アスコルド号のテーブルと椅子が運び入れられて、出島のカピタン部屋のようなこしらえになっている。朝から蒸し暑く、障子戸を開け放っているため、首を伸ばせば、江戸湾に碇泊する九隻のロシア艦隊が見えた。

やがてムラヴィヨフ総督がゴシケーヴィチ領事、ポシェート大佐ともに入室した。遠藤様と酒井様がむかえて、五人がそれぞれの席についた。ロシアの士官服をきた青い目の花はテーブルの狭い側に立った。

ふた付きの茶碗でお茶がはこばれて、それをひと口すると、ムラヴィヨフ総督は開口一番、日本をめぐる情勢のきびしさを語った。

現在、サハリン島＝樺太は国境を定めず、ロシアと日本の民が雑居している。しかし、これはあくまで暫定的な処置である。

かりに北緯五十度線でサハリン島＝樺太を南北に分け、北半分をロシア、南半分を日本が領有した場合、海軍力におとる日本が、南端のアニワ湾一帯をイギリス海軍に奪われる可能性が非常に高い。また、現在のように両国民が雑居したままでは、イギリスの攻勢に対して十分な対策がとれない。「ラ・ペルーズ海峡（宗谷海峡）の通航は、今後も世界の国々に開かれるべきである。そのためにもロシア帝国がサハリン島を全有し、責任をもってイギリスから守ってゆくのが最善と考える。日本が望むのなら、対馬にもロシアが砲台を築き、イギリスから守ってさしあげる。わが帝国海軍の実力はご覧のとおり」

椅子から立ったムラヴィヨフ総督が、黒黄白のロシア国旗を揚げた九隻の艦隊を指し示した。なかでもアスコルド号はひときわ大きく、ただ一隻で江戸を圧する迫力がある。

サハリン島＝樺太だけでなく、対馬まで実質的に奪いとろうとのムラヴィヨフ総督の考えを花が日本語に通訳すると、並んで椅子にすわった遠藤様と酒井様が露骨に顔をしかめた。

「英露の根深い対立は万国が知るところ。日本は米露蘭英仏の西洋五ヵ国と和親条約に続き、修好通商条約を結び、いずれの国々とも、公平公正に交際してゆく所存。よって露国につき従うつもりも、英国と敵対するつもりも毛頭ござらん」

七十歳近いと思われる遠藤様が敢然と答えた。鬚も眉も真っ白だが、両の目は爛々《らんらん》とかがやいている。花はその気迫をうけとめてロシア語に通訳した。するとゴシケーヴィチ領事がわずかに目を伏せた。しかし、ムラヴィヨフ総督は昂然と反論しかえした。

「言うは易く、おこなうは難し。ではうかがうが、今年の五月に英国のアクテイオン号が対馬一帯の測量をおこなったとき、日本政府はそれを阻止しえなかったばかりか、抗議さえしていない。そのようなていたらくでは、サハリン島のアニワ湾一帯はおろか、蝦夷地の要所や対馬さえも、イギリスに占領されてしまうのではないか」

ムラヴィヨフ総督の語気は鋭く、花も英国船が対馬一帯で測量をおこなった件は初めて知った。

「なるほど。では、ご忠告に従い、直ちに、これまでの穏当な態度を改めましょう。あすにでも、英国の代表を呼び、正式に抗議いたします」

殊勝に承った遠藤様がやせた胸をぐいと張った。

「そして英国と同時に、露国にも抗議いたします。修好通商条約の批准書を交換するのには一隻ないし二隻で来航すれば十分であるのに九隻、それもみな軍艦による大艦隊をしたてて江戸に参られた真意をうかがいたい。開国開港し、西洋諸国との交易に乗りだしたわが国に戦をしかけるつもりでもあるまいと、幕閣の面々は首をかしげているところでござる」

花がロシア語に通訳すると、遠藤様は海上のロシア艦隊に目をむけた。

「拙者が、樺太はロシアに渡さぬ、対馬に砲台を造るなどもってのほかと断じたら、ここより合図を送り、九隻全艦の砲窓を開いて、大砲を撃つかまえをみせるおつもりか。江戸が火の海となろうとも、そのようなおどしに屈するわけには参らん。旗本八万騎はもとより、親藩、譜代、外様の大名たちに命じて兵を挙げ、最後の一兵となってもロシアと戦いぬく所存。それでかまわぬというなら、江戸で暮らす無辜《むこ》の民にむけて、大砲を気がすむまで撃つがよい」

遠藤様の啖呵に花はほれぼれした。しかし、日本の肩を持つわけにはいかないため、つとめて淡々とロシア語に通訳した。遠藤但馬守様は、ペルリ艦隊の初来航時には海防担当の若年寄で、若き日の勝さんに目をかけてくださった御方のはずだ。ゆるされるなら名を名乗り、感謝の気持ちを伝えたいと、花はせつに思った。

しばしの沈黙のあと、ムラヴィヨフ総督が口を開いた。

「このたび九隻の艦隊で江戸に参ったのは、当方の海軍力が世界最強とうたわれるイギリス海軍に匹敵することをわかっていただくためであり、幕閣はもとより、江戸の民を威嚇する意図など毛頭ない。その点、誤解を招いたのであれば、お詫び申しあげる」

ムラヴィヨフ総督のことばを日本語に通訳しながら、花は胸を撫でおろした。遠藤様と酒井様も安堵しているにちがいないが、妙な勘繰りをうけてはいけないので、花は通訳し終えると目を伏せた。

「それにいたしましても、露国の通詞の技量はまことに素晴らしい。お若いのに、どのようにしてそこまで日本語に通じるようになられたのか、ぜひともお聞かせ願いたい」

酒井様が場をなごませるように話しかけてきた。四十代なかばで、毅然としているが、もの腰はやわらかだ。

「恥ずかしながら、よい通詞がなかなか育たず、弱っておりますもので」

酒井様に聞かれた花は、ポシェート大佐に視線を送った。

「このアンリ・カジスキーは、ロシアの都ペテルブルクにおいて、幼少より日本語を学んでおりましたが、船体を破損したアスコルド号の乗組員として長崎に長期間滞在する機会をえて、さらに研鑽を積みました。正直に申しあげれば、あまりにも日本語が流暢になり、わたしどももおどろいているしだい」

これ見よがしになってはいけないと、花はポシェート大佐のロシア語をゆっくり日本語に通訳した。すると、ずっと黙っていたゴシケーヴィチ領事が口を開いた。

「何事も一日にしては成りません。いまから百年以上前、ゴンザという名の日本からの漂流民がおりまして、一七二九年にカムチャツカ半島に流れついたときが十一歳だったそうです。聡明で、三年もたつとロシア語を自在に話すようになり、都にのぼって時の女帝とも面会しました。そのゴンザが、ロシア人と協力して作った古い日本語の辞書があるのです」

花は初めて聞く話におどろきながら通訳した。

ゴンザは、ロシア語の文法を正式に学ぶとともに日本語教師となった。そのため、ロシアには日本語を話す者が少数ながらいるのだという。

「短期間で成果をあげようとあせらず、長年にわたって続けることが大切なのですな。ロシアと日本も、五年十年二十年と交際を続けるなかで信頼を育んでゆくのが肝要と愚考いたすところでござる」

酒井様がうまくまとめて、ゴシケーヴィチ氏が笑顔でうなずいた。

「拙者もいささかことばがすぎました。どうか、おゆるし願いたい」

年長の遠藤様に頭をさげられては、ムラヴィヨフ総督も丁寧に応じるしかなかった。

「思いのほか早くに談判がすみましたので、午餐を浜御殿でとりませぬか。潮入りの池に浮かんだ御茶屋は、それは涼しゅうござる」

一転して表情をゆるめた遠藤様をムラヴィヨフ総督がふしぎそうに見ている。

「この御仁は、年寄りのくせに大の汗かきで、涼みたくてならないのです。浜御殿は、われわれごときではそうそうあがれないため、ロシアの方々をダシにしようというわけです」

年下の酒井様にからかわれて、遠藤様が弱っている。

その遠藤様が花の右手になにかを握らせたと思うと、「おおい。ロシアと手打ちが成った祝いに、浜御殿で宴じゃ。いそぎしたくをせい」と声を張った。

「それでは、掃部頭も呼ばれては」

酒井様の提案に、遠藤様が首をふった。

「あのような気のきかぬ小心者と席を同じくするのはまっぴらごめん。なにが、井伊の赤備えじゃ。譜代筆頭とは名ばかり。関ケ原ではともかく、神君家康公が征夷大将軍となられてからは近江の三上藩こそが公儀の屋台骨を支えてきたのがわからぬか」

天下の大老を罵って大丈夫なのかと花ははらはらしたが、いつものことなのか、酒井様は平気な顔で懐から時計をとりだした。此度の役目のために上様から賜ったのだという。

「ポシェート、アメリカ号とアスコルド号をのぞく七隻を横浜港にむかわせて、士官だけでなく、水夫たちにも息抜きをさせてやってくれ。ただし、くれぐれも用心するように。天候しだいだが、三、四日後には、箱館にむけて出港する」

ムラヴィヨフ総督の指示をうけたポシェート大佐が本堂を出た。花もあとに続いたが、廊下の角を曲がったところで立ちどまり、期待にふるえる手で遠藤様に渡された紙きれを開いた。

「勝麟がそなたの出府を喜んでいる」

墨でしるされた小さな文字を読み、花は胸が熱くなった。それと同時に、通詞の技量云々のやりとりは、酒井様と遠藤様がわざとしかけたものだと気づいた。

その日の午後、浜御殿ですごした時間は、夢のような楽しさだった。

江戸城に登る前日にも、花は浜御殿の馬場でマーシャに乗る練習をした。ただし手綱を握るのに精一杯で、海水を引き入れた潮入りの池のある庭の風情を楽しむどころではなかった。

今日は、ムラヴィヨフ総督もポシェート大佐もすっかり警戒心をといて、花もうきうきしながらお伝い橋を渡った。水面すれすれの高さに造られた総檜造りの立派な橋で、花の前を行くムラヴィヨフ総督がお道化て、池に落ちそうなふりをして笑っている。

「なんと優美な庭と池なのだろう。ニコライエフスクを出航したとき、このような場所でくつろぐことになるとは、夢にも思わなかった」

中島の御茶屋で、座敷の畳にあぐらをかいた総督がしみじみ言った。池の面と御茶屋の床がほぼ同じ高さなので、まるで水のうえにすわっているようだ。長崎で海を見て育った花にとっても、初めて味わうふしぎな感覚だった。

「総督。わがロシア帝国は、日本では箱館だけに領事館を置いています。箱館はウラジオストクやナホトカとほぼ同じ北緯四十三度付近にある重要な港ですが、江戸にも領事館を置かれてはいかがでしょう」

ゴシケーヴィチ領事が話しかけると、あぐらでお茶を飲んでいたムラヴィヨフ総督が片膝を立てた。

「香港はもちろん、上海もイギリスが実質的に支配していますから、ロシアが艦隊を置くわけにはいきません。それに対して横浜は、ロシアを含む五ヵ国に平等に開かれています。アメリカの主導によって開国条約が結ばれたとはいえ、アメリカ大陸は太平洋の彼方。総督もじかに接して理解されたように、日本人は非常に聡明で勇気もあります。みだりに敵対するより、親しく交際していくほうが賢明かと存じます」

よほど地位に差があるのか、ゴシケーヴィチ領事はムラヴィヨフ総督の顔色をうかがいながら慎重に進言した。御茶屋の座敷には遠藤様と酒井様もいたが、ロシア人同士の会話であり、花はあえて通訳しなかった。

そのとき、弁当がとどいた。歌舞伎芝居の幕間に観客が食べる幕の内弁当というもので、いろいろなおかずが少しずつ入っている。総督たちも舌鼓を打ち、午餐のときはなごやかにすぎていった。

翌七月二十七日、花はムラヴィヨフ総督のお供をして芝や愛宕下の店をまわった。櫛や簪、それに役者絵や名所図の錦絵をたくさん買って、総督はご機嫌だった。

「アンリ・カジスキーに」と言って、花に男物の櫛を買ってくれて、最後に御茶屋で餡蜜《あんみつ》を食べた。どこでも人垣ができたが、幕府の役人が遠ざけてくれた。

ところが、大中寺に帰ると士官たちが怒っている。ロシア人だけで町を歩いていると小石を投げられ、悪口らしいことばを浴びせられたという。

「あすには寺を引きあげたほうがいいようだね。やはり九隻の艦隊は、江戸の人々にとって脅威

「日本は、大きな失態を犯したのです。亡くなったふたりには申しわけないが、これを奇貨として、日本との関係において優位な立場を占めてゆくのが得策ではないかと思います」

「おまえが言いたいことはよくわかった。ただし、三人に斬りつけた侍たちは、絶対に処罰させる。もしも幕府が言い逃れをするようなら、江戸と水戸を火の海にしてくれる」

「そのときは、わたしも容赦しません」

ポシェート大佐の返事をうけて、ムラヴィヨフ総督はアスコルド号の甲板を降りた。

最悪の事態はまぬがれたものの、幕閣が対応をあやまれば、ロシアと戦になりかねないと、花は心配でならなかった。


安政六年七月二十八日の午後三時、平服をきたイギリス総領事ラザフォード・オールコック氏が、幕府の護衛につきそわれて騎馬で大中寺を訪れた。

アメリカは、総領事のタウンゼント・ハリス氏が体調をくずしているため、こちらも平服の秘書官ヘンリー・ヒュースケン氏が、やはり護衛つきの騎馬でやってきた。オールコック氏もヒュースケン氏も今回の暴挙に衝撃をうけていて、日本人に対する見方がかわったと嘆きながら、本堂のテーブルについた。

「隠すつもりもないので、最初に言っておく。現在、日本の海域に、イギリスの軍艦は一隻もいない。つぎに江戸湾にあらわれるのは早くても六週間後になる。おそければ二、三ヵ月後で、それはアメリカも同じだと思う」

オールコック氏がみずからに不利な情報をあかしたので、花はおどろいた。

「やだなあ、そう言われちゃったら、こっちも認めるしかないじゃない。というわけで、江戸湾の覇者は、ロシアのムラヴィヨフ総督です。でっかいよね、アスコルド号。あの戦艦一隻だけでも圧勝なのに、ほかに八隻も引きつれちゃってさ。でも、一番とんでもないのは、この状況でロシア人を斬っちゃう水戸藩の侍だよね。いくら井伊さんをこまらせたいからって、そこまでやらないでよ」

ヒュースケン氏は先日と同じ剽軽な態度でまくしたてた。

「小石や馬糞を投げられるのもいやだけど、刀で斬られるのはもっといやだよね。そうかといって、護衛つきで出歩いても楽しくないし。ねえ、ムラヴィヨフ総督はどう思います？」

「ロシアが江戸城を砲撃すると言ったら、イギリスとアメリカはどうする」

軍服をきたムラヴィヨフ総督はヒュースケン氏の質問を無視して、ロシア語でたずねた。花はオールコック氏とヒュースケン氏を交互に見ながら英語に通訳した。

ムラヴィヨフ総督と、ポシェート大佐は、英語を聞きとることしかできない。オールコック氏とヒュースケン氏は、ロシア語がまるでわからない。ロシア士官のなかに英語を話せる者は何人もいるが、花以上に日本をめぐる西洋各国のおもわくに精通し、通詞に慣れている者はいない。そのため、今回もまたアンリ・カジスキーの出番となったのである。

「ぼくから答えるね。その件についてはハリスさんと話し合って、結論も出てる。ロシアが報復で江戸を攻撃すると言っても、ぼくらは善福寺から逃げない。ひょっとしたら徳川将軍に会いに江戸城に行くかもしれない。つまり、アスコルド号が撃った炸裂弾が、アメリカ総領事に命中するかもしれないってこと」

お道化ていても、ヒュースケン氏が本気であることはわかった。アメリカは、ロシアに砲撃をさせないというわけだ。

「イギリスも同じだ。わざわざ江戸城に行こうとは思わないが、これまでどおり東禅寺に滞在し、自由に活動する」

オールコック氏のことばには重みがあった。ムラヴィヨフ総督と同じ五十歳くらいだが、オールコック氏のほうがさらに貫禄がある。たたずまいがエルギン卿と似ているのは、イギリス人同士だからだろうと花は考えた。

「両国とも報復砲撃に反対ということか。では聞くが、水戸藩の侍がつぎに貴君らを狙ったらどうする。総領事や秘書官が殺されたら、母国の政府は報復するはずだ。見殺しにするようでは、誰も国家につかえない」

花はムラヴィヨフ総督の居丈高な口調を真似たくなかった。しかし、通詞である以上、まるでちがうふうに話すわけにもいかない。

「先ほどイギリスの軍艦が日本近海にいないと言ったが、わが国は伝統的に外交官を武力で守らない」

オールコック氏は続けて、十四年前に清国の福建省にただひとりおき去りにされた経験を語った。小さな執務室に机と椅子、それにいくばくかの現金があるだけだったという。

「たまったものではなかったが、イギリスは世界中に領事館や公使館を設置しているため、全員を守ってはいられない。運悪く、わたしが侍に斬り殺されたら、イギリス政府は徳川将軍に賠償金を要求するだろう。報復攻撃をしたら、端緒についたばかりの友好関係が御破算になってしまう。二百年以上も鎖国してきた日本をようやく開かせたのだ。外国人に対する保護の徹底を約束させたうえで、幕府をサポートし、西洋五ヵ国と結んだ修好通商条約をできるだけスムーズに実行にうつさせてゆくのが、わたしの後任者の使命となる。清国を見ればわかるように、専制君主が統べるアジアの封建国家に自由貿易をうけいれさせるには、十年では短い。紆余曲折はもちろん、多少の犠牲を払うのはやむをえない」

オールコック氏はよどみなく語った。

「さすがは世界に冠たる大英帝国の総領事。自分が殺された場合のことを、よくそんなに冷静に語れるよね。それはともかく、オールコックさんが江戸についたのは先月の下旬でしょ。ハリスさんとぼくは、日本にきて丸三年になるからね。幕府のことだけじゃなく、京都のミカドのことも詳しいよ」

ヒュースケン氏はさも自慢げに咳払いをしてみせた。

「日本が抱えている最大の問題は、二百五十年以上も続いてきた徳川将軍を頂点とする封建体制のもとで、つまりごく少数の身分の高い侍たちが政治を独占している現行の制度で、本当の意味での開国開港ができるのかってことだよね。なんのことはない、オールコックさんと同じ問題意識なんだけど、最大の障壁は京都のミカドでさ。二千五百年以上も続いているとされる神秘的な家系は日本人にすごく人気があるんだよね。ちなみに、水戸藩はミカドが大好きで、いまのミカドは、ぼくたち西洋人が大嫌い。だから西洋人を斬ればミカドが喜ぶって理屈で、犯人の侍たちは今回の事件をおこしたんだと思う。京都の御所に籠もっているミカドを説得するのは、正直かなり難しい。でも、ぼくとしては幕府にがんばってほしい。だって日米修好通商条約をまとめるのは、ホントに大変だったんだよ。ハリスさんは強引だし、いやなところがたくさんあるひとだけど、一度約束したことはなにがあっても守ろうとする、まじめなひとではあるんだよね」

ヒュースケン氏は独り合点するように二度三度とうなずいた。

「結論を言うと、アメリカ合衆国は幕府を支持していて、ムラヴィヨフ総督にも幕府を追いこむような対応はとってほしくない。部下が殺されてかなしいだろうけど、復讐からはさらなる復讐しか生まれないよ。それに今回のことは、日本人が西洋人を襲った最初の事件なわけでしょ。ここでぼくたちが足並みをそろえて、幕府がうけいれ可能な謝罪と賠償金を要求していくのは、前例をつくるという意味で、とても大切なことだと思う。報復攻撃をしたり、過酷な要求をしたら、西洋人がミカドや日本人からいままで以上に嫌われちゃうよ」

ヒュースケン氏のことばづかいはこどものようだが、分析はたしかだし、理屈の筋も通っていると花は感心した。

ただし、ムラヴィヨフ総督はまるでとり合う気がないようだった。

「おまえたちはどうかしている。日本人に好かれようが、好かれまいが、どうでもいい。まして賠償金などいるものか。人の命に値段はつけられない。それなら、こちらが日本人を殺した場合、賠償金を払うのか。旗本はいくら、大名はいくらと値段を決めて」

ムラヴィヨフ総督は声を荒らげ、金と銀の交換比率の差に目をつけて大儲けをしたイギリスとアメリカの商人たちと、それを黙認した両国の代表を罵倒した。

「ロシアが求めるのは、幕府による正式な謝罪と犯人の処罰。そして、しかるべき場所に墓地を造り、斬り殺されたふたりを埋葬することだ。再発の防止も約束させる。問題は捕縛にかかる日数だ。ハリス氏の秘書官に聞く。幕閣が本気になれば、何日くらいで犯人を捕まえられると思う？」

ムラヴィヨフ総督にたずねられたヒュースケン氏が頭をかいた。

「ぼくはあなたの部下じゃない。だから、うそを言っても鞭で打たれない。でも特別に本当のことを言うから、その前に井伊大老について話していいかな」

意外な提案に、ムラヴィヨフ総督がポシェート大佐と顔を見合わせた。

「聞いてみようではありませんか」

今回もずっと黙っていたゴシケーヴィチ領事が鷹揚な態度で応じた。

「ありがとう、ひげもじゃの領事さん。井伊直弼《いいなおすけ》さんは苦労人でさ。彦根藩って名高い大名家の十四番目の男の子だったんだって」

直弼は幼いころより聡明で身体強健、ふつうなら良家の養子になるところだが縁に恵まれず、「埋木舎《うもれぎのや》」と自ら名づけた住処で不遇をかこつこと十五年目に彦根藩の世子が急死した。

嘉永三年、藩主となった直弼は江戸にのぼると徐々に頭角をあらわし、昨年四月大老に就任。前将軍家定公の厚い信任をえて幕政に当たり、六月十九日、朝廷の許可をえないまま日米修好通商条約に調印した。

「井伊さんを悪く言うひとはいくらでもいて、それに条約調印後の幕政運営も問題だらけなんだけど、井伊さんが無理を承知で決断をしなければ日本が開国開港することはなかった。ハリスさんもそれをよくわかっていて、おどしたり、すかしたりしながらも、井伊さんを気の毒に思ってはいたんだよね。さっき、ムラヴィヨフ総督は、日本人に好かれようが好かれまいがどうでもいいって言ったけど、ぼくにとってはどうでもよくない。井伊さんがリーダーをつとめる日本とは仲良くやっていきたいと思っている」

ヒュースケン氏の親身な語りに花は胸をうたれた。護衛なしで、ひとりで出歩くかれに小石や馬糞を投げつけた者たちをこの場につれてきて、いまの話を聞かせてやりたかった。

「総督は、浜御殿でお昼を食べたんでしょ。ハリスさんとぼくも呼ばれたけど、この世にふたつとない場所だよね。あんな素敵な庭園に招かれておいて、江戸の町を火の海にできるはずがない。言いたいことは言ったから、総督の質問に答えるね。井伊さんは反対派をおさえるために緻密な捜査網を張りめぐらせている。とくに江戸と京都はアリ一匹通さぬってやつ。しかも日本の家は木材と紙で造られていて、隣家のようすは筒抜けだから、本気で捕まえる気なら二、三週間あれば十分。ただし水戸藩邸や水戸藩の領内に逃げこんだ場合は厄介で、犯人の特定さえできない可能性があることは頭に入れておいてよね」

話しどおしだったヒュースケン氏がティーカップに手を伸ばした。

そこから先は、大中寺で花が通訳をためらった、藩士は藩主しか処罰できないことの説明だった。水戸藩の場合、藩領に幕府の密偵が入ることすら難しいという。

「貴重な情報に感謝する。お主はよほど幕府に食いこんでいるのだな。では井伊大老にでも、遠藤但馬守にでもいいから伝えてくれ。まずは大中寺に使いをよこし、日時をとり決めたうえで、それなりの地位にある者を謝罪にこさせてもらいたいと」

（江戸城砲撃はない）

息をつめてなりゆきを見守っていた花はそっと息を吐き、総督のロシア語を英語に通訳した。

ムラヴィヨフ総督は、オールコック氏とヒュースケン氏に退出をうながして、みずから本堂の出入り口まで見送った。

「ポシェート。九隻の艦隊が江戸湾にそろったら、艦長たちを集めて、箱館港を経由してニコライエフスクに帰港するために必要な薪と水、それに食料のリストをつくれ。そのくらいは幕府に要求してもロシア帝国の名折れにはなるまい」

（あと少しで勝さんに会える）

胸にさげたトンボ玉に手を当てていると、ムラヴィヨフ総督がポシェート大佐にさらなる指示をだした。

「アスコルド号は江戸に残す。おまえが指揮をとり、此度の犯人が処罰されるのを見とどけるまで品川沖から動くな。ハンナ・カジ、すまぬがポシェートを助けてやってくれ。もちろん礼はする」

花は落胆したが、観念してうなずいた。

横浜でのロシア兵殺傷から十一日がすぎた八月八日の午後、花はアスコルド号にむかえにきた瀟洒《しょうしゃ》なボートでアメリカ号にむかった。

ムラヴィヨフ総督をはじめとするロシア兵はすでに大中寺を引き払っていて、品川沖の江戸湾には、九隻のロシア艦隊が再集結していた。しかも全艦が砲窓を開き、あわせて二百門をこえる大砲をつきだしている。

横浜でロシア兵を襲った侍たちは、まだ捕まっていなかった。ぐずぐずしていると大ごとになるぞと、幕閣をおどしているわけだ。

ただし、アスコルド号をのぞく八隻は、明朝江戸湾を発つことになっていた。ロシア艦隊の母港であるニコライエフスクは、間宮海峡をはさんで樺太の北端とむきあっており、毎年十月末には海が凍りついてしまうからだ。ゴシケーヴィチ領事も、ロシア領事館のある箱館にもどるという。

「ハンナ・カジ。そなたはいかなるときも臆することなく、見事に通詞をつとめた。ロシアの男児なら、今後もわたしのそばに置いて存分に鍛えてやるのにと、残念でならない」

アメリカ号の執務室に余人の姿はなく、ムラヴィヨフ総督の目はやさしかった。

「今後も、通詞として活躍する機会があればよいが、結婚して家庭をいとなみ、子を産み育てるのも大切な仕事。そなたの息子ならば、ロシアにとり、手ごわい相手となるのは必至。しかし、そのくらいの男でなければ信用もできぬ。いずれにしても、命は粗末にするなよ」

(勝さんにも同じことを言われた)

金モール付きの正装でむかえてくれた総督が、羽織袴の侍にかさなった。

「これは通詞代だ。間違っても銀には換えず、子々孫々に伝えるがよい」

手渡された鞣《なめ》し革の巾着《きんちゃく》には重みがあった。

別れのあいさつをして、花は総督専用のボートでアスコルド号にもどり、船室で巾着の紐をといた。十ルーブリ金貨が五枚も入っていて、山吹色のかがやきは、良質の金がたくさん含まれている証だ。

いくらなんでも多すぎると思ったが、いまさらかえしようもなく、花はありがたくうけとることにした。

さらにありがたかったのは、ニコライがアスコルド号の乗組員として残ってくれたことだ。こちらはポシェート大佐の配慮だという。

「カードをしながら気長に待ちましょう。きっと、うまい落としどころが見つかりますよ」

ニコライは毎日同じことを言って花をなごませた。

八隻のロシア艦隊が江戸湾を去ってから十日後の八月十八日に、酒井右京亮様がアスコルド号を訪れた。

「遠藤但馬守は暑気あたりのため、わたしがひとりで参りました」と恐縮して話す酒井様も面やつれがはなはだしかった。

「アンリ・カジスキー殿、此度も通詞をお願い申す。そしてポシェート殿、できれば、そなたと拙者とアンリ殿の三人だけで話したいのですが」

花がロシア語に通訳すると、ポシェート大佐とオウムコフスキー艦長が怪訝な顔になった。しかし酒井様の強い願いをいれて、オウムコフスキー艦長は三名の士官とともに応接間から退席した。

「かたじけない。さらに願わくは、これより申しあげることは公式の文書はもちろん、日記や書簡にも残さないでいただきたい。もとより無理強いできることがらではなく、あくまでお願いでござる」

気息奄々《きそくえんえん》の酒井様を見かねたポシェート大佐が立ちあがり、奥の戸棚から酒瓶をとりだした。栓を抜き、小さなグラスに琥珀色の液体をそそぐ。

「どうぞ、フランス製のコニャックです」

花が通訳しても、酒井様は飲もうとしなかった。しかたなく、ポシェート大佐が別のグラスにそそいだ同じ酒をひと息に飲んでみせた。

「ほら、毒ではありません」

「そのようなつもりでは」と弁解した酒井様がコニャックをすすった。とたんに目を見開くと、残りもぐいと飲みほした。

「これは、なんとも強い酒だ」

酒井様の顔には生気がもどったが、語られたことがらは暗澹《あんたん》たるものだった。

幕閣は、水戸藩に対して、ロシア人を殺傷した藩士をさしだすように再三再四申しいれたが埒《らち》が明かない。これ以上強硬に出れば、本当に戦になりかねない。そこで、苦肉の策として、密勅降下の件で捕らえ、伝馬町の牢屋敷につないでいる水戸藩藩士四名を厳罰に処すことで納得してもらえないかという。

花は、ポシェート大佐に、ミカドが水戸藩にむけて内密に勅書を送った事件の概要を説明し、それをうけて酒井様が処分の内容を明かした。

「家老安島信立《あじまのぶたつ》は切腹。奥祐筆頭取茅根伊予之介《おくゆうひつとうしゅちのねいよのすけ》と、京都留守居鵜飼吉左衛門《うがいきちざえもん》は死罪。吉左衛門の息子幸吉は獄門。いずれも今月二十七日に伝馬町牢屋敷内にて断罪し、同時に斉昭公を永蟄居《えいちっきょ》に処します」

御三家の家老を切腹に処すのは異例中の異例で、しかも安島様は評定で無罪となったのを井伊大老の一存で切腹に処するのだと聞き、花は青ざめた。茅根様も一度は遠島とされたが、やはり井伊大老の一存で死罪に処するのだという。切腹は短刀をみずからの腹部につきたて、そののち背後に立った介錯人が首を斬り落とす。武士の作法にかなった処刑方法であり、名分も立つ。

一方、死罪は裃のうえから荒縄で縛り、打ち首にするもので、奥祐筆頭取や、京都留守居役といった身分ある侍にくわえる処分ではない。獄門は、打ち首のうえ、その首を三日間晒す。火付け盗賊といった凶悪犯に対してくわえられる仕置きであり、いくら鵜飼幸吉様が密勅のうけとりに直接関わったからとはいえ、武士に対する処分としてはあまりに過酷とのことだった。

「井伊大老は、ロシアからの要請にかこつけて、ご自分を失脚させようと図った水戸藩に復讐しようとしているのです。本日、遠藤但馬守が同行されなかったのも、大老のあまりのなさりように肚を立てたためでございます」

酔いで多少赤くなった顔で酒井様は語り、くちびるを噛んだ。花の通訳を聞いたポシェート大佐も黙ってしまった。

(このような常軌を逸した過酷な処分はけっして認めるべきではない。密勅降下に関わった者たちと、横浜でのロシア兵殺傷に関わった者たちは全く別なのだから。ヒュースケン氏が言ったように、復讐は復讐を生むだけだ)

花が進言すべきかどうか迷っていると、ポシェート大佐が口を開いた。

「酒井殿。水戸藩家老を含む四名の処分で、一件落着といたしましょう。それを蹴ったら、本当に水戸の城下を砲撃しなければならなくなる。御家老をはじめとする方々は気の毒ですが、何百という家屋敷が吹き飛ぶよりはましでしょう」

ポシェート大佐のロシア語を日本語に通訳しながら、花ははなはだ不満だった。しかも、それが態度に出たらしい。

「ハンナさん。この機会に教えておきます。イギリスやアメリカが幕府を支持しているのは、自由貿易を進めると約束したからです。もしも幕府が開港をとりやめると言いだしたら、江戸でアヘン戦争と同様のことがおきるでしょう。一方、ロシアにとっては貿易よりも領土が大切です。われわれは穀物が豊かに稔る土地と、たくさんの魚が獲れる漁場の確保を第一に考えて行動するのです。つまり、幕府が強力であるよりも、日本が内部分裂しているほうがありがたい。これは通訳してはいけません」

安政六年八月二十七日の午前八時、ポシェート大佐と花を乗せたボートが浜御殿の船着き場に接岸した。遠藤様と酒井様がむかえて、四人はそれぞれ駕籠に乗った。

三日前の打ち合わせのさい、ポシェート大佐は騎馬を希望したが、遠藤様によって丁重にことわられた。ロシア兵による護衛も同断で、目下江戸市中には西洋人に対する反感が渦巻いており、これ以上刺激しないでいただきたいとのことだった。であれば、水戸藩士四名の首改めもことわりたかったが、それはしていただかないとこまると言ったのは、ほかならぬ井伊大老だという。しかも当人は同座しない。したくても立場上できないのだと言われては反論しようもなかった。

(もうアスコルド号にもどらなくていいのだ。ようやく勝さんに会える)

なれない駕籠にゆられながら花は唱えた。伝馬町牢屋敷での通詞を終えたら、この駕籠で江戸城大手御門そばの辰ノ口にある遠藤様の屋敷に入り、そこに勝さんがやってくることになっていた。

胸に抱えた革製のカバンには、母の形見の鏡、お玖磨さんにもらった髪結い道具、八十両の銀手形と色目ガラスの桐箱、ムラヴィヨフ総督がくれた金貨といった大切な品々が入っている。風呂敷包みのなかは着物と帯、それに青い上着と白いズボンだ。

七月はじめに長崎を発ったとき、花はこれほどさまざまな出来事に遭遇するとは夢にも思っていなかった。

(とにかく、今日ですべてすむのだ)

駕籠に乗ったまま伝馬町牢屋敷の門をくぐり、座敷に通されたあとも花は胸のうちでくりかえした。さかんに香を焚いているが、それでも消えない異様なにおいに、ポシェート大佐が顔をしかめている。

「ハッ!」

裂帛《れっぱく》の気合いとともに、「パンッ」と鞠《まり》を強く蹴ったような音がした。遠藤様と酒井様が打たれたように背筋を伸ばして、花もなにがおきたかわかった。

しばしの間をおいて襖が開き、「水戸藩家老安島信立様の御首にございます」と言って、裃をつけた役人が畳に白木の盆をおいた。

「悠揚迫らざる、見事な御最期でした」

髷を整え月代もきれいに剃った侍の顔は眠るがごとくだが、そこにあるのは首だけだ。下に敷いた布に鮮血がにじんでいる。

「ご苦労」と遠藤様が言って、役人が首を下げようとしたとき、「ハッ!」とふたたび裂帛の気合いがして、「パンッ」と鞠を蹴るような音が鳴った。

「水戸藩京都留守居鵜飼吉左衛門の息子幸吉の首でございます」

四つ目の首を載せた白木の盆が畳におかれて、花はロシア語に通訳した。それまでの三人よりも

花は目を伏せた。若い男の髷は乱れ、無精ひげが伸びている。無念の思いに眉や口元をゆがめた顔を見ていられず、

「もうよい。お役目ご苦労であった」

遠藤様が言い、役人が幸吉の首をさげた。

（ほかの三名とちがい、あの首は小塚原で三日も晒《さら》されるのだ。父親の吉左衛門さんは、そのことを知ったうえで先に打ち首にあったのだろうか。知っていたなら、どれほどくやしかっただろう）

陰鬱《いんうつ》な気持ちになった花の想像は、悪いほうへかたむいた。

（井伊大老に対する怒りをたぎらせた水戸藩士たちは、さらなる狼藉をくわだてて、ついにはミカドをかつぎだし、日本の国をふたつに割る戦がおきるかもしれない）

「ハンナさん、もう行きましょう」

ポシェート大佐にロシア語で呼ばれて、花はわれにかえった。

「こんな忌まわしい場所でお別れするのは、とても残念です。しかし、いつかまた会う日がくるでしょう。わたしは信じています。それから、その制服と帽子はさしあげますから、そのまま駕籠にお乗りなさい」

「今日まで、ありがとうございました」

花がお礼を言うと、「勝さんによろしくお伝えください」と応じたポシェート大佐が先に駕籠に乗り、幕府の役人たちに守られて牢屋敷の門を出ていった。

「お花殿」

遠藤様が初めて花の名を呼んだ。

「よくぞ気丈に通詞のつとめを果たされた。あっ晴れと申すほかない。これより拙者の屋敷におつ

れ申す。安心して休まれよ。ああ、服も目もそのままでよい」

（すぐ勝さんに会えるのだろうか。会えるなら、どうしてむかえにきてくれないのだろう）

疲れ果てた花は駕籠に乗るなり目をつむり、やがてうとうとした。

「やい、異人の娘。成敗してくれる」

暗闇に浮かんだ四つの首が口々に叫び、宙に舞いあがったかと思うと、激しい勢いでぶつかってきた。

「ああ、やめて」

声をあげた拍子に、花は目をさました。夢とわかったあともふるえはやまず、ついには気が遠くなった。

第六章　お江戸の花

「お花。また縁談がきたそうだな。まさに、いまかぐや姫」

勝さんが広い玄関に響きわたる声で言った。

辰ノ口にある遠藤但馬守様の御屋敷で、江戸城の大手御門から二丁と離れていない。門前の通りは、舟から揚げた荷を城内に運ぶ人足でいつもごった返している。武士と町方のいずれもが通れる和田倉御門はすぐそこだ。

昼すぎにむかえにいくと、きのうのうちにことづてがあったので、質素な出立をした花は先刻から玄関脇の小部屋で勝さんを待っていた。頭をすっぽりおおう高祖頭巾《こそ》をかぶり、黒の色目ガラスをつけているのは、短い髪と青い目を隠すためだ。

ロシアのアスコルド号が江戸湾から去って一年二ヵ月がすぎ、安政から改まった万延元年の十一月になっても、花の髪は髷を結うにはほど遠かった。それでも、ずいぶん伸びてはいて、男に見間違えられる気づかいはない。

「これで七人目か。どうだ、竹取物語を真似て難題を吹きかけては。今上天皇を説き伏せて、攘夷をあきらめさせた者に嫁ぐと言ってやるのだ。お花をもらいたさに張りきって、大手柄を立てる輩

「ばかを申すのはやめてください」

「それだけ大きな声がだせるなら上等上等」と勝さんが笑った。「今年こそは、お江戸の暮れと正月を楽しむといい」

「勝様こそ、昨年のいまごろは大わらわだったではありませんか」

「それを申すな。思いだしたくもない」

玄関の上がり框《かまち》に腰かけた勝さんが肩をふるわせて見せた。

日米修好通商条約批准書交換のための正使一行は、アメリカ海軍のポーハタン号で太平洋を渡り、首都ワシントンにむかうことになっていた。その随伴艦を日本人だけで運転して面目をほどこそうと発案したのは、新設の外国奉行だった永井玄蕃頭様と岩瀬忠震様だが、おふたりとも井伊大老によって永蟄居に処せられた。後任の水野忠徳様により、随伴艦の艦長は勝さんに決まる。

ところが朝陽丸の整備がようやく済んだ安政六年十一月中旬になって、より大型の船がふさわしいとの理由で観光丸に変更せよとの達しが出た。やむをえず、勝さんが乗組員たちをなだめて外輪式の観光丸の整備にあたっていた十二月下旬、やはり太平洋横断にはスクリュー式の船がよいとの達しが出たが、朝陽丸はすでに長崎にむかっていた。

そのため、朝陽丸と同型の咸臨丸を一から整備することになり、どうにかやり遂げたものの、勝さんは二ヵ月にわたる不眠不休の激務で疲労困憊してしまった。年が明けた一月十三日に品川沖を出航したときには、意識が朦朧《もうろう》としていたという。

咸臨丸には、アメリカ海軍のブルック大尉と十名の部下が同乗した。サンフランシスコまでの綿密な航路計画を立てたのもブルック大尉だ。

冬の太平洋航路がしばしば荒天に見舞われることから操艦を心配していた勝さんは、アメリカ人の乗艦をむしろ歓迎した。ところが士官のなかには日本人だけでの航海にこだわる者たちがいて、説得に苦労した。

ともあれ、咸臨丸は大荒れの太平洋を横断して、和暦二月二十五日、サンフランシスコに入港した。傷んだ船体をドックで修理してもらい、閏《うるう》三月十八日の早朝に同地を出航。復路の操艦は主に日本人がおこなって、五月五日午前九時三十分、咸臨丸は浦賀沖に投錨した。

花はその報せを辰ノ口の屋敷で聞いた。喜びで胸が弾んだものの、勝さんたちをむかえにいく元気はなかった。

前年の八月二十七日に伝馬町牢屋敷で水戸藩士四名の処罰を見とどけた花は、駕籠のなかで気を失った。遠藤様の御屋敷についたときには高熱を発していて、待っていた勝さんがすぐさま症状をオランダ語で記し、宿次飛脚で長崎のポンペに送った。その返信とともに処方された薬がとどくまでの十日間、花がとったのは白湯と重湯だけだった。二匙三匙《さじ》とすすっては、また眠りに落ちてゆく。「首が、首、首」と度々うなされるため、遠藤様の奥方が祈祷師《きとうし》を呼ぼうとしたが、遠藤様も勝さんも頑としてゆるさなかったという。

ポンペが処方した解熱薬がとどき、勝さんがみずから湯で溶いて飲ませると、花の全身から大汗が流れ出た。いくら拭ってもきりがなく、そうして一夜が明けたときにはすっかり熱が引き、意識ももどった。

「勝様、花は長崎でも、お江戸の天徳寺や大中寺でも、一生懸命に通詞をつとめました」

床についたまま、ひとつひとつの出来事を語ると「そうかい、そうかい。よくがんばった」と勝さんがほめてくれる。その勝さんも、十月に入ってからは遣米使節の随伴艦の整備で大わらわになり、辰ノ口の屋敷に来られなくなった。

年末年始も花は屋敷の外に出なかった。咸臨丸の出航も見送れず、養生に努めているうちに陽気も好くなり、ようやく元気をとりもどしてきた三月三日は上巳《じょうし》の節句、大名の総登城日だ。

朝から大きな牡丹雪がふる寒い日だったが、花はお玖磨さんにもらった桃色の小袖に萌黄色の帯を締めた。登城のしたくを整えた遠藤様と中庭にふりつもる雪を眺めていると、家中の若侍が廊下をかけてきた。

「殿、一大事でございます。たったいま、当家の門前で、侍が腹を切りました。しかも皮胴《かわどう》に入れていた首を門番に渡し、『これは大老の首。大切に保管してくだされ』と言ったとのこと」

「なにっ、掃部頭が首を獲られたと」

「はい。下手人は頭部に深手を負っており、もはやこれまでと観念したのでしょう。割腹し、すでに絶命しております」

花はあわてて丹田に気をこめたが、膝がふるえて、柱にしがみついた。

「お花。気をたしかに持て」

はげまされて、花は懸命にうなずいた。

「よし、よくこらえた」

遠藤様は床をひとつ踏むと玄関にむかった。花はその場から動けずにいたが、家中は騒然として、いやでも話し声が聞こえてしまう。

首は、まさに大老井伊掃部頭のもので、登城のための行列が桜田門外にさしかかったとき、駕籠訴をよそおった十数人の侍が一斉に襲いかかった。ふいを突かれて、手練れの供侍たちが斬り倒されてゆく。そして駕籠から引きずりだされた大柄な侍が背後から二太刀三太刀と浴びせられたあとに首を落とされた。

当家の門前で割腹した侍は、大老の首を刺し貫いた太刀を掲げて悠々と引き揚げていたところを、追ってきた供侍に斬りつけられた。小太刀で相手を斬り伏せたものの、頭部に負った傷は深く、辰ノ口まできて力尽きたのだと、まるで一部始終を見ていたように語る。

そのとき、大勢の足音に続いて、激しく門をたたく音がした。彦根藩の家臣たちが、藩主の首を引き渡してもらいたいと大挙してきたのだ。しかし、遠藤様はすぐには応じなかった。

「のちの世の者たちは、今日のこの一事をもって、徳川の治世がかたむいたと言いつのるにちがいない。大老として、水戸や越前のあたら惜しい者たちに過酷な処罰をくだしたのだ。どうして、もっと用心して身を守ろうとせなんだ。敵に首を獲られるのは武士にとって最大の恥辱。ましてお主は譜代筆頭彦根三十五万石の藩主にして天下の大老ではないか。この愚か者めが」

座敷に据えた首にむけての叱咤には、遠藤様の大老に対する無念の思いがうかがえて、襖かげから見守っていた花は胸が詰まった。

その後、井伊大老の首は彦根藩の家臣に渡された。遠藤様も登城し、帰宅後には何事もなかったかのように節句の祝いがもよおされた。花も楽しくすごしたつもりでいたが、その夜の夢に首があらわれた。しかも、ひとつ増えた五つの首に襲われて、花はふたたび床に伏し、食事も喉を通らなくなった。

渡米を果たした勝さんが見舞いに訪れても、花は元気にならなかった。

（長崎に帰りたい。お玖磨さんに会いたい。梶屋の旦那様や作治郎たち、それにハルデスとポンペにも会いたい）

口にはだせずにくよくよしていると、勝さんの堪忍袋の緒が切れた。

「こうなったら、荒療治だ。お花、おまえさんが乗ったアスコルド号が羽田沖に碇泊しているあいだ、おいらはなにをしていたと思う」

「えっ？」

伏せっていた花が思わず身をおこしたのは、ロシア艦隊が江戸湾に投錨しているあいだ、毎日そのことを考えていたからだ。

「おいら、朝陽丸で伊豆の戸田にむかい、ディアナ号に搭載されていた大砲と砲弾を江戸に運ぼうとしていた。アスコルド号が江戸城を砲撃したら、撃ちかえすためにさ」

嘉永七年十一月四日に発生した大地震と大津波により、下田沖に碇泊していたロシアの軍艦ディアナ号は船体を損傷して航行不能となった。プチャーチン提督は下田でのディアナ号の修理を求めたが、幕閣の指示により戸田に回航される途中に沈没する。ただし五十二門の大砲はすべてとりはずされて、台座や砲弾とともに下田に残されていた。

洋式帆船ヘダ号の完成後にロシア皇帝から幕府に贈呈されて、戸田村に保管されている五十二門の大砲のうち、何門かを品川台場に据えれば、強力な武器になる。

「義理堅いポシェートは大砲を据えつけるためのネジや楔までそろえていった。もっとも、五年のあいだについた錆びを落とすのに手間どっているうちに、ロシアと幕閣の手打ちが成ってしまったがな」

「つまり、ことと次第によっては、勝様はわたしが乗った船を砲撃していたのですね」

寝巻で布団に正座していた花は、思わず身を乗りだした。

「しかたがなかろう。おいらが修理すると決めたロシアのアスコルド号が江戸湾に居すわり、何十門もの大砲を突きだしているのだ。ひとつ間違えば、この首が飛んでいた」

「では、本当に、花が乗ったアスコルド号を撃つ気でいたのですね」

詰め寄られた勝さんがニヤリと笑い、花はやられたと思った。いつの間にか胸には気迫が満ち、頭はさえ、五体の隅々にまで熱い血が通っていたからだ。

元気をとりもどした花は、遠藤様の求めで、家中の侍たちにオランダ語と英語を教えた。もちろん黒い色目ガラスをはめて、短い髪を頭巾で隠してだ。すると、うわさがうわさを呼び、他家の侍も習いにくるようになって、嫁にもらいたいと言いだす者まであらわれたのである。なかには、知行が五千石もある旗本の嫡男もいて、花も悪い気はしなかった。町人の娘であっても、遠藤但馬守様の養女となったうえでなら、武家に嫁げるという。

ただし、嫁にいくつもりは毛頭なかった。青い目であると明かして騒がれたらとりかえしがつかないし、夫が承知しても、青い目の赤子が生まれたら大騒ぎになってしまう。

（いつか、お江戸でも、青い目のまま町を歩けるようになるのかしら？）

考えるたび、花は頭《かぶり》をふった。


昨年七月に三人のロシア兵が横浜で斬られたあとも、異人と異人にかかわりのある者に対する狼藉は続いた。十月にはフランス領事館の雇人である清国人が、年が明けた一月にはイギリス領事館の日本人通詞が斬り殺された。二月にはオランダ商船長ら二名が横浜で滅多斬りにあったが、いずれも下手人は捕まっていない。

異人に対する狼藉がやむ気配はなく、花もほんの数人の前でしか色目ガラスをはずしたことはなかった。そのうちのひとりが、これから会う大久保忠寛様だ。場所は今日も赤坂の氷川神社。裏手の崖下には、勝さんの家がある。

二ヵ月前の九月なかばに初めて訪れたとき、女房のお民さんにあいさつをしたが、すぐに引っこんでしまった。花のほうでも、お玖磨さんのことがあるため、お民さんの顔をまともに見られなかった。

大久保忠寛様は、勝さんより六つうえの四十四歳。神君家康公につかえた先祖を家祖としているだけあって謹厳そのもので、昨年二月まで京都町奉行の要職にあった。ところが一橋慶喜公を次期将軍に推す一橋派と見なされたため、井伊大老によって西丸留守居という閑職に左遷され、さらに寄合に追われた。大老が桜田門外で殺害されたあとも復帰はかなわず、二番町の家で日がな和歌を詠み、漢籍や蘭書をひもといているという。面長で背丈は勝さんよりいくらか高い。勝さんも太平洋横断の壮挙にもかかわらず目立った昇進はなく、こちらも要職とはいえない蕃書調所頭取助《ばんしょしらべしょとうどりたすけ》に追いやられた。航海中に幕政をこきおろしたのが原因らしい。

もちろん、そのくらいで気落ちする勝さんではない。今日も、氷川神社の広間で大久保様と顔を合わすなり、皇女和宮《かずのみや》様降嫁の勅許をえるために、老中首座安藤対馬守《あんどうつしまのかみ》様が今上天皇に攘夷実行を口約束したことへの不満をべらんめえ調で語り、大久保様が時折口をはさむ。

そのあいだに、花は高祖頭巾と色目ガラスをはずした。

「うむ。お花はやはり、そのほうがいい」

勝さんは青い目にもどった花を見て笑顔になったが、大久保様は例によって目を合わせようとしなかった。

「あははは。誰にでも得手不得手があるとはいえ、それほどまでに異人が苦手で、よくも海防掛がつとまったものですな」

年下の勝さんにからかわれても、大久保様は渋い顔をするだけで、怒りはしなかった。じっさい、大久保様は異人との折衝の場に一度もくわわったことがないという。それでいて永井様や岩瀬様にも一目置かれていたのは、徳川旗本の騎馬軍団である大番組の流れをくむ父忠向《ただなお》ゆずりの義気強き者だからだ。花も初めてお会いしたときから、大久保様の一種異様な迫力に打たれていた。

「あの御仁は『もののふ』と仇名されていてな。若いころ、議論になると、『それはもののふの道にあわぬ』などと剛毅なことを言っていたらしい」

前回、氷川神社を訪れた帰り道に勝さんが話してくれて、さもありなんと花は納得した。

勝さんが大久保様と話す場に花を同席させたのは、いずれまた通詞を頼むときのためだ。いまは無役だが、大久保忠寛様が幕閣の中枢にすわる日がかならずくる。そのさい、とまどわぬように、大久保様の考えになれておいてもらいたいとのことだった。

大久保様も花の生い立ちや勝さんとの出会い、それに上海での見聞に興味を持ったらしく、十七歳の娘だからといって軽んじることはなかった。見た目も言動も剛直そのものだが、大久保様は尊大ではない。相手の地位や、身分にかかわらず、丁寧に応対する。

勝さんが当代一の人物と評した理由がよくわかり、花は今日も大久保様と会うのを楽しみにしていた。

「それにしても対馬守の軽はずみは度がすぎる。こちらはその場しのぎのつもりでも、今上にとっては、実妹を将軍の正室に降嫁させてまでしてついに手にした攘夷実行の約定。今後は、いつやる、早くやらんかとせっついてくるにちがいない。しかし北京の円明園《えんめいえん》を焼いて勝ち誇る英仏軍を相手に攘夷実行などできるはずがない。禁裏と諸外国の板ばさみにあって難渋するくらいなら、いっそのこと筋を通して、征夷大将軍の看板を返上しちまえばいい。情けないこと、このうえねえが、二枚舌だの、優柔不断だのとそしられて、武門の辱めとなるより、よほどましなんじゃありませんかね」

勝さんが断じると、「うむ。やはりそこにいたったか」と大久保様が応じた。

「わしも対馬守が今上に攘夷実行を約定したと聞いたとき、老中首座がこのていたらくでは、徳川の世は遠からず終わると観念した。薩藩《さっぱん》や長州が『公武融和』の名の元に禁裏をあと押しし、さかんに幕政にくわわろうとしているが、そうした外様の雄藩をおそれているのではない」

大久保様が口を閉じ、四方に目を配った。氷川神社の広間は、天徳寺の本堂と同じくらいの広さで、三十畳ほどあるだろう。盗み聞きをされないように障子や襖を開け放しているため、ときおり秋風が吹き抜ける。ひと影がないのをたしかめて、大久保様が話を続けた。

「幕閣は、『破約必戦』なる論で、禁裏や諸藩を説得しているそうだが、亡き阿部伊勢守様にとりたてられた、われら海防掛の労苦を踏みにじる愚論でしかない」

破約必戦論は、日米和親条約をはじめとする西洋諸国とのあいだに結ばれた諸条約を、ペルリの砲艦外交に屈して勅許をえずに締結した不正なものと断じる。よって、米露蘭英仏の五ヵ国にそのことを説き、条約の破棄に応じてもらう。こちらの主張が聞きいれられない場合は決戦におよぶことも覚悟し、禁裏や諸侯の賛同をえたうえで談判にのぞむと聞いて、花はあきれ果てた。

「そのような、内外の形勢を無視したかたちばかりの論を、老中首座ともあろう御方が発案されたのですか」

花が口走ると、勝さんが声を立てて笑った。

「よくぞ申した。いまのことば、対馬守に聞かせてやりたい」

ただし、破約必戦論は、越前の慶永公が考えたものらしい。亡き島津斉彬公につぐ賢公とのことだが、斉彬公なら、みずから矢面に立って今上天皇を説き伏せ、公武が一体となって国力の増進を図ろうとするはずだ。

「ペルリ艦隊の来航こそ防げなかったが、和親条約も、修好通商条約も、日米双方が知恵をだし合い、たがいに譲歩をかさねてようやく結んだもの。それをおどしに屈したなどと断じられては、ハリスと互角に渡り合った岩瀬が不憫」

大久保様は、初めて花にむかって言った。

その日の帰り道、勝さんが大久保様と岩瀬様の交誼《こうぎ》を話してくれた。

海防掛は、家門の上下にかかわらず討議研究することを旨としていた。攘夷論者だった大久保様が開国開港に賛同するようになったのも岩瀬様の説得があったからだという。

ところが、第十三代将軍家定公の世継ぎをめぐってふたりは対立し、その後は口も利かぬ仲となってしまった。そのため、勝さんは大久保様の口から岩瀬様の名が出たことを喜んでいた。

「ご当人にお伝えしては」と花はすすめたが、岩瀬様は井伊大老によって永蟄居に処せられたことがよほどこたえたらしく、おかげんがずっと悪いのだという。

「本来ならば、正使としてアメリカを訪問し、大統領にもてなされていた御方なのだ。随伴艦とはいえ、異国の地を踏んだおいらが訪ねては苦しませるだけ」

勝さんがさみしげにつぶやいたとき、一陣の風が吹いた。砂埃が舞いあがり、花はかぶっていた高祖頭巾で顔をおおった。江戸名物のからっ風で、秋冬に上州から北風が吹きつける。

「火事と喧嘩は江戸の花」というが、ちょっとした小火《ぼや》が、からっ風に煽られて燃え広がる。江戸では、十年焼けずにいる家はまれだと教えてくれたのも勝さんだった。

「お花、今年の大晦日と正月は、おいらの家ですごさぬか。塾頭の杉も、塾生たちも、おまえさんと話すのを楽しみにしていてなあ」

ありがたいお誘いだが、花はすぐに返事ができなかった。

「歩きながらでは話しづらいなら、そこの茶屋に入らんか」

花があわてて首をふったのは、水茶屋ならともかく、出合い茶屋は不義の男女が密通する場所だからだ。勝さんもそれをわかったうえでからかっているので、大股で茶屋の前を通りすぎると、その先の大店《おおだな》の暖簾をくぐり、番頭を呼んで奥に部屋を用意させた。すぐに上等な茶と菓子が運ばれて、あいさつにあらわれた旦那は下にも置かぬもてなしようだ。

ここは伊勢の商人竹川竹斎様の江戸店だという。今日のように竹川様が不在でも、物入りがあるたびに金子《きんす》を用立ててもらっているのだと、勝さんは悪びれずに話した。

「無心にきたんじゃねえから、安心してくんな」

勝さんの話を笑顔で聞いていた旦那は、おなごにしては髪の短い花の素性をたずねることもなく、奥に下がった。

「どうだい、お江戸は?」

勝さんに聞かれて、花は答えた。

「今年の七月、遠藤様が夕涼みにつれだしてくださり、両国の花火を初めて見物しました。錦絵で見知っておりましたが、まさかあれほどまでに大きく、華やかだとは思っておりませんでした。夜空だけでなく、猪牙船や屋根舟が浮かぶ大川の川面《かわも》まで明るく染めて」

橙《だいだい》色の大輪がきらめき、一瞬ののちには消えてゆく。儚《はかな》くも、あざやかな花火は、夕涼みの宴を楽しむ町人たちの払いによって打ち上げられているという。

「同じ火薬が西洋では大砲となり、江戸では夏の夜空を彩る花火となるふしぎ。『玉屋、鍵屋』とかける声の威勢のよさこそ江戸っ子の真骨頂。それにしても、喧嘩の多いこと」

花はくすりと笑うと、顔を引きしめた。

「わたしが屋敷の外に出るのは十日に一度がせいぜいですが、そのたびに人々の顔が荒《すさ》んでいくようにかんじております。遠藤様のお話では、西洋との交易のせいで万の値があがり、お上の無策にみな憤っているとのこと。先ほど勝様は、攘夷実行を迫る禁裏と、通商の拡大を迫る西洋諸国の板ばさみにあって難渋するくらいなら征夷大将軍の称号を返上すればよいと申されました。大久保様にいたっては、家茂公は千代田の御城を出て、八百万石の所領もすべて帝におかえしする。そして家康公の旧領である三河《みかわ》、駿府《すんぷ》、遠江の三州を請いうけ、帝におつかえする一諸侯にもどればよい。そのうえで諸藩と力を合わせ、志を持つ豪商らの参加もつのり、日本国の民草が一致一体となって国難に当たるべきと申されました。一点の私心もない卓見と存じますが、その策は御公方様や幕閣に容れられるのでしょうか」

花が問うと、勝さんが頭をかいた。

「無理も無理の大無理さ。大政を奉還するとなったら、役高や役料、それに諸方からの付け届けがなくなっちまう。徳川二百五十年の治世で、付け届けや袖の下をことわった侍はほんのわずか。栄転をことわったのは、おいらが知るかぎり、大久保忠寛殿唯一人」

安政四年一月、阿部伊勢守様による辞令にもかかわらず、大久保様は長崎奉行を固辞した。オランダとの交易を監督する長崎奉行には商人からの付け届けが多く、濡れ手に粟で蓄財ができる垂涎《すいぜん》の的の役職だが、それゆえにこそことわったのだと聞き、花は大久保様への尊敬を新たにした。

大久保様が勝さんを抜擢したのも、西洋銃の製造を請け負うにさいして袖の下をとらず、そのぶん鉄の質を良くさせたことにあったのを思いだし、花は相通ずる侍同士の友誼《ゆうぎ》がうらやましかった。

もうひとつ、今日の話に出た、フランスが対馬の租借を申し入れた件を詳しく知りたかった。極秘の情報で、勝さんもまだ真偽をたしかめていないというが、対馬が西洋諸国に狙われているのは間違いないらしい。

「お花、暮れと正月はどうする。まさか、もう許嫁《いいなづけ》がいて、先方に呼ばれているのではあるまいな」

勝さんがふざけて、花はむくれた。

「遠藤但馬守様は若年寄を十年もつとめた御方で、おいらも大久保殿も一目置いている。御家来にもすぐれた者が多く、おまえさんをあずかってもらうにはうってつけの人物」

勝さんにはめずらしく奥歯にもののはさまった言い方で、花は応じようにこまった。

「先ほど、おいらが、お江戸はどうだと聞いたろう。おまえさん、上海に行って、イギリスのえらい連中と交わり、ロシアの船に長く乗ったせいか、話しぶりがまた一段、かしこくなった。まるで日本語を流暢に話す異人のごとし」

「それは、ほめているのですか、それとも、わたしをくさそうと」

「どちらでもない。どちらでもないから、こうして弱っている」

勝さんが首をかしげた。釣られて花も同じほうに首をかしげて、顔を見合わせたふたりは破顔した。ひとしきり笑ったあと、茶と菓子をいただき、あらためて勝さんが話しだした。

「お江戸には、大雑把に見て侍が五十万、町方も五十万ほど暮らしている。ただし侍の半数は諸藩からの参勤。だから、お江戸の気風は、おいらのような江戸育ちの旗本や御家人、それに町方の連中がこしらえたと言っていい。もっとも、おいらの家は直参とは名ばかりさ。大奥にもちっとはいたが、近所の長屋に暮らす大工や絵師のこどもらと遊んで育った。女房のお民も、もとは辰巳の芸者」

つかみどころのない話だが、花は勝さんが言わんとするところがおおよそわかった。

「遠藤様の御屋敷は万事上等。しかしそれでは、お江戸のことは半分もわからない。かげんもよくなったようだし、町方の暮らしぶりも見てはどうかということでございましょうか」

「うむ。まさにそのとおりだが、じつにうまく話すのう。お花を嫁にもらった先では、亭主も舅姑《きゅうこ》も形無しで、さぞやりにくかろうて」

ようやく話が通じたと思ったのにまぜかえされて、花は本気で肚が立った。

「わたしは嫁に参りませぬ。この青い目が子に伝わったら、どうします」

花が怒ったのに、勝さんはかえって和らいだ顔になった。

「ゆるせ。まさかわかっておらぬはずはないと思いながら、ほかにたしかめる術《すべ》がなかった」

勝さんが頭をさげて、花は厚い気づかいに恐縮した。

「しかし、世はうつる。いつの日か、お江戸でも、青い目の娘が大手をふって外を歩けるようにしてみせようぞ」

勝さんの約定がうれしくて、花は大きくうなずいた。そのあとはすっかりくつろぎ、梶屋と似た商家の座敷で、花は勝さんと水入らずのときをすごした。

年末年始を赤坂氷川神社下の勝さんの家ですごすことは、遠藤様も渋々ながら承知してくださった。

「そなたを目当てに年賀にくる者たちにどう詫びるか。頭が痛い」

そのぶん、オランダ語と英語の教授を熱心につとめると約束して、花は午前に二時間、午後には四時間も教えるはめになった。

ところが花は町方の暮れと正月を味わうどころではなかった。勝さんとともに、特任全権公使に昇格したイギリスのオールコック氏を二度三度と訪ねて膝詰めの談判をくりかえしたからだ。

万延元年も押し迫った十二月五日の晩、アメリカ総領事ハリス氏の秘書官ヒュースケン氏が襲われた。赤羽橋のプロシア代表部から、騎馬で善福寺に帰る途中、古川に架かる中之橋の手前にきたとき、抜刀した七、八人の侍に両側から襲いかかられたのである。

騎馬の役人が三名、徒士も四名が護衛していたが、ヒュースケン氏は両脇腹を斬られた。馬を走らせて逃げたものの傷は深く、すぐに落馬した。血の海で苦悶していたところにかけつけた護衛たちによって善福寺に運ばれたが、手当の甲斐なく死亡した。享年二十八。

六日の朝、花は遠藤様から凶事を知らされた。見知ったひとが殺害されたのは初めてで、ヒュースケン氏の軽妙洒脱な話しぶりが思いだされ、ひたすらかなしかった。それと同時に、花は西洋諸国が自国民保護のために艦隊の派遣を要請し、横浜に軍隊を上陸させるのではないかとの危惧を抱いた。上海の外国人居留地に太平天国の一揆が迫ったさいのことと合わせて遠藤様に話すと、「なるほど、よくわかった」と言って、いそぎ登城した。

遠藤様は夕方になって帰ってきた。昨夜のうちに、外国奉行の小栗忠順《おぐりただまさ》様が善福寺にかけつけてハリス氏をなぐさめ、下手人の捕縛を誓ったという。ハリス氏は片腕ともいえる部下の死をかなしみながらも冷静さを失わず、軍隊の上陸といった強硬策は考えていないようだと聞き、花はひとまず安堵した。

八日、ヒュースケン氏の葬儀が盛大にいとなまれた。日本に滞在する外国人たちのあいだではもっとも知られた人物であり、アメリカはもとより、イギリス、フランス、プロシアの通訳もつとめた。斬られた日も、プロシア代表部を訪れた帰りだったこともあって、プロシア海軍アルコナ号の軍楽隊が葬列にくわわった。

善福寺を出発した葬列の先頭は、小栗忠順様ら正使として訪米した幕府の役人たちがつとめて、弔旗を揚げた西洋各国の水兵たち、葬送曲を奏でるプロシアの軍楽隊が続く。ハリス氏、オールコック氏ら各国の公使や領事も参列したため、幕府による警固《けいご》は厳重をきわめた。半里ほど離れた光林寺までの街道の両側は見物人で埋め尽くされたが、人々は静粛で、野次や小石が飛ぶことはなかったという。

花はヒュースケン氏の葬儀に参列できないまでも、棺を見送りたかった。

七日の夕刻、勝さんからのことづてがとどいたときは、そのさそいかと期待した。ところが、なにかあってはこまるゆえ、辰ノ口から動かぬように。八日の宵に、そちらにうかがうつもりと書かれていて、当てがはずれた。

花がヒュースケン氏と会ったのは二度だけだった。それでも印象は強く、機会があれば、素性を明かしたうえで、上海で面会したオリファント氏のことなどを話したいと思っていた。しかし長く臥せっていたため、願いはかなわなかった。

元気でいたとしても、ここは長崎や上海ではない。幕臣の勝さんでさえ思うように活動できないのだから、ただのおなごでしかない花がアメリカ総領事の秘書官と自由に話すのは、そもそも無理だったにちがいない。ハルデスとポンペが書いてくれたオランダの商人宛ての紹介状も、西洋人がこれほど敵視されていては用いようがなかった。

（わたしはなんのために、お江戸にきたのだろう?）

心細くなった花は、お玖磨さんからの手紙を読みかえした。二、三ヵ月に一度、梶屋の旦那様が懇意にしている江戸の商人たちに文を送る。花宛ての、お玖磨さんの手紙も飛脚に持たせてくれて、おかげで手元には四通の文があった。達者な筆づかいで、長崎のようすや梶屋のことが巻紙にしたためられている。

出島から近い、梅ヶ崎や大浦が埋め立てられて、町の景色がかわってきた。異国との交易で羽振りのいい商人たちがいばり散らすので、旦那様は機嫌が悪いという。

〈わたしは花ちゃんがうらやましい。青い目に生まれて、つらくかなしい思いもたくさんしたでしょうけれど、勝様の通詞をつとめて、オランダの方々や長崎の町衆にも応援されて、あんなに盛大に送りだされたのですもの。勝様を助けて、たんと活躍してちょうだいね〉

「ぞかし」や「なり」で文末が結ばれた手紙は、花の頭のなかで、お玖磨さんがふだん話していたことばとなって耳に響いた。

（そうよ、いつかまた働けるときがくる）

勇んで待っていた花に、日が暮れてからあらわれた勝さんが告げたのは、ヒュースケン氏の殺害をうけてイギリスとフランスが江戸の公使館を引き払い、横浜にうつろうとしているとの報せだった。

「英仏両国は艦隊を呼び寄せて、横浜の居留地に上陸させるつもりでは」

花が懸念を口にすると、その真偽を問うために、明朝高輪の東禅寺に行き、オールコック公使に会うのだと勝さんが言った。ただし密使なので護衛はわずか。駕籠で行くため、浪人たちに襲われたら逃げるのは難しい。

「ことわってもよいぞ」と勝さんに言われた花はカッとなった。

「そのような気づかいは無用です」

「うむ、その意気やよし。では、此度の通詞をつとめるうえで知っておいてもらいたい諸事情を話す」

勝さんが同座していた遠藤様に目配せをした。白い髷の殿様が花のかたわらに寄り、勝さんの小さな声に耳をかたむける。

「浪人どもに秘書官ヒュースケンを殺されたにもかかわらず、ハリスは幕閣寄りの姿勢をくずしていない。それは正使として渡米し、先月外国奉行についたばかりの小栗を窮地に陥れたくないからであろう。しかし、残念なことに、アメリカ本国が南北に分かれての内乱に突入しようとしている。

今回、英仏が公使館を横浜にうつすとさかんに息巻いているのも、そのあたりの形勢を見抜き、アメリカのうしろ盾を失いかねない幕府にゆさぶりをかけているのだ」

「幕府を追いこみ、対馬の租借を迫るつもりでは」

花がつぶやくと、遠藤様が感心した。

「外国掛の下役どもより、よほど勘がよい」

しかし勝さんは、先をいそぐとばかりに話を続けた。花もそれしきのことで、ほめてもらうつもりはなかった。

「厄介なことに、小栗は大のイギリス嫌い。アメリカからの帰りに寄港した香港で、英仏連合軍の北京進軍、清国皇帝の紫禁城からの逃亡を知り、イギリス嫌いに輪がかかったようす。ワシントンでも、アメリカの連中から、イギリスの悪口をたっぷり聞かされたのであろう」

花は、八十年ほど前にアメリカがイギリスから独立した経緯を思いだした。そのころ、イギリスと敵対していたフランスはアメリカをあと押ししたが、対ロシアのクリミア戦争と清国攻略ではイギリスと堅く手を結んでいる。まさに、きのうの敵は今日の友。

「イギリス嫌いの小栗様は、アメリカのつぎはロシアに拠ろうとしているのでは。横浜で兵士三名が斬られたにもかかわらず、江戸を砲撃せずに引き揚げたことで、ロシアへの信頼を深めたとでも。あれはそもそも、ムラヴィヨフ総督が樺太をおどし獲ろうとしたからおきたこと。その論が成り立つなら、イギリスも日本を攻めてはおりません。印度や清国では悪逆をきわめているようですが」

興奮した花は声をひそめるのに苦労した。

「ロシア贔屓は、小栗だけではない。前任の外国奉行堀利熙《ほりとしひろ》は今年の二月、ゴシケーヴィチに江戸から箱館までの徒歩旅行をゆるした。他国の領事がやっかみ、たいへんだったそうだ」

その一件はまるで知らなかったが、堀様は十一月六日に切腹したと聞き、花はさらにおどろいた。老中首座安藤対馬守様は、阿部伊勢守様の衣鉢を継ぎ、西洋諸国との交際においては一国に拠りすぎないことを旨としている。そのため、堀様のロシア贔屓が目にあまり、激しく叱責した。熱血漢の堀様は憤激して、深夜二時ごろに江戸城内の一室で切腹して果てたという。

「最初にしかけたのは、イギリスのオールコックさ。今年の一月に、突然対馬の租借を申し入れたため、ムラヴィヨフの一件で縮こまっていた幕閣の親ロシア派が息を吹きかえしたのだ」

去年の五月、最強とうたわれたイギリス軍が、天津に続く白河で清国軍に大敗した報せは瞬く間に世界をかけめぐり、ロシアのムラヴィヨフ総督をして江戸湾に艦隊をむかわせるほどの衝撃があった。幕閣でも、イギリスなど口ほどにもないと豪語する者たちがあらわれた。

そのため、オールコック公使による対馬租借の申し入れは即座にことわり、さらにロシアのゴシケーヴィチ領事に外国人初の国内旅行を許可することで、イギリスをけん制した。

ところが、イギリス軍はやはり最強だった。今年八月には、フランス軍と連合した二万余の大軍で天津から北京へと攻めのぼり、清国の咸豊帝《かんぽうてい》は離宮のある熱河《ねっか》へ逃げ落ちた。さらに捕虜となったイギリス兵が清国軍によって惨殺されたことへの報復として、北京の名園円明園を徹底的に破壊し、焼き払った。

「アメリカとロシアは、イギリスとフランスが清国の平定に手こずっているあいだに日本に開国開港を迫り、和親条約を結び、人脈もつくった。しかし最後にものを言うのは、やはり武威。その無敵の武威をイギリスに使わせず、しかも対馬を獲らせないためにオールコックに会うのだ」

「よくわかりましたが、勝様はどなた様の御指示で密使の役をつとめるのですか？」

花が聞くと、「的を射るとは、まさにこのこと」と遠藤様がうなった。

「水野忠徳殿をおぼえているかい」と聞かれて花はうなずいた。岩瀬様とともに長崎に交易を学びにこられて、思慮深くも果敢な方とお見うけした。

花は知らなかったが、二年前の七月に横浜でロシア兵三名が斬られたときの神奈川奉行は水野様だった。外国人に対する狼藉を防げなかった責任をきびしく問うたのが、まだ総領事の肩書だったオールコック氏で、水野様は井伊大老によって閑職の西丸留守居に左遷された。

横浜開港の直後、金銀の交換比率が国内外で異なることによって大量の小判が流出し、英米の商人が大儲けをした。それをとめようと知恵を絞ったのが水野様だったため、オールコック氏がうとんじたのだという。その後、オールコック氏は駐日特命全権公使に昇進した。

対する水野様は閑職のままだが、安藤様に内々で相談をもちかけられて、旧知の勝さんを密使に推した。勝さんは御二人に、花の素性と、上海でエルギン卿と面談したことを話し、通詞として東禅寺に同行させるゆるしをえた。オールコック公使も、勝さんになら会うと答えたという。

「今更ながら、カッテンディーケに感謝しないといけねえなあ。さんざん世話になったのに、おいらは離日の見送りにも行けず、不義理をしちまった」

海軍伝習の第二次教師団が長崎を発ったのは昨年の十月十日で、花がそのことを知ったのは今年になってからだった。カッテンディーケ大尉の恩に報いるためにも、オールコック公使を説き伏せなくてはならない。

「お花がロシアの通詞アンリ・カジスキーとわかったら、さすがのオールコックも肝を潰すはず。そこがつけ目。あすは、こいつをきてくんな。密使とはいえ、老中首座の使いだ」

勝さんが立ち、部屋の隅に置いてあった行李《こうり》を開けた。入っていたのは羽織袴一式だ。

「胸は晒《さらし》で押さえて、大小も差し、若侍のこしらえをしてもらう。もちろん、黒い色目ガラスをはめる。髪は後ろで結べばいい」

海軍伝習のときにきていた青い上着と白いズボン、それにロシア海軍の制服を風呂敷に包んで持っていくのは、オールコック公使に証拠として見せるためだ。

「ううむ。是非とも同道したい」と遠藤様がくやしがり、「殿様とは、つまらんものですな。その程度のわがままも利かぬとは」と勝さんがからかっている。

その晩、花は生まれて初めて袴をつけ、大小を佩いた。身が引きしまり、武士がいかなるものか、多少なりともわかった気がしたが、どうにもおちつかない。

ひと晩考えたすえに、花は青い上着と白いズボンで東禅寺に行くことにした。色目ガラスもしない。少しふくらんできた胸も押さえない。途中で襲われるのは致し方ないが、にせ侍の姿で果てるのは絶対にいやだ。

翌朝、辰ノ口にあらわれた勝さんに、花は自分の覚悟を伝えた。

「そうかい。好きにしな」

あっさり応じた勝さんは遠藤様に話をとおし、門前に置かれたふたつの駕籠を陣幕でぐるりとかこわせた。青い上着に白いズボン、青い目の花は、遠藤様の家中の者たちにも姿を見られることなく駕籠に乗った。

「さあ、やってくれ」と勝さんの声がした。

「よしきた」「ほいさ」

威勢のいい掛け声とともに駕籠が浮き、調子に乗って進んでいく。伝馬町牢屋敷で駕籠に乗ったときはすぐに気を失ってしまったが、勝さんと一緒ならこわいものはない。

蜆《しじみ》や浅利《あさり》、納豆に豆腐を売る声がする。引き戸を開けて、お江戸の朝の景色を眺めたいが、青い目を見られるわけにはいかない。

「さあさあ、ここからのぼりになりますよ。坂をのぼりきったところが、目ざす東禅寺でさあ」

急な坂で、かつぎ手たちがあえいでいる。

「つきやした」と言われて、花は外に出た。高台に建つ寺は仙台公が建てたというだけあって壮麗で、船の帆柱ほどの高さがある二本の松が目を引いた。二本差しの役人に勝さんが書状を見せると、すぐに通してくれた。

案内された庫裏の板の間にはテーブルと椅子、それにストーブが置かれている。ただし、出島のカピタン部屋や、上海のデント商会にあったものよりもみすぼらしい。やがてオールコック公使が従者とともに入室した。勝さんにむけた視線を花にうつし、明らかにおどろいている。

「お初にお目にかかる拙者は幕臣勝麟太郎と申します。ここに控える通詞梶花が、オランダ海軍大尉ファン・カッテンディーケ氏とともに上海を訪れたことは、エルギン卿よりお聞きおよびでしょう」

勝さんのあいさつを花が英語に通訳すると、オールコック公使が目を見開いた。

「おまえは、ムラヴィヨフの通詞だったはず。それに、まさか、女だったとは」

「公使をたばかったのではなく、偶然がかさなったのです。順を追って話しましょう」

勝さんは花の今日にいたるまでを物語り、それを英語に通訳しながら、花は自分が草双紙《くさぞうし》の登場人物になったようで気恥ずかしかった。

「ムラヴィヨフ総督を諌めて、アスコルド号による砲撃をとめてくださったこと、江戸百万の民になりかわり、御礼申しあげます」

勝さんが丁重に感謝しても、オールコック公使のいら立ちはおさまらなかった。花の正体よりも、自分がかくも動揺させられていることに肚を立てているようだ。

「おいらが思うに、ムラヴィヨフ総督は、樺太の全島領有をめぐって日本と戦をおこすまでのゆるしは、ロシア皇帝からえていなかったんじゃありませんかね。だから、九隻もの大艦隊をしたてて、さんざん幕閣をおどしたわりにあっさり引き揚げたと考えると、辻褄《つじつま》が合うんです」

うってかわって伝法に話す勝さんの江戸ことばを調子よく英語に通訳しながら、花は胸が弾んだ。

「ハッタリやおどしは外交にはつきものだから、文句を言うつもりもありませんがね。そこでイギリスの特命全権公使にうかがいたいんですが、ヒュースケンの殺害をうけて、江戸を引き払い、横浜に公使館をうつすことを、イギリス政府は承認しますかね。もうひとつ、対馬の租借をごり押しして、日本との交易に支障をきたした場合、公使はイギリスの商人たちからも責任を問われると思いますが、その点についての読みはいかがでしょう」

勝さんが相手の痛いところを突くので、花はヒヤヒヤしながら英語に通訳した。じっさいオールコック公使の眉はつりあがっていた。

「老中首座安藤対馬守はイギリスと敵対するつもりはありません。それに、自由貿易を進めていきたいと考えています。おいらが幕閣とのあいだをとりもちますから、公使にはあわてないでいただきたいんでさあ。修好通商条約批准のための遣米使節がアメリカにむけて出港して一週間後に対馬の租借を迫り、ロシアのゴシケーヴィチ領事が江戸から箱館まで徒歩で旅行したのに対抗して、外国人初の富士登山を強行するなんてえのは、世界に冠たる大英帝国の特命全権公使がすることじゃありません」

オールコック公使ににらまれても、花は臆せず通訳した。

「今日はここでおいとまします。つぎは横浜にうかがいますよ。大見得を切った以上、横浜行きはやめられないでしょうからね。ただし東禅寺はこのまま借りておいたほうがいい。よその国に入られたら厄介だ」
通訳し終えた花をともない、勝さんは悠々と東禅寺の門にむかって歩いた。

十二月十六日、かねて宣言していたとおり、イギリス、フランス、オランダの三ヵ国の代表が江戸から横浜にうつった。しかし秘書官を殺害されたアメリカ総領事のハリス氏が善福寺から動かなかったため、幕閣はさほどあわてていないとのことだった。

師走も押し迫った二十六日、花は勝さんとともに蟠龍丸《ばんりゆうまる》で横浜にむかった。もとはエルギン卿が第十三代将軍家定公に献上したヴィクトリア女王の御座船エンペラー号で、全長四十一・八メートル、全幅六・四メートルと細長い。そこに小型で馬力のある蒸気機関を積んでいるため、とにかく速い。品川沖から横浜まで一時間ほどでついてしまい、花はおどろいた。蟠龍丸は内装も豪華で、階段や手摺りには精緻な彫刻がほどこされている。壁一面に鏡が張られた部屋もある。

残念なのは、船体や帆柱に塗られていたペク（塗料）を剥がしてしまったことで、横浜港で乗りこんできたオールコック公使もこれには落胆していた。

「日本じゃあ、白木が最上等ということになっていましてね。いずれ、お上が乗船するというので、宮大工たちが目の細かい鑢《やすり》で丹念に削り落としたそうなんでさあ」

勝さんがわけを説明しても、オールコック公使は納得できないようだった。それでも立派な調度品が据えられた貴賓室に招かれたのはまんざらでもないらしく、艦内の掃除がいきとどいていることと、蒸気機関もよく手入れされていることをほめた。

「今日は、わたしから質問させてくれ。きみがロシアになびかない理由を教えてほしい」

東禅寺で会ったときにくらべて、オールコック公使はおちついていた。

「ロシアが望むのは領土だからです。清国の東北部には広大な原野があり、英仏との講和をとりもったロシアに気前よくくれてやったようですが、いずれ後悔することでしょう。おいらの目の玉が黒いうちは、対馬であれ蝦夷地であれ、日本の土地は一片たりとも外国にゆずりません」

ドアはしっかり閉まっているが、勝さんは押し殺した声で言った。四十人ほどの乗組員は全員が幕臣で、勝さんの息がかかっているとはいえ、どこから話が漏れるかわからないと警戒しているのだ。

「裏表があるのも、気に食わねえ。やたらと愛想をよくして味方に引き入れるってえのは、たちの悪い野郎のやり口だ。情けねえことに、それに引っかかる者たちの多いこと。イギリスもこわい国だが、条約を順守しているかぎり武威はふるわない。それに印度と清国を滅茶苦茶にした失敗からいくらか学び、日本とは戦をおこさずに交易をしていきたいと考えているようす。それならばつきあえる」

芝居の台詞のようになめらかな勝さんの弁舌を花が英語に通訳すると、オールコック公使が満足げにうなずいた。

「勝さん。自由貿易が成り立つためには、役人が賄賂を求めないことがなにより大切だ。その点、日本の支配層である侍は清国の役人よりずっと質実だと、わたしはかんじている」

「お花、おまえさんが答えてくんな」

渡米しただけあって、勝さんも英語がかなりわかるらしい。花が日本語に訳す前に聞きとり、返答をまかせてきた。花は〈武士は食わねど高楊枝〉の格言と、大久保様と勝さんの友誼を例にあげて、侍は質素を旨とするがゆえに政事を司る。反対に、富を求める商人は政事にたずさわれないと説明した。

「よくわかりました。ただ西洋諸国との貿易が軌道に乗れば、取引する品物が増える。役人も増やさなければならず、侍だけでなく商人もくわわってくる。わたしが見るところ、日本にはキリスト教のような上質な宗教はない。文学や絵画も低俗なものが多く、国民の道徳性を引きあげるものとは言いがたい」

オールコック公使の懸念を、勝さんはおかしそうに聞いていた。

「おおせのとおりと言いたいが、仏教には禅という一派がありやしてね。坐禅《ざぜん》といって、こんな格好に足を組んで、瞑想《めいそう》をするんでさあ。おいら飽きっぽいたちだが、禅は大真面目に修業したんだ」

椅子のうえで坐禅を組んだ勝さんが静かに目をつむると、強い気が発せられた。オールコック公使も変化をかんじとったらしく、目を見張っている。

「禅とは雑念を払い、心をひとつにする修業。おかげでおいら、たいていのことには動じねえつもりでいたが、咸臨丸での太平洋横断ではとんでもねえしくじりをやらかしちまった」

「えっ、そうだったのですか」

初めて聞く話で、花は思わず声をあげた。あわてて英語に通訳すると、オールコック公使も興味津々という顔になった。

安政七年正月十三日に品川沖を出港したあと、艦の整備で疲労困憊した勝さんは寝こんでしまい、十七日間も甲板に出られなかった。やむをえず、その間の操艦はブルック大尉とアメリカ人水夫にまかせた。

咸臨丸は外海に出るや大嵐に襲われた。激しい船酔いと、いまにも沈没するのではないかとのおそれから、乗組員たちが「日本に帰る」、「アメリカに行くのはいやだ」と騒ぎだした。艦長である勝さんまでとり乱し、「ボートをおろせ」と口走ったという。

「おいら、あれほどの醜態を晒したことは、あとにも先にもありゃしねえ。『日本一の艦長』とうそぶいておきながら、太平洋のあまりの広さと、大嵐の猛烈さに魂消《たまげ》ちまった」

坐禅をほどき、椅子にすわり直して話す勝さんの気は弱かった。ほとんどの乗組員が役に立たないなか、小野友五郎様は船酔いにもならず、航海士としての役目を見事に果たしたという。

勝さんは体調が回復したあとも、あせりから失言をくりかえして、人望を失った。ところが、ブルック大尉は勝さんを責めなかった。

「たった五年の訓練で太平洋を横断しようというのが、そもそも無謀なのです。さいわい生きてサンフランシスコにたどりつけたのだから、この経験を今後に活かせばいい。自分たちが操艦を手伝ったことはけっして口外しないし、記録にも残さない。日本人が立派な船乗りを輩出して、自国の海域を自力で守れる海軍を創ることを願ってやみませんとまで言われて、おいらは兜を脱いだのさ」

負けず嫌いの勝さんが自分の過ちを認める、それも異人の前で。花は通訳しながら、せつなさで胸がふるえた。オールコック公使も神妙に聞きいっている。

「おいら、残念ながら、一軍の将の器じゃあないらしい。つまりは艦長失格さ。それでも、まったくのぼんくらじゃねえ証拠には、百戦錬磨のイギリス公使が、ひとまわりも年下のおいらの話を真顔で聞いてらあ」

花が通訳すると、オールコック公使の顔がほころんだ。

「勝さん、きみの一番の望みはなんだ」

「日本が一致一体であること。すなわち内乱をおこさないこと。最悪は、ふたつに割れた勢力の背後に異国がついて、相争うこと。それだけは、なにがなんでも避けたいんでさあ」

勝さんは続けて、貿易と戦争は相反する、貿易を第一に考えるイギリスは、日本が内乱におちいることを望んでいないはずだと言った。

「よくわかった。わたしも今後は幕府をゆさぶるような言動はつつしもう。そのかわり、幕閣の内情を定期的に伝えてほしい」

オールコック公使がさしだした右手を勝さんが握り、花はオランダにいるはずのカッテンディーケ大尉に感謝した。

「イギリスと渡りがついて、ひと安心ですね」

オールコック公使が去った蟠龍丸の貴賓室で、花はホッと息を吐いた。ところが勝さんはかえってけわしい顔をしている。

「まだ、なにか心配が」

「おまえさんは、ここにいな。おいらは甲板にあがって、船を出航させてくる」

そう言って部屋を出た勝さんは、品川沖に碇泊するまでもどってこなかった。

「問題は、ロシアがどう出るのかさ。ヒュースケンが殺されて、英仏蘭の代表が横浜にうつった。ロシアから見れば、英仏はここが好機とばかりに幕閣をさらに責めて、対馬の租借を迫るのではないかと疑うに十分な形勢」

花とともに駕籠で辰ノ口の屋敷に入った勝さんはそう言って舌打ちをした。

「ロシアにしてみりゃあ、対馬は絶対に英仏に獲られたくねえ。しかし親ロシアの筆頭だった堀に死なれたために、幕閣に対して影響力をおよぼしようがない」

「では、先手を打ってロシアが対馬を」

花はつぶやきながらおそろしくなった。

「うむ、おいらもそれを懸念している。オールコックの口ぶりからすると、英仏はあくまで幕府へのゆさぶりとして対馬の租借を申し入れたらしい。ところが、ロシアはそれを本気とうけとめて狼狽しているのではないか。おとといポンペからとどいた書状によると、十一月八日にゴシケーヴィチが長崎にあらわれて、連日シーボルトを訪ねているとのこと」

「シーボルト？」

オウムがえしに聞きながら、花はオランダ人医師シーボルトと遊女其扇のあいだに生まれ、医術を学んでいる娘イネのことを考えた。

勝さんによると、伊能忠敬作成の日本地図を国外に持ちだした咎《とが》で追放処分となったシーボルトは安政六年七月、三十年ぶりに再来日し、かつて塾を開いた長崎の鳴滝村に住んでいるという。

「あやつは、いまやロシアの手先」

勝さんがぴしりと言った。聞けば長崎奉行もロシアに寄っている。アスコルド号が十ヵ月も滞在しているあいだに、花の知らないところでロシアは長崎奉行を抱きこんだらしい。

「おいらの情報源は、ハルデスとポンペ。あのふたりは、けっしてロシアになびかねえ。些細な異変でも宿次飛脚で知らせてもらい、こっちからの返信にはお花のようすを書く約束さ。おまえさんがアスコルド号に乗り、箱館経由で江戸にむかったことも、ハルデスからの文で知った。おかげでおいらのオランダ語の読み書きは、前より上達しているくらいだよ」

懐かしさとありがたさで、花は目がうるんだ。


万延二年の初日の出を、花は愛宕神社の境内で待った。江戸で一番の名所だけあって、たいへんな数のひとだ。綿入れをきて、襟巻をした大勢の男女は、たいてい酒を飲んでいる。かく言う花も氷川神社裏の勝さんの家を出るときに猪口で一杯飲んでいた。

まっ暗だった空がようやく白みだし、勝さんや杉さんの顔がよく見える。杉さんはかしこいのに、でしゃばらないひとで、話していて肩がこらない。

「お花、ほほや額だけでなく、目の玉までまっ赤だぞ」

勝さんにからかわれても、花はにこにこしていた。日中はお民さんを手伝い、お節作りに精をだした。おかげで眠たかったが、初日の出を拝んだあとは、勝さんの家にもどり、みなでひと眠りするという。昼すぎまで居眠りをするなんて、生まれて初めてだ。

「雲も薄いし、ご来光が拝めるんじゃありませんかね」

杉さんが言って、花は期待した。長崎湾は西にむいているため、日の入りは毎日のように見てきた。海から昇る朝日も、アスコルド号の船室で見ていたが、これから江戸を襲おうという軍艦に乗っていたのだから、朝焼けの美しさに見惚れるどころではなかった。

いまだって、対馬をめぐるロシアの動静が頭の隅に引っかかっている。愛宕神社の裏は天徳寺、ムラヴィヨフ総督の通詞として遠藤様と酒井様との談判に臨んだ場所だ。今後もゴシケーヴィチ領事らの江戸での滞在場所になるという。

「今年も、きびしい一年になるだろうよ。それでも正月くらいは暢気《のんき》にすごしたいもんだ。おっと、お天道様が顔をだす」

そう言った勝さんの顔が、旭光をうけて橙色にかがやいた。花はお天道様よりなお頼もしい顔に心を奪われた。

正月二日と三日、花は勝さんにつれられて、お江戸の市中を歩いた。浅草では弾左衛門《だんざえもん》の屋敷を訪ね、新門辰五郎《しんもんたつごろう》なる火消しの元締めにも紹介された。

どちらの前でも花は色目ガラスをはずし、青い目を見せた。ふたりとも肝が据わっていて、束の間おどろきはしても、何事もなかったように話を続ける。

勝さんも、父親の小吉さんの代からのつきあいとあって、いかにも気心が知れたふうでくつろいでいた。

「お花には言うまでもないが、西洋でものをいうのは才覚。対する日本では、血筋や家柄が第一。家督争いを防ぐのには便利だが、おいらのような貧乏旗本の倅には肚が立つことばかりさ。その点、アメリカは自由でいい。せめて三月はいて、ゆきずりに出会うひとたちと四方山話をしたかった」

日がかたむきかけた大川べりを川下にむけて歩きながら、勝さんは何度も空を見あげた。高祖頭巾をかぶった花も同じように初春の空を見あげては、異国に渡りたいと願っていた幼いころを思いかえした。

お江戸の凧は長方形で、長崎のハタ（凧）の倍くらいの大きさがある。武者や金太郎が描かれていて、長い尾が風になびき、うなりの音がうるさいほどだ。

「お花、なにかしてみたいことがあるかい」

両国橋の手前まできたところで、勝さんが不意に聞いてきた。長崎では、専属の通詞をつとめる給金として月二両を払っていたが、江戸では融通が利かない。それでも歌舞伎見物くらいはさせてやれる。

「ときどき、お江戸を案内してくださるだけで十分です」と答えた拍子に、花はシーボルトの娘イネのことを思いだした。

「ただ、素性を明かし、色目ガラスをはずして話せるおなごの友がいたらとは」

言いよどんだのは、友とは出会うもの。友を当てがってもらうのは、若殿様や姫君だからだ。それはわかっているが、遠藤様の御屋敷でも、勝さんの家でも、花はオランダ通詞の娘ということになっていた。こちらに隠しごとがあっては、気のおけない間柄になるのはむずかしい。

「それは、おいらの願い以上の難題だ」

勝さんに首をかしげられて、花は気落ちした。

「日本の命運を保つより、わたしに似合いの友を見つけるほうが難儀だと」

「それはそうに決まっていると断じては、おまえさんにも、世の娘たちにもにらまれちまうが、どうすればそうした奇特な娘を探しだせるものか、とんと見当がつかねえ」

「もうけっこうです。ここからはひとりで辰ノ口まで帰ります」

ぷいと顔を背けると、花は両国橋のたもとを右に曲がり、千代田の御城を目ざして歩いていった。

青い目に生まれただけでもめずらしいのに、国禁を犯して上海に渡り、さらにロシアの軍艦にひと月以上も乗った者など、幕閣にだっていはしない。ただし、いずれも花が望んだことではなく、まさに偶然がかさなったのだ。

(それなら、いつか思いもよらぬ縁で友ができないともかぎらない)

笑顔になると、花は暮れはじめた空を見あげた。

正月三日の夕刻でも、和田倉御門のあたりには、舟から荷揚げをする人足の姿があった。遠藤様の御屋敷から客が帰っていくところで、花は入れかわるように門をくぐった。

ひと休みしたあと、部屋で夕餉をいただいていると、邸内がざわついた。

「お花殿」

若侍に呼ばれて花は箸を置いた。奥の座敷には勝さんがいて、両国橋のたもとで別れたときとは打って変わり、ひどくけわしい顔をしている。

「こいつを遠藤様に読んでやってくれ。長崎のハルデスから、つい先刻とどいたばかり」

茶色のインクで書かれたくせのある横文字を懐かしむより先に、花の目は"Muraviyov"の名に釘付けになった。

(ムラヴィヨフ総督が、なにゆえ長崎に?)

口をつきかけた問いをのみこみ、花はハルデスの手紙を最初から訳していった。

和暦十二月二十九日、ロシアの軍艦ポサドニック号が長崎に来航した。艦長のニコライ・ビリリョフと、東シベリア総督ムラヴィヨフはその日のうちに上陸して鳴滝村のシーボルトを訪ねた。ポサドニック号は、咸臨丸や朝陽丸とほぼ同型の軍艦で、十一月にもゴシケーヴィチ領事を乗せて箱館と長崎を往復している。

ムラヴィヨフ総督らとシーボルトとの懇談の内容は不明だが、ロシアにはよほどの企図があると考えたほうがいい。

「ううむ。まさに一大事」

遠藤様がうなり、花の脳裏には巻毛の総督の居丈高な姿が浮かんだ。


英仏の公使がイギリスの軍艦で横浜から江戸にもどったのは、一月二十一日だった。

オールコック公使は、外国掛の酒井右京亮様を散々わずらわせて、自分たちが上陸するさいには外国奉行に出迎えさせたうえに、祝砲を二十一発も撃たせせた。

「なにがこれからは幕閣をゆさぶる言動はつつしむだ。うそつき爺が、みずから夷狄を狙う浪人どもをあおり立てるまねをしやがって」

勝さんは罵詈雑言を放ったが、辰ノ口の屋敷の奥座敷なので、余人に聞かれる心配はなかった。

「オランダ公使付きの通詞によると、オの字はイギリス本国の外務大臣から訓令をうけて、渋々帰府したとのこと。それだけではなく、香港の裁判所から出頭を求められていて、来月にもむかうとか」

淡々と話したのは酒井右京亮様で、「オの字」とはオールコック公使のことだ。屋敷の主である遠藤但馬守様はもちろん、大久保忠寛様と水野忠徳様もきている。英仏公使の帰府をうけ、西洋諸国への応接を討議するために、内密に集まったのだ。花は小袖で、色目ガラスはしていない。

昨年九月、横浜に居留していた英国の商人マイケル・モースが神奈川宿付近で狩猟に興じていたとき、江戸から十里四方の銃の使用は御法度と咎めた奉行所の役人と口論になった。酒に酔っていたモースの発砲で役人は重傷を負い、横浜での領事裁判で、国外退去と罰金一千ドルの判決がくだされた。

上告を受理したオールコック公使は公使の権限で懲役三ヵ月、罰金一千ドルを科した。ところが、それを不服としてモースは逃亡。香港に渡り、オールコック公使が一審よりも量刑を重くしたのは越権行為との訴えを同地の裁判所におこしたのだという。

「オの字は敵をつくりやすい男なのだ。となると、つまり、おいらの同類か」

勝さんがお道化て、座がわいた。そこでお開きになり、「次回は但馬守ご自慢の紅白の梅を眺めながらでも」などと言いながら各々駕籠や徒歩で帰っていった。

二月十九日をもって万延から文久に改元されて八日目の二月二十七日に前回と同じ面々が辰ノ口に集まったときには紅白の梅が咲き、邸内にまで香りがただよっていた。

しかし誰もそれを話題にしなかったのは、仰天の重大事がおきていたからだ。

「ついに、ロシアが対馬を獲りにきおったか」

最年長の遠藤様が口を開き、帯から扇子を抜いて自分の腿をぴしゃりと打った。

対馬藩の家老が幕閣にいそぎ送ってきた書状によると、二月三日の夕刻、ロシア国旗を掲げた軍艦ポサドニック号が島の西岸にある尾崎浦に投錨した。藩主宋義和《そうよしより》は、すぐさま重臣をむかわせて、対馬は非開港場であり、すみやかに退帆せよと抗議した。

ところが、艦長のビリリョフ中尉はアスコルド号を例に挙げて、ポサドニック号も船体を破損したためにやむをえず対馬に来航したのだと説明した。ついては、食料と水と薪、船の修繕場を設営するための木材を提供してほしいと求めてきたという。

「よくもぬけぬけと」

丸い顔を真っ赤にした水野様が舌打ちをした。面長の大久保様は微動だにしない。勝さんが頭を掻いているのは、アスコルド号の件を巧みに利用されたからだろう。

花を含む六名が車座になった座敷には、対馬の地図が広げられていた。対馬は九州と朝鮮半島のなかほどに位置する南北に長細い島で、古《いにしえ》より朝鮮との交易の仲立ちで栄えてきた。島の中央に浅《あ》茅湾《そうわん》が大きくうがたれていて、尾崎浦は浅茅湾の入り口に当たる。

勝さんは三年前の安政五年二月に咸臨丸で五島から対馬に廻っている。カッテンディーケ大尉も同乗した海軍伝習の航海訓練で、やはり尾崎浦に投錨した。対馬はけわしい山々がつらなっているが、中腹にはよく耕された田畑が広がり、町もにぎわっていた。ところが府中にむかう道はことごとく閉ざされていて、藩主との面会もかなわなかったという。

「前ぶれをせずに立ち寄ったんで、朝鮮との密貿易を取締りにきたと警戒したんでしょう。長州も一枚噛んでいるという話だし。いずれにしても、対馬は藩主も藩士も島民も一筋縄ではいかない、おもしれえ島ですよ。かの蒙古襲来にもどうにか持ちこたえたんだ」

この危機に、ちっともこまった顔をしていない勝さんが頼もしい。ポサドニック号は、書状が記された二月十七日時点では、尾崎浦に碇泊したまま動きを見せていないという。

一方、対馬藩内は一致一体とはいかず、穏便に対処しようとする藩主派と、打ち払いを主張する攘夷派の対立が日に日に激しさを増しているとのことだった。

「安藤様は、にがりきっていることでしょうな。よりにもよって、対馬守であるご自身が老中首座にあるときに対馬がロシアに襲われたのでは、狂歌や落首で散々にからかわれる」

うまく洒落たのに誰も笑わないので、勝さんが首をすくめた。

「対馬守は、外国奉行の小栗にこの件をまかせたそうだが、頼みのアメリカは、南北に分かれての内戦が避けられない形勢。とても軍艦を派遣してはくれまい」

遠藤様がいら立った声で言った。

「誰が仕切ろうと、やることは決まっていますよ。まずはロシアの駐日領事ゴシケーヴィチをつかまえて、ポサドニック号の退去を求める。どうせ言を左右にするだけでしょうが」

勝さんは打つべき手をつぎつぎに挙げた。長崎奉行からも艦長ビリリョフ中尉に書簡を送り、和親条約に違背するおこないを厳しく責める。対馬に近い佐賀、筑前、長州の各藩にも事情を報せて協力を請う。

「和親条約を結んでいる以上、ロシアは幕府の意に反しての対馬逗留がゆるされないのは百も承知。そこでまずは難破をよそおい軍艦を碇泊させて、兵士たちが住む小屋を建てるなりしたうえで、対馬藩主に直談判して、対馬の租借を求める算段でしょう。ロシアの無法を小栗がどうさばくのか、お手並み拝見だ」

皮肉な言い方からすると、勝さんは小栗様が成功すると思っていないらしい。

「一番大切なのは、対馬の藩主と藩士、それに島民たちを励まし、安心させてやることです。公儀は決して対馬を見捨てない。ましてやロシアの租借地にすることなどけっしてないと、小栗が言ってやれるかどうか」

勝さんの言に遠藤様、酒井様、水野様、大久保様が深くうなずいた。花もそのとおりと思ったが、問題はどうしたらポサドニック号を退去させられるのかだ。

(遠藤様は天徳寺でムラヴィヨフ総督に啖呵を切った。アスコルド号が江戸城を砲撃したら、旗本八万騎をはじめ、日本国の総力を挙げて最後の一兵までロシアと戦うと。しかし対馬はあまりに遠く、幕府が有する軍艦は数も威力もロシアに遠くおよばない。どうしても退散しない相手に戦をしかけて破れたら、清国における香港のごとく、対馬をロシアに獲られてしまう。ただしイギリスがそれを座視しているはずがない)

「じつは、オの字がまた厄介なことを求めてきておりまして」と酒井様が言って、花は考えを中断した。

「例の裁判のため、来週イギリス船で香港にむかうそうですが、帰りは長崎から江戸まで陸路で旅行をしたいとの申し出がありました。しかも京にも足を踏み入れたいと」

「バカな。あやつは斬られたいのか」

遠藤様が声を荒げた。

「本当にそうかもしれませんよ」と勝さんがうけて、「オの字はイギリスのなかで傍流ではないかと思うんです」と続けた。

「自分が斬られてもいいとまでの覚悟はないにしても、イギリス人が襲われてもかまわないとは思っているんじゃありませんかね」

「わたしもそう思います」

花は思わず声を発した。

「いいよ、話してみな」

勝さんにうながされて、怯んでいるひまはないと花は肚を決めた。

「わたくしが安政五年の年末に、上海のデント商会で、イギリスのエルギン卿と執事のオリファント氏に面会したことはお聞きおよびと思います。ふたりは日本に対して、おどろくほどの好意を寄せておりました。ところが、オールコック公使はそうした態度を共有していないようです。それどころか、エルギン卿の日本に対する好印象を意図的にくつがえそうとしているのではないでしょうか」

「なるほど、そう考えれば腑に落ちることばかり」と酒井様がうなずいた。

「勝はまことによい家来を持ったな」と感心した遠藤様が、「主が傍流なだけに、お花にはオの字のへそ曲がり具合がよくわかるのであろう」と落として、一同が破顔した。

「厄介きわまりない野郎だが、イギリス公使を叱りつけるわけにもいかねえ。酒井様、オの字に、香港を発つ日が決まったら長崎奉行に知らせるように申し伝えてくだされ。厳重な護衛を付けるためだからと言えば、喜んで教えるでしょう」

勝さんは、ポサドニック号の件はまだオールコック公使に伝えなくていいとつけたした。

「まずは小栗のお手並み拝見。なによりロシアが対馬を襲ったそもそもの原因はオの字が幕府に租借を申し入れたから。おかげで対馬はたいへんな迷惑。こうしているあいだにも、ロシア兵が狼藉を働いているやもしれぬ。その責任は、きっちりとってもらう」

「おぬし、なにかたくらんでおるな」

大久保様が今日初めて声を発した。

「さあ、どうでしょう。ただ、なにがどうあっても対馬は異国にゆずれません。対馬の者たちも、そう思っているはず」

勝さんのことばに、花も意を強くした。

遠藤様が座を立ち、廊下に出て手をたたいた。それからは庭の梅を愛でながらの宴となり、花もおいしい料理とお菓子をいただいた。


「オの字は、四月なかばに長崎につくとの報せが、昨夜とどいた。お花、此度も通詞を頼む」

このときのために蟠龍丸はいつでも出航できるしたくを整えている。明後日の早朝、品川沖を発つ。

彼岸の入りに辰ノ口にあらわれた勝さんにそう言われて、花は信じられない思いだった。

(お玖磨さんや旦那様に会える。ハルデスとポンぺ、それに作治郎たちにも)

勝さんだってうれしいはずなのに、おくびにも出さずに話すのが憎らしい。

「あの快速蒸気船ならば、七日あれば長崎につく。ロシアの動静を探り、場合によっては対馬にむかい、そのうえでオの字を迎える」

遠藤様のほかに誰もいない奥座敷で、勝さんはさらに声をひそめた。

「その後にとどいた書状によると、対馬ではロシア兵が傍若無人にふるまっているとのこと。勝手に道を切り開いて木々を伐材し、畑を作り、牛馬を盗む。藩士や島民が抗議すれば銃を撃っておどし、さらには捕えて船につれこもうとする。別のロシア船が度々訪れて、ポサドニック号に物資や食料をとどけている。もはや対馬はロシアに占領されたも同然。小栗が不首尾に終わったときは、イギリスの力を借りる。このことは、けっして世に知られてはならぬ。無法なアヘン戦争をおこし、東洋世界の安寧を乱したイギリスに対する怒りは、日本の津々浦々に満ちている。帝より大政を委任されておきながら、ロシアの軍艦一隻すら打ち払えず、ましてイギリスに助けを請うたことが表沙汰になったら、公儀の威信は地に落ちる」

（本当にそれが最良の策なのだろうか。安藤様ができもしない攘夷を今上天皇に約定したのと同じく、いまの公儀の備えでは異国に太刀打ちできないことを隠し続けていると、さらに事態を悪くするのではないだろうか。しかし征夷大将軍であるからには、弱腰を見せるわけにはいかない。そうした矛盾を勝さんがわかっていないはずがない。長崎で、お玖磨さんに会えると喜ぶどころではないのだ）

勝さんの苦衷をさっして、花は気を引き締めた。すると恐ろしい筋書きが頭をよぎった。

（イギリスが、ポサドニック号を追い払うのと引き換えに対馬の租借を申し入れてきたら、今度はことわりようがない）

どうすればそれを防げるのか、花には見当もつかなかった。

しかし、その策を持たずに勝さんが長崎に行くはずがないと信じて、花は部屋にもどり、旅のしたくを始めた。


「あっ、富士」

蟠龍丸の甲板で花は声をあげた。相模灘《さがみなだ》をすぎ、伊豆の下田から石廊崎《いろうざき》を廻って駿河沖に入ると、麓まで雪におおわれた日本一の山が右手に見えた。江戸でも、本郷台などから秀麗な姿を遠望していたが、遥かに雄大だ。

「咸臨丸で長崎から下関にむかったときには、イルカの群れがあらわれた。富士は霊峰。此度の航海も上首尾間違いなし」

勝さんが声を張った。水夫たちが「ヤー」と応えて帆の角度をかえている。空は晴れ、風にも恵まれた蟠龍丸は各地の港に碇泊しながら西にむかった。

津では竹川竹斎様、有田では濱口梧陵様、摂津では嘉納治郎作様といった豪商の方々が勝さんを出迎えた。

花も下船して宴席につらなったが、どなたも日本が直面している困難と幕閣の応対について知りたがり、酒肴に舌鼓を打つどころではなかった。勝さんも不遇なときに助けてくださった年上の方々を相手に存分に語ったが、対馬がロシアに占領されていることには一切ふれなかった。

此度、勝さんが長崎にむかう表むきの理由は、鎔鉄所の落成を祝うことと、それを機に離日するハルデスの見送りだ。花が知らされたのは品川沖を発ってからで、喜ぶべきか、かなしむべきかわからず、とまどいは長崎入港を翌日に控えても続いていた。

カッテンディーケ大尉に続き、カピタンのクルチウスも二年前、万延元年の秋に離日してしまい、花がお世話になったオランダ人で長崎にいるのはハルデスとポンペだけだった。

とくにハルデスとは稲佐村に鎔鉄所を建てるために一緒に働いた仲だ。離日を見送れるのはうれしいが、父とも慕うオランダ人たちが日本からいなくなってしまうのは、本当にかなしかった。

三月二十二日の昼前に蟠龍丸が長崎湾に入っていくと、花は懐かしさで涙がとまらなくなった。緑におおわれた山々のあちらこちらに桜が咲き、一年で一番美しい季節だ。

稲佐村の埠頭には、お玖磨さんと旦那様、ハルデスとポンペと作治郎が待っていた。

「ハンナ、オカエリ、ナサイ。マサカ、イキテアナタニ、アエルトハ、オモワナカッタ。オオ、カミヨ。カンシャシマス」

目をまっ赤にしたハルデスが青い上着をきた花を抱きしめた。三年前の六月にアスコルド号で長崎を発ったときも、ハルデスは同じように、花を抱きしめたのだった。

案内された鎔鉄所には、鍛冶場・鋳物場・轆轤盤細工所《ろくろばんさいくじょ》の三工場を中心とする諸施設が建ち並び、鎔鉄炉では鉄がまっ赤に溶けていた。

蒸気機関を動力とする旋盤・穿錐台《せんろだい》・蒸気ハンマーはいずれも最新のオランダ製で、蒸気罐《じょうきがま》＝ボイラーを一から作成することも可能なのだと話すハルデスは得意顔だった。

「江戸におられる永井様もさぞかし喜ばれるであろう」と勝さんも感慨深げで、花は井伊大老によって永蟄居にさせられた初代伝習総監の一日も早い復帰を願った。

高島での石炭の採掘も徐々に量が増えて、船の修繕費も、石炭の値も、香港や上海にくらべて安価なことから、多くの異国船が鎔鉄所を目当てに来航しているという。じっさい、長崎湾には三十隻もの商船が碇泊していた。そのうちの半数はイギリス国旗を掲げている。

「日の丸を掲げた軍艦の来航は三ヵ月ぶりですじゃ。それにしても、風格のある立派な船でございますな」

一緒に鎔鉄所を見学した梶屋の旦那様は、蟠龍丸を見あげて感心している。二〜三週間は長崎港に碇泊するので、いずれ乗せてさしあげると勝さんが約束すると、旦那様もお玖磨さんもいかにも安心という顔になった。

明後日の三月二十四日に、長崎奉行の主催で鎔鉄所の落成式がとりおこなわれて、二十九日にハルデスと技官たちはオランダ船で長崎を離れる。ポンペだけは、もう一年半ほど滞日して、医学伝習をより稔りあるものにするつもりとのことだった。

その日の夕方、梶屋で宴が開かれた。ハルデスとポンペ、それに作治郎たちも招かれたが、立山の奉行所にむかった勝さんがなかなかもどらない。

先に始めることになり、みなを退屈させせぬようにと、花は江戸での見聞を日本語とオランダ語で語った。ただしムラヴィヨフ総督の蛮行と水戸藩士四名の処罰に立ち会ったことは伏せた。

お玖磨さんの手前、勝さんの家族にもふれられず、やがてタネが尽きてきたとき、勝さんがもどってきた。

「すまぬ。永持のやつ、くだらぬ話でながながと引き留めおって」

安政二年十月に第一期の海軍伝習生が長崎に到着したとき、徒目付として長崎奉行所に勤務していた永持亨次郎様は、勝さんと矢田堀様とともに艦長候補および生徒監として永井玄蕃頭様を支えた。永持様は、第一次海軍伝習の終了を待たずに長崎奉行支配吟味役に転じ、さらには奉行に次ぐ支配組頭となった。勝さんは旧交を温めたと笑顔で話したが、その目は鋭かった。

「永持め、おいらが前ぶれもなくあらわれたので、心底おどろいておったわ」

宴のあと、お客の帰った梶屋の座敷で勝さんが話しだした。

永持様は、ポサドニック号が対馬にむかうことをロシアの駐日領事ゴシケーヴィチ氏から事前に知らされていた。しかも長崎奉行としては、ロシア船の逗留を黙認する考えであると、内々に対馬藩主に伝えていたという。

ところが対馬藩内の攘夷派が予想以上に強硬に反対したため、当初の目論見がくずれてきたところに勝さんが江戸より急行してきて動揺したのだろう。老中首座の安藤様は、対馬にロシアの海軍基地を造らせるつもりは毛頭ない。外国奉行である小栗様に命じたのも、ロシア船を退去させることだと勝さんが伝えると、永持様はまっ青になっていたという。

永持様は勝さんより三つ下で、鎔鉄所の建設やアスコルド号の修理にも関わっていた。そのため花もしばしば会っていたが、永持様のほうで接触を避けているようだった。

「これ以上ロシアの肩を持つなら相応の処罰を覚悟しろと言うと観念したわい」

勝さんはよほどの剣幕でおどかしたにちがいない。それにしても、おどろくべきはロシアの人心掌握の巧みさだ。

「ポサドニック号の艦長ビリリョフは、対馬藩主との直談判により、島の要所に砲台を据える許可をえようと目論んでいるのだ。表むきロシア政府は関与していないため、日露和親条約には違背しないとの理屈で押し切ろうというのであろう。東シベリア総督ムラヴィヨフにくわえて、ロシア極東艦隊司令官リハチョフなる者も一枚噛んでいるとのこと。シーボルトの役目は日本の内探」

小栗様はそのシーボルトを幕府の外交顧問に招聘しようとしていると聞いて、花は愕然とした。

しかし勝さんによれば、小栗様なりの思案の結果なのだという。かりにイギリスが日本海の要所である対馬を租借地とした場合、ロシアは日露和親条約が破棄されたものと見なし、蝦夷地の要所である箱館港かオタルナイ（小樽）を占拠しようとするはず。それだけではすまず、日本海において、イギリス海軍とロシア海軍のあいだで戦闘がおきるかもしれない。

そうなるよりは、対馬を租借地としてロシアに与え、あわせて蝦夷地もロシアに守ってもらうほうが日本にとって被害は少ない。

「イギリス嫌いの小栗は、ロシアがいかに厄介な相手か、わかっておらんのだ。租借と言いながら、一度獲得した土地はけっして手放すまい。対馬もまた、別の意味で厄介。宗家が古より治め、朝鮮との交易を仲立ちしながら生き延びてきた、独立不羈《ふき》の島民と藩士たち。小栗がいくら説こうとも、他国への領地鞍替えになど応じるはずがない」

それぞれの目論見はよくわかったが、問題はロシアによる対馬占領を知ったオールコック公使がどう出るのかだ。ひとしきり話すと、勝さんはお玖磨さんとつれだって梶屋の離れにむかった。ひとり残された花は、幼いころからつかってきた布団に横たわってもなかなか寝つけなかった。

鎔鉄所の落成式が盛大にもよおされた翌日の早朝、ワード艦長率いるイギリスの軍艦アクテイオン号が長崎に入港した。

香港に滞在中のオールコック公使から長崎奉行に宛てた書簡が託されており、和暦四月十五日に長崎につく予定であること、一等書記官として赴任するローレンス・オリファント氏も同乗することが記されていたと知って、花は前途に光明が見えた気がした。

「オの字の勝手もこれまでです」

「是非ともそうあってほしいもの。お玖磨、文《ふみ》を書くしたくを」

勝さんが言うと、お玖磨さんがなれた手つきで墨をすりだした。梶屋の離れで、上等な墨のかおりがただよい、中庭の木瓜《ぼけ》が丸い花をつけている。

「江戸に送る書状でございますか」

「いや、薩摩の小松に送るのだ」

勝さんはひきしまった面もちで花に答えた。

「咸臨丸で二度目に薩摩に行ったおり、斉彬公に仕えていた側用人でな。また、その場にはいなかったが、西郷吉之助《さいごうきちのすけ》なる者のことも頼まれた。御庭番というから、斉彬公の懐刀であったのであろう。六尺をこえる大男だそうで、おいらのことも西郷によく話してあるとのことであった」

斉彬公の命をうけた西郷様は、第十三代将軍家定公の世継ぎに英邁の聞こえも高い一橋慶喜公を据えるべく京や江戸で策動していた。しかし家定公の御意思により、世子は尾張の慶福公と決まり、それを機に井伊大老による一橋派への弾圧が始まる。幕府の追及をかわすため、西郷様が奄美大島に逃れたのが安政五年の師走というから、二年四ヵ月も前だ。

「オの字がつくまで二十日もある。じっとしていてもつまらぬゆえ、蟠龍丸で、奄美に行って西郷に会ってみようと思ってな」

おどろいた花がおそるおそる目をむけると、お玖磨さんは素知らぬ顔で墨をすっている。

(久しぶりに起居をともにしているのに、わたしといては退屈ですかと、本当は怒りたいにちがいない。いや、そうではない。お玖磨さんはいまこそ、勝さんが自分のそばにいると、せつにかんじているはずだ)

「小松帯刀《こまつたてわき》は、おいらよりひとまわり下だから、榎本釜次郎とほぼ同じ歳。頭の切れ、肚の据わり具合は互角。しかし思慮の深さでは小松が勝るか」

斉彬公に目をかけられた小松様や西郷様に花は会ってみたかった。しかし四日後にとどいた小松様からの返信には、いまは奄美大島におつれできない旨が記されていたと聞いて、花は残念でならなかった。


「明後日、オールコック公使の乗ったリングダヴ号が入港するさいに、アクテイオン号は祝砲を二十一発放つと、艦長のワードが知らせてきました」

二年ぶりに見る永持様は口元をひきつらせて話した。出島のむかいにある西役所で、海軍伝習の座学がおこなわれていた懐かしい場所だ。

花はそのときと同じ青い上着と白いズボンで、色目ガラスもしていない。そのせいか永持様は此度も目を合わそうとしなかった。

「英国女王の御座船であったエンペラー号改め蟠龍丸も同数の祝砲を放ち、駐日全権特命公使の帰着を歓迎しろということか。オの字のやつ、裁判に負けて二千ドルも罰金を獲られたそうだから、配下の連中が気をつかっているであろう」

唐人屋敷の者から三日前に聞いたと勝さんが話すと、永持様が敵わないという顔になった。

「まあよい。オの字には、ひと働きも、ふた働きもしてもらうのだ。ここはひとつ、おべっかを使ってやろう。そうだ、お花も大砲を撃ってみるか」

あわてて首をふると、勝さんが高笑いをした。

「今更だが、オランダはありがたい国であった」と一転して真顔になった勝さんが言い、花は二週間ほど前にバタビアにむけて長崎を発ったハルデスたちの航海の無事を祈った。

オランダを慕うきもちは長崎の町衆も同じだったようで、大波止はオランダ船を見送るひとたちでいっぱいだった。

それに対して、四月十五日の午後、ユニオンジャックと呼ばれるイギリス国旗をはためかせて、鳴り響く祝砲をうけながら入港してきたリングダヴ号を迎えるひとはまばらだった。花は、勝さんとワード艦長とともにボートに乗り、投錨したばかりの軍艦にむかった。

勝さんが、ワード艦長に、ポサドニック号による対馬占領について話したのは、きのう十四日の午後だった。

花が英語に通訳すると、それまで尊大だったアクテイオン号の艦長は顔色をかえた。ロシアの軍艦が対馬に碇泊しているとの情報はえていたが、難破したからだと思っていたと言ってうめいた。オールコック氏と協同するために長崎にきたのだと、勝さんが本来の目的を告げると、ワード艦長は同席していた士官たちに、このことは他言しないようにと釘を刺した。

アクテイオン号は二年前の五月に、対馬一帯の測量をおこなっている。それだけに、対馬を狙うロシアの意図を見抜けず、二ヵ月間もポサドニック号の碇泊をゆるしてしまったことは失態と責められてもしかたがない。

ボートからリングダヴ号に乗りうつるとき、ワード艦長は足がすくんでいた。オールコック公使の前でも縮こまっていたが、勝さんの説明を聞いた公使が目に見えて狼狽した姿に、かえって安堵しているようだった。

「ワード君。大至急、アクテイオン号を対馬にむかわせるんだ。勝さん、よく知らせてくれた。わたしが江戸にもどってからこのことを知ったのでは、手おくれになっていたかもしれない」

オールコック公使の声はうわずっていた。そして、いそぎ足で退出し、ワード艦長も続いたため、リングダヴ号の貴賓室には、オリファント氏と花と勝さんの三人だけが残された。

「勝麟太郎と申します。上海で、花が世話になりました」

勝さんが英語であいさつをした。オリファント氏も名乗り、一等書記官として江戸の公使館に着任すると言ったあとに、笑顔で続けた。

「あなたにうかがいたいことが多々あるのですが、日を改めて、畳のうえで話しませんか」

「わかりました。では、場所と日時は、あすにでもお伝えします」

勝さんの態度はいつになくうやうやしかった。

「お花から聞いていたとおり、あやつはかなりの者だ。同じイギリス人でも、オの字たちとは当たりがまるでちがう」

勝さんは、ロシアによる対馬占領という大問題より、オリファント氏のほうが気になるようだった。花も、自分が買っているイギリス人の旅行家にして文筆家を勝さんが認めてくれて、とてもうれしかった。

「コンニチハ。花サン、イマスカ」

梶屋の暖簾をくぐって顔をのぞかせたのは、オリファント氏だ。自分は平服だが、軍服をきた従卒が二名護衛についている。

リングダヴ号が入港してから三日目の午後で、花は桃色の小袖に萌黄色の帯をしめて待っていた。

「ようこそ。どうぞ奥へ」

できるだけ日本語で応接してほしいというのは、ハルデスと同じ注文で、花は江戸ことばが達者なヒュースケン氏のことも思いだした。

「三時間後に迎えにきてくれたまえ。これで気晴らしを」

オリファント氏が手渡した銀貨をそれぞれポケットにいれて、二名の従卒は坂道をおりていった。大方、丸山遊郭に行くのだろう。

勝さんも、蟠龍丸の士官や水夫たちに気散じをさせるのに金がかかるとこぼしていた。もっとも各地の豪商たちを蟠龍丸に乗せてさしあげたときに御礼をたっぷりもらっていたから、懐が寒いわけではないらしい。

「それにしても、梶花を転じてアンリ・カジスキーはよかったですね。オールコック公使の報告書に記されていたロシア通詞の名前を見て、ぼくはピンときましたよ。英語と蘭語のほかに、日本語もよく解すとありましたしね」

オリファント氏の英語に、勝さんが笑顔でうなずいている。ただし自分が話すのは日本語だ。

東禅寺の庫裏で、オールコック公使がアンリ・カジスキーの出現にいかにあわてふためいたかを花が英語に通訳すると、オリファント氏は腹を抱えて笑った。

「同じイギリス人の悪口を言いたくはありませんが、オールコック公使は情けなくなるほど狭量で傲慢です。いくら条約に明記されている公使の権利だからといって、この火急のときに、江戸までの徒歩旅行などすべきではない。ましてミカドのいる京都に足を踏み入れるべきではないと諫めたのですが、耳を貸そうとしませんでした。本心では、ぼくを部下にしたくなかったのでしょう」

オリファント氏は丁寧なことばづかいで二十歳も年上の上司を批判した。

「オールコック公使は、清国や日本を、イギリスより何百年もおくれた封建国家であると見くだしていて、その偏見がかれの言動をはた迷惑なものにしています。しかし、イギリスにも世襲の身分はあって、わがオリファント家は由緒正しき貴族です。そのおかげで、ぼくは現首相のパーマストン氏とも親しいつきあいがあります。そうした人脈を、愛する日本のために役立てたいと、せつに願っているのです」

オリファント氏は真摯に語り、勝さんは無言で一礼した。


文久元年四月二十三日の早朝、ワード艦長のアクテイオン号が対馬を偵察するために長崎港を出航した。

同じ日の午前十時、オールコック公使は長崎領事モリソン氏とともに出島橋のたもとで馬に乗り、数名の従者と十名以上の幕府の護衛を従えて江戸までの旅に出発した。ワード艦長とは、八日後に下関でおち合うという。

それから九日後の五月二日、オリファント氏と花が乗ったリングダヴ号は長崎港を発った。オールコック公使一行が下関を発ったあとに入港し、ワード艦長からの報告を別途にうけることになっている。

翌五月三日の午前、リングダヴ号が下関に至ると、アクテイオン号は港の外に碇泊していた。こちらに乗りうつってきたワード艦長によると、対馬を偵察したところ、ポサドニック号は尾崎浦よりさらに奥の浅茅湾にひそんでいた。オールコック公使一行は、きのうの午後、和船で兵庫にむかったとのことだった。

リングダヴ号はすぐに下関港を出航し、順風を帆にうけて、東シナ海を西北西に進んだ。

上海で、イギリスの東インド・中国艦隊司令官ジェームズ・ホープ氏に会うためで、花はオリファント氏から、日本でのオールコック公使の言動をありのまま話すように言われていた。エルギン卿はすでにイギリス本国に帰国しているが、エルギン卿の意思を継ぐホープ司令官は、日本においてはできるだけ穏便にことをはこぶべきだと考えている。オリファント氏は、もちろんホープ司令官の側だ。一方、オールコック公使は日本も武力によって屈服させるべきだと考えている。

「エルギン卿も、当初は圧倒的な軍事力で幕府に降伏を迫ろうと考えていたのです。しかし、美しいまでに整った江戸の街並みを目の当たりにして感激していたところに、アメリカ総領事ハリス氏と秘書官ヒュースケン君による説得をうけた。さらに修好通商条約締結交渉の席での永井さん、岩瀬さん、水野さんの毅然とした態度に接して、エルギン卿は日本および日本人に対する軽侮の念を改めたのです。ですから、ポサドニック号による対馬占領を、イギリスの助力によって解決したいという幕府の判断を、ホープ司令官は歓迎するはずです」

リングダヴ号の船室でオリファント氏は語り、花も是非そうあってほしいと願った。

長崎港を発つ前、オリファント氏は蟠龍丸の上海への同行を求めた。しかし、それは勝さんがことわった。イギリスとの協力は、あくまで内密におこなわなければならないからだ。

勝さんは蟠龍丸で江戸にもどり、老中首座の安藤様や水野様らと今後の対策を練るという。

無風のときは蒸気機関を動かしたので、リングダヴ号は三日足らずで上海港についた。艦長室を訪れたホープ司令官は、花の話に何度もうなずいた。さらに、オールコック公使を解任した暁には、オリファント氏が駐日公使をつとめることになるだろうと言って、花を喜ばせた。

花たちを乗せたリングダヴ号は上海から下関にもどり、関門海峡を抜けて瀬戸内海を行き、紀伊半島に沿って進んだ。

五月二十日の午後、羽田沖に投錨すると、すぐに勝さんが乗りこんできて、オリファント氏とのあいだで情報が交換された。

「外国奉行小栗忠順は咸臨丸で対馬を訪れ、五月十日にポサドニック号艦長ビリリョフ中尉との会談に臨んだものの、対馬藩主との意思疎通を欠いているため、とても解決の見通しは立たないとのこと」

きのう江戸にとどいたばかりの書状にもとづいて話す勝さんは、いかにも沈鬱だった。

小栗様は対馬藩主の宋氏に対し、対馬全島を幕府直轄の御領としたうえでロシアの租借地とする案を、藩主みずから幕閣に申し出るように恫喝している。

それに対し、仁位《にい》孫一郎様を中心とする攘夷派の藩士や長州藩が猛反発しているという。

「小栗は遣米使節団を見事にしきった英才。だが江戸に生まれ育ち、そのほかに知るのは代々の所領である上野国《こうずけのくに》のみ。それでは外様たちが知恵のかぎりを尽くして代をつないできた切実さがわからぬのだ。まして大老井伊掃部頭が浪人どもに首を獲られて幕府の威信が地に落ちようとしているいま、一隻のロシア艦すら追い払えぬにもかかわらず、対馬藩主に領地《りよう ち》鞍替《くら が》えを無理強いしては、西南諸藩から総スカンを食うハメになる」

勝さんの説明を英語に通訳しながら、花はオリファント氏の求めに応じて適宜解説をくわえた。

「小栗は早晩手詰まりとなり、江戸に逃げ帰るしかなくなるであろう」と断じた勝さんが、オリファント氏の考えを聞いた。

「日本の攘夷熱がいかに高いかを、われわれは下関で実感しました。沿岸に据えられた砲台には侍たちがとりつき、いつでも撃てるかまえを見せている。ワード艦長によれば、さすがのオールコック公使も長州藩内を陸路で行くのは危険すぎると判断し、兵庫までは日本のジャンク船に乗ることに同意したそうです」

「それでも帝がおわす京師《けいし》の通りを異人が歩いたことが読売《よみう》りや辻売《つじう》りといった刷り物で広まり、お江戸の町人たちまで大騒ぎですよ」とこぼして、勝さんが首をすくめた。

花は、日本にも西洋のnewspaperに類するものがあることを、オリファント氏に説明した。

度重なる異人への狼藉をふせぐため、幕閣は外国御用出役《がいこくごようでやく》なる部署を創設し、武芸に長じた幕臣の子弟をつのったところ、二百二十人もが応じた。イギリス公使館となっている高輪の東禅寺には、とくに手練れを配備し、諸藩の藩士らとともに警備に当たっているという。

「それなら花さんをお泊めしても大丈夫ですね」

思いがけない申し出に、花は勝さんと顔を見合わせた。

オールコック公使の一行はすでに桑名をすぎて、一週間後には、江戸につく。それまでのあいだ、読売りや辻売りなどを読み、横浜開港後に日本人の西洋人に対する印象がどのようにかわったのかをつかみたい。ついては花さんをお借りしたいとオリファント氏に頼まれては、勝さんもことわるわけにいかなかった。

「お花、くれぐれも気をつけるのだぞ」

一緒に乗ったボートであがった浜御殿の船着き場で勝さんに見送られて、青い上着に白いズボンの花は馬に跨った。

オリファント一等書記官をはじめとする十二名のイギリス人を護衛するために、二十名をこえる外国御用出役がつきそい、一里半ほど離れた高輪の東禅寺を目ざす。

前回は辰ノ口から駕籠に乗ったので道筋がわからなかったが、東海道から岐れて右に折れると、まっすぐな坂道の先に東禅寺の総門と二本の高い松が見えた。

「なんと素晴らしい。あんなに立派で、見晴らしのよい場所に建つ寺に滞在できるとは」

三年前の夏、オリファント氏がエルギン卿とともに宿泊したのは芝の西応寺で、そのときはまだイギリス公使館はおかれていなかった。

両側に木々が立ち並ぶ参道を馬でゆくあいだも、オリファント氏は上機嫌だったが、東禅寺が近づくと、総門付近に屯《たむろ》している侍の多さに呆れていた。なかには鉄兜をかぶり、長槍を持った、合戦さながらのいでたちをした武者もいる。

西尾藩主松平乗全《まつだいらのりやす》様と郡山藩主柳沢保申《やなぎさわやすのぶ》様が丁重に出迎えて、総勢百五十名ほどの手練れが昼夜を問わず気を張って警固しているので、どうかご安心いただきたいと言った。花はオリファント氏の通詞として紹介された。

新任の一等書記官を迎えた公使館員たちによると、二週間前からとつぜん警固の人数が増えた。イギリス人を守ろうとしているのではなく、大人数で寺をとりかこみ、外に出られないようにしているのだと訴えられたが、オリファント氏もことの当否を判断しようがなかった。

「でもね、花さん。松平さんたちがどれほど本気で警固したとしても、おそらく浪人たちの侵入は防げませんよ。一エーカーはある広大な寺をかこんでいるのは、塀ではなく木立と生け垣です。昼間はともかく、深夜に忍びこもうと思ったら、どこからでも入ってこられますからね」

オリファント氏は困惑するどころか愉快そうに語り、さらにつけくわえた。

「ぼくだって命は惜しい。でも、運命にはあらがえません。すべては神が定められたことなのですから」

そう言ってオリファント氏は瞑目し、口のなかで祈りのことばをつぶやいた。容易には納得しがたい耶蘇教の理屈を頭に留めて、花はあてがわれた部屋に入った。

寝台に横たわり、船旅の疲れでまどろみながら花が改めて思ったのは、オリファント氏は軍人ではないということだ。

カッテンディーケ大尉も、ポシェート大佐も、花の身の安全を第一に考えてくれたが、オリファント氏はそこまでではないらしい。勝さんもそれに気づいて、心配になったにちがいない。だからといって不満なのではなく、花はオリファント氏を真似て生まれて初めて神に祈ってみようとした。

（いいえ、やめておきましょう）

胸のうちで答えて首をふったのは、今年の正月に勝さんと大川べりを歩いていたときのことを思いだしたからだ。

素顔で話せるおなごの友がほしいとねだり、しかしすぐに「友とは出会うもの」と反省した。「偶然のかさなり」や、「思いもよらぬ縁」といった言いまわしを思いついて腑に落ちたのに、いまさら運命を西洋の神にゆだねる必要はない。

（そうね、そのとおり）

自分に言い聞かせていると、長崎から下関へ、さらに上海から江戸までの長い航海のあいだ、親身にかんじていたオリファント氏が遠ざかったようで、花はさみしくなった。

ところが、オリファント氏のほうでは花への親しみが増しているようで、ティータイムや夕食に招いては、ふたりきりの部屋で、自分の生い立ちや家族についてうれしそうに語った。

ローレンス・オリファント氏は、一八二九年にアフリカ南端のケープタウンで誕生した。スコットランドの名門貴族である父が法務長官として同地に派遣されていたからだ。八歳のとき、ローレンスは母につれられて故国に渡り、父の生家に住んだ。

数年後、セイロンの最高裁判所長となった夫を助けるために、母はひとり息子を置いてイギリスをあとにする。十二歳になったローレンスは、愛する両親に会うために、家庭教師とふたりで三ヵ月をかけ、主に陸路でセイロンにたどりつく。

セイロンで四年余りをすごし、十七歳でイギリスにもどると、大学には入らず、フランス、ドイツ、スイス、イタリアを旅して、ギリシアからエジプトへと足を延ばした。名所や景勝地を訪れただけでなく、ときには反乱や暴動にも遭遇し、各国の政治家や名士たちとも交友をしたのだと、三十二歳になる大英帝国の一等書記官は覇気をみなぎらせて語った。

「花さん。ぼくが晴れて駐日公使となったら、結婚していただけませんか」

唐突に求婚されたのは、東禅寺に入って七日目の午後だった。

「あなたほど勇敢で、かしこい女性には、これまで会ったことがありません。返事は、ぼくが公使に就任したときに」

オリファント氏が顔を赤らめた。

「東禅寺におつれしたのも、花さんへの思いをたしかめるためでした」

近々、時間をつくって辰ノ口に送ると約束して、オリファント氏は庫裏におかれた椅子から立った。

ひとり残された花はすぐには事態が飲みこめず、身を固くして椅子にすわっていた。やがて喜びが湧いてきたが、同時に強い不安におそわれた。

(これほど西洋人が敵視されているなかでイギリス人と夫婦になったら、浪士たちにつけ狙われるのではないかしら。それに、もしも近い将来、イギリスと日本が敵対することにでもなったら、わたしはどちらの味方につくのだろう）

いくら考えても結論は出ず、花はベッドに入ったあともなかなか寝つけなかった。

翌日、五月二十七日の午後、オールコック公使とモリソン領事らの一行が東禅寺についた。主に陸路で、三十二日間をかけての旅行はよほど大儀だったようで、傲岸不遜を絵に描いた特命全権公使は帰還のあいさつもそこそこに床についてしまった。

オリファント氏も心配そうで、ひまをもてあました花はひとりで夕食をすませたあとに池のまわりを歩いた。

夕空には、今日もホウキ星が長い尾を光らせている。東洋でも西洋でも、彗星は凶兆、世が乱れる兆しとされてきたというが、オランダの教科書で星の一種であることを知っている花は、少しずつかわる尾のかたちを楽しんでいた。

二十八日もオリファント氏は公使の世話を焼いていて、あすこそ辰ノ口に帰りたいと思いながら、夕食のあと、花は庭に出た。寝巻なので夜風が肌に涼しく、小下駄が土を踏む感触が心地よい。警固の侍は、寺の外を見まわる者たちを除き詰所に屯しているため、誰に見咎められる気づかいもない。

部屋のランプが、ひとつまたひとつと消えてゆく。午後十時には消灯する決まりで、花は松の香りがただよう庭を山門にむかった。

ローレンス・オリファント氏に求婚されたと教えたら、勝さんはどんなにおどろくだろう。日本とイギリスの友好をたしかなものにするために、是非とも嫁にいけというだろうか。

求婚された直後は動揺して不安におそわれたが、一日たち、二日がたつと、やはり喜びが勝った。

オリファント氏が夫なら、青い目が子に伝わってもこまることはないのだ。十七歳なのだから、ぐずぐずしていたら嫁にいきそこねてしまう。

求婚に応じようと思う一方、じつは正妻ではなく、妾にすぎないのではないかとの心配もよぎる。相手は大英帝国の由緒ある貴族にして、社交界の花形だった人物なのだ。

勝さんにあいだに入ってもらい、誤解のないようにしたい。正妻になれるとしても、当分は江戸にいて、日本が西洋諸国におびやかされなくなるまで、勝さんや幕閣を助けたい。

（そう言ったら、ローレンスは怒るかしら？）

頭のなかではあっても、初めてファーストネームで呼んでみて、花はほほが熱くなった。暗闇でよかったと思ったとき、奥のほうで番犬がただならぬ声で吠えた。

戸が蹴破られる音に続けて、室内に踏みこむ荒々しい音がした。しばしの静寂のあと、銃声が一発二発、夜のとばりに鳴り響いた。

（浪人たちの襲撃。ローレンスがあぶない）

しかし、花は冷静に頭を働かせて、太い木のかげに身を隠した。暗がりをうろうろしていては、殺気立った警固の侍にあやまって斬られかねない。

「各々方、出合え、出合え。浪人どもの襲撃でござる」

山門の詰所から松明や提灯を掲げた侍たちがどっとくりだして、イギリス人たちが住む庫裏へといそぐ。

あちこちに篝火が焚かれたのを見て、花は山門の詰所に身をよせた。

「一等書記官ローレンス・オリファント氏の通詞梶花です」

見知った侍がいてホッとしたが、奥からは散発的に銃声が響いてくる。刀と刀がぶっちがう音に、

「ぐわっ」という叫び声が山門の詰所にまでとどいた。

「そっちに逃げるぞ。斬れ、斬れ」

「どけどけ、どかぬと斬るぞ」

詰所の戸口から外を見ると、抜き身をふりまわした浪人がひとり、必死の形相でかけてくる。しかし待ちかまえていた侍たちにかこまれて、あえなく斬り伏せられた。血のにおいが広がり、仕留めた侍が荒い息を吐いている。

「御免」の声に続けて、「パンッ」と音がした。

鞠を強く蹴ったようなその音は、伝馬町牢屋敷でも聞いていた。

「生け垣の隙間から三人逃げた。追え追え、逃がすな。首を獲った者には褒美だぞ」

大勢は決したようで、花は警固の侍たちに守られて、公使たちがいる庫裏にむかった。

「よかった、ご無事でしたか」

花を見て笑顔になったローレンスは左腕を負傷したらしく、ベッドに横たわり、添え木をした手首に包帯を巻いてもらっている。治療をしているのはオールコック公使だ。

「ぼくは元軍医でね。それはともかく、臆病なぼくとちがい、勇敢なローレンス君は、きみを守らなければと枕元のピストルを探したが、こんなときにかぎって見つからない。そこで乗馬鞭を持って廊下に出たところ、暗がりからあらわれたローニンが斬りかかってきたそうだ」

オールコック公使はいつになく饒舌だった。ローレンスを救ったのは、長崎領事のモリソン氏だ。浪人にむけてピストルを撃ち、弾は相手の胸に命中した。しかし、ふりおろされていた刀がローレンスの左腕に当たってしまったという。

「この傷は深い。公使、正直に言ってください。ぼくの左腕は骨が折れただけではなく、腱も切れていますね。つまり、もう二度と、自由に動かすことはできない」

(わたしを守ろうとして、ローレンスはこんなにひどい刀傷を負ったのだ)

「ぼくは消毒と止血と縫合はお手のものだが、骨や腱のことまではわからんよ。モルヒネの注射を打つから、朝まで眠りなさい。ハンナ・カジ、今夜はローレンスについてやってくれ」

「公使、注射を打つ前に約束してください。あす以降、幕閣と交渉する席に、ぼくもかならず出席させると。これは一等書記官の責務です」

ランプの灯りに照らされたローレンスの顔が汗で濡れている。花は袂に入れていた手ぬぐいで、三日前自分に求婚したイギリス人男性の広い額をぬぐった。

「アリガトウ、花サン」

息をついたローレンスが目をつむり、花はその頭をかき抱きたい衝動にかられた。生まれて初めて湧きおこった感情で、花は自分が持つすべての力をこの男性を支えるために使おうと決意した。

翌朝、酒井右京亮様が幕府を代表して見舞いに訪れた。左腕を吊ったローレンスもオールコック公使と並んでテーブルにつき、花は通詞をつとめた。

公使は浪人の襲撃を防げなかった幕府の責任を厳しく追及したが、ローレンスは自分の見解とことわったうえで、幕閣からの再三の忠告にもかかわらず、公使一行が西日本を徒歩旅行したことで尊攘派の浪人たちを刺激してしまったのでしょうと述べた。さらに、昨夜の外国御用出役たちの奮闘をたたえた。

事実、十四人の侵入者のうち三人を斬殺し、ひとりは捕縛した。品川で捕り手に追い詰められた三人のうち二人は切腹して果てた。警固の側は二名が死亡し、負傷者も多数出たが、イギリス人はひとりも命を落とさなかった。

ところが、オールコック公使は一言の感謝も述べず、酒井様に正式に謝罪させたうえで、リングダヴ号の兵士が上陸して東禅寺を守ることを認めさせた。またリングダヴ号を清国にいるホープ司令官のもとに送り、横浜への艦隊の派遣を要請すると告げた。

浪人たちによる襲撃から三日後の六月一日に、勝さんから密書がとどいた。

小栗様はポサドニック号を対馬から退去させられず、江戸にもどりしだい辞表を提出するつもりであることが、オランダ語で記されていた。

一日おいた六月三日に、二通目の密書がとどいた。連絡役は外国御用出役中の遠藤様の遠縁で、花が山門のあたりを歩いていると、さりげなく手渡してくれる。

〈適当な口実をもうけて、オの字抜きで、ロの字と辰ノ口にきてほしい。そちらの都合がよい日時に駕籠をむかわせる。したくがあるため、三日前には知らせてもらいたい〉

肝心の目的は書かれていなかったが、辰ノ口の屋敷には大久保様、水野様、酒井様も集まるにちがいない。

「十中八九、対馬からポサドニック号を退去させるための相談ですね。しかし、公使抜きで、ぼくにだけ話したいというのが気にかかる」

ローレンスは眉間にしわをよせて考えていたが、「ダメだ、まるでわからない」と言って破顔した。

花も釣られて笑い、自分たちを夫婦のようだと思った。東禅寺の木立にかこまれた離れで、誰に聞かれる心配もない。

「そうだ、腕のいい按摩《あんま》がいるので治療がてら花火を見物しませんかと老中首座の安藤さんにさそわれたというのはどうでしょう」

花も賛成し、さっそく勝さんに返事を書き送った。その結果、オールコック公使の承諾も得て、六月十四日の午前九時に迎えの駕籠が東禅寺に来ることになった。厳重な護衛がつき、花は二ヵ月半ぶりに辰ノ口の屋敷に入った。

「まずは、ゆるりとくつろいでくだされ」

遠藤様がみずから迎えて、ローレンスを奥の座敷に通した。年配の按摩が控えていて、半時もかけてたっぷりもんだので、ローレンスは肩や背中がずいぶん楽になったと喜んだ。

「昼餉の前に、薄茶を一服進ぜましょう。じつは、もう御一方、異国の客人が見えております」

英語に通訳して、花はローレンスと顔を見合わせたが、遠藤様からそれ以上の説明はなかった。勝さんはそちらの相手をしているにちがいない。

廊下から続く縁側の先に、にじり口があるが、「こちらから入りますぞ」と遠藤様がことわって、右手の障子戸を開けた。にじり口は、左腕を吊っているローレンスにはつらいと思っていた花はホッとした。

「おう、お花。それにオリファント殿も」

羽織袴の勝さんが腰を浮かせた。となりにすわっているのは、ロシアの駐日領事ゴシケーヴィチ氏とポシェート大佐だ。領事は平服で、大佐は軍服をきている。

花が小声でふたりの名前と役職を告げると、「Really?」とおどろいたローレンスが口笛を吹いた。

「Sorry. はしたないまねをして」

瞬時に場がなごみ、花はローレンスの絶妙な機転に感心した。

「オリファント殿、お呼び立てしておいて、まことに申しわけありませんが、あなたはこの場におらぬ者として、拙者はこれから、ロシアの駐日領事と密談をいたします。茶は、そのあとで」

勝さんはいつになく神妙だった。

花が、英語、ロシア語の順で通訳すると、遠藤様が口を開いた。

「そちらのポシェート大佐と、この遠藤但馬も、ここにはおりませぬ。それゆえ、先ほど、客人は御一方と申したしだい」

「つまり、ゴシケーヴィチ領事と勝さんがふたりきりで密談をする。ぼくたちはその証人となる。じつに面白い。どなたの発案ですか」

畳にすわったローレンスに聞かれて、遠藤様が勝さんに目をむけた。

束の間、場が静まり、青い上着に白いズボンの花は茶室を眺めた。大きな連子窓《れんじまど》のおかげで室内は淡い光に包まれている。竹編みの花入れに活けられた紫陽花があざやかだ。

「幕閣は、対馬に不法な逗留を続ける露国の軍艦ポサドニック号に退去を迫るため、イギリスに協力を要請することに決しました。つきましては、ロシア領事のお考えをうかがいたい」

勝さんのことばを花がロシア語、英語の順で通訳すると、ゴシケーヴィチ領事がロシアにとっての対馬の重要性を語った。

「もしも、対馬が日本から他国に引き渡されることになったら、それがいかなる国であろうとも、わがロシア帝国はあらゆる手段を用いて阻止します」

今度は日本語、英語の順で通訳しながら、花は背筋が寒くなった。たったいま、ロシアは、対馬を巡ってイギリスと戦端を開くことも辞さないと宣言したのだ。

「ここに一通の書状がござる。対馬藩主宋氏の側近が、幕閣に宛てて寄こしたもの」

端正な顔をさらに引き締めて手元の巻紙をくる勝さんは、オールコック公使の前で坐禅を組んだとき以上の強い気を発している。

「末尾に、このように書かれております。『対馬は古より代を繋いできた島民のもの。たとえ異国との戦により全島民の生命が奪われることになろうとも、誰にも渡しませぬ』。そしてもちろん、徳川将軍は、対馬の島民を見殺しにはいたしませぬ」

花がロシア語、英語の順で通訳すると、ひと呼吸おいてゴシケーヴィチ領事が応じた。

「わが国のポサドニック号が退去したあとに、イギリスが対馬の租借を迫っても、けっしてゆるさないということですな」

「おおせのとおり」と勝さんが答えた。

「しかし、最強の海軍を誇るイギリスが、おとなしく従うとは思えません」

ゴシケーヴィチ領事の懸念はもっともであり、花は固唾を飲んで勝さんの返答を待った。

「先ほど領事は、対馬が他国に渡った場合、いかなる手段にでも訴えると申されました。その決意を、イギリスのしかるべき立場にある御仁に、一言も違《たが》えずに伝えましょう。それでもなお、ポサドニック号の退去後にイギリス艦隊が対馬に居すわったときは、不肖勝麟太郎が日本海軍を指揮し、対馬の全島民と協同してイギリス艦隊に戦いを挑みます」

勝さんの気迫で茶室の空気がふるえた。花は通訳しながら、二月末に大久保忠寛様が「おぬし、なにかたくらんでおるな」と言ったのを思いだした。勝さんは大胆不敵にも、ロシアとイギリスを両すくみにさせようとしているのだ。

「ならばわたしも、ただいま内密に約定されたことがらを、ポシェート大佐を通じて、ムラヴィヨフ総督とリハチョフ司令官に一言も違えず伝えましょう」

花が通訳し終えるのを待って、ゴシケーヴィチ領事が一礼して立ちかけたとき、「Just moment」とローレンスが声を発した。「こんな席は二度ともうけられないでしょうから、ぼくにも少しだけ話させてください。勝さんが定めたルールでは、この場にいない者の独り言にしかなりませんが、ぼくは一命を賭してオールコック公使を説き伏せてみせると約束します。イギリス艦隊は対馬を占拠せず、幕府に租借を迫ることもないと」

ローレンスの決意に、勝さんが静かにうなずいた。花がロシア語に通訳すると、ゴシケーヴィチ領事は今日初めてローレンスに目をむけた。しかし、ことばはかわさず、ポシェート大佐とともに茶室から出ていった。

「勝さん、あなたは一流の策士ですね。これなら、ロシアとイギリス双方の顔が立つうえに、他の国はもう対馬を狙えない」

ローレンスは最高の賛辞を贈り、さらに続けた。

「ヨーロッパはまさに弱肉強食。少しでも隙を見せた国はたたき潰されて当然という、無慈悲な世界です。その頂点に立つイギリスの王侯貴族や高官は驕慢で、国民は奢侈に明け暮れている。清国もまた然り。しかし日本はちがいます。徳川将軍と幕閣のすぐれた統治により、二百五十年間も戦はなく、質実で礼節を貴ぶ生活が築かれてきました。日本人と、その文化を深く知るにつれ、ぼくは自然に恵まれた〈神の国〉で、残りの人生をまっとうしたいと願うようになったのです」

少々買いかぶりすぎではないかと思いながらも、花はローレンスの熱意に打たれていた。

「しかし、その願いも、たったいま断たれました。神はぼくを、長くは日本に居させてくれないようです」

ローレンスはそれきり口をつぐみ、遠藤様が茶を立てるあいだも、薄茶を右手だけでいただいたあとも、一言も話さなかった。ただし茶碗は気に入ったようで、漆黒の器をしきりに愛でている。

「それは、拙者が若年寄を十年つとめた褒美に、先代の上様より拝領した長次郎の黒楽茶碗。よろしければ、さしあげましょう」

「かの千利休も好んだという、千両積んでも買えぬ稀代の名品」

遠藤様のことばと、勝さんの合いの手を花が通訳すると、ローレンスが遠藤様と勝さんを交互に見つめた。

「どれほど感謝しても、ぼくの胸に湧きおこっている感激を伝えるには足りません。ならば、行動で示すのみ。ですが、ぼくがなぜそのような権限を有するのかを話しておきましょう」

ローレンスは負傷した左腕を右手でさすり、胸を張って話しだした。

「オールコック公使は、交戦権も有する駐日特任全権公使です。一等書記官であるぼくは、かれの部下ですが、本国での地位は、高位の貴族であるぼくが遥かに勝ります。そのぼくが、ホープ司令官とともにポサドニック号の対馬からの退去を見とどけて、そのままイギリス本国に帰国し、一連の出来事を政府に直接報告するつもりだと言えば、オールコック公使はそれを阻止できません。ただし、この傷です。一度帰国してしまえば、オールコック公使の後任として日本にもどってくるのは無理でしょう」

花はローレンスにすがりつき、その口を自分のくちびるでふさいでしまいたかった。先ほど、「神はぼくを日本に長くは居させてくれないようです」とローレンスが言ったのは、こうした理由からだったのだ。

「お花、いかがした」

勝さんにいぶかしがられて、花は丹田に気をこめて通訳した。ここでとり乱しては、ローレンスを落胆させてしまう。

「かたじけない。上様に貴殿の御助力をしかとお伝え申します」

遠藤様が畳に両手を突いた。

「しかし堅苦しいのはここまで。江戸で一番の天麩羅と蕎麦を用意しましたので、たんと召しあがってくだされ。ひと休みしたあと、門前の堀割から船に乗り、大川での舟遊びと花火見物に参りましょう」

遠藤様は大はりきりで茶室から座敷にむかった。

「勝サン」とローレンスが呼びとめて、花も足をとめた。

「あなたは、自分の目で、ポサドニック号の退去をたしかめようと思っていますか」

ローレンスが英語で問いかけて、勝さんが首を横にふった。

「そうしたいのは山々ですが、幕閣がイギリスに助けを求めたことは極力伏せたいのです。とくに攘夷の急先鋒である長州藩には気取られたくありません」

勝さんの日本語を、花は英語に通訳した。

「それでは花さんを対馬までおつれしてもかまわないでしょうか。そうすれば、ぼくが対馬藩主と直接話さなければならなくなったときにも、こまらずにすみます。あなたも、花さんのことは信用しているはずです」

勝さんが配慮に感謝すると、ローレンスはさらに自分の力を必要とすることはないかとたずねて、茶室での話し合いはなかなか終わらなかった。

ポサドニック号が対馬から退去したのは八月十五日だった。

辰ノ口の茶室での密談から二ヵ月が過ぎた日の午前、黒黄白のロシア国旗をはためかせた軍艦は北にむけて去った。その姿を、花はイギリスの軍艦エンカウンター号の甲板でローレンスとホープ司令官とともに見送った。これで対馬は異国に獲られないと安堵したはずだが、胸に残っているのは、ローレンスと別れたあとのさみしさだった。

その日のうちに、花は対馬藩の和船で尾崎浦から長崎港にもどった。迎えの船が一日おくれたおかげで、花はお玖磨さんにローレンスとのことを話せた。親身になぐさめてもらい、温かいことばをかけてもらったのに、かなしさのあまり、ほとんどおぼえていなかった。

勝さんが操艦する蟠龍丸で長崎から江戸にむかうあいだのことも、一切記憶にない。ポサドニック号が退去するにいたるまでのイギリスとロシアの交渉の委細を勝さんに話してしまうと、花は船室に閉じこもった。そして、ローレンスが随所に感想を書きこんでくれた英文の日記を読みかえしては涙にくれた。

「何年か先に、日本がこの混迷を抜けだせたら、ぼくたちはきっとまた会うことができるでしょう、そのときまで、日記を書きついでください。国同士の内密なやりとりも記されているので、そのままでは出版できませんが、唯一無二の、貴重な記録になるはずです」

別れてから丸一年がすぎても、ローレンスの声は花の耳に鮮明に残っていた。

(どうしてあのとき、再会する日まで誰にも嫁ぎませんと言わなかったのだろう。正妻にするつもりでいたのか、そうでないかを知るのがこわかったのだろうか。ねえ、お玖磨さんはどうして妾であることにたえられたの)

気がふさぐと、花は胸のうちでお玖磨さんにたずねた。返答を期待してのことではなく、長崎に送る文にもそんなことは書かなかった。花は月を見てはローレンスを思い、大川の流れを眺めてはローレンスを思い、辰ノ口の屋敷で夜ごとに枕を濡らした。

第七章　大政奉還

ロシアの軍艦ポサドニック号を対馬から退去させた功績により、勝さんは出世を遂げた。文久二年閏八月には、軍艦奉行並に任命されて、役料は千石。ついで大坂砲台の築造を命じられたため、京坂の地で働くことが増えた。同じころ、大久保忠寛様と永井玄蕃頭様も要職に復活を果たした。

花はかわらず、遠藤但馬守様の御屋敷で英語とオランダ語の講義をしていた。幕府も、蕃書調書改め洋書調書となった役所で、幕臣の子弟に対して西洋語の稽古を始めていた。花はそちらからも講義を請われたが、大勢を相手にして顔を知られると面倒がおきないともかぎらないと考えてことわった。

洋書調書には、通訳や翻訳のほかに化学、器械、図学などの科目があり、さらに文久三年八月に開成所と名称をかえたのを機に、地理学、窮理(物理)、兵学、歴史学といった科目も教えるようになった。教官数は六十余名、一番人気の英語科は生徒が三百名をこえているという。

週に一、二度、花は千代田の御城に呼ばれた。諸外国から送られてくる文書の不明な点をたずねられて、こちらが送る文書にあやまりがないかどうかを点検する。幕閣と各国公使の会談や交渉での通詞を頼まれることもしばしばだった。

それほど江戸では西洋諸国との交際がしげくなっているのに、京では尊王攘夷を叫ぶ長州や土佐の浪士たちが、「天誅《てんちゆう》」と称して、皇女和宮様の降嫁をはじめとする公武一和に加担した公卿やその家臣を襲っていた。しかも殺《あや》め方が残虐非道で、遠藤様も頭を悩ませていた。

神君家康公が幕府を開いて以来二百五十年間、政事は江戸でおこなわれてきた。ところがペルリ艦隊の来航を機に諸外国と条約を結ぶに当たり、幕閣が天皇の許可、すなわち勅許を求めたことで風むきが大きくかわった。

夷狄との交際をかたくなにこばむ今上天皇を説得するために、老中以下が頻繁に京を訪れる。陸路では十四、五日かかるが、蒸気船ならば三、四日でつく。道中の警固や宿代も不要なので経費もはるかに安いとの進言が容れられて、勝さんがみずから操艦し、江戸から大坂や兵庫へお送りする。船内では、老中格の方々を丁重にもてなし、海軍創設の必要を諄々と説く。地道な工作が実を結び、ついには第十四代将軍家茂公を順動丸《じゆんどうまる》にお乗せして、摂津の海を巡行した。

文久三年四月二十三日の出来事を、勝さんは感に堪えないというように花に語った。大坂から兵庫を目ざしたところ海が荒れて、外輪式の蒸気船が大きくゆれた。御年十五の上様はかえって面白がり、甲板で潮風をうけながら、水夫たちが帆を操るようすを見守った。陸《おか》にあがったあと、勝さんは上様に世界の形勢と日本の危機を率直にお伝えし、この神戸の地に海軍操練所を創設したいと申し出た。

「築地の操練所は、幕臣とその子弟しか入れないが、神戸では禁裏の者や、西南雄藩の藩士たちも身分を問わずに参加する一大共有之海局にしたいと申しあげたところ、上様はすぐに御英断をくだされたのだ」

勝さんは顔を上気させて語り、若き将軍の英邁を讃えた。

家茂公の信任をえた勝さんは、神戸海軍操練所の創設に夢中になった。たまに江戸に帰ってくると辰ノ口に立ち寄り、花を相手に首尾と抱負を語る。

「徳川一門とその家臣のみが政事を司《つかさど》る時代はすぎたのだ。公武一和どころか、日本国中が一体とならなくては、この難局は乗りきれねえ。そもそも、いまのままではひとが足りねえ。諸国に人物はいるよ。しかもみな若い。肥後の横井平四郎こそ、おいらより十四も上だが、頭のやわらかさはたいしたものさ。土佐の坂本《さかもと》龍馬《りょうま》と近藤《こんどう》長次郎《ちょうじろう》。長州の木戸《きど》孝允《たかよし》に対馬の大島《おおしま》友之允《とものじょう》。薩摩は小松帯刀、西郷吉之助と大久保一蔵にはまだ会わぬが、よほどの人物と聞く。これら血気さかんな俊英たちを神戸に集めて、共和一致の海軍を創るのだ。もっとも、おいらの願いは、日本を西洋から守るだけじゃねえ」

勝さんの身から一段と強い気が発せられた。

「公儀と諸藩はそれぞれ別個に軍艦を所有し、人員を養成してきた。それらの船とひとを束ねて、日本の海域はもちろん、清国と朝鮮をも守り、もって日清韓三国合従の基とする。西洋に対してだけでなく、東洋にむけても大いに国を開くのさ。海軍の盛大があってこそ、興国の業がなるのだ」

壮大な企図に、花は胸が高鳴った。しかし日本国中の精鋭を集めたとしても、西洋に比肩するには数十年かかるのではないか。

「異国の艦隊を撃ち破らなくてもよいのだ。戦えば相手方もよほどの損害をこうむると覚悟せざるをえないだけの軍備が整えば、アスコルド号やポサドニック号がしたような無法は未然に防げる。異国が皇国に一目置くようになれば、攘夷攘夷と無闇に刀をふりまわす輩もいなくなろうというもの」

「よくぞ申した。感服した」

襖を大きく開けた遠藤様が莞爾《かんじ》とうなずき、花も日本の行く末が明るく開けた気がした。

「同じ座敷に居ては、おぬしの話ぶりが丁寧になって面白味に欠けるゆえ、あえて襖一枚へだてて聞かせてもらった。よくぞ、そこまで考えを進めた。ほめてつかわす」

勝さんは威儀を正して一礼した。

「ただし、徳川家の帰趨《きすう》については、みだりに口にだすでないぞ。慶喜公の耳に入れば、左遷させられるのは必至。すでに大久保忠寛と水野忠徳が閣外に追われて、もはや気骨のある者はなきに等しい。お人好しの慶永公はともかく、亡き斉彬公までが、どうしてあの程度の小賢しい若造に入れ揚げたものか、わしにはとんと分からん」

明るかった遠藤様の表情がくもった。

花はまだ一橋慶喜公に謁見したことがなかったが、遠藤様の御家来やお女中からの評判もすこぶる悪い。幼少よりの英明ぶりは広く世に知られて、いまも公武のあいだをとり結べるのは慶喜公のみと期待されている。顔立ちはきりりとして、御姿も悪くないというのに、町衆にもおなごにも、いっこうに人気がない。ついた仇名は「剛情公」に「二心様《にしんさま》」。

「理屈はさかんに言うくせに、尻ぬぐいは家来にさせる。おまけに父親ゆずりのケチときちゃあ、好かれるわけがありませんよ。うちの殿様とは大ちがい」

建て増しされた勝さんの屋敷を訪ねたとき、花がそれとなく話をむけると、女中たちが一頻り慶喜公の悪口を言ったことがあった。人柄はともかく、勝さんとはいかにも反りが悪そうだと思い、花は心配になったのだった。

勝さんが活躍の場をえた文久三年の世情はあわただしかった。

二月十九日には、前年の八月二十一日に神奈川の生麦村でおきた島津久光公の家臣によるイギリス商人殺傷事件の賠償金を求めて、十二隻もの艦隊が横浜沖に投錨した。

一時帰国中のオールコック公使にかわるニール代理公使は性急で、仏蘭米も同調しており、お江戸が火の海になるとおそれた大名や旗本が家族を避難させるなか、返答期限の五月九日に唐津藩の世子にして老中の小笠原長行様が独断で十一万ポンド（約二十六万五千両）を一括で支払い、ことなきをえた。

翌十日には、長州藩が関門海峡でアメリカの商船を砲撃した。二十三日にはフランス船を襲い、二十六日には長年にわたる友好国だったオランダの軍艦に対しても砲撃した。徳川公儀が今上天皇に約定した攘夷決行を実行にうつしたわけだが、一報が伝わると幕閣は青ざめた。

一方、お江戸の町人たちは、ペルリ艦隊の来航に始まる西洋列強の圧迫にようやく一矢報いたと留飲をさげた。

六月になると、アメリカとフランスが相次いで報復攻撃に出た。長州藩は甚大な被害をうけたが、それでも攘夷の姿勢をくずさなかったため、町人たちからの支持はさらに高まった。

七月初めには、ニール代理公使が率いる七隻のイギリス艦隊が鹿児島を襲った。薩摩藩も陸からの砲撃で応戦し、激しい撃ち合いで双方に被害が出た。

早馬でそのことを知った遠藤様は酒井様にも伝えて、御二方が話す場には花も呼ばれた。幕府が禁裏との関係をこじらせて身動きできないなか、長州と薩摩は西洋列強と交戦したことで、これまで以上に高飛車に出てくるはず。御二方の見通しは悲観的で、花は不安になった。

ところが八月十八日に、京で思いもよらぬことがおきた。今上天皇は攘夷激派の中心人物である公卿三条実美《さんじょうさねとみ》と長州藩の横暴に業を煮やしており、それを伝え聞いた薩摩藩が、京都守護職の会津藩主松平容保《まつだいらかたもり》公と謀って長州藩士を禁裏御所から閉めだした。さらに三条ら七名の公卿の参内を禁じたのである。

この政変により、禁裏は公武一和派が主導することになった。井伊大老を暗殺されて以来、守勢にまわっていた徳川公儀も息を吹きかえした。年の瀬の十二月二十八日、勝さんはみずから編成した八隻の幕府諸藩連合艦隊に家茂公をお乗せして品川沖を出発する。

勝さんの晴れ姿を、花は素顔で話せるおなごの友とともに見送った。

そのおなごの友は、名を糸という。

花がお糸ちゃんと知りあったのは、文久三年五月八日の午後だった。イギリスのニール代理公使が一方的に定めた返答期限の前日で、お江戸は城下から逃げようとするひとたちで大騒ぎになっていた。

安政六年のロシア艦隊もおそろしかったが、此度の相手はアヘン戦争を引きおこした最強のイギリスなのだ。フランス、オランダ、アメリカも同調しているうえに、将軍家茂公と将軍後見職一橋慶喜公は主な幕閣をつれて京坂に入っており、留守番の老中たちではとても急場をしのげそうにない。

「そもそもは、気の短けえ薩摩の芋侍どもが悪いんじゃねえか。どうして、そのつけを御公儀が払わなきゃいけないんでえ」

「そりゃあ、祖法を破って、異人を皇国に入れることに決めたのが御公儀だからでしょうよ」

「なるほど、そういうことなら大老に詰め腹を切らせよう。おっと、井伊の殿様はとっくに首を獲られているんだった」

噺家《はなしか》顔負けの軽妙なやりとりをしながら前をゆく男女はまるで逃げるつもりがないらしい。

かく言う花も、ローレンスと別れてから、この世への未練が薄くなったようで、「大砲の弾が当たるも八卦《はっけ》当たらぬも八卦」などと益体《やくたい》もないことを頭のなかでつぶやきながら、浅草界隈をあてもなく歩いていたのだ。

「あ〜あ、勝の旦那がお江戸に残っていてくれたらなあ。あんなイギリスの軍艦くらい、口八丁で追っ払ってくれるのによお。お上がお目に留めて、そばを離さないそうじゃねえか」

「えっ」と花は声をあげた。

前をゆく男女がふりかえり、あわてて身をかがめた花の小下駄の鼻緒がぷつりと切れた。その拍子に左目の色目ガラスが目の裏に入ってしまい、どうにもならなくなって、その場にすわりこんだ。

「どうしやした。あれ、おまえさん、氷川の御屋敷で見かけたことがあるような」

「あら、本当に。そちらはおぼえていないでしょうが、兄が勝先生のお世話になっておりまして。たしか西洋通詞の、お花さん」

「すみません、いそぎの用が」

「いそぐって、まわりを見てごらんなさいよ。浅草の仲見世といえば、大川をはさんだ両国の回向院とともに、お江戸で一番のにぎわいどころだというのに、イギリス船のおかげでこの閑古鳥《かんこどり》だ。そんなときに、ひとりでぶらついているおなごに、いそぎの用などあるわけがない。おや、おまえさん、左の目が青い」

色目ガラスが目の裏側に入ってしまったことはこれまでにもあったが、往来で見咎められたのは初めてだ。

「長崎生まれと聞いたし、おまえさん、ひょっとして」

「およしよ、兄さん。ねえ、お花さん。うちは川向うの本所《ほんじょ》ですが、この近くにも知り合いがいますから、どこかで休みましょう」

「よしきた。そういうことなら、ちょっくら行って、ナシをつけてこよう」

裾をまくり、下駄を鳴らしてかけてゆくうしろ姿に、「あら、速い」と花が感心すれば、「兄は末七、あたしは糸」と応じたお糸ちゃんが切れた鼻緒をじょうずにすげてくれた。

もどってきた末七さんに案内されたのは伝法院裏の店で、「とぎ」と看板が出ている。

「ここの亭主はおれのダチでね。刃物をあつかう商売だってえのに臆病で、三日も前に女房こどもをつれて、大宮の親戚筋に逃げていったんでさあ。大家のこともよく知っていて、お糸の友だちのかげんが悪いんで、一刻ばかり休ませてもらいますよとことわってきやしたから、ゆっくりしてください」

色目ガラスを直して、おちついて見れば、月代をきれいに剃った末七さんの顔は凛々しくて、細身のからだに縞柄の着物がいきだ。対するお糸ちゃんはやさしい顔だが、注連縄《しめなわ》や横綱といったほうがふさわしい堂々としたからだつきで、肝もよほど太いようだ。

(このひとたちになら青い目を見せて、素性を明かしても大丈夫かもしれない。勝さんのところに出入りしているというのも本当だろうし)

「あの、わたしは」と話しかけた花を末七さんがさえぎった。

「仁義なら、こっちが先に切らせてもらいますよ。あっしは戯作者で、と言いたいところだが、まだ一冊も世に送りだしていないのがくやしいところでね。大工をしながら、いつの日か『児雷也豪《じらいやごう》傑譚《けつものがたり》』の上をゆく人気作を書きたいと思っているんでさあ」

本所相生町《ほんじよあいおいちよう》で生まれ育ったふたりは、嘉永七年十一月の大地震で両親と兄弟を亡くした。末七さんは十三、お糸ちゃんは十だった。以来十年、兄妹は肩を寄せあって暮らしてきた。お糸ちゃんには縁談もあったが、話を進めていたさなかに相手がコロリで亡くなってしまい、その後は良縁だからといくら周囲がすすめても、うんと言わないのだという。

末七さんは、安政六年四月から神奈川台場での砲台築造の工事にくわわった。松山藩が担当した工事だが、幕閣から指導を頼まれた勝さんは月に一、二度現場を訪れており、七月の初めにふたりは行き会った。

「むこうから歩いてくる勝先生をひと目見たとたん、頭のてっぺんから両足の踵《かかと》にむけて、エレキ(電気)が走ったようになりましてね。御高名は存じあげていましたが、この御方にちがいない。天下を仕切るだけの肝っ玉を持った、正真正銘の傑物がそこにいるって、このボンクラにもわかったんでさあ」

末七さんは鉋《かんな》を胸に抱えた格好で名乗り、弟子にしてほしいと頼むと、勝さんはじっと目を見てきた。

「桁違いの胆力に圧《お》されて、あっしは息の根がとまりそうになりました。大げさじゃなく、本当に息ができないんです。ああ終わりだ、しかしこれほどの人物に見《まみ》えたのだから本望と観念したとき、先生の目が和らいだ。すると、また息ができるようになりました。ただし、先刻までとは心地がちがう。『おまえさんとは、また会うさ。それまで精進するんだぜ。折角の道具が泣いてるじゃねえか』。そう言って、先生は去っていかれました。あっしの親父は腕の立つ大工で、形見になった鉋も鑿《のみ》も槌《つち》も鋸《のこぎり》も、名人が拵えた上等なものなんです。頭領も親切にしてくれていましたが、あっしの性根が浮ついていた。先生は、なにもかもをひと目で見抜いて、注意してくださったんです。あっしは生まれかわった気持ちで鉋をかけました。気のせいか、刃が木を削る感触が微細なところまでよくわかって、その日は夕刻まで一心に働きました。それからは悪所に行かず、悪い友だちとも縁を切り、仕事に精をだすようになって、頭領があっしを見る目もかわってきやした。それもこれも、先生が叱ってくれたおかげです」

末七さんが右手の甲で涙をぬぐった。その後、勝さんが咸臨丸でアメリカに行っているあいだに神奈川台場の砲台は竣工した。

ふたりが再会したのは万延元年の六月で、新築された氷川の屋敷に頭領とともに招かれた。

「先生は不作法に弟子入りを志願したあっしの素性を調べられて、その後の働きぶりを頭領から聞いたうえで、お声をかけてくださったそうです。あっしはうれしくて」

末七さんがむせび泣き、お糸ちゃんも鼻をすすっている。悪しざまに罵ることもある勝さんだが、苦境であがいている年少の者には、身分を問わず手をさし伸べる。だからこそ、女中や屋敷に出入りするひとたちに慕われているのだ。

花は色目ガラスをはずし、青い目になって素性を語った。勝さんがいない場でそうしたことをするのは初めてだ。

「それじゃあ契《ちぎ》りを交わしやしょう。なに、博徒のように親分子分になるわけでも、義兄弟になるわけでもねえ。花の秘密は誰にも漏らさず、助け合っていこうってことさ」

酒肴のしたくをしてくると言って立ちあがった末七さんに、お糸ちゃんが自分の財布からいくらか渡した。花も渡そうとすると、一旦はことわられたが、「あすには、この浅草界隈も大砲で吹き飛ばされるかもしれねえんだ。けちけちせずに豪勢にやりますか」と言って、結局うけとった。

下駄の音を立てて末七さんが出ていくと、花とお糸ちゃんは顔を見合わせてクスクス笑った。

末七さんは、酒肴のほかに、十人ばかりの仲間をつれて帰ってきた。蕎麦屋に豆腐屋、講談師に噺家、床屋に相撲取り、女髪結いに水茶屋の看板娘まで、みな商売あがったりで、ひまを持てあましていたという。

花は色目ガラスをはめて、初めて会う町人たちとのやりとりを楽しんだ。末七さんが気をくばってくれて、いやな目に遭うこともなかったが、遠藤様を心配させてはいけないと、日が暮れる前においとました。

お糸ちゃんが送ってくれて、花は閑散とした町を、立派な体格の友と並んで歩いた。お糸ちゃんは格別腕の立つお針子で、日本橋の呉服店に雇われて、大名や大店の奥方、それに遊郭の太夫《たゆう》が召す着物を仕立てている。大奥の上臈《じょうろう》がお召しになる式服《しきふく》や打掛《うちかけ》を仕立てたこともある。上等な絹織物は素晴らしい手ざわりだし、色合いもこの世のものとは思えない美しさだが、いつも一着が仕上がるころには肚が立ってくるという。

「そんな上等をお召しになる方々は、一日中御殿や御屋敷のなかにいて、箸より重いものは持たないんでしょ。粥や甘いお菓子ばかり食べて。さぞかしきれいな御顔で、指も細いんでしょうよ。あたしだって給金が高いにこしたことはないけれど、兄さんの太物《ふともの》を繕ったり、洗い張りすると清々するの。あたしは町方がきる太物が一番好き」

それならと、翌日の午前、花はクルチウスが拵えてくれたシャツと青い上着と白いズボンを風呂敷に包んで本所の長屋に持っていった。

「このつっぽ袖がシャツ、そして洋袴をズボンというのよね。手にとったのは初めてだわ。すごい、すごい」

お糸ちゃんは大喜びで、生地や糸目を食い入るように見ている。体形に合わせるために、いくつもの布片を組み合わせる手法に興味深々で、花は小さくてきられないシャツをあげることにした。

するると、お糸ちゃんは見る間に糸を抜き、生地をバラバラに分けてしまった。

「このひとつひとつを紙のうえに置いて、縁を筆でなぞれば、その型を元にして同じ西洋服を何着でも作れるでしょ。等倍してやれば、大きな服も小さな服も作れるわ。ああ、腕が鳴る。花ちゃん、ありがとう」

お糸ちゃんによれば、江戸っ子は新しいもの好きだから、西洋列強による圧迫がひと息つけば、異人のような格好をしたがるに決まっている。その機を逃さず、作りためておいた西洋服を売りだせば大儲けは間違いない。

「元手をだしてくれるひとがいればいいんだけど。うまくやらないと、そっちに儲けを持っていかれちゃうからね」

花はお糸ちゃんの商才と抜け目なさに感心したが、自分が相当な額の銀手形を持っていることはまだ黙っていることにした。そのかわり、つぎは帽子を持ってきてあげると言うと、お糸ちゃんが飛びあがって喜び、長屋の床がきしんだ。

年が明けた文久四年は、二月二十日をもって改元されて、元治元年となった五月二十日に、勝さんが家茂公とともに海路で江戸に帰ってきた。

すぐ横浜にむかうというが、遠藤様が無理を言って辰ノ口に招いたのは勝さんが軍艦奉行に昇進したからだ。役料は二千石、役金二百五十両。五位の位階《いかい》をさずかり、安房守《あわのかみ》に任じられた。

おどろいたのは、遠藤様も、御家来も、勝さんを「安房殿」や「安房様」と呼ぶようになったことだ。花は遠藤様が「勝麟」と呼びすてにするのが好きだったが、もはやそうした気がねのないつきあいはできないらしい。

当の勝さんがちっともうれしそうでないのも気がかりだった。御家来がさがってから遠藤様と花の三人で話すうちにわかってきたのは、将軍後見職だった一橋慶喜公の狭量な策略がもたらした、家茂公の御心痛だった。

昨年末から京に、薩摩の久光公、越前の慶永公、土佐の山内容堂《やまうちようどう》公、宇和島《うわじま》の伊達宗城《だてむねなり》公が集まり、慶喜公も参加した参豫会議《さんよかいぎ》がもたれていた。

久光公の尽力によってようやく成った幕府と雄藩の連合であり、朝廷の会議に参豫して、禁裏の意向を開国開港にかえさせようというのである。勝さんも大いに期待し、薩摩の小松帯刀様らとともに裏方をつとめた。

ところが薩摩の台頭を警戒した慶喜公は会議を引きまわして離散に追いこむ。とくに横浜鎖港を主張してイギリスの反発を招いたことに勝さんは憤っていた。

代理公使ニールに対する反感はわかるが、ニールはあくまで代理であり、復帰したオールコック公使とは密に連絡をとっていくべきなのに、このままではイギリスと敵対することになってしまう。

「最強の武威を持つのはイギリスなのだ。好むと好まざるとにかかわらず、イギリスとは交誼を保つ以外にない。薩摩についてもしかり。重豪公の果断により、西洋の文物と知識を貪婪《どんらん》にとりいれて、琉球や奄美を支配下に置きながら国力を増大させてきた。幾度か藩士を二分するいさかいがあったが、それも人材が豊富であればこそ。その薩摩が会津と結んで京から長州を追いだし、公儀に協同を求めて、上様も喜んでおられたというのに、猜疑心の強い二心様が参豫会議を解体させたのだ」

勝さんの話ぶりは投げやりで、「まだ神戸の海軍操練所があるではありませんか」と花は思わず問い詰める口調で言った。

「一大共有之海局は夢のまた夢。上様の御賛同をえたはずが、因循《いんじゅん》姑息《こそく》な老中たちにより、海軍創建は砲台重視にすりかえられ、身分を問わずに入所させるとの約束も反故《ほご》にされた」

「やれやれ、ようやく安房殿に後事を託せると喜んでおったら、このざまか」

遠藤様の揶揄にも、勝さんは抗弁しなかった。折り目の付いた絹の袴でかしこまり、苦虫を嚙み潰した顔をしている。

「近江三上藩の殿様で、大坂でも諸役をつとめられた御方に無礼を承知で申しあげれば、京坂の地は、徳川にとって鬼門なんじゃありませんか。おいらも上様や幕閣を蒸気船で度々上方にお運びしたし、上様が京坂の地におられて、今上天皇をお守りするのが公武一和には必要と信じ、尽力してきました。上様もこらえにこらえて、今上天皇の御信頼をかちえておられますが、お江戸と京坂に分かれた老中、若年寄たちの対立は激しくなるばかり。やはり上様は、千代田の御城にお控えになられてこそ、天下が治まるのではないかと」

勝さんは口を閉じ、じっと考えこんだ。

「わしの見立ても同じ。掃部頭が水戸の浪士どもに首を獲られたことが、かえすがえすも悔やまれる。昨年五月に一千五百余の歩騎兵を率いて京に攻めのぼった小笠原と水野は承久の乱を再現して見せると息巻いておったが、腰くだけに終わった。掃部頭が健在であれば、イギリスから船を借りたりせず、用意周到にことを進めて、御所を幕兵でとりかこんでいたであろう」

遠藤様はすぎたことを悔やむ愚に気づいたらしく、口をつぐんだ。

老中の小笠原様は兵庫に上陸して、淀まで兵を進めたものの、在京の老中板倉伊賀守《いたくらいがのかみ》様に説かれて兵を引く。しかも船を出してくれた英国に見かえりとして、横浜居留地に兵隊を駐屯させる権利を与えたというので、無定見もはなはだしいと、勝さんは憤慨していた。

六月十二日、勝さんは蒸気船で品川沖を発ち、上方にむかった。

幾多の制約をうけたとは言え、念願だった海軍操練所の開設がうれしくないはずはない。ひと足先に始められた神戸の私塾には、薩摩、紀州、肥後藩の有志にくわえて、草莽《そうもう》と呼ばれる脱藩浪士や激派くずれまで集まっており、とくに坂本龍馬様をはじめとする土佐人たちは覇気があって面白いと、勝さんは喜んでいた。

花も一度神戸に行ってみたかったが、いまはお糸ちゃんや末七さんたちと一緒にいるのが楽しかった。

「なるほど、あの兄妹ならば、お花と気が合うであろう。出会うべき者らとは、出会うもの。ふたりに、よろしく伝えてくれ」

そう言って、勝さんは颯爽とボートに乗りこんだ。家茂公が江戸から動かないので、安心してもいたのだろう。

つぎに勝さんが江戸に帰ってきたのは十一月二日で、花は御城の外国方で頼まれた文書の翻訳をしていた。勝さんは伏見《ふしみ》からの早駕籠で御城につき、老中に帰府の報告をしているというが、長州征討の勅旨がくだり、征長軍の一翼をになうはずの軍艦奉行が江戸に呼びもどされるのは、どうみてもおかしい。もしや罷免されたのではとのうわさが城内をかけめぐったが、真相がわからないまま花は辰ノ口に帰った。遠藤様も諸方にたずねているが、当の勝さん自身も沙汰を聞かされないまま、氷川の屋敷にもどったという。

「お花、よいか」

遠藤様に呼ばれる前に花は身をおこし、行燈を灯していた。不吉な予感に襲われて寝つかれずにいたところに戸を引く音や羽目板が軋《きし》る音がしたからだ。

「お入りください」

遠藤様の手燭《てしょく》がくわわり、眉間に寄った皺までよく見えた。

「勝麟は切腹を命じられるやもしれぬ」

花は息をのみ、気が遠くなりかけた。

「いったい、いかなるわけでございますか」

「禁門の変で、御所を襲った長州勢のなかに、あやつの私塾に籍を置いていた者が幾人もおったそうじゃ。配下の者が帝に弓を引いたとあっては、上様もかばいきれまい」

七月十八日の深夜から十九日の早朝にかけて、長州勢が京に攻めのぼった。禁裏守衛総督である一橋慶喜公が率いる諸藩兵とのあいだで戦になったが、長州勢の惨敗に終わった。

雄藩連合など無用と言いつのっていた在府の老中たちは勝ち誇り、長州を含む西国諸藩の有志とつながりの深い勝さんは責任を問われているのだという。

十一月十日、勝さんに御役御免が申し渡された。処罰ではなく、軍艦奉行職の罷免であり、安房守の称はそのままに寄合入りとなった。役高二千石はとりあげられて、神戸の私塾は閉鎖。海軍操練所も近々廃止という。

「一文無しになったって、首と胴がつながっていりゃあ、天下のためにまた働ける日がくるってもんさ」

「そうよ。全身肝っ玉と呼ばれる御方だもの。天下のほうが放っておかないわ」

切腹は免れたと知らせると、末七さんとお糸ちゃんは大喜びだった。命あってのものだねと花も胸を撫でおろしたが、当の勝さんは憤りが静まらず、年が明けて元治二年となっても不機嫌でいた。

お玖磨さんから、男の子が生まれたことを知らせる文がとどいたのは、そんなときだった。出産は師走のうちで、安産だったというが、なにも聞いていなかった花はただただおどろいた。

勝さんは昨年の二月に将軍後見職だった一橋慶喜公の命をうけ、滞在していた京坂から熊本、長崎、下関、対馬の順にめぐって内密の御用をしたが、そのとき授かった子だという。懐妊は、夏のうちに勝さんに伝えてある。ただ、子の誕生を伝える手紙を氷川の屋敷に送ると、勝さんが極まり悪いかもしれないと書かれていて、花は勝さんを浅草にさそった。

とぎ屋で会ったお仙ちゃんが茶汲みをしている水茶屋は、丸太の柱に葭簀《よしず》がこいではなく、家の作りになった居付き茶店だ。看板娘であるお仙ちゃんは今日も着飾り、一服八文の茶の代に、五十文百文と手渡してくれる裕福な客に艶然と微笑みかけている。

「お花に、かような店につれてこられるとは思わなかった」

とまどう勝さんに、花はこの店で一度、茶汲み娘をしたことがあるとうちあけた。

「花ちゃんなら、一日で五百文はくだらないから」とお仙ちゃんにさそわれて、うまいことわりを思いつかずにいるうちにあれよあれよと前垂れ姿にさせられてしまった。

「それで首尾はいかがであった」

好奇心を見せた勝さんに、花はお玖磨さんからの文を手渡した。

怪訝な顔で読みだした勝さんの面持ちが見る間に穏やかになり、読み終えてしばし黙したあとに
「梅の蕾《つぼみ》が大きくふくれておる。梅、梅太郎」とつぶやいた。

勝さんの視線の先では、若木の白梅が鈴なりに蕾をつけていた。

「お花、いかなるつもりで水茶屋などにつれだしたのだ」

帰り道に聞かれて、「さあ、わたしにもさっぱりわかりません」と花は正直に答えた。

茶汲み娘をしたときは、一日で二千文も稼いでしまい、店主から是非また店に出てほしいと頼ま

れたが、お仙ちゃんがこわい顔をしていたし、花もこりごりだった。

今日も店主が声をかけてきたらどうしようと心配だったが、二本差しのお侍と一緒のせいか、なにも言ってこなくてホッとしたと花は話した。

「まあよい」と言って、勝さんは晴れ晴れとした顔で空を見あげた。


勝さんの後任の軍艦奉行には小栗忠順様がついた。ポサドニック号の件で外国奉行を辞任し、それを解決に導いたのが勝さんだった。勝さんはその功績により軍艦奉行並から軍艦奉行へと出世を遂げたのだから、ふたたび明暗が入れかわったわけだ。

すでに勘定奉行と陸軍奉行並を兼任していた小栗様は、新任のフランス公使レオン・ロッシュと結び、フランス政府の支援により幕府の再興を図ろうとしていた。長崎海軍伝習の第一期生だった小野友五郎様も、小栗様に賛同しているという。

「小栗のやつ、ロシアに対馬をやっちまおうとしたかと思えば、今度はフランスにべったりときた。切れ者で忠義心も旺盛だが、あやつの頭にあるのは徳川家の安泰のみ。小栗にまかせておいたら、フランスから金を借りまくり、ただでさえ乏しい幕府の台所は火の車。対馬はもとより、蝦夷地さえ借金のカタにしかねねえ。世に偏狭な忠義心ほど厄介なものはありませんや」

氷川神社の広間で、勝さんは遠慮なく最近の幕政をこきおろした。むかいにすわった大久保忠寛様は、いつものように黙って聞いている。こちらは昨年七月に老中に異見を述べて、要職である勘定奉行を辞任した。近々家督を長男にゆずり、隠居しようと思っているという。

四月十一日をもって慶応と改元された五月の末で、つばめが羽虫を追って境内を舞っている。

「一翁《いちおう》とは、欲の欠けらもない、よい名をつけたものですな。しかし貴方に本気で隠居をされてはこまります。ですので、とりあえずの一往《いちおう》とかけた名と承っておきます」

勝さんが右手の人差し指で宙に「一往」と書くと、大久保様がめずらしく相好をくずした。

「では、下手な洒落を聞かせた罰として、これをおさめてもらおうか」

大久保様は懐からだした財布を畳みに置いた。勝さんが開くと、なかには小判が十枚入っていた。

「おまえさんにやるんじゃない。お民さんにさ」

大久保様によると、神戸の私塾はすべて勝さんの私財によって賄われていたため、無役となったいまは日々の米を買うにもこまるありさまだという。

「どうして言ってくれなかったのですか」

花は自分の不明を恥じた。

「これでも武士の端くれ。ちょいと高楊枝と決めこんでみたまでさ。大久保様、まことにかたじけない。わずかばかりのへそくりも、長崎で生まれた三男坊にやっちまったところなんで、大いに助かります」

一礼した勝さんは袂に入れていた手紙を畳に置いた。薩摩の西郷吉之助様からで、勝さんの罷免を憤る雄渾《ゆうこん》な筆は強い気を放っていた。

勝さんが西郷様と初めて会ったのは昨年、元治元年の九月十一日だった。禁門の変で長州兵をしりぞけた功績により征長軍総督の参謀となった西郷様は、出陣に及び腰な幕府の内情を知ろうと、勝さんの大坂の宿を訪ねてきた。

「おいら、型破りでは天下に並ぶ者のない親父殿を間近に見て育ったせいか、傑物と呼ばれる方々と対峙しても、気おくれをおぼえたことがないでさあ。むろん感心はしているのですよ」

勝さんがあわててとり繕っても、大久保様は顔色ひとつかえなかった。

「西郷吉之助は、六尺をゆうにこえる巨体、黒光りする大きな目を光らせて、かの武蔵坊弁慶もかくやと思わせる貫禄がありました。御所をめぐる戦では、蛤門《はまぐりもん》で長州兵と会津兵がぶつかっていたところに、西郷率いる薩摩の砲隊が横合いから銃と大砲を一斉に放った。攻守が逆転し、長州兵が散り散りに逃げてゆく。会津兵は落人《おちゅうど》狩りを始めて、捕えた長州兵をその場で無残に斬り殺した。さらに長州兵が潜伏していると思われる蔵や屋敷に片っ端から火を放ったため、京の町は火の海となり、会津の評判はガタ落ち。一方の薩摩は、西郷の統率により、無用な狼藉は一切働かず、天龍寺に蓄えられていた長州の兵糧《ひょうろう》を町衆に配給して名を挙げた。聞けば聞くほど見事な采配ですが、当人を目の当たりにして、なるほど、それくらいのことは朝飯前にしてみせるであろうと納得しました」

久しぶりに聞く勝さんの名調子と、西郷様の活躍に、花は胸がすく思いをした。やはり亡き島津斉彬公は慧眼だったのだ。

「それで西郷に入れ知恵したというわけか。幕府のお先棒をかついで長州を討ち滅ぼしてはならぬと」

大久保様に見抜かれて、勝さんがニヤリと笑った。

「いまの幕閣に、日本が直面している危機の深刻さをわかっている方はひとりもおりません。でなければ、英仏米蘭による四国連合艦隊が下関を襲い、長州の砲台を破壊したことを喜べるはずがない。関門海峡を西洋諸国に押さえられた日には、瀬戸内海の通航は滞り、京坂は干あがっちまう。それに、いずれは生麦のときと同じく、江戸の幕閣に賠償金を要求してくるのは見えている。長州憎しで、われを忘れた幕府に手を貸すのではなく、勇猛果敢な長州藩との提携を模索して、幕府を除いた諸藩連合による政権を打ち立てるほうが日本のためと、西郷をさとしました」

「お主、よく首がつながっておるな」と大久保様が呆れた。

「慶喜公も、在府の老中や奉行連中に見切りをつけているからですよ。二心様と小栗の気脈が通じているなら、おいらはとっくに腹を切らされていますよ」

勝さんは、いかにも勝さんらしい不敵な顔でうそぶいた。

「おいらの出番はしばらくないでしょうから、本でも読んでいますよ。竹川から金を借りて、清国版の『万国公法』を注文したところでして。お民も貧乏にはなれっこだから、『あたしの一生は出目の悪い双六だね。何度でもふりだしにもどっちまう』と笑っていやした。とにかく、こいつは、お借りします」

勝さんは大久保様に頭をさげると、膝をめぐらせて花に正対した。

「お花、出島橋のたもとで、おまえさんに初めて会ったのが、安政三年の三月。おまえさんは十二、おいらは三十四であった。あれよあれよと十年がすぎ、おまえさんは二十二、おいらは四十三になった。この十年で日本になにがおきたかを簡潔に言えば、徳川公儀の衰退」

勝さんが何人にも憚らぬというように、ぴしりと言った。

「これまでは開国か鎖国かで争ってきたが、四国艦隊に手もなくやられて、長州も攘夷の不可能を悟ったはず。だからこそ、西郷の説得を容れて、三家老を切腹させ、四参謀を斬首して恭順の意を示したのだ。ならば幕府は鉾《ほこ》をおさめ、長州をゆるせばよい。このうえ長州を攻める愚を、庶民は見抜いているよ。なぜなら、その戦によって割を食うのは庶民だからさ。何千という兵をだすとなれば、兵糧が要るから米の値があがり、それを見こんで商人は囲い米をする。しかし強欲と責めるのは当たらねえ。商人たちは多額の御用金を割り当てられて、やむをえず米の値をつりあげるのだ。つまり悪いのは長州でも商人でもない。面子にこだわって庶民を疲弊させる公儀が悪い」

その御公儀もふたつに割れている。一橋慶喜公は一年半も京に居続けて、禁裏にとりいり、つき従う老中若年寄と会津桑名両藩とで天下を主導しようとしている。一方、江戸にいる小栗様たちは帝に重きを置かず、武威によって禁裏を制圧し、徳川公儀に実権をとりもどそうとしているのだという。

「鍵を握るのは、やはりイギリス。ロシアが日本近海への進出を諦めたと見るや、フランスはやり手のロッシュを公使として送りこみ、イギリスに怯える幕閣を巧みに懐柔した。ロッシュとの関係がさらに深まってゆけば、小栗らは欧州で需要が高まっている生糸を、フランスに優先的に割り当てようとするであろう。それは認められぬとなったイギリスがどう出るか。天狗党《てんぐとう》の討伐にさえ手こずった幕府を見かぎり、西郷率いる薩摩の背後につけば、日本を二分する戦になるやもしれん」

大久保様が黙っているのは、勝さんと同じ見立てだからなのだろう。

花も遠藤様や末七さんから度々聞いていたが、去年の三月に天狗党なる水戸藩の攘夷激派を中心とする六十余名が、筑波山で挙兵した。一昨年の八月に長州藩と激派の公卿が禁裏から追われたことにあせりをつのらせて、幕府に即時攘夷を迫るため、命がけの示威行動に打って出たのである。

天狗党は、兵糧や人馬の提供をこばむ村々を容赦なく焼き払った。幕府は追討軍をさしむけたが、命知らずの夜襲をしかけてくる相手に苦戦する。

常陸国下妻《ひたちのくにしもづま》で、幕府軍を相手に勝利をおさめた天狗党は三千余にふくれあがった。那珂湊《なかみなと》では一万余の幕府軍と一ヵ月以上も戦闘を続けたものの、十月に入ると幕府軍が洋上からの艦砲射撃をおこなう。さしもの天狗党もこれには歯が立たず、千余名が降伏した。

しかし軍師武田耕雲斎《たけだこううんさい》に率いられた千余名は、尊攘派の巨魁斉昭公の七男である一橋慶喜公に陳情と弁明をおこなうために京を目ざすことを決意。常州《じょうしゅう》、総州《そうしゅう》、野州《やしゅう》、上州《じょうしゅう》で藩兵をつぎつぎに打ち破る。真冬の信州でも戦を続けて、美濃を経て越前にいたるが、ついに力尽き、北国街道の新保《しんぼ》で八百余名が加賀藩に投降した。

京を目前に降伏したものの、夷狄を撃つための即時攘夷を求めて決死の行軍を続けてきた天狗党士たちは、慶喜公が誠意を汲んでくださるものと信じていた。ところが期待は裏切られ、武田耕雲斎をはじめ三百五十二名は斬首、残りの者たちも厳しい処分をうけた。

勝さんによると、天狗党の傍若無人を防げなかったのは、長州征討のために北関東の藩兵や村の男たちがかりだされていたからだ。しかも天狗党と戦う幕府軍も同じように村々から人馬を徴発した。

「公儀は、武威により、民の安寧を守るがゆえに、年貢や御用金を科すのだ。ペルリ艦隊の来航に始まる西洋諸国の攻勢には手も足も出ぬくせに、諸藩に対してはいばりくさり、そのうえすでに恭順の意を示している長州を討とうというのでは、民から見放されても仕方がない」

(御公儀はどうなるのですか。おふたりは二百五十年続いた徳川の治世が瓦解《がかい》してゆくのを黙って見ているだけなのですか)

わきあがった疑問が喉まで出かかっていたが、花はその問いかけを口にださなかった。大久保様や勝さんのほうが、よほど悔しいはずだからだ。

「このあと約束がありますので、お先に失礼いたします。三日後の六月一日から、末七さんとお糸ちゃんとわたしの三人で、両国の回向院に見世物小屋をだします。どうぞ見物にお出かけください」

「なんと申した？　見世物小屋だと」

あわてる勝さんを広間に残し、花は氷川神社の境内を抜けて通りに出た。懐に入れていた手ぬぐいで顔をおおい、青い目のまま町を歩く。見咎められたら、物陰に隠れて色目ガラスをはめればいいと肚をくくると、いつもは心持ちかがめている五尺六寸の背丈がすっと伸びた。

三人でパンを売ろうと決めたのは、元号が慶応に改元される前の三月なかばだ。

「花ちゃん、なにか西洋のお菓子をつくれる？」

相生町の長屋でお糸ちゃんに聞かれて、「どうして?」と花は聞きかえした。

「手っとりばやく稼ぎたくて。これを見て」

お糸ちゃんは行李から西洋服をとりだして、畳に並べた。花にもらったシャツとズボンから型紙を作り、麻や木綿といった太物の布で大中小を拵えてみたという。ボタンは手に入らないため、前は紐で結ぶように工夫されている。

「とてもよくできているわ」と花が感心すると、「そうでしょ。これは絶対に売れるって」と、お糸ちゃんが勇んだ。

さる筋から聞いたうわさによると、今後は旗本と御家人も西洋風の装束で調練をすることになるという。一日でも早く製作にとりかかりたいが、先立つものがない。そこで回向院の見世物興行に小屋をだそうと思いついた。

「小麦粉に、たっぷりの卵と砂糖をまぜて作る、パオン・デ・ローというお菓子があるわ」

「それは駄目ね。仕入れ値が安くて、かんたんにたくさんつくれて、飛ぶように売れる食べ物ってないかしら。お団子みたいな」

「それなら、パンを焼くわ。でも小麦粉のほかにイーストがないと。それにオーヴェンも」

パンは、イーストをくわえて生地をふくらませてから焼かないとおいしくない。横浜の商人に当たってみようと思うが、舶来品だから値が張るかもしれない。オーヴェンは、レンガと漆喰があれば造作もないと花は説明した。

「そうだわ。フリッツが、航海中にイーストが悪くなったら、小麦粉にワインをまぜて練るとパン種がふくらむと言っていたわ」

「そのお酒も、値が張るんじゃない」

お糸ちゃんと花がそんな相談をしていたところに、仕事を終えた末七さんが帰ってきた。

「酒饅頭《さかまんじゅう》の要領で、酒粕をまぜてみるってのはどうだい。小麦粉と酒粕を買ってきてやるから、お花さん、まだ帰《け》えらねえでくださいよ」

一日働いてくたびれているだろうに、玄関に道具箱を置いた末七さんは下駄の音を立てて買い物に行った。

「いきね、やさしいひと」

花がつぶやくと、「ねえ、花ちゃん」と一転して改まったお糸ちゃんが道具箱を玄関脇の小部屋にしまった。

棚には砥石や鑢が並んでいる。一日使って傷んだ鑿や鉋の刃を研ぎ、鋸の目立てをする部屋で、花も一度そのようすを見させてもらった。文机には書きかけの戯作が置いてあるが、そちらはまだ読ませてもらっていない。

「花ちゃんは、本当にお嫁にいかないの」

小部屋の戸を閉めたお糸ちゃんがふりかえって、青い目の花と目を合わせた。

「嫁《とつ》げば子が生まれるわ。この目がうつったらたいへん。勝さんは、いつか世の風潮はかわるというけれど」

「うちは兄とわたしだけで詮索好きの親戚もいないわ。異人の居留地がある横浜に引っ越したっていいんだし」

末七さんの好意には花も気づいていた。所帯をかまえて子を育てたい気持ちもあるが、そう思うたびにローレンスの顔が頭に浮かび、対馬で別れたときのせつなさがよみがえってしまう。

「ただいま」

うまい具合に末七さんが帰ってきて、花は小麦粉をこねた。酒粕の割合をかえたパン種をみっつつくり、それぞれ鍋や桶に入れて濡らした布をかけ、ひと晩おいて、ようすを見ることにする。

彼岸の入りまで数日で、日がかたむいても、町には暖かさが残っていた。辰ノ口まで送ってくれるという末七さんと並んで歩きながら、花はこのまま夫婦になってもかまわない気がした。

「お花さん、パン種がうまいことふくらんだら、出店にむけてのしたくもあることだし、しばらくうちの近所で暮らしませんか。あっしが勝先生にお願いします。けっして間違いのおこらないようにしますから」

「はい、わかりました」と花が即座に答えると、末七さんが派手に転んだ。

「いけねえ。あんまりうれしくて、しくじっちまった」

照れながら着物をはたく末七さんがあんまりおかしくて、花は笑いをこらえるのに苦労した。

酒粕をまぜたパン種は、見事にふくらんだ。末七さんは、勝さんにかけあうと張りきっているが、花は見世物小屋でパンを売ることはまだ伏せて、住みこみでお糸ちゃんに裁縫を習うという理由にしてもらった。

花がオランダ語と英語を教えた遠藤様の御家来はみな上達して、外国掛などの役についたため、講義をうける者も数人になっていた。勝さんが軍艦奉行を罷免されてからは、幕閣の通詞をつとめる機会も減った。諸事に通じた磊落《らいらく》な遠藤様と話すのは楽しいが、大名の御屋敷で世話になるのも少々気づまりになっていたのである。

「いずれにも角が立たねえようにいたしやす」と請け合った末七さんのおかげで、花は三月の晦日に本所相生町の長屋にうつった。数日前に、うまい具合にとなりが空いて、末七さんはそちらで寝泊まりし、朝餉と夕餉は三人で食べる。

初めて酒粕パンを焼いたのは四月の末だった。

浅草のはずれにある鍛冶屋の一角に末七さんが小ぶりなオーヴェンを拵えて、薪がよく燃えたところで、丸めたパン種を入れてやる。みるみるふくらみ、こんがり焼けた。イーストのパンにはない、ほんのりした甘みがあり、饅頭とパンを掛け合わせたような味がする。

「こりゃあいい。いや、こりゃいけねえ。こんなに香ばしいにおいが広がったら、腹を減らした連中が雲霞《うんか》のごとく集まってきちまう」

末七さんの興奮はおさまらなかった。

「こいつは間違いなく売れる。ただし売れすぎるから、きちっと根回しをしねえと、厄介なことになりかねねえ」

代々本所で大工をしてきた末七さんにはさまざまな伝手があるという。

「それじゃあ、ちょっくら行ってきやす」と言って、その日に焼いた三十個のパンのうち二十五個を風呂敷に包んだ。

夜になってから帰ってきた末七さんはほろ酔いだった。

界隈のしかるべきひとたちにとどけて、パンを売るのに最適な場所も割り当ててもらったという。最初と最後に訪ねた新門辰五郎さんの家で御馳走になり、勝さんにはまだ内緒にするように頼んだと話す末七さんは、さもうれしそうに花と目を見交わしたのだった。

その勝さんにどうやって知らせようかと思案していた矢先に赤坂の氷川神社に呼ばれて、めぐりがいいと花は喜んだ。

初売りを三日後に控えて、葭簀《よしず》掛《が》けの小屋には出島の台所部屋にあったのとそっくりなオーヴェンが出来上がっていた。あとはがんばってパンを焼くだけと、花は腕が鳴った。

毎年、六月一日から五十日間、両国の回向院で本尊の御開帳がおこなわれる。やがて参詣《さんけい》に訪れる人出を狙って見世物小屋が立ち並ぶようになり、いつの間にか主客が転倒して、見世物を見物するついで参拝をするようになった。

回向院は江戸城の天守をも焼いた明暦の大火で亡くなった十万におよぶひとたちを弔うために、徳川将軍が建立した寺だ。両国橋や永代橋も、江戸の民を大川のむこうに避難させるために同時期に架けられた。

末七さんの亡父が若者だった文政三年は、六十年に一度の信濃善光寺阿弥陀如来の御開帳が回向院であり、見世物小屋も例年にないほど建ち並んだという。

当時の一番人気は籠細工《かございく》で、十八間もの間口の大きな小屋には、三国志の英雄関羽の高さ二丈をこえる座像や、麒麟、鳳凰、孔雀といった煌《きら》びやかな鳥獣の籠細工が飾られて、どれほどの迫力だったかを亡父はくりかえし話してくれた。

それから四十年余がすぎた昨今の一番人気は生人形《いきにんぎょう》だ。どういう細工か分からないが、生きているとしか思えない等身大の人形がさまざまな姿態で一場を成している。とくに白い肌が艶《なま》めかしいという。

お江戸に三年半もいるのに、花は一度も見世物興行を見物したことがなかった。遠藤様の奥方をはじめ、大名の妻子も毎年楽しみにしているそうだが、おそろしいほどの人出だというし、うわさに聞く生人形がどうにもこわい。

江戸初お目見得は安政二年。「鎮西八郎島廻り《ちんぜいはちろうしまめぐ》」と題された一場は、手長、足長、無腹《むふく》といった異形の者たちを、長崎丸山の遊女が座敷から眺めている図だったという。ペルリ艦隊来航の二年後だから、西洋へのおそれが異人を異形の者にかえさせたのだろう。丸山遊女への複雑な気持ちもあって、花は生人形を敬遠するようになったのだった。

花たちが「西洋饅頭」の店を出す場所は興行地のはずれで、となりは講談、むかいは娘曲馬《きょくば》だという。オーヴェンで火を熾すため、万一あたりに燃えうつったときの用心にと、末七さんが顔役と相談して決めたのだ。

文政のころにくらべると、見世物小屋の数は随分減ったという。それでも両国橋をはさんだ一帯は葭簀張りの小屋がどこまでも並んでいる。赤坂氷川神社からの帰りに、小屋のあいだをひとりで歩きながら、花はこれでは自分たちの店に客がきてくれないのではないかと心配になった。

ところが、待っていた末七さんは強気をくずさなかった。

「気弱を言わねえでくだせえ。このオーヴェンで一度に焼けるのは二十個、一日五百個を焼くとして、ひとつ八文で、ううう、こりゃたまらねえ」

大成功を疑わない末七さんを信じて、花とお糸ちゃんは開店の準備にかかった。

慶応元年六月一日の朝、花は夜明け前に目をさました。行燈の明かりを頼りに寝巻から小袖にきがえて、前掛けもする。お糸ちゃんはさらに早くおきていて、昨夜のうちに炊いておいたごはんでつくったおむすびと沢庵を竹皮に包んでいた。

見世物小屋は、日の出とともに開けるのがならいだ。人気の小屋には暗いうちから行列ができる。大がかりな細工や、象や駱駝といっためずらしい動物、上方で評判をとった曲芸などは、どの場所に小屋が立つかが縁起書に記されていて、客は少しでも早く見ようと並ぶのだ。花たちの「西洋饅頭屋」は、あえて縁起書に載せていなかった。幟《のぼり》も地味で、小さくて、お糸ちゃんは不満顔だが、末七さんは自信満々だった。

「鰻屋は煙を食わせるっていうだろ。あれと同じで、お花が酒粕パンを焼き始めりゃあ、すぐに長蛇の列ができるさ。あまりのいそがしさに腕と足が棒になって、満員札止めならぬ、本日売り切れに怒る客をなだめるのに苦労するはめになるから、いまのうちにゆっくりしておくがいいや」

昨晩そう言っていた末七さんは、パン種を入れた大きな桶を五つと、薪の束を大八車に乗せて、すでに見世物小屋にむかったという。

花とお糸ちゃんが長屋の玄関を出ると、通りはもう参詣のひとでいっぱいだった。男も女も着飾り、肩車をしてもらったこどもたちの手には風車やデンデン太鼓が握られている。おかげで七、八分あればつくところが三十分近くかかってしまったが、末七さんは余裕綽々だった。

「あやまらなくていいぜ。真打や千両役者は客をたっぷり待たせて、満を持して登場するものと決まってらあね。さあさあ、お花さん、薪は芯まで燃えて、オーヴェンはしっかり温まっていやす。どうぞ酒粕パンを、いや、もとい、西洋饅頭をこんがりと焼いてくだせえ」

末七さんの張りのある高い声に、道行くひとたちが足をとめる。

「ほほう、なにか食わせようっていうんだね。それも御趣向があると見た」

「旦那、さすがにお目が高い。いまなら、いの一番に召しあがれますから、ちょいとお待ちくださいませ。こいつは西洋の時計ですがね、この長いほうの針がⅤからⅧに行くまで。こいつを十五分といいます。西洋饅頭ですから、西洋の時計で間合いを計るんでさあ」

勝さんから借りたのか、末七さんの手には金ぴかの懐中時計があった。

「こいつはうまい。温かくって、甘くって。なるほど、西洋饅頭とはよく言った」

銀鼠《ぎんねず》の羽織をきた旦那は大喜びで、その声に釣られて、「おれにもひとつおくれよ」と、いなせな若い衆が末七さんに四文銭を二枚手渡したときには、もう十人ほどの行列ができていた。

「それじゃあ、あと四つもらおうか」と、さっきの旦那が言ったが、「すみません、おひとり様、みっつまでで」と末吉さんが頭をさげて、紙の袋に酒粕パンをふたつ入れた。

「あの西洋かまどで一度に焼けるのは二十個。半刻で八十個。丸一日焼き続けていたら、たったひとりしかいない虎の子の職人が倒れちまうから、一日五百個かぎり、おひとり様、みっつまでとさせていただいておりやす。その点をよくよくのみこんで、列に並んでくださいませえ」

末七さんの高い声を耳に入れながら、花はパン種を丸めた。焼きあがった酒粕パンと入れかえに、へらでオーヴェンのなかに手早く並べていく。

三回焼いたところで薪を足す。顔が熱いし、目に汗が入るので、色目ガラスはとっくにはずしていた。

お糸ちゃんは花と一緒にパン種を丸めては、末七さんを助けて客をあしらう。

「花ちゃん、手が空いたらおむすびを食べてね。ここに湯飲みを置いておくから」

お糸ちゃんは気が利くし、動きがすばやい。汗かきらしく、小袖の背に汗が滲《にじ》んでいる。

「ねえ、見事なもんでしょう。外はパリッとして、なかはふっくらだ。なかなかこうは焼けないんですよ。まねしようたって、できるもんじゃない。横浜の異人たちだって、ここまで出来のいいパンは食べちゃいないんだ」

末七さんの威勢のいい口上にはげまされて、花は酒粕パンを焼き続けた。九回までは数えていたが、あとはもうわからない。腕は棒でも鼻はきいて、オーヴェンからただようにおいが香ばしくなると、「ヌウ（いまよ）」とオランダ語で言って、へらでパンをとりだす。

花は、カールやヘンデリキがそばにいる気がして懐かしかったし、パン焼きの師匠であるフリッツの気配もかんじていた。もちろん首には青いトンボ玉をさげている。

（クルチウスやライケン大尉やドクテル、それにハルデスとポンペに、この酒粕パンをあげたら、おいしいと喜んでくれるかしら。それとも口に合わないと言うかしら）

長崎を離れて三年半になるが、父と慕う出島のオランダ人たちをこんなにも身近にかんじられて、花はうれしくてならなかった。

「やあ、売れた売れた。お花さんも、お糸もご苦労さん」

五百個の西洋饅頭がひとつ残らず売り切れたのは、午後二時すぎだった。末七さんがじょうずにあしらったので、もめごとはおきなかったが、「あすは、もっとたくさん焼いてくれよ」と手ぶらで帰っていく客は何人もいた。

「お花さん、あっしはほうぼうにあいさつをしてきやすから、お糸と先に帰っていてください。お糸、まずは銭湯で汗を流して、この金で天麩羅でも、鮨でも、たっぷり食べな。あすもあさっても、その先もあることだし、おれも長居をしねえで、夕方には帰《け》えるから。それと、パン種の仕込みを忘れねえでくれよ」

末七さんだって疲れているだろうに、丁度千枚の四文銭が入った布袋を後生大事に抱えて、両国橋のほうに歩いていった。

「そうね、まずは湯に行きましょう。見て、この汗」

お糸ちゃんは夕立ちにあったように上から下まで汗びっしょりだ。花の汗はそれほどでもなかったが、立ちっぱなしだったので、湯に入ってゆっくりしたかった。

長崎の梶屋にも、遠藤様の屋敷にも風呂があったので、花は長屋で暮らすまで銭湯に行ったことがなかった。色目ガラスは熱に弱いため、行水ですますつもりでいたが、引っ越したその日に、お糸ちゃんにさそわれた。

「大丈夫よ。お風呂には一尺四方の小窓あるだけだから、昼間でもまっくらだし、流し場も湯気が立ちこめていて、目の色どころか、誰がいるかさえわからないんだから。看板娘が湯に入るときは、若い衆が銭湯に押しかけるっていうのも大うそよ。番台でとめられるし、脱衣場で男が女をちらっと見ただけで袋だたきにあうんだから」

それは本当だった。年頃の娘はたいてい母親か婆やと一緒で、お糸ちゃんがしてくれたように、男たちをにらんでこちらを見させない。おかげで花はすっかり銭湯好きになっていたから、末七さんに言われるまでもなく、帰りには湯に入ろうと思っていた。

そしてお糸ちゃんと風呂につかりながら、花はかつてなくいい気持ちでいた。通詞をつとめるのにも充実感はあるが、内密の御用が多いし、緊張で胃の腑が痛む。それに対して、見世物小屋でのパン焼きには底抜けな楽しさがあった。

(このにぎわいが、いつまでも続きますように)

肩まで湯につかりながら花は祈った。


「てえわけで、新門の大親分に相談して、西洋饅頭の仕込み方と焼き方、それにオーヴェンを拵える代として、金百両をもらってきやした。かわりの職人が首尾よくパンを焼けるようになったら、あの店も明け渡しますが、今年の興行中は、西洋饅頭がひとつ売れるにつき一文がこっちに入る約束でございやす」

日が暮れてから帰ってきた末七さんは、懐からだした百両を畳に置いた。花とお糸ちゃんは顔を見合わせて、安堵の息をついた。

風呂にたっぷりつかったあと、屋台で天麩羅と粟餅をたんと食べると疲れがどっと出て、ふたりは相生町の長屋に帰りつくや寝入ってしまった。

鐘の音で目をさまし、あわてて小麦粉をこねて酒粕をまぜたものの、この調子では四、五日もてばいいほうだ。興行は五十日も続くのにどうしようと弱気になっていたところに、末七さんが帰ってきたのである。

「勝手に決めてきちまいましたが、こうするよりほかないと思いやして」

頭をさげる末七さんを、「さすがは兄さん、やることが早い」とお糸ちゃんが持ちあげた。

「じつは勝先生の御知恵でして。昼前にうちの店のようすをこっそりご覧にこられて、これを三人だけで毎日続けるのはとても無理と、すぐさま新門の大親分に掛け合ってくださったそうなんです。あすから、老舗の煎餅屋の若い衆が三、四人、手伝いにきてくれることになっていやす。その方たちがパン焼きのコツをつかんだら、あの小屋のほかに西洋饅頭を売る小屋を五つか六つだして、夜明け前からどんどん焼く。ひとつの小屋で一日に千五百個は売るつもりと、新門の大親分が言っていやした」

「勝先生に御礼をさしあげないと」

お糸ちゃんが言ったが、末七さんは首をふった。氷川の屋敷にうかがって、首尾を報告し、お礼を渡そうとしたが、いくら頼んでもうけとろうとしない。あげくに、あまりしつこいと出入りを禁じるとおどかされたという。

「お花と三人で、お江戸の新しい名物を生みだしたのだ。その功労の上前を撥ねるようなまねができるか、とのことでした」

花とお糸ちゃんは、赤坂のほうにむけて手を合わせた。

煎餅屋の職人たちは、すぐにパン焼きのコツをつかんだが、オーヴェンに入れた二十個を均等に焼きあげるのは、並大抵の技ではない。結局、花は五十日間の興行のあいだ、毎日六ヵ所の西洋饅頭屋をまわって職人たちを手助けしたのだった。


酒粕パンは、西洋饅頭として広く世に知られることになった。おかげで花もそこそこの顔になり、末七さんやお糸ちゃんと界隈を歩いていると、よく声をかけられる。勝さんと新門の親分がうしろに控えていることも知られているので、からかったり、からんでくる輩はいなかった。

お糸ちゃんは西洋服の製作にとりかかっていた。たっぷりの元手ができたので足元を見られることもなく、お針子として雇われている日本橋の呉服屋と組んでシャツとズボンを試作した。調練の服に採用してもらおうと老中にお見せしたところ、「誠によくできている」とのお墨付きを頂戴した。

もっとも将軍家茂公は、見世物興行が始まるより前の五月十六日に、一万七千の大軍勢を率いて、千代田の御城を進発していた。

昨年、元治元年十一月に恭順したはずの長州藩が、開国勤王を唱える急進派の主導するところとなり、しかも身分を問わずに集めた勇壮の士からなる奇兵隊や遊撃隊といった諸隊を創設。全士卒が最新の旋条（ライフル）銃を所持し、挙藩一致、士民一致で幕府に歯向かうかまえを見せているとのうわさは、江戸の町人たちの耳にまでとどいていた。

幕閣は、昨年と同様に多勢で押し寄せれば、長州藩は手もなく降参するはずと高をくくっていたが、わずか一年のあいだに諸藩や庶民が幕府にむける目はすっかりかわっていた。

しかも家茂公が大坂城に入ったあとも征長の勅許がなかなかおりない。尾張と紀州の両徳川勢などがくわわった総勢六万もの軍勢が居すわったため、京坂一帯では米をはじめとする諸物価が急騰し、庶民がこまり果てているという。

「言いたかないが、来年は江戸でも、いまよりさらに米の値があがるぜ」

九月の末に本所の長屋を訪ねてきた勝さんがひそめた声で言った。

「おまえさんたちは懐が温かいだろうが、吝嗇《りんしょく》にならないように気をつけなよ。金は天下のまわりもの。情けは人の為ならずさ」

「まことにそのとおりと存じますが、いったいどうすりゃいいんでしょう」

末七さんが真顔でたずねて、てらいのない物言いに花は胸がときめいた。

「おいらにだってわからねえ。ただなあ、そうしたことを頭の隅に置いて、これまでどおりまじめに暮らしていりゃあ、ここが金の使いどころだってわかるときがくるはずさ。ところで、お花。閏の五月にオの字の野郎が解任されたよ」

オールコック公使についての思いがけない知らせに、花は目をしばたたかせた。

「昨年八月の英仏米蘭の四国連合艦隊による下関攻めの責任を問われたそうだ。そもそもイギリスの船は一隻も砲撃をうけていないのに、本国政府の許可をえずに独断で長州との戦争におよんだそうだから、話にもなにもなりゃしない」

勝さんの目は怒りに燃えているが、花の頭にはローレンスの左腕を治療するオールコック公使の姿が浮かんでいた。

「後任の駐日公使はハリー・パークスって野郎だが、こいつがオの字に輪をかけたわからず屋ときた。十日前の九月十六日に、仏蘭と組んだ九隻の艦隊を率いて兵庫沖にあらわれ、兵庫の開港と安政条約に対する勅許、それに輸入品への関税を二割から五分に引きさげることを強行に迫っているそうだ」

今朝、早馬でとどいた知らせで、そのうちの二隻が天保山沖まで乗りこんできたため、大坂と京都は大騒ぎになっているという。

「かえすがえすも、オリファントは得難いやつであった」と言い残して勝さんは帰っていった。

「お花さん、ぼんやりして、どうしやした」

勝さんが帰ったあともローレンスのことを考えていた花に末七さんが聞いた。そのとたん、花は勝さんがわざわざ長屋を訪ねてきた理由がわかった。お玖磨さんから、ローレンスとのことを聞いていた勝さんは、末七さんの気持ちをこれ以上もてあそんではならぬと、暗に忠告しにきてくれたのだ。

「怒らずに、最後まで聞いてくださいませ。お糸ちゃんも」

花は上海で出会ったローレンスに東禅寺で求婚されたことをうちあけた。蟠龍丸で勝さんと長崎に行ったことは話していたが、ポサドニック号が対馬を占領した件にからむ出来事にはふれずにいたからだ。

「あたし、浅草に用があったんだわ」

お糸ちゃんが気を利かせてくれて、花は畳に手を突いた。

「おっと、あやまるのは筋ちがいってもんですよ」

花をさえぎった末七さんが縞柄の着物の襟を直した。今日も月代と髭をきれいに剃り、ほほとあごに薄く白粉をはたいている。

「イギリスの貴人に惚れられるたあ、さすがは花さんだ。しかもそいつは花さんを守ろうとして刀傷を負ったうえに、対馬をロシアからとりかえすのに一役買ったときたんじゃあ、夷狄ながら天晴れじゃありませんか。よおし、張りが出た。西洋饅頭で小金をもうけたくらいで胡坐をかいてちゃいけねえってことだ。わかりやした。見ていてくださいよ。こうなったら、江戸っ子の意地だ。そのローレンス・オリファントって野郎の遥か上をゆく大手柄を立てて見せやす。そのときはどうか、あっしの嫁になってくだせえ」

「そんなもったいない」と花はふたたび畳に手を突いた。

それから末七さんは益々仕事に精をだすようになり、お糸ちゃんもいそがしくしていた。花は、竹川竹斎様の江戸店で商人たちに英語を教えるようになり、さらに顔が広くなった。

ただし世情は不安で、年が明けて慶応二年になると、勝さんが言ったとおり、米の値が上がりだした。幕府軍はまだ大坂から動けない。

そんなじりじりした日を送っていた四月、長崎の梶屋から花に宛てて文がとどいた。

その日、花が英語の講義のために、茅場町にある竹川竹斎様の江戸店にむかうと、店先に出ていた番頭があわてたようすでかけよってきた。

「こちらの手紙と小包が、長崎からいそぎの便でとどいております」

花は、梶屋の旦那様が亡くなったのではと胸がさわいだ。ところが、差出人は旦那様で、手紙をいただくのは初めてだと思うやいなや、お玖磨さんの身になにかと手がふるえた。

「勝様を、お呼びしましょうか」

「お願いします」

「おい、誰か」

番頭が用向きを話すと、はしこそうな丁稚が韋駄天のごとくかけだした。

旦那様からの手紙の宛名は花になっていたが、文は勝さんにむけて書かれていた。

お玖磨さんは子を産んだあとも、ずっと丈夫にしていた。ところが、三日前、朝餉のしたくをしていたとき、胸を押さえて苦しみだし、にわかに亡くなった。享年二十六。梅太郎はまだ二歳であり、当分はこのまま長崎で育てるつもりでいる。ただ、いずれは江戸で学問をさせていただければ、あの世の玖磨も喜ぶはずと書かれた手紙を読みながら、花は手巾を何度も目に当てた。

「玖磨、玖磨」

先に読んだ勝さんが袴を握りしめている。

「生来明媚、志は貞潔。心ゆきすぐれ」

そこで息をつぎ、「玖磨、おぬしとの語らいほど」と言って、勝さんは歯を食いしばった。

小包のなかは真綿に包まれた象牙の観音像で、お玖磨さんの母親の形見だという。高さは一寸五分ほど、手足の指先まで細密に彫られており、気品のある顔立ちにはお玖磨さんの面影があった。

「これは花の手元に置いてくれ。すまぬ」

勝さんはそれしか言わなかったが、お民さんにはお玖磨さんのことを話していないのだと思うと、やりきれなさがつのった。

お玖磨さんの逝去の報せからひと月が過ぎた五月二十八日の朝、勝さんは御城に呼びだされて、軍艦奉行に再任された。しかも、早籠で大坂にむかうようにとの達しをうけたという。

「薩摩の大久保一蔵に、大義のない長州攻めには兵をださぬとの上書を提出されて、慶喜公も手の打ちようがないのでしょう。今更おいらが出ていったって、どうなるものでもねえが、上様直々のお呼びとあっちゃあ、仕方がねえ。御台所《みだいどころ》であられる和宮様と天璋院様に良い報告ができるように気張ってきます」

辰ノ口で、昼餉に舌鼓を打ちながら、遠藤様を相手に語る勝さんの弁舌はなめらかだった。

「旅のしたくにかかりたいんで、これで失礼いたします」

勝さんが足早に帰っていくと、遠藤様の顔がけわしくなった。

「勝安房を、傲岸不遜だ、薩摩と内通しているとそしる輩は山のようにいるが、わしから見れば、あれほど公平無私に日本全体のことを考えている者は、幕内にはひとりとしておらん」

花は自分がつく前におふたりがなにを話していたのか気になった。そもそも、軍艦奉行が陸路で上方まで行くのは、どうみてもおかしい。

「安房は上様に呼ばれたと喜んでおったが、慶喜公や在京の老中たちには煙たがられて、せいぜい使い走りにされるだけ。それをわかりながらも、あらゆる機会に持論を説かずにはいられぬのであろう」

遠藤様が聞いたところによると、勝さんは御城の廊下で小栗忠順様に呼びとめられた。

いまは諸藩の兵が長州を包囲しているが、近々フランスから最新鋭の軍艦七隻が貸与される手はずになっている。洋上からの砲撃により、まずは長州、つぎに薩摩も討伐する。その後は諸大名の領地をことごとく削り、これまでの封建制から郡県制に移行して、徳川将軍がアメリカ大統領に比肩する強大な権限を有するようになるので、ご承知いただきたいという。

フランスの軍艦を借りて、本来味方であるはずの西国雄藩を攻撃するなどもってのほかだが、ここで言い争っても仕方がないと、勝さんは右から左に聞き流した。そして大坂で上様と慶喜公に異見を述べるつもりでいる。

「郡県制には大いに賛成。しかし、そのために諸侯を削るなど論外。そうではなく、幕府がみずから膝を折り、みずからの領地を削り、誠心誠意天下に愧《は》じなき位置に立って初めて諸侯も大変革に従うと言いおった。真《まこと》の正論だが、あの慶喜公や老中たちが耳を貸すはずはない。先日、花が翻訳してくれた『英国策論』を二読三読し、この期におよんで徳川将軍の御威光のみを立てようとしていては、幕府の命運が尽きかねんと、わしも観念した」

花が翻訳したのは、横浜で発行されている週刊の英字新聞『The Japan Times』に三回にわたって掲載された論文だ。竹川竹斎様の江戸店で購読しており、花は頼まれて毎号目を通しては、竹川様が関心を持ちそうな記事を翻訳していた。遠藤様と勝さんにも写しをとどけている。

ちなみに紙面では無題で、執筆者の氏名も記されていなかった。それでは不便なので、花が仮に『英国策論』と日本語のタイトルをつけたのだ。和暦一月三十日付けの紙面に第一回が載り、その後、三月二十日付けに第二回、四月五日付けに第三回が載って完結したばかりだ。

『英国策論』は、幕府に対してきわめて厳しい内容だ。西洋諸国が日本国の元首だと見なしてきた徳川将軍＝大君《タイクーン》は、じっさいは藩主ないし国主と呼ばれる首長が治める諸国連合の首席にすぎない。つまり将軍には、開国開港を約束した安政の条約を実行にうつすだけの政治的な力が、そもそも備わっていない。よって、すみやかに兵庫、大坂、江戸を開港させるためには、徳川将軍と結んだ現行の条約を廃し、ミカドを首班とする諸侯連合と改めて条約を結ぶべきである。日本の事情によほど精通した者でなければ書けない内容で、花はおどろくのと同時に、その力量に感心していた。

「イギリスは、フランスを頼る幕府を見かぎったのだ。薩摩がイギリスと結び、長州に最新の旋条銃を密輸しているとのうわさは、真なのであろう。此度、この論をあえて公にしたのは、諸藩を幕府から引き離すため」

『英国策論』の翻訳を読んだ勝さんの感想を、花は遠藤様に伝えていた。

「オリファントが身を削ってつくってくれた猶予をみすみす無駄にしたのだから仕方がない」とも

勝さんは言って、花は東禅寺が浪士たちに襲われたあとの文久元年七月下旬に極秘でおこなわれた会談を思いかえした。

幕府からは老中首座の安藤対馬守様と若年寄の酒井右京亮様、イギリスからはオールコック公使、ホープ司令官、ローレンス・オリファント一等書記官の五名による密談は梶花が通訳した。

二日間にわたった会談は、ローレンスの独壇場だった。骨折し、腱も切れた左腕を包帯でおおい、対馬を占領しているロシア軍艦ポサドニック号の蛮行を責める一方で幕府を擁護し、いままさに懸案となっている兵庫等の開港延期を認めるようにオールコック公使とホープ司令官をさとしたのだから、安藤様は感激で身をふるわせていた。

ところが安藤様は、それから半年後の文久二年一月十五日に坂下門外で浪士たちの襲撃をうけたことで老中を罷免されてしまう。またオールコック公使が本国に一時帰国しているあいだに生麦事件がおきた。遠藤様と酒井様は薩摩とイギリスが接近しないように腐心したが、代理公使ニール氏は艦隊を率いて鹿児島を攻め、その和平談判がきっかけで両者は交誼を結ぶことになる。

さらに一橋慶喜公が禁裏を説得するために横浜鎖港を言いだしたことでイギリスは幕府への不信を強め、ついに幕府を見離したことを公にしたのだ。

遠藤様に引き留められて、その晩花は久しぶりに辰ノ口に泊まった。

(お江戸から、勝さんがいなくなる)

胸さわぎをおぼえながら朝をむかえた花の耳に聞こえてきたのは、昨夜品川で打ちこわしがおきたと話す、女中たちの声だった。

五ツ半に、高輪の寺で太鼓が勢いよく打ち鳴らされたと思うと、手ぬぐいで顔を隠した十五人はどの男たちが、しめし合わせたように集まってきた。

近くの油屋を打ちこわしたのを手始めに、品川一帯の米屋、酒屋、質屋を襲ったが、いずれも売り惜しみをしている強欲な店ばかり。騒ぎを聞きつけた町人たちがわれもわれもと打ちこわしに加勢して、最後は百人をこえていたという。

「まあ、おそろしい。でも、こうまで米の値が上がっちゃあ。それに、五月だというのに冷たい雨ばかり」

辰ノ口の御屋敷から本所の長屋に帰って花が知らせると、お糸ちゃんはたくましいからだをふるわせた。

昨年末は、百文で二合五勺の米を買えたが、近頃は一合五勺しか買えない。壮丁は一日五合食べないと働けない。腕のいい末七さんでも一日の稼ぎは六百文ほどだから、ひとり分の米代にしかならない。西洋饅頭での蓄えがあるのでどうにかなっているが、こどもの多い家はとてもやっていけない。そこで十日前から、花とお糸ちゃんは一日置きに大鍋で粥を炊き、玄関先にだしていた。長屋のこどもたちや、乳飲み子を抱えた母親が椀を持ってやってきて、手を合わせて、ひとり一杯よそっていく。

「毎日ほどこしてやりてえし、炊く量も増やしてえが、この高値がいつまで続くかわからねえからな。こっちの懐だって無尽じゃねえ。それにしても、こいつは本来お上がやることだぜ」と発案者の末七さんはこぼしていた。

その後も打ちこわしは続き、江戸一円に広がった。先頭に立つ男たちは印半纏をきて、手に手に手鉤や薪割りの鉈を持っている。店先の暖簾を引き裂くのを合図にどっと押しいり、箪笥や長持などの家財道具をたたき壊して、絹布や米を往来に投げだす。ただし、金品には手をつけず、米も持っていかない。

「なにごとにも流儀ってものがありましてね。打ちこわしは、強欲な商人や因業な物持ちに対するこらしめなんでさあ。ですから、襲う側は盗まず、殺さず、燃やさない。まして奥方や娘を手にかけることはけっしてない。お上も、打ちこわす側がそうした流儀を守っているかぎりは、大目に見ることになっているんです」

「そうでしたか」と、花は末七さんの説明に納得した。

毎晩三、四十軒もが打ちこわされているのに、けが人も出ていないというのでふしぎだったのだ。やがて江戸での打ちこわしは下火になったが、六月に入ると武州と奥州で大規模な一揆が発生した。しかもこちらでは、自警した豪農豪商と一揆勢とのあいだで戦闘がおき、多数の死傷者が出ているらしい。


「お花、徳川の治世は長くはないかもしれぬぞ」

御城から辰ノ口の屋敷に帰った遠藤様がうめくように言ったのは、七月初めだった。

三年前、遠藤様は七十歳の老齢を理由に家督を嫡男にゆずり、隠居した。ところが、一年後には、幕閣にどうしてもと請われて中務大輔《なかつかのたいふ》についた。

「なあに、御城で茶飲み話につきあうだけのこと」

御当人は笑っていたが、豪放でありながら篤実な人柄で、御城の門番や大奥の女官にも慕われている。文久元年に、皇女和宮様が総勢三万の大行列を従えて関東に御下向されたさいには、婚姻大礼御用掛の大役をつとめたため、いまでも度々大奥に呼ばれて、和宮様のお相手をしている。先代家定公の御台所であられた天璋院篤姫様の信任も厚い。

「お花のことを話したところ、御二方とも興味津々でな。是非一度、大奥につれてまいれとのことであったぞ」

遠藤様にそう言われたのは、二年前の元治元年十一月に勝さんが軍艦奉行を罷免された直後だった。江戸城本丸御殿は、文久三年十一月十五日に失火から全焼した。その後、本丸御殿は再建されず、西丸御殿がかわりに用いられている。

いずれにしても畏れ多いと花は辞退したが、いまから思えば、勝さんが切腹を申しつけられた場合の助命嘆願を考えてのことだったのだろう。その後も遠藤様は、なにかと言っては花を大奥にさそった。

武州と奥州でおきた一揆について、どちらの代官もなにひとつ手が打てず、庶民の幕政に対する信頼は地に落ちたと嘆いた遠藤様は、「あす、奥に参らんか」と、ついでのように花をさそった。

「はい、参ります」

花が応じると、遠藤様が顔をほころばせた。

「おお、それはうれしい。しかし、なにゆえ応じる気になったのだ」

「もしも本当に徳川将軍による治世が終わるのでしたら、一番お心を痛められるのは和宮様と天璋院様の御二方ではないかと思いましたゆえ。わたしごときで、なぐさめになるのでしたらと」

しかし、花には大奥に行ってみたいもうひとつの理由があった。天璋院様は、夫君であられた家定公を亡くされてから八年間も御一人でおられる。和宮様も、京坂の地におられる家茂公と離れ離れで、さぞかしおさみしいにちがいない。

末七さんへの信頼を深めながらも、海の彼方のローレンスへの思いを断ち切れない花は、御二方にお目にかかることで、わが身を顧みたいと思ったのである。

さらに西丸の大奥は、幼い勝さんが、第十一代将軍家斉公の孫の学友としてすごした場所だ。花は、勝さんについてなら、どんな些細なことでも知りたかった。

「お花、言うまでもないが、本日御城の大奥で見聞きすることは、勝安房をのぞき、けっして他言するでないぞ」

辰ノ口の御屋敷で駕籠に乗るとき、遠藤様は念を押した。花はうなずきながら、八歳の秋に初めて出島にゆくとき、梶屋の旦那様から同じことを言われたのを懐かしく思いだした。

しばらくゆられてから駕籠をおりると、西丸だと思われる御殿に続く橋のたもとだった。桃色の小袖をきた花は、裃をきた遠藤様のあとについて幅広の長い廊下を歩き、何度も角を曲がった。やがて廊下が細くなった。

通された座敷には、高貴としか言いようのないかおりがただよっていた。襖絵や調度品もすばらしいのだろうと思いながらも、敷居ぎわに立った花は伏し目にしていた。ムラヴィヨフ総督の通詞として本丸御殿にあがったときも顔をあげられなかったことが、あの日の緊張感とともに思いだされた。

「面《おもて》をあげなさい」

女人の声がして、花はほんのわずかに顔をあげた。それでも御二人の御姿が見えて、若い御台所様は白地に赤青黄の紅葉が配された小袖をきておられる。年配のお姑様は、萌黄地に雪をかぶった笹の模様の小袖をお召しになられている。

「まあ、本当に目が青い」

明るい声につられて、花はすっかり前を見た。

「但馬、この者に近寄って、目を見てもかまいませぬか」

遠藤様がうなずくと、髪を大きく結った和宮様が長い裾を引きずり、花のすぐ傍まで来られた。

「梶花と申しましたね。不躾《ぶしつけ》なまねをしているのはわかっています。わたくしは弘化二年に生まれて、ペルリが浦賀に来航したときは八つ。今上である兄は大の夷狄嫌い。関東ですら、東戎《あずまえびす》の住む地とおそれて育ったのです」

有栖《ありす》川宮《がわのみや》熾仁親王《たるひとしんのう》と婚約していた和宮様は家茂公との婚姻を固辞し、無理強いするなら尼になるとまで言ったという。しかし妹君を降嫁させる条件として幕府から十年以内の攘夷実行の約定をとりつけた今上天皇にさとされ、ついに徳川将軍家への輿入れを承知する。

「初めのうちは天璋院様と折り合いが悪く、上様とも長くは一緒にいられないため、夜々枕を濡らしました」

和宮様の話ぶりはおちついていたが、「御台所様」と遠藤様が諫めた。

「よいのです。御台所が申すとおり、武門の出、それも薩摩育ちのわたくしと、禁裏御所で生まれ育った御台所では、風儀があまりにもちがったため、うちとけるまで月日がかかりました。あいだをとり持ってくださったのは上様。但馬守にも、たっぷり心配をかけました」

そう話す天璋院様は、花がこれまでに会った女性のなかで最も貫禄があった。二番目は、勝さんの奥方のお民さんだ。

「御二方とも、じつによく話される。まるで、上様がおられるときのように」

遠藤様が相好をくずし、花も笑顔になった。

「主と家臣は似ると言いますが、この者の物腰は、勝安房とよく似ています」

天璋院様が言って、さらに続けた。

「媚び諂《へつら》わず、褒美も望んでいない。ですから、御台所も、つい本心を漏らしたのでしょう。梶花と言いましたね。出島でオランダ人に学んだそなたは異国のことばを自在に話すとのこと」

天璋院様の求めに花は応じた。

「なんと申したのですか」

和宮様に聞かれて、花は答えた。

「わたしが一度だけお目にかかった島津斉彬公は、日本が一致一体であることを心から願っておられました。公武一和を象徴する御二方が仲睦まじくされている御姿を世間に披露すれば、幕府と長州の争いもおのずとやむのではないでしょうかと、オランダ語で申しました」

「お花は、勝安房に似て口がうまい」

遠藤様の賛辞に、御二方が微笑まれた。

文久三年六月、海路で大坂から江戸に帰られた家茂公は、勝さんを和宮様と天璋院様に引き会わせた。一年三ヵ月も、激派の公卿たちによって人質同然にされていた上様は、御二方の前で勝さんの労をねぎらったという。

天璋院様によると、薩摩藩の家老小松帯刀様も、勝安房と大久保一翁だけは信がおけると度々手紙に書いてくるとのことだった。つぎに大奥に参るときは、オランダの職人が仕立てた青い上着と白いズボン、それに英語で書き続けている日記を持ってくることを、花は御二方に約束した。

「そのころには長州と和し、上様も帰府しておられましょう」

遠藤様は請け合ったが、数日後にとどいたのは、幕府勢が連敗を喫しているとの報せだった。

慶応二年六月十四日の早朝、旗指物《はたさしもの》から甲冑《かっちゅう》、具足《ぐそく》まで赤一色の拵えに身を包んだ四千の井伊勢が、芸州藩と周防藩の国境を流れる小瀬川を渡ろうとしていた。譜代筆頭の彦根藩主であり、大老の職にあった井伊掃部頭直弼が桜田門外で浪士たちに首級を獲られてから六年、彦根藩士たちはこの一戦に再興を賭けていた。

しかし鬨《とき》の声をあげて川に躍《おど》り込んだ井伊勢に、遥か遠い対岸の山から大砲が撃ちこまれる。隊伍を乱しながらも懸命に渡河し、反撃に転じようとしたところを待ちかまえていた敵兵に小銃で狙い撃ちにされた井伊勢は、泣く子も黙ると言われた赤備えの鎧兜を脱ぎ棄てて、軍資金が入った櫃も放りだし、散り散りになって逃げたという。

その後も、西からとどく報せは幕府軍の総くずれを伝えるものばかりだった。さらに七月末には、大坂城におられた家茂公が急な病で亡くなったとのうわさが広まった。

「まだ二十一だろ。齢十三で将軍になって、わがままが通るもんだから、菓子ばかり食ってたっていうじゃねえか。下々がひもじい思いをしてるってのによう。しかし、いよいよ一心様が将軍か。悪賢い方だから、どんなにへたを打っても、うまく言いくるめるんだろうな」

軽口をたたいた末七さんを、花は思いきりにらんだ。阿部伊勢守様や島津斉彬公が亡くなられたあとに勝さんが言ったように、上に立つ御方の心労は、傍の者には想像がつかない。

「なんだい、おい。たしかに上様は、勝先生を引き立ててくれたけどよお」

末七さんに非がないのはわかっていても、花はどうにも気がおさまらなかった。

「上方におられる勝先生は、さぞかしかなしまれておられるでしょうね。誰よりおかわいそうなのは、御台所様。たしか御二人は同じ年」

お糸ちゃんがとりなしてくれても、いら立ちはおさまらず、花は荷物をまとめて長屋を出た。

宵の口で、茅場町にある竹川様の江戸店にむかい、ひと晩泊めてもらいたいと理由も告げずに番頭に頼むと、すぐに部屋を用意してくれた。

月の半分は外国語の教授にきていて、このままお世話になってしまおうかと思っていると、三日目の夕方、仕事帰りの末七さんが迎えにきた。

「お上をあげつらうのは江戸っ子の癖《へき》とはいえ、以後屹度慎《きっとつつし》みます」

「こちらこそ、気短ですみません」とあやまり、花は本所の長屋にもどった。

九月六日の午後、家茂公の御尊骸《ごそんがい》が海路で浜御殿に到着し、お上り場から西丸御殿に運びこまれた。

それからひと月後の十月なかば、勝さんがようやく江戸に帰ってきた。軍艦奉行でありながら、またしても陸路で、「あ〜あ、もうどうなっても知らねえや」と愚痴ばかり言っていると塾頭の杉さんが教えてくれて、花は赤坂の屋敷を訪ねた。

「大恩ある上様をお守りできず、御台所様と天璋院様に合わす顔がねえ」

勝さんはひたすらうなだれて、花もなぐさめようがなかった。


幕府がかねてオランダに注文していた最新鋭の軍艦開陽丸《かいようまる》が横浜港に着いたのは、年が明けて慶応三年となった三月下旬だった。

発注と同時に留学し、往復の旅程を含めると五年、欧州では三年半を過ごした榎本釜次郎改め武揚《たけあき》様ら五名の幕臣が、開陽丸に乗って帰国した。ただし、日本までの操艦は、同乗したオランダ側がおこない、日本についたあとに指導をする約束になっているのだという。

一方、幕府はイギリスに江戸での海軍伝習を頼んでいたため、話がこじれた。勝さんがオランダとイギリスのあいだに入り、花は通詞をつとめた。

そのほかにも、イギリスから多々苦情が持ちこまれて、花はハリー・パークス公使と通詞兼書記官のアーネスト・サトウ氏に度々会った。サトウ氏は、交渉の合間に日本語で話しかけてきた。

日本に興味を持ったきっかけは、ローレンス・オリファント氏が著した"NARRATIVE OF THE EARL OF ELGIN'S MISSION TO CHINA AND JAPAN"（『エルギン卿遣支日使節録』）を読んだからだというので、花はすっかりうれしくなった。

しかもパークス公使は、対馬からイギリス本国に帰る途中のローレンスと上海で会っていると、サトウ氏が教えてくれた。

「負傷した左腕はいかがなのでしょう」

花が日本語で聞くと、サトウ氏から思いがけない答えが返ってきた。

「片腕が不自由なせいか、四十歳近いのに、まだ結婚していないそうですよ」

花は、自分でもおどろくほど胸がときめいた。

『The Japan Times』の記事で、ローレンスがイギリスの下院議員として活動しているのは知っていたが、プライベートについては書かれていなかったからだ。丹田に気をこめても顔の火照りはなかなかおさまらず、花は末七さんに申しわけなくてならなかった。

思いがけずローレンスの身辺について知った慶応三年の五月、軍艦奉行である勝さんによって、榎本武揚様が開陽丸艦長に任命された。副艦長の沢太郎左衛門《さわたろうざえもん》様も長崎海軍伝習生だ。

九月下旬、開陽丸は幕府艦隊の旗艦となるべく大坂にむかった。入れかわるようにイギリスから招いた海軍教師が横浜港についた。伝習の早期開始にむけて、花は勝さんの通詞としてサトウ氏と二日と空けずに交渉した。そのサトウ氏が、一度大名屋敷を見たいというので、勝さんが遠藤様に話し、九月の晦日、辰ノ口に招いた。

「じつはパークス公使から、とても重要な事柄を伝えるように言われています」

サトウ氏は英語で話し、それもパークス公使の指示だとつけくわえた。

「ぼくの日本語はまだ拙いので、誤解や予断を与えないためです。花さんの英語は素晴らしいと、公使も感心していました」

花が日本語に通訳すると、「スミマセン、モウスコシ、ユックリ」とサトウ氏が言って、勝さんが笑った。

「ばかにしたのではない。長崎海軍伝習のことを思いだしたのだ。おいらはオランダ語の読み書きはできたが、オランダ人と話すのは初めてで、耳がなれるまで苦労した」

勝さんの日本語を花が英語に通訳すると、サトウ氏が安堵した顔になった。

エルギン卿とオールコック公使がそれぞれ言明したとおり、イギリスが日本に求めているのは自由で公正な貿易だ。ところが現時点では幕府が海外貿易を独占しており、開港場も恣意的に限定している。それに対し、長州藩は下関港を、薩摩藩は鹿児島港を開きたいと願っており、イギリスは両藩を支持してきた。

「つまりイギリスは、フランスと結んだ幕府を倒そうとして薩長を支援しているのではない。今後、幕府が海外貿易の独占をやめて、諸藩にも独自の交易をゆるし、開港場を増やしていくなら、ふたたび幕府を支持することもありうるというわけですな」

勝さんの問いかけに、サトウ氏が大きくうなずいた。

「まさに、そのとおりです。じつは『英国策論』と呼ばれている論文は、ぼくが書きました。あれを読んだ藩主や商人たちは、イギリスが幕府を見かぎったと思ったようで、ぼくはパークス公使から大目玉をくらいました。日本国内の政治改革は、それがいかなる形態に帰結しようとも、日本人自身の手によって成しとげられるべきであるというのが、イギリス政府の一貫した考えです」

もちろんイギリス政府は日本で内戦がおきることを望んでいない。幕府と薩長のあいだで戦がおきても厳正中立を保つと、サトウ氏は約束した。薩摩の要人にも、同じ趣旨の話をしたという。

「どうやら、おいらもイギリスを誤解していた。よくわかったとパークス公使にお伝えください」

そう応じた勝さんの顔はけわしかった。

「勝安房殿がかねて主張していた、ミカドをリーダーとする雄藩連合が早くに成っていたらと、残念でなりません」と言い残し、サトウ氏は辰ノ口の屋敷から帰っていった。

「京坂の情勢がどう転ぶのか、さしものイギリスにも先が見えぬのでしょう。そこで江戸に置いてけぼりになっているおいらにまで油をかけにきやがった」

サトウ氏を見送り、座敷にもどった勝さんが自嘲した。

「いやいや、さすがは世界の覇者。近々おぬしの出番がくると見抜いておるのだ」

遠藤様に持ちあげられても、勝さんの表情は晴れなかった。


家茂公の逝去により、一橋慶喜公は徳川宗家《そうけ》を継いで名を徳川慶喜と改めた。そして征夷大将軍に任じられたのが、昨年慶応二年の十二月五日。その第十五代将軍徳川慶喜公が、今年の春、大坂城と二条城で大立ちまわりを演じた。

それまでイギリスのパークス公使は兵庫の早期開港を強硬に迫ることで幕府を追い詰め、薩摩と長州が優位に立つようにしむけていたが、慶喜公はついに兵庫開港の勅許を禁裏からとりつけたのである。

それに先立つこと五ヵ月、慶喜公が将軍に任じられてから二十日後の慶応二年十二月二十五日、今上天皇が崩御された。宝算三十六歳。死因は痘瘡（天然痘）。

十六歳の祐宮《さちのみや》睦仁親王《むつひとしんのう》が践祚《せんそ》したが、攘夷の権化のごとくふるまっていた前帝が亡くなったことで重しのはずれた慶喜公は今年の三月下旬から五月下旬にかけて開かれたいくつもの会議で得意の弁舌をふるい、並み居る公卿や雄藩の諸侯を圧倒した。そして本年十二月七日をもって兵庫を開港し、あわせて江戸と大坂を開市して、外国人の居留を認めると正式に布告したのである。

慶喜公の果断により、薩摩と長州は機先をくじかれた。パークス公使も幕府の弱体化を狙った策動を控えざるをえなくなった。

一方、慶喜公は、かねて小栗様たちが江戸で進めてきたフランス政府の支援をうけての幕政改革に本気で乗りだした。旗本と御家人より石高に応じて人員と資金を供出させて、歩兵・砲兵・騎兵を組織し、フランス式の調練をほどこす。

さらにドイツ、クルップ社製の最新砲を三十門も装備した開陽丸を大坂湾に呼ぶことで海上を制圧したため、慎重なパークス公使は腹心のサトウ氏を改めて勝さんに面会させて、薩長との戦で幕府が勝利した場合に備えたというわけだ。

「イギリスはつねにあらゆる場合を想定し、自国の被害が最小になるように努めています。対するフランスは、良くも悪くも一本気。イギリスを敵視する姿勢まで小栗とそっくりで、いまは幕府と意気投合しているようですが、一寸先は闇。いつなにがおきるかわからねえ」

勝さんの目は、これまで見たことのない暗い光をたたえていた。

「おいら、博打はやらねえが、若い時分に親父殿に聞いたことがある。大勝ちをして飛び跳ね、大負けして泣きわめくのは、ど素人。玄人《くろうと》は薄く勝ち、薄く負ける。ばか勝ちすれば胴元に恨まれ、仲間からもやっかまれる。そうかといって、負けてばかしじゃあ、素寒貧《すかんぴん》になっちまう。賭博とはいえ、持ちつ、持たれつ。そのあたりの機微ってものが、十五代目の上様にはわかっていないんじゃありませんかね」

ぷいと立った勝さんがそのまま帰ってしまい、呆気にとられている花に遠藤様が事情を話してくれた。

慶喜公は、十四歳上の勝さんを毛嫌いしていて、これまで何度も酷い目に遭わせてきた。最初は元治元年二月に勝さんが八隻の幕府諸藩連合艦隊を編成し、家茂公をお乗せして、大坂城に送りとどけたあとだ。

参豫会議の成功にむけて、勝さんは薩摩の小松帯刀様らと協力して諸方に働きかけていたが、当時将軍後見職だった慶喜公から突然長崎出張の命令をうける。そして英仏蘭米の艦隊による下関砲撃を阻止するための交渉をオランダの総領事とおこなうのだが、そのあいだに慶喜公は参豫会議を崩壊させて、幕府と薩摩の提携による雄藩連合は成らなかった。

つぎは昨年五月に勝さんが軍艦奉行に再任されたあとだ。家茂公は、長州との和睦を図るために、信を置く勝さんを京坂に呼ぼうとした。ところが開戦を望む慶喜公は船を使わせず、勝さんが陸路で東海道をいそいでいるうちに戦端を開いた。そのうえ、大坂についた勝さんを越前公や紀州公が用いたいと申し出ても頑として応じない。結果、幕府軍は統率がとれず、各地で敗北を喫した。

家茂公は六月末に体調をくずし、治療の甲斐なく七月二十日に薨去する。勝さんは御尊骸を軍艦にお乗せして東帰するつもりでいたが、八月なかばに慶喜公の命をうけ、長州との休戦交渉のため単身広島にむかう。

ところが、慶喜公は自分が命じた勝さんの決死行を嘲笑うかのように、家茂公の崩御を理由とした休戦の勅命を要請していた。そのため勝さんは家茂公の葬儀に参列することもできなかった。

「あまりに酷い仕打ち」と花は絶句した。

「慶喜公と勝安房は水と油。慶喜公の念頭にあるのは、英邁を自負する自身が、日本の盟主であり続けることのみ。であるがゆえに、身を投げ捨てて日本の一致一体を求める勝安房が鼻についてならぬのであろう」

そう語る遠藤様の顔は苦渋に満ちていた。

サトウ氏をまじえての懇談からひと月になろうとする十月二十日、江戸に驚愕の報せがもたらされた。京にいる慶喜公が、朝廷に大政を奉還したというのである。

遠藤但馬守様によると、数日前に内々で幕閣に一報がとどき、土佐の容堂《ようどう》公による建白をうけての御決断だという。今後は、雄藩を基盤とした公儀政体により政事をとりおこなってゆくとのこと。

「なにがどうしたら、そんな無体な話になるんでぇ」と末七さんに鳩が豆鉄砲を食った顔で聞かれて、花はつい笑いかけた。

「いいよ、笑いたきゃ、笑いな。そのかわり、きっちり説明してもらおうじゃねえか」

「兄さん」

「わかってるよ。八つ当たりだってことは。けどよお、徳川将軍ってものは、もうこの世にいねぇんだろ。あの剛情公はどうなっちまったっていいけど、千代田の御城に徳川の将軍様がいてこその、お江戸じゃねぇか」

大粒の涙が末七さんの目からぼたぼた落ちた。お糸ちゃんも、もらい泣きをしている。

「将軍様のお膝元」と江戸っ子はなにかにつけて自慢するが、あれは親から子へと代々受け継がれてきた素心《そしん》なのだ。江戸で暮らして六年になるが、花は今日ほど自分はよそ者なのだと思ったことはなかった。

徳川の譜代である老中たちも末七さんと同じ気持ちなのだろう。すでに陸海軍の総裁が蒸気船で上方にむかう手筈で、追って陸軍の部隊が海路で大坂に派遣される。慶喜公は窮境に追いこまれて、やむをえず大政奉還に同意したにちがいないからだ。

この件については、遠藤様も勝さんも除け者にされて、幕議にくわえてもらえずにいた。

「薩長は戦による討幕を決意し、さまざまに工作をしていたらしい。その機先を容堂公が制し、大政奉還の建白をした。こばめば、土佐、芸州、越前をも敵にまわすことになるため、慶喜公は即座に応じた。征夷大将軍の地位は失っても、自分以外に混迷をきわめる内政をきりもりし、居丈高な西洋諸国と対等に交渉できる者はいないと踏んでの決断。禁裏も、諸侯による衆議がなるまではこれまでどおりつとめてほしいと慶喜公に懇願したとのこと」

勝さんが辰ノ口でそう話したのは、大政奉還の報《ほう》が広まってから十日後の十月末だ。

「こうなると薩長からは打つ手がねえ。此度ばかりは、独公と呼ばれる独りよがりがいいほうに働いたのかもしれねえ」と言って、勝さんはにやりと笑った。

十一月に入ると、二名のイギリス人教官による海軍伝習が始まった。練習船は朝陽丸、場所は築地だ。

風雲急を告げる京坂の形勢を気にかけつつも勝さんは張りきっていたが、花はイギリス側との事前交渉がすんだところで、通詞の役を免じてもらった。伝習生たちは英語をいくらか解するし、イギリス人といると、どうしてもローレンスのことを思いだしてしまう。

なにより花は、将軍様のお膝元であるお江戸の気風を、いまのうちにたっぷり味わっておきたかった。それには、末七さんとお糸ちゃんと一緒にいるのが一番だ。

「うん、間違いじゃねえ」と勝さんも同意してくれた。

「おいらもな、以前に増して、お江戸のあちこちを散歩するようにしているのさ。そのたびに、ペルス・ライケンの野郎を思いだすよ」

懐かしい名前が勝さんの口をついた。

あれは安政四年の春だから、十年ほど前になる。オランダ製の軍艦ヤッパン号の到着を待つあいだ、ペルス・ライケン大尉は勝さんと花をつれて長崎の町を散策しては、西洋各国の歴史や国民性、それに政治制度のちがいを話してくれた。そして政事にたずさわる者は、同業の者とかたまらず、さまざまな職についている庶民と広く交際すべきことを勝さんに説いたのだ。

「promenadeの訳に『散歩』と当てて、永井様や矢田堀に感心されたっけ」

「『SAMPO』は音がいいと、ハルデスとポンペもほめていました。とくにポンペは医学伝習生たちと散歩をしては、溝に詰まった落ち葉をとりのぞいたり、蔦や蔓のからまった藪を払ったりして、地域の衛生と自分の健康を保つためにも医師は毎日欠かさず散歩をしなければいけないと、教え子たちをさとしていました」

ふいに思いだして花が話すと、勝さんがさもうれしそうに笑った。

「慶喜公は征夷大将軍を辞する表を正式に提出されたそうだよ。つまり徳川幕府は、文字どおり幕を閉じたのだ。しかしそれでも、お江戸の民はかわらずに米を炊き、各々の職に精をだし、子を育てている。今後なにがおころうと、この安寧だけは守り抜かなくちゃならねえ。お花、またおまえさんの力を借りることがあるやもしれぬ。日々おこたりなくすごしてくれ」

勝さんにひたと見つめられて、花は五体に気が満ちるのがわかった。

築地で別れてから丸一ヵ月、花は勝さんと会わなかった。京坂にも目立った動きはないらしく、慶喜公に会いにむかった陸海軍の総裁も、用はないと追いかえされた。

御城では、小栗様をはじめとする面々が慶喜公の専断に憤慨しているという。開陽丸が海上を制圧しているうえに、京坂にいる軍勢も薩長の倍以上なのだから、戦えば間違いなく相手をくだせる。それなのに、なにゆえ戦端を開かぬというわけだ。

「勝安房が言ったとおり、独公の独断が良いほうに働いているのだ。大政を奉還し、公議公論に従うと誓っておきながら武威に訴えたのでは、大義名分が立たぬ。それは薩長も同じ。双方手詰まりが続くなか、兵庫が無事に開港されれば、イギリスも慶喜公を支持せざるをえなくなる。しかし窮鼠猫を嚙むの譬えもある。権謀術数に長けた薩摩がこのまま手をこまねいているとは思えん」

遠藤様がそう語ったのは、兵庫開港と大坂開市を翌日に控えた十二月六日だ。イギリスのパークス公使とサトウ書記官、フランスのロッシュ公使ら西洋各国の外交団が大坂に顔をそろえ、それぞれの国旗を掲げた艦船も兵庫浦に集まっているにちがいない。

「とはいえ、年内はなにごともおきぬであろう」

「せつにそう願います」と花は応じた。

築地では、イギリス人教官による海軍伝習が休みなく続けられていて、勝さんはよほどいそがしくしているらしい。

からっ風に吹かれながら、高祖頭巾をかぶった花は辰ノ口から本所にむかった。ちょくちょくふりかえるのは、盗人や乱暴者が増えているからだ。

おととし、慶応二年の五月から六月にかけて江戸でも打ちこわしがあり、冷夏のせいで、米の作柄も悪かった。しかし、秋にはジャワから大量の外米が輸入されたおかげで飢饉にはならなかった。

また、打ちこわしをおそれた商人たちが多額の義捐金《ぎえん》を供出したため、大勢での騒動はおきなくなっていたが、酔って暴れる壮丁や、身投げをする女人はあとを絶たなかった。

「こんなときこそ、正月をにぎやかにやらねえとな」

長屋に帰りついた花は末七さんの明るさに救われた。

一方、遠藤様の読みは大きくはずれて、兵庫開港、大坂開市のわずか二日後に、京の禁裏御所で一大事がおきた。

十二月八日に始まった朝議で、長州藩の赦免と、処分をうけていた公卿の赦免が決定された。翌九日の午前、薩摩、芸州、土佐らの藩兵により御所は封鎖された。そして十六歳の新帝が、前日に赦免されたばかりの岩倉具視《いわくらともみ》なる公卿が奏上した王政復古の大号令を発したのである。

神武創業の始めに基づき、今後は天皇が親政をおこなう。摂政・関白・征夷大将軍などの旧官職は全廃する。新政権は、有栖川宮熾仁親王を総裁とし、越前の慶永公、尾張の慶勝《よしかつ》公、薩摩の茂久《もちひさ》公、土佐の容堂公らの諸侯や有力公卿による議定、それに岩倉らによる参豫を三職とする。

二条城に陣取る慶喜公は八日の朝議を欠席した。そして九日に発表された議定の名簿にその名はなかった。

慶喜公は、幼帝をかついでの薩長による暴挙の計画を六日のうちに知らされていた。ところが病を理由に傍観に徹し、側近の老中たちには、なにごとも朝命のままに服従することを命じたという。

小御所で続けられた会議では、慶喜公に対し、度重なる失政を責め、恭順の証しとして官位を返上し、全所領八百万石の上納を求める声まであがった。

十日、慶永公と慶勝公が二条城に出向いた。幕兵は、辞官納地《じかんのうち》の決定を伝えにきた両公に怒号を浴びせた。慶喜公は、朝廷に敵対して、祖先の名を汚すことだけはしたくないと答えた。そして十二月十二日の夜、無用な諍いを避けるべく、会津桑名の藩兵をともない二条城から大坂城にうつったという。

江戸には、十二月十四日に王政復古の第一報がとどいた。

追って早馬で詳報がとどくたびに、幕閣から町人までが、徳川家への恩顧を忘れた薩長を罵り、おめおめと引きさがる慶喜公をさげすんだ。

「いいや、いまこそおいらは、慶喜公を上様とも御公方様とも呼ぶよ」

いくら勝さん贔屓の花でも、これには首肯しかねた。

「上様は、この土壇場でついに徳川の私《わたくし》を捨てて、本気で公議政体を立てようとされているのだ。よって上方に兵を送らんとする小栗らこそ、上様の真意を解さず、足を引っ張る愚か者。優勢な武威を保持しての自重は最上の策。薩長がじれて、大義名分のない戦いに打って出るなら、正々堂々と返り討ちにすればよいだけのこと」

ひと月ぶりに会う勝さんは辰ノ口の座敷でまくし立てた。

その数日後に、大坂の榎本様から勝さんにとどいた密書でも、慶喜公が大坂城に入ったことで連携がとりやすくなり、兵力では幕軍が圧倒している。諸藩は戦乱になることを嫌っており、幼帝をわきばさんでの薩長の謀略は失敗に終わるであろうと記されていた。

勝さんはすぐに返事を書き送り、陸海軍とも装備を整えて、薩摩がいついかなる奇襲をしかけてきても応じられるようにしておけと指示したという。

「てえへんだ。庄内の藩兵が、三田の薩摩屋敷をとりかこみ、いまにも討ち入りそうだってよ」

長屋の厠《かわや》に行った末七さんが大あわてでもどってきた。真冬だというのに褌《ふんどし》に晒《さらし》を巻いただけで、からだから湯気が立っている。

暮れも押し迫った十二月二十五日の早朝で、花はお糸ちゃんと朝餉を食べていた。

「勝先生は、薩摩の陽動に乗ってはならぬとしきりに諫めていたけど、そりゃあ無理ってもんさ」

六日ほど前から、関東の代官所や陣屋が、連日浪士の襲撃をうけていた。江戸でも、真っ昼間から押しこみ強盗が頻発し、しかも下手人たちは大店からせしめた金品をかついで、堂々と薩摩屋敷に入っていく。

江戸市中の警固を命じられている出羽庄内《でわしょうない》藩の藩士たちはいきり立ち、小栗様も薩摩藩邸に討入れとけしかけた。

しかし、在府の老中たちは、江戸の騒動が上方での戦争につながってはならぬと、血気に逸《はや》る旗本たちを押しとどめているとのことだった。

なりふりかまわぬ薩摩は、二十三日の夜半、御城の二丸に火をつけて、御殿を全焼させた。

二十四日には、庄内藩の屯所を銃撃した。使用人一名が死亡し、その下手人も薩摩藩邸に逃げこんだため、庄内藩の堪忍袋の尾がいつ切れるかという話題で、お江戸の町はもちきりだった。

「両国橋は野次馬でぎゅうぎゅう詰めだとよ。こんな日に、働いていられるかってんだ」

ごはんをかきこんだ末七さんが縞柄の着物をきて角帯を締める。花とお糸ちゃんも手早く片付けをして、三人そろって外に出たとたん、「ドドーン」という轟音が鳴り響いた。

「おっと、もう始まりやがった」

末七さんの声をかき消すように大砲の音が立て続けに鳴り、怯えたお糸ちゃんが花に抱きついた。

「こええなら、うちにもどって」

そのとき、何百の砲弾が一度に破裂したようなおそろしい爆音がした。三田の方角で巨大な黒煙が立ちのぼり、両国橋の野次馬が阿鼻叫喚の声をあげている。

やがて大砲の音はやんだが、薩摩屋敷から町屋に燃えうつったらしく、本所から見て南西の方角では昼中ずっと煙がのぼり、日が暮れたあとも炎が夜空を赤らめていた。

庄内藩兵は、フランス人士官の指揮のもとに攻撃をおこない、戦死者は無し。薩摩側は五十人ほどが戦死したものの、首謀者らは手当たりしだいに火を放ちながら逃げて、品川の沖に泊めていた蒸気船に乗りこんだとのことだった。

薩摩藩邸の焼き討ちから五日が過ぎた大晦日になっても江戸の町はこげくさかった。藩邸内の弾薬庫が大爆発をしたそうで、火薬のにおいもただよっている。

そうしたなかでも、お江戸の町人たちは、門松を飾り、餅を搗き、凧を揚げ、にぎやかに浮かれていた。

「めでてえ正月に水をさすようだが、もはや薩摩との戦は避けられねえ。庄内藩兵らによる三田薩摩藩邸焼き討ちの一部始終は、大目付滝川播磨守《たきがわはりまのかみ》が軍艦順動丸に乗せた二百の歩兵とともに上方にきっちりとどけたはず。『薩摩討つべし』で、大坂城にいる幕兵たちの怒りに火がつき、上様がいくら頭を冷やせと言っても耳を貸すまい。肚を決めた上様がみずから陣頭に立ち、陸海で一万五千名をこえる幕府軍が足並みをそろえてぶつかれば、圧勝は間違いねえ。幼い帝を抱いた薩摩が比叡山にでも立て籠もったところで、イギリスがあいだに入ってくれれば、万々歳。それよりいいのは、おじけづいた薩摩が戦わずして白旗を揚げてくれることだが、西郷吉之助の気性からして、それは望み薄。つまり合戦は避けられねえ」

氷川の屋敷で、勝さんは屠蘇を口にしながら話し続けた。座敷には、青い目の花のほかにも長男の小鹿《ころく》さんや塾頭の杉さん、それに塾生たちもいて、一家の主の弁舌に耳をかたむけている。

慶応四年正月二日の午前で、初日の出を愛宕神社で拝んだあとは寝正月を決めこんだため、京坂の形勢を語る勝さんの声を耳に入れながらも、花はどこかぼんやりしていた。

「幕府軍が敗れるとしたら、なにがどうなったときでしょうか」

杉さんの問いかけに「うむ。その可能性もないわけではない」と勝さんが応じて、花はハッと目がさめた。

「此度の合戦では、とくに緒戦が大事。西国の諸藩は、徳川と薩摩のいずれにつくべきか、大いに迷っているはず。それほどまでに徳川公儀の威信が低下していることを自覚しなければならぬ。諸藩の離反を防ぐためにもかならず緒戦を制し、そのまま一気に薩長を討ち倒す。戦が長引いた場合は、兵庫と横浜の両港を厳重に守り、海外貿易に支障が出ぬようにすることが肝要。ゆめゆめ油断めされぬようにとしたためた書状を開陽丸の榎本に送り、上様に手渡してもらったはずだが、お読みいただけたかどうか」

自信満々に語っていた勝さんの顔を不安がよぎり、それが座敷に居並ぶ全員にうつった。


翌三日の午前、桃色の小袖をきた花は、勝さんと大久保一翁様とともに御城の西丸御殿に上がった。夫であった前将軍家茂公が亡くなったために落飾されて、名を和宮から静寛院宮《せいかんいんのみや》と改められた宮様に年賀のあいさつをするためだ。

一年半ぶりにお目にかかる小柄な宮様は御窶《おやつ》れになられていたが、以前に増して毅然とされていた。

「御承知でしょうが、拙者たちにこんなものがとどきました」と言って、勝さんが羽織の袂から封書をとりだした。

朝廷よりうけた内書で、日付は昨年の十二月二十一日。帰京していた上臈玉島《じようろうたましま》が、参豫でもある公卿橋本実梁《はしもとさねやな》様から託されて、勝さんと大久保様にとどけたのが二十七日。非常の場合、静寛院宮様の保護と帰京の準備を特命する旨がしるされており、たしかに拝命した旨をお伝えするために参上したと、勝さんが用向きを申しあげた。

詳しい事情を知らされていなかった花は、そこまで状勢が切迫しているのかとおどろいた。

「京には帰りませぬ。一時は、攘夷のために下向したのにその甲斐もなく、異人の徘徊する江戸に居ては朝威《ちようい》を汚すことになると思い詰めました。しかし上様とすごした年月を無にしたくはありません。それに上様は、最後に御城を離れられる間際、跡目は田安の亀之助にとはっきり申されました」

いまは慶喜公が徳川宗家を継いでいるが、次期当主は家茂公の希望にそうようにしたい。そのためにも徳川の嫁としてこのまま江戸に居たいと話す宮様の健気さに花は打たれた。

「よくわかりました。天璋院様にも、静寛院宮様のお考えをお伝え申しあげて、そのうえで宮様の安全を図るように致します」

勝さんは至極丁寧で、大久保様もかしこまっている。

「ところで、宮様は日本人が異体（洋風）を学ぶことを厭《いと》われておられるそうですが、花には西洋服を持って参るように申されたとか」

一転して気さくな調子で勝さんが言った。反対に、静寛院宮様はむきになってこたえた。

「あれは慶喜が攘夷を約定したにもかかわらず洋装をしたから申したこと。この者は生まれつきの青い目ゆえ、洋装をするのは当然」

「ということだから、お花、風呂敷の中身にきがえてくんな」

勝さんに言われて、花は次の間で用意していた青い上着と白いズボンにきがえた。髷はほどき、後ろで束ねた。

「なんと凛々しい」と静寛院宮様が声をあげて、花はくるりとまわって見せた。

「お望みなら、宮様にもひとそろい御用意致しますよ」

勝さんのすすめに、静寛院宮様のお顔がかがやいた。

「それはなりませぬ」と首をふりながらも、宮様は興味津々なごようすだった。

「先祖の霊を祀り、諸方の神社に参拝して、願掛けをしてばかりじゃあ、退屈でならないでしょう。拙者たちはこれでおいとましますが、花を置いていきますから、長崎のことでも、上海のことでも聞いてください。天璋院様もご一緒に」

勝さんは勝手に話を決めて、宮様のお付きをつかわした。花は大久保様に助けを求めたが、面長の顔をそっぽにむけられて観念した。

「にぎやかな声がすると思ったら、そなたたちでしたか。おや、こちらは久しく顔を見ませんでした」

天璋院様に声をかけられて、大久保様が平伏した。勝さんが花を置いてさがろうとすると、天璋院様が引きとめられた。

「よい機会ですから、静寛院宮にも聞いていただきたく」と前置いて話されたのは、十日前の二丸御殿炎上についてだった。

江戸市中で、薩摩の者がおこしたとされる事件が多発していたさなかだけに、薩摩出身の女中が手引きして浪士を城内に入れたのではないかとか、火事に乗じて天璋院様を奪い、薩摩につれ帰ろうとしたのではないかといったうわさが流れているが、「いずれもあずかり知らぬこと」と話される天璋院様は悲痛な面持ちだった。

前妻を病で亡くした家定公に嫁ぐことが決まった嘉永六年三月、十九歳の天璋院篤姫様にむかい、養父である斉彬公は、将軍家の御台所として、夫婦相和するようにとだけ申し聞かせた。薩摩のために尽くせといったことはなにひとつ申されなかった。

「いかにも斉彬公らしいおふるまい」とうけた勝さんが、宮様のおゆるしをえて、朝廷よりとどいた内書を見せた。

「禁裏がその方らに宮の保護を命じるようでは、薩摩との合戦は避けられぬのでしょう。戦の帰趨がいかになろうとも、わたくしは薩摩に帰りません。先々代の御台所として、家茂公の義母として、ひたすら徳川に尽くす所存」

「お義母様」と声を発して、静寛院宮様が両手で顔をおおわれた。

宮様も京へは帰らず、徳川宗家のために尽力するつもりでおられると勝さんが話すと、天璋院様の目からも涙がこぼれた。

「まさにいま、親子になられましたな。あの世の上様がお喜びでしょう」

勝さんが申しあげて、もらい泣きをした花が目をむけると、寡黙で鳴る大久保様までが洟を啜っていた。


京坂での幕府と薩摩の対立がひと段落するまで、花は西丸御殿の大奥で静寛院宮様に仕えることになった。非常の場合は、勝さんの指示に従い、宮様と天璋院様の安全を図る。

花は主だった奥女中に紹介された。青い目に西洋服のままあいさつをしたが、意外にも眉をひそめる者はなく、それどころか青い上着と白いズボンがめずらしくてならないようで、花が小袖にもどると、奥女中たちはかわるがわる西洋服を身に当ててはしゃいだ。そのあいだは勝さんと大久保様が戸口の前に立ったため、奥には誰一人やってこなかった。

昼餉を宮様といただいたあと、花は荷物をとりに本所の長屋に帰ることにした。若い奥女中とともに西丸書院門を出て、二重橋を渡る。櫓門《やぐらもん》、高麗門を通り、二重橋と並んでかかる大手橋を渡って濠端の道に出たところで、花はそっと息をついた。

千代田の御城に上がったのは三度目だった。天守はなくても、御殿の屋根は威厳のある銅瓦葺きで、真白い漆喰の塗られた壁に、深い濠からせりあがった高い石垣は、六畳と二畳の割長屋とは天と地ほどもちがう。これからしばらく御城に住むのかと思うと、花は早くも気疲れがした。

末七さんとお糸ちゃんは出かけていた。近所に聞くと、親方の家に年賀に行ったという。花は書置きをして荷物をまとめた。

母の形見の鏡。クルチウスにもらった英蘭と英露の辞典。カッテンディーケ大尉とともに上海にむかったときからつけ始めた英文の日記には、随所にローレンスの感想が書きこまれている。お玖磨さんが持たせてくれた髪結い道具と形見の観音像。それに長崎でふりだしてもらった銀手形と、ムラヴィヨフ総督からいただいたロシアの金貨。フリッツがくれた青いトンボ玉は、いまも首に提げている。

(かけがえのないひとたちから頂戴した、素晴らしいものばかり)

しみじみそう思い、花は静寛院宮様と天璋院様が江戸に残ろうとしている理由がよくわかった。御二方にとっては、千代田の御城こそがよりどころなのだ。

(宮様へのお仕えがすんだら、末七さんと夫婦《めおと》になろう。子を産み育て、いつかその子らに、この品々の由来を話そう)

奥女中たちのようすからしても、青い目のまま町を歩ける日は遠くない。どうか戦にならず、徳川公儀と薩長が和してもらいたい。せつに願いながら、花は革製のカバンを抱えて御城にむかった。

「その貧窮組《ひんきゅうぐみ》なる徒党のことも初めて聞きました」

大奥の間で、静寛院宮様がおどろかれた。

「上様の発喪《はつも》の翌月でしたから、あえてお耳に入れなかったのだと思います」

奥女中に咎が及ばないように、花は答えた。

「白昼堂々、紙幟《かみのぼり》を押し立てて江戸市中を横行し、富裕な商家の前で、数百もの窮民が土下座をして物を請うというのはいかにも異様。請われた商人が、米や炭を何俵も出さざるをえなくなったのもよくわかります」

御城からほとんど出たことがないのに、宮様の感想は的確だった。

「打ちこわしは、盗まず、殺さず、燃やさず。よって、いくら打ちこわしても、飢《かつ》えはしのげません。そこで知恵を絞り、貧窮組なる徒党を組むことにしたのでしょう。町内ごとに集まるため、仲間入りを拒むとあとがこわい。ただ、わたしどもは以前から大鍋で炊いた粥を長屋のこどもらにほどこしておりましたので、徒党への仲間入りをしいられませんでした。それでも一度、〈相生町貧窮組〉として浅草観音に参りましたときは、千はくだらぬ者たちが境内の炊きだしに集まり、豆や芋とともに炊いた粥を椀によそってもらっておりました」

正月四日から九日の今日まで、花は静寛院宮様とそうした会話を何度もかわした。宮様が世情を知りたがり、何日かかってもよいからと言われた花は、出島に出向くようになった八歳の日から見聞きしてきた出来事を順に話していった。

もちろん、勝さんの活躍もたっぷり語った。天璋院様も、毎日かならずお見えになり、こちらは黙って耳をかたむけておられる。

「町方が、それほどまでに困窮していたとは。それにしても、どうしてこうまで国が割れてしまったのか。開国が不可避ならば、いまからでも徳川公儀と薩長が一致一体となる方途はないものでしょうか」

宮様はお悩みになると、いかにもかなしげなお顔になられる。

「しかたありませんね。花、今日もアナスンの御伽噺《おとぎばなし》をひとつ頼みます」

天璋院様が待っていましたとうながし、花はうつむいておかしさをこらえた。

安政の大獄と桜田門外の変について話したとき、宮様はあまりの悲惨さに打ちひしがれてしまった。なぐさめにと、花は「トーメリーサ（おやゆび姫）」を日本語で物語った。

宮様と天璋院様がうっとり聞きいり、最後には御二方とも感激の涙を流された。隣室で聞き耳を立てていた奥女中たちに求められて、花がもう一度初めから物語ると、やはり全員が胸をふるわせて感動したのだった。

「おやゆび姫」、「人魚姫」、「マッチ売りの少女」、「みにくいアヒルの子」と話してきたので、花は「雪の女王」を物語った。

アナスンによる創作で、筋立てに起伏があり、とくに氷にとざされた世界の描き方が素晴らしい。長く苦しい日々があってこそ、心と心が温かく通い合うようになるのだ。

「とても良い話でした。凍りついた若者の心が、かれを慕う娘のやさしさにふれて溶ける。そうしたことが本当におきるといいのですが、主君に仕え、主命を果たすために意地を張り通すのが侍。おなごの気持ちを慮《おもんばか》って死地におもむけぬようでは、侍ではありません」

天璋院様の諦めにも似たことばに、静寛院宮様もかなしそうにされている。

宮様は、花よりひとつお若いのに、表情も仕草も、十も上のようにおちついておられる。

「それはそうと、お花はもう二十四。一度も嫁いだことがないのには、わけがあるのですか」

気をとりなおした静寛院宮様に聞かれて、花はとまどった。宮様はなにか勘づかれたらしく、女官たちはさがらせるので、天璋院様と自分にだけうちあけるようにと言った。

そこまでされてはしかたなく、花は青い目が子にうつってはこまると思い、遠藤様の屋敷にいるときに申しこまれたいくつもの縁談をことわったこと。上海で出会い、長崎で再会したイギリスの貴族にして一等書記官のローレンス・オリファント氏から求婚されたが、浪士たちによる東禅寺襲撃で負傷して帰国してしまったこと。三年前から、お針子のお糸ちゃんと本所の長屋で同居していて、この御勤めを終えたら、お糸ちゃんの兄で大工の末七さんと夫婦になろうと思っていると、包み隠さず話した。

「知らなかったとはいえ、五日も離れ離れにしてしまい、どうあやまればよいのか。とにかく一度本所に帰りなさい」

宮様が、いつになく毅然と言われた。

「それでは勝様が承った朝廷よりの特命を果たせません」と花はことわった。

「西からの報せのなかには、京の近くで戦が始まったと伝えてきたものもあるとか。思いもよらぬ大ごとがおきて、これきり別れ別れになるやも知れぬのですよ」

今度は、天璋院様が花を叱った。

「では、おいとまをいただき、あすの午後には御城にもどります」と花は答えた。

「ふた晩は泊まりなさい。そなたは殿方を知らぬのでしょう。ひと晩で首尾よくいくとはかぎりませぬ」

天璋院様が、ご自分のことばに顔を赤らめた。それが宮様にもうつり、花はおかしいよりも、ただただありがたかった。

「おっ、お花かい。どうした、急に帰《け》えってきて。御城の奥に勤めるってことだから、『竹取物語』のかぐや姫みてえに、手のとどかねえところに行っちまったとかなしくて、あすにも身投げをしようと思ってたところさ」

末七さんはよほどうれしいようで、ほがらかな声で冗談を言った。

花は背中をむけたまま、笑顔で包丁を使った。お糸ちゃんは友だちの家に寄るので少しおそくなるという。

「今夜とあすは、こちらにお泊りください。お糸ちゃんには悪いけれど」

ちゃぶ台に、ほうじ茶をついだ湯飲みを置いて、花はまた台所で包丁を使った。

「えっ、なんだって？　そりゃあ、つまり、なにってことかい？」

「二度は申しません。それにあまり声が大きいと、いますぐ御城に帰りますよ」

自分が世話女房になったようで、花はひとり笑いをした。

「わかった。わかったから、ちょっと待ってくれ。三日に、親方のところに年賀に行ってもどったら、あの書置きだろ。留守にしていなくたって、引き留められなかっただろうけれど、自分の間の悪さがあんまり悔しくって、そこの柱に頭をぶつけてやったのさ。目んなかに星が飛んで、ひっくりけえって、お糸にあきれられちまったよ。ほら、まだこぶになってらあ」

「こぶはどこです？　本当に、もう」

心配になった花は、包丁をまな板に置いた。手をふいて前掛けをはずし、ふりかえったところを抱きすくめられた。

「あっしの稼ぎじゃあ、てえした暮らしはさせてやれねえ。そもそも、あっしの器量におさまらねえおひとだってことも、よくよくわかっていやす。それでも、精一杯気張るんで、どうか夫婦になってくだせえ」

花の目の前には、きれいに剃られた月代と椿油の塗られた髷があった。腕をといた末七さんが畳に正座して、花も小袖の裾を折った。

「あさっての午後には御城にもどります。しっかり勤めて参りますので、その後に祝言《しゅうげん》をいたしましょう。不束者《ふつつかもの》ですが、末永く宜しくお願いいたします」

「うん、ありがてえ。まさか、こんな別嬪《べっぴん》が嫁にきてくれるとは夢にも思わなかった」

末七さんの目がうるんだとき、「兄さん、おめでとう」と声がして、見ると土間にお糸ちゃんが立っていた。しかも、そのうしろには、長屋の面々まで集まっていた。


花は雀の鳴き声で目をさました。すぐとなりでは末七さんが寝息を立てている。ひとりで眠るより、よほど温かくて、正月の十日だというのに、寝巻が汗でしっとりしていた。

(あすもまた、こうして朝を迎えられるのだ。天璋院様にお礼を申さなくては)

花はそっと床を離れた。寝巻の前を合わせて、帯を締め直した上から綿入れを羽織る。火鉢に埋めていた炭を熾し、その火をかまどにうつして、ワラから薪に燃えうつらせる。やがて羽釜が湯気に圧《お》されて音を立てた。

「おう、おはよう。今日は近場だから、いそがねえでいいよ」

末七さんの声が耳にとどくや、花はぽうっとなった。からだの芯からにじみ出た熱いものが肌へと伝わる。

(ふた晩続けて床をともにしたら、末七さんと離れられなくなってしまう。そう思って心配になりましたとお伝えしたら、天璋院様と宮様はさぞおかしがられるにちがいない)

炊きあがったごはんを蒸らしているあいだに、花は寝巻から小袖にきがえた。

「おっ、今日も別嬪だ。しっかり稼いでくるから、留守を頼むよって、いっぺん言ってみたかったんだ」

末七さんはいつにも増して上機嫌で、あっという間に朝餉をすませると仕事に行ってしまった。お糸ちゃんも顔を見せただけで出かけていき、手が空いた花は繕い物をしようとした。ところが、どれもお糸ちゃんがきれいに繕っていて、掃除もいきとどいている。

「すみません、梶花様はおられますか？　勝安房守の使いです」

正午前に若侍があらわれたとき、ぼんやりしていた花は変事がおきたのかと身がまえた。告げられた用件は、イギリス海軍伝習の関係で英文の書類を作成してほしいとのことで、安堵した花は待っていた駕籠に乗って築地にむかった。

「八ツ半にはあがれるから、安心せい。それにしても末七は果報者よ」

勝さんの声音はやさしくて、花は自分こそが果報者だと思い、通詞の仕事に精をだした。

第八章　江戸無血開城

一月十一日も花は築地で通詞をした。そして前日と同じく八ツ半には勝さんと別れて、本所の長屋で夕餉のしたくをしていたところに末七さんが帰ってきた。

「てえへんだ。あの、開陽丸ってえ、どでかい船が、品川沖に帰ってきやがった」

「えっ」と言ったきり、花はことばが続かなかった。

船尾に日の丸を揚げた全長七十メートルをこえる巨大軍艦はいやでも目立つ。お江戸の町人たちは、いったいどうなっているんだと、怪訝な顔でささやき合っているという。

「だってよお、薩長の軍勢と、京の鳥羽伏見《とばふしみ》で合戦になってるんだろ。そのさなかに、徳川海軍の一番でかい軍艦が一隻だけ江戸に帰ってくるなんて、どうしたっておかしいじゃねえか」

道具箱を玄関に置いた末七さんがまくし立てて、花はお糸ちゃんと顔を見合わせた。

「勝先生は、なにか言ってなかったかい」

「いいえ」と花は首をふった。

京の地で、徳川と薩摩の軍勢が戦を始めたとの報は、町衆の耳にもとどいていた。ところが勝さんは幕閣からよほどうとまれているらしく、御城にも呼ばれない。そこで片意地を張り、築地でのイギリス人教官による海軍伝習に入れこんでいた。

「とにかく一大事にちげえねえ。いますぐ御城に行きな」

「はい」と答えて、花はしたくをした。

辰ノ口に立ち寄ると、開陽丸東帰《とうき》の報はとどいており、しかも十五代将軍になられた慶喜公が乗っているのではないかという。

遠藤様が仕立ててくれた駕籠で、花はいそぎ西丸御殿にむかった。

「慶喜は明朝、浜御殿にあがるとのこと。九日に西からとどいた書状には、三日に薩摩の罪状を問う表を草した慶喜が上洛《じょうらく》しようとしたところ、薩長と戦争になったとありました」

燭台の灯りで室内は明るかったが、静寛院宮様の声は細く、花は聞きとるのに苦労した。

「徳川が薩長に勝ったのであれば、旗艦である開陽丸が唐突に東帰するはずもありません」

天璋院様は落胆の色があらわだった。

「慶喜はこの城に籠り、江戸で薩長の軍勢と一戦交えるつもりでしょうか」

宮様の声はふるえていた。

「勝安房と大久保一翁に任せましょう。いくら心配したところで、どうにもなりません」

そう言い聞かせる天璋院様の声もかすかにふるえていた。こんなときにアナスンのお伽噺でもなく、まして末七さんとの首尾を話すわけにもいかず、花は御二方とちっとも進まない夕餉をいただいた。

「勝安房守からでございます」

襖の隙間から書状がさし入れられると、宮様と天璋院様が安堵の息を漏らされた。

〈払暁《ふつぎょう》、騎馬で浜御殿にむかいますゆえ、愛宕神社の石段下にて梶花と合流したく、騎馬にて待

つように申し伝えてくださいませ〉

宮様がみずから書状を読みあげられた。

「騎馬ならば、あの西洋服で行かせたいところですが、さすがに青い上着は目立ちすぎますね」

天璋院様が強気な口調で言うと、静寛院宮様がさらに強い口調で反論された。

「かまいませぬ。どうせ慶喜は珍妙な西洋風の軍服をきているのでしょう。花はあの西洋服が板についています」

結局、お糸ちゃん作製の西洋服をとりよせることになり、花は用件を記した手紙を小姓に託した。服の色は、御二方と相談して、上下とも柿渋にした。髪は小さくまとめて帽子におさめる。天徳寺で、ロシアのムラヴィヨフ総督の通詞をつとめたときのことを思いだして花が話すと、御二方が目を丸くされた。

「勝安房が、そなたをともなう理由がわかります。そなたが傍にいると、生気がみなぎるのでしょう。もどったら、一部始終を見聞きしたまま話してください」

天璋院様のおことばに宮様もうなずかれた。

その夜、御二方は床につかれなかった。花も柿渋色の西洋服に身を包み、一睡もせずに夜明けを待った。三人とも、あえて口にださないが、お江戸での、徳川の命運を懸けた戦いが、いままさに始まろうとしていた。


東の空が白むのを待って、花は桜田門で白葦毛の牝馬に跨った。宮様とともに、京よりくだってきた由緒ある馬だそうで、ロシアのマーシャのようにおちつきがある。蹄の下には霜柱が立ち、断く息が白い。

花は帽子を目深にかぶり、厚手の襟巻で顔の下半分と首をおおっていた。お糸ちゃんが仕立てた西洋服の下には、肌襦袢と股引をきている。

二名の供侍に前後を守られた花は、愛宕神社にむかった。常足《なみあし》よりやや速く、蹄が軽快な音を立てる。前を行く栗毛の馬の黒い尾が艶やかにゆれている。そのとき、うしろから別の一騎が速い足で迫ってきた。

「そのまま浜の御殿へ」

勝さんの声が薄明の町に響いた。

首の太い黄色がかった馬に跨った勝さんは紋付の羽織袴をひらめかせて、掃き清められた大路をいそぐ。大路同士の辻を右に折れたとたん、波がきらめく江戸前の海が見えた。

道がくだりになり、先頭を行く勝さんが鞍に深く腰かけた。

浜御殿が近づき、堀割にかかる橋を常足で渡ると、大手御門の前で待っていた二本差しの若侍がかけよってきた。

慶喜公はすでに陸《おか》にあがっており、会津桑名両公と老中たちは海軍所にいると言う。

勝さんは返事もせずに馬を進めた。海軍所の前では焚火がたかれていて、侍と小姓二十人ほどが火のまわりにかたまっている。

「勝安房守殿でございますか」

三十間ほどまで近づいたとき、大声で聞かれたが、勝さんは此度も返事をしなかった。

「いかにも、安房守様でございます」

うしろを進んでいた供侍があわてて答えた。十間ほどまで近づくと勝さんは馬を降りた。手綱を供侍に渡し、無言で歩みよる。花も馬を降り、もうひとりの供侍に手綱を渡した。

「安房、上様は松の茶屋で待っておられる。昨夕、品川沖に投錨したあと、明朝勝安房のみを呼ぶようにとおおせられた。小栗ではなく、お主のみを呼ぶようにとのことであったぞ」

老中らしい方のことばにも勝さんは無言だった。

「安房、伊賀守に返事をせぬか」

老中格らしい方に叱責された勝さんは鞘ごと抜いた大刀の先を地面に突き立てて、柄に両手を置いた。

「まずは薩長に負けた戦の顚末をお聞かせいただこう」

おさえた声だが、あまりの気迫に、その場の全員が縮みあがったのが花にはわかった。

「戸川殿、先ほどの大目付らしい威勢はどこへやら。会津桑名の両公に、板倉、酒井の両老中がそろっておられるのだ。委細知らぬでは通りませんぞ」

勝さんが迫ると、名指された五人の方々が青ざめた。よりそって立つ華奢な御二人が、会津藩主松平容保公と桑名藩主松平《まつだいら》定敬《さだあき》公の兄弟なのだろう。

「皆様方、なかがだいぶあたたまりました」

海軍所の扉が開き、開陽丸副艦長の沢太郎左衛門様が入室をすすめたが、方々はかたまったように動けない。花のこともまるで目に入っていないようだ。

「沢、釜次郎は船か」

勝さんが叱るように聞いた。

「安房様。和泉守は開陽丸に乗っておりません。所用で陸にあがっておられたときに、とつぜん乗りこんでこられた上様がすぐに船を出せと言われて、畏れ多いと思いながらも抗弁いたしましたが、どうしても聞きいれていただけず」

「それはいつだ」

「七日の早朝です。上様と皆様方は、六日の夜半に大坂城を抜けだし、短艇で開陽丸を目ざしたものの潮に流されていたところをアメリカの軍艦に保護されて、一夜をすごしたとのこと」

「大将が兵を置き去りにして城から逃げだすとは前代未聞。武門の名折れ」

勝さんが大刀の柄をよじり、鞘の先が地面をえぐった。

「われらも一命を賭しておとめしたのだ。錦の御旗がひるがえったとて、戦況は五分。兵糧弾薬ともに十分。士気も高く、とくに会津兵は獅子奮迅。上様が陣頭に立たれれば、巻きかえしはまだ可能と。じっさい、五日には、上様みずから御城の大広間に集めた将兵を鼓舞されたのだ」

年かさの老中は声高く話しだしたが、しだいに小声になり、ついには口をつぐんだ。

「板倉殿、続きはなかで聞かせていただこう」

勝さんがうながしたので、方々は海軍所に入った。


「事、すでにここに至る。たとい千騎戦歿して一騎になるといえども退くべからず。汝等よろしく奮発して力を尽くすべし。もしこの地破るるとも関東あり、関東破るるとも水戸あり、決して中途にして止むべきにあらず」

慶喜公の大演説を再演しながら、容保公は身をよじった。

六日の夜半に大坂城から逃げだしたときも、慶喜公は容保公らに「東帰再挙」を誓っていた。ところが、開陽丸が外海に出るや、恭順のつもりとうちあけたという。

「舌の根いまだ乾かざるに」と言って容保公は絶句し、ぎりぎりという歯ぎしりが海軍所の薄暗い座敷に響いた。

「上様の大演説に将兵一同は大感激して涙にむせび、大坂城を死地と定めて奮戦するべしと誓い合ったのだ」と容保公は開陽丸の甲板で慶喜公に詰め寄ったという。

しかし、かえってきたのは、「ああでも言わなければ衆兵が歯向かいかねないと思ったから仕方なく激励したのだ」という、あまりにも情けないことばだった。

「はらわたが捻じ切れるほどであり申した」と語る定敬公も、実兄の容保公と同じく憤懣やるかたない顔をしている。

ところが板倉、酒井の両老中はやや醒めた顔で、勝さんにいたってはあらわに非難の目をむけている。

「三日に鳥羽、伏見の両街道で開戦したと聞いております。そこにいたるまでを順を追ってお話しいただきたい」

勝さんは板倉様をひたと見て言った。ふたりとも年齢は四十代なかば。板倉様も憔悴《しょうすい》されているが、会津桑名両公のように怒りに身を任せてはいない。

「師走の二十八日、大目付滝川播磨守が軍艦順動丸で大坂につきました。城に登るや、大広間に将兵を集めて、江戸での薩藩の狼藉の数々を大声でふれまわったからたまらない。鼎《かなえ》が沸いたようになり、もはや薩摩との合戦は避けられぬ形勢となった」

それまでは、優勢な武威を保持して大坂城に籠った慶喜公の策が当たり、新政権から求められた辞官納地が棚上げにされる寸前までできていたと語る板倉様は「残念至極」と言って、顔をうつむかせた。

「伊賀守は将兵をあおり立てる播磨守をむこうにまわし、いま戦端を開けば薩長を利するだけと懸命に説いたのです。しかし鬱憤の溜まっていた幕兵と会津桑名の将兵をおさえることはできませんでした」

さも悔しげに述べた老中の酒井様は三十歳に満たないだろう。いかにもむこう気が強く、会津桑名の両公をにらんでいる。

「いくら滝川播磨が勇み立ったところで、単身では大坂に乗りこめぬ。間違いなく小栗が焚きつけたのであろう」

勝さんの目は憤怒に燃えていた。

薩長との戦端を開くきっかけをつくったのも滝川播磨守だ。

正月三日に、討薩表《とうさつのひょう》を持って鳥羽街道を京にむかっていたところ、四ツ塚に竹矢来を組んで通行を遮断していた薩兵と押し問答になった。滝川様は四百名の見廻り組に守られて先頭をゆき、そのうしろには数門の砲車を備えた二連隊の歩兵約一千名、さらに桑名の藩兵が続いていた。

ただし見廻り組は和装で小銃を持たず、歩兵隊も銃に弾をこめていなかった。おまけに、せまい街道に二列縦隊で行儀よく並んでいた。

つまり、こちらは敵に数倍する戦力であり、数にものを言わせて入京できるものと高を括っていたわけだ。

一方、竹矢来のむこうにいる薩兵は左右に散開して田畑に伏せ、緊張しきった顔で小銃をかまえていた。

日がかたむき、「通せ」「通さぬ」の押し問答にしびれを切らせた幕軍が竹矢来を押しのけて前進しようとしたそのとき、喇叭《らっぱ》が鳴った。

薩兵が一斉に射撃し、後方より大砲が撃ちこまれた。無防備な幕兵がバタバタと倒れる。滝川様を乗せた馬は棹立《さおだ》ちとなり、すがりつく主を乗せて狂奔した。

鳥羽での砲声を合図に、伏見でも戦闘が開始された。

四日も戦いは続き、まなじりを決した幕軍も各所で奮戦した。しかし銃砲を使っての攻撃は薩長軍が遥かに巧みだった。

幕軍は総じて備えが足りなかった。指揮がおろそかで、弾薬兵糧の補給が全くできず、援軍も的確に送れない。そのため決死の斬りこみで敵に損害を与えても退くしかない。

さらに、京坂の諸藩との内通が不十分だったため、籠ろうとした淀城には門をとざされて、味方のはずの津藩藤堂家の砲兵からは砲弾を撃ちこまれる始末。

五日には、「諸軍大坂に退くべし」との慶喜公の命令が全軍に伝えられた。

「そこで将兵を鼓舞しておきながら、六日の夜半に城を捨てて抜けだした。命を落とした兵はもちろん、遺された妻子に申しわけが立たぬではないか」

勝さんは怒りより、かなしみに襲われているように花には見えた。

「榎本を通し、合戦と決まったからにはゆめゆめ油断めさるなと上様に進言したはず」

「ふたたび京を焼きたくなかったのであろう」

勝さんに答える板倉様の声は消え入りそうだった。

その後、沢様が大坂から江戸まで丸五日もかかった理由を語った。

ひそかに開陽丸艦長の榎本様に迎えをだし、それまでの時間稼ぎをしようとしたが、慶喜公に見破られたこと。紀州沖で暴風雨に遭い、蒸気機関を停止させたところ、八丈島の近くまで流されたこと。

「もうよい。あとは上様と直に話す」

勝さんが立ち、花も続いた。

早朝の冷たい空気を切り裂くように勝さんが歩を進める。

身の丈五尺二分と小柄なのに、みなぎる気迫で生い茂る松林から一頭抜きん出ているようにさえ見える。東の海から旭日が昇り、勝さんの半身が橙色の光に染まった。

「大小の鍔と鞘は紙縒りで結んであるゆえ、安心せえ。上様が刀を抜かれても、あいだに入るでないぞ」

勝さんが前をむいたまま言い、花は足がふるえた。

「しばしお待ちください。色目ガラスをはずします」

「好きにせえ」

「すぐにすみます」

花は腰に巻いていた風呂敷をとき、蓋を開けた小箱に二枚の小さなガラスをおさめた。

「お待たせいたしました」

「なんともすばやい。では、参ろう」

松林を抜けると潮入の池が見えた。お伝い橋の手前に建つのが、松の茶屋だ。

「安房」

奥の座敷で椅子にかけていた慶喜公が腰を浮かせた。金ボタンの軍服をきて、肩にかけた紐で刀を吊っている。

「天下の名城に陣取り、海上を制圧しているにもかかわらず、臆病風に吹かれ、将兵を捨てて逃げるとは言語道断。武士の風上に置けぬ」

勝さんは乱暴に言うと、立ったまま慶喜公をにらみつけた。両の拳を握りしめているので肩が怒っている。

対する慶喜公は、うわさ通りいかにも聡明な顔立ちだが、魂を抜かれたように放心している。脇に控える若年の小姓もすっかり気をのまれている。

「いったい、どうなさるおつもりだ」

勝さんに迫られて、「朝敵にはなれぬ」と慶喜公がうめいた。

「それに」

「それに?」

「イギリスのパークスから警告をうけた。大坂城に籠り、国を二分して戦うつもりなら、洋上より城を砲撃し、開陽丸も撃破すると」

「まさか」

「サトウが自ら告げにきたのだ。五日の夜、誰にも漏らすなと。そのときには、すでに東帰恭順のつもりでいたがな」

慶喜公はがっくり肩を落とした。

「このうえは、頼るのはその方ひとりである。ただひとりであるぞ」

慶喜公の嘆願に、勝さんは無言で応じた。

「先ほどのサトウの件、板倉にも永井にも話しておらぬ。卒然と本丸にあらわれて、ふたりきりにしてもらいたいと日本語で申したため、小姓さえ下がらせた。あまりのことに呆然としているうちにサトウは消えて、熱に浮かされての夢かと思ったが、夢でないと悟ったのは開陽丸にうつったあと」

慶喜公はうつろに語った。

正月七日の未明、保護されていた米国の軍艦から開陽丸に短艇がむかった。

その後、慶喜公たちは開陽丸に乗りうつったが、総トン数二千七百の最新鋭艦の指揮をとる沢太郎左衛門様は、事情がわからずにただとまどっていた。

「甲板で鳩首していたところ、夜が明けるにつれて霧が濃くなった。ひどい霧で十間先も見えぬ。これでは早く船を出せとも言えず、みなで霧に濡れていた。いまから思えば、船室に入ればよかったが、余も頭がまわらなかった。ようやく霧が薄れてきたと思うと、イギリス国旗をなびかせた軍艦が二隻、開陽丸に迫ってくるではないか。濃紺の制服をきた兵員たちが配置につき、あまつさえ大砲をこちらにむけている。ところが沢をはじめ、開陽丸の兵員たちは僚艦を見るがごとく平然としている。それも無理はない。先月の十六日には英仏蘭米の公使を大坂城の広間に集め、新帝により王政復古が宣言されたが、皇国の外交は今後も余が仕切る。諸侯の安全も余が保障すると公言し、パークスやロッシュも賛意を表していたのだ。だが、サトウの警告を思いだした余はひとり動転していた。やはり夢ではなく、うつつだったのだ」

そのとき、花に気づいた慶喜公の目が大きく見開かれた。

「その者は、異人か。目が青い。それに、おなごではないか」

「拙者の通詞でござる。名は梶花。父は出島のオランダ商館員、母は丸山の遊女」

「ああ、永井が申しておった。勝安房が青い目の娘を小姓にしていると。よほど学問を積んだのだな。じつに英明な相をしている。おなごでも、このような者が増えてゆけば皇国は安泰」

慶喜公はいかにも興味深げに花と目を合わせた。その後、全身を二度三度と眺めてきたが、そこに好色はなかった。

「男であれ、女であれ、学問をしたい者はすればよい。徳川が衰えたのは、人材の薄さが原因。世襲の身分がものを言うため、稀に非凡の士がいても重職に登用できぬ」

そう語る慶喜公に、兵を捨ててきた自責は微塵もかんじられなかった。

「安房。このあと、余はいかにすればよい」

慶喜公が平然と勝さんにたずねた。

（殺気！）

両の拳をわずかにゆるめた勝さんの背中に常ならぬ気が走った。

しかし禍々《まがまが》しい気は瞬時に消えた。前かがみになっていた勝さんは息をつき、一転して丁寧なことばづかいで話しだした。

「芙蓉《ふよう》の間では、小栗らが上様を問い詰めようと待ちかまえていることでしょう。永井様や榎本らも数日中に東帰するはず。上様には、その者たちの相手をつとめていただきます」

「存分に罵られろというのだな。いかに悪しざまにあげつらわれようとも、恭順の意志はかえぬ。徳川は朝廷の第一の家臣。なにがあろうとも、朝敵となってはならぬのだ。フランスの支援をうけて、イギリスの支援をうけた薩摩と泥沼の戦をするくらいなら、喜んで膝を屈しよう。パークスの警告がなくとも、余はこうしていた」

背筋を伸ばした慶喜公の秀でた額と双眸《そうぼう》がかがやいた。しかし盟主らしい威厳はすぐに消えた。

「芙蓉の間の者たちと討議する前に、御台所と天璋院に目通りを願いたい」

尻が定まらず、そわそわと懇願する慶喜公に、勝さんが釘を刺した。

「和宮様は、家茂公の薨去により落飾されて、静寛院宮と名を改められておられます」

「そうであった。そうであったな」

うろたえる慶喜公を見ているうちに、公に付けられた「独公」「剛情公」「二心様」といった仇名はいずれも的を射ているのだと、花は納得した。

幼少より頭脳明晰で、周囲の期待を一身に集めてきた慶喜公は、こうと信じたことはけっして曲げない。ただし、自分の威光がおよばないひとたちには、極端に弱い。

勝さんは、宮様と天璋院様は江戸を離れず徳川と命運をともにするつもりでおられると話し、花が御二方の側に付いていると言った。

「左様であるか。くれぐれもよろしく申しあげてくれ」

花と目を合わせた慶喜公は、またしても青い目に興味津々なようすだった。

松の茶屋をあとにすると、勝さんは海軍所に立ち寄り、イギリス艦の接近について、沢様に聞いた。

慶喜公が言ったとおり、軍艦二隻が百メートルほどまで近づいた。公の求めに応じて開陽丸でも戦闘操練を始めて、太鼓を打ち鳴らし、総員がすばやく配置についたところ、慶喜公はいたく満足されていたという。

「目通りなど無用」

西丸御殿の大奥で、宮様が頭《かぶり》をふった。松の茶屋での慶喜公のようすを花が話しているときから、宮様はいかにもけわしいお顔をされていた。

「では、わたくしだけでも会いましょう」と申されて、天璋院様がご自分の部屋にもどられた。

「そなたは、さぞわがままとお思いでしょう。けれど、慶喜は上様の仇も同然」

花は、家茂公も期待されていた参豫会議を慶喜公が崩壊させたことを思いかえした。なにより、宮様は病床の夫を見舞いたかったにちがいない。

しばし黙されたあと、宮様は抽斗からとりだした萌黄色の袱紗《ふくさ》をといた。包まれていたガラス板には柔和な笑顔の男子が写っていた。

「家茂公でございますか」

柿渋色の西洋服をきたままの花が聞くと、うなずいた宮様の両の目から涙が流れた。

「他人に見せるのは、そなたが初めて」

涙をぬぐいながら語られたのは、三年前の五月に上野彦馬《うえのひこま》なる写真師を招いたときのことだった。

家茂公は直垂《ひたたれ》に立烏帽子《たちえぼし》での撮影がすむと、黙って隣室にゆき、単衣に帯を締めただけの御姿でもどってきた。

おどろく写真師に、この姿を撮ったことはけっして漏らさぬようにと言いふくめて、小判十枚をつかわした。

そして宮様をカメラのすぐ横に立たせると、御二人きりのときにしか見せない、やさしいお顔になられたという。

「上様は、ふくよかでおられたのですね。若年ながら王者の風格を備えておられると、勝さんが度々申しておりました。無礼を承知で申しあげれば、上様と宮様は相思相愛であられたのではありませんか」

花が思ったままを申しあげると、宮様がほほを赤らめた。

「慶喜公の奥方様は、どちらにお住まいになられているのでしょうか」

ふと思いつき、花はたずねた。

「美賀《みか》はずっと城内の一橋邸にいて、御台所となったあとも、大奥に入るつもりはないようす」

宮様はそっけなく答えたあと、今出川三位中将実順《さねあや》の妹・延姫《のぶひめ》が美賀と改め、京より下向して、二日後には品川につくという安政二年十月二日に大地震がおきたため、婚礼の儀をおこなうのが難儀だったと聞いていると話した。

「美賀様は、敗軍の将となった夫をどのように迎えられるのでしょう」

花が独り言のようにつぶやくと、宮様はまた黙ってしまわれた。

慶喜公の静寛院宮様へのお目通りがかなったのは、慶応四年一月十五日だった。

それまでの三日間、慶喜公は西丸御殿の広間でおこなわれた評議で、非難に晒され続けた。徳川家敗亡の危機を聞き、いそぎ登城した譜代と旗本たちは悲憤慷慨、切歯扼腕し、陣頭に立つことなく東帰した主君を責めた。建白はほとんどが開戦論で、薩長らの西軍が進軍してくるなら箱根山の隘路で迎え撃ち、同時に優勢な海軍で鹿児島を攻めれば必勝間違いなしと勇んで作戦を述べる。

幕臣たちがなにより憤ったのは、幼帝をわきばさみ、非道に政権を横奪した新政府によって慶喜公が「賊軍首魁《ぞくぐんしゅかい》」と決めつけられたことだ。

「われらに反逆の名を附せらるるの理《ことわり》なし。非はすべてかれらにあり」と小栗様は開戦を声高に唱えて、連日慶喜公に詰め寄った。そしてフランスの力を借りて西軍と戦うことを進言したが、勝さんが反論した。

フランス本国においては、数年前から在日公使ロッシュの先走った行動や度重なる越権行為が問題視されていた。すでにロッシュはうしろ盾を失い、更迭《こうてつ》寸前である。慶応二年に結んだ六百万ドルの借款についても、翌年にフランス政府の反対によって解約されており、今後の支援も望み薄であると暴露した。

それでもなお小栗様は西軍との開戦を主張したため、「もうよい、下がれ」と慶喜公に撥ねつけられた。

小栗様は退席しようとする慶喜公の袖にすがりついたが、それもふり払われた。きのう、十四日午後の出来事で、小栗様は即日諸役を罷免された。

いずれも静寛院宮様付きの奥女中が大久保一翁様の小姓から伝え聞いたことどもで、花は夕餉のあとに宮様とともに一日の報告をうけていた。

勝さんと大久保様のもとには先の橋本実梁様から十三日に密書がとどき、慶喜公、容保公、定敬公と、板倉様、永井様らが官位を剥奪され、「朝敵」と断じられたこと。慶喜公にむけて「追討令」がだされたことが記されていたという。


一月十五日の午前、ようやく静寛院宮様にお目通りがかなった慶喜公は、哀れなほど憔悴していた。

宮様は、花を通して、大政奉還から開陽丸での東帰にいたる一部始終を聞いていたにもかかわらず、慶喜公に顛末を報告させた。

その後、慶喜公から、隠棲《いんせい》の決意と徳川宗家後継者の選定、それに謝罪について朝廷に伝奏してほしいと懇願されたが、宮様は明確な返答をなされなかった。

「慶喜の助命を請うてほしいのではありません。徳川宗家存続のために、嘆願書をしたためてほしいと申しているのです」

天璋院様の再三の説得に宮様も折れて、慶喜公の謝罪状とともに京に送る嘆願書が作成された。

「慶喜一身は何様《いかよう》ニも仰付られ　何卒　家名立行候様　幾重ニも願度《ねがいた》さ　後世迄　当家朝敵之汚名を残し候事　私身に取候てハ残念に存じ為ㇾ参《まいらせ》候　何卒　私への御憐愍《れんびん》と思《おぼ》しめされ」

花は七日ぶりに帰った本所の長屋で、夜更けに筆を走らせた。西丸御殿の大奥でも、同じ内容を英文で日記に書いていたが、宮様がみずから筆をとられたものだけに、一字一句違わずに和文で記録しておきたいと思ったのだ。

「うん、そうかい。おお、まかせとけ」

末七さんがまた寝ごとを言った。夢でも仕事に精をだしているらしい。玄関脇の小部屋は二畳しかないが、灯りが漏れないので夜なべにはぴったりだ。

花は宮様から、七日勤めたら一日休むように言われた。正午まで勤めて、翌日の正午に御城にもどればいいそうですと話すと、末七さんは大喜びした。

「きのうのうちに知らせといてくれりゃあ、屋台によらずに帰《け》えってきたのによお」

仲間と天麩羅で一杯やってきたという末七さんと夕餉を食べていると、お糸ちゃんも帰ってきた。気の置けないひとたちとの語らいは楽しくて、花は何度も声を立てて笑った。

末七さんと床をともにしたあとでおきだし、大工道具がしまわれた部屋で墨をすりながら、花は静寛院宮様と天璋院様の境遇に同情した。日々のたつきにはこまらないが、御二方とも夫を亡くし、子もいない。花が見るかぎりでは、真に心をゆるせる女官も家臣もいないようだった。

宮様は、慶喜公がしたためた謝罪状に厳しく訂正をくわえて、何度もしたため直しを命じた。そして、ようやく出来上がった謝罪状とともに朝廷にむけて送られた宮様の手による嘆願書に、慶喜公の助命を願うことばはなかった。

花は、慶喜公にも股肱《ここう》の臣はいない気がした。もしもいたなら、松の茶屋で勝さんを迎えたときに同席していたはずだ。その前に、真に信の置ける家臣がひとりでもいたなら、兵を捨てて大坂城から逃げだしていないだろう。股肱の臣ならば、一命をなげうち、末代までの恥となる逃亡を未然に防いでいたにちがいない。

慶喜公の東帰から二十日がすぎ、月がかわって慶応四年の二月になった。

新政府は追討令をだしたきり、旧幕府に対してなんらの沙汰も寄こさないため、「これでは出方が読めぬ」と勝さんはこぼしていた。一月なかばに、王政復古政府の議定となった慶永公に意見書を送ったが、未だに返信はないという。

この間、勝さんは異例の昇進をとげた。一月十七日に海軍奉行並に任命されると、二十三日には陸軍総裁に転じた。

また、長崎海軍伝習以来の友人である矢田堀鴻様が海軍総裁に就任し、大久保一翁様は会計総裁に就いた。いずれも勝さんに後事を託した慶喜公の差配だという。

陸軍総裁となるや、勝さんはロッシュ公使と面会してフランスとの関係を断ち切った。さらに小栗様と並ぶフランス派の首魁小野友五郎様を勘定奉行から罷免させた。慶喜公が新政府にむけて送った謝罪状で言上した恭順の意を、人事においても明確にしたわけだ。

うわさでは慶喜公は千代田の御城を出て、上野山の寛永寺《かんえいじ》にうつり、蟄居するつもりという。ところが、警固を任せられる者たちがいない。

薩長から刺客が送られる可能性があるのはもちろん、幕臣のなかにも、一存で大政奉還をした公に恨みを抱く者がいないとはかぎらない。慶喜公の身柄を奪い、将にかつぎ、西軍と一戦交えようという輩がいるやもしれない。

昼夜を分かたず身辺を警固するには、五、六十名ほどの手練《てだ》れが要るが、主だった剣客は京坂に出向いているため、容易には数がそろわないのだという。

慶喜公の窮境が面白いらしく、宮様はこのところ機嫌がよかった。その気持ちもわからなくはないが、花はしだいに奥に仕えているのがつらくなってきた。

「梶花殿。勝安房守様よりのことづてで、本所の長屋に至急帰られるようにとのことです」

奥にあらわれた小姓がかしこまって告げたのは、二月三日早朝だった。

「なにがあったのですか？」

宮様が不安げにたずねられた。

「末七なる大工が、昨晩数名の者らと諍《いさか》いになり、大けがを負わされたとのこと」

花は気が遠くなった。それでもすぐにしたくをして駕籠に乗り、相生町の長屋にむかった。

「おお、お花。大事な御勤めの最中だってえのに、わりいなあ」

布団に横たわる末七さんの顔は紫色に腫れあがっていた。背中や尻も痣《あざ》だらけだという。膏薬《こうやく》を貼ったが、しばらくは仕事を休んだほうがいいと言って、束髪《そくはつ》に結った医者は帰っていった。

「いったい誰が、こんなにひどく」

「東帰してきた歩兵たちですよ。夜おそくに、酒に酔って商家の雨戸をぶち破ったから騒ぎになって、とめに入った末七を殴りやがった。一対五だから、袋だたきにあって」

長屋のご隠居が、さも悔しそうに言った。お糸ちゃんは癪《しゃく》をおこして寝こんでしまったという。

「れ、れんちゅうの気持ちも、わからないわけじゃねえ。安い給金で雇われて、重たい銃をかついで京坂に行ってみりゃあ、せまくて汚ねえ宿営に鮨詰めにされて、ようやく戦が始まったと思えば劣勢につぐ劣勢。飯も弾もろくになく、それでも朝から晩まで将軍様のために死に物狂いで戦った。連隊長は戦死し、同じ隊の歩兵は半分になった。ところが肝心の将軍様は兵も旗印も捨てて、妾《めかけ》だけはしっかりつれて、でかい軍艦で江戸に逃げ帰ったという。こうなっちゃあ、ばからしくて戦っていられない。幕閣や旗本たちも軍艦でつぎつぎ逃げ帰ったが、寄せ集めの歩兵は船に乗せてもらえない。しかたなく紀州路、伊賀路をとぼとぼ歩き、伊勢の港で金をだしあって船を調達し、命からがら品川まで帰ってみれば、幕府の金蔵は空っぽう。悪いが給金は払えぬと言われたら、誰だって暴れたくなるってもんさ」

末七さんは喘《あえ》ぎながら伝法に語った。この数日、汗とほこりにまみれた軍服で屯する歩兵を見かけると、ひとり五十文をめぐんでやり、まずは銭湯で汚れを落とし、鮨か蕎麦でも食べるように言っていた。なかには京坂の地での苦労を涙ながらに語る者もいたという。

「あっしだって、勝先生に救われていなけりゃあ、身を持ちくずした挙句、幕府の雇い兵になっていたかもしれねえ。それだけに、ひと様に迷惑をかける歩兵たちを見て見ぬふりはできなかったんでさあ」

花は夫が誇らしかった。そして、今更ながら、幕府と薩長が戦になったことが残念でならなかった。

「末七、すまぬ」

いつの間にか土間に立っていた勝さんが頭をさげた。そのとなりには、大久保一翁様が、主君の前に出たような緊張した面持ちで立っていた。

花はしばらく大奥の勤めを免じてもらった。末七さんは容赦なく殴られたが、それは手指を守るために地面に伏せたからだという。

「本気になりゃあ、たかだか五人くらい、どうってことねえんだ。ただ手かげんしねえで殴ったら、こっちの拳も割れちまうからよお」

顔の腫れが引くにつれて、末七さんは饒舌になった。

「なに言ってんの。あっちは五人ともが鉄砲を持ってたんでしょ。手むかったら、ズドンッて撃たれて、お陀仏《だぶつ》だったのよ」

お糸ちゃんの指摘に花はゾッとした。ただし、このごろの町のようすからすれば、そうした無法がおきていてもおかしくはなかった。

京坂に置き去りにされた歩兵たちは陸続と江戸に帰ってきていたが、屯所が窮屈なため、昼間は町にあふれて押借《おしかり》やゆすりを働き、婦女子に乱暴する不届き者さえいたからだ。

勝さんは夜毎に屯所をまわり、ねぐらにもどってきた歩兵たちをなだめていた。しかし金の切れ目が縁の切れ目。博徒や無頼漢もまじる荒くれ者たちが、給金を払えない幕閣の指示に従うはずもない。

末七さんが大けがを負わされた二日後の二月五日には、幕府伝習隊の兵士四百名が士官もろとも脱走したあと、高田馬場に集まり、八王子方面に逃げ去ったという。


「勝様が撃たれました」

杉さんの使いが本所の長屋で告げたのは、二月七日の深夜だった。戸を激しくたたく音に近所の者たちもおきだしたので、大騒ぎになった。

「夜四ツに、三番町屯所の第十一、第十二連隊の兵士のうち五百名余が当直の将校を射殺して脱走しました。急報をうけた勝様は騎馬でかけつけ、田安門外に残りの兵士一千名余を整列させて説得をこころみようとしたところ、隊列のなかから発砲されて」

「まさか、先生が死ぬわけねえよなあ」

末七さんは若い塾生につかみかからんばかりだった。

「先生の生死はわかりません。見ていた者の話では、勝先生は文字どおりからだを張って兵士を諌めたそうです。『去る者は去れ。とまる者はとまれ。いま、このところにて、同士討ちの笑いを引くことなかれ。諸隊、予が指令に不満あるならば、予ひとりを銃殺せよ』と申されたところ、銃声が立て続けにして、先生の両脇で供侍が持っていた提灯がふたつとも消えたそうです」

花は気を失いそうになった。

「お花、先生に弾は当たらなかったってよ」

追ってあらわれた塾生が報せてくれたと聞き、花は末七さんに抱きついた。

二月十二日、慶喜公が千代田の御城を出た。徳川家の後事は、養子先の田安家よりもどった慶頼《よしのり》様に託し、上野山の東叡山《とうえいざん》寛永寺大慈院《だいじいん》で謹慎生活に入ったのである。槍の名人高橋精一《たかはしせいいち》様が率いる遊撃隊《ゆうげきたい》の面々がつき従い、昼夜を分かたず警固に当たっているという。

それに先立つ二月十日、慶喜公は会津桑名両公ら二十四名の登城を禁じた。十一日には、旗本御家人に総登城を命じ、西丸御殿の大広間で直参の家臣たちに諭書《さとしがき》を示した。

「天怒に触候段　一言の申上様無之儀にて何様の御沙汰有之候とも　無遺憾《いかんなく》奉命致候心得にて　就《つ》いては何《いづ》れも予が意を体任し　心得違無之　恭順の道取失わざる様可被致候《いたさるべく》」

御城を去るさい、慶喜公はあえて古びた木綿の羽織袴をきた。そして大慈院の「葵の間」と名づけられた一室に籠り、隣室には槍を手元に置いた高橋様が控えているのだと、長屋の住人たちは見てきたように語った。

十四日には、高橋様の義弟で稀代の剣豪と名高い山岡鉄太郎《やまおかてつたろう》様や中條金之助《ちゆうじようきんのすけ》様らによる精鋭隊《せいえいたい》が結成され、慶喜公の警固にくわわった。同じ十四日、顔の腫れが引いた末七さんが仕事に復帰した。花は辰ノ口の遠藤様を訪ねて、あす大奥にもどると伝えた。

勝さんは寝る間も惜しみ、幕臣たちに慶喜公の恭順の意を踏みにじらぬように説いてまわっていると、塾頭の杉さんから聞いていたからだ。

「ならば、あす、わしも奥に参ろう」と応じると、遠藤様は花に座敷で一刻ほど休むように言った。

「伝馬町より駕籠でついたときほどではないが、よほど心労がかさなったのであろう。生家に帰ったつもりでゆるりとするがよい」

花は遠藤様の心遣いに感謝した。そして、おことばに甘えて、布団に横になった。

ひと休みしたあと、遠藤様から、一度末七さんに会いたいと言われて、花はいずれ本所の長屋におつれすると約束した。

「じつは、去年の夏、わしも西洋饅頭を買って食った。お花が焼いたものではなく、新門の辰がだした小屋の饅頭だが、なかなかうまかった」

中庭の梅を眺めながら、遠藤様はうれしそうに話した。

「では、今年も見世物小屋をだして、わたしが西洋饅頭を焼きましょう」

花は勇んだが、遠藤様は顔を曇らせた。

その理由は、きのう領国の近江からとどいた書状だ。それによると、新政府は二月十五日をもって東征軍《とうせいぐん》の本隊を発し、東海道、東山道(中山道)、北陸道の三手に分かれて江戸に進撃するという。

「御三家筆頭の尾張も、譜代筆頭の彦根も、いともたやすく新政府に寝がえりおった」と吐き捨てると、遠藤様は天をあおいだ。


二月十五日の午前、花は遠藤様とともに西丸御殿の大奥に上がった。

「但馬。よくきてくれました」

天璋院様は十日ほど会わぬあいだにひどく窶れていた。

「梶花も、これほど早くに」と感謝されて、花はかしづいた。

「安房も、一翁も、よほど多忙とみえて」とうけた宮様はこの数日悪夢にうなされて、ほとんど眠れていないという。

「昨夜は豊臣の淀殿が秀頼とともに夢枕にあらわれました。金糸銀糸で織られた絢爛豪華な打掛《うちかけ》に身を包み、大坂城とともにわれらが滅んだごとく、江戸城とともに貴方たちも滅びるのだと断じたと思うと、全身が焼け爛れた幽鬼の姿に変じて狂ったように笑い」

宮様が顔をおおい、身をふるわせた。

「無闇におそれるから、そのような夢を見るのです。わたくしも宮も、みずから江戸に残ると決めたのではありませぬか。安房と一翁に、これ以上の負担をかけてはなりませぬ」

天璋院様の叱責に宮様が反論した。

「そのとおりではございますが、このままでは江戸で戦になるのは必至。聞けば西国の譜代諸藩はことごとく新政府に寝がえり、彦根の井伊勢にいたっては東征軍の先鋒を志願してすでに甲府に入ったとか。やはりこのうえは、慶喜に腹を切らせて首をさしだし、徳川宗家の存続を願うしか」

「なりませぬ」と遠藤様が宮様を諌めた。

「武士にとり、主君の首は命を捨てて守るもの。それは薩長もわかっているはず。もしも慶喜公の身柄をさしだせとかたくなに言いつのるなら、勝安房もこの城を枕に一戦と覚悟を決めて、御二方を西にかえし、死力を尽くす所存でしょう。そのさいは、およばずながら、この遠藤但馬も西軍の諸将に目にもの見せてやりまする」

遠藤様は壮年にもどったような張りのある声で言った。

「慶喜が将たりえない臆病者でもですか」

「征夷大将軍の職を辞されたとはいえ、慶喜公は神君家康公の血を継ぐ徳川宗家の主。であるからこそ、西軍との開戦を叫んだ小栗や会津桑名両公も罷免や登城禁止の処分を甘受し、江戸を去ろうとしているのです。いかなる主命にも従うことこそ、武士の矜持」

遠藤様の道理を尽くした説明に、静寛院宮様もそれ以上はあらがわれなかった。

その後は、田安門外で勝さんが銃撃された話になった。つき従っていた供侍のうち三名が即死し、五名が傷を負った。勝さんは、亡くなった侍の家族に内々で十両ずつをとどけたという。

花は胸のうちで亡くなった従卒たちの冥福を祈り、勝さんの心痛を思った。


「昨夕着いた慶永公の書状によれば、東征軍総督府参謀は西郷吉之助とのこと。西郷ならば、拙者との直談判に応じるやもしれぬゆえ、今日にも駿府に書状を発しようと思う」

二月十八日の午前、勝さんが西丸御殿の広間で言った。大久保一翁様のほかに海軍総裁の矢田堀様と海軍副総裁となった榎本様もいる。

勝さんは、京にいるはずの慶永公に宛てて幾通も意見書を送り、新政府首脳へのとりはからいを頼んでいた。しかし、鳥羽伏見での戦に勝利した薩長はもはや慶永公に重きを置いておらず、勝さんの意見書は新政府首脳に渡っていないことも明らかになった。

「三手に分かれた東征軍は、三月六日に駿府で合議をおこなうとある。その十日後に江戸城総攻撃とすれば、あと二十八日」

矢田堀様が指を折って数えた。

「安房守の策を実行にうつすなら、もはや猶予はありません」と榎本様が身を乗りだした。

駿河の海岸に少数の兵をだし、わざと敗けて、東征軍を逃げ場のない海岸沿いの街道に引きこむ。そこを洋上から開陽丸による艦砲射撃で襲えば、西軍は大損害をこうむる。さらに艦隊を大坂に進めて、西国との連絡を断ち切り、薩長の息の根をとめる。

（まだ幕府は勝てるのだ）

花は胸を高鳴らせた。

「優勢な海軍で薩を討ってすむなら、とうに指令をだしている」と勝さんが首をふった。

窮地に陥った薩摩は、イギリスに助けを求めざるをえなくなる。イギリスは、軍事支援の見返りとして、神戸港と横浜港の一帯を租借地とすることを新政府に約束させるだろう。

さらに、イギリス艦隊によって開陽丸を旗艦とする幕府の艦隊が壊滅させられたら、十数年をかけて懸命に築いてきた皇国の海軍が根底から消滅してしまう。つまり日本もまた、印度や清国のごとく、西洋の植民地にされることになる。

「必勝間違いなしにもかかわらず戦わぬのは、なにゆえなのか。幕府が瓦解《がかい》しても、天下を瓦解させてはならぬからではないか。慶喜公が朝廷に大政を奉還したのも、泥沼の内戦によって、万民に塗炭の苦しみを与えぬため。ところが新政府を名乗る輩《やから》は、口ではさかんに勤王をとなえながら、徳川への私怨を晴らすために幼帝をわきばさみ、皇国を私《わたくし》しようとしているではないかと、西郷吉之助に説いて聞かす」

勝さんの雄弁に、大久保様と矢田堀様が大きくうなずいた。花は自分のいたらなさが恥ずかしかった。しかし榎本様は到底承服できないようで、端正な顔を怒りでゆがめていた。

勝さんが駿府に送った書状にも返信はなかった。西郷様が読んだのかさえわからない。静寛院宮様が禁裏に宛ててしたためた嘆願書もはかばかしい効果はあげていなかった。

月がかわって三月となり、あせりをつのらせた慶喜公は、勝さんを寛永寺に呼んだ。至急駿府にむかい、西郷様に面会するようにとの指示をうけた勝さんは、氷川の屋敷で旅支度にかかった。

ところが、追いかけるように慶喜公の使者がきて、駿府行きの中止を告げた。理由は、勝さんが捕らえられたら、慶喜公の意を戴《たい》して新政府と交渉をする者がいなくなってしまうからだ。

二心様らしい変心にあきれつつ、勝さんは自分のかわりに遊撃隊の高橋精一様を推薦した。

慶喜公は高橋様に駿府行きを命じたが、それでは身辺の警固が手薄になるとおそれて、またしても指示をとり消したという。

「桃の節句なんですから、もう少し楽しい話にしてください」

お民さんが福茶をいれながら文句を言った。たしかに氷川の屋敷はいつになく華やかだった。雛人形に桃の花、お民さんも女中たちも髪をきれいに結い、新しい小袖をきている。

ただし、みなの顔がこわばっているのは、見なれない客人のせいだ。

「こやつは薩摩藩士益満休之助《ますみつきゆうのすけ》。西郷の命により、昨年の師走、江戸で火付け強盗をさかんに働いた不届き者。薩摩藩邸焼き討ちのさいに捕えられ、いずれ斬首となるところを、伝馬町の牢より引きとってきたのさ」

座敷で勝さんに紹介されたときは、花も思わず身がまえた。幕府と薩摩を戦に引きこんだ張本人が勝さんのとなりにすわっている。しかも手元に大小の刀を置いているのだ。

「おいが何者かと聞いて、たまがるなっちゅうほうが無理じゃ。じゃっどん、おいからすっと、おはんの容貌も異にして極の上。冥途の土産に、青い目を間近で見せてくいやんせ」

さらに益満は、薩摩訛《なま》りの強いことばで、勝さんにいかに心服しているかを語った。

牢からだしてやると言われても、菰《こも》をかぶらされ、手鎖《てぐさり》もはめられると思っていると、勝さんは腰縄も結ばず、すたすた先に歩いてゆく。

おどろいて見まわしても、供侍も岡っ引きもいない。つまり逃げようと、うしろから斬りかかろうと、好きにしろというわけだ。

「西郷先生が、勝先生にあげん惚れちょるわけがわかいもした。まさに天下一流の御方」

そう話す益満は花より三、四歳上だが、その顔はこどものようにほころんでいた。

「益満は西軍の先発隊が制圧している東海道を行くための通行手形よ。こやつとつれ立てば、駿府まで楽に行けると踏んだのさ。敵陣に乗りこむ以上、斬られるのは覚悟のうえ」

勝さんがこともなげに言った。

「おいも、勝先生のお役に立ちたかのです。わがで暴れちょって言うのはおこがましかどん、慶喜公が恭順の意を示しちょる以上、江戸で戦をすっとは愚の愚」

益満によれば、薩摩の実権は西郷吉之助様と大久保一蔵様が握っている。兵力でおとる長州は薩摩の指示に従っているが、土佐は独断で過激な行動に走る可能性があるというので、花も心配になった。

慶応四年三月三日の夕刻、大奥にもどった花は天璋院様と静寛院宮様に氷川の屋敷で見聞きしたことを話した。

六日の午前、勝さんが大奥にあらわれた。慶喜公の警固に当たっていた山岡鉄太郎様が益満休之助をともない、徒歩で駿河にむけて発ったという。

「もしも山岡がもどらず、西郷が問答無用とばかりに進軍してくるなら、江戸を焼きます」

勝さんのことばに花は息をのんだ。真っ先に頭に浮かんだのは町衆のことだ。お糸ちゃんが言っていたが、安政二年は大地震、安政三年は嵐と大水、安政五年にはコロリと、江戸は立て続けに大きな厄災にみまわれた。その後も、打ちこわしや貧窮組の騒動がおき、安寧な年などなかった。それを承知で、勝さんは町衆に自ら火をつけさせるという。

紋付きの羽織袴で威儀を正した勝さんからは強い気が発せられていて、花も御二方も返事ができなかった。

「かの英雄ナポレオンに攻められたとき、ロシア軍は都であるモスクワを焼き払い、フランスの大軍を火攻めにしたそうです。家々を宿営所にし、食料も奪うつもりでいたフランス軍は大いに弱り、真冬の寒さにも苦しめられた。それが潮目になってナポレオンは敗れるのですが、捨て駒にされたモスクワの町衆はロシア皇帝とロシア軍をいまだに恨んでいるそうです。ならば拙者は、お江戸の主役である火消しや大工たちに、みずから火をつけさせようと思いましてね。そのほうが、ふたたび町を興すときに意気があがるってもんです」

大半の町人は事前に徒歩と舟で房総に逃がす。御二方は花とともにイギリスに保護させる。慶喜公も同行させてもらえるとありがたいと話す勝さんはいつにも増して溌剌としていた。

「江戸を焼くのは最後の手段。西郷とて、江戸での合戦は望んでおらぬはず。一度は拙者と会うでしょう」

「背水の陣ですね。いいでしょう、すべてそなたに任せます。そこまで覚悟を決めなければ、何万という大兵力で突き進んでくる東征軍の前に単身で立ちふさがれますまい」

天璋院様は毅然として勝さんをはげました。

「私の一身は如何になろうとも、徳川宗家の存続を」と言って、宮様は奥にさがられた。

「屯所から脱走した将校や歩兵らは、会津や庄内に拠って西軍と戦う肚づもり。永井様や板倉様も、すでに江戸を離れたとのこと」

勝さんの目にさみしさが浮かび、すぐに消えた。

「徳川家よりうけた数々の御恩。はたまた武士の意地。あいにくと、おいらはどっちにも縁がねえ。会津桑名両公も永井板倉の御両人も、ひとつきりの命をどう使おうと勝手だが、会津でも庄内でも、西軍との戦を歓迎する領民はひとりとしていないことがどうしてわからねえかなあ」

息をついた勝さんが、束の間目を伏せた。

「おいら、このごろになって、慶喜公はひょっとして稀代の名君じゃないかと思うようになった。釜次郎は一月なかばの評定で、『上様は腰抜けか』と面罵《めんば》した。『無礼者』と一喝され、斬り捨てられても文句は言えぬところだが、上様の顔には怒りの欠けらさえ浮かばず、それがどうしてなのかを自問しておられるような、じつにふしぎな表情をされた。あのとき、上様は自分がすでに朝廷に大政を奉還し、将軍職も辞していることにあらためて気づかれたのだ。つまり自分はもはや武門の頭領ではない。神君家康公が開いた幕府も滅んでしまった。よって、大広間に居並ぶ直参たちもまた、家禄の保障された侍ではなくなっている。こやつらの誰ひとり、そのことに気づいておらぬのかと、ふしぎに思っていたのではないかとな」

そう話す勝さんもまた、なんともふしぎな顔をしていた。

「大そう愉快なことを申しましたね。ならば、わたくしも、徳川の嫁であることの責務を放りだし、どこか遠くに行ってみたい」

天璋院様がさもうれしそうに応じた。

「お花が物語った、おやゆび姫のごとく、蝦蟇《がま》やツバメにさらわれるのはまっぴらですが。どうです安房守。わたくしと宮、それに梶花もつれて、ヨーロッパを漫遊するというのは。蒸気船を一隻、乗組員ごと贖《あがな》うくらいはできます」

「悪くありませんな。そのときは安房守ではなく、海舟とお呼びください。おいらの号で、蘭学の先達にして妹順の夫となった佐久間象山《さくましょうざん》よりゆずりうけた扁額からとった名です」

「海舟、勝海舟」と花は胸のうちで二度三度と唱えた。

「大海原をゆく小舟、旗印には『勝』の一文字。そなたにふさわしい、好い名ですね」

天璋院様がうっとりした目で勝さんを見ている。勝さんはそっけないが、天璋院様の好意を意識しているのはあきらかだ。いま自分が下がったらどうなるのだろうと思い、花は身がほてった。

「東の間ですが、好い夢を見させてもらいました。それにヨーロッパはあまりにも遠い。わたくしも宮も東下してからのち、滅多に城を出たことがありませぬ。もしも西軍との和睦が成ったなら、お江戸が焼けずに残ったなら、八百八町をくまなく案内しておくれ。そなたの武運長久を祈ります」

「お願いの件、たしかに承りました」

すっくと立った勝さんが一礼して大奥から去った。


つぎに勝さんが西丸御殿に上がったのは、五日後の三月十一日午前だった。

明け方に、駿府よりもどった山岡鉄太郎様が氷川の屋敷にあらわれて、西郷様との面談のあらましを伝えたという。

益満休之助をともなわせたことが功を奏し、山岡様は東征軍先鋒の諸陣地を首尾よく突破して、西郷吉之助様に会った。そして勝さんが持たせた書状を渡し、東叡山寛永寺の一間で謹慎する慶喜公のようすを克明に伝えた。

「これが西郷より示された徳川に対する謝罪条目を箇条書きにし、山岡が持ち帰ったものでござる」

勝さんが懐からだした書状を広間の畳に広げると、大久保一翁様が面長の顔を寄せた。

矢田堀様と榎本様は開陽丸を旗艦とする八隻の艦隊を浦賀沖に展開し、江戸湾を守っていた。

一、慶喜儀、謹慎恭順の廉《かど》を以て備前藩へお預仰付らるべき事
一、城明け渡し申すべき事
一、軍艦残らず相渡すべき事
一、軍器一切相渡すべき事
一、城内住居の家臣、向島へ移り、慎み罷り在るべき事
一、慶喜妄挙を助け候面々厳重に取調べ謝罪の道屹度相立つべき事

花は、榎本様が同席していたら、激怒して手がつけられなくなっていたにちがいないと思った。

山岡様は、慶喜公を外様の備前藩にあずけることだけは、徳川の臣としてどうあっても承服できぬと主張した。意気にかんじ、西郷様はその条目の修正を請け合ったという。


三月十三日の午前、花は江戸城西丸大手門橋のたもとに立っていた。青い上着に白いズボンで、青い目のまま、白葦毛《しろあしげ》の牝馬の手綱を握っている。間もなく、勝さんが騎馬で迎えにきて、ふたりで芝田町札の辻にある薩摩藩の蔵屋敷にむかうのだ。

正午すぎに、西郷吉之助様も、従僕をひとりつれただけであらわれるという。

「本当に護衛はいらぬのだな」

きのうの午後、遠藤様は勝さんに念を押した。辰ノ口の屋敷は梅があらかた散り、木蓮が肉厚の白い花を咲かせていた。

「あまりしつこいとお花に呆れられますぞ。こちらがかまえれば、西郷の配下もかまえましょう。徳川を討ち滅ぼそうとたぎる薩兵をいかにしておさえるか。六郷川をこえ、新政府軍本営を池上本門寺に据えてみて、はたとこまったからこそ、おいらの請願を入れて、直談判に応じたのではありませんか」

心配顔の遠藤様に説くと、勝さんは右手の扇子を畳に置き、茶を啜った。

「おいらのつかんだところでは、イギリス公使のパークスと秘書官のサトウは今月八日に神戸から横浜にもどり、公使館に入ったとのこと。ならば、おいらが花に書かせた英文の書状を読み、慶喜公の恭順と幕府がフランス政府と手を切ったことを知ったはず。イギリスが日本を二分する戦を望んでおらぬのは、西郷も重々承知」

「ならば」と遠藤様が先をうながした。

「慶喜公の恭順が真実であるとたしかめられれば、江戸城総攻撃は中止となるはず。ただし」

「ただし」と遠藤様がじれた。

「厄介なのは、甲府を落とした土佐。鳥羽伏見の戦でさしたる功を揚げられず、江戸攻めでは先陣を切ろうとはやっているとのこと。それに生麦での英人殺傷であきらかなように、薩摩の侍はあと先を考えずに敵を斬ります。西郷が内々でおいらと会っているあいだに戦端が開かれるのだけは、なんとしても避けたいところ。よって隊伍を組み、厳重に警戒して薩摩の蔵屋敷にむかうのは、西郷の配慮を台無しにする愚行」

「よくわかった。よけいな手間をとらせてすまなかった」

遠藤様が平にあやまり、終始黙っていた大久保一翁様がわずかにうなずかれたのだった。

花は空を見あげた。風はなく、春霞がかかっている。数々の談判に立ち会ってきたが、これほど切羽詰まっているのは初めてだ。

「お玖磨さん、力を貸して。お江戸の町衆を守るために、勝さんを助けて」

お民さんに悪いと思いながら花は祈った。


「西郷が蔵屋敷を選んだのは、堀割を舟でくるほうが、ひと目につかぬと考えたゆえ」

麻裃を着た勝さんが、ふだんとかわらぬおちついた口調で言った。御城から芝田町までの道中も、勝さんは馬を常足で進ませて、毛ほどのあせりも見せなかった。

「米俵のにおいをかぐと梶屋を思いだします」と応じてから、花は間が悪かったのではと恐縮した。

「おいらも梶屋のことを考えていた」

勝さんが同《どう》じたとき、つがいの鴛鴦《おしどり》が飛んできた。船着き場の前に降り、睦《むつ》まじく泳いでは交互に水にもぐっている。

「おいらと民も、縁づいたころは馬が合った。ただでさえ貧しいのに、金のかかる蘭学に入れこみ、たまに入った金も蘭書についやしてしまう。尋常一様のおなごでは、とても妻の役はつとまらなかったであろう」

勝さんがお民さんのことをこんなふうに語るのは初めてだった。

「出世の糸口をつかんだ長崎暮らしは四年におよんだ。オランダ語は自在になり、知己は日本中どころか万国に広がったが、そのあいだに、民だけがおいらから離れていった」

ふっと息を漏らしたあとに話されたのは、江戸に帰ったあと、ついに妻と気心が通じ合わなかったやるせなさだった。

「安政二年十月二日、海軍伝習生たちを乗せた昇平丸が長崎にむかっている最中に江戸で大地震がおきた。家はつぶれて、三人の幼子を抱えた民はたいへんな苦労をしたそうだ。杉が助けてくれたからどうにかなったものの、その後も一家の大黒柱として気丈にふるまううちに、夫を頼る気持ちがすっかり失せたらしい。かく言うおいらは、玖磨と気が合いすぎた」

なにをどう言えばいいかわからず、花が水面を見ていると、一艘の小舟が堀割の奥からこちらに進んでくる。顔をむけて乗っているのは、西洋式の軍服を着た巨漢だ。

「おう、西郷」

勝さんが、うってかわって溌剌とした声を張った。

西郷様は悠々と舟にゆられているが、よほどからだが重いのか、水竿《みざお》を操る船頭はしんどそうだ。ほかには従僕がひとり乗っているだけで、あとに続く舟は一艘もない。

(本当に、供ひとりをつれてただけでやってきた)

声にはださなかったが、花の心中を勝さんはお見通しだった。

「将たるもの、おのれの命を勘定にいれていては、号令一下、兵を死地に追いやれん」

目を見開いて話す勝さんからは、強い気が放たれていた。


「西郷」

ふたたび勝さんが声をかけて、船着き場に立った西郷様がこちらを見あげた。

うわさに聞く黒光りする大きな眼と、六尺をこえる巨躯を目の当たりにして、花はこれこそが何千という兵を従えて戦に臨む大将なのだと理解した。

ロシアのムラヴィヨフ総督も威厳があったが、艦隊を率いるのと、歩兵を中心とする陸軍を率いるのとでは大将の気がまえがちがうはずだ。

慶喜公の、英邁だが、いかにも神経質な顔を思いだし、花は今更ながら幕府の将兵たちが気の毒になった。

「膝が痛むのであろう。いそぐことはない」

勝さんに気づかわれて、一歩一歩石段を登る西郷様が笑みを浮かべた。

「文久二年、三年ぶりに奄美から鹿児島にもどった西郷は久光公に逆らい、沖永良部《おきのえらぶ》という南海の小島に流された。わずか九尺四方の雨ざらしの小屋に押しこめられたため、足腰が萎《な》えてしまったそうだ」

勝さんが小声で話した。

「そちらが梶花殿ですか。なるほど、なるほど。こいは熊吉《くまきち》と申しもす」

石段を登りきった西郷様は自分に肩を貸す従僕を紹介した。熊吉さんは三十歳すぎ、細身だが引き締まったからだで脇差を差している。

西郷様も腰に大刀を吊っているが、この足ではとても立ちまわりは無理だ。

「も少し食う量を減らさんち」と熊吉さんが文句を言った。

「わかっとる。じゃっどん、腹が減っては戦ができぬというのは本当じゃが」

むくれて言いかえした西郷様に勝さんがやわらかな笑顔をむけている。

そこで二人は正対し、西郷様は気の置けない兄に会ったように無造作にお辞儀をした。そして、どちらからともなく堀割にそった道を並んで歩きだした。

「なあ、西郷。おいらはこれからお前にかわって東征軍の先鋒を率いるから、お前はおいらにかわって御城に入り、一翁や天璋院様と相談して、江戸を守ってくれないか。なあに、難しいことはない。血の気の多い連中は所払《ところばら》いにしてある」

勝さんがそう言って笑うと、西郷様も大きなからだをゆすって笑った。

「そいもよろしいが、せっかくここまで東征軍を進めてきたからには、双方が兵の数をそろえて、小金原《こがねばら》あたりで合戦をして勝敗を決めるというのはいかが」

下総の小金原が、御公方様が鷹狩りや猪狩りを楽しむ平原であることは花も知っていた。つまり西郷様に江戸城総攻撃をするつもりはないとわかり、花はそっと息をついた。

「ばかを申すな。じゃれ合いのつもりが、真の戦になったらどうする」と朗らかに応じた勝さんは本所界隈を散歩するときのようにゆったりしている。

玄関から蔵屋敷に入り、西郷様にうながされた勝さんが床の間を背に正座した。足の悪い西郷様も正座をしている。花は熊吉さんと襖の近くに控えた。

「ときに宮様におかれましては」

西郷様の問いかけに、「この梶花が静寛院宮様と天璋院様にお仕えしていてな」と勝さんがうけた。

「御二方は徳川宗家の存続をなにより願われておられます」

花は西郷様に伝えた。

「今上天皇となった睦仁《むつひと》様は、叔母上である静寛院宮様のことをつとに心配しておられもす。これまでは女官にかこまれてきましたどん、そいではいかんと一蔵が申すゆえ、東征に発する前日に、畏れ多いと思いながら、座敷で相撲をといもはんかとさそったところ、大喜びをされて、転がされても挑んでこられもした」

西郷様が太い腹を力士のようにたたいた。

「今上様が、おまえと相撲をとったのかい。そりゃあ先が楽しみだ」と勝さんが晴れやかに笑った。

そこで花は熊吉さんがそわそわしているのに気づき、西郷様に足をくずしてはとすすめた。

「では、失礼して」と胡坐になった西郷様は、七福神の布袋様のように福々しかった。

そのとき、ばしゃばしゃと水をたたく音がした。それに続き、舟が石垣にぶつかる音もした。

「せがらしか」と薩摩ことばで叱る声までする。

「まっこてうるさか」とつぶやいた西郷様が「どうせ村田や中村じゃろう。熊吉どん、こっちから障子を開けて、おどかしし」と小声で命じた。

それならと花も立ち、熊吉さんと息を合わせて障子を引くと、抜き足で忍び寄っていた数人の侍がおどろいて転がった。

「わっははは」

西郷様が声を立てて笑った。

「まだきよる」と熊吉さんが言うので、花が首を伸ばすと、堀割を四、五艘の舟がやってくる。乗っているのはいかにも腕っぷしが強そうな和装の侍たちだ。

「よかよか。内密にしちょったどん。ようここをかぎつけよった。勝先生、こんしを座敷にあげてもよかでしょうか」

「ああ、かまわんよ」

勝さんはにこやかに応じたが、花は気が気でなかった。薩摩の侍たちは殺気立ってはいないが、このままでは大小を差した二十人以上の敵にかこまれることになる。

しかし、それは杞憂だった。下駄や草履を脱ぎ、縁側から座敷に上がってきた裸足の侍たちは、そろいもそろって勝さんに畏敬の目をむけていたからだ。

「西郷先生、勝先生にごあいさつしてもよかでしょうか」

鉢巻を締めた、絣の着物に木綿袴の侍が膝を突いてかしこまった。

「よか」と西郷様が短く応じた。

「オイは村田新八《むらたしんぱち》と申しもす。西郷先生のお側についておりもす。勝麟太郎先生の盛名は、西郷先生や家老の小松帯刀様より常々うかがっておりもす。亡き斉彬公も認められた、計り知れん知略を有する天下第一流の御方。神戸海軍操練所を一大共有之海局として創設された勝先生が幕府の中枢につかれるなら、徳川とことをかまえる必要はなくなると話しておりましたのに、こげんことになって、残念でないもはん。以後、お見知りおきを願いもす」

「オイは中村半次郎《なかむらはんじろう》と申しもす」

順番を待ちきれないように、二十余人の薩摩藩士がつぎつぎに名乗った。勝さんはひとりひとりとしっかり目を合わせてうなずいている。

西郷様は勝さんより四つ下の四十二歳だと聞いていたが、村田さんや中村さんは三十歳前後、ほかの侍たちはもっと若い。花は、勝さんが諸国に人材はいるが、旗本御家人に見どころのある者はごくわずかだと言っていたのを思いだした。

長崎海軍伝習でも、良家の子弟たちは学問に打ちこまず、遊郭に入りびたっているくせに、禄高の少ない勝さんや矢田堀様のことを露骨に見くだしていた。

(勝さんを見いだした阿部伊勢守様と島津斉彬公は本当にひとを見る目があったのだ。そして慶喜公も、勝さんを毛嫌いしつつ、その力を誰より認めていたからこそ、土壇場で幕府の命運を託したのだ)

花は文久元年の三月、蟠龍丸で長崎にむかう途次に会った竹川竹斎様、濱口梧陵様、嘉納治郎作様らのことも思いだした。

有意の豪商たちが見こんだとおり、四十六歳になった勝さんは幕閣の中心にいる。しかし、それは幕府を閉じるためなのだ。

薩摩藩の蔵屋敷で、覇気に満ちた薩摩藩士たちに歓迎される勝さんの胸中を思い、花は居たたまれなかった。

花は、勝さんへのあいさつをすませた薩摩藩士たちが自分をちらちら見ているのに気づいていた。

「お花、おまえさんも名乗り、山川港に碇泊中の咸臨丸の船内で斉彬公に会ったときのことを話してやりな」

勝さんに言われて、花はその場で立った。

「目が青い。異人のおなごか」

「背が高か」

「せがらしか」と村田さんが叱り、ざわついていていた座が静まった。

「梶花と申します。生まれは長崎、筑後町の米問屋梶屋で育ち、八つの秋より、出島のオランダ商館で蘭語と英語を学びました。長崎海軍伝習で江戸より参られた勝麟太郎様に請われて専属の通詞となりましたのが十二の春。いまは本所相生町の大工末七の妻となっております。本日は、勝様に西郷様との談判の場にどうしても同行せよと命じられて、こうして薩摩の皆様に見《まみ》えております」

自己紹介を終えた花は、斉彬公の穏やかで聡明な人柄と、公の急逝により再会がかなわなかったかなしさを語った。

「おいら、オランダ人教官たちを乗せた咸臨丸で二度目に鹿児島を訪れたとき、斉彬公から西郷のことを頼まれた。おいらのことも、西郷によく話しておくとのことであった」

正座のままの勝さんが目をむけると、胡坐の西郷様が気恥ずかしげに肩をすぼめてうなずいた。そのようすは、庭方役として斉彬公の側に仕えていた若き日の姿を偲《しの》ばせた。

「阿部伊勢守様と斉彬公がともに健在であれば、禁裏と徳川公儀があれほど不和におちいることはなかったはず。西南雄藩は幕政に参画する道が開かれて、すなわち井伊掃部頭による弾圧はなく、浪士が登城途中の大老を暗殺する暴挙もおきなかったはず。会津は京に呼ばれず、長州との反目も生じなかったであろう。そして、もちろん、徳川将軍が朝敵奸賊《かんぞく》と決めつけられ、薩摩を主力とする東征軍が江戸に迫ることもなかった」

勝さんの声は高く、麻裃をきた姿から発せられる気は座を圧《あっ》している。

「おいらが駿府に送った書状で西郷に説いたのは、皇国を官と賊、新政府と旧幕府に分けて相争うことなかれという一事。益満休之助をつれて駿府を訪ねた山岡鉄太郎が申したとおり、大坂より開陽丸で東下した慶喜公は朝廷への恭順の意をあきらかにし、西軍との開戦を求める家臣をことごとく退け、東叡山寛永寺大慈院にて、謹慎生活に入っておられる」

慶喜公に思いをよせるように、勝さんは束の間口をつぐんだ。

「憤激した家臣から『卑怯者』『腰抜け』とまで罵られても、慶喜公が恭順の意をくつがえさなかったのは、皇国の一致一体をゆるがせてはならぬ。国を二分しての戦によって、西洋列強につけいる隙を与えてはならぬとの一念ゆえ。それでもなお、江戸を攻めるというのなら、こちらにも覚悟がある」

勝さんは裂帛の気迫で語り、座敷に居並ぶ面々をにらみつけた。

西郷様は腰を浮かせてふたたび正座になり、ひとつ息をついて話しだした。

「薩摩も長州も、そして土佐も、徳川を攻めたくて攻めているのではなかです。ペルリ艦隊の来航に始まる未曾有の国難にもかかわらず、徳川は皇国の政事を私するばかり。しかも、このままでは日本が危ういと心わずらう民草の声を無視して、二度までも長州を攻めた。民草は疲弊し、幕政に愛想をつかした。であるからこそ、今上天皇となられた睦仁様が王政復古の大号令を発すや、西国畿内の諸藩はことごとく徳川を見放したのではあいもはんか」

「その愚をついに認めたからこそ、慶喜公は大政を朝廷に奉還し、征夷大将軍の職を辞されたのだ。そして東下するや、朝廷と新政府にむけて謝罪状を送った。和宮様改め静寛院宮様の嘆願状とともに」

勝さんが歌舞伎役者のように声を張った。

「そうでございったか。それらの書状はこん西郷のもとにはまわってきもはんでした。一蔵も読んでおらんでしょう。大方、岩倉か三条が握りつぶしたにちがいなか」

肩を怒らせて話す西郷様もどこか芝居がかっている。ただし薩摩の侍たちは、天下一流のひとである勝さんと西郷様の話を食い入るように聞いている。

「おはんらに、幕軍を蹴散らし、いくら憎んでも足りん慶喜の首を捻じ切るまでは一歩も引かんと号令して、江戸まで進んできた。じゃっどん、勝先生と膝をまじえてよくよく話し、慶喜の恭順の意は真《まこと》とたしかめられた。公武一和のため、涙をのんで降嫁された和宮様改め静寛院宮様も、徳川宗家の存続をひたすら願われているとのこと」

西郷様の説明に、薩摩の侍たちがいかにも納得したという顔でうなずいている。

実直な若武者たちには申しわけないが、花はこの談判は芝居なのではないかと思った。少なくとも、村田さんや中村さんたちが不意にあらわれてからは、血気の多い薩摩の侍たちをおちつかせるために、勝さんと西郷様が阿吽《あうん》の呼吸で芝居をしているのではないだろうか。

「芝居と言われれば、まさにそのとおり」

増上寺《ぞうじょうじ》の庫裏で、花の感想をうけて勝さんが笑みを浮かべた。ただし、その顔には疲労の色が濃かった。

「談判はあすもある。まずは心身を休めよ」

勝さんを労った大久保一翁様が腰をあげた。今日の首尾をいそぎ慶喜公に伝えるためで、花も間もなく御城に登り、宮様と天璋院様に報告をする。

勝さんだけは、もう半刻ほど増上寺に留まることになっていた。新政府への恭順に反対する幕臣のなかには、勝さんをつけ狙う者たちがいるからだ。

今日の午前、花が青い上着に白いズボンで馬に乗ったのも、襲撃を警戒する勝安房が、西洋服のおなごをともなって出かけるはずはないと裏をかくためだ。西郷様にも、こちらに害意がないことをひと目で示せると勝さんに言われて、花も納得した。

西郷様と、あすの談判を約して芝田町の蔵屋敷を出たのは七ツ半、勝さんの懐中時計で午後五時すぎだった。騎馬で、五分とかからずに増上寺の表門につき、大久保一翁様に迎えられて庫裏に入るなり、勝さんが悲鳴をあげた。

「腹が減った。なんでもいいから、早く食わせてくれ」

それは花も同じだった。朝餉はほとんど喉を通らなかったし、昼餉のことなど考えていなかった。それは西郷様たちも同じだったらしく、談判の終わりぎわには、座敷のあちこちで空きっ腹が鳴っていた。

すぐに握り飯がはこばれて、勝さんも花も、二つ三つと平らげた。その後に供された大福もおいしくて、ひと心地つき、大久保様に談判の顛末を話せたのだ。

「これで江戸を焼かずにすむが、難しいのはここから。詳しくは今宵城内で話そう」

大久保様が座を立つと、昨夜からずっと気を張っていた花は眠気に襲われた。

「そのまま目をつむれ。百数えたらおこしてやる。それで随分楽になる」

勝さんに言われて、畳にすわった花は目をとじた。一瞬で眠りに引きこまれて、名を呼ばれて目をさましたときには頭がさえていた。

「剣術の修業にあけくれていた十七、八歳のころ、おいらもそれをよくやった。一刻、木刀を振り続け、石にすわり、百数えるあいだ、目をつむる。そしてまた木刀を振るというのを夜通しやりぬくのだ。なれてくると、熟睡しながら百数えられるようになる」

そう話す勝さんはすっかり気力をとりもどしていた。


「慶喜公は備前藩ではなく父祖の所領である水戸で謹慎。公の妄挙を助けし面々も、格別の哀れみで寛典《かんてん》していただきたい。この二条を哀訴状の初めに記し、西郷にとくと説きます」

灯明に照らされた西丸御殿の広間で勝さんが言うと、大久保一翁様が応じた。

「前藩主が慶喜公の実弟とはいえ、外様である備前藩にあずけたのでは、いかなる処遇をうけるかわからぬのだから、もとより論外。慶喜公の側近として働いた板倉や永井に死罪を申しつけるのも断じて認められぬ。それは西郷もよくわかっているはず。あすの談判では、その二点に同意をえて、江戸城総攻撃の中止を言明させることが第一。今日のようすを聞くかぎり、今更開戦はせぬであろう。ただ最強の薩軍を率いるとはいえ、西郷吉之助は総参謀にすぎぬ。有栖川宮熾仁親王を大総督とする東征軍総督府が正式に江戸城総攻撃の中止を決定するまでは、安心できぬ」

「ふふふ」と勝さんがふいに笑い、花はもちろん、沈着な大久保様までぎょっとしている。

「ふたを開けるまで油断は禁物。それに山岡鉄太郎が西郷より謝罪条目を聞きださなければ、今日の談判も成らなかったかもしれません。しかしながら、静寛院宮様が京には帰らぬ、江戸に残るとみずから申されたとき、その後の流れは大方決まったのです。大坂夏の陣で燃えさかる天守からかろうじて救いだされた千姫様はあくまで徳川の姫。それに対し、和宮様改め静寛院宮様は先帝の妹君にして今上様の叔母上であられる。もっとも、禁裏が宮様にいかに重きを置いているかは、おいらにはどうでもいいこと」

そこで黙した勝さんのほほに涙がつたった。

「いまは亡きわが主君家茂公の奥方を気づかう御心が、宮様をして江戸に留まらせたのだと思うと、がらにもなく胸がふるえました」

「よくぞ申した。まさにそのとおり。家茂公こそ、徳川最後の将軍であられたのだ。和宮様こそ、最後の御台所であられた」

大久保様も目頭を押さえている。

「今日の談判で、薩摩の村田新八と申す者が、神戸海軍操練所のことを持ちだしました。あれも家茂公の御賛同があったから開設できたもの。従僕ひとりをつれて談判にあらわれた西郷もさすがですが、それも宮様が千代田の御城に残っておられるからこそ。すなわち、江戸百万の民を守ったのは第十四代将軍家茂公。その御遺徳に気づいている者がどれほどいるかと思うと心もとなく」

家茂公への勝さんの敬愛を改めて知り、花はすぐにも静寛院宮様のもとにうかがいたかった。しかしそれはいらぬ気づかいと思い、まぶたに焼きついている家茂公の御遺影に胸のうちで感謝を述べた。

「お花。あすの昼餉に」

勝さんに話しかけられて、花はあわてた。

「いかがした?」

「なんでもありません」と答えると「あすの昼餉、薩摩の連中に江戸の鮨を食わせてやろうと思ってな」と勝さんが言った。

「神田の笹巻《ささま》き毛抜《けぬ》き鮓《すし》を三十、いや四十人前にするか。あすの談判は朝四ツに高輪の下屋敷でと言っていたから、正午にとどくように手配してくれ。代は天下の会計総裁殿にお願いしたいところだが、斉彬公への御恩返しに、おいらが払おう」

いきな仕草で、勝さんが懐から財布をとりだした。

「ところでと、ついでのように申したのでは坂本に怒られますが、土佐の坂本龍馬が斬り殺されたのはやはり真だそうです。下手人は薩摩の者とのうわさがあるがと西郷に申しましたら、断じてちがうと、真顔で怒っておりました」

「うむ。やはり真か。惜しい」と応じた大久保様が黙ってしまい、話をつげなくなった勝さんが厠《かわや》に立った。

「土佐の脱藩浪士坂本龍馬はおおらかな、気持ちのよい男でな。志も、背丈も、人並み外れて高かった」

大久保様とお会いして七年になるが、わずかのあいだでもふたりだけで話すのは初めてだ。

「坂本は番町にもよく訪ねてきた。最初は、勝麟の紹介状を持ってあらわれた。開国を主導する不届き者を斬ろうと氷川の屋敷に押しかけたところ、逆に攘夷の不可能と広い世界を知る必要を説き聞かされて熱烈な開国論者に鞍替えしたばかりだと、てらいなく申すのでおかしくて、こちらも思うところを存分に述べた。仇敵だった薩摩と長州が手を結んだのも、坂本の熱心な働きかけがあったからだと聞く」

ならば幕府の敵ではありませんかと花は思ったが、薩長提携はそもそも勝さんが西郷様にさずけた策だ。そして大久保様は、攘夷の実行を迫る朝廷に大政を奉還し、徳川家発祥の駿河、遠江、三河に帰ればよいと三年以上も前に説いていたことを花は思いだした。

「おいら、十若《とお》ければ幕臣を辞めて坂本らとつるみ、世界を股にかけてみたかった」

広間にもどった勝さんが遠くを見る目で言った。

元治元年七月、御所を襲った長州勢のなかに、勝さんの私塾の門下生が複数名いた。そのため、勝さんが創設した神戸海軍操練所はわずか一年足らずで、私塾もろとも閉鎖に追いこまれた。

勝さん自身、御役御免となり、切腹を申しつけられる瀬戸際に立たされていたにもかかわらず、坂本様たち土佐出身の脱藩浪士を薩摩藩に抱えてもらうために奔走したのだと、大久保様は自分の手柄のように話した。

「あれは慧眼の小松が、早くから土佐勢に目をつけて、機を見て引き抜いただけのこと。薩摩は大藩ゆえに表立って動けぬことも多い。そこで坂本たちに金をだして社中を結成させ、蒸気船も貸し与えて、米穀から銃砲までを諸国に運ばせたのだ。まさに薩の使い走り。そんなその場しのぎの勤めにも、坂本は楽しみを見いだしたであろうがな」

勝さんはうれしいような、かなしいような顔をした。

「おいらが神戸の海軍操練所によって第一に目ざしたのは、一大共有之海局により日本海を西洋諸国から防御し、日清韓三国合従の基とすること。第二は、三国共有の学問所をそれぞれの国に創り、三国の若者たちがともに海軍伝習をおこない、諸学を学ぶことを考えていた」

さらに続けて勝さんは、徳川公儀が海を渡る大船の建造を禁じ、他国と交わる港をかぎる策により、二百六十年にわたる泰平の世を築いてきたこと。おかげで近隣の朝鮮や清国とも大きなもめごとはおきなかったが、これからはそうもいくまいから、いまのうちに、ことを荒立てないように交流を積みかさねていくことの必要を説いた。

先見の明に感心しながら、花はかつてポンペが咸臨丸の甲板で言ったことを思いだした。ハルデスが洋上から眺めた日本の国土の美しさを称賛したのに対し、ポンペは医学伝習生たちの熱心さをほめたたえながらも、東アジアのなかでいち早く西洋の学問と技術をとりいれようとしている日本がやがて他国を攻めることを懸念していた。そして軍医だったポンペは、日本の教え子たちに戦争の悲惨さをきちんと伝えようと思っていると語ったのだ。

「おいらの力が足りず、坂本たちにいかにもせまい働きを強いることになった」

勝さんが嘆くと、「それはおたがいさまではないか」と大久保様がうけた。

「われらとて、まさか徳川の死に水をとるはめになるとは夢にも思わなかった」

勝さんが坂本様の死の報に接したのは、昨年慶応三年の十二月六日だという。

開陽丸を旗艦とする幕府の艦隊で大坂湾を制していた矢田堀様から手紙がとどき、十一月十五日の夜、京の近江屋で手練れに斬られた。即死に近く、下手人は不明とあり、勝さんはすぐ大久保様に伝えた。

ただし、その後は西からの早馬が連日御城にかけこむ騒然とした日々で、ついには将兵を大坂城に置き去りにした慶喜公が開陽丸で東帰した。

そのため御二人が坂本様の死について話すのは今日が初めてとのことだった。

「寺田屋なる宿屋で伏見奉行所の捕吏《ほり》たちに襲われたのが、たしか一昨年の一月下旬。そのときは、深手を負わされたものの辛うじて逃げ延びたと聞き、肝を冷やしながらも、坂本の運の強さに感心したもの」

勝さんが言うと、「それはおまえさんとて同じではないか」と大久保様が応じた。

「田安門外で撃たれたと聞いたときは、これで幕臣をおさえる者は皆無となり、江戸は火の海になると観念した。両脇で提灯を掲げていた供侍たちは気の毒だが、おぬしが無事と知ったときは、天はまだ徳川を見放しておらぬと、思わず手を合わせた」

「じつはほかにも二度、銃で狙われています。一度は銃声におどろいた馬が棹立ちになり、ふり落とされたおいらは真っ逆さまに地面に落ちました。頭と背を強く打ち、身動きがとれず、声も出ない。下手人たちは弾が命中したと思いこんだのでしょう。とめを刺されていたら、いまここにこうしてはおりません」

勝さんは笑って言ったが、花はとても笑えなかった。

「それはいつですか?」

「さあ、いつだったかなあ。日が落ちていたのは間違いない。従卒に提灯を持たせていたからな。怪《け》しからぬやつで、主を助けるどころか、生死もたしかめずに一目散に逃げおって、そのまま行方知れずときた」

「あすはわしも西郷との談判に同席するが、往き帰りとも別にしよう。万が一、ふたりともがやられては、徳川の死に水をとる者がいなくなる」

「無論、そのつもりです」

そこで御二人は茶を啜ったが、茶碗を持つ手は微塵もふるえていなかった。

「それにしても静かではないか。これが江戸城西丸とは信じられぬ」

大久保様が面長の顔を左右にむけた。御二人の従僕二名ずつ、あわせて四名が広間の隅に控えているだけで、ほかに人影はない。

「慶喜公が寛永寺に籠もってから、旗本御家人はめっきり登城しなくなりましたな。われらに与《くみ》しては評判が悪くなるゆえ、門をとざし、徳川の帰趨《きすう》を見きわめようというのでしょう。それにくらべて、大奥の女官たちはみなこれまでどおりに勤めている。天璋院様の御威徳というほかありません」

勝さんが舌を巻いた。

「いや、直参たちには、わしが申したのだ。西軍が江戸に入ったとなると、二本差しの侍が出歩いてはかならず諍いがおきるゆえ、口惜しいだろうが、ここは慶喜公にならい逼塞《ひっそく》せよとな。徳川の治世は終わっても、薩長の者たちだけでは、広い江戸をとり仕切れるはずがない。与力同心も含め、遠からず出番がくるから、当座は我慢しろと説き聞かせたのだ」

「さすがは一翁殿。歩兵に帰順を説いて銃撃されたおいらとは人望が桁違い」

勝さんがお道化て言うと、大久保様が真顔で応えた。

「おぬしは外向き、わしは内向き。ただそれだけのこと」

「そう言ってくださるのはまことにありがたいのですが、おいらはこの歳になっても抜きがたいひがみ根性がありましてな。東帰した慶喜公により海軍奉行並、さらには陸軍総裁に任じられ、現在は軍事取扱。つまり幕府の軍政を一手に握る最高位にありながら、知行は百俵。親父殿から引き継いだ四十俵に、長崎海軍伝習の艦長候補に任じられたさいに六十俵を加増されたきり、一石どころか一俵も増えておりません」

（そんな、まさか）

花は声には出さずにおどろいた。

「役料が多少あっても、家格を示す知行がこれでは、序列にこだわる幕臣が言うことを聞くはずがない。しかし、おそらくそれがよかった。百石二百石とあてがわれていたら、松の茶屋で慶喜公をああまで叱れたかどうか。その後の評定でも、小栗らをむこうにまわし、あれほど平気でいられたかどうか」

勝さんがいかにも勝さんらしい気迫をみなぎらせた。

「おととしの五月、軍艦奉行に再任されたおかげでいくらかできた蓄えも、江戸を焼くしたくに、きれいに使い果たしました。おかげで今日の談判では肚は据わり、精神はかつてなく活発。もっとも腹が空いたのには参りましたが、あすの談判もかならず成功させてみせましょう」

「よくわかり申した。では、あすの日の出とともに決行する予定だった江戸攻めは、この西郷吉之助の一存でひとまず中止といたします」

そう言った西郷様が、大きなからだをうしろにむけた。居並ぶ薩摩藩士が一斉にかしこまる。

「勝先生と大久保一翁殿が、御城の明け渡しを約定してくいやった。村田どん、中村どん。間違いのなかように、おはんらが直に出向き、諸隊の隊長に、明朝の江戸城総攻撃は中止になったと、しかと伝えてくいやんせ」

「はい」と答えるなり立ちあがった村田さんと中村さんは、そばにいた数人を引きつれて廊下に出た。小気味よい足音が遠ざかるのを聞きながら、花はこれで江戸の町衆は家を焼かれずにすむと安堵した。

「熊吉どん、早駕籠を仕立ててくいやい。一刻でも早う《はよ》、駿府につきたたか」

「それなら、駕籠舁《か》きのことを考えて、さっきの鮨も控えておけばよかとに」

熊吉さんの指摘に座敷のあちこちで笑いがおきた。勝さんと大久保様もわずかに相好をくずしている。

「せがらしか。早う行かんか」

そうしかる西郷様もにこやかだが、咳払いをしてむき直ると威儀を正した。

「昼八ツ半をすぎておいもすから、いくらいそいでも、駿府につくのは明後日。大総督の有栖川宮様がおられるはずですが、ことがことだけに、京までもどることになるやもしれません。そのあいだの市中鎮撫《しちゆうちんぶ》は御二人にお任せいたします。東征軍の兵たちにもみだりに出歩かず、幕兵と諍いをおこさぬよう言い聞かせておきもす」

「たしかに引きうけた。京となると往くだけで六日はかかる。大儀だがよろしく頼む」

勝さんが頭をさげて、西郷様がうなずいた。そのようすは、とても敵対する勢力の代表者同士には見えなかった。

駕籠のしたくが整うと、西郷様は熊吉さんにともなわれて駿府に発った。

勝さんと花も御城に登り、西丸御殿の大奥で静寛院宮様と天璋院様に首尾を報告した。ただし決まったのは江戸城総攻撃の中止だけで、徳川宗家の家名存続が未定であることに御二方はご不満のようだった。

「おいらはこれから新門の辰、清水の次郎長、吉原の金兵衛らを訪ねて、火付けは無用となったとふれてまわる。夜ふけまでかかるが、お花はどうする」

西丸御殿の玄関で勝さんに聞かれて、花はふたつ返事で同道すると答えた。

「先生が西軍を退《ひ》かせたんで、火付けは無しになったそうですね。そいつは残念。いや、そりゃあよかった。どうです、和平が成った祝いに一杯やっていきませんか」

勝さんと花がふれまわるより先に報せが四方に広まっていて、お江戸の市中を騎馬でめぐるふたりはどこでも笑顔で迎えられた。

「ありがてえが、祝杯はつぎにしよう。それとな、町内で夜回りをして、不届き者に気をつけるようにしてくれ。火の用心は言わずもがなだ」

「わかりやした。ところで、先日火付けの代にいただいた小判は、おかえししたほうが」

「いらねえよ。一度やったものだ。あれしきじゃあ足りねえだろうが、それこそ町内の連中で祝杯をあげてくれ」

「ありがとうございます。どうぞ、お気をつけてくださいまし」

しだいに日が陰り、長い影を曳いて馬をかる姿を追いながら、花は勝さんこそが、お江戸の守り神ではないかと思った。

「よっ、大明神」と声をかけたり、手を合わせて拝んでいるひとたちもいる。

千代田の御城を出て最初にむかった新門辰五郎さんのお宅にもどると、火消しの頭《かしら》や大工の棟梁たち、それに末七さんとお糸ちゃんに塾頭の杉さんもきていて、みなでおそい夕餉をいただいた。

「氷川には、勝先生にお礼を申したいという町人たちの行列ができていて、奥様が面食らっておられます」

杉さんが告げると、「まったく、よけいなことをするんじゃねえよ。おいらがお民に小言を言われるだけじゃねえか」と勝さんがうけた。

その晩、本所の長屋で、花はお玖磨さんの形見の観音像に勝さんの活躍を報告した。

「お玖磨さん、お玖磨さんが見初《みそ》めた御方は日本一の快男児ですよ」

花が語りかけると、象牙の観音像がかすかにほほを染めた。

第九章　相集ぅ愛宕山

慶応四年四月四日、東征軍の東海道先鋒総督橋本実梁様が、総参謀である西郷吉之助様らを従えて江戸城西丸御殿に入った。

十一日に御城を明け渡し、慶喜公は水戸で謹慎、慶喜公を助けし者らも死罪には処さないとの勅旨が示されたが、徳川宗家の家名存続と、今後の所領に関する事柄は含まれていなかった。

甘んじて恭順の姿勢をとっていた幕臣たちの怒りは頂点に達した。幕府海軍を統率する榎本様は、陸軍総裁の白戸《しらと》様と連名で勝さんに嘆願書を提出し、徳川宗家の家名存続と旗本御家人がうつり住むに十分な石高の所領が付与されなければ軍艦と銃砲は新政府に引き渡さないと宣告した。

さらに一部の激派は、慶喜公の水戸の退去後に、御城の奪還を計画しているという。幕兵蜂起のうわさは慶喜公の耳にもとどき、勝さんを池上本門寺にむかわせて、東征軍先鋒と折衝させた。そのうえで首謀者とされる陸軍奉行並松平太郎様を寛永寺に呼び、「江戸城を開けて官軍に渡すまでは水戸に赴かじ」と叱責した。

「お花。おいら、今日一日が無事にすんだら、御役御免を願い出ようと思っている」

四月十一日の早朝、馬を並べて浜御殿にむかう途中、勝さんが投げやりにつぶやいた。

新政府への御城の引き渡しは大久保一翁様に任せて、浜御殿から榎本様が率いる幕府艦隊ににらみを利かせようという勝さんに花も同行していた。

「きのうお会いした慶喜公がなにか申されたのですか」

青い上着に白いズボン、青い目の花が聞くと、勝さんは大きなため息をつき、馬上で天をあおいだ。

「独公と仇名されるだけあって、本心では、なにもかもをご自身でなさりたいのであろう。しかし、君命乞いばかりはそうはいかぬゆえ、おいらに一命を救われた格好なのが、どうにも業腹《ごうばら》らしい。君を辱《はずかし》めさせぬため、昼夜の別なくかけずりまわっている家臣に一言の労いもなく、ない肚をあれこれ探られたうえに、たんと罵られて、徳川のために尽くすのがつくづくばからしくなった」

「では、海軍所につきましたら、開陽丸の榎本様に使いを送り、名高いクルップ砲で東征軍が本営を置く池上本門寺を砲撃するように命じましょう。数刻後に迫った無血開城は御破算になり、怒り狂った東征軍によって、お江戸は火の海となるでしょうが、あの世におられる阿部伊勢守様、島津斉彬公、家茂公に坂本龍馬様、それにお玖磨さんも、致し方ないとゆるしてくださるはず」

花がひと息に述べ立てると、勝さんが高笑いをした。

「気弱を言って、相済まなかった。それにしても達者な口だ。おいら、ここまでやりこめられたのは、生まれて初めて。きのうも、お花を寛永寺にともなえばよかった。さすれば慶喜公も、ああまでおいらを罵れなかったはず」

うってかわった晴れやかな顔で勝さんが馬を進めて、花はあとに続いた。

「おいら、お江戸が焼けずにすんだのは家茂公と宮様のおかげとせんに言ったが、あの開陽丸がなければ、事態はまるでちがっていた」

勝さんと花は浜御殿にある海軍所の屋根にいた。梯子をかけて登り、見張り台に立つと、三本の高い帆柱をそびやかせた開陽丸は目と鼻の先だ。

「手をふってやれ」

勝さんに言われて、花が伸ばした右腕を左右に動かした。すると帆柱の見張り台に立つ水兵が右手をふりかえした。

「長州には村田《むらた》蔵六《ぞうろく》改め大村《おおむら》益次郎《ますじろう》という稀代の軍師がいる。もとは村医者だが、オランダ語をよくし、西洋の軍学兵学に通じた大村によって調練をほどこされた歩兵により、幕府の征長軍はあえなく撃退された。しかしそれは小銃と大砲を組み合わせた、陸戦での話。連発式の元込め旋条銃を何百挺集めたところで、洋上に浮かぶ開陽丸にはとどかん」

それから勝さんは、徳川家に付与される所領をできるだけ多くする策を語った。目標は四百万石、最低でも二百万石。江戸市中鎮撫のためにも慶喜公を水戸から江戸城にもどし、関八州《かんはっしゅう》はこれまでどおり徳川家が治めるようにしたいと言うので、それはいくらなんでも虫が良すぎるのではないかと花は思った。

「薩摩も頭があがらぬイギリスのパークスが横浜でにらんでいるのだ。江戸で合戦ができぬ以上、談判の主導権はこちらにある。旗本御家人がざっと数えて三万五千人。妻子も合わせれば十五万人。それらがすべてうつり住むだけの所領を用意するのは、まず不可能。新政府への恭順の姿勢はかえず、幕兵の蜂起を極力抑えながら、開陽丸を旗艦とする艦隊で威圧する。いくら軍艦の引き渡しを求めたところで、それを無理強いするだけの戦力は薩摩にも長州にもないのだ」

(勝さんに一日も二日も置く西郷様だけがお相手なら、その策でうまくいくやもしれません。それに榎本様がいつまで大人しくしているかも定かではなく)

花は胸中の不安を口にださなかった。しかし、その懸念は残念ながら的中した。

江戸城開城の翌日、四月十二日に、開陽丸をはじめとする八隻がそろって品川沖を去った。行先は房州、南端の館山湾に籠もった。

新政府への軍艦引き渡しを拒む示威行動で、勝さんがいそぎ送った書状をうけて、五日後の四月十七日には全艦が品川沖にもどった。

ところがそこで、海軍総裁である矢田堀鴻様が逐電《ちくでん》したことがあきらかになった。脱走を主張する榎本様と士官たちを制せられなかったためだという。

「矢田堀は生真面目で頭脳明晰。操艦にも長けているが、いかんせん気が弱く、すぐ酒に逃げる」

勝さんが嘆き、それは長崎海軍伝習のときから花もかんじていた。

「これで開陽丸を旗艦とする艦隊は釜次郎のもの。おいらとちがい、船酔いなど一度もしたことがなく、蒸気機関を一から組み立てられるほどの博識でありながら、甲板のふき掃除も厭わぬ好漢。士官から水兵までを心服させての統率はまさに見事。ただし」と言って勝さんが黙り、ひと呼吸おいて先を続けた。

「文久二年六月欧州留学に旅立った釜次郎は、その後の世の変転を肌身では知らん。あやつの胸にあるのは、自分を欧州に派遣し、西洋人にもおとらぬ当代最高の知識を学ぶ機会を与えてくれた幕府への忠義心と、その幕府を瓦解に追いこんだ薩長に対する憎しみのみ。もっとも、幕臣の大半は日本に居ながら目をつむり、耳をふさいでいたため、釜次郎と同じく、徳川の治世が皇国の民にかくまで見放されたのはなにゆえなのかを、皆目わかっておらん。でなければ、いくら薩長が憎くとも、こうまでわれもわれもと脱走できるはずがない」

四月十一日の早朝、慶喜公が江戸を去って水戸にむかったのを合図に、幕府陸軍から大勢の脱走者が出た。なかでも歩兵奉行の大鳥圭介《おおとりけいすけ》様は城内の武器庫から大量の銃砲と弾薬を持ちだし、二千人もの大部隊を下総国府台《こうのだい》に結集させて北にむかった。その他の部隊からも脱走者はあとを絶たず、勝さんは連日諸隊をまわり、鎮撫に努めていた。

「榎本様はいずれまた脱走すると思います」と花が言うと、「徳川の所領が決まるまでは江戸湾を去るまい」と勝さんが答えた。

幕臣による襲撃が家人におよぶのを避けるために、勝さんは辰ノ口で寝泊まりしていた。天璋院様と静寛院宮様も西丸御殿を出て、それぞれ城内の一橋邸と清水邸にうつられたので、花は本所の長屋にもどった。そして一日置きに辰ノ口にきていたが、四月晦日の宵、思いもよらぬ来訪者があった。

「ポシェート大佐。それにニコライ」

おどろいた花は思わず日本語で言った。遠藤様の御家来から、軍服の異人が訪ねてきたと告げられて、いそぎ応対に出ると、懐かしいふたりが玄関に立っていた。ただし、この数年ロシア語をまったく使っていなかったので、すぐには頭が切りかわらない。

「これは珍客。とにかく、あがってもらえ」

追って玄関にあらわれた勝さんが言って、花はとりあえずオランダ語に通訳した。

「ハンナ、どうしました。あんなに流暢だったのに、わたしたちのことばを忘れてしまったのですか?」

座敷に通されたポシェート大佐がロシア語で大げさに嘆くと、つき従うニコライが助け舟をだしてくれた。

「ハンナ、気にしないでください。ぼくはまず勝さんに手紙をとどけて、ハンナとともにわれわれが逗留している天徳寺にお招きしたらとすすめたのです。ところが大佐は、ポサドニック号の件では勝さんにしてやられたので、いきなり訪ねておどろかせてやると言ってきかないのです」

立派な口ひげを生やしたニコライは穏やかな口調でゆっくり話した。おかげで花も気持ちが整った。

「本当におどろきました。お久しぶりです、本日はどのような用件で見えたのですか。それに勝さんとわたしがこちらにいるのがよくわかりましたね?」

花はロシア語で応じると、ニコライの釈明を日本語ではなくオランダ語に訳した。先方の用向きがわかるまでは細心の注意を払うにかぎる。遠藤様の家中にも、新政府に通じる者がいないとはかぎらない。

「いやいや、ようこそ」

遠藤様がおくれて座にくわわり、茶と菓子が供された。

「通訳の手間が惜しいので、わたしはオランダ語で話しましょう」

ポシェート大佐は勝さんにむかって話した。

「勝さん、お金も武器もいくらでもだしますから、サッチョーと戦いなさい。あなたは、エドを守りたくてキョージュンしているのでしょう。もうエドは焼けない。タイクーンヨシノブの命も救われた。それなら正々堂々と戦える。アイヅ、センダイ、ショーナイのいずれかを都に定めて、サッチョーに対抗する、トクガワの政権を創るべきです」

ポシェート大佐は真剣に語り、花が遠藤様にむけて小声で通訳し終わるのを待たずにオランダ語で続けた。

「プロシアは、アイヅと密約を結ぼうとしています。しかし、アイヅでは弱い。わたしは勝さんこそがトクガワの盟主に相応しいと思っています」

「見くびられているんだか、買いかぶられているんだかわからねえが、おぬしらとは浅からぬつきあいがあるのだ。おいらが、そんな話に乗らないのはわかりきっているであろう」

誰に聞かれてもかまわないというように、勝さんが日本語で答えた。

それはそのとおりだったようで、花がオランダ語に通訳しても、ポシェート大佐は顔色をかえなかった。

「勝さん、あなたはお疲れなのではありませんか。まさかその程度の返答をされるとは思いませんでした。アイヅとショーナイは、エゾチに広い領地を持っています」

「みなまで言わんでも、わかっておる」

勝さんがポシェート大佐のオランダ語を日本語でさえぎった。

「本年一月十七日、新政府は外国との和親を国内に布告し、攘夷をとりやめた。二十日、新政府は旧幕府の締結した条約の遵守を各国に通達。二十五日、イギリス、フランス、オランダ、アメリカ、イタリア、プロシアは、局外中立宣言を布告。そこにロシアがくわわっておらぬと知ったときから、いずれなにかあると警戒しておったわ」

いら立った勝さんの早口を、花は同じくらい早口のオランダ語で通訳した。


局外中立が成った一月二十五日以降、交戦団体と認定された幕府と新政府は武器や弾薬を諸外国から購入できなくなった。

それから二ヵ月半がすぎた四月二日、幕府がアメリカに注文していた軍艦ストーンウォール号が横浜港についた。

一年前に小野友五郎様らの使節団がアメリカで買いつけた甲鉄艦は開陽丸よりも戦闘力が上だと

いう。しかし局外中立のため、アメリカ政府は幕府への引き渡しを拒み、そのまま横浜港に係留されていた。

「去年のうちにその甲鉄艦がついてりゃあ、こっちの勝ちだったのによう」

末七さんだけでなく、お江戸の町衆はひとり残らず悔しがった。

列強の局外中立について、花は二月はじめに勝さんから聞いていたが、てっきりロシアもくわわっていると思っていた。

「勝さん、もはやイッチイッタイなどと呑気なことを言っている場合ではありません。アイヅも、ショーナイも、外交は素人です。ずる賢いプロシアに食いものにされるのは見えている。それに最新式の銃砲と弾薬が提供されたところで、戦術がともなわなければどうにもなりません。奥州諸藩のなかにはサッチョーに籠絡される藩も出てくるでしょう。西洋諸国との外交に通じ、幕府の軍政を握るあなたが、幕臣と奥州諸藩に働きかけて、われわれロシアの支援をうけてサッチョーと戦うほうが、日本の将来には有益なはずです」

勝さんはポシェート大佐の申し出をすぐにはことわらなかった。

そして花も、蝦夷地を一体として守るには、ロシアの提案に乗るしかないのではないかと考え始めていた。

ポサドニック号が対馬を占領していたときとちがい、日本は東西に分かれての戦闘状態にある。しかもイギリスは、はっきり薩長についている。率先して局外中立を宣言したのも、幕府が列強に支援を求めるのを妨げるためだ。

じっさいストーンウォール号の引き渡しが阻止されたことは、幕府にとって大きな痛手だ。以前は幕府寄りだったフランスも、いまではイギリスと歩調を合わせている。ただし、東征軍は江戸を含む関八州を平定できていないため、会津や庄内に十分な兵力を送れずにいる。

勝さんは拮抗状態を少しでも長引かせて、徳川家に有利な形勢に持ちこもうとしているが、そのあいだに会津藩や庄内藩が蝦夷地の領地をプロシアに切り売りしてしまっては元も子もない。

「勝さん、十日待ちます。われわれの提案に乗る気になったら、ハンナを天徳寺に寄こしてください。十日たっても、返事がなければ、ことわられたと見なし、同じ話を開陽丸のエノモトさんにするつもりです。きっといい返事が聞けるでしょう。ヨーロッパで三年以上も学び、叡智も勇気もある男と評判ですから」

ポシェート大佐とニコライが帰ったあとも、勝さんはじっと黙っていた。

「おぬし、まさか、ロシアにつくつもりではあるまいな」

遠藤様に心配されて、勝さんがようやく口を開いた。

「蝦夷地の開発権を担保に戦の資金を調達するのは、まさに国を売る愚策。小栗らがフランス政府を相手に六百万ドルの借款契約を結ぼうとしたときは、イギリスのオリファントが駐日フランス公使ロッシュの先走った行動を英国議会でとりあげて、それが欧州各国のnewspaperに載ったことでフランス政府が警戒し、借款契約は破談となりました。しかしプロシアが相手となると、おいらにはどうにもとめようがねえ」

「ならば蝦夷地はプロシアの租借地になってしまうのか。しかもロシアは榎本を焚きつけるというではないか」

「できるなら、おいらが会津に出向き、容保にじかに説諭したいところですが、いまは寸刻も江戸を離れられません」

遠藤様に答えた勝さんの表情は暗かった。

四月十一日の江戸城開城後、約七千五百人の官軍が江戸に入った。しかし、西国の藩士が多い官軍は江戸に不慣れなため、市中取締りは勝さんや大久保一翁様ら恭順派の幕臣に委任されていた。

また、江戸っ子たちは耳慣れないお国ことばでいばり散らす官軍の兵士たちを小ばかにし、印として袖に付けている錦の小切れを剥ぎとる「錦切《きんぎ》れとり」がはやった。

じっさいに市中取締りに当たっていたのは、彰義隊《しょうぎたい》だ。

謹慎中の慶喜公を警固するために二十名足らずの一橋家家臣によって結成された当初は、尊王恭順を旨としていた。ところが幕府歩兵の脱走者や諸藩の脱藩者がくわわることでじょじょに反新政府の色合いを強め、ついには薩賊討伐を主張するようになった。

閏四月に入ったころには、二千余名が上野山に陣取り、「彰」「義」と朱で大書した提灯を掛けて勢力を誇示。水色麻の打裂羽織《ぶっさきばおり》に裾のしまった白袴、朱鞘の刀という装束をそろえる旗本の子弟たちもいて、江戸っ子の人気を集めていた。

当然、彰義隊士と官軍兵士とのあいだで小競り合いがおきる。

ところが官軍首脳は些細な喧嘩が発端で江戸を焼く戦になってはいけないと、兵士に自重を命じた。増長した彰義隊士は官軍を挑発し、そろそろまずいのではないかと江戸っ子たちも心配し始めた五月一日、東征軍総督府は本日より官軍が市中警固に当たると布告した。

「例の大村益次郎が参謀として送りこまれた。近々戦端を開き、彰義隊を始末するつもりらしい。上野山には滅多に近づくなと末七たちに言っておけ」

本所に立ち寄った勝さんが、花に真顔で注意した。

「喧嘩はまだしも、戦はいやだよお」と長屋の女たちが眉をひそめれば、「やれるもんならやってみやがれ。薩摩の芋侍どもを返り討ちにしてやらあ」と男たちがいきがってみせる。

それからの数日、江戸の町衆は、いよいよ明日かと心配しながら床についた。庄内藩による薩摩藩邸焼き討ちがそうだったように、合戦は夜のうちにしたくを整え、明るくなるのを待って火ぶたを切るのがつねだからだ。

そして、すっかり待ちくたびれた五月十五日の夜明け前、花はふと目をさました。梅雨が屋根をたたいているが、遠くで物々しい音がしている。となりで眠る末七さんは、すこやかな寝息を立てている。

(お江戸は、今日をもって、本当に将軍様のお膝元ではなくなるのだ)

花の青い目から流れた涙がほほを伝い、布団を濡らした。

「いいかい、今日は一日、長屋にいるんだよ。悔しいだろうが、彰義隊は勝てっこない。残党をかくまったら同罪だとの触書があちこちに貼ってあるし、辻には鉄砲を持った官軍が立っているからね。間違っても、錦切れとりをするんじゃないよ。こどものイタズラじゃすまないからね」

夜が明けると、大家さんが長屋を一軒一軒まわりだした。

「上野のお山はぐるりと官軍にかこまれて、本郷台には天守や軍艦でも吹き飛ばしちまいそうな大砲が据えられてるってよ。いくら彰義隊が意気盛んでも、半日もたないんじゃねえか」

花がとめるのも聞かずに広小路までようすを見に行った末七さんが帰ってきて、長屋の住人たちが話を聞きに集まっている。

「敗けるとわかっていても、にっくき薩長の兵をひとりでも多く斬って死んでいこうってんだ。見あげた心意気じゃねえか」

「二千人いたうち、半分の一千人は無駄死には御免だと言って逃げたそうだが、それでも半分は、花のお江戸の東叡山を死に場所と決めて残ったんだ。てえした意気地さ」

「勝つと決まった官軍の兵士は、自分は死にたくねえ、けがをするのさえ御免被るって、おじけた気持ちでいるにちげえねえ。彰義隊が勝つことだってあると、おれは思ってるぜ。大坂から尻尾を巻いて逃げ帰った二心様に武士の意地を見せてやろうってんだ。そうかんたんに敗けるはずがねえよ」

長屋の男たちの期待を背負って彰義隊の戦が始まった。

朝五ツに大砲が鳴ると、鬨《とき》の声や小銃を撃つ音が大川をこえてさかんに聞こえてきた。

正午が近づいたころ、上野山を見おろす本郷台に据えられた官軍の大砲が火を噴いた。轟音が立て続けに響き、長屋の住人たちがばらばらと井戸端に出てきた。

「とんでもねえ代物を撃ちやがる。あんな砲弾が当たったら、ひとのからだなんざあ木《こ》っ端《ぱ》微塵《みじん》だぞ」と末七さんが怒っている。

やがて上野山の方角で煙が濛々《もうもう》とあがった。

「ケリがついちまったようだねえ。火をかけて逃げようってんだろうが、このあとは官軍による落ち武者狩りだ。よく戦った彰義隊には悪いが、巻きこまれるのはごめんですよ」

諦め顔で語る大家さんを末七さんがにらんでいる。花も悔しかったし、なにより今後の成りゆきが心配でならなかった。

花は西郷様と勝さんの談判に立ち会っていたため、官軍と彰義隊の戦といっても、そこまで陰惨なものとは思っていなかった。

東禅寺で浪士が斬られたときのように血しぶきが飛び、首が刎ねられるのだろうが、刀槍を持った侍同士の戦いである以上やむをえない。

ところが官軍は彰義隊士の首を獲っただけではすまさず、無残に斬り刻んだ遺体を上野山に放置した。しかも、近親の者が引きとることさえゆるさないのだという。

「おまけに、三日間は斬り捨て御免と勝手に決めて、彰義隊の残党を見つけたそばから滅多斬りにしてるってよ。なにが官軍だ。天子様を戴いていながら、ただ無法を働いているだけじゃねえか」

一夜が明けてもふり続く雨のなかを出かけて町のようすを見てきた末七さんが怒りにまかせて水たまりを踏みつけた。

はねた泥水が着物についても、長屋の住人たちは文句も言わずに突っ立っている。

壮麗な甍《いらか》をつらねていた東叡山寛永寺の伽藍《がらん》や堂宇《どうう》は軒並み焼け落ちて、見る影もないという。

「将軍様がお江戸からいなくなると、こんな情けない目にあわなきゃいけないんだねえ」

しわの寄った顔の老婆がさめざめと泣いた。おかみさんたちがもらい泣きをして、こどもたちまで泣きだした。

翌日も雨ふりで、朝餉をすませると、末七さんは玄関脇の道具部屋で鑿や鉋の刃を研《と》ぎだした。砥石《といし》でする音を聞いているうちに花もしてみたくなり、研がせてほしいと頼むと、柄のはずれた菜っ切り包丁を渡された。

素人が研いだのではかえって切れなくなる。まずはそれで練習しろとのことで、花は襷《たすき》をかけ、夫と並んで砥石にむかった。

なるほど見るとやるとは大ちがい。かげんが狂うと、包丁がはねて、指を切りそうになる。それなのに末七さんは心配もしてくれない。

不満な気持ちを読まれて、花は嫁いでから初めて叱られた。

「パン焼きを習ったときだって、十日なり二十日なり、失敗をかさねたんじゃありませんか」

まだ教える段階までもきていないのだと暗にさとされて、花は一言もなかった。それでもとにかく研ぎ続けているうちに雑念が消え、なめらかにいくときがある。

「今日はここまでにします。お邪魔をしてすみませんでした」

正午前に手をとめると、ちょうど雨があがり、夏の強い日がさしてきた。

梅雨の晴れ間を喜んだのも束の間、お江戸の町を猛烈な腐臭が襲った。放置された二百十余の彰義隊士の遺体が、夏の日をうけて腐乱しだしたのだ。

上野山にはカラスの大群が集まり、夕方になると、長屋に糞の雨をふらせた。

官軍の戦死者はわずか三十名ほど。負傷者は手厚い治療をうけているとの情報も、江戸っ子たちを憤激させた。

「攘夷攘夷と薩長はさかんに息巻いていたが、連中こそが夷狄にして蛮族じゃねえか。刀と刀を交えても、一度決着がついたら、たがいの武勇をたたえて、間違っても遺骸を辱めないのが武士じゃないのかい。上野山に回向に訪れた僧侶まで追いかえすなんて、同じ皇国の民にすることじゃねえよ」

末七さんの怒りはもっともだが、花はむしろ不審だった。

最激戦となった黒門口《くろもんぐち》をうけもったのは薩兵を率いる西郷吉之助様だそうだが、あれほどの大器量の御方が、こんな情け容赦のない所業をゆるすはずがない。勝さんに会って聞きたくても、出歩いて官軍に見咎められたら厄介なことになりかねない。

不快で不安な日々を、花は日記を書いてすごした。英文を書くのに疲れると、道具部屋で柄のない菜っ切り包丁を研ぐ。

「サマになってきやしたね。砥の粉《とこ》がよく浮いてらあ。あとは砥石の面が均等に減っていくように、工夫して研いでみてください」

砥石に溝がついたり、なかほどがくぼんだりすると、平らにもどすぶん、砥石が無駄に減る。大工にとって砥石は命で、火事のときには道具より先に持ちだすのだと末七さんが教えてくれた。

「鑿や鋸は、腕の立つ職人がいれば遜色のない品を作ってもらえますが、砥石は山で掘りだすもの。上等な砥石は、いくら銭を積んでも、手に入るとはかぎりません」

そんな大切なものを、こちらの気散じに使ってしまい、花は恐縮した。それと同時に、末七さんのやさしさがうれしかった。


氷川の屋敷で花が勝さんに会ったのは、上野山の合戦から十日がすぎた五月二十五日だった。前日に杉さんが告げにきて、二十五日の朝も本所の長屋まで迎えにきてくれた。

「屋敷のなかが荒れていますが、おどろかないでくださいよ」

そう言われてわけを聞くと、十六日の夕刻に官軍の兵士が乱入したという。

「先生はたまたま外出していたんで無事でしたが、在宅していたら、間違いなく斬られていました」

杉さんが言って、花は身がふるえた。

「西郷は、もう江戸にいねえよ。大村ともめて、薩摩に帰《け》えっちまったそうだ」

花の問いに勝さんは伝法に答えたが、顔はやつれて、生気もない。屋敷のなかも、杉さんが言ったとおり、襖や障子は破れて、柱や床に刀傷がついている。

「これも稀代の軍師が命じたことですか」

「いいや、こいつは公卿三条実美の仕業だろう。あやつこそは悪党。公武一和など端から頭になく、上洛した家茂公をあまりにもないがしろにしたため、先帝にうとまれ、薩摩と会津により禁裏御所を追われたのが文久三年八月十八日。その後、長州に落ち延び、不遇を託《かこ》ったときの恨みをあらゆる機会に晴らそうというひねくれ者。大村とて、ほめられたものじゃねえ。村医者あがりの軍師様の頭にあるのは、いかにして敵を倒すかのみ。いくらこまらされたって、彰義隊士も同じ皇国の民だという考えは欠けらもないらしいや」

一頻り悪態をつくと、勝さんはがっくり肩を落とした。

徳川宗家を継ぎ、わずか五歳で当主となられた田安亀之助改め徳川家達《いえさと》様に、きのう御城で申し渡しがあったという。

「駿河国府中の城主におおせつけられ、領地高は七十万石だそうだ」

「最低でも江戸で二百万石ともくろまれていたのでは」と花は思わず聞いた。

「まさに、そのとおり。わがことは敗れたのだ」

しばし黙したあと、勝さんが語った。

「徳川の総大将である慶喜公が恭順と決め、城を明け渡した以上、官軍と戦えばかならず負ける。負ければ所領は目も当てられないほど減らされる。よって戦をすべきではないと十四日にも上野山に使者を送り、彰義隊の幹部を諌めたのだ。会津や庄内とて敗北は必至」

閏四月のあいだ、勝さんの元には、仙台藩や米沢藩の重役が度々訪ねてきた。新政府側の肥後藩士たちも相談にきたという。

「かくなるうえは、駿府転封の手筈を整えねばならぬが、わずか七十万石でどうやって食べていけばよいのか、皆目見当がつかん」

うめくように言った勝さんに、花はたずねた。

「蝦夷地を狙うプロシアとロシアはどうするのですか。それに榎本様の艦隊は」

「釜次郎のもとには、奥羽の諸藩から艦隊による支援を求める使者や書状が矢継ぎ早にきているそうだ。彰義隊の生き残りや脱走歩兵もつぎつぎに乗りこんでいるとのこと。だからといって、死に場所を求める手負いの侍たちにさとされてはならんとの書状をすでに送った」

そこで勝さんは息をついだ。

「駿府へひとを運ぶのには船が要る。それに新政府に引き渡した軍艦で奥州を攻められたのでは釜次郎の面目が立たぬ。つまり慶喜公と家達様が駿府にうつるまでは、開陽丸を旗艦とする艦隊が江戸湾を遠く離れることはあるまい」

勝さんの読みはわかったが、花が知りたいのはその先だ。

「駿府への移封が成ったあと、榎本様は艦隊をどうなさるおつもりでしょう。もはや江戸湾に居る理由はなく、かといって恭順を拒む幕兵たちが多数乗りこんでいる軍艦を新政府に引き渡せるはずがないと、わたしは思います」

花が言うと、「うむ」と応じた勝さんが思案顔になった。しかし、その目に生気はかんじられなかった。

「勝様も、大久保様も、慶喜公や家達様とともに駿府にうつり住まれることと思います。その前に、わたしを開陽丸に乗せるようにはからってください。もしも榎本様が奥州、さらには蝦夷地にむかい、ロシアと組もうとしたなら、わたしが阻《はば》みます」

敢然と申し述べながら、花は胸が締めつけられた。

（末七さんと生き別れになっても、蝦夷地を異国から守ってみせる。勝さんとローレンスが対馬を守ったように）

「お花、たわけたことを申すな。江戸で談判をするのとは勝手がちがう。箱館港には、ロシアの商船や軍艦がひしめいているという。こととしだいによっては、ロシアに捕らえられ、幽囚《ゆうしゅう》の身となるやもしれぬのだぞ。そんな危険な役目を、おなごに負わせるわけにはいかん」

勝さんの顔に生気がよみがえったが、花もゆずるつもりはなかった。

「では、お聞きします。勝様をのぞき、男で、その役がつとまる者がおりますでしょうか」

顔をまっ赤にした勝さんが花を見据えた。

「まさか、いざというときは釜次郎と刺しちがえるつもりではあるまいな。そんなまねはゆるさんぞ。なにがあっても死んではならぬ」

「ちがいます。わたしが同行していれば、この先どれほど事態が切迫しようとも、榎本様は物資や銃砲と引き換えにロシアに蝦夷地を売るという決断を躊躇すると思うのです。榎本様には、わたしが勝さんに見えるはずです」

運命なのだと、花は思った。自分はこの役目を果たすために青い目の赤子として長崎で生まれ、お玖磨さんに育てられ、出島で学び、勝さんに出会ったのだ。

（いいえ、それでは末七さんにあまりに失礼）

いなせな夫に、花は胸のうちであやまった。


氷川の屋敷から本所の長屋にもどると、花は追って帰ってきた末七さんにもろもろの事情を話した。

「つまり、お花が開陽丸に乗るのは、奥羽越の佐幕藩を助けに行くためじゃねえんだな」

末七さんに問われて、「そのためのほうがよいでしょうか?」と花は聞きかえした。

「いやいや、そんなつもりで言ったんじゃねえよ。ただ、こちとら江戸っ子だから、どうしたって薩長が憎い。となりゃあ、彰義隊と同じく、東征軍に歯向かって最後まで戦い抜こうという会津や庄内を応援したくなるのが人情ってもんさ」

いつもながら末七さんの物言いは率直で、花は笑みをさそわれた。しかし言うべきことは言わなければならない。

とくに会津は京坂の地で長州とみだりに対立して西国諸藩の反感を買い、幕府の立場を悪くした。此度も慶喜公の恭順の意に従わず、容保公と重臣たちは早々に領国に帰った。そして領民や家臣に多大な犠牲をしいるのがわかっていながら城を明け渡さず、新政府軍とことをかまえようとしている。

京都守護職に任じられたのが不運の始まりとはいえ、会津はそのときそのときの対立をあおるばかりで、幕府と雄藩の融和を図る意思に欠けていたと、勝さんの考えを噛みくだいて花は話した。

「となると、会津も庄内も彰義隊の轍《てつ》を踏むしかねえってわけか。一方、榎本の釜次郎さんには最強の開陽丸があるにしても、どでかい軍艦を動かすのには、やたらな金がかかる。そのうえ戦となれば、砲弾はいずれ尽きる。箱館では補給も船の修理もままならないとなったところにロシアが手をさしのべてきたら、そりゃあすがりたくなっちまうわな。お花は、そうなるのを見こして、自分が釜次郎さんの傍にいることで、土壇場になっても、ロシアにすがらせないというわけか。う〜ん、そいつはどうしたって命がけになるぜ」

末七さんは考えこんでしまったが、事情はわかってもらえたようだ。

「要は、勝先生と西郷吉之助だから、お江戸は無事だったんだな。こっちのほうが異例も異例、彰義隊や会津のように悪あがきをするほうがふつうなんだ」

自分の言に、末七さんがうなずいている。

「ところで、お花は開陽丸に乗せてもらえるのかい」と聞かれて、「勝さんが永井玄蕃頭様に当たってみるそうです」と花は答えた。

長崎海軍伝習の初代総監をつとめられた永井様は、若年寄格として、京坂の地で慶喜公を補佐していた。開陽丸での東帰にさいしては大坂に置き去りにされて、帰府後に脱走歩兵らとともに会津にむかったとのうわさが流れた。勝さんも一時は真《ま》にうけていたが、永井様は浜町《はまちょう》の屋敷で逼塞しているという。


五月二十四日に徳川家の駿河転封が申し渡されたのをうけて、榎本様は艦隊をふたたび館山湾にむかわせた。そこから各方面に書状を送り、蝦夷地にある幕府の直轄地を保持しようとはかった。駿河七十万石だけでは三万五千余の幕臣とその家族の生計は立てようがない。そこで蝦夷地に集団で移住して不毛の地を開拓し、あわせて北方の守りをにない、皇国に尽くしたい。

徳川宗家を継いだ家達様を通じて新政府に嘆願書を提出したが、七月になっても返答はなかった。

七月十九日、慶喜公は水戸を発ち、銚子港から蟠龍丸に乗った。二十三日に清水港に上陸し、そのまま謹慎先の宝台院《ほうだいいん》に入った。八月九日には家達様が江戸を発ち、こちらは陸路で十五日に駿府城に入った。

その報せをうけて、花は八月十七日に永井様の浜町屋敷にうつった。

前夜に別れをすませたので、末七さんはいつものように朝早く家を出た。上野山合戦のあおりで千戸余の家が焼けたため、お江戸の大工は大いそがしだった。

「お花、達者でな。かならず生きて帰《け》えってくるんだぜ。いつまでも待ってるからよ」

泣かないと約束したのに、道具箱を肩にかついだ末七さんは滂沱《ぼうだ》の涙を流した。

「ちくしょう、情けねえ。どうしても足が動かねえ」

それでもくるりと踵《きびす》をかえし、下駄を鳴らして走り去る夫のうしろ姿にむけて、花は深いお辞儀をした。

（今生の別れにはいたしません。でも、いかなることがおきるやもしれません。そのときは、どうかおゆるしくださいませ）

無言で詫びると、花の青い目からも大粒の涙がとめどなく流れた。

本所相生町から浜町までは、お糸ちゃんが同道《どうどう》してくれた。革製のカバンは負ぶい紐で背負い、きがえの入った風呂敷包みを提げた花は、お糸ちゃんと並んでお江戸の道を歩いた。

囚獄のある大伝馬町は通りたくないので、和泉橋《いずみばし》ではなく筋違橋《すじちがいばし》で神田川を渡り、須田町からまっすぐ日本橋にむかう。

「お江戸も、さびれちまったわよね。将軍様はいないし、大名たちも国元に帰ってしまったから、侍がいないのは仕方がないにしても、町方だってろくに出歩いてやしない」

慶喜公が朝廷への恭順を明らかにするために千代田の御城を出て上野寛永寺に籠もった二月十二日をもって、江戸っ子は武士に一目置くのをやめた。さる藩が空き家になった下屋敷を売りにだすと、銭湯が買って早速とり壊し、「大名焚き」と称して柱や梁を薪にして湯を沸かしたところ、町衆が詰めかけたという。

大名だけでなく、西国に本店のある商人たちも国元に帰っていった。横浜が開港したあとには生糸の輸出で大儲けをした旦那たちが派手に遊び、庶民の反感を買ったが、もはやどこにも景気のいい話がない。

その一番の原因は、輸入品にかける関税の割合が二割から五分へと引き下げられたからだ。長州藩による無謀な攘夷実行に対する多額の賠償金と引き換えに、イギリスのパークス公使によって強引に変更させられたのである。これにより、対外貿易は利益を産まなくなった。アヘン戦争のあとの清国とまったく同じ状況が、日本にもたらされたのだ。

吉原は閑古鳥が鳴き、芝居小屋や寄席にも客が入らない。名のある歌舞伎役者が首を吊ったとか、店の金に手をつけていた番頭が苦し紛れに火をつけて、手代や丁稚が焼け死んだといった、やりきれないことばかりおきる。

野次馬な江戸っ子も気がさすらしく、読売りや辻売りといった刷り物の売れゆきもさっぱりだという。

天下の日本橋を北から南に渡り、一丁目、二丁目と歩いていっても、大路の両側に並ぶ店はどこも暖簾をだしていなかった。

「ねえ、花ちゃん。あたし、お江戸にいるのがいやになってきちゃった。一緒に蝦夷地に行きたいけど、あっちは寒いんでしょ。あたし、寒いのは大の苦手なの。指がかじかんで針がうまく動かなくって。でもね、暑いのもいや。汗で指がすべって、やっぱり針が思うように動かなくって」

他愛もないことを言うお糸ちゃんがおかしくて、花は足をとめて笑った。

革製のカバンがこれまでよりも軽いのは、日記を末七さんに託したからだ。花が命を落としたときは、英語ができるひとに和語に訳してもらい、それを元に、末七さんが戯作に仕立てる。火事で焼けないように、十冊のnotebookは油紙で包み、銅の箱におさめて長屋の床下に埋めた。

末七さんは縁起でもないといやがったが、花はどうしてもと頼んだのだった。

花は八月十七日に永井様の屋敷にうつったが、翌十八日の早朝、榎本様が浜町を訪れた。永井様とふたりで座敷に籠もって書きあげた「徳川家臣大挙告文《つげぶみ》」は、榎本様が辞去したあとに、花も読ませてもらった。

徳川家に朝敵の冤罪・汚名を着せた新政府に対する激しい抗議に始まり、奥羽越列藩の合従は義挙であること、徳川家忠臣の居場所はもはや皇国になく、やむをえず蝦夷地にむかう旨がしたためられた書状は、勝さんを通じて新政府に提出する。ついてはイギリスに留学していた佐藤藤三郎《さとうとうざぶろう》が英文に訳したものを、横浜のパークス公使に送りとどける。

「そなたが青い目であることも伝えてある」と永井様に言われて、花は浜町にきてから人前でつけとおしていた黒い色目ガラスをはずした。

やがて入室した短髪の若者は、高名な蘭学者佐藤泰然《さとうたいぜん》様の末子で、十二歳から横浜で異人について英語を学んだという。

二年前、医学を修めるために十三名の留学生とともに渡英したが、滞在わずか一年三ヵ月で幕府が瓦解し送金もとだえた。単身米国に渡ることをもくろんだがかなわず、失意のうちに帰国したのが今年の六月と、当年十九の英才は流暢な英語で語った。

ただし「大挙告文」の翻訳は手に負いかねるというので、花が英訳を口述し、それを藤三郎が綴っていくことにした。ペン捌きは見事で、英語の綴りをたずねてくることもない。

一刻後にはパークス公使宛ての書状が出来上がり、永井様に渡してしまうと、藤三郎がまだ話したそうにしている。

「わたしの兄は松本良順と申します」と日本語で言われて、花はおどろいた。

長崎医学伝習でのポンペの右腕で、親しく話したことこそないが、何度となくお見かけしている。藤三郎とは十八も歳がちがい、文久二年に兄が江戸にもどってから会って話すようになった。次男である良順様は十七歳のときに父の盟友で幕府の奥医師をつとめていた松本良甫様の養子となり、以来松本姓を名乗っているとのことだった。

「兄はいま会津にいて、負傷兵の治療に当たっています」

ポンぺは、日本が他国を攻めるのを心配していたが、じっさいにおきているのは、日本を東西に割っての無惨な内戦だ。藤三郎は非道な薩長を憎んでおり、長姉の娘が榎本様に嫁していたことから、開陽丸への乗船を榎本様に直訴してゆるされたとのことだった。

この有為の若者を死なせてはならないと花は思ったが、とめても聞かないことも分かっていた。

慶応四年八月十九日は秋晴れの一日で、夜になってから大きな月が照った。

永井様は家臣六名とともに夜釣りと称して浜町の屋敷から舟を漕ぎだし、そこには男装して柿渋色の西洋服をきた花も乗っていた。

品川沖が近づくと、月明かりをうけた八隻の艦隊がはっきり見えた。

軍艦は四隻。ひときわ大きな開陽丸、なつかしい蟠龍丸、千代田形《ちよだがた》は日本で初めて造られた蒸気軍艦で排水量は百五十トン足らずと小さい。

軍艦のうち、一隻だけ外輪式なのが回天丸《かいてんまる》で、千七百トンほどと、二千七百トンの開陽丸につぐ大きさだ。大砲は十三門。花は永井様の通詞として、回天丸に乗りこむことになっていた。

輸送艦は美賀保丸《みかほまる》、咸臨丸、神速丸《じんそくまる》、長鯨丸《ちょうげいまる》の四隻。あわせて八隻に、総勢二千余名の幕臣を乗せた榎本艦隊には、フランス人の砲兵大尉と伍長もくわわっていた。

幕府の陸軍伝習のために来日したフランス人たちは、新政府により職をとかれた。ところが、そのうちのふたりはフランス軍籍を脱して、参謀として徳川家臣団に参加したのだという。

その夜は無風だったため、開陽丸が美賀保丸を曳き、回天丸は咸臨丸を曳いて品川沖を発った。

咸臨丸はヤッパン号と呼ばれ、勝さんが艦長をつとめて太平洋横断の壮挙を成しとげたスクリュー式の蒸気船だ。その咸臨丸もすっかり古びて、蒸気機関はとりはずされ、軍艦籍からものぞかれた運輸専用の帆船となっていたが、花はこれも縁と喜んだ。

ところが、その縁は続かなかった。

出発から二日後の午後二時すぎ、八隻の艦隊が一団となって房州の洲崎《すざき》、野島埼《のじまざき》をまわり、銚子沖を北上していると、黒雲が空をおおった。大粒の雨が甲板をたたき、高い波が船体を大きくゆらす。

鹿島灘に達したときには大時化で、僚艦の姿はどこにも見えず、碇泊することもできない。

「あわてるな。これも天がわれらに与えた試練」

永井様は努めて泰然とされているが、大半が初めて船に乗る幕臣たちは船酔いに苦しみ、船内は吐瀉物で目も当てられないありさまだ。航海の経験が豊富な花でさえ、船室の柱にしがみついているのがやっとだった。

海は夜どおし荒れに荒れた。

これ以上の曳航は危険との回天丸艦長甲賀源吾《こうがげんご》様の進言を容れて、空が白みだした午前四時、永井様が両船をつないでいた二本の太綱をみずからほどいた。咸臨丸は糸の切れた凧のごとく、波の彼方に消え去った。

「お花。長崎海軍伝習の小野友五郎をおぼえているか」

永井様に聞かれたのは、ようやく時化がおさまり、常陸沖に碇泊しているときだった。

東帰した慶喜公により勘定奉行並を罷免されたことまでは存じ上げていると花が答えると、小野様はその後、伝馬町の牢に入れられた。出獄後も謹慎を申し渡されて、此度の大挙にくわわることができなかったという。

「釜次郎は勝に、小野の謹慎をとくように再三懇願したがかなわなかった。小野は航海術をきわめた男。統率力のある釜次郎と小野が組めば鬼に金棒。それを誰よりわかっているのは勝安房。本音では、われらの大挙をうとましく思っているのであろう。その気持ちもわからぬではないが、こちらにも意地がある」

しばし黙したあと、永井様は花と交わした約定を確認した。指示にはかならず従い、江戸への帰還を命じられても逆らわない。一方、永井様も、異国絡みの重大事はかならず花に告げる。

「かなしいかな、われらは運に見放されておる。早々に江戸にかえすこともあると覚悟しておくのだな」

永井様はあまりに沈鬱で、花はなぐさめのことばをかけられなかった。

回天丸が仙台港の東名浜《とうなはま》に入港したのは、九月十八日だった。常陸沖での船体の修理後に咸臨丸を捜したため、品川沖から一ヵ月もかかった。

永井様をはじめ将兵は心身ともに疲弊していたが、先着していた開陽丸艦長の沢太郎左衛門様からもたらされたのは、みなをさらに落胆させる知らせだった。

三日前の十五日、仙台藩が新政府に降伏した。会津の若松城も落城間近となり、仙台藩内の主戦派が職を解かれたためだという。

いそぎ上陸して軍議にくわわった永井様によると、会津から落ち延びてきた者のなかには、桑名藩主松平定敬公、老中の板倉伊賀守様と小笠原壱岐守《おがさわらいきのかみ》様もおられる。歩兵奉行の大鳥圭介様ら各地を歴戦してきた幕兵たちは手傷を負っているが戦意は失っていない。

艦隊も、輸送艦である美香保丸と咸臨丸を失ったが、このうえは武力に訴えてでも蝦夷地を徳川の所領とすべしと意気込んでいるという。

「なんと傍《はた》迷惑な」と花は思ったが、その気持ちが面に表れないように努めた。危険を承知で榎本艦隊に同行しているのは、蝦夷地をわずかでも異国に獲られないようにするためであり、いかなる勢力が日本の主権を握るかは、二の次だからだ。

ポシェート大佐が辰ノ口でプロシアとロシアの企図を告げたとき、花はカッテンディーケ大尉とともに渡った上海で見た光景を思いかえした。西洋諸国の国旗を揚げた洋館ばかりが一等地を占めて、辮髪を垂らした大勢の清国人が、ひと握りの西洋人にこき使われている。

「箱館を上海のごとくしてはならない」

品川沖を脱走してからひと月、花は永井様の船室で幾度となくそう唱えた。

来客があるときは奥の小部屋に籠もり、夜もそこの寝台で休む。花の存在を知っているのは、永井様と五名の家臣だけだ。

上野山戦争のあと、勝さんがプロシアとロシアのたくらみを告げても、永井様は花の榎本艦隊への乗船をこばんだ。やむをえず、花は永井様とふたりきりの場で取引を持ちかけた。東帰した直後の慶喜公のようすをつまびらかに話す。会津の容保公や板倉様たちのようすも話すのと引き換えに、花は榎本様にも内密に永井様の家臣にくわえてもらうことになったのだ。

「幕兵は士気も高く、なにより戦になれておるゆえ、箱館の攻略は容易かろう。問題は春になってから。釜次郎が申すには、われら徳川脱藩海陸軍が交戦団体であると西洋諸国に認めさせて、引き続き局外中立を保たせることでストーンウォール号の新政府への引き渡しを阻止するのが肝要とのこと」

それは参謀として榎本艦隊にくわわったフランス人の砲兵大尉ブリュネと伍長カズヌーヴの知恵だという。ふたりはフランスの新任公使ウトレイに書簡で働きかけて、局外中立の撤廃を防ぐつもりでいると聞かされた花は、「その企図は不首尾に終わると思います」と答えた。

フランス政府は、前任の駐日公使ロッシュが幕府に過度に肩入れしているのは危険と見て更迭したのであり、新任公使ウトレイはイギリスのパークス公使とともに新政府をあと押ししている。

勝さんによると、アメリカ公使のヴァン・ヴァールクンバーグは気骨があり、英仏になびかずに、ストーンウォール号の新政府への引き渡しをこばんでいると、花は永井様に話した。

「やはり、頼るべきはアメリカであったか。いまを去ること九年、安政六年八月二十七日に、一橋派であったわしと岩瀬は、大老井伊掃部頭により永蟄居に処された。日米修好通商条約の締結は、岩瀬肥後守忠震一代の功業だが、掃部頭は違勅での条約調印の責任を岩瀬ひとりにかぶせたうえで、異議を唱える者たちをことごとく処罰した。その一方、諸外国との交際では岩瀬の路線を踏襲し、アメリカに拠ることに決した。強面《こわもて》で鳴らしたハリスは一度《ひとたび》条約調印が成るや幕府に厚情を寄せ、腹心のヒュースケンが浪士に殺害されたときも、ことを荒立てなかった。その年の三月には掃部頭が首を獲られておったから、わしは岩瀬に書状を送り、アメリカに信を置いた慧眼を改めてほめたのだ。岩瀬はよほどうれしかったらしく、すぐに返事をよこした。ところがやはり運はつたなく、岩瀬は病に倒れ、文久元年七月に、四十四歳の若さで世を去った。もしもアメリカで内戦がおきず、引き続き徳川公儀のうしろ盾となり、壮健な岩瀬が幕閣に復帰していたなら、徳川の治世がかくも脆《もろ》く崩れ去ることはなかったはず」

船室には永井様の家臣五名もいて、主君の述懐に目をうるませ、洟を啜っている。

花は、永井様と岩瀬様が処罰された安政六年八月二十七日に伝馬町の牢屋敷でロシアのポシェート大佐とともに水戸藩士四名の首実検に立ち会ったことを思いだした。さらに、その一ヵ月前に横浜で斬殺されたロシア兵の姿がまぶたによみがえったが、気持ちがわずかにゆれただけだった。

「お花殿。この機会に交戦団体と局外中立の関係についてお教えくださらぬか」

永井様の御家来に頼まれた花は、「それほど詳しくはありませぬが」とことわって説明した。

交戦団体とは正統政府に敵対する反徒《はんと》と認められた団体のことで、政権を奪取するだけの実力を備えていなければならない。鳥羽伏見で幕軍と薩長の軍が衝突した慶応四年一月三日、慶喜公はみずからを「日本政府」と称し、英仏米蘭伊普の六ヵ国に対して日本政府以外の勢力に武器・軍艦を売らないことなどを要求した。

その時点では、日本の正統政府は徳川将軍＝大君であり、薩長は交戦団体ですらなかった。ところが薩長は、イギリス公使パークスの入れ知恵により、巧みに立ちまわる。

一月二十三日、天皇が大君に正式に宣戦し、外国商船が大君の軍隊の輸送に従事しないように求めるとともに、天皇政府側でも同様の求めをおこなわないことを宣言した。

これをうけて、六ヵ国は同日から協議をおこない、この戦争を「正統政府＝大君」に対する「反徒＝天皇」の戦争ではなく、大君と天皇という同等の勢力による戦争と見なすこととし、二十五日に局外中立を決議、布告した。

その後、慶喜公の恭順により、天皇政府が日本における正統政府となった。恭順をこばむ徳川家臣団が蝦夷地を占領したとしても、西洋諸国が交戦団体と認めるかどうかはわからない。

「なんとわかりやすく説くものよ」と永井様に感心された花は、西周助《にししゆうすけ》様に一日教示をうけたと、うちあけた。

榎本様らとともに欧州に留学し、開陽丸に乗って帰国した西様は、慶喜公の側近として諸外国との折衝に当たっていた。勝さんとは旧知の間柄で、花の求めに快く応じてくれたのはありがたかったが、西様からパークスの露骨な介入を知らされた花は憤りを禁じえなかった。

アメリカは局外中立にもとづき、自国船に兵の輸送を禁じているが、イギリスの商船はそしらぬ顔で薩長の兵を奥州に運んでいる。万事その伝で、パークスは新政府を利するためには手段を選ばず、局外中立の早期撤廃を各国にはたらきかけているという。

「ただし西様のお見立てでは、たとえ会津や庄内が落とされても、開陽丸があるかぎり、局外中立は容易に撤廃されまいとのことでした」

青い目の花が言うと、永井様が応じた。

「開陽丸の威力で、一年二年と持ちこたえるあいだに、アメリカやプロシアが、蝦夷地を徳川家に渡すように新政府に説いてくれるとよいのだが。いま一度快戦し、斬り死にできれば満足とうそぶく輩もおるが、わしは断じて同意できぬ」

永井様は艦長室でみずからを奮い立たせるように語った。

開陽丸は鹿島灘での荒天により三本の帆柱と舵を損傷しており、修理になお日数を要する。一方、仙台藩としては新政府に降伏した手前、いつまでも艦隊に留まられては困る。

そこで十月九日、会津から落ちてきた兵などで総勢三千余名にふくれあがった榎本艦隊は東名《とうな》浜《はま》から折ノ浜にうつり、さらに宮古にむかうこととなった。

そして回天丸が単艦で気仙沼港を偵察したところ、幕府が仙台藩に払い下げた帆船千秋丸を発見した。藩政の混乱に乗じて無頼の徒が船を奪い、近隣の村々やゆきかう商船を襲っていると聞いた永井様は激怒して千秋丸を拿捕し、乗っていた者らを追い払った。

十六日の昼すぎ、回天丸が千秋丸を曳いて宮古に入港すると、開陽丸をはじめとする艦隊がすでについていていた。

宮古は南部藩領随一の花街で、上陸した将兵たちは連日遊女屋に押しかけていると告げ知らされた永井様はいそぎ下船した。

ところが榎本様は、永井様に苦言を呈されても悪びれなかった。

箱館を占領した折には、宮古を前線基地とする考えであり、村民の好感をえるために、あえて遊興にふけっている。米、青菜、炭、それに蒸気船の燃料となる松材にも、言い値以上の金を払っていると。

「開陽丸には大坂城より持ちだした御用金十八万両が格納されている。とはいえ、美賀保丸、咸臨丸とともに失った武器弾薬を補わねばならぬのだ。いかなる理由であれ、散財は控えねばならぬ」

回天丸にもどった永井様が憤りをあらわにした。

「新政府は、数多の密偵を各地に配して、われらの動静を探っている。釜次郎がことさら羽振りよくふるまうのは、こちらの士気が落ちておらぬと思わせるためでもあるのであろう」

永井様はみずからに言い聞かせるように話し、花はお辞儀をして奥の小部屋に下がった。

十月十八日の正午、艦隊は一斉に抜錨し、順風をうけて、一路蝦夷地を目ざした。二十日の午後、内浦湾の鷲ノ木に投錨するや、五百余名の幕府陸兵が総船印である日の丸を揚げて上陸を始めた。

まずは新政府の箱館府に使者を送り、嘆願書を奉呈するという。

九年前、安政六年の六月、長崎から乗ったロシアの軍艦アスコルド号で箱館についたときは、町を歩くひまがなかった。此度は、いかなる仕儀になるのだろうと思いながら、花は船室の小窓から雪が舞う一面の銀世界を眺めた。

十月二十四日の早朝、榎本様が回天丸に乗りこんできた。

五稜郭攻略にむかった陸兵を援護したいが、開陽丸は鷲ノ木までの航海でふたたび舵を損傷し、修理になお数日を要する。そこで榎本様が回天丸に搭乗し、蟠龍丸とともに箱館にむかうので、永井様は開陽丸にうつっていただきたいという。

「ばかな。大将が最前線に出るなど聞いたことがない」

永井様は気色ばんだが、榎本様は聞く耳を持たず、「上田寅吉には反対されましたが、中島三郎助は賛成です」と笑った。

奥の小部屋でやりとりを聞いていた花は長崎を思いだして懐かしかった。

鶴のごとくやせた中島様は勝さんと犬猿の仲で、海軍伝習のあいだ、ほとんど口を利かなかった。伊豆戸田村出身の船大工上田寅吉様は、勝さんに呼ばれて、ハルデスが指揮したアスコルド号の修理を手伝いにきた。中島様はともかく、勝さんに心服していた上田様には会ってみたい。

結局、永井様が折れて、花は榎本様に見つからないように開陽丸にうつった。最新鋭のオランダ製軍艦は甲板も船内も磨きあげられて、乗組員の士気も高い。

しかし艦長の沢太郎左衛門様は天候の急変を心配していた。一刻も早く開陽丸を安全な箱館港に入れたいと話す沢様は、慶喜公の東帰でも苦渋を味わっており、花は度重なるご苦労に同情した。沢様のほうでも、プロシアとロシアに対する花の警戒を理解してくださった。

五稜郭と箱館を占拠したとの一報が鷲ノ木にとどいたのは、十月晦日だった。新政府の守備兵はおそれをなして船で青森に逃げたため、奉行所や砲台も無傷で手に入れたとの報せに幕兵は沸き立った。

すでに舵の修理を終えていた開陽丸は十一月一日、鷲ノ木を発った。そして、西洋諸国の商船や軍艦が蝟集《いしゅう》している箱館港に投錨するや、二十一発の祝砲を放った。徳川脱藩海陸軍による箱館占領をみずから祝す砲声は、広い蝦夷地のかなたまで響き渡った。

八百余名に増員した幕府陸兵は松前藩の福山城を落とすべく、さらなる進軍を開始していた。寄り合い所帯の新政府軍とちがい、長年蝦夷地を治めてきた松前藩の将兵は激しく抵抗した。それでも勢いに乗る幕兵は、十一月五日に福山城を落とした。しかし松前藩の家老は降伏せず、城と城下町を焼いて江差《えさし》方面に逃げたという。

雪が深く、追撃がままならないとの報せをうけた榎本様は十一月十五日、みずから搭乗した開陽丸を江差にむかわせた。廻船問屋や大店が軒をつらねる江差を押さえれば、蝦夷地の経営は一気に楽になるからだ。

「開陽丸が江差にて座礁。激浪をうけて、暗礁に乗りあげ、身動きがとれぬとのこと」

十一月十六日の朝五ツ、五稜郭内の奉行所にかけこんできた伝令が悲痛な声で報告した。

「それは真《まこと》か」

詰所の者がうけて、「御奉行、一大事でござる」と呼びながら廊下をかけてくる。花とともに表座敷にいた永井様は顔色を変えた。

「だから申したのだ。虎の子の開陽丸をみだりに動かしてはならぬと」

箱館と福山の攻略で戦果をあげたのは、いずれも陸兵だった。榎本様は功をあせる海兵を抑えられず、みずから開陽丸を指揮して江差にむかったのだ。

「釜次郎もわしも、つき従う幕臣たちも、薩長への怒りを抑えられずに脱走しただけの、いわば烏合の衆。それゆえ常に見通しは甘く、自重ができぬ。対して、勝安房は苦言ばかり申すゆえ幕臣には敵しかいなかったが、薩摩の西郷や小松、それに土佐の坂本龍馬らには、こちらがおどろくほど信を寄せられておった」

永井様の自軍への評は辛辣で、花はあわてて表座敷の戸を閉めた。

「釜次郎は蝦夷地の開拓開発こそ今後の皇国発展の基と申した。朝廷に徳川血統のなかから御一人を選んでいただき、その御方を主君としてあおぎ、北辺の地に豊かな国を築くのが夢というのならなおのこと、開陽丸だけは失ってはならぬのだ」

拳で机を叩き、永井様は荒い息を吐いた。

五日前、開陽丸が鷲ノ木から箱館港に入った十一月十一日の午後、永井様は花を榎本様に引き合わせた。

「この好機を逸してはならぬ。諸外国の領事たちもいる前で、おなごを邪険にはできぬ」とささされて、花は丹田に気をこめた。

アメリカ、ロシア、プロシアの領事をともない、開陽丸の甲板に登場した榎本様は、永井様のとなりに立つ青い目に西洋服姿の花を見て顔色をかえた。

しかし、すぐに気をとり直して、出島のオランダ商館員と長崎の女性とのあいだに生まれた花のことを領事たちに紹介した。

花は安堵しながらも、如才なくふるまう榎本様に不審をおぼえた。長崎海軍伝習のときの、みだりにふれれば火傷をしかねない凄烈な熱気は、もはやかんじられなかった。

江差で座礁した開陽丸は、自力では岩礁から抜けだせず、荒れ狂う風波で乗員が脱出することさえできない。榎本様たちがようやく陸に上がったのは、座礁から四日後の十一月二十日だった。機関長の中島三郎助様は、側面の大砲を岸壁にむけて一斉に放ち、その反動で船体を離脱させようと試みた。しかし、全長七十メートル、排水量二千七百トンの巨大軍艦は、もくろみどおりに動いてはくれなかった。

座礁から十日後の十一月二十五日、荒波に破砕された開陽丸は日本海に没した。格納していた御用金は、箱館から江差にむかう前に奉行所にうつされていたが、射程、威力ともに世界最高水準とうたわれたクルップ砲を含む三十数門の大砲と砲弾は船体とともに沈んだ。

そのうえ開陽丸を救うべく江差にむかった輸送艦神速丸までもが強風により座礁、破船し、航行不能となってしまったのである。

つぎつぎに悲報がとどいても、永井様は努めて平静をよそおい、箱館港を臨む大町の運上所（税関）で執務に当たっていた。近くにはイギリス、フランス、ロシア、アメリカ、プロシアの領事館が点在している。

新政府の役人がこぞって逃亡したため、貿易の実務に詳しい永井様が執務に当たり、花は通詞として諸役をこなした。

江戸が東京《とうけい》と称され、元号が慶応から明治に改まったのを知ったのは大町に通うようになってからだ。今後は一世一元の制となると聞き、それは便利と、花と永井様は喜んだ。

十二月になると、海陸の兵が箱館にもどってきた。開陽丸と神速丸を失ったのは大きすぎる痛手だが、松前藩との戦いに勝利した徳川家臣団は十四日、蝦夷地全島を鎮定したことを各国領事に通知した。

十二月十五日の正午、快晴の空のもと、箱館港の軍艦および砲台より、百一発の祝砲が放たれた。満艦が五色の旗章をひるがえし、夜には市街に花燈（行燈）をかけて、大盤ぶるまいの宴がもよおされた。

日を改めて入札（選挙）がおこなわれた。天皇政府が選んだ徳川血統の御方を主に迎えるまでの暫定的な役職を、アメリカの法にならい、士官以上の入札によって決めたのだ。総裁には榎本様、箱館奉行には永井様がついた。

年が明けた明治二年一月十五日、砲台建築掛兼開拓奉行となった沢太郎左衛門様が、上田寅吉様以下二百五十余名を引きつれて、モロラン（室蘭）にむかった。

その前夜、永井様は花も止宿《ししゅく》している商家におふたりを招いた。上田様は、榎本様や沢様らとともに欧州に渡り、造船学を修めてきたという。花が江戸の大工に嫁いだと聞くと破顔して、その場で包んだ祝儀をくれた。

「開陽丸が沈んだのは、まことに無念です。しかし同じ皇国の兵士にむけて一度も砲撃をせずにすんだことに、開陽丸の艦長であったわたしは胸を撫でおろしているのです」

沢様が語り、永井様と上田様が深くうなずいた。

「上野山の彰義隊にむけて本郷台より大砲を放った佐賀の砲兵も、アームストロング砲は城塞や軍艦をも破砕する威力がある、肌身の兵を撃つものではないと、こばんだそうです。しかし軍師の大村は聞く耳を持たず」

沢様は欧州で砲術や火薬の製造を学んだが、開陽丸の沈没を機に開拓に従事できるのをむしろ喜んでいると話した。そして、さらに声をひそめて、モロランへの赴任は榎本様の差配であり、新政府軍との戦が始まっても箱館に援軍にこなくてよい。機を見て降伏するように言いふくめられているとうちあけた。

「うむ。なんら恥じることはない。そなたらのごとき有為の者は、身につけた諸学で皇国の発展に大いに尽くせばよいのだ」

永井様が鷹揚に応じたので、沢様は安堵されたようだった。

「あの、佐藤藤三郎様は、いかにされておりますでしょう」と花がたずねると、榎本様にモロラン行きをすすめられたが即座にことわり、これまでどおり側に仕えていると沢様が教えてくれた。

「このごろ、藤三郎は伊庭八郎《いばはちろう》ら遊撃隊の面々とともにいるので、軽々しく命を捨ててはならぬと言い聞かせようかと思いましたが、言い争いになってもつまらないのでやめておきました」

上田様がいかにも職人らしくサバサバと言った。

輸送艦美賀保丸とともに流された白皙美好《はくせきびこう》の剣士伊庭八郎様が、横浜港から隠れ乗った英国の商船で箱館についたのは昨年の十一月二十八日だった。

三日前の開陽丸沈没の報にうちひしがれていた幕臣たちは、思いがけずあらわれた隻腕《せきわん》の剣豪をかこみ、再会を喜びあった。

花はその場にいなかったが、話してくれた永井様の家臣も興奮で声がうわずっていた。

伊庭の麒麟児《きりんじ》と呼ばれた名剣士は、上洛した家茂公を警固し、さらに慶喜公を護衛した。東帰後は所属する遊撃隊の面々と木更津に脱走。館山から乗った船で真鶴に上陸すると、箱根山を舞台に、新政府に寝がえった小田原藩兵らと激しい斬り合いを演じた。

伊庭八郎様は早川に架かる三枚橋で左手首を斬られながら百人もの敵を斬り倒し、刀勢があまって岩をたたき斬ったとの話が伝えられるや、薩長を憎む江戸っ子は喝采したのだった。

しかも伊庭様は、契りを交わした吉原の花魁《おいらん》が用立ててくれた五十両のおかげで、箱館までくることができた。つまり、その花魁は、年期明けをおくれさせるかわりに五十両を用立てたのだ。しかもそれは、情人が斬り死をしに、蝦夷地までゆくための金なのである。

藤三郎も、遠く離れたお江戸の義理堅い女人による美談に、心をふるわせているという。

「伊庭八郎こそは豪傑。いずれ攻め入ってくる新政府軍と存分に斬り合うがよい。ことここに至っては、各々《おのおの》本懐を果たすのみ。今更だが、慶喜公以下われら幕閣は、徳川が諸藩や庶民からかくも見かぎられているとは思いもよらなかった。勝安房にいくたびさとされても、真とは思えなんだ」

永井様がさみしげにつぶやいたのは、蝦夷地の経営が早くも行き詰まっていたからだ。

箱館占領後、榎本様は各国の領事とみずから交渉し、徳川脱藩海陸軍を交戦団体と認めさせようと図った。外国商船の荷を臨検することで、箱館港を含む蝦夷地の統治権を主張し、交戦団体である根拠にしようとの発想は卓抜だが、それも開陽丸の武威があってこそだ。

当初から交誼をこばんでいたイギリスとフランスの領事と異なり、懇切に接していたアメリカ、プロシア、イタリアの領事も、開陽丸が江差で座礁沈没するや、榎本様と露骨に距離を置くようになったとのことだった。

そうしたなかでも外国船の入港は頻繁で、花は永井様とともに応接や運上（関税）の手続きに追われた。

一方、和国の商人たちは、大半がわれ先にと本州に引き揚げてしまった。松前の城下は焼け、開陽丸をむかわせてまで占領した江差も蛻《もぬけ》の殻《から》だった。そのため、米の値は日増しに上がり、これまでの散財も響いて、蝦夷地全島を鎮定した十二月なかばには、徳川家臣団の金蔵は早くも底をつきつつあったのである。

やむをえず、残っている商人たちに多額の運上金を科し、庶民には労役を強要したせいで、人心はますます離反した。実情を花に告げる永井様は、いかにもつらそうだった。

ただし、徳川家臣団にも美点はあった。それは戦で負傷した兵士の治療と死亡人の供養、そして降伏人の処置だ。

幕府の奥詰医師であった高松凌雲《たかまつりよううん》様は、敵味方を問わず、傷病兵を治療した。戦没者の供養に当たった僧侶は、名がわかる官軍兵士の法名も塔婆に記したという。

徳川家臣団の猛攻をうけて福山城を捨てた松前藩兵は、江差のさらに北にある熊石《くまいし》まで逃げた。追い詰められた藩主徳広《のりひろ》公らは小舟で津軽に渡ったが、四百名ほどが幕府軍の降伏勧告に従った。

榎本様は欧州の法にならい、身のふり方を各々の希望に任せた。すると津軽に渡り、主君と死生をともにせんとする者が二百余名。侍を辞めて農商になろうという者が百余名。徳川軍にくわわろうという者が五十余名で、処刑者は一名たりともださなかったのである。

徳川家臣団は、宮古に密偵隊を残していた。箱館奪還をもくろむ新政府艦隊はかならず宮古に数日碇泊し食料や燃料の補給をおこなう。それをいち早く発見して箱館に急報すれば、来襲に備えられる。

密偵隊は江戸や奥州各地でも活動し、新政府軍の動向を随時報せてきた。明治二年が明けてから、諸藩の兵が青森に集結しているが、箱館からの襲撃をしきりに警戒しており、出撃はまだ先であろうとのことだった。

その箱館では米の品薄が続き、値が日に日に上がっていた。このままでは蝦夷島政権の財政が破綻しかねないと、花は永井様と相談して酒種パンを焼くことにした。小麦粉は各国の商人から購入した。

花はみずから大工に指示して、運上所の庭に台所部屋を建て、レンガと漆喰でオーヴェンを作った。夜明けとともにおきだして湯を沸かし、かじかむ手を温めながらパン種をちぎって丸める。煙突から立ちのぼる香ばしいにおいとともに評判は広まり、幕臣や町衆だけでなく、各国の商人や領事館員たちも列に並んだ。

「釜次郎がいたく喜んでおったわ。お花のおかげで、蝦夷島政権の株が大いに上がったと。ならば、みずから礼を言いにいけと申したら、いずれ折を見てと、ことばをにごしておった」

永井様は相好をくずして語り、花もうれしかった。

希望者にはパンの焼き方を教えるとの触書を貼りだすと、二十名ほどが習いたいと申し出た。そこで五稜郭内にも台所部屋を建て、オーヴェンを作った。

雪にとざされて無聊《ぶりよう》をかこっていた幕臣や藩兵たちは熱心で、十日もすると、食べられるパンを焼くようになった。それでも花の焼くパンは、ひと味もふた味もちがうと言って、大町まで足をはこぶ者は絶えなかった。

穏やかな日々を送っていた明治二年一月二十二日、フランスの商船とアメリカの飛脚船ヤンシー号が相次いで箱館に入港した。各国の領事や商人は、心待ちにしていた来信をうけとりに、アメリカ国旗を揚げた小型の蒸気船に群がった。

翌日の午前、イギリス領事の使いが大町の運上所にあらわれた。おいしいパンのお礼に、花をティータイムに招きたいという。

永井様にことわり、青い上着に白いズボンの花は初めて箱館のイギリス領事館を訪れた。港を一望する高台に建つ洋館は、上海のデント商会ほど豪華ではないが、大きなガラス窓のはまった部屋は明るくて、花は西洋にきているような気がした。

“Welcome Miss Hanna Kaji.”

正装したユースデン領事夫妻に恭しく迎えられて、花はおどろいた。

「こちらへどうぞ」とうながされた花は、赤い絨毯が敷かれた洋室のやわらかい椅子に腰かけた。

給仕が茶をいれるあいだに、領事が自己紹介をした。

リチャード・ユースデン氏は一八六〇年に書記官として初めて来日した。同年八月に、オールコック公使が将軍家茂公に謁見したさいには、随員として江戸城に登った。その後、箱館で副領事代理を数ヵ月つとめたあと、いったん英国にもどった。そして二年前、一八六七年の六月、箱館領事として、夫人とともにふたたび来日した。

夫妻とも立派な風采とは言いがたいが、穏やかな人柄で、花は久しぶりのティータイムを楽しんだ。

「ハンナ・カジ様のことは、ローレンス・オリファント様からうかがっております。お目にかかれて光栄です」

まさか箱館でその名を聞くとは思わなかったので、花は顔がほてった。

ユースデン領事も、アーネスト・サトウ氏と同じく、ローレンスが著したエルギン卿の使節録を読み、日本への関心を深めたのだという。

「ふたたび日本に行くことが決まった数日後、畏れ多くもオリファント様とお話しする機会をいただけたのです」

ユースデン氏はさかんにへりくだった。オールコック氏もパークス氏も平民の出とのことだが、ここまで貴族を敬ってはいなかった。

（きのうの飛脚船で、わたし宛てのローレンスからの手紙がとどいたのかしら？）

末七さんに悪いと思いながらも、花は期待した。しかし領事がさしだしたのは、横浜にいるサトウ氏からの封書だった。

手紙はユースデン領事宛てになっていた。まずは一枚目を読むように言われて、花はインクで書かれた横文字をゆっくり目で追った。

この手紙は、ハリー・パークス公使の指示によりしたためていること。ユースデン領事が一読したあとに、梶花を領事館に呼び、けっして他言せず、日記等にも記さないと約束させたうえで、手紙を渡すこと。梶花が読み終えたあとは、火中に投じるようにと書かれていた。

「承りました」と花はためしに日本語で答えた。

ユースデン領事は笑顔でうなずき、妻をさがらせた。

二枚目の手紙を読み進めながら、花はサトウ氏が用心するのも当然だと思った。そこには榎本様も永井様もまだ知らない重大な事柄が記されていたからだ。

開陽丸の座礁と沈没、それに蝦夷島政権の住民からの不評を勘案して、英仏米蘭伊普の六ヵ国は昨年十二月二十八日に協議をおこない、同日をもって局外中立を撤廃することに決した。

新政府はアメリカにストーンウォール号のすみやかな引き渡しを求めており、鋼鉄張りの戦艦を手に入れしだい、同艦を主力とする艦隊を編成して、蝦夷地の奪還にとりかかるだろう。

花は読み終えた二枚目の便箋を、一枚目の便箋の横に置いた。ユースデン領事は花の意図をさっしたようで、テーブルに置かれた便箋を回収しなかった。

(パークス公使は、どうしてわたしが箱館にいると知っているのだろう。それは勝さんが駿府にうつる前に伝えたから以外にない。わたしの身の安全を図るために頭をさげたにちがいない)

胸のうちで感謝した花のまぶたに浮かんだのは、江戸の水茶屋で、お玖磨さんが子を産んだと知らせたときの穏やかな勝さんだった。

(お玖磨さんはもういない。梅太郎は、わたしが一人前に育てなくては。いずれ末七さんとのあいだに生まれる子とともに。そのためにも、なんとしても江戸に帰ってみせる)

永井様の浜町屋敷にうつってから抑えられていた諸々の思いがどっとよぎり、気がつくと花は立ちあがっていた。

"What happened? "と領事に心配された花は無言で頭《かぶり》をふり、椅子にすわって三枚目の便箋を読んでいった。

ロシアは日本に公使を駐在させていないため、局外中立に関する協議に参加していない。しかし蝦夷地はロシアに近く、真冬にも凍らない箱館港を重視しているのは間違いない。

勝さんから、ロシアが蝦夷地獲得を狙っていると聞いたパークス公使は、北京駐在のイギリス公使に書簡を送り、同地のロシア公使に対して内密に警告を発するように指示した。

日本国内の混乱に乗じて、ロシアが箱館港もしくはラ・ペルーズ(宗谷)海峡を占有しようと企図するなら、イギリスはいかなる手段に訴えてでも阻止する。日本の領土および領海は、新たな天皇政府によって一体のものとして統治されるべきであると。

そこまでを読み、花はそっと安堵の息をもらした。ただし四枚目の便箋には警戒すべき事柄がしるされていた。

現プロシア箱館副領事コンラート・ガルトネルの兄ラインホルト・ガルトネルは、西洋農法によって蝦夷地を開拓する希望を持っており、徳川幕府最後の箱館奉行の了解をえて、箱館近郊に土地を借りた。さらに新政府の箱館判事に許可をえた七重村《ななえむら》の土地、七万坪の開墾に着手しようとしている。

そうした経緯から、蝦夷島政権ともなんらかの条約をとり結ぼうとしてくるであろうが、これを機に断然許可をとり消すべきである。

欧州では土地を貸借する場合、期間を九十九年とすることが多い。それは永久と同義であり、九十九年後には契約を打ち切れると思わないほうがいい。対処を誤れば、大きな禍根を残すであろう。

プロシアの開墾について、花はなにも知らなかった。すぐにでも永井様にたしかめたかったが、便箋はもう一枚あった。

そこには、新政府艦隊が箱館を攻める日が近づいたら、イギリス領事館に保護を求めるように。横浜港までの船賃は勝さんからもらっているし、希望するならイギリス本国までおつれすることもできると記されていて、花は玄関で出迎えた領事がMissを付けて呼んだことを思いだした。

（勝さんは、わたしが末七さんに嫁いだことを伝え忘れたのだ。でも、それは無理もない）

花が五枚目の便箋をテーブルに置くと、ずっと黙っていた領事が身を乗りだした。

「心根のやさしいオリファント様は、堕落したイギリス社会の現状にたいへん苦しみ、救いを求めて、二年前、アメリカに渡られたのです」

ローレンスはロンドンでアメリカ人の神秘的な宗教家に出会った。そして、かれの説く無垢で自由な生き方にあこがれて、都会を離れた自然のなかで志をともにするひとたちと暮らしている。ただし、その宗教家には悪いうわさもあり、ユースデン領事は、ローレンスにロンドンにもどってきてほしいと思っている。

著名人であるローレンスの言動はしばしばイギリスの新聞に載るため、箱館にいても動静がわかるのだという。

「アメリカ大陸の原住民は大きな町や国をつくらず、山や川や海の産物で細々と暮らしているそうです。しかし、かれらは生まれながらにそうしているのであって、一時の気晴らしならともかく、貴族でもある当代一流の人物が本気でそんなまねをするべきではありません」

ユースデン領事は花と目を合わせた。

「ハンナ様なら、オリファント様を苦しみから救いだせます。先ほどお目にかかった瞬間、この御方なのだと確信いたしました」

唐突な懇願に動揺した花は、この場をやりすごそうと、テーブルに並べておいた便箋を最初から読みかえした。

「今日はこれで失礼いたします」と言って帰ろうとすると、「ぜひまたお出でください」と領事に請われた。見送りにあらわれた夫人にも再訪を懇願されて、花は十日後の同じ時刻にうかがうと答えた。

雪におおわれた坂道を慎重にくだって運上所にもどると、永井様は迎えにきた小姓とともに、いそぎ五稜郭にむかったという。

プロシアかアメリカの領事が局外中立の撤廃を報せてきたにちがいないと思いながら、花はひとり机にむかった。

その晩、永井様は止宿している商家にもどってこなかった。

局外中立撤廃の報せをうけた榎本総裁以下蝦夷島政権は、新政府艦隊の来襲に備えて臨戦態勢に入った。守備隊を要所に配置し、敵艦の侵入、上陸をふせぐために箱館港の海底に無数の杭を打ち、太縄をめぐらせる。砲撃に備え、五稜郭の普請工事をおこなう。モロランでの砲台建築をいそぐ。

永井様は五稜郭内の長屋にうつり、花も給人長屋に一室をもらった。外国船の入港があったときだけ大町の運上所に出向き、それ以外は酒種をまぜた小麦粉をひたすらこねて、朝に夕にパンを焼いた。

明治二年二月十二日、新政府がストーンウォール号を手に入れ、「甲鉄《こうてつ》」と名付けたとの報せがもたらされた。

もとは幕府が発注した軍艦だけに、性能も装備もわかっている。排水量千三百六十トン、全長六十メートルと開陽丸より小型だが、艦首にアームストロング三百ポンド砲一門、後部に七十ポンド砲二門、さらに一分間に百八十発を連射するガトリング砲も備えている。

開陽丸なきいま、甲鉄を迎え撃つのはほぼ不可能だ。蝦夷地の寒さもひどく、幕兵の士気は目に見えてさがり、脱走者も出始めた。ユースデン領事からは、早く避難するようにとの手紙がとどいた。

そうしたなかでも、藤三郎は溌剌としていた。花が五稜郭にきたのがうれしいらしく、ゆき合うと気がねなく話しかけてくる。

ある日、午後のパン焼きが終わったところに、ふたりの若侍をともなってあらわれた。

「見てのとおり、中島三郎助様の息子たちでござる。名は恒太郎《つねたろう》と英次郎《ふさじろう》」

きりりとした目鼻立ちは父親そっくりだが、息子たちのほうが気立てはよさそうだ。年齢は藤三郎の二つ上と一つ下。英次郎はザンギリだが、恒太郎はまだ髷を結っている。

「父君《ちちぎみ》もさそったのですが、物凄い顔でにらまれました。ただし花殿が焼かれたパンは、三郎助様もとても旨いと言って、喜んでいただいているのです」

藤三郎が言うと、兄弟がさも申しわけなさそうに会釈した。

入札により箱館奉行並となった中島様は、息子たちとともに、千代ヶ岱《ちよがだい》台場を守っている。浦賀奉行与力だった頃からの従者十名もつき従っていると聞いた花は、中島様の人徳に感心した。

しかし若い兄弟のことが心配でならず、それが顔に出たらしい。

「三郎助様は、ふたりの同道を強くことわったのです。榎本様にも反対されたそうですが、胸をわずらう父君をひとりで蝦夷地に行かせるわけにはいかないと無理やり開陽丸に乗りこんできたのです」

「それは、おたがいさまだろう。おまけに先日はモロラン行きをことわりおって」と兄の恒太郎が応じて、西洋風の軍服をきた三人の若侍がほがらかに笑った。

「お花殿。われらは、恭順された慶喜公や勝安房殿を卑怯と罵るつもりはござらん。朝廷に歯向かいたくないというのなら、それで結構。ただ、薩長の輩は到底ゆるせぬし、若気のいたりで、二君《にくん》に仕えることはできませぬ。お別れするその日まで、どうかこれまでどおりおつきあいください」

藤三郎に巧みに諫言を封じられて、花は束の間目を伏せたあとに言った。

「皆さまのご覚悟はわかりました。力一杯戦えるよう、パンをたんと召しあがってくださいませ」

有為の男児を遠方に送りだした母や姉妹は、さぞかし身を細らせているにちがいない。そうした方々をさしおいて異見を述べるのは、さすがに憚られた。

三人の若侍は、幼い日にうけた父母からの薫陶や、いまに続く剣術修業のことなどをさかんに語り合い、青い目に西洋服の花と目が合うとほほを赤らめた。

その夜、五稜郭《ごりょうかく》の台所部屋で小麦粉をこねながら、花は三人のことを考えていた。

藤三郎も心配だが、中島三郎助様の息子たちのことが気にかかる。なぜだろうと考えるうちに、ふたりが兄弟だからと思いついた。しかも歳がとても近い兄弟だ。

花が五つのとき、お玖磨さんが諫早の商家に嫁いだ。さみしさに泣きくれながら、花は姉か妹がいればいいのにと思った。それも歳の近い姉妹が。そうしたら、その子とあそんで気がまぎれるのに。

お玖磨さんと花は八つもちがい、こちらが甘えるばかりで、喧嘩になることはなかった。歳が近い姉妹がいれば、ねこがじゃれあうようにあそび、喧嘩もたまにはして、愉快なのではないだろうか。幼心に花はそう思い、夫に死なれたお玖磨さんが梶屋にもどってきたあとも、自分に歳の近い姉妹がいたらと夢想して楽しんだ。

（もしも、わたしが兄だったら、自分が父と行くから、弟のおまえは残って家を継げと言っただろう。もしも、わたしが弟だったら、自分が父と行くから、兄のあなたは残って家を継げばよいと言っただろう）

酒種をまぜた小麦粉をこねる花の手に力が入った。

（恒太郎と英次郎は、ともに開陽丸に乗るまで、よほど言い争ったにちがいない。そもそも、長男と次男がふたりとも戦に行って、御家の存続は大丈夫なのだろうか）

パン種がこねあがり、給人長屋の部屋にもどったあとも、花はもの思いをやめられなかった。

翌日の夕方、花が五稜郭の木立のあいだをひとりで歩いていると、藤三郎を見つけた。むこうでもこちらに気づいたので手招きし、濠に突きだした陵堡《りようほ》にむかった。

あたりに人影はないが、花は用心して英語で話しかけた。

「中島三郎助様には息子が何人おられるのですか？」

藤三郎はすぐに質問の意図をさっした。

「ふたりの下に、三男の与曽八《よそはち》がおります。ただし昨年二月に生まれたばかり」

「えっ」

花はことばが続かなかった。

「三郎助様、齢四十八歳のみぎりに誕生したので、与曽八と名づけたとのこと。昨年八月に浦賀の生家を離れて、母上と三人の姉上とともに静岡にうつっています。わたしは中島家の三男坊に会っておりませんが、恒太郎も英次郎も、自分たちより大きな人物になるのは明らかと喜んでいます」

藤三郎はそう言ったあと、佐藤家は順天堂初代当主泰然《たいぜん》氏の弟子で養子となった尚中《たかなか》氏が継いでいると言った。

医師の家では、嫡男でも他家に修業にだし、こちらでも他家からむかえた弟子を養子にすることが多いのだという。

花は、藤三郎たちに、家を継がないからといって、命を捨てていいわけではないと言いたかった。しかし、それを言ってしまえば、かれらの立つ瀬がなくなってしまう。

もう少し早く三人と知り合っていれば、勝さんや大久保一翁様からさとしてもらったのにと、花は残念でならなかった。

「花さん。蝦夷地では、どんな若草が萌えて、どんな花が咲き、どんな実がなるのでしょう。雪解けを待って襲ってくる新政府軍を撃退して、蝦夷地の夏や秋を存分に味わってみたい」

藤三郎は英語で言うと踵をかえし、奉行所のほうにかけていった。

二月下旬になると、密偵隊からつぎつぎに報せがとどいた。甲鉄を旗艦とする全八隻の艦隊が品川沖に集結し、着々と出航の準備を整えているという。

対する蝦夷島政権も来襲を待っていては勝ち目がないと、回天丸艦長の甲賀様が一計を案じ、フランス人士官も賛成した。甲鉄が宮古湾に碇泊しているところを不意打ちし、敵の旗艦を奪いとろうというのである。まさに乾坤一擲《けんこんいってき》の策で、宮古遠征には回天丸、蟠龍丸、高雄《たかお》丸の三艦が選ばれた。

高雄丸は秋田藩所有の軍艦で、昨年十月末に箱館港に入港してきたところを蝦夷島政権に拿捕《だほ》された。船将や乗員は解放されたが、高雄丸は旧幕府艦隊に編入されたのである。

スクリュー式の蟠龍丸と高雄丸が甲鉄の左右に横づけして、兵が乗りうつり、決死の斬りこみを敢行する。外輪式の回天丸は砲撃により他の新政府軍艦を牽制し、二艦の奇襲を掩護《えんご》するという作戦だ。

ただし甲鉄の戦闘力はきわめて高く、撃退される可能性もある。また奇襲作戦が新政府に察知されることをおそれて、不意打ちのための調練は極秘のうちにおこなわれた。花が永井様から内々に知らされたのも、三月に入ってからだった。

藤三郎は斬りこみ隊への参加を志願したがゆるされなかったと聞いた花は胸を撫でおろした。

新政府艦隊が三月十日に品川沖を発したとの通報をうけて、回天丸以下三隻は三月二十日の深夜、箱館港を密かに出航した。

甲鉄の奪取がならなければ、蝦夷島政権の命運は風前の灯とあって、その夜の五稜郭には異様なまでに緊迫した空気がただよっていた。

「お花、お花」と戸の外で声がする。

夜明け前で、声の主は永井様らしい。不審に思いながら寝巻の襟元を押さえて戸を引くと、「藤三郎を知らぬか」と聞かれた。

無礼な詮索を憤るのと同時に、花は事情をさっした。

「三隻のいずれかに、かくれ乗ったのでは」

「どうやらそうらしい」と永井様が答えた。

「ともに釜次郎の側に仕えておった山内六三郎《やまのうちろくさぶろう》は宮古遠征への従事を許可されたのに、自分がゆるされなかったのが不服で息巻いておったから、懸念してはいたのだ」

柿渋色の西洋服にきがえた花と永井様が奉行所の詰所で話していると、軍服をきて太刀をたずさえた榎本様があらわれた。

「やはり藤三郎はおらぬ」と永井様が告げて「しかたがない。いずれの艦であっても艦長が按排《あんばい》するであろう」と榎本様がうけた。

「つまらぬ勘ぐりをして、相済まなかった」

あやまられた花は榎本様をにらみ、「総裁に、おたずねしたいことがございます」と言った。

「なんだ」

「プロシア副領事の兄による、開墾の求めについてでございます。新政府の判事が七重村の開墾を許可したとのことですが、蝦夷島政権が発足したのを機に、断然許可をとり消すべきかと」

花が申しあげると、「うむ、その件か」と永井様が応じた。

「おぬしとの約定を違えてしまったが、先月十九日、すでに開墾条約を結んだ。これまでの七万坪とあわせて三百万坪を九十九年間租借する。ただ土地を貸すのではない。プロシアの者たちには、蝦夷地の有志と農夫らに、西洋の機器による農法を教授してもらうことになっておる」

「二月十九日といえば、ストーンウォール号が新政府に引き渡され、『甲鉄』と命名されたことがわかったあと。蝦夷島政権の存続すら危うくなっている火急のときに、なにゆえかくも重大な条約を結ばれたのですか」

あまりに呆れて、花はことばが続かなかった。

「永井殿のせいではない。わしの命により、永井殿と中島殿も調印されたのだ」

榎本様がうけて、いきさつを話しだした。

「わしは、オランダなどで農地を見学し、西洋の進んだ農法に感心した。製鉄や造船といった工業だけでなく、農業においても西洋に学び、とくに豚や牛や羊を飼い、乳や獣肉をえる畜業を興したい。それを試すのに、蝦夷は最適の地。稲は育たなくとも、小麦は実る」

得々と説く榎本様に、花はカッとなった。

「なんと浅はか、なんと愚か」

「お花、口をつつしめ」

永井様が諫めたが、「どこが浅はかか、申してみよ」と榎本様がうながした。

「農法は無償で教わったとしても、種や畜類や機器をプロシアの商人を通して買うとなれば、農民はプロシアに隷属することになりましょう。また副領事の兄らは、西洋の農法や畜業に適した土地を選んでかこってしまうはず。農法を習ったところで、不利な土地では収益があがらず、蝦夷地の農民は遠からずプロシアの小作となるのは火を見るよりあきらか」

花はひと息に申し述べた。

「わしの目の黒いうちは、そのような無法はゆるさぬ」

榎本様が見栄を切った。

「無敵の開陽丸が健在なら、お見それいたしましたとひれ伏して、引きさがりましょう。しかし虎の子の軍艦はすでに海の藻屑。蝦夷島政権の余命はいくばくもない。榎本総裁の目が黒いうちとは、いったいいつまでのことやら」

語気鋭く、花は言いかえした。

「無礼者、そこに直れ」

八の字ひげの榎本様が太刀に手をかけた。

「勝様もひとを見る目がない。主君は面罵できても、部下を制せられない意気地なしを海軍副総裁に据えるとは。その唐変木《とうへんぼく》につき従い、若い命を捨てんとする者たちこそ哀れ」

勝さん張りの伝法な啖呵を切りながら、悔しさと情けなさで、花の青い目から滂沱の涙が流れ落ちた。

「お花、もうよせ」

永井様があいだに入り、花を遠ざけた。

「夜明けとともに去れ。二度と寄るな。女といえども、つぎはゆるさぬ」

荒い息で命じる榎本様に返事をせず、花は長屋の一室で荷物をまとめた。

藤三郎の無事をたしかめずに五稜郭を去るのは本意ではないが、もはや蝦夷地で為せることはなかった。

(わがことは敗れたのだ)

上野山合戦のあとで勝さんがもらした無念のことばが、花の耳にこだました。

「ハンナさん。カイテンとバンリューが帰ってきましたよ」

双眼鏡を手にしたユースデン領事が報せてくれたのは、明治二年三月二十六日の夕方だ。花はイギリス領事館の山側の部屋にいたため、両船の入港に気づかなかった。

「タカオはいないようですね。もちろんストーンウォールもいません。そもそも、あんな無茶な作戦が成功するはずがない。あすになったら、宮古湾での戦闘のようすがわかるでしょう。ああ、カイテンにボートが近づいていく。エノモトさんが乗っているのでしょうね」

夕焼けに染まる春の海を見おろしながら、花は藤三郎に生きていてほしいと思った。そして、ここで戦闘から降りてほしかった。甲鉄を奪えなかった以上、徳川脱藩海陸軍にもはや勝ち目はないからだ。

翌朝のテーブルで知らされたのは、甲賀艦長以下十五名の戦死だった。そこに佐藤藤三郎の名はないと聞き、花は安堵した。

艦隊はまたしても荒天にみまわれて散り散りになり、回天丸のみで甲鉄を襲ったが、わずか三十分で撃退されたという。

「エドからトウケイへと名のかわった町は、二十年後には姿もすっかりかえているでしょう。鳥が飛びかい、蝶や蜻蛉《とんぼ》が舞う青い空は、工場の煙突から吐きだされる黒煙におおわれ、浮世絵に描かれた優雅な水路は汚水でにごるか、埋め立てられてしまう。巧みな技で木材や象牙を削る職人たちは、わが物顔で動く機械の下僕《しもべ》となって働くしかない。機で一枚一枚丁寧に織られる美しい絹布も、機械で大量に織られる味気ない綿布にとってかわられる。オリファント様が嫌悪する近代都市が、日本にも出現するのです」

ユースデン領事は詩才があるらしく、優雅な表現で暗鬱な日本の行く末を語った。ただし、花の胸は三人の若侍への心配でいっぱいだった。

(どうにかして、あの者たちを江戸につれて帰りたい。でも、かれらはおめおめと生き延びるくらいなら、死んだほうがましだとこばむだろう)

領事夫妻とともに食事をする部屋からは、星形の平らな城が、手にとるように見えた。

五稜郭はいかにも機能的な形をしているが、一重の土塁をめぐらせただけなので、防御力はないに等しい。籠もって戦うための城ではなく、象徴的な役所として造ったのではないかというのが、博学なユースデン領事の見立てだった。

「ハコダテのようにダイナミックな景観の町は、めったにありません。この戦争がテンノウ政府の勝利に終わったら、わたしは控えめに意見を述べて、ハコダテをたくさんのパークがあり、日本人と外国人が分けへだてなく暮らす町にしてゆきたい。そしていつの日か、オリファント様をお招きしたいと思っているのです」

イギリス領事館に身を寄せた日に、江戸に夫がいると花が伝えると、ユースデン夫妻は一瞬顔色をかえた。しかし、すぐにきりかえて、それでもオリファント様はハンナ様との再会を喜ばれるはずですと応じてくれた。

四月になると雪解けが進み、新政府艦隊の箱館襲来が目前になった。各国の領事には、すでに新政府から通達があり、それぞれ自国の軍艦に乗りこんで、すみやかに湾外に退去してほしいという。

逆に、横浜からは、戦闘のようすを実見しようする各国の軍人や武器商人らを乗せた船がくると

船がくるという。

花が、イギリス商船で箱館を離れたのは、四月八日だった。

九日に、新政府軍が江差の北に位置する乙部《おとべ》に上陸する予定であり、その後は不測の事態がおきないともかぎらない。

回天丸とほぼ同じ大きさのスクリュー式蒸気船には、箱館在住の外国人とその家族、あわせて二百五十人ほどが乗りこんだ。

ユースデン領事夫妻と領事館の随員たちも、日を経ずにイギリスの軍艦に乗りこみ、箱館湾の外に退避するつもりだという。

花たちが乗った船の航海は順調で、五日後、四月十三日の夕刻、横浜港に接岸した。


明治二年六月二十日の正午、桃色の小袖に萌黄色の帯をしめた花は、愛宕神社の境内にいた。色目ガラスはしていない。

三日前、駿府の勝さんから、本所相生町の長屋に封書がとどいた。

十八日に当地を発つ。二十日の昼餉を見晴らしのよい神社でいたそう。末七兄妹もともにと書かれていて、花は大喜びした。

勝さんは、昨年の十二月から今年の四月はじめにかけても、新政府首脳に呼ばれて東京に滞在している。政権は握ったものの、国事を司ったことのない大久保一蔵様や岩倉具視様らは勝さんを頼りにしており、新政府にくわわってもらいたいと思っている。

しかし駿府の宝台院にうつった慶喜公は、未だ外出を禁じられている。慶喜公に対する朝敵の汚名が濯《そそ》がれ、謹慎が解かれるまで任官は御免被るとことわっているのだと、五月の初めにとどいた勝さんの手紙には書かれていた。

四月十三日の夕刻に横浜港についた花は、サトウ氏の使いに迎えられて、英国公使館に案内された。ユースデン領事に託された書簡を手渡すと、パークス公使は蝦夷地でひと冬をすごした花をねぎらい、夕食をごちそうしてくれた。

徳川公儀を瓦解に追いこんだことへの憤りは醒めていないが、パークス公使の尽力で蝦夷地が一片たりともロシアに奪われなかったのもわかっている。

「箱館より、蝦夷島政権と新政府軍の戦争の帰趨を伝える報せがありましたら、わたしにもお教えください」

若い侍たちが心配なのだと頼むと、パークス公使は快く請け合い、サトウ氏に指示をだした。

花は本所の末七さんと駿府の勝さん宛ての手紙をしたためて飛脚に渡し、その晩は公使館の一室で休んだ。

一日はさんだ十五日の午前、末七さんが横浜に迎えにきてくれた。

「幽霊じゃねえよなあ。うん、たしかにおいらの女房だ。目は青いし、足もちゃんとある」

江戸改め東京は住人が二年前の半分となり、仕事もない。人心が荒れて、物騒でならないのだと、東海道を歩きながら語る末七さんはひたすら陽気だった。

「お花。あっちでのことはまだ話さねえでいいぜ。尋常一様じゃねえ目に遭ったってことは、その顔にしっかり描いてあらあ。勝先生が、つぎにこっちに出てきたときに、一緒に聞かせてもらえれば十分だからよ。まずは、たっぷり寝て食って、とんがったほっぺたをふっくらさせな」

末七さんの心づかいが、花にはただただありがたかった。

それからひと月半がすぎ、ついに勝さんと再会できる日がきたのだ。

愛宕神社の境内から町を眺めていた花がふと目を下にむけると、二本差しの侍が鳥居から山頂にまっすぐ続く男坂を登ってくるのが見えた。

「勝さん」と思わず呼ぶと、「おお、お花」と懐かしい声がかえってきた。

「よくぞ、無事であった」

境内まで登ってきた勝さんが、右手で花の肩をたたいた。

「今年の元旦は江戸にいたのに、愛宕山に登りそこねてな。やはり、ここから見るお江戸が一番」

瓦が波のごとくかさなる町を眺める勝さんは、万感の思いにひたっているようだった。

その後は、開け放した本堂の広間で、笹巻き毛抜き鮓をいただいた。

「西郷のやつ、高輪の下屋敷では、旨い旨いと、高い鮨をひとりで三人前も喰いおって、熊吉に叱られておった」

声を立てて笑った勝さんが一転して真面目な顔になった。

「五月十八日に五稜郭を開城して降伏したとき、釜次郎や永井様らは、つき従う者たちへの寛大な処分と引き換えに、死罪を覚悟していたはず。新政府内にも、寛典は認められぬとの意見があったが、西郷は降参人を殺さざるは薩摩古来の掟なりと言って、ゆるすように説いたそうだ」

その西郷吉之助様は奥羽越を平定したあとは鹿児島に籠もっている。実弟の吉二郎《きちじろう》様が北陸で戦死しただけでなく、勇猛果敢な薩兵は長州や他藩の兵よりも戦死する者が多かったという。

「さすがの西郷も心身がまいったのであろう」と勝さんは話し、「益満休之助も、上野山の合戦で討ち死にしたぞ」と言って、しばし瞑目した。

一方、榎本様や永井様らは、箱館から弘前に送られたあと、網張り駕籠《つなばかご》に乗せられて東京にむかっているとのことだった。

中島三郎助様が、ふたりの息子や従卒らとともに討ち死にしたことは、五月のうちに花の耳にとどいていた。恒太郎も英次郎も、刀をあげて敵陣に斬りこみ、狙撃されたという。

藤三郎は、頭と股とに傷を負いながらも、五稜郭に籠もって力戦していたが、降伏後は弘前の牢につながれていると教えてくれたのは、実父である佐藤泰然様だ。遠藤但馬守様とは昵懇の間柄だそうで、つい十日前に、蝦夷地での末子のようすを聞きたいと、辰ノ口の御屋敷にやってこられた。

花と藤三郎の友誼は、遠藤様を通して聞いていたが、弘前にいる弟子筋の医師から末子の無事を知らされて、ようやく出向くことにしたと話す老医師の姿に、花は涙をさそわれた。

会津で傷病兵の治療に当たっていた次男の松本良順様も捕えられて、本郷台の加賀藩邸に幽閉されている。一度面会がゆるされて、会津藩士は勇敢だが、ひとりひとりが偏狭で、一致一体となって戦おうとしないのが残念と話していたとのことだった。

「駿府改め静岡藩のほうは、いかがでございますか」

花が話題をふると、勝さんが顔をしかめた。

「ならば、言わずとも、けっこうです。慶喜公は相変わらずわがままで、諸事にいそがしい勝さんを呼びつけては、不平不満をぶつけるばかり。もとは老中や奉行職にあったお歴々も、とりもどせるはずもない権勢が忘れられずにいばり散らし、徒党を組んでは、かなうはずのない要求を持ちこんでくる」

花が言うと、「まあ、そんなところだ」と薄く笑った勝さんが、「それはともかく」と声を張った。

「一翁殿と西周助が、お花に会いたがっていたぞ。とくに西は、後学のために、釜次郎の蝦夷島政権と西洋諸国との交際の委細が知りたいそうだ。薩摩の黒田了介《くろだりようすけ》も、釜次郎がプロシアに租借した三百万坪もの土地を返還させるために、お花に知恵を貸してほしいと言っていた」

黒田様は、五稜郭にこもった榎本様や永井様らに、再三再四降伏をすすめた。そして降伏後には、榎本様らの助命嘆願のために剃髪し、新政府の要人たちを説いてまわったというので、花はいたく感心した。

また、一橋家の家臣で、いまは静岡藩勘定組頭となっている渋沢栄一という者は財政に明るく、今後は大いに働いてもらうつもりと、勝さんは語った。

「それにしても、お花は、おなごらしい、やさしい顔になった。腹に子がいるのではないか」

勝さんが話題をかえると、「そうであったら、どんなにうれしいか」と末七さんが大真面目にうけて、「安心して子を育てられる世の中に、早くなってほしいものです」と続けた。

「うむ。たしかに江戸、もとい東京は荒れ放題だが、二、三年すればまた活気が出よう」

「そいつは本当ですか？」

末七さんがまたしても真にうけて、勝さんが苦笑している。

「あたしね、その二、三年のあいだ、よそで暮らしてみたいと思って」と、ずっと黙っていたお糸ちゃんが言った。

「でもね、京だって大坂だって、うんと荒れているんでしょ。箱館だって、合戦があったばかりだし。やっぱり、お江戸にいるのがいいのかしら。でも、なんだって東京なんて、へんてこな名にしたのかしら」

お糸ちゃんは愚痴をこぼしながら毛抜き鮓をさかんにほおばった。

「おめえは、もういっぺん嫁に行きな。おれが、いい男を見つけてやっからよ。でもまあ、箱館には一度行ってみてえなあ。それでそのローレンス・オリファントってやつに会って、いつまでものらくらやっていねえで、ちゃんと嫁をもらって子を育てろって、どやしてやるのさ」

着物の裾をまくって伝法に語った末七さんが、花のほうにむきなおった。

「さて、お花。いろいろと小耳にはさんでるから、おおよそなにがあったかわかってるんだが、永井様の浜町屋敷にうつってからのことを、まとめて話してくれねえか」

「はい。お待たせしました」

ほがらかに応じた花は、末七さんと夫婦になって本当に良かったと思っていた。なによりうれしいのは、末七さんも花と夫婦になれてうれしくてならないと思ってくれていることだ。


月明かりの夜に、品川沖の回天丸に乗りこんだところから話しはじめた花は、越し方を思いかえし、いろいろな目にあってきたのだとかんじいらずにはいられなかった。

「うむ。お花はいつか一代記を書くといい。それを世に問えば、多くの者たちがそこから有益な教訓を得るであろう」

長い話を聞き終えた勝さんが言った。

「それなんですがね。じつは、お誂えの題を考えつきまして」と応じた末七さんが、長屋の床下に英文の日記を埋めたいきさつを話した。

「三月の晦日に、お糸としばらくぶりに夜歩きをして、両国橋を渡っていたら、提灯の火がふっと消えたんです。まさか、花の身になにかあったんじゃねえかと不安になった拍子に夜空を見あげたら、満天の星。ああ、『満天の花』にしよう。こいつはうまいと思ったものの、だからといって、花に死なれちゃこまる。とても生きていられないと、もう泣けて泣けて」

髷をきれいに結った末七さんがこぼれる涙を手の甲でぬぐうようすがおかしくもありがたくて、花は夫の着物の袖にそっと手をそえた。

『満天の花』主要参考文献

・長崎市史編さん委員会＝編『新長崎市史』第二巻【近世編】長崎市／二〇一二年
・森岡美子＝著『世界史の中の出島――日欧通交史上長崎の果たした役割』森岡美子先生米寿出版記念会／二〇〇一年
・山口美由紀＝著『旅する出島』長崎文献社／二〇一六年
・長崎文献社＝編『出島ヒストリア　鎖国の窓を開く　小さな島の大きな世界』長崎文献社／二〇一三年
・長崎文献社＝編『「史料館」に見る産業遺産　三菱重工長崎造船所のすべて』長崎文献社／二〇一五年
・山口広助＝編著『ヒロスケ長崎ぶらぶら歩き　まちなか編～町に人あり、人に歴史あり』長崎文献社／二〇一七年
・長崎文献社＝著『長崎は「知の都」だった』長崎県／二〇〇七年
・松尾龍之介＝著『江戸の〈長崎〉ものしり帖』弦書房／二〇一一年
・木村直樹＝著『〈通訳〉たちの幕末維新』吉川弘文堂／二〇一二年
・ドンケル＝クルチウス＝著／フォス美弥子＝編訳『幕末出島未公開文書　ドンケル＝クルチウス覚え書』新人物往来社／一九九二年
・桜田美津夫＝著『物語オランダの歴史　大航海時代から「寛容」国家の現代まで』中央公論新社／二〇一七年
・松方冬子＝著『オランダ風説書「鎖国」日本に語られた「世界」』中央公論新社／二〇一〇年
・アンデルセン＝著／山室静＝訳『おやゆび姫』新潮社／一九六七年
・森永種夫＝著『幕末の長崎――長崎代官の記録――』岩波書店／一九六六年
・外山幹夫＝著『長崎奉行　江戸幕府の耳と目』中央公論社／一九八八年
・木村直樹＝著『長崎奉行の歴史　苦悩する官僚エリート』KADOKAWA／二〇一六年
・ゴンチャロフ＝著／井上満＝訳『日本渡航記――フレガート「パルラダ」号より』／岩波書店／一九四一年
・勝小吉＝著／勝部真長＝編『夢酔独言他』平凡社／一九六九年
・勝海舟＝著／江藤淳・松浦玲＝編『海舟語録』講談社／二〇〇四年
・勝海舟＝著／江藤淳・松浦玲＝編『氷川清話』講談社／二〇〇〇年
・上垣外憲一＝著『勝海舟と幕末外交　イギリス・ロシアの脅威に抗して』中央公論新社／二〇一四年
・松浦玲＝著『勝海舟』筑摩書房／二〇一〇年
・松浦玲＝著『勝海舟』中央公論社／一九六八年
・松浦玲＝著『勝海舟と西郷隆盛』岩波書店／二〇一一年
・江藤淳＝著『海舟余波　わが読史余滴』講談社／二〇一八年
・小西四郎＝編『勝海舟のすべて』新人物往来社／一九八五年
・石井孝＝著『勝海舟』吉川弘文館／一九七四年
・半藤一利＝著『それからの海舟』筑摩書房／二〇〇八年

・大口勇次郎＝著『勝小吉と勝海舟「父子鷹」の明治維新』山川出版社／二〇一三年
・樋口雄彦＝著『勝海舟と江戸東京』吉川弘文館／二〇一四年
・福地桜痴＝著／佐々木潤之介＝校注『幕末政治家』岩波書店／一九三八年
・松尾晋一＝著『江戸幕府と国防』講談社／二〇一三年
・新人物往来社＝編『阿部正弘のすべて』新人物往来社／一九九七年
・松岡英夫＝著『大久保一翁　最後の幕臣』中央公論新社／一九七九年
・古川愛哲＝著『勝海舟を動かした男　徳川幕府の頭脳　大久保一翁』グラフ社／二〇〇八年
・徳川宗英＝著『最後の幕閣　徳川家に伝わる47人の真実』講談社／二〇〇六年
・徳川宗英＝著『徳川300年ホントの内幕話　天璋院と和宮のヒミツ』大和書房／二〇〇七年
・徳永真一郎＝著『幕末閣僚伝』PHP研究所／一九八九年
・小野寺龍太＝著『岩瀬忠震――五州何ぞ遠しと謂わん』ミネルヴァ書房／二〇一八年
・高村直助＝著『永井尚志――皇国のため徳川家のため』ミネルヴァ書房／二〇一五年
・松尾龍之介＝著『幕末の奇跡〈黒船〉を造ったサムライたち』弦書房／二〇一五年
・神谷大介＝著『幕末の海軍　明治維新への航跡』吉川弘文館／二〇一八年
・カッテンディーケ＝著／水田信利＝訳『長崎海軍伝習所の日々　日本滞在記抄』平凡社／一九六四年
・司馬遼太郎ほか＝著『歴史を動かす力』文藝春秋／二〇〇六年
・司馬遼太郎＝著『「明治」という国家』NHK出版／一九九四年
・藤井哲博＝著『長崎海軍伝習所　十九世紀東西文化の接点』中央公論社／一九九一年
・東京都江戸東京博物館＝編『特別展ペリー&ハリス　泰平の眠りを覚ました男たち』東京都江戸東京博物館／二〇〇八年
・スティーヴン・ビースティー＝画／リチャード・プラット＝文／北森俊行＝訳『輪切り図鑑大帆船トラファルガーの海戦をたたかったイギリス軍艦の内部を見る』岩波書店／一九九四年
・スティーブ・ヌーン＝絵／アン・ミラード＝文／松沢あさか＝訳『絵で見る　ある港の歴史ささやかな交易の場から港湾都市への10、000年』さ・え・ら書房／二〇〇六年
・鈴木彰・林匡＝編『島津重豪と薩摩の学問・文化　近世後期博物大名の視野と実践』勉誠出版／二〇一五年
・原口虎雄＝著『幕末の薩摩　悲劇の改革者、調所笑左衛門』中央公論新社／一九六六年
・芳即正＝著『島津斉彬』吉川弘文館／一九九三年
・松尾千歳＝著『島津斉彬』戎光祥出版／二〇一七年
・ポンペ＝著／沼田次郎・荒瀬進＝訳『ポンペ日本滞在見聞記』雄松堂書店／一九六八年
・ローレンス・オリファント＝著／岡田章雄＝訳『エルギン卿遣日使節録』雄松堂書店／一九六八年
・伊藤一哉＝著『ロシア人の見た幕末日本』吉川弘文館／二〇〇九年
・松竹秀雄＝著『ながさき稲佐ロシア村』長崎文献社／二〇〇九年
・橋本進＝著『咸臨丸、大海をゆく――サンフランシスコ航海の真相』海文堂出版／二〇一〇年
・松浦玲＝著『横井小楠　儒学的正義とは何か』朝日新聞社／一九七六年
・高木不二＝著『横井小楠と松平春嶽』吉川弘文館／二〇〇五年
・苅部直＝著『歴史という皮膚』岩波書店／二〇一一年
・佐藤誠三郎＝著『死の跳躍を越えて――西洋の衝撃と日本――』都市出版／一九九三年
・佐伯彰一＝著『外から見た近代日本』講談社

／一九八四年
•宮地正人＝著『幕末維新変革史 上下』岩波書店／二〇一二年
•宮地正人＝著『幕末維新像の新展開 明治維新とは何であったか』花伝社／二〇一八年
•松本健一＝著『開国のかたち』岩波書店／二〇〇八年
•松本健一＝著『近代アジア精神史の試み』岩波書店／二〇〇八年
•三谷博＝著『維新史再考 公議・王政から集権・脱身分化へ』NHK出版／二〇一七年
•野口武彦＝著『大江戸曲者列伝 太平の巻』新潮社／二〇〇六年
•野口武彦＝著『大江戸曲者列伝 幕末の巻』新潮社／二〇〇六年
•野口武彦＝著『幕末バトル・ロワイヤル』新潮社／二〇〇七年
•野口武彦＝著『幕末バトル・ロワイヤル 井伊直弼の首』新潮社／二〇〇八年
•野口武彦＝著『幕末バトル・ロワイヤル 天誅と新選組』新潮社／二〇〇九年
•野口武彦＝著『幕末バトル・ロワイヤル 慶喜の捨て身』新潮社／二〇一一年
•野口武彦＝著『明治めちゃくちゃ物語 勝海舟の腹芸』新潮社／二〇一二年
•半藤一利＝著『幕末史』新潮社／二〇〇八年
•楠戸義昭・岩尾光代＝著『徳川慶喜の時代 幕末維新の美女紅涙録』中央公論社／一九九七年
•『歴史読本』編集部＝編『物語 幕末を生きた女101人』新人物往来社／二〇一〇年
•兼平賢治＝著『馬と人の江戸時代』吉川弘文館／二〇一五年
•オールコック＝著／山口光朔＝訳『大君の都 幕末日本滞在記 上中下』岩波書店／一九六二年
•ヒュースケン＝著／青木枝朗＝訳『ヒュースケン日本日記――1855～1861』岩波書店／一九八九年
•アーネスト・サトウ著／坂田精一＝訳『一外交官の見た明治維新 上下』岩波書店／一九六〇年
•萩原延壽＝著『遠い崖――アーネスト・サトウ日記抄3 英国策論』朝日新聞出版／二〇〇七年
•C・T・アッセンデルフト・デ・コーニング＝著／東郷えりか＝訳『幕末横浜オランダ商人見聞録』河出書房新社／二〇一八年
•エメェ・アンベール＝著／茂森唯士＝訳『絵で見る幕末日本』講談社／二〇〇四年
•小島英記＝著『幕末維新を動かした8人の外国人』東洋経済新報社／二〇一六年
•福田智弘＝著『豪商たちがつくった幕末・維新』彩図社／二〇一六年
•西山松之助＝著『江戸文化誌』岩波書店／二〇〇六年
•大石慎三郎＝著『江戸時代』中央公論社／一九七七年
•辻達也＝著『江戸時代を考える 徳川三百年の遺産』中央公論新社／一九八八年
•中野三敏＝著『江戸文化評判記 雅俗融和の世界』中央公論新社／一九九二年
•篠田鉱造＝著『増補幕末百話』岩波書店／一九九六年
•塚原渋柿園＝著／菊池眞一＝編『幕末の江戸風俗』岩波書店／二〇一八年
•石川英輔＝著『大江戸テクノロジー事情』講談社／一九九二年
•石川英輔＝著『大江戸生活事情』講談社／一九九七年
•菊池ひと美＝著『花の大江戸風俗案内』筑摩書房／二〇〇二年
•杉浦日向子＝著『一日江戸人』新潮社／二〇〇五年
•杉浦日向子＝監修『お江戸でござる』新潮社／二〇〇六年
•川添裕＝著『江戸の見世物』岩波書店／二〇〇〇年
•新創社＝編『東京時代MAP大江戸編』光村推古書院／二〇〇五年
•大江戸歴史文化研究会＝著『江戸300年の暮らし大全』PHP研究所／二〇一五年

•『歴史旅人 Vol・6 江戸の暮らし完全ガイド』晋遊舎／二〇一九年
•須田努＝著『幕末の世直し 万人の戦争状態』吉川弘文館／二〇一〇年
•久住真也＝著『幕末の将軍』講談社／二〇〇九年
•藤田覚＝著『幕末の天皇』講談社／二〇一三年
•石井孝＝著『明治維新の舞台裏 第二版』岩波書店／一九七五年
•石井孝＝著『戊辰戦争論』吉川弘文館／二〇〇八年
•佐々木克＝著『戊辰戦争 敗者の明治維新』中央公論社／一九七七年
•松浦玲＝著『徳川慶喜 将軍家の明治維新 増補版』中央公論社／一九九七年
•松尾正人＝著『徳川慶喜 最後の将軍と明治維新』山川出版社／二〇一一年
•家近良樹＝著『徳川慶喜』吉川弘文館／二〇一四年
•家近良樹＝著『江戸幕府崩壊 孝明天皇と「一会桑」』講談社／二〇一四年
•辻ミチ子＝著『和宮――後世まで清き名を残したく候』ミネルヴァ書房／二〇〇八年
•高村直助＝著『小松帯刀』吉川弘文館／二〇一二年
•星亮一＝著『最後の幕臣 小栗上野介』筑摩書房／二〇〇八年
•星亮一＝著『幕末の会津藩 運命を決めた上洛』中央公論新社／二〇〇一年
•刑部芳則＝著『公家たちの幕末維新 ペリー来航から華族誕生へ』中央公論新社／二〇一八年
•磯田道史＝著『素顔の西郷隆盛』新潮社／二〇一八年
•坂野潤治＝著『西郷隆盛と明治維新』講談社／二〇一三年
•磯田道史、NHK「英雄たちの選択」制作班＝著『江戸無血開城の深層 NHK英雄たちの選択』NHK出版／二〇一八年
•『世界を見た幕末維新の英雄たち 別冊歴史読本64』新人物往来社／二〇〇七年
•安藤優一郎＝著『幕臣たちの明治維新』講談社／二〇〇八年
•門松秀樹＝著『明治維新と幕臣 「ノンキャリア」の底力』中央公論新社／二〇一四年
•長沼孝・越田賢一郎・榎森進・田端宏・池田貴夫・三浦泰之＝著『新版 北海道の歴史上 古代・中世・近世編』北海道新聞社／二〇一一年
•関秀志・桑原真人・大庭幸生・高橋昭夫＝著『新版 北海道の歴史 下 近代・現代編』北海道新聞社／二〇〇六年
•菊池勇夫＝著『五稜郭の戦い 蝦夷地の終焉』吉川弘文館／二〇一五年
•『五稜郭歴史回廊ガイド「Vol・1 五稜郭誕生編」「Vol・2 五稜郭激動編」』五稜郭タワー／二〇一一年
•宮地正人＝著『土方歳三と榎本武揚 幕臣たちの戊辰・箱館戦争』山川出版社／二〇一八年
•榎本隆充・高成田享＝編『近代日本の万能人 榎本武揚 1836～1908』藤原書店／二〇〇八年
•黒瀧秀久＝著『榎本武揚と明治維新 旧幕臣の描いた近代化』岩波書店／二〇一七年
•林薫＝著／由井正臣＝校注『後は昔の記他 林薫回顧録』平凡社／一九七〇年
•吉村昭＝著『幕府軍艦「回天」始末』文藝春秋／一九九三年
•中村彰彦＝著『ある幕臣の戊辰戦争 剣士伊庭八郎の生涯』中央公論新社／二〇一四年
•兵頭二十八＝著『新解 函館戦争 幕末箱館の海陸戦を一日ごとに再現する』元就出版社／二〇一一年
•小林和幸＝編著『明治史研究の最前線』筑摩書房／二〇二〇年
•『東京人 no・392特集 明治を支えた幕臣・賊軍人士たち』都市出版／二〇一八年

本書は「東京新聞」「中日新聞」「北海道新聞」「西日本新聞」夕刊にて二〇一九年二月十二日〜二〇二〇年五月十九日まで、「河北新報」夕刊では、二〇一九年五月二十二日〜二〇二〇年八月二十二日まで連載されました。単行本化に際し、大幅に加筆・修正いたしました。

佐川光晴（さがわ・みつはる）

一九六五年、東京生まれ・茅ヶ崎育ち。北海道大学法学部卒業。在学中は恵迪寮で生活し、現在は埼玉県志木市で暮らす。二〇〇〇年「生活の設計」で第三十二回新潮新人賞。二〇〇二年『縮んだ愛』で第二十四回野間文芸新人賞受賞。二〇一一年『おれのおばさん』で第二十六回坪田譲治文学賞受賞。

満天の花

二〇二一年五月八日　第一刷発行
二〇二一年七月十五日　第二刷発行

著者　佐川光晴
発行者　小柳 学
発行所　株式会社左右社
一五一-〇〇五一
東京都渋谷区千駄ヶ谷三-五五-一二
ヴィラパルテノンB1
TEL　〇三-五七八六-六〇三〇
FAX　〇三-五七八六-六〇三二
http://www.sayusha.com
装画　カワタアキナ
ブックデザイン　鈴木成一デザイン室
印刷　創栄図書印刷株式会社

ISBN 978-4-86528-026-5